KARL MAY

Karl May, am 25. Februar 1842 in Hohenstein-Ernstthal geboren und in ärmlichsten Verhältnissen aufgewachsen, gilt seit einem halben Jahrhundert als einer der bedeutendsten deutschen Volksschriftsteller. Nach trauriger Kindheit und Jugend wandte er sich dem Lehrerberuf zu. Als Redakteur verschiedener Zeitschriften begann er später die Schriftstellerlaufbahn, zunächst mit kleineren Humoresken und Erzählungen. Bald jedoch kam sein einzigartiges Talent voll zur Entfaltung. Er begann „Reiseerzählungen" zu schreiben. Damit begründete er seinen Weltruhm und schuf sich eine nach Millionen zählende Lesergemeinde. Die spannungsreiche Form seiner Erzählkunst, ein hohes Maß an fachlichem Wissen und eine überzeugend vertretene Weltanschauung verbanden sich überaus glücklich in seinen Schriften. Auch heute begeistern die blühende Phantasie und der liebenswürdige Humor des Schriftstellers in unverändertem Maß seine jungen und alten Leser. Karl Mays Werke wurden in mehr als zwanzig Kultursprachen übersetzt. Allein von der deutschen Originalausgabe sind bisher über sechsundvierzig Millionen Bände gedruckt worden. Karl May starb am 30. März 1912 in Radebeul bei Dresden.

KARL MAY

TRAPPER GEIERSCHNABEL

UNGEKÜRZTE AUSGABE

KARL MAY TASCHENBÜCHER
IM
VERLAG CARL UEBERREUTER
WIEN-HEIDELBERG

INHALT

1. Ein seltsamer Lord 5
2. Ein Wiedersehen am Rio Grande 33
3. Das Zeichen der Mixtekas 47
4. Der Jäger Grandeprise 66
5. Doktor Hilario 90
6. Überlistet 107
7. Eine Wette 127
8. Der bürgerliche Leutnant 140
9. Politische Sendlinge 153
10. Zwei Forderungen 168
11. „Seine Majestät der König!" 185
12. Auge in Auge 196
13. Das Geheimnis der Schwarzwälder Uhr ... 214
14. Der harmlose Wilddieb 236
15. Maskenscherze in Mainz 261
16. Schelmenstreiche in der Eisenbahn 279
17. Wie Geierschnabel zu Bismarck kam 298

Herausgegeben von Dr. E. A. Schmid

Diese Ausgabe erscheint in enger Zusammenarbeit mit dem Karl-May-Verlag, Bamberg
© 1952 Joachim Schmid (Karl-May-Verlag), Bamberg / Alle Rechte vorbehalten
Die Verwendung der Umschlagbilder erfolgt mit Bewilligung des Karl-May-Verlages
Karl May Taschenbücher dürfen in Leihbüchereien nicht eingestellt werden

✶

ISBN 3 8000 4054 9
Bestellnummer
T 54

Gesamtherstellung: Salzer - Ueberreuter, Wien
Printed in Austria

1. Ein seltsamer Lord

Oberhalb der Mündung des gewaltigen Rio Grande del Norte, des Grenzstromes zwischen Mexiko und Texas, in den Meerbusen, liegt der Hafen von El Refugio. Trotz der Größe des Rio Grande und der vielen Hilfsmittel, mit denen El Refugio von der Natur aus bedacht wurde, war diese Stadt im Jahre 1866 immer noch fernliegend vom Verkehr geblieben. Das hatte seinen Grund teils in den ungeordneten Zuständen jener Gegenden und teils darin, daß die Binnenlande, die der Strom durchfließt, dem Welthandel noch nicht erschlossen waren.

So kam es, daß in dem Hafen, als dort Sir Henry Dryden, Graf von Nottingham, mit seinem Schiff voller Waffen, Schießbedarf und Geld für Juarez vor Anker ging, außer einer elenden brasilianischen Bark keine größeren Fahrzeuge lagen. Dryden hatte zwei kleine Schraubendampfer, die auf geringen Tiefgang berechnet waren, an Bord gehabt und dazu eine Anzahl Boote, die zur Flußbeförderung seiner Ladung bestimmt waren.

Der Inhalt seines Schiffs war umgeladen, und die beiden Dampfer und die Lastboote, die von jenen ins Schlepptau genommen werden sollten, lagen ein Stück stromaufwärts vor Anker. Dort harrten sie auf die Rückkehr Geierschnabels, des Boten, den der Engländer an Juarez gesandt hatte, um seine Ankunft anzuzeigen.

In der kleinen, bequem eingerichteten Kajüte des einen der beiden Dampfer wohnte Sir Henry. Er wartete mit Ungeduld auf den Scout und sorgte sich, es könnte ihm ein Unglück widerfahren sein. Er hatte seinen Steuermann zu sich in die Kajüte kommen lassen Es war Abend und schon dunkel geworden.

„Nach der Berechnung, die er mir machte, müßte Geierschnabel schon da sein", meinte Dryden. „Ich darf keine Zeit verlieren. Wenn er nicht kommt, so lasse ich nur noch den morgigen Tag verstreichen dann fahre ich los."

„Ohne Führer?" fragte der Steuermann.

„Es sind unter den Leuten zwei, die den Fluß eine Strecke aufwärts kennen. Übrigens hoffe ich, Geierschnabel unterwegs zu treffen."

„Wenn ihm am Rückweg ein Unfall zugestoßen ist?"

„So muß ich versuchen, ohne ihn fertig zu werden."

„Oder wenn es auf dem Hinweg geschah und er nicht bis zu Juarez gelangte?"

„Das wäre freilich schlimm, denn dann würde der Präsident von meiner Anwesenheit nichts wissen, und meiner Sendung droht Gefahr

Ich kann aber unmöglich hier liegenbleiben. Wenn die Franzosen Wind bekommen, steht zu erwarten, daß sie hierher eilen und alles beschlagnahmen."

„Das soll ihnen vergehen, kalkuliere ich!"

Diese Worte wurden am halb offenstehenden Eingang der Kajüte gesprochen, und als die beiden ihre Blicke dorthin richteten, erkannten sie den sehnlich Erwarteten.

„Geierschnabel!" rief Dryden sichtlich erleichtert. „Gott sei Dank!"

„Ja, Gott sei Dank!" sagte der Trapper, indem er näher trat. „Das war eine Hetze! Mylord, es ist kein Spaß, so eine Fahrt hinauf und wieder herunter zurückzulegen. Und nun ich ankomme, finde ich Euch ewig nicht. Ich hatte keine Ahnung, daß Ihr an dieser Stelle liegt."

„Jetzt habt Ihr mich doch gefunden. Nun sagt mir auch, wie es Euch ergangen ist!"

„Danke, Mylord, ganz gut."

„Und Euer Auftrag?"

„Ist ausgerichtet. Seid Ihr zur Fahrt gerüstet?"

„Ja. Zwanzig Mann sind zur Begleitung angeworben. Ich denke, das wird wohl genug sein. Ihr habt also Juarez gesprochen?"

„Ja, es war aber nicht in El Paso del Norte, sondern im Fort Guadalupe, wo ich mit ihm zusammentraf."

„Ah! So wußte er von Euch und kam Euch entgegen?"

„Nein, Mylord. Er wußte nichts, kalkuliere ich. Er kam sozusagen aus eigenem Antrieb. Da oben sind nämlich eigentümliche Dinge vorgegangen, die ich Euch erzählen muß, Mylord."

Seine Augen schweiften dabei suchend in der Kajüte herum Dryden deutete, das bemerkend, auf einen Feldsessel:

„Setzt Euch und erzählt!"

„Hm! Ich bin für so lange Erzählungen nicht eingerichtet, Mylord Meine Kehle trocknet beim Reden so leicht ein und würde, wenn Ihr —"

„Gut!" unterbrach ihn Dryden lachend. „Ich werde sogleich für einen Tropfen sorgen, dem es eigen ist, trockne Kehlen anzufeuchten."

Er öffnete einen Wandschrank. nahm daraus eine Flasche und goß ein Glas voll:

„Hier, trinkt, Mr. Geierschnabel, Ihr werdet übrigens wohl auch Hunger empfinden!"

„Ich leugne das nicht, doch mag der Hunger warten! Das Essen stört mich im Sprechen. Die Worte wollen heraus und der Bissen hinab, sie treffen unterwegs zusammen, woraus nichts Gescheites entstehen kann, kalkuliere ich. Einen Tropfen Rum aber darf man auf die Zunge nehmen, ohne daß er stört."

Damit nippte er genügsam von seinem Glas. Ein echter Westmann ist selten ein Trinker

„Ich bin begierig, was Ihr mir erzählen werdet", sagte Dryden.

Der Yankee nickte mit schlauem Lächeln. „Und ich bin begierig, wie Ihr es aufnehmen werdet", meinte er.

„Also wichtige Dinge für unser Unternehmen?"

„Ja, aber auch wichtig in andrer Beziehung."

Geierschnabel machte ein höchst geheimnisvolles und dabei schelmisches Gesicht.

„Also ich kam ins Fort Guadalupe, zum alten Pirnero — ein prachtvoller, alter Kerl, aber dennoch ein ganz bedeutender Esel."

Der Sprecher drehte sich dabei zur Seite, spitzte den Mund und spuckte, jedenfalls in Erinnerung an seine Unterhaltung mit Pirnero, mit einer solchen Sicherheit aus, daß der Strahl hart an Dryden vorüber und zum offenen Fensterchen der Kajüte hinausflog. Dryden fuhr mit dem Kopf zurück.

„Bitte", tadelte er, „war es mit diesem Schuß auf mich abgesehen?"

„Keine Sorge, Mylord!" antwortete der Trapper ruhig. „Ich treffe dahin, wohin ich will. Ihr befandet Euch nicht im geringsten in Gefahr! Also ich kam nach Guadalupe und fand den Schwarzen Gerard. Ich dachte, er solle mich nach El Paso del Norte bringen, aber das war nicht nötig, denn Juarez kam mir zuvor. Das hatte seine Gründe. Wißt Ihr, daß der Kampf schon angefangen hat?"

„Kein Wort."

„Nun, Juarez beginnt sich zu regen. Er hat die Apatschen zur Seite. Mit deren Hilfe hat er beim Fort Guadalupe den Feind geschlagen. Jetzt ist der Präsident nach Chihuahua, um diese Stadt zu erobern, und dann kommt er, um sich mit Euch zu treffen."

„Wo?"

„Am Zusammenfluß des Rio Sabinas mit dem Rio Salado. Es ist so berechnet, daß wir am Treffpunkt zu gleicher Zeit ankommen, wenn Ihr morgen früh aufbrecht, Mylord."

„Ich werde noch heut abend fahren, wenn die Finsternis kein Hindernis ist."

„Sie hindert uns nicht. Der Strom ist breit genug, und das Wasser glänzt auch im Dunkeln so, daß man es vom Land unterscheiden kann."

„Wird Juarez selber kommen oder einen Vertreter senden?"

„Er kommt selber, kalkuliere ich."

„Wohl mit hinreichender Bedeckung?"

„Das versteht sich! Es wird kein Mangel an Leuten sein, denn sobald er in Chihuahua erscheint, wird ihm alles zuströmen."

„Ihr wißt also, daß er die Franzosen geschlagen hat?"

„Genau, denn ich war dabei und habe mitgeholfen."

„Führte Juarez die Seinen persönlich an?"

„Eigentlich ja, obgleich er am Kampf nicht selber teilgenommen hat. Die Hauptpersonen waren, wenigstens zunächst, der Schwarze Gerard, der das Fort verteidigen mußte, und dann Bärenauge, der Häuptling der Apatschen."

Geierschnabel hatte diesem Wort eine kräftige Betonung gegeben. Dryden hob schnell den Kopf höher:

„Bärenauge? Welch ähnlicher Name!"

„Mit Bärenherz, nicht wahr?" fragte der Jäger.

„Ja, allerdings", erwiderte der Engländer. „Habt Ihr diesen Indianer gekannt?"

„Früher nicht, aber jetzt", brummte Geierschnabel gleichgültig.

„Was Ihr sagt! Ihr kennt einen Häuptling namens Bärenherz? Wo habt Ihr ihn getroffen?"

„Jetzt im Fort Guadalupe."

„So ist das ein Zufall. Die Indianer legen sich oft Tiernamen bei. Irgendeiner hat diesen Namen angenommen."

„O nein! Ein Indianer nimmt keinen Namen an, der einem andern gehört."

„Auch nicht, wenn er von einem andern Stamm ist?"

„Dann erst recht nicht."

„Zu welchem Stamm gehörte Bärenherz, den Ihr in Fort Guadalupe saht?"

„Er ist ein Apatsche, und Bärenauge ist sein Bruder."

„Das berührt mich höchst eigentümlich, Mr. Geierschnabel, ich muß Euch sagen, daß dieser Bärenherz seit langen Jahren verschollen ist."

„Das stimmt, Mylord. Sein Bruder Bärenauge hat ihn lange vergeblich gesucht und war der Meinung, daß der Häuptling von Weißen getötet worden sei."

„Aber Ihr sagt ja, daß Ihr Bärenherz gesehen habt! Den Verschwundenen?"

„Ja, ihn selber, keinen andern."

Da sprang der Lord auf. „Welche Nachricht! Mr. Geierschnabel, Ihr wißt gar nicht, was Ihr mir dadurch bringt!"

Der Trapper verbarg ein schlaues Zucken seiner Lippen und beteuerte:

„Es ist der richtige."

„Habt Ihr nicht erfahren, wo er während dieser Zeit gewesen ist?"

„Wo soll er gewesen sein? Er wird sich in der Savanne oder irgendwo sonst umhergetrieben haben. Diese Rothäute sind die reinen Landstreicher."

„Oh, er war keiner! Ihr meint, daß er bei dem Präsidenten bleibt und mit an den Sabinasfluß kommt?"

„Ich denke es, Mylord."

„Gott sei Dank! Wir werden ihn sehen und mit ihm sprechen. Wir werden erfahren, was er von seinen damaligen Gefährten weiß, und wie es ihm selber ergangen ist. Haben wir erst eine Spur gefunden, so verfolgen wir diese, soweit nur möglich. Hatte er denn nicht jemand bei sich, Mr. Geierschnabel?"

Der Gefragte machte das unbefangenste Gesicht von der Welt.

„O doch", entgegnete er langsam. „Es waren dabei ein Spanier, ein gewisser Mindrello, eine Indianerin namens Karja, eine Señora Emma und —"

Der Engländer ging erregt auf und ab.

„Diese Señora Emma war verheiratet. Wenigstens gab es da einen Señor, mit dem sie überaus zärtlich tat."

„Hörtet Ihr vielleicht seinen Namen?"

„Er hieß Antonio Unger und war übrigens ein bekannter Jäger, dessen Jägername Donnerpfeil lautet. Sein Bruder, ein Kapitän, war auch dabei."

Da legte der Lord dem Jäger die Hand fest auf die Schulter. Aber diese Hand zitterte, und seine Stimme zitterte auch, als er fragte:

„Waren das alle, die dort beisammen waren?"

„Ich muß nachsinnen, Mylord. Ja, da fällt mir noch einer ein, ein Mann von riesiger Gestalt, mit einem Bart, der bis zum Gürtel reichte. Er war eigentlich ein Arzt, ist aber auch ein berühmter Jäger gewesen. Sie hatten ihn sogar den ‚Herrn des Felsens' genannt."

„Sternau?" sagte Dryden atemlos.

„Sternau", nickte der Trapper. „Ja, so hieß er."

„Weiter, weiter! Gab es nicht noch einen, einen einzigen?"

„Noch einen älteren Mann, den sie Don Fernando nannten. Ich glaube, der alte Pirnero sagte, daß dieser Señor ein Graf Rodriganda sei."

Da konnte sich der Lord nicht mehr länger halten. „Wunderbar, höchst wunderbar!" jubelte er. „Gibt es aber sonst keinen mehr zu nennen, keinen?"

„Noch einen, aber der ist nun auch der letzte. Das war ein Mann, der trotz der Verschiedenheit der Jahre dem alten Grafen sehr ähnlich sah, außerordentlich ähnlich. Sternau nannte sich mit ihm ‚du'. Ich glaube, er sagte ‚Mariano' zu ihm."

„Also auch er gerettet! Gott, dir sei Dank! Erzählt, Geierschnabel, erzählt!"

„Will ich gern machen, Mylord. Ihr sollt alles wissen, was ich ermittelt habe. Aber, Mylord, meine Gurgel ist wieder so hart und spröde, daß —"

„Hier steht die Flasche. Schenkt Euch ein!"

Geierschnabel tat, wie ihm geheißen war, nippte leicht und begann dann seinen Bericht. Der Lord und auch der Steuermann lauschten mit gespanntester Aufmerksamkeit auf jedes seiner Worte. Als der Trapper geendet hatte, fügte er hinzu:

„So, das ist alles, was ich weiß. Das Ausführliche werdet Ihr von den Herren selber erfahren, wenn wir den Sabinas erreicht haben."

„Ja, könnten wir doch aufbrechen!" sagte Dryden. „Ihr werdet aber zu sehr ermüdet sein?"

„Pah, ein guter Jäger kennt keine Müdigkeit. Wenn Ihr aufbrechen wollt, Mylord, steh' ich zur Verfügung. Sind Eure Leute beisammen?"

„Alle. Auch die Kessel sind geheizt."

„Ihr verteilt die Frachtboote an die beiden Dampfer. So gibt es also zwei Züge. Das ist unangenehm, geht aber nicht anders. Ich werde als Führer auf dem vorderen Dampfer sein. Und Ihr?"

„Auf dem gleichen Dampfboot."

„Wir werden niemals, wie man es sonst tut, des Abends am Ufer vor Anker gehen, sondern stets in der Mitte des Stroms bleiben. Sind Eure Leute gut bewaffnet?"

„Ja, alle. Übrigens habe ich Geschütze auf den Booten stehen. Wir brauchen also nichts zu befürchten, Mr. Geierschnabel."

„Das sollte man denken, doch wollen wir trotzdem nichts versäumen. Trefft die Vorbereitungen zur Abfahrt, ich werde nach dem übrigen sehen!"

Der Jäger begab sich von Boot zu Boot und traf unter den für die Fahrt geworbenen Leuten mehrere Bekannte. Auch die andern machten den Eindruck auf ihn, daß man sich auf sie verlassen könne. Er erteilte dem Steuermann des zweiten Dampfboots den Befehl, sich möglichst dicht hinter dem ersten Schleppzug zu halten, und kehrte dann zum Lord zurück.

Nun wurden die Schlepptaue ausgeworfen und die Kähne aneinandergehängt. Die Bootspfeife gab das Zeichen, die Anker zu lichten, und bald setzten sich die beiden Züge, einer hinter dem andern, stromaufwärts in Bewegung. Es war zwar dunkel, aber die Sterne leuchteten, und der eigentümliche Glanz des Wassers bot Anhalt genug, sich zurechtzufinden. Vorn am Bug saß Geierschnabel, um fleißig auszuschauen. Neben ihm hatte der Lord Platz genommen und fragte ihn nach hundert Kleinigkeiten. —

Wenn man von der Stadt Rio Grande City, die am linken Ufer des Rio Grande liegt, stromaufwärts fährt, so trifft man am rechten Ufer bald auf den Ort Mier. Von da an legt der Strom eine Strecke von wohl fünfzehn geographischen Meilen[1] zurück, bevor man nach Belleville gelangt, wo der Rio Salado in den Rio Grande mündet. Auf dieser langen Strecke sieht man fast nur Wald an beiden Ufern. Dieser Wald ist mit dichtem Buschwerk eingesäumt, aber in geringer Entfernung vom Fluß hört dieses auf, und der Hochwald erhebt seine riesigen Stämme wie wuchtige Säulen gen Himmel. Unter diesem

[1] Eine geographische Meile: 7,42 km

Säulendach ist das Fortkommen selbst zu Pferd leicht, während das Ufergestrüpp die Schnelligkeit sehr beeinträchtigt. —

Im tiefen Schatten des Waldes ritt eine ansehnliche Reiterschar gleichlaufend mit dem Flußufer stromaufwärts. Sie waren alle gut bewaffnet, aber ihre Pferde schienen ungewöhnlich angegriffen zu sein.

Zwei ritten an der Spitze. Der eine von ihnen war Pablo Cortejo, der lächerliche Bewerber um die Präsidentschaft von Mexiko. Seine Züge waren düster, er schien sich in schlechter Stimmung zu befinden. Auch jedem einzelnen seiner Leute sah man es an, daß sie die üble Laune ihres Anführers teilten. Dieser führte mit seinem Nachbarn eine halblaute Unterhaltung, bei der sich manche Verwünschung hören ließ.

„Verdammter Einfall, zwei Dampfer vorzuhängen!" sagte Cortejo.

„Das möchte noch sein, Señor", meinte der andre.

„Noch verdammter aber ist der Einfall, niemals ans Ufer zu legen. Wir hatten auf eine nächtliche Überrumplung gerechnet. Damit ist's aber nichts!"

„Der Teufel hole diesen Engländer! Reiten wir vom San Juan mit ihm um die Wette, treiben unsre Pferde fast in den Tod, und alles ohne Erfolg."

„Wir können ihn nur durch List fangen, Señor!"

„Dein Vorschlag taugt auch nichts. Der Engländer legt doch nicht an."

„Das soll er auch nicht. Er soll nur selber ans Ufer kommen."

„Er wird es nicht tun."

„Das laßt nur meine Sorge sein, Señor!"

„Also du wolltest das wirklich wagen?"

„Ja, aber nur gegen die versprochene Belohnung."

„Die sollst du haben. Wann kommen wir an den betreffenden Ort?"

„In einer halben Stunde. Er ist gut geeignet zu unserm Vorhaben. Ich bin einmal vorübergekommen und habe eine Nacht dort gelagert."

„Deine Ansicht scheint mir nicht unrichtig zu sein. Fangen wir den Engländer, so ist das andre auch unser. Aber nur erst haben!"

„Wir bekommen ihn, Señor, ich bin überzeugt davon."

Der Mann hatte die Zeit richtig bestimmt. Nach Verlauf einer halben Stunde erreichten sie eine Stelle, wo der Fluß eine scharfe Krümmung machte. Die dadurch entstandene, ins Wasser hineinragende Halbinsel bestand aus felsigem Boden und war nur mit niedrigem Pflanzenwuchs besetzt. Diese Stelle bot einen freien Ausblick über die Breite des Flusses, konnte aber auch von diesem aus deutlich überblickt werden. Erst etwa fünfzig Schritt vom Ufer begann der Wald. Was darin vorging, konnte man vom Fluß aus nicht erkennen. Hier im Wald machte die Truppe halt.

Unterdessen war Lord Dryden in die Nähe dieser Stelle gelangt, ohne zu ahnen, daß ihm auf dem rechten Ufer eine so bedeutende Schar von Männern folgte, die im Sinn hatten, seine Ladung fortzunehmen. Die Sonne war ziemlich tief gesunken, als der vorderste Dampfer die Krümmung erreichte. Der Lord stand mit Geierschnabel neben dem Steuermann.

„Wie weit haben wir noch bis zur Mündung des Salado?" fragte er den Trapper.

„Wir werden sie morgen mittag erreichen und dann in den Salado einbiegen. Wir fahren da allerdings einen Winkel. Wer den Weg kennt und ein gutes Pferd besitzt, kann den Ort, wo wir erwartet werden, in kürzester Zeit erreichen. Aber, schaut, Mylord! Steht dort links an der kahlen Uferbank nicht ein Mann?"

„Allerdings. Jetzt setzt er sich nieder."

„O nein", brummte der Steuermann. „Der hat sich nicht niedergesetzt, sondern ist niedergesunken. Der Mann scheint verletzt zu sein."

„Jetzt erhebt er sich wieder, aber nur mühsam", ergänzte Geierschnabel. „Er winkt. Es scheint, wir sollen ihn mitnehmen."

„Wollen wir nicht ein Boot aussetzen? Wir dürfen einem Unglücklichen, der hilflos in der Wildnis liegt, den Beistand nicht verweigern."

„Hören wir erst! Er ruft", sagte Geierschnabel.

Sie sahen, daß der Mann die Hände an den Mund legte.

„Juarez!"

Nur dies eine Wort rief er herüber, und es schien die beabsichtigte Wirkung hervorzubringen.

„Ein Bote des Präsidenten", sagte der Lord. „Wir müssen ihn aufnehmen. Ich selber werde mit ans Ufer gehen, um mit ihm zu sprechen."

„Das werdet Ihr nicht tun, Mylord. Wir befinden uns hier im Urwald, und Ihr dürft Euch nicht in irgendeine Gefahr begeben. Es genügt, ein Boot auszusetzen und den Mann zu holen."

Der Steuermann gab den Befehl, und bald ruderten zwei Männer dem Ufer zu. Die beiden kleinen Dampfer hatten unterdessen beigelegt. Man konnte trotz der nahenden Dämmerung deutlich erkennen, daß die beiden Ruderer ans Ufer stiegen, das Boot befestigten und sich zu dem Mann begaben, der liegenblieb. Sie sprachen mit ihm, kehrten dann ohne ihn ins Boot zurück und kamen wieder herbeigerudert. Während der eine im Boot blieb, stieg der andre an Bord.

„Nun, warum bringt ihr ihn nicht mit?" fragte der Lord.

„Er ist vom Pferd gestürzt und hat sich dabei schwer verletzt. Er leidet fürchterliche Schmerzen, wenn man ihn anfaßt. Darum bat er uns, ihn liegenzulassen; er sei tödlich verletzt und werde sowieso sterben müssen. Sein Pferd ist im Wald mit ihm durchgegangen und hat ihn an einen Baum geschleudert. Als er wieder zu sich gekommen war, hat er sich bis ans Ufer geschleppt."

„Warum aber winkte er uns, wenn er unsre Hilfe von sich weist?" fragte Geierschnabel.

„Er ist ein Bote von Juarez. Er hat den Auftrag erhalten, sich am Fluß aufzustellen und Lord Dryden zu erwarten, um ihm eine wichtige Nachricht mitzuteilen", berichtete der Mann.

„Das ist nicht sehr wahrscheinlich. Juarez weiß, wo er uns erwarten soll. Sendet er uns wirklich einen Boten entgegen, so kann es nur sein, weil er den Treffpunkt verändert hat oder Grund findet, uns vor irgendeiner Gefahr zu warnen. Übrigens, warum richtete der Mann da drüben seine Botschaft nicht an dich aus?"

„Er verlangte Lord Dryden selber zu sprechen, weil die Botschaft zu wichtig sei, als daß er sie einem andern sagen könne."

„Das kommt mir verdächtig vor. Hast du sein Pferd gesehen?"

„Nein. Es war mit ihm durchgegangen."

„Gab es keine Fußstapfen in der Nähe?"

„Man konnte nichts erkennen. Der Boden ist felsig."

„Den nahen Waldrand hast du nicht beobachtet?"

„Doch. Es war nichts Verdächtiges zu bemerken."

„Ich werde wohl hinüberfahren müssen", meinte der Lord. „Ich muß wissen, was Juarez mir sagen läßt."

„Der Bote wird es auch einem andern mitteilen", widersprach Geierschnabel mißtrauisch. „Wer weiß, wieviel Leute dort hinter den Bäumen versteckt sein können!"

„So gehe ich nicht an Land. Ich kann vom Boot aus mit dem Mann sprechen."

„Aber man kann Euch vom Wald aus mit einer Kugel töten." Er spuckte in den Fluß hinab. „Ah, Mylord, da kommt mir ein allerliebster Gedanke! Ich selber werde gehen. Ich werde mich für Sir Henry Dryden ausgeben und kalkuliere, daß ich den Lord nicht übel spielen werde."

Er zog dabei eine äußerst pfiffige Miene. Der Lord sah seine lange Nase, seine sehnige, ausgetrocknete Gestalt, seine bloße, behaarte Brust, seine zerrissene, weit um ihn schlotternde Kleidung und sagte heiter:

„Ja, ich glaube auch, daß Ihr ein außerordentlicher Lord sein würdet."

„Nun, an der nötigen Würde sollte es nicht fehlen", antwortete der Jäger. „Wir sind von gleicher Länge, Mylord. Habt Ihr nicht vielleicht einen Anzug, wie man ihn in London oder New York trägt, bei Euch?"

„Oh, mehrere."

„Zylinderhut, Handschuhe, Schlips und Augenglas, vielleicht auch einen Regenschirm?"

„Das versteht sich."

„Nun, wollt Ihr mir diese Kleinigkeiten nicht gütigst borgen?"

Diese Frage rief eine schnelle und launige Verhandlung hervor, deren Ergebnis war, daß Geierschnabel als Lord Dryden an Land gehen sollte. Er begab sich mit dem Engländer in dessen Kajüte und erschien nach kurzer Zeit auf dem Verdeck, mit den erwähnten Kleidungsstücken angetan. Nun stelzte er mit langen, wichtigen Schritten zu der Stelle, wo er seine Waffen niedergelegt hatte, und steckte die Revolver und das Messer zu sich.

Geierschnabel bildete hier im Urwald eine überaus seltsame Gestalt. Ein Anzug von grauem Tuch, Gamaschen, Lackschuhe, grauer Zylinderhut, gelbe Handschuhe, Regenschirm und ein Zwicker auf der ungeheuren Habichtsnase gaben ihm ein Aussehen, das selbst in einer großen belebten Stadt, um wieviel mehr aber hier, im höchsten Grad auffallen mußte. Als er wieder zurückgekehrt war, meinte er:

„Es sind jetzt zwei Fälle möglich. Entweder der Mann da drüben ist wirklich ein Bote von Juarez, oder die ganze Geschichte ist eine Falle, die über Euch zuklappen sollte. Ich vermute das zweite. Bestätigt sich meine Ahnung, so weiß ich jetzt noch nicht genau, wie das Abenteuer enden wird."

„Was müßten wir in diesem Fall tun, Mr. Geierschnabel?"

„Hier vor Anker liegenbleiben, bis ich wiederkomme."

„Und wenn Ihr nicht wiederkommt?"

„So wartet Ihr bis übermorgen früh und dampft vorsichtig weiter. Ihr werdet Juarez auf alle Fälle finden. Aber ich bitte Euch, strenge Wache zu halten. Nimmt man mich da drüben fest, so hat man die Absicht, sich Eurer Ladung zu bemächtigen. Man wird Euch also während der Nacht zu überfallen versuchen."

„Wir werden wachen."

„Ladet Eure Geschütze mit Kartätschen, aber so, daß man es drüben nicht bemerkt! Die Geschütze sind ohnehin mit Wachsleinwand zugedeckt. Man wird also kaum wahrnehmen, was vorgeht."

„Aber Ihr? Ich befürchte Schlimmes für Euch!"

„Habt keine Sorge! Mich hält man nicht fest. Selbst wenn man mich gefangennehmen will, werde ich entkommen. Ich eile dann zu Juarez."

„Aber wie wollt Ihr zu diesem gelangen?"

Der Gefragte schoß einen Strahl von Tabaksbrühe über Bord. „Zu Pferd."

„Aber Ihr habt keines."

„Ich nicht, aber die da drüben. Übrigens kenne ich die Ecke, die zwischen hier und dem Sabinasfluß liegt, sehr genau. Es ist jetzt noch ziemlich licht. Bevor es Nacht wird, erreiche ich die Prärie und bin, wenn das Pferd nur leidlich ist, mit Tagesanbruch bei Juarez. Dieser wird dann jedenfalls sofort aufbrechen, um diese Wegelagerer beim Schopf zu nehmen."

„Aber wie soll ich wissen, ob man Euch feindlich behandelt, oder ob Ihr entkommen seid?"

„Die feindliche Behandlung werdet Ihr mit den Augen sehen, das Entkommen aber mit den Ohren hören. Sitze ich einmal auf dem Pferd, so werde ich sicher nicht eingeholt. Ist Euch der Schrei des mexikanischen Geiers bekannt?"

„Ja, sehr gut."

„Nun, wenn ich einen solchen Schrei ausstoße, so bin ich frei. Beim zweiten sitze ich zu Pferd, und beim dritten bin ich der festen Überzeugung, daß ich entkommen werde. Hört Ihr dann aus der Ferne noch einen vierten Schrei, so ist es ein Zeichen, daß ich mich zu Juarez unterwegs befinde."

„Wir werden scharf aufpassen, Mr. Geierschnabel", versicherte der Engländer.

„Gut. Also kann das Abenteuer beginnen!"

Geierschnabel griff in die Tasche seiner funkelnagelneuen Stoffhose, zog eine riesige Rolle Kautabak hervor und biß ein gehöriges Stück herunter.

„Aber, Sir, ein Lord kaut gewöhnlich nicht", lachte der Steuermann.

„Pah! Ein Lord kaut auch", versicherte der verkleidete Trapper. „Warum sollte sich grad ein Lord den feinsten Lebensgenuß versagen? Alle Lords kauen, aber sie lassen es vielleicht nicht merken."

Mit diesen Worten nahm er den Regenschirm unter den Arm und sprang ins Boot. Dann gab er den beiden Männern, die wartend darin saßen, das Zeichen, die Ruder einzulegen. Das kleine Fahrzeug glitt durch die Flut und erreichte in kurzer Zeit das Ufer. Der scheinbar verunglückte Mexikaner hatte diesen Augenblick mit größter Ungeduld erwartet. Seine Augen funkelten mordlustig, und er murmelte:

„Ah, endlich. Aber diese Engländer sind doch verflucht albern. Sogar hier im Urwald können sie ihre Mucken nicht lassen. Der Spleen bringt sie noch alle um den Verstand. *Carajo!* Hat der Kerl eine lange Nase!"

Geierschnabel stieg ans Ufer und kam, während seine beiden Ruderer im Boot zurückblieben, langsam auf den an der Erde Liegenden zugeschritten. Er hatte den Bootsleuten befohlen, sofort zu fliehen, wenn sich etwas Feindseliges zeigen sollte. Er verzichtete von vornherein darauf, sich ins Boot und mit diesem zu retten. Der Verletzte tat, als könne er sich nur mit Mühe auf den Ellbogen erheben.

„Oh, Señor, welche Schmerzen hab' ich zu leiden!" stöhnte er.

Geierschnabel ließ den Klemmer bis vorn auf die Nasenspitze rutschen, betrachtete den Mann mit einem schiefen Blick, stieß ihn mit dem Ende seines Regenschirms leise an und sagte in schnarrendem Englisch:

„Schmerzen? *Where?* Tut weh?"
„Unerträglich!"
„Ah! Miserabel! Sehr miserabel! Wie heißt?"
„Ich?"
„*Yes.*"
„Frederico."
„Was bist?"
„Vaquero."
„Bote von Juarez?"
„Ja."
„Welche Botschaft?"

Der Mexikaner zog ein Gesicht und stöhnte, als müsse er die fürchterlichsten Qualen ertragen. Das gab Geierschnabel Zeit, die Umgebung zu mustern. Er bemerkte keine auffälligen Spuren in der Nähe, und auch am Waldesrand war nichts Verdächtiges zu bemerken. Endlich brachte der Mann hervor:

„Seid Ihr Lord Dryden?"
„Ich bin Dryden. Was hast du zu sagen?"
„Juarez ist unterwegs. Er läßt Euch bitten, an dieser Stelle anzulegen und ihn hier zu erwarten."
„Ah! *Wonderful!* Wo ist er?"
„Er kommt den Fluß herab."
„Wo aufgebrochen?"
„In El Paso del Norte vor zwei Wochen. In kürzerer Zeit kann die Fahrt nicht gemacht werden."
„Schön! Gut! Werde aber doch weiterfahren. Kommt Juarez auf dem Fluß herab, werde ich ihn treffen. Gute Nacht!"

Der Verkleidete drehte sich würdevoll um und tat, als wolle er sich wieder ans Ufer zurückbegeben. Da aber schnellte der Mann plötzlich empor und umschlang ihn von hinten.

„Bleibt, Mylord, wenn Euch Euer Leben lieb ist!" rief er.

Geierschnabel hätte wohl Kraft und Gewandtheit genug besessen, sich dieses Menschen zu erwehren. Aber er zog ein andres Verhalten vor. Er blieb steif stehen, als hätte der Schreck ihn gelähmt, und staunte:

„*Zounds!* Zum Henker, was ist das?"
„Ihr seid mein Gefangener!" keuchte der Mann.

Da sperrte der ‚Engländer' den Mund eine Weile auf.

„Ah! Täuschung! Nicht krank?"
„Nein", lachte der Mexikaner.
„Spitzbube! Warum?"
„Um Euch zu fangen, Mylord!"

Er warf dabei einen verächtlichen Blick auf den ‚Engländer', der so verblüfft und feig schien, gar nicht an Gegenwehr zu denken.

„Weshalb fangen?" fragte Geierschnabel.

„Eurer schönen Ladung wegen, die sich dort in den Booten befindet."

„Meine Leute werden mich befreien!"

„Oh, glaubt das nicht! Dort seht Ihr, daß Eure Ruderer die Flucht ergreifen. Und da, blickt Euch um!"

Die Bootsleute hatten sich, wie ihnen vorher geheißen worden war, sofort zurückgezogen, als sie bemerkten, daß Geierschnabel sich freiwillig überrumpeln ließ. Dieser drehte sich jetzt um und sah eine Schar Reiter aus dem Wald hervorbrechen. In wenigen Sekunden war er von ihnen umzingelt. Er tat höchst erstaunt und nestelte scheinbar in größter Verlegenheit an seinem Regenschirm herum. Die Reiter sprangen von den Pferden. Cortejo näherte sich dem Gefangenen, machte aber, als er diesem gegenüberstand, ein enttäuschtes Gesicht.

„Wer seid Ihr?" fragte er den ‚Engländer' barsch in dessen Sprache.

„Oh, wer seid Ihr?" schnarrte dieser in einer sehr steifen Haltung.

„Ich frage, wer Ihr seid?" gebot Cortejo streng.

„Und ich, wer Ihr seid!" entgegnete Geierschnabel. „Ich bin Englishman, hochfeine Bildung, vornehme Familie, antworte erst nach Euch."

„Nun gut! Mein Name ist Cortejo."

Die Verwunderung des vermeintlichen Lords stieg sichtlich. „Cortejo? Ah, Pablo?"

„So heiße ich", sagte der Gefragte stolz.

„*The deuce!* Das ist einzig!"

Auch dieser Ausruf kam aus einem sehr aufrichtigen Herzen. Geierschnabel war aufs höchste überrascht, Cortejo hier zu sehen, und freute sich gleichzeitig darüber.

„Einzig, nicht wahr?" lachte Cortejo. „Das habt Ihr nicht erwartet. Aber nun sagt mir auch, wer Ihr seid, Señor!"

„Ich heiße Dryden", erwiderte der Gefragte.

„Dryden? Ah, das ist eine Lüge! Ich kenne Lord Dryden sehr gut. Ihr seid es nicht!"

Geierschnabel faßte sich schnell. Einen Mann wie ihn konnte so etwas nicht aus der Fassung bringen. Er spitzte den Mund, spritzte einen langen, dünnen Strahl von Tabakssaft hart an der Nase Cortejos vorbei und antwortete kaltblütig:

„Nein, das bin ich nicht."

Cortejo war mit dem Kopf zurückgefahren. Er sagte zornig:

„Nehmt Euch in acht, wenn Ihr ausspuckt, Señor!"

„Tu ich. Treffe nur, wen ich will."

„Nun, so hoffe ich, daß nicht ich es bin, den Ihr treffen wollt."

„Kann sich dennoch machen."

„Das will ich mir sehr verbitten. Also Ihr seid nicht Lord Henry Dryden?" — „Nein."

„Aber warum gabt Ihr Euch für Dryden aus?"

„Weil ich es bin."

Geierschnabel brachte mit seiner Ruhe Cortejo doch einigermaßen aus der Fassung. Der Mexikaner rief ärgerlich aus:

„Zum Teufel, wie soll ich das verstehen? Ihr seid es nicht und seid es doch?"

Geierschnabel fragte, ohne eine Miene zu verziehen: „In Altengland gewesen?"

„Nein."

„Ah, dann kein Wunder, daß nicht wissen. Lord nur ältester Sohn, spätere Söhne nicht Lord."

„So seid Ihr der spätere Sohn eines Drydens?"

„*Yes.*"

„Wie lautet dann Euer Name?"

„Sir Lionel Dryden."

„Hm, ist es so? Aber Ihr seht Eurem Bruder ganz und gar nicht ähnlich."

Geierschnabel spuckte hart am Gesicht des Sprechers vorüber. „*Nonsens* — Unsinn!"

„Wollt Ihr das leugnen?"

„*Yes!*" nickte er.

„Ihr leugnet, Eurem Bruder nicht ähnlich zu sehen?"

„Leugne es allerdings sehr. Nicht ich bin Bruder unähnlich, sondern er sieht nicht aus wie ich."

Cortejo fand zunächst zu dieser Art von Auffassung gar keine Antwort. Er wäre am allerliebsten mit einer Grobheit herausgeplatzt, aber die Sicherheit und Furchtlosigkeit des Engländers machten auf ihn Eindruck. Er sagte daher nach einer kurzen Pause:

„Aber ich erwarte doch Euren Bruder."

„Henry? Warum ihn erwarten?"

„Ich erfuhr, daß er die Ladung begleiten werde."

„Irrung, ich bin es!"

„Wo ist aber Sir Henry?"

„Bei Juarez."

„Ah! Also ist er schon voran! Wo befindet sich Juarez?"

„Weiß nur, daß er in El Paso del Norte ist."

„Und wie weit soll Eure Ladung gehen?"

„Bis Fort Guadalupe."

Da huschte ein höhnisches, siegesgewisses Lächeln über Cortejos Gesicht.

„So weit wird sie wohl nicht kommen. Ihr werdet sie nur bis hierher bringen. Ihr müßt hier landen und mir alles übergeben "

Der Engländer warf einen Blick im Kreis herum. Dieser Blick schien gleichgültig, fast geistesabwesend zu sein. Dennoch besaß er eine verborgene Schärfe, mit der der Jäger sämtliche Pferde musterte. In diesem Augenblick wußte er, welches Tieres er sich bemächtigen werde.

„Euch übergeben?" fragte er dann. „Warum Euch?"

„Weil ich alles sehr notwendig brauche, was Ihr mit Euch führt."

„Ah, sehr notwendig? Kann aber leider nichts verkaufen. Gar nichts."

„Oh, Señor, um das Verkaufen handelt es sich nicht. Ich werde vielmehr die ganze Ladung mitsamt den Dampfern und Booten geschenkt erhalten."

„Geschenkt? Ich verschenke nichts."

„O doch, denn ich werde Euch dazu zwingen!"

„Zwingen?" lachte der Trapper unbefangen.

Dabei zuckte er die Achseln, spitzte den Mund und spritzte einen gewaltigen Strahl von Tabaksbrühe so kunstgerecht aus, daß dieser Saft den obern Teil von Cortejos Hut traf und dann von dessen breiter Krempe herabtropfte.

„*Caramba!*" rief der Getroffene. „Was fällt Euch ein! Wißt Ihr, was das für eine Beleidigung ist?"

„Geht weg!" sagte Geierschnabel ruhig. „Bin Englishman. Gentleman kann spucken, wohin will. Wer nicht will sein getroffen, muß ausweichen."

„Ah! Diese Scherze werden wir Euch abgewöhnen! Ihr müßt jetzt erklären, daß Ihr die Ladung mir übergeben wollt!"

„Tu es nicht."

„Ich zwinge Euch! Ihr seid mein Gefangener!"

„Pschtsichchchchchch!" fuhr dem Sprecher ein neuer Strahl grad an der Nase vorüber. Geierschnabel nestelte abermals an seinem Regenschirm herum und sagte:

„Gefangener? Ah! Merkwürdig! Sehr merkwürdig! Habe längst einmal gefangen sein wollen!"

„Nun, dann ist Euer Wunsch ja in Erfüllung gegangen. Ihr müßt jetzt Euren Leuten befehlen, daß sie nicht weiterfahren."

„Gut! Werde es tun!"

Der Trapper sagte es in einem Ton, als sei er durchaus mit dem Mexikaner einverstanden. Er nahm den Regenschirm unter den Arm, legte die beiden Hände an den Mund und rief so laut, daß man es deutlich auf dem Dampfer verstehen konnte, übers Wasser:

„Hier halten bleiben! Pablo Cortejo ist es!"

Der Genannte faßte ihn am Arm und riß ihn zurück.

„*Demonio!* Was fällt Euch ein! Wozu brauchen diese Leute zu wissen, wer ich bin?"

„Warum habt Ihr es mir denn gesagt?" fragte der ‚Engländer' gleichmütig.

„Doch nicht, damit Ihr es weiterbrüllt. Übrigens meinte ich nicht bloß, daß die Boote hier halten sollen. Ich denke vielmehr, sie sollen hier anlegen, um ausgeladen zu werden."

Geierschnabel schüttelte langsam den Kopf und erwiderte treuherzig: „Das werden sie nicht tun. Ich verbiete es ihnen."

„Das werden wir Euch zu wehren wissen! Wieviel Leute habt Ihr bei Euch?"

„Weiß nicht! Vergesse zuweilen etwas. Fällt mir später wieder ein."

„Nun, wir werden es ja leicht erfahren. Jetzt befehlt, daß die Dampfer anlegen!"

„Werde es nicht tun!"

Da legte Cortejo Geierschnabel die Hand auf die Schulter und fauchte drohend:

„Sir Lionel, die Boote müssen am Ufer liegen, noch bevor es dunkel wird. Wenn Ihr den Befehl dazu nicht sofort erteilt, werde ich Euch zu zwingen wissen!"

„Zwingen? Ah! Womit?"

Geierschnabel hatte den Regenschirm noch immer unter dem Arm und steckte jetzt die beiden Hände gleichmütig in die Hosentaschen. Es sah aus, als habe er gar keinen Begriff von der Gefährlichkeit seiner Lage, so unbefangen war seine Miene.

„Mit Hieben!" warnte Cortejo. „Ich lasse Euch fünfzig Hiebe aufzählen!" — „Fünfzig? Nur?"

„Sir Lionel Dryden, Ihr seid verrückt!"

„*Well!* Ihr aber auch!"

„Wenn Euch fünfzig zu wenig sind, so lasse ich Euch so lange prügeln, bis Ihr genug habt."

Geierschnabel zog die Schultern empor und machte ein unbeschreiblich verächtliches Gesicht.

„Prügeln? Mich, einen Englishman?"

„Ja. Ihr mögt tausendmal ein Englishman und zehnmal der Sohn und Bruder eines Lords sein, ich werde Euch dennoch peitschen lassen, wenn Ihr nicht sofort gehorcht!"

„Versucht es!"

„Absteigen!" gebot der Mexikaner.

Cortejo sah nicht, was für ein Blick aus dem Auge des vermeintlichen Engländers zu einer prachtvollen Rotschimmelstute hinüberglitt, deren Reiter eben aus dem Sattel stieg. Er sah auch nicht, daß der Engländer die Hände schon halb aus den Taschen zog und in jeder einen Revolver hatte. Er drohte vielmehr:

„Ihr werdet jetzt vor meinen Augen geschlagen werden wie ein armseliger Landstreicher, wenn Ihr nicht sofort gehorcht!"

„Nun, wir wollen sehen, ob Eure Augen das wirklich erblicken werden!"

Geierschnabel hatte im Nu den Regenschirm zwischen die Zähne genommen. Es fiel diesem kühnen Mann nicht ein, selbst bei der Gefahr, der er sich preisgab, den Schirm zu opfern. Im nächsten Augenblick hatte er seine beiden Revolver gezogen und stieß deren Läufe mit aller Gewalt in die Augen Cortejos. Gleich darauf schallten in rasender Aufeinanderfolge seine Schüsse, und ein jeder von ihnen warf einen Mann zu Boden. Cortejo lag an der Erde und konnte nicht sehen. Er stampfte mit Händen und Füßen um sich herum und brüllte wie ein Jaguar. Seine Leute waren eine Minute lang fassungslos.

Einen so plötzlichen Angriff hatte man dem spleenhaften Engländer unmöglich zutrauen können. Aber diese an und für sich so kurze Zeit genügte diesem vollständig. Als er den letzten Schuß seiner Revolver abgegeben hatte, stieß er den lautschrillenden Schrei des Geiers aus. Im nächsten Augenblick schon ertönte der zweite Schrei, denn Geierschnabel saß auf dem Rotschimmel. Er drückte ihm die Fersen in die Weichen, und die Stute flog dem Wald entgegen. An dessen Rand drehte sich der kühne Trapper noch einmal um, und als er bemerkte, daß die Mexikaner noch immer starr am Platz hielten, ahmte er zum dritten- und gleich darauf zum viertenmal den Ruf des Raubvogels nach. Dann war Geierschnabel zwischen den säulenartigen Baumstämmen verschwunden. Erst jetzt rafften sich die Mexikaner auf.

„Ihm nach! Ihm nach!" heulten sie.

Während die meisten wieder auf ihre Pferde sprangen, blieben einige bei Cortejo zurück, um ihm den nötigen Beistand zu leisten.

„Meine Augen, ach, meine Augen!" jammerte er.

Er sah in der Tat schrecklich aus. Beide Augenhöhlen waren blutig gestoßen.

„Zum Wasser, tragt mich zum Wasser!" brüllte er. „Kühlung! Kühlung!"

Die Leute erfaßten ihn und zogen ihn zum Fluß, um dem Verletzten mit Wasser Linderung der furchtbaren Schmerzen zu verschaffen. Später stellte sich die Wirkung des kalten Wassers ein. Das Wimmern ließ nach, und nachdem die Augen mit einem nassen Tuch verbunden waren, fühlte sich Cortejo imstande, hier und da ein Wort in das Gespräch zu mischen, das seine Untergebenen in seiner Nähe führten. Die Verfolger Geierschnabels waren nämlich sehr bald wieder zurückgekehrt. Sie sagten, daß sie nicht vermocht hätten, die Spur des Entflohenen aufzufinden. Die Wahrheit jedoch war, daß ihnen die Boote mit ihrem reichen Inhalt mehr am Herzen lagen als der verrückte Engländer, der doch außer seinen beiden Revolvern nichts bei sich getragen hatte, was sie für ihre Mühe hätte entschädigen können.

Nur den Besitzer der Rotschimmelstute ärgerte es, daß er um sein Pferd gekommen war. Doch war Ersatz vorhanden. Geierschnabel hatte mit seinen zwölf blitzschnell abgeschossenen Revolverkugeln sechs Männer schwer und fünf leicht verwundet. Die Pferde dieser sechs waren jetzt zu haben und der Mann suchte das beste davon für sich aus. Aber die schwerer Verwundeten waren im höchsten Grad hinderlich. Es fragte sich, was mit ihnen anzufangen sei.

„Ich wüßte wohl einen Ort, wo sie Unterkunft finden könnten", sagte der bisherige Wortführer der Freischärler.

„Wo?" fragte Cortejo, dessen Schmerzen sich gelindert hatten.

„Zunächst muß man erwägen, daß sie hier auf diesem Ufer nicht sicher sein würden. Drüben aber habe ich einen alten Bekannten, der etwa drei Wegstunden von hier am linken Ufer eine Blockhütte hat. Dort sind sie ungefährdet und können ihre Heilung abwarten."

„Ah, könnte ich mit!" seufzte Cortejo.

„Wer verbietet Euch das?"

„Kann ich denn hier fort?"

„Warum nicht? Ihr vermögt doch nichts zu sehen und auch nichts zu nützen."

„Vielleicht bessert sich das eine Auge diese Nacht."

„Möglich. Aber dennoch ist es richtiger, Ihr pflegt Euch, Señor. Laßt Eure Befehle hier! Wir werden sie genau befolgen."

„Nein. Ich bleibe."

Der andre zog sich nach diesem Versuch zurück. Der Abend war hereingebrochen, und man brannte ein Feuer an. Der Anführer saß an diesem, in tiefes Nachdenken versunken. Später erhob er sich und winkte einigen seiner Kameraden, die die Hervorragendsten zu sein schienen, ihm zu folgen.

„Was willst du?" fragte ihn einer.

„Ich habe da einen prächtigen Gedanken", sagte er. „Davon braucht aber dieser Cortejo nichts zu wissen."

„So rede!"

„Sagt mir zunächst, was ihr von diesem Cortejo in Wahrheit haltet!"

Sie schwiegen, unentschlossen, ob sie die Wahrheit sagen sollten. Endlich antwortete einer:

„Sag erst, was du von ihm hältst."

„Nun, ich denke, daß er ein Schafskopf ist."

„Ah! Das hast du dir aber nicht merken lassen."

„Dann wäre ich ein großer Esel gewesen. Habt ihr denn jemals geglaubt, daß dieser Cortejo wirklich Präsident werden könne?"

„O nein."

„Also. Dazu ist er ja viel zu dumm. Der Panther des Südens hat sich mit ihm verbunden, um ihn auszunützen. Können wir es nicht ebenso machen? Ich meine, können wir die Boote da drüben nicht für uns nehmen?"

„Ohne Cortejo? *Caramba*, das wäre allerdings ein außerordentlicher Fang!"

„Nun, was sagt ihr zu diesem Gedanken?"

„Prachtvoll!"

„Ja, prachtvoll!" wiederholten die andern.

„Und leicht auszuführen", meinte der Führer.

„Mir scheint es nicht so. Was wird Cortejo dazu sagen?"

„Kein Wort, denn wir werden ihn nicht fragen. Er wird auch nichts merken. Wenn ich nur wüßte, ob ihr die Männer seid, mit denen man aufrichtig reden darf. Glaubt ihr wohl, daß ein Hahn danach krähen würde, wenn Cortejo plötzlich verschwände?"

„Ja, seine Anhänger."

„Das sind ja eben wir."

„Seine Tochter."

„Was geht uns die Tochter an! Er ist blind und weiß nicht, was mit ihm geschieht. Ein rascher, sicherer Stoß, und die Sache ist abgemacht."

„Ein Mord? Brr!"

„Unsinn! Es ist schon mancher gestorben. Denkt daran, was sich alles auf den Booten befindet!"

„Man sagt, einige tausend Gewehre. Die kosten sehr viel Geld."

„Man spricht sogar von Kanonen."

„Noch viel mehr: ich weiß von Cortejo selber, daß sich auch Hilfsgelder aus England dort befinden. Es sind viele Millionen."

„*Ascuas!*"

„Ja. Wollen wir dieses Geld Cortejo lassen, damit er es mit seinem wahnsinnigen Bestreben, Präsident zu werden, zum Fenster hinauswirft?"

„Weißt du das von dem Geld gewiß?"

„Ganz gewiß. Die Spione haben es erkundet."

„Dann wären wir Toren, ihm das Geld zu lassen."

„Wir nehmen es für uns. Cortejo muß auf die Seite! Wenn Millionen zu teilen sind, dann gibt es keine großen Bedenken. Die Hauptsache ist, daß wir im stillen vorarbeiten. Wir mischen uns unter unsre Leute und horchen sie aus, bevor wir mit unsern Absichten herausrücken."

„Aber Cortejo war unser Anführer, er hat nie geknausert und sehr oft die Augen zugedrückt. Hat er uns nicht erst kürzlich die Hacienda del Eriña plündern lassen? Ich möchte doch nicht, daß er getötet würde. Wir könnten uns ja auf andre Weise seiner entledigen. Wir bauen zum Beispiel ein kleines Floß und setzen ihn darauf. Er kann den Strom hinabschwimmen, bis man ihn findet."

„Das wäre ein Ausweg. Ich denke, daß dieser Vorschlag nicht schlecht ist. Was meint ihr übrigen dazu?"

Alle waren einverstanden. Nach einer kurzen Beratung wurde beschlossen, Cortejo auf einem Floß auszusetzen. Einer fügte hinzu:

„Was tun wir mit den Verwundeten? Teilen sie mit, so wird unser Anteil kleiner. Ich dächte, sie wären auch überflüssig."

„Das ist wahr."

„Wollen wir sie nicht zu Cortejo auf das Floß tun?"

„Nein", sagte ein andrer, der doch nicht ganz gewissenlos war. „Sie sind unsre Kameraden. Laßt sie liegen, wir wollen es erst abwarten! Es genügt, Cortejo los zu sein, denn dadurch werden wir an seiner Stelle Eigentümer der Beute. Ohne einen Anführer aber geht es nicht. Es ist notwendig, einen zu wählen, und ich denke, wir besprechen uns jetzt."

Auch dieser Gedanke wurde für gut befunden, und nach einigem Hinundherreden sah sich jener, der den für Cortejo verhängnisvollen Plan entworfen hatte, zum Anführer der Truppe gewählt. Jetzt bildeten sich einzelne Gruppen, in denen eine leise Unterhaltung geführt wurde. Die Gruppen näherten sich einander und flossen schließlich wieder zu einem Ganzen zusammen. Die Unterhaltung war so leise und heimlich geworden, daß es dem Verwundeten endlich auffällig wurde.

„Was gibt es? Warum flüstert ihr?" fragte Cortejo argwöhnisch.

„Wir fragen uns, was werden soll", antwortete der Anführer.

„Was soll werden! Die Dampfer liegen doch noch da? Sie werden die Rückkehr des Engländers erwarten. Wir nehmen sie vorher weg."

„Aber wie? Wenn wir nur Boote hätten! Meint Ihr, daß wir uns Flöße bauen?"

Cortejo sann ein wenig nach.

„Das ist nicht vorteilhaft. Flöße sind schlecht zu lenken. Oh, könnte ich sehen, dann wären diese Dampfer und Boote in einer Stunde unser."

„Wohl schwerlich, Señor! Wir haben keine Boote und sollen auch keine Flöße herstellen?"

„Ganz richtig! Aber wer hindert uns denn, hinüberzuschwimmen?"

„Das ist wahr. Aber nicht alle können schwimmen."

„Ist das notwendig? Wächst hier nicht Holz und Schilf genug? Wenn sich jeder ein tüchtiges Bündel macht, auf das er sich mit dem Oberkörper legen kann, so möchte ich den sehen, der nicht hinüberkäme."

„Aber das Pulver wird naß."

„Nein, denn die Büchsen bleiben zurück. Wenn jeder seine Machete[1] mitnimmt, so genügt es. Kommen wir einzeln angeschwommen, so

[1] Schwerer Dolch

werden wir nicht bemerkt. Wir haben die Dampfer und Boote bestiegen, bevor die Bemannung eine Ahnung hat, und stoßen sie nieder. Dann wird die Ladung an Land geschleppt. Oh, wenn ich dabeisein könnte!"

„Dabeisein könnt Ihr ja, Señor! Wir richten für Euch ein größeres Floß her und nehmen Euch mit."

„Ich kann es aber doch nicht lenken", meinte Cortejo ärgerlich.

„Das ist nicht nötig. Ihr bekommt zwei oder drei Mann zur Unterstützung."

„Das ginge. Die Schmerzen haben einigermaßen nachgelassen. Ich hoffe zwar, morgen auf dem einen Auge wieder sehen zu können, aber wenn wir mit dem Angriff bis dahin warten wollen, kann uns der Fang leicht entgehen."

„Darum stimmen wir Euch bei, so bald wie möglich anzugreifen."

„Gut", sagte Cortejo. „Seht ihr noch Lichter auf dem Schiff?"

„Kein einziges."

„Sie schlafen. Sie denken, die Gefahr ist vorüber. Es sind dumme Menschen. Ihr müßt euch im voraus teilen, damit jeder weiß, welchen Dampfer oder welches Boot er besteigen soll. Auch müssen wir das Feuer löschen, sonst werden wir von dessen Schein verraten. Geht und haut euch Schilf und Zweige ab! Mir baut ihr dann ein Floß!"

„Wohin wollt Ihr gerudert sein, Señor?"

„Ich muß sehen können."

Die Leute warfen sich vielsagende Blicke zu und gingen an ihre Arbeit. Es war jedenfalls von Cortejo eine Dummheit, sich in seinem Zustand zum Dampfer flößen zu lassen. Aber er traute seinen Leuten nicht und glaubte, den Inhalt der Boote sicherer zu haben, wenn er persönlich dabei sei, obgleich er sich am Kampf nicht beteiligen konnte. Grade dadurch aber kam er den dunklen Absichten der Männer entgegen. Die Mexikaner hieben mit ihren langen Macheten genug Schilf und Zweige ab, um sich Bündel zu machen, die das Schwimmen erleichtern sollten. Für Cortejo wurde ein kleines Floß gebaut.

„Wie groß ist es?" fragte er, als man ihm meldete, daß es fertig sei.

„Zweieinhalb Meter lang und zwei Meter breit."

„Das ist zu klein", sagte er.

„Oh, Señor, das ist groß genug", erwiderte der, den man hinter Cortejos Rücken zum Anführer gewählt hatte. „Es ist ja nur für einen Mann."

„Und die mich rudern sollen, wo bleiben die?"

„Die schwimmen nebenher und geben dadurch dem Floß die geeignete Richtung. Ein größeres würde zu auffällig sein und von den

Schiffen aus zu leicht bemerkt werden. Ihr kämt dadurch in eine Gefahr, der wir Euch doch unmöglich aussetzen dürfen, Señor."

Das klang so fürsorglich und leuchtete Cortejo ein.

„Gut", sagte er, „so mag es bei dem Flößchen bleiben. Es gilt nur noch, die letzten Anordnungen zu treffen. Das Nötigste wißt ihr. Ich will Euch nur wiederholen, daß ihr den Inhalt der Dampfer und Kähne nicht anrühren dürft. Die Fracht gehört mir."

„Könnten nicht auch wir einen Teil davon beanspruchen, Señor Cortejo?"

„Nein. Ihr wißt ja, wozu alles verwendet werden soll."

„Aber bedenkt, Señor, daß das alles doch nicht Euer Eigentum ist! Ihr nehmt es weg, und wir helfen Euch dabei. Das ist das gleiche, als wenn ein Kriegsschiff ein feindliches Schiff wegnimmt. Da setzt es doch Prisengelder."

„Die werdet ihr auch erhalten."

„Wie hoch? Wieviel?"

„Das kommt auf den Wert der Prise an. Ich werde den zehnten Teil des Werts unter euch verteilen lassen."

„Ist das nicht zuwenig, Señor?"

„Schweigt! Es befinden sich Millionen auf den Schiffen, das gibt also von einer jeden Million hunderttausend für euch. Nun rechnet aus, welche Summe da auf den Kopf kommt!"

„Ah, so haben wir diese Sache noch nicht betrachtet. Jetzt sieht sie anders aus, und ich erkläre, daß wir einverstanden sind."

„Das denke ich auch."

Hätte Cortejo die Mienen der Freischärler sehen können und die Blicke, die sie einander zuwarfen, so wäre er ganz andrer Meinung gewesen.

„Löscht das Feuer aus!" gebot er. „Es ist Zeit, zu beginnen."

Diesem Befehl wurde sofort Folge geleistet. Die Mexikaner waren vom Gelingen ihres Plans überzeugt. Sie zitterten vor Begierde, diese Schätze in ihre Hände zu bekommen. Die Schußwaffen, die im Wasser gelitten hätten, wurden abgelegt, und zwar so, daß jeder die seinigen leicht wiederfinden konnte. Dann griffen sie zu ihren Bündeln und gingen ins Wasser, in solchen Abteilungen, wie es ihnen anbefohlen worden war. Cortejo wurde auf das Floß geleitet, das von zwei guten Schwimmern gelenkt werden sollte.

„Vorwärts!" befahl er.

Infolge dieses halblauten Befehls begann die Schwimmpartie. Mit Hilfe der Schilfbündel wurde den Leuten das Schwimmen leicht, und sie hatten wohl die Hälfte der Entfernung zurückgelegt, als vom ersten Dampfer Raketen emporstiegen. Sie erschraken, denn der ganze Schauplatz wurde dadurch fast tageshell erleuchtet. Mit Bestürzung erkannten sie, daß die Bemannung auf ihrem Posten war.

„Feuer!" ertönte da des Lords Stimme.

Die Geschütze krachten, und einen Augenblick lang schien das Wasser des Flusses sich in Wallung zu befinden. Es spritzte unter der Gewalt der einschlagenden Kartätschen hoch auf. Unterdrückte Schreie und Flüche wurden ringsum hörbar, und die Köpfe mancher der Schwimmenden verschwanden von der Oberfläche des Flusses. Eine Kugel hatte auch einen der beiden getroffen, die das Floß Cortejos lenkten.

„*Santa Madonna*, hilf!" rief er. „Ich bin in den Arm getroffen. Ich kann nicht mehr!"

Damit ließ der Verwundete das Floß fahren, und als in diesem Augenblick die Raketen abermals stiegen, sah sein Gefährte ihn zurückbleiben.

„Halte dich mit dem unverletzten Arm fest", mahnte Cortejo.

„Es ist zu spät, Señor", keuchte der andre. „Der arme Teufel mußte sofort umkehren."

„Wie sieht es aus? Ich kann doch nichts sehen."

„Man hat vom Schiff Raketen steigen lassen."

„*Caramba!* Und auch mit Kanonen geschossen! Hat es getroffen?"

„Ja, Señor."

„So mag man sich beeilen, an Bord zu kommen."

„Oh, damit ist es nichts! Alle fliehen dem Ufer zu."

„Hölle und Teufel! Alle? So ist der Angriff mißlungen?"

„Vollständig, Señor!"

„Oh, daß ich nicht sehen kann! Es würde ganz anders gegangen sein!"

„Es wäre nicht anders. Das Augenlicht schützt nicht vor Kartätschen."

„Rudere auch mich ans Ufer!"

„Fällt mir nicht ein", antwortete der Mann, auf einmal in einen ganz anderen Ton übergehend. „Ich rudere Euch nicht mehr."

„Ah! Warum?"

„Weil es verboten ist, Euch wieder ans Ufer zu bringen."

Cortejo war starr. Es ging ihm plötzlich eine Ahnung auf, in welcher Gefahr er sich infolge seiner Blindheit befand.

„Wer hat es verboten?" fragte er atemlos.

„Die Kameraden", erwiderte der Mann, indem er sich eine andre, dem Ufer zustrebende Richtung gab.

„Also Empörung, Meuterei?"

„Nennt es, wie Ihr wollt! Ich könnte Euch schon verlassen haben. Aber solange das Floß uns noch Dienste leistet, will ich Euch Rede stehen."

„*Caramba!* Weshalb will man mir nicht mehr gehorchen?"

„Weil man Euch nicht mehr gebrauchen kann. Ihr hindert uns nur."

„Denk an die Prisengelder!"
„Die mögen wir nicht. Das Ganze ist uns lieber."
„Ah! Ist es darauf abgesehen? Mann, sag mir die Wahrheit! Soll ich wirklich verlassen werden?"
„Ja."
Eine entsetzliche Angst begann sich Cortejos zu bemächtigen. „Was will man mit mir tun?" fragte er bebend.
„Erst wollte man Euch töten, dann hat man beschlossen, Euch auf diesem Floß dem Strom zu überlassen. Das Weitere wird sich von selber finden."
„*Demonio*. Und das wolltest du tun? Daran werde ich dich denn doch hindern."
Cortejo hatte sich auf das Floß hingestreckt. Sein Kopf befand sich in der Nähe der Stelle, wo der Schwimmer das Floß gefaßt hatte.
„Wie wolltet Ihr das anfangen?" grinste der Mann.
„In dieser Weise!" entgegnete Cortejo und griff, obgleich er nicht sehen konnte, zu, um die Hand des Mannes fest zu umfassen.
„Ah", sagte dieser, „Ihr wollt mich festhalten? Das bringt Ihr nicht fertig. Ihr werdet sehen, wie leicht es ist, sich eines Blinden zu erwehren."
„Ich gebe dir doppeltes Prisengeld."
„Ist zuwenig. Ich lasse mich nicht erkaufen und darf Euch nicht zurückbringen. Lebt wohl!"
Sie waren jetzt mit dem Floß dem Ufer nahe gekommen.
„Nein, ich lasse dich nicht los!" Bei diesen Worten klammerte Cortejo seine Finger mit doppelter Kraft um das Handgelenk des Mexikaners.
„Nun, so brauche ich Gewalt!" rief dieser. Dabei zog er mit der andern Hand seine Machete aus dem Gürtel und legte die Schneide des scharfen Messers auf die Hand Cortejos. „Ich ersuche Euch, loszulassen, sonst hau' ich Euch die Finger ab!"
Da zog Cortejo rach seine Hand zurück.
„So!" hohnlachte der andre. „Schwimmt, wohin Ihr wollt! Nur hütet Euch, daß Ihr nicht in die Hände der Engländer fallt!"
Dann gab er dem Floß einen kräftigen Stoß, so daß dieses wieder der Mitte des Stroms zutrieb, und schwamm ans Ufer.
Cortejo fühlte den Stoß. „Bist du fort?" fragte er.
Keine Antwort ertönte.
„Antworte! Ich bitte dich um Gottes willen, antworte!"
Aber so sehr er auch lauschte, es ließ sich nichts hören.
„Allein! Allein! Blind und verlassen! Bei lebendigem Leib dem sichern Tod übergeben! Was tue ich? Wie rette ich mich?"
Dennoch besaß er Tatkraft genug, um die Partie noch nicht aufzugeben.

„Ah!" sagte er. „Wer hindert mich, selber ans Ufer zu rudern? Dann werde ich zu ihnen treten und ein strenges Gericht halten. Es wird noch viele unter ihnen geben, die zu mir halten. Vorwärts also!"
Pablo Cortejo glitt vom Floß herab, hielt sich an diesem fest und arbeitete, wie er meinte, dem Ufer entgegen. Aber er konnte nicht sehen. Das Floß hatte sich gedreht und drehte sich noch immerfort. Er merkte es daran, daß er abwechselnd die Strömung mit sich und gegen sich hatte. Es war ihm unmöglich, die Richtung einzuhalten.
„Es geht nicht!" jammerte er, als er sich fast außer Atem gearbeitet hatte. „Ich bin verloren! Es gibt kaum Rettung für mich. Selbst wenn ich um Hilfe rufe, habe ich nichts zu hoffen. Dieser Lord wird mich hören und eins seiner Boote aussenden; ich gerate dann in seine Hände. Nur ein günstiger Zufall kann mich retten. Ich muß abwarten, ob die Strömung mich vielleicht ans Ufer treibt."
Der Unglückliche kroch wieder aufs Floß und streckte sich darüber hin. Das Arbeiten im Wasser hatte ihn geschwächt. Seine Augen schmerzten ihn wieder, und er nahm das Tuch herab, um sie mit Wasser zu kühlen. So wurde er von der Strömung weitergetragen. Trotz der in jenen Ländern herrschenden Tageswärme sind die Nächte dort kalt. Cortejos Kleidung war durchnäßt, und bald fühlte er sich vom Frost ergriffen. Dazu kamen noch das Wundfieber und der Schmerz, der auch bei Anwendung des Wassers nicht weichen wollte. Er getraute sich nicht zu wimmern, und doch hätte er vor Schmerz laut aufbrüllen mögen. So verlebte er Viertelstunden, die ihm zu Ewigkeiten wurden.
Endlich fühlte Cortejo einen Ruck. Das Floß war ans Ufer gestoßen. Er tastete mit der Hand hin und ergriff einen Zweig, an dem er sich festhielt. Bei einer genauern Untersuchung merkte er, daß das Floß so weit über das flache Ufer heraufgetrieben worden sei, daß es festsaß. Er blieb noch liegen um seiner Augen willen, die des kalten Wassers so sehr bedurften. Dessen unausgesetzter Gebrauch hatte wirklich zur Folge, daß der Schmerz sich verminderte. Auch das Fieber ließ nach. Jetzt kroch er an Land, eine ganze Strecke durch Schilf und Sträucher, um sich eine Lagerstelle zu suchen.
„Zunächst muß ich mich verstecken", murmelte er, „damit mich meine Leute nicht finden, wenn sie mich etwa suchen sollten."
Nur durch den Tastsinn konnte sich Cortejo überzeugen, ob er an einer Stelle sei, die ihm Deckung gewährte. Dann streckte er sich hin.
„So bin ich wenigstens nicht ertrunken!" sagte er sich. „Noch habe ich Glück. Wer weiß, auf welche Art ich noch Rettung finde!"
Die Anstrengung, der Schmerz und das Fieber hatten Cortejo so angegriffen, daß er in einen Schlaf versank, der zwar unruhig war, ihm aber doch für diese Zeit Vergessenheit gewährte. Endlich wurde

er durch die Kälte geweckt und fühlte am Hauch des sich erhebenden Windes und an dem eigentlichen Nebel, daß der Morgen nahe sei. Und da merkte er zu seiner unaussprechlichen Freude, daß das Sehvermögen seines linken Auges noch nicht erloschen war. Als die Sonne ihre ersten Strahlen aufs Wasser warf, so daß dessen Oberfläche goldig glitzerte, war es ihm, als sähe er dieses Gold in seinem Auge leuchten. Das war keine Täuschung. Zwar war das Auge sehr entzündet, aber von Viertelstunde zu Viertelstunde besserte es sich, und als es Mittag war, konnte er schon seine Hände erkennen, wenn er sie nah genug ans Auge hielt.

So verging noch eine Zeit. Da horchte Cortejo auf. Es war ihm, als habe er Pferdegetrappel gehört. Ja, richtig, jetzt erklang ein lautes Schnauben, das nur von einem Pferd herrühren konnte.

Wer kam? Wer war das? Wer nahte? Sollte Cortejo rufen? Es konnte ein Feind sein. —

Als das Boot, mit dem Geierschnabel vom Dampfer stieß, ans Ufer gerudert wurde, war die Besatzung in größter Erwartung, was geschehen werde. Sie beobachtete den Vorgang mit atemloser Spannung, bis plötzlich ein Schuß knallte und gleich darauf eine ganze Reihe von Schüssen knatterte.

„O Gott, sie schießen ihn nieder!" klagte der Lord.

„O nein", antwortete der Steuermann. „Zwar habe ich kein Fernrohr, aber ich glaube im Gegenteil, daß Geierschnabel sie niederschießt."

Der erste Schrei des Geiers erscholl und gleich darauf der zweite.

„Gott sei Dank, er befreit sich! Seht Ihr ihn dort auf dem Pferd?" fragte der Lord, die Hand ausstreckend.

„Ja. Der Trapper galoppiert zum Wald."

Der dritte Geierschrei erscholl und gleich darauf der vierte. Der Reiter war verschwunden.

„Er reitet zu Juarez!" jubelte Sir Henry. „Dem Himmel sei Dank! Mir war sehr bang um ihn. Aber noch ist er nicht gerettet. Seht, man verfolgt ihn!"

Die Mexikaner verschwanden auch im Wald.

„Er wird sich nicht einholen lassen", meinte der Steuermann. „Doch, wen bringt man dort ans Ufer?"

Der Lord richtete sein Fernrohr dorthin. „Das ist ja Cortejo. Er muß im Gesicht verwundet sein. Man wäscht ihn. Mehr vermag ich nicht zu erkennen."

Die Männer in den Booten hörten das Brüllen und Wimmern Cortejos, das nach und nach leiser wurde und endlich ganz aufhörte.

„Die Verwundung muß sehr schmerzhaft sein", sagte der Steuermann.

„Er hat es verdient", erklärte der Lord. „Ich gäbe viel darum, wenn der Mann in meine Hände fiele!"

„Juarez kommt und wird ihn fangen."

„Ich hoffe es. Leider ist es jetzt dunkel. Wer weiß, was geschieht. Vielleicht verlassen sie den Platz, weil ihre Kriegslist verunglückt ist."

Die Annahme erwies sich als unbegründet, denn bald sah man die zahlreichen Verfolger zurückkehren. Sie lagerten sich, und als der Abend hereinbrach, wurde drüben sogar ein Feuer angebrannt, dessen Schein in goldenen Strahlen auf das Wasser fiel.

„Sie bleiben, Mylord", sagte der Steuermann. „Ist das schlimm für uns?"

„Schlimm nicht, obgleich ich vermute, daß sie uns einen Besuch machen werden. Sie wollten mich in ihre Hand bekommen und mit meiner Person auch die Ladung. Sie haben sich geirrt und werden deshalb, um ihr Ziel zu erreichen, einen Angriff wagen müssen. Wir werden wachsam sein und hören, wenn sie kommen. Ich lasse die Geschütze vorher richten, um die ganze Oberfläche des Wassers zu bestreichen. Jedenfalls bauen sie sich ein Floß."

Von jetzt an verging über eine halbe Stunde, da erlosch das Feuer am Ufer. Die goldnen Lichtstrahlen verschwanden, und es herrschte nun die tiefste Finsternis auf der Flut. Einige Zeit verging.

Da rief plötzlich der Steuermann, der fortgesetzt die Wasserfläche betrachtete: „Sie scheinen zu kommen!"

„Soll ich Licht geben?"

„Ja, es ist Zeit."

Einige Augenblicke später zischten einige Raketen empor. Man konnte die Oberfläche des Stroms deutlich überblicken. Vom Ufer an bis zur Hälfte des Wegs sah man Kopf an Kopf die Freischärler herbeischwimmen.

„Feuer!" gebot Dryden.

Ein lautes Gekrach war die Antwort, ein prasselndes Plätschern folgte. Die Boote schaukelten auf und nieder. Schrei auf Schrei, Ruf auf Ruf erscholl auf dem Strom, dann ward es wieder still und dunkel.

„Mehr Raketen!" befahl der Steuermann.

Eine neue Feuergarbe stieg empor, und da sah man nun, daß die Schüsse nicht vergebens gewesen waren. Viel Feinde zwar schienen nicht erledigt worden zu sein, doch konnte man deutlich bemerken, daß alle dem Ufer wieder zustrebten. Ein Floß wurde stromab getrieben, und der darauf lag, schien tot zu sein. Hätte Dryden geahnt, daß dieser Mann Cortejo war, so hätte er sicherlich ein Boot ausgesandt, um sich seiner zu bemächtigen.

„Sie fliehen dem Ufer zu, wir haben gewonnen", jubelte der Steuermann.

„Für diesmal ja", erwiderte der Lord. „Es steht aber zu erwarten, daß sie einen zweiten Angriff unternehmen."

„Wollen wir dem nicht ausweichen? Wir dampfen einfach eine Strecke aufwärts."

„Aber wir sollen Geierschnabel hier erwarten."

„Er wird uns dennoch finden. Er kann vor morgen nachmittag nicht zurück sein, und da befinden wir uns längst wieder hier."

„Ihr glaubt nicht, daß uns die Wegelagerer folgen werden?"

„Bei diesem Dunkel durch den Wald und das Ufergestrüpp? Das ist unmöglich. Sie werden sich die Köpfe einrennen."

„Aber laufen wir nicht auch Gefahr?"

„Nein. Wir haben zwar eine gefährliche Krümmung vor uns, aber wir werden langsam fahren."

„Nun gut, einverstanden!"

Der Steuermann gab seine Befehle, die halblaut von Boot zu Boot weitergegeben wurden, und bald setzte sich der Zug in langsame Bewegung. Drüben am Ufer standen die Mexikaner in tiefer Dunkelheit. Der Anführer ließ zunächst das Feuer wieder anfachen, so daß jeder seine abgelegten Oberkleider und Schießwaffen wiederfinden konnte.

„Der Teufel hole diese Halunken!" knirschte der Anführer. „Wie kamen sie dazu, die Raketen steigen zu lassen, als wir unterwegs waren?"

„Sie haben uns gehört", antwortete einer.

„Unmöglich, das muß doch eine andre Bewandtnis haben."

„Ich kann mir denken, welche", meinte ein dritter. „Sie sind dadurch aufmerksam geworden, daß wir unser Feuer ausgelöscht haben. Es war leicht auszurechnen, weshalb wir das taten."

„Richtig! So ist es. Wir müssen den Angriff wiederholen, lassen aber die Feuer diesmal brennen."

„Da sehen sie uns kommen."

„Nein. Wir gehen eine Strecke stromaufwärts, schwimmen so weit wie möglich hinüber und lassen uns dann abwärts treiben, damit wir von der andern Seite, wo sie uns nicht vermuten, an sie kommen. Doch, da schaut hinüber!"

Aller Augen richteten sich auf den Fluß. Aus den Essen der beiden Dampfer flogen Funken empor. Dann hörte man das Rauschen der Schiffsschrauben.

„*Caramba*, sie dampfen fort", rief der Anführer.

„Ja, sie entgehen uns."

„Nun könnten wir ihnen morgen abermals nachsetzen."

Die Schlote warfen jetzt lange Funkenschweife, da die Maschinen mit Holz geheizt wurden. Die Mexikaner sahen diese Garben hinter der Krümmung des Flusses verschwinden.

„Was nun tun?" fragte einer.

Der Anführer blickte finster zu Boden. „Es bleibt uns nur eines, ihnen den Weg zu verlegen. Zu Pferd sind wir schneller als die Schleppzüge."

„Wann brechen wir auf?"

„Erst mit Tagesanbruch. Jetzt wird geschlafen."

2. Ein Wiedersehen am Rio Grande

In ziemlicher Entfernung von diesen Mexikanern, an dem Zusammenfluß des Sabinas mit dem Rio Salado, kam um diese Zeit Juarez mit den Seinen an. Trotz der Dunkelheit wurde das Ufer des Flusses abgeschritten, aber es fand sich keine Spur von dem erwarteten Engländer. Darum wurde das Lager errichtet, nachdem man die Pferde versorgt hatte. In diesem Lager sah es anders aus als in dem der Freischärler. Hier sorgten regelmäßige Wachen für die Sicherheit des Ganzen.

Der Ritt war anstrengend gewesen. Darum schlief man fest bis zum Anbruch des Morgens, wo die Jäger sich rüsteten, in der Umgebung jagdbares Wild aufzusuchen. Bärenherz und sein Bruder Bärenauge waren die ersten, die sich in den Sattel schwangen. Kaum aber hatten sie die Böschung erklommen, von der aus man den Blick freier hatte, so staunte Bärenherz: „Uff! Wer ist das?"

„Es kommt jemand?" rief Juarez hinauf.

„Ja, dort!"

Der Indianer streckte seinen Arm aus, um die Richtung anzudeuten. Der Lagerplatz war hinter Büschen versteckt, durch deren Lücken man eine weite Prärie erblickte. Über die Ebene kam ein Reiter im rasenden Galopp daher. Er war schon so nah, daß man alle Einzelheiten an ihm erkennen konnte.

„Ein sonderbarer Mensch", lachte Juarez, der ebenfalls das hochgelegene Ufer erstiegen hatte. „Wie kommt eine solche Gestalt in die Prärie?"

„Der Kleidung nach scheint es ein Engländer zu sein", bemerkte Sternau.

„Vielleicht ein Bote von Sir Henry Dryden."

„Hm! Sollte der Lord auch Pferde an Bord haben? Übrigens reitet dieser Mann nicht wie ein Engländer, sondern wie ein Indianer."

„Er richtet sich im Sattel auf. Er scheint zu suchen. Wir wollen uns ihm zeigen!"

Sie traten zwischen den Büschen heraus, und der Reiter erblickte sie sofort. Erst schien er zu stutzen, dann lenkte er sein Pferd auf sie zu. Als er näher gekommen war, schwang er mit der Rechten einen Regenschirm, mit der Linken ein Zylinderhut und stieß einen lauten Ruf der Freude aus.

Einige Augenblicke später hielt er vor ihnen, sprang aus dem Sattel und versuchte, unter Zuhilfenahme des Hutes und Schirms, einige feine Verbeugungen zustande zu bringen, was ihm aber schauderhaft mißglückte.

Sie erblickten die große Nase; sie starrten auf den grauen Anzug; sie wußten sich das Ding nicht zu erklären, aber aus aller Mund erklang ein Name:

„Geierschnabel!"

„Ja, Geierschnabel. Habe die Ehre, Gentlemen und Señores", sagte der Reiter unter einer abermaligen Verbeugung.

Dabei spießte er den Regenschirm in die Erde, stülpte den Hut darüber und riß den Rock herunter, den er über den Hut legte.

„Verdammte Maskerade!" knurrte er. „Einmal Engländer gespielt, aber niemals wieder, meine Herren!"

„Ihr habt den Engländer gespielt?" wunderte sich Juarez. „Warum?"

„Um mich fangen zu lassen."

„Ah! Ich verstehe Euch nicht. Ihr wollt Euch fangen lassen?"

Der Trapper zog eine Rolle Kautabak hervor und biß ein Stück davon ab. „Ja. Und ich wurde auch wirklich gestern am Rio Grande del Norte von einem gewissen Pablo Cortejo festgenommen."

„Pablo Cortejo?" fragte Sternau. „Ich denke, der ist am San Juan?"

„O nein, Sir! Wenn Ihr ihn sehen und fangen wollt, so sollt Ihr ihn kurz nach Mittag haben."

„Erzählt, Señor! Ihr habt Sir Henry Dryden doch in El Refugio glücklich angetroffen?"

„Das versteht sich, und wir sind sofort zum Sabinas aufgebrochen."

Geierschnabel berichtete nun weiter bis zu seinem gestrigen Abenteuer.

„Der Lord erwartet uns also an jener Flußkrümmung?" fragte Juarez.

„Ja, Señor, denn ich versprach ihm, daß ich Euch holen werde."

„So wollen wir aufbrechen! Könnt Ihr uns führen, oder seid Ihr zu sehr ermüdet?"

„Ermüdet?" fragte Geierschnabel, indem er einen Tabakstrahl an der Nase des Präsidenten vorüberspritzte. „Gebt mir nur ein andres Pferd!"

Es wurde nun ein kurzer Kriegsrat gehalten, dessen Ergebnis war, daß ein Teil der Leute zurückbleiben und die andern sofort aufbrechen sollten, um dem Lord zu Hilfe zu kommen.

Eine Viertelstunde nach Geierschnabels Ankunft brauste die Truppe im schnellsten Galopp über die Ebene dahin, Sternau mit Geierschnabel als Führer an der Spitze. Sie mochten wohl zwei Stunden unterwegs sein, als ein Reiter vor ihnen auftauchte, der ihre Richtung kreuzte. Eh' er sich's versah, war er umringt, doch schien

ihm das weder Angst noch Sorge zu bereiten. Es war ein Mann von mittlerer Gestalt, über fünfzig Jahre alt und von der Sonne tief gebräunt. Juarez fragte ihn:
"Kennt Ihr mich, Señor?"
"Ja. Ihr seid Juarez, der Präsident."
"Gut. Wer seid Ihr?"
"Ich bin ein Jäger. Drüben von Texas. Ich hause am linken Ufer des Stroms."
"Wie heißt Ihr?"
"Grandeprise."
"So seid Ihr ein Franzose?"
"Nein, ein Yankee französischer Abkunft."
"Wohin wollt Ihr?"
"Nach Haus."
"Woher kommt Ihr?"
"Von Monclova."
Juarez betrachtete den Mann noch einmal mit scharfem Auge, dann fragte er:
"Ist Euch der Name Cortejo bekannt?"
"Ja. Ich habe ihn gehört."
"Den Mann selbst kennt Ihr wohl auch, oder nicht?"
"Nein."
"Wann seid Ihr von der Stadt aufgebrochen?"
"Gestern früh."
"Ist Euch ein bedeutender Trupp Reiter begegnet, oder kam Euch sonst etwas verdächtig vor?"
"Nein."
"Kennt einer von uns diesen Mann?"
"Ja, ich kenne ihn", antwortete Geierschnabel. "Ich bin einmal bei ihm über Nacht gewesen. Er wird sich meiner wohl noch erinnern."
"Das genügt. Vorwärts!"
Der Trupp setzte sich wieder in Bewegung und flog von dannen. Der Jäger Grindeprise blickte ihnen finster nach.
"Der Teufel hole diese großen Herren!" brummte er. "Wäre dieser Geierschnabel nicht dabei gewesen, so hätte die Prüfung viel länger gedauert. Was gehen mich andre Leute an? Ich habe mit mir selber zu tun!"
Damit ritt er, ein Saumpferd neben sich führend, in etwas abweichender Richtung der Gegend zu, wo er etwas weiter unten als Juarez auf den Rio Grande del Norte treffen mußte.
Jetzt hielten sich nicht Sternau und Geierschnabel allein an der Spitze, Mariano hatte sich zu ihnen gesellt. Er war fieberhaft erregt. Er ging ja einem Wiedersehen entgegen, das er jahrelang nicht für möglich gehalten hatte. Sein Pferd lief fast über alle Kräfte, und

doch war ihm der Galopp noch zu langsam. Sternau bemerkte das und sagte:

„Der Gaul muß ja zusammenbrechen, Mariano. Laß ihm Luft!"

„Vorwärts!" war die ungeduldige Antwort.

Die Pferde der drei Männer waren ausgezeichnete Läufer. So kam es, daß sie den andern eine bedeutende Strecke vorauskamen.

Es mochte fast gegen Mittag sein. Sternau bemerkte plötzlich eine Bewegung an der äußersten Gesichtslinie. Er hielt sofort das Tier an und zog sein Fernrohr hervor. Auch die beiden Gefährten zügelten ihre Pferde.

„Was gibt's?" forschte Mariano, ärgerlich über diese Verzögerung.

„Es kommen Reiter grad auf uns zu", entgegnete Sternau.

„Vom Fluß her?" fiel Geierschnabel ein. „Könnte nur Cortejo mit seinen Leuten sein. Gebt mir das Fernrohr!"

Unterdessen waren die Reiter näher gekommen.

„Lasse mich hängen, wenn das nicht Cortejos Leute sind", meinte Geierschnabel.

„Seht Ihr das genau?" fragte Sternau.

„Nicht ganz, dazu sind wir noch zu weit entfernt."

„So warten wir es ab!"

Da langte auch Juarez mit den andern bei ihnen an. Geierschnabels Vermutung wurde ihm mitgeteilt.

„Was tun wir, Señor Sternau?" erkundigte er sich.

„Wir gehen da links hinter das Buschwerk und bilden drei Abteilungen, eine vorn, eine in der Mitte und eine hinten. Die erste und dritte muß den Feind umflügeln, sobald Geierschnabel das Zeichen gibt. Vorwärts!"

Die ganze Truppe zog sich nun hinter die Büsche zurück und gehorchte der Einteilung, die Sternau getroffen hatte. Geierschnabel hielt neben diesem. Er rückte unruhig im Sattel hin und her und fragte:

„Señor, darf ich mir einen Spaß machen? Ich bin diesen Leuten gestern ausgerissen. Sie sollen das Vergnügen haben, mich wieder zu fangen."

„Das ist zu gefährlich für Euch."

„Pah! Bitte noch einmal Euer Rohr!"

Er betrachtete jetzt hinter den Zweigen hervor die Nahenden zum zweitenmal und sagte dann, indem er das Fernrohr zusammenschob:

„Sie sind es! Der Voranreitende war der Halunke, der sich für einen Boten des Präsidenten ausgab. Señores, laßt mir meinen Spaß!"

Damit stieg Geierschnabel ab und zog sein Pferd vor den Busch hinaus. Er selber setzte sich ins Gras, schob den Zylinderhut in das Genick und spannte den Regenschirm über sich aus. Das sah so aus, als habe er schon lange Zeit hier gesessen. Übrigens kehrte er den

Nahenden den Rücken zu. Den Zwicker auf der Nase, schien er ganz in sich vertieft und von den Herankommenden keine Ahnung zu haben. Sie hatten ihn bis jetzt noch nicht bemerkt. Nun waren sie in solche Nähe gekommen, daß er gesehen werden mußte. Der Anführer hielt erstaunt sein Pferd an.

„*Demonio!*" rief er. „Schaut hinüber, dort sitzt einer auf der Erde!"

Seine Begleiter folgten seinem ausgestreckten Arm und erblickten einen großen Regenschirm und darunter einen grauen Zylinderhut.

„Bei allen Heiligen, das ist ja der Engländer! Jetzt haben wir gewonnen."

Mit diesen Worten setzte der Anführer sein Pferd in Bewegung, und die andern folgten. Bei Geierschnabel hielten sie an.

„Hallo, Señor, seid Ihr es, oder ist es Euer Geist?" wurde er von allen Seiten gefragt.

Jetzt erst drehte sich Geierschnabel ruhig um, erhob sich langsam, klappte den Regenschirm zu, betrachtete die Leute durch die Gläser und erwiderte:

„Mein Geist!"

„Ah, nicht Euer Körper?"

„*No.* Bin gestern erschossen oder totgeprügelt worden!"

„Redet keine Albernheiten, Sir Lionel! Es ist Euch gestern geglückt, uns zu entkommen. Heut glückt Euch das nicht zum zweitenmal."

„Will euch doch gar nicht entkommen, sondern vielmehr bei euch bleiben."

„Wo wart Ihr diese Nacht?"

„Im Wald."

„Ihr habt doch ein andres Pferd. Wie kommt das?"

„Ist kein andres Pferd."

„Gestern rittet Ihr auf einem Rotschimmel davon, und dieser hier ist ein Fuchs."

„Fuchs ist auch nur Geist von Rotschimmel!"

„Scherzt nicht! Ihr habt gestern zwölf unsrer Leute verwundet. Ihr werdet das heut büßen müssen. Wißt Ihr, wo sich jetzt Eure Dampfer und Boote befinden?"

„In Eurem Besitz. Ihr wolltet alles nehmen."

„Das gelang gestern leider noch nicht. Eure Leute haben mit Kartätschen auf uns geschossen. Ihr werdet das bezahlen! Steigt auf! Ihr werdet uns stromaufwärts folgen, wo wir Eure Schiffe finden werden. Ihr werdet uns alles übergeben oder das Leben verlieren, versteht Ihr mich wohl!"

Geierschnabel spitzte den Mund und spritzte dem Sprecher den Tabaksaft auf den Hut.

„Wo ist Euer Anführer?" fragte er.

„Der bin ich. Übrigens laßt Euer verdammtes Spucken, sonst lehre ich Euch begreifen, welcher Unterschied zwischen einem Spucknapf und dem Sombrero eines Caballero ist!"

Der vermeintliche Engländer zuckte die Achseln.

„Caballero? *Pshaw!* Wollte nach Cortejo fragen."

„Eure Leute haben ihn ermordet. Er befand sich während der Salve mit auf dem Fluß und wurde erschossen oder ist ertrunken."

„Schade, hätte ihn gern gehängt."

„Das werden wir mit Euch vornehmen. Zunächst aber kommt Ihr mit uns! Vorwärts, Sir Lionel, sonst helfe ich nach!"

„Nachhelfen, in welcher Weise?"

„In dieser!"

Der Anführer zog seine Pistole und hielt sie Geierschnabel vor die Stirn:

„Wenn Ihr nicht sofort aufsteigt, jage ich Euch eine Kugel durch den Kopf!"

„Kostet selbst diese Kugel!" entgegnete der Bedrohte.

Mit einem gedankenschnellen Griff entriß er dem Mann die Pistole, hielt ihm die Mündung entgegen und drückte ab. Der Mexikaner stürzte, durch die Brust getroffen, vom Pferd. Die andern holten ihre Waffen hervor, um den Tod des Anführers zu rächen, aber sie kamen nicht dazu. Mehr als hundert Reiter brachen heraus. Die Überfallenen wurden umzingelt, bevor sie imstande waren, einem der Angreifer Schaden zu tun. —

„Nun, wo werden wir die Schiffe finden?" eröffnete Juarez die Beratung über die jetzt zu fassenden Entschlüsse.

„Genau da, wo ich sie verlassen habe", erklärte Geierschnabel.

„Aber wo werden die Güter gelandet werden?"

„Am Sabinasfluß, wie es bestimmt gewesen ist."

„Dann wäre es nicht notwendig, daß die ganze Truppe mitreitet."

„Nein. Ihr müßt den Weg doch wieder zurück."

„Aber wenn wir einen neuen Kampf zu erwarten hätten?"

„Gewiß nicht."

„Ich stimme Geierschnabel bei", erklärte Sternau. „Ich bin darüber erfreut, daß diese Angelegenheit so glücklich abgelaufen ist, doch gefällt es mir nicht, daß Cortejo nicht in unsern Händen ist. Solches Ungeziefer pflegt zähes Leben zu haben. Es wäre mir lieb, seinen Körper zu finden."

„Suchen wir!" meinte Juarez.

„Gut. Nehmen wir nur fünfzig Reiter mit! Bei diesen fünfzig bleiben Señor Juarez, Mariano und ich. Die andern mögen mit den Gefangenen zum Lager zurückkehren und uns dort erwarten."

So geschah es. Während die übrigen mit der soeben gemachten Beute umkehrten, setzten die fünfzig den Weg fort, mit den drei Genannten und Geierschnabel als Führer an der Spitze, die alle vor

Verlangen brannten, die Schiffe zu erreichen. Es war nicht mehr weit dorthin. Geierschnabel deutete durch die Bäume und sagte:

„Jetzt wird es vor uns licht. Da ist der Fluß!"

Sie hielten nun auf dem Platz, wo gestern Lord Dryden gefangengenommen werden sollte. Ringsum zeigten deutliche Spuren, daß die Leute Cortejos hier genächtigt hatten. Drüben auf der Mitte des Stroms aber lagen die Boote wieder vor Anker.

Dryden hatte schon stundenlang auf dem Verdeck geweilt. Als die Fahrzeuge heut vormittag an ihren gestrigen Ankerplatz zurückkehrten, waren die Feinde aufgebrochen. Dennoch war nicht zu trauen, man hütete sich an Land zu gehen. Aber man hielt die Kähne bereit.

„Ob sie wirklich fort sind?" fragte der Steuermann, indem er zu Dryden herantrat.

„Gewiß!" antwortete der Lord.

„Und ob Juarez kommen wird?"

„Sicher, wenn Geierschnabel ihn wirklich gefunden hat. Seht hin!" sagte er, auf das Ufer deutend.

Man sah aus dem Wald Reiter kommen. Unter den Voranreitenden erkannte man leicht einen, der grau gekleidet war, einen grauen Zylinderhut trug und einen Regenschirm in der Hand hielt.

„Das ist Geierschnabel", behauptete der Engländer.

„Und die andern?"

Dryden setzte das Glas an die Augen.

„Ich sehe Juarez", entgegnete er. „Der dort zur Rechten von uns. Und an der linken Seite — ah, ich will ihnen entgegenfahren! Das Boot los!" befahl der Lord.

Einige Augenblicke später schoß das kleine Fahrzeug davon.

Als Sir Henry landete, trat Geierschnabel auf ihn zu.

„Mylord, hier bringe ich Euren Anzug zurück", lachte er. „Es fehlt nichts, nicht einmal der Regenschirm! Und hier sind Señor Mariano und Sternau."

„Mein Sohn, mein lieber Sohn!" rief der Lord ergriffen, indem er Mariano an sein Herz schloß. „Ich hoffe, nun ist alles Leid vorbei. O könnte doch jetzt Amy hier sein! Jahrelang hat sie gewartet —"

„So ist sie noch frei, noch nicht verheiratet?"

„Ja, mein Sohn! Aber eh' ich dir das erzähle, laß mich Doktor Sternau begrüßen!"

Der Genannte stand vor ihm in seiner ganzen Breite und Höhe. Sein Auge leuchtete in reinster Freude.

„Mylord!"

„Herr Doktor!"

Mit diesen Rufen öffneten beide die Arme und sanken einander an die Brust.

„Der Herr segne Euren Eingang ins neubegonnene Glück, Herr Doktor, und lasse Freude sprießen ohne Zahl aus den erduldeten Leiden!"

„Ich danke Euch, Mylord! Es kommt ein Morgen nach jeder Nacht. Ich habe mich nach diesem Morgen gesehnt, wie der reuige Sünder nach dem Trost der Vergebung. Und Gott ist barmherzig gewesen. Aber vergessen wir Señor Juarez nicht, der Anspruch auf unsre Aufmerksamkeit erheben wird!"

„Oh, ich bin glücklich, Zeuge Eures Wiedersehens zu sein", erwiderte der Präsident mit mildem Ernst.

„Der Augenblick gebietet über uns", sagte Sternau. „Er ist unser aller Herr und Meister, dem wir gehorchen müssen. Sagt, Mylord, wußtet Ihr, daß Euch Pablo Cortejo gegenüberstand?"

„Ja, Geierschnabel rief es mir zu."

„Ihr habt mit ihm gekämpft?"

„Ob er sich persönlich am Kampf beteiligt hat, weiß ich nicht."

„Ihr konntet es nicht erkennen?"

„Es war dunkel."

„Geierschnabel glaubt, ihn blind gemacht zu haben."

„Das ist möglich. Ich hörte ihn vor Schmerzen brüllen und sah, daß man ihm das Gesicht mit dem Wasser des Flusses kühlte."

„In diesem Fall kann er sich nicht am Kampf beteiligt haben. Es liegt uns viel daran, über sein Verbleiben Aufklärung zu erhalten. Wir trafen vor kurzer Zeit auf seine Truppe, die gefangengenommen wurde. Der Anführer sagte, Cortejo sei tot, entweder von Euren Kugeln getroffen oder im Fluß ertrunken. Ist es wahrscheinlich?"

„Das wahrscheinlichste ist, daß er von seinen eignen Leuten ermordet wurde."

„Nein."

„So mögen diese fünfzig Männer das Ufer sorgfältig absuchen. Das Ergebnis erwarten wir auf dem Dampfer."

„Ich stelle Euch alle meine kleinen Boote zur Verfügung, Herr Doktor, damit diese Leute auch an das jenseitige Ufer gelangen können. Jetzt aber steigt ein, um an Bord zu kommen!"

Als sie das Schiff erreichten, ließen sie sich auf Deck nieder, um sich zunächst in aller Kürze das Notwendigste zu erzählen. Der Lord berichtete von seiner Reise nach England. Leider habe er keine Zeit gehabt, selber nach Deutschland zu fahren.

„Also alle die Unsrigen leben?" fragte Sternau. „Meine Mutter und Schwester? Don Manuel und meine Roseta?"

„Sie alle waren bei meiner Abreise nach Mexiko wohlauf!"

„Und Lady Amy befindet sich jetzt bei ihnen?"

„Ja, bis zu meiner Rückkehr. Nun wird alles wieder gut. Die Zeit der Prüfungen ist hoffentlich vorbei. Wir alle haben ungeheuer gelitten, aber Gott hat uns Kraft gegeben, es zu tragen."

„Sie müssen mir in einer ruhigen Stunde mehr erzählen. Jetzt nimmt uns die Gegenwart zu sehr in Anspruch."

Juarez wandte sich zu ihnen. „Ich mache den Vorschlag, nicht zu Pferd zurückzukehren, sondern mit den Schiffen zum Sabinas zu fahren. Was meint Ihr dazu, Señor Sternau?"

„Es ist bequemer für uns", erwiderte der Gefragte.

„Aber unsre Pferde?"

Wir können sie ja den Apatschen übergeben, die den Rückweg sofort antreten werden, nachdem sie ihre Forschung nach der Leiche Cortejos beendet haben. Zunächst wollen wir aber hoffen, daß sie diesen Schuft entdecken oder wenigstens eine Spur von ihm. Das ist für jetzt von großer Bedeutung."

Der Lord hatte den Roten seine Boote zur Verfügung gestellt, um an das linke Ufer überzusetzen. Sie benutzten sie aber in einer andern Weise. Eine Anzahl von ihnen gelangte nämlich, trotz der Breite des Stroms, auf schwimmenden Pferden über diesen hinüber, um am jenseitigen Ufer forschend abwärts zu reiten, während andre diesseits das gleiche taten. Eine dritte Abteilung hatte sich in die Boote verteilt und suchte, den Fluß hinabfahrend, die beiden Ufer von der Wasserseite ab. Das Ergebnis dieser sorgfältigen Nachforschungen mußte vorerst geduldig abgewartet werden.

Unterdessen hatte der Lord sich mit Juarez in die Kajüte begeben, während Sternau und Mariano auf dem Deck zurückgeblieben waren, um die Verhandlungen nicht zu stören. Dryden brachte nicht bloß Unterstützung an Geld und Waffen, sondern er hatte mit dem Präsidenten auch wichtige Abmachungen vorzunehmen, die sich auf Englands Verhalten zu dem ferneren Verweilen der Franzosen in Mexiko bezogen.

Voller Glück plauderten Sternau und Mariano von der Heimat und der Zukunft. Es bewegte sie so vielerlei, daß die Zeit verschwand, ohne daß es ihnen beikam, einen Maßstab an die Minuten zu legen. Da erschallte ein heller Ruf vom Ufer herüber.

„Ein Indianer", sagte Mariano. „Was mag er wollen?"

Sternau trat an Bord und fragte hinüber.

„Mein weißer Bruder mag kommen", entgegnete der Apatsche. „Eine Spur."

„Von wem?"

„Weiß nicht. Selbst sehen. Bin nur Bote von den andern."

Da die Boote alle fort waren, machte Sternau das kleine Boot los und ruderte ans Ufer, wo der Mann auf ihn wartete.

„Mitkommen!" sagte dieser einfach, indem er sich wieder stromabwärts wandte, von woher er erschienen war.

Sternaus Pferd stand noch da, wo er abgestiegen war. Er band es los, setzte sich auf und folgte dem Roten im Galopp. Der Ritt währte ziemlich lang, und der Indianer hielt erst an, als sie wohl eine Wegstunde zurückgelegt hatten. Dort warteten sämtliche Reiter, die am rechten Ufer gesucht hatten, und auch die Boote lagen am Land. Man sah es jedoch der Aufstellung dieser Leute an, daß sie einen Platz zwischen sich hatten, von dem sie ihre Pferde zurückhielten.

Dort saß ein Indianer auf der Erde. Die Feder, die er im Schopf trug, deutete an, daß er einen höheren Rang einnahm. Er mochte die Suche geleitet haben, und er erhob sich, als er Sternau sah.

„Matava-se mag zu mir kommen!" sagte er.

Sternau stieg ab, übergab die Zügel seines Pferdes einem anderen und trat zu dem Mann, der gesprochen hatte. Dieser deutete zur Erde.

„Mein weißer Bruder sehe!"

Sternau blickte zu Boden, wurde aufmerksam und bückte sich hinab.

„Ah, die Spur eines Reiters", sagte er.

„Bemerkt mein Bruder die Anzahl seiner Pferde?"

„Ja. Eins hat er geritten und das andre geführt. Er hat also zwei Tiere bei sich gehabt."

„Mein Bruder gehe weiter!"

Der Indianer deutete dabei mit der Hand am Ufer hin. Sternau folgte dieser Richtung, indem er dabei die Spur im Auge behielt.

„Er ist in den Fluß geritten", sagte er, „vorher aber abgestiegen, um Schilf abzuschneiden. Er hat also über den Fluß gewollt und einige Schilfbündel gemacht, die seinem Pferd die Last erleichtern sollten, indem sie als Schwimmgürtel dienten."

„Mein Bruder hat das Richtige geraten. Wer mag der Mann gewesen sein?"

„Vielleicht der Jäger, der uns heut begegnete. Seine Richtung ging ungefähr auf diese Stelle zu. Man müßte nach Anzeichen forschen."

„Die roten Männer haben es getan. Matava-se mag hier herübertreten und die Fährte betrachten!"

Der Indianer zeigte einen Ort, der von den Pferdehufen zerstampft war. Hier klug zu werden, war jedenfalls ein Meisterstück der Spürkunst, dennoch sagte Sternau nach einigen Sekunden:

„Hier haben die Pferde geweidet, während er das Schilf abschnitt, jene sind dabei in einen kleinen Streit geraten. Es steht anzunehmen, daß sie sich gebissen haben. Vielleicht sind dabei Haare verlorengegangen. Man müßte suchen, ob welche zu finden sind."

„Die roten Männer haben gesucht. Mein Bruder betrachte dieses Haar aus dem Schweif eines Pferdes!"

Der Indianer reichte Sternau ein Pferdehaar hin.

„Ein braunes oder ein schwarzes Pferd", sagte Sternau.

„Und dieser Büschel?"

Der Rote zeigte in der andern Hand eine Anzahl zusammengefilzter

Haare, die von keiner großen Länge waren. Sternau betrachtete sie genau und erwiderte:

„Rotbraun! Dieser Büschel besteht aus untern Kammhaaren. Das eine Pferd ist also schwarz und das andre rotbraun gewesen. Der Jäger, der uns heut begegnete, ist's, kein andrer. Er hatte zwei solche Pferde."

„Uff! Die roten Männer sind noch sorgfältiger gewesen."

Bei diesen Worten zeigte der Indianer auf den Wald zurück, aus dem soeben zwei Apatschen auf schaumbedeckten Tieren hervorkamen.

„Wo sind sie gewesen?" fragte Sternau.

„Mein Bruder spreche mit ihnen selber!"

Als die Apatschen herbeigekommen waren, fragte Sternau sie.

„Meine Brüder haben wohl die Fährte rückwärts verfolgt?"

„Matava-se hat es erraten", bestätigte der eine. „Sie führt in der Richtung des Orts, wo wir dem Jäger begegneten."

„So ist er es also gewesen?"

„Er war es."

Sternau konnte sich denken, daß man ihm noch nicht alles gesagt hatte.

„Aber warum widmen meine roten Brüder diesem Jäger eine solche Aufmerksamkeit?" fragte er den Anführer. „Haben sie noch mehr entdeckt?"

„Ja. Matava-se denkt, der Jäger ist über den Fluß geritten? Die Krieger der Apatschen haben es auch gedacht, aber als sie weiter abwärts ritten, haben sie seine Fährte wiedergefunden."

„Er ist also hier in den Fluß geritten und hat ihn weiter unten wieder verlassen? Das ist schwer zu begreifen. Um die Tiere zu tränken, braucht man nicht ins Wasser zu reiten, und um den Fluß so bald wieder zu verlassen, wären doch die Schilfgürtel nicht notwendig gewesen. Es bleibt also nur die Ansicht, daß er übersetzen wollte, aber irgendwie davon abgehalten wurde."

„Matava-se hat sehr scharfe Gedanken."

„Ah! Meine roten Brüder haben etwas gefunden?"

„Ja. Mein Bruder komme mit!"

Der Indianer drängte sich in das Schilf hinein, und Sternau folgte ihm. Es war hier ein schweres Fortkommen, aber die Mühe und Anstrengung wurde bald belohnt. Denn als sie ungefähr hundert Schritte getan hatten und der Indianer am Rand des Wassers stehenblieb, erblickte Sternau ein Floß, das aus Schilfbündeln und Baumzweigen zusammengesetzt war. Es war von einer solchen Länge und Breite, daß sich ein Mann damit recht gut über Wasser halten konnte.

„Mein weißer Bruder betrachte dieses Floß!" sagte der Indianer.

„Ich sehe es. Hat mein roter Bruder ein Zeichen gefunden, woraus sich schließen läßt, wer es benutzt hat?"

„Ein deutliches Zeichen. Hier!"

Der Indianer griff abermals in den Gürtel und brachte ein buntes Taschentuch hervor, das zusammengelegt und an den beiden Zipfeln durch einen Knoten verbunden war. Es sah so aus, als sei es von einem Menschen benutzt worden, der Kopf- oder Zahnschmerz gehabt hatte. Aber als Sternau das Tuch genauer untersucht hatte, sagte er:

„Hier klebt Blut im Innern. Das Tuch ist um verwundete Augen getragen worden. Wo fand man es?"

„Es hing an einem Zweig des Floßes."

„Welche Unvorsichtigkeit von diesem Cortejo! Denn er ist es gewesen." Dabei betrachtete er den Boden. Er fand mehrere Fährten. „Haben die Krieger der Apatschen weiter gesucht?" fragte er.

Der Indianer nickte. „Mein Bruder folge mir!"

Es war hier durch das dichte Schilf eine gangbare Bahn gebrochen. Die beiden folgten ihr und gelangten bald an eine Stelle, an der vom Wasser herauf eine doppelte Pferdespur kam.

„Ah, da ist der Jäger wieder aus dem Wasser gekommen", sagte Sternau.

„Und dort ist er geritten", fügte der Indianer hinzu, nach rechts deutend.

Sie folgten dieser neuen Fährte bis an eine kleine Lichtung im Schilf, deren Boden zerstampft war.

„Haben meine Brüder hier etwas gefunden?" fragte Sternau.

„Hier hat Cortejo gelegen", antwortete der Apatsche, „und da ist der weiße Jäger zu ihm gekommen."

„Wohin führt nun die Spur?"

„Sie führt wieder in den Wald hinein."

„Ist sie verfolgt worden?"

„Nein. Matava-se sollte erst gefragt werden."

„Gut. Mein Bruder denkt, daß der Jäger Cortejo mitgenommen hat?"

„Ja. Er hat ihn auf das andre Pferd gesetzt."

„So mag mein Bruder mit noch einigen Männern aufbrechen und der Spur folgen, um zu sehen, wohin sie führt. Die Krieger der Apatschen mögen mir hierauf Nachricht bringen!"

„Wohin?"

„Zur Hacienda del Eriña."

„Uff!"

Der Indianer sagte nur dieses eine Wort und begab sich zu den Seinigen zurück. Ein Wink von ihm genügte, so saßen fünf seiner Gefährten mit ihm auf und folgten ihm, als er, ohne über sein Fortreiten eine Silbe zu verlieren, auf der Fährte des Jägers Grandeprise davonritt.

Sternau gab jetzt den Befehl, die Nachforschungen einzustellen und die Boote wieder an die Schiffe zu bringen, bestieg sein Pferd und ritt zurück. Als er wieder auf dem Dampfer anlangte, hatte man ihn dort mit großer Ungeduld erwartet.

„Gefunden?" rief ihm Juarez entgegen.

„Ja", entgegnete er.

„Ihn selbst?"

„Nein, sondern leider nur seine Spur."

„O weh! So lebt er noch?"

„Jedenfalls. Hier dieses Tuch hat er um die Augen gebunden gehabt."

Bei diesen Worten schwang Sternau sich an Bord und zeigte das Tuch.

„Was wißt Ihr nun von ihm?" fragte der Lord.

„Erstens, daß er sicher an den Augen verletzt ist. Und zweitens, daß er auf einem kleinen Floß stromab geschwommen ist."

„So mag das richtig sein, was mein Steuermann vermutete, nämlich, daß seine eignen Leute sich seiner entledigt haben."

„Dann wird er einige böse Stunden erlebt haben. Es ist kein Spaß, blind auf einem Floß schwimmen zu müssen."

„Ihr nehmt also an, daß er wirklich erblindet ist?"

„Jetzt wenigstens, ja. Hätte er nur ganz wenig zu sehen vermocht, so wäre es ihm nicht eingefallen, das Tuch zurückzulassen. Es ist ihm auf irgendeine Weise vom Kopf geglitten, und er konnte es nicht finden. Sein kleines, aus Schilf erbautes Floß wurde zum Ufer getrieben. Er fühlte Boden und schlich ans Land, wo er im Schilf gefunden wurde."

„Von wem?" forschte der Präsident.

„Vom Jäger, der uns heut begegnete."

„Da sind unsre Apatschen leider zu spät gekommen."

„Ja, leider. Dieser Jäger ist mit ihm, wie es scheint, in südlicher Richtung davongeritten."

„Das ist ja immer noch vorteilhaft. Er ist also im Land geblieben. Wäre er aber an das andre Ufer, also nach Texas gegangen, so hätten wir die Macht über ihn verloren. Habt Ihr eine Ahnung, wohin er geflohen ist?"

„Ja", erwiderte Sternau. „Zur Hacienda del Eriña. Dort ist seine Tochter. Er befindet sich als Erblindeter in einem hilflosen Zustand und muß nun vor allen Dingen darauf bedacht sein, zu Leuten zu gelangen, denen er Vertrauen schenken kann. Da steht seine Tochter obenan."

„Ihr glaubt, daß dieser Jäger ihn zur Hacienda bringt? Was sollte er für einen Zweck dabei haben?"

„Cortejo wird ihm eine hohe Belohnung versprochen haben."

„Das ist wahrscheinlich. Möglich ist es aber auch, daß die beiden sich schon kennen."

Sternau machte eine Gebärde der Überraschung.

„Diese Ansicht bringt mich auf einen Gedanken", sagte er. „Könnt Ihr Euch besinnen, Señor Juarez, welche Antwort der Jäger gab, als wir ihn nach seinem Namen fragten?"

„Ja. Er sagte, er heiße Grandeprise."

„Und ein Grandeprise ist der Verbündete von Cortejo! Denn Henrico Landola nannte sich auch Grandeprise."

„Ihr meint, daß er mit diesem Jäger verwandt sei?"

„Es ist dies immerhin möglich. Der Name Grandeprise kommt nicht so häufig vor."

„So müßte man sich beeilen, die beiden in die Hände zu bekommen. Was für Maßregeln habt Ihr getroffen?"

„Ich habe einige Apatschen auf ihre Spur geschickt. Diese Leute sollen sich überzeugen, wohin diese Fährte führt, und mir dann Nachricht zur Hacienda del Eriña bringen."

„Wäre es nicht besser gewesen, anstatt dieser bloßen Kundschafter den beiden eine Schar Verfolger nachzusenden? Dann hätten wir Cortejo schnell in unsre Hände bekommen."

„Ihr irrt Euch. Zunächst müßte die Verfolgung mit Anbruch der Nacht eingestellt werden. Grandeprise aber wird die Nacht benutzen, um einen möglichst großen Vorsprung zu erzielen."

„Waren seine Pferde so gut?"

„Er reitet die ganze Nacht hindurch und nimmt sich von der ersten besten Herde neue Tiere. Die Verfolger würden ihn nicht erreichen."

„Aber wollen wir Cortejo entwischen lassen?"

„Nein. Allerdings ist es nur auf der Hacienda möglich, ihn festzuhalten. Das können wir nun freilich ohne Eure Hilfe nicht."

„Was wünscht Ihr?" fragte der Präsident.

„Aus dem aufgefangenen Brief von Cortejos Tochter geht hervor, daß sich in der Hacienda eine große Zahl von Cortejos Anhängern festgesetzt hat. Wir brauchen also Mannschaften, Señor."

„Wieviel?"

„Wer weiß das! Ich habe keine Ahnung, wie stark die Besatzung der Hacienda ist."

„So laßt uns sehen, wieviel Leute ich entbehren kann! Ich werde mein möglichstes tun. Die Hacienda ist jetzt ein wichtiger Punkt, da sie in der Nähe des großen Verkehrswegs zwischen Süden und Norden liegt. Sie und Cortejo in meine Gewalt zu bringen, bin ich zu jeder Anstrengung bereit. Ich denke, es wird gut sein, möglichst bald hier aufzubrechen."

„Wir müssen leider die Boote erwarten."

„Wann können diese zurück sein?" — „In frühestens einer Stunde."

„Wir holen diese Zeitversäumnis schnell nach, indem wir die Dampfer schneller arbeiten lassen."

Sternau hatte recht gehabt. Die Apatschen brachten die Boote erst nach Ablauf einer Stunde zurück. Die beiden Dampfer waren geheizt und zum Aufbruch bereit. Sie setzten sich in Bewegung, nachdem die Roten die Weisung erhalten hatten, auf dem heut zurückgelegten Weg wieder ins Lager zu gehen.

Während der Fahrt hatte Juarez Zeit, sich mit dem Lord genau zu besprechen. Ihre gegenseitigen Abmachungen wurden zu Papier gebracht und von beiden unterzeichnet. Mitten in den Wildnissen des Rio Grande del Norte wurde heut ein Vertrag geschlossen, der Napoleon in der Folge zwang, seine Truppen aus Mexiko zu entfernen und die Herrschaft über das Land wieder an Juarez abzutreten.

„Ich hätte gewünscht, die Hacienda eher zu erreichen als Cortejo", meinte Sternau bei Gelegenheit eines Gesprächs zu Mariano.

„Das wäre sehr gut."

„Da man aber die Stärke der dortigen Besatzung nicht kennt, so wären immerhin tausend Mann zu diesem Unternehmen erforderlich. Eine solche Zahl kann aber Juarez noch nicht entbehren."

„So nehmen wir weniger!" rief Mariano. „Warum sollte man die Hacienda nicht mit weniger Leuten nehmen können? Nicht die Zahl, sondern die Tapferkeit tut es."

„Du hast recht. Man könnte die Hacienda auch durch List erobern. Aber die Strecke dorthin ist noch zu unsicher."

„So wird Cortejo uns entkommen. Er wird die Hacienda viel früher als wir erreichen."

„Du vergißt, daß er Umwege machen muß, weil er sich nicht von unsern Abteilungen sehen lassen darf."

„Das ist wahr. Wenn wir einen Gewaltritt unternehmen, so kommen wir Cortejo vielleicht doch noch zuvor."

„Ich vermute, daß er blind ist, oder doch hilflos, obgleich er einen Begleiter hat. Die Augen schmerzen ihn jedenfalls. Er hat sicher Wundfieber. Das vermindert die Schnelligkeit seines Ritts außerordentlich."

3. Das Zeichen der Mixtekas

Unterdessen war die Fahrt der Dampfer und ihrer Fracht gut vonstatten gegangen. Geierschnabel stand am Bug des ersten Dampfers Er hatte die Führung des Schiffszugs übernommen. Man war am andern Morgen aus dem Rio Grande del Norte in den Salado eingefahren und näherte sich dem Punkt immer mehr, wo der Sabinas einmündete.

Sternau stand an Bord, tief in die Betrachtung der Landschaft versunken, als Juarez zu ihm trat und sagte:

„Haben die Eurigen schon eine Ahnung von Eurer Wiederkehr?"

„Nein. Ich hatte bei unsrer Landung in Guaymas die Absicht, ihnen zu schreiben, aber es gibt dort nur die Briefbeförderung rund um Kap Hoorn, und das dauert Monate länger."

„Hier ist sie leider äußerst unsicher."

„So werden meine Angehörigen noch lange warten müssen", meinte Sternau betrübt.

„Ich möchte Euch gern helfen, Señor, aber die Franzosen machen es mir unmöglich. Ich habe zweimal den Versuch gemacht, harmlose Privatbriefe ihnen zur Beförderung anzuvertrauen, bin aber abgewiesen worden." Seine Worte waren erbittert gesprochen. Doch fuhr er gleich darauf fort: „Wie wäre es, wenn wir versuchten, ihnen ein Schnippchen zu schlagen? Ihr schreibt nach Haus, und zwar zwei gleichlautende Briefe. Kommt der eine nicht an, so gelangt doch vielleicht der andre an sein Ziel."

„Auf welchem Weg?"

„Ihr sendet den einen nach Tampico und den andern nach Santillana. Ich habe an beiden Orten zuverlässige Vertrauensmänner, denen es große Freude machen würde, die Briefe einem Schiff zur Beförderung zu geben."

„Und wer bringt sie hin? Das ist gefährlich!"

„Ich habe manche Leute in meinen Truppen, die unternehmend genug sind, eine solche Aufgabe zu lösen. Übrigens ist von Gefahr keine Rede. Selbst wenn man einen der Boten auffangen und den Brief öffnen sollte, enthält dieser ja nur Privatnachrichten, die dem Überbringer nicht schaden können."

„So muß ich in dem Schreiben von Euch schweigen."

„Auch das ist nicht nötig. Was kann der Bote dafür, daß der Absender sich bei mir befindet?"

„Wann darf ich da schreiben?"

„Sogleich, wenn es Euch möglich ist. Sobald wir ins Lager kommen, werde ich zwei Mann auswählen, die sofort zu den genannten Orten aufbrechen."

Sternau folgte dieser Aufforderung und schrieb einen ausführlichen Brief an seine Lieben. Eben als er das Doppel dazu angefertigt hatte, stieß der erste Dampfer ein lautes Pfeifen aus. Man war am Lager angekommen. Dort herrschte, wie man vom Fluß aus sehen konnte, reges Leben. Es befanden sich die Reiter nicht mehr allein hier, sondern auch die bei der anwohnenden Bevölkerung aufgebotenen Ochsenwagen waren angekommen. Man konnte die ganze Versammlung deutlich überblicken, da man sich hier auf offnem Prärieland befand. Die Boote stießen von den Dampfern ab ans Ufer, wo sie angelegt wurden. Das Ausladen begann sofort.

Da zeigte es sich nun, welche Hilfsmittel dem Präsidenten übergeben wurden: kleine Fäßchen, mit Goldstücken gefüllt, Tausende von Gewehren, Messern, Pistolen und Revolvern, große Vorräte von Pulver, Blei, fertigen Patronen, telegraphische Feldapparate mit vielen Meilen Leitungsdrähten, Tragbahren für Verwundete und alle möglichen und nötigen Gegenstände für Kampf und Kriegskrankenpflege. Die Boote steckten vom Kiel bis hoch über Deck voll von all diesen Sachen, und die Männer, die arbeiteten, um das alles entgegenzunehmen und auf die Karren zu laden, mußten sich sagen, daß dies für Juarez eine Unterstützung sei, deren Wert jetzt noch gar nicht abgeschätzt werden konnte. Dryden leitete in Person die Ausschiffung und Juarez den Empfang und die Verpackung. Sternau war dem Lord behilflich und fragte, sich der deutschen Sprache bedienend:

„Was wird mit den Schiffen geschehen?"

„Sie gehen nach El Refugio zurück. Ich bleibe bei Juarez."

„Als Bevollmächtigter Englands?"

„Ja."

„Aber haben Sie auch bedacht, welche Gefahren Ihnen drohen, Mylord?"

„Ja. Ich darf diese Gefahren nicht achten. Meine Gegenwart verleiht dem Verhalten des Präsidenten völkerrechtliche Geltung. Wir wollen sehen, ob diese Franzosen ein Heer, bei dem sich der Vertreter Großbritanniens befindet, weiterhin wie eine Schar Banditen behandeln werden. In einigen Tagen wird sich auch der Vertreter der Vereinigten Staaten einstellen, und dann — hinaus mit den Franzosen!"

„Mariano wird sich Ihnen anschließen wollen, aber er hat doch noch andre Pflichten."

„Ich denke, das wird sich alles sehr wohl vereinigen lassen. Bevor wir in Mexiko einziehen, wird sich in Sachen der Rodriganda nichts tun lassen, und so ist's am besten, Sie alle bleiben mit mir bei Juarez, dessen Heer so schnell anwachsen wird, daß wir in kurzer Zeit in der Hauptstadt sein werden. Ich weiß, daß dem Kaiser der Franzosen ein ernstes Ultimatum der Regierung der Vereinigten Staaten zugegangen ist. Wenn Napoleon seine Truppen nicht aus dem Land zieht, wird die Union die ihrigen marschieren lassen."

„Gegen die Franzosen?"

„Ja. Ich habe sogar eine Ahnung, daß schon geheime Verhandlungen im Gang sind, um die Art und die Zeit zu bestimmen, in der die Franzosen sich zurückziehen sollen."

„Sie meinen, daß sie Juarez das Land allmählich übergeben werden?"

„Nein, das nicht. Das können sie nicht tun, ohne sich schauderhaft bloßzustellen."

„Was aber sonst?"

„Oh, sehr einfach: die Franzosen haben den Erzherzog Max zum

Kaiser gemacht. Sie werden ihn bewegen, freiwillig abzudanken, und wie ich ihn, besonders die Kaiserin und seine Ratgeber kenne, wird er es nicht tun. Die Franzosen werden also gezwungen sein, ihn sich selbst zu überlassen. Sie werden sich zurückziehen und Stadt für Stadt ihm überlassen. Er aber wird nicht die Kraft haben, einen Ort für die Dauer zu behaupten, und darum wird das Land Juarez zufallen. In Wahrheit wird es demnach so sein, als ob Bazaine das Land unmittelbar an Juarez zurückgibt."

„Und Kaiser Max?"

„Er wird die Folgen der Tatsachen tragen müssen. Er hat Napoleon getraut, und dieser läßt ihn fallen. Es bleibt ihm nichts andres übrig, als mit den Franzosen das Land zu verlassen oder sich bis auf den letzten Mann zu verteidigen und mit zu — sterben."

„Mein Gott! Um seinen Tod handelt es sich doch wohl nicht!"

Der Lord zuckte die Achsel.

„Welch ein Schicksal! Könnte ich bei ihm sein, um ihn zu warnen!"

„Sie würden keinen Erfolg haben, ebensowenig wie General Mejia, von dem man weiß, daß er der aufrichtigste Berater des Kaisers ist. Fast möchte man annehmen, Max habe sich zu einem Kaiser bestimmt gehalten. Als er im Jahr 1851 Spanien besuchte und im Gruftgewölbe des Doms zu Granada an den Särgen seiner Ahnen Ferdinand und Isabella stand, hat er ein eigentümliches Gedicht verfaßt. Kennen Sie es?"

„Nein."

„Nun, ich habe es gelesen und wörtlich behalten. Es lautet:

Düstrer, dumpfer Fackelschein
führt den Enkel zu der Stätte,
wo der Könige Gebein
ruht im kalten, engen Bette.

An dem Sarg er sinnend steht,
bei dem Staub der großen Ahnen,
lispelt stille sein Gebet
den schon halb vergeßnen Manen.

Da erdröhnt es in dem Grab,
flüstert aus den morschen Pfosten,
der hier brach, der goldne Stab,
Glänzt plus ultra auch im Osten!

Leider aber hat er diesen Stab nicht im Osten, sondern im Westen gesucht. Sein Glanz wird verbleichen, und das Gebein des Enkels, der an einem kurzen Kaisertum zugrunde ging, wird in keine Kaisergruft gesenkt, sondern vielleicht hinter dem Wall irgendeines mexi kanischen Ortes eingescharrt werden. Gebe Gott, daß ich ein schlechter Prophet bin! Doch genug von dieser Sache! Da kommt einer, von dem es scheint, daß er Sie sprechen will."

Der, den der Lord meinte, war Anton Unger, der ‚Donnerpfeil'. Er warf einen forschenden Blick auf das ringsum herrschende geschäftige Treiben und fragte:

„Wie lange wird es währen, bis man hier fertig ist, Herr Doktor?"

„Wohl gut zwei Tage."

„Ah! Und die Hacienda del Eriña?"

„Darüber sprechen wir später, mein Lieber."

Unger spielte an seinen Revolvern.

„Dann erst? Wäre es nicht besser, gleich darüber zu sprechen? Ich hörte von den Apatschen, daß Cortejo entkommen ist."

„Ja, leider."

„Er wird zur Hacienda gehen. Dort ist seine Tochter. Sie haben deren Brief gelesen, den wir bei dem Anführer fanden. Mir ist angst um meinen Schwiegervater. Ich kann nicht länger warten und reite zur Hacienda."

Sternau erschrak. „Was denken Sie! Die Gegend steckt voller Freischärler. Man wird Sie festhalten."

„Ich glaube das nicht. Büffelstirn reitet mit. Er kennt alle Schliche dieser Gegend. Es wird uns niemand treffen!"

„Gut. Auch vorausgesetzt, daß Sie glücklich hingelangen; was werden Sie tun?"

„Pedro Arbellez befreien."

„Sie zwei?"

„Ja. Kommen Sie mit zu Büffelstirn!"

Anton Unger schritt, ohne Sternaus Antwort abzuwarten, wieder über die Planken zurück, die vom Schiff zum Ufer führten, und Sternau folgte ihm. Drüben standen Büffelstirn und Bärenherz beisammen. Der Mixteka trat ihnen entgegen und fragte Unger:

„Was will der Herr des Felsens tun?"

„Er rät mir, zu warten."

„Unser Warten hat lang genug gedauert!"

„Mein Bruder Büffelstirn will also wirklich mit?" fragte Sternau.

„Ja", erklärte der Mixteka. „Ich bin ein freier Indianer, aber die Hacienda ist Karja, meiner Schwester, eine Heimat gewesen, und Señor Arbellez war mein Freund und Bruder. Ich gehe, ihn zu retten."

Aus diesen Worten und dem Ernst des Häuptlings ersah Sternau, daß er fest entschlossen sei, sein Vorhaben auszuführen. Gegenreden konnten nichts daran ändern; dennoch sagte er zu ihm:

„Aber wie will mein Bruder ihn retten? Die Gegend steckt voller Freischärler!"

Der Mixteka machte eine Gebärde der Geringschätzung.

„Büffelstirn lacht der Freischärler!"

„Aber ihrer sind viel!"

„Der Mixtekas sind noch mehr!"

„Ah, mein Bruder will seine Stammesbrüder zusammenrufen? Das nimmt viel Zeit in Anspruch."

„Nein, das dauert eine Nacht. Wenn der Häuptling der Mixtekas auf dem Berg El Reparo das Feuerzeichen gibt, sind am andern Abend tausend Männer um ihn versammelt."

„Ist das auch gewiß? Mein Bruder war so viele Jahre nicht daheim."

„Die Söhne der Mixtekas haben ihre Pflicht niemals vergessen. Auch mein Bruder Bärenherz geht mit."

„Uff!" stimmte der Häuptling der Apatschen bei.

„Wer führt dann aber die Apatschen an, die bei Juarez sind?"

„Bärenauge."

Sternau sah die entschlossenen Mienen der drei Männer; er blickte einige Augenblicke lang zu Boden und sagte:

„Meine Brüder haben recht. Wir können nicht warten, bis Juarez uns Truppen zur Verfügung stellt. Unser Freund Arbellez ist in Gefahr, und es ist unsre Pflicht, ihm so schnell wie möglich beizustehen."

Da leuchteten die Augen Büffelstirns freudig auf.

„Ich wußte, daß Matava-se mitreiten würde", sagte er. „Karja und ihre weiße Freundin aber sollen vom Fort Guadalupe geholt werden und bei Juarez bleiben."

Juarez, der Lord und die andern waren nicht wenig überrascht, als die vier Männer ihnen ihr kühnes Vorhaben mitteilten. Sie versuchten zunächst, ihnen abzuraten. Als das nichts fruchtete, erklärten Mariano, Kapitän Unger und der Kleine André, daß sie sich ihnen anschließen würden, und daraufhin wollten auch Mindrello und der alte Graf nicht zurückbleiben. Don Fernando wies darauf hin, daß er doch eine bedeutende Rechnung mit den Cortejos auszugleichen habe. Sternau war zwar anfangs dagegen, daß sich Graf Fernando den Gefahren des Ritts aussetze, gab aber schließlich nach, da er sich sagte, daß das plötzliche Wiederauftauchen gerade dieses Mannes auf Josefa den nachhaltigsten Eindruck machen und sie vielleicht zu einem Geständnis veranlassen könne.

„Nehmt eine Anzahl Apatschen mit!" bat Juarez.

„Auch darauf werden wir verzichten", entgegnete Sternau. „Zu wenigen wird es uns leichter, unbemerkt zur Hacienda zu kommen."

„Hätte ich mehr Leute, so würde ich Euch so viel mitgeben, daß Ihr Euern Weg nicht heimlich zu machen brauchtet. Doch ich hoffe, daß das Vertrauen, das Büffelstirn in seine Mixtekas setzt, in Erfüllung geht. Dann werde ich in kurzer Frist zu Euch stoßen."

Nach einem herzlichen Abschied saßen die neun auf und ritten davon —

Erst als Juarez am dritten Tag sich zum Abmarsch rüstete, hörte er von der amerikanischen Freischar, die angekommen war. Er traf sofort Anstalt, sie an sich zu ziehen, und brach dann auf, um den Freunden nachzufolgen und Hilfe zu bringen, falls es nötig sein sollte.

Diese hatten einen Umweg eingeschlagen. Darum brachten sie länger zu, als es sonst der Fall gewesen wäre, doch erreichten sie unbemerkt die Hacienda, auf der sie sich nicht sehen ließen. Sie umritten diese und hielten auf den Berg El Reparo zu. Es war jener Berg, in dessen Innern sich die Höhle des Königsschatzes befand und auf dessen Kuppe sich die Begebenheiten am Teich der Krokodile zugetragen hatten. Sie waren in seiner Nähe angekommen und ritten zwischen Büschen hin, als der voranreitende Büffelstirn plötzlich sein Pferd anhielt.

„Ein Reiter", sagte er, den Arm ausstreckend.

Die andern blickten in der angedeuteten Richtung hin und erkannten einen Mann, der auf der Erde saß, während sein Pferd in der Nähe graste.

„Wir müssen ihn umreiten, um nicht von ihm bemerkt zu werden", sagte Donnerpfeil.

Die Sonne war im Sinken, und der Berg warf seinen Schatten, aber man vermochte dennoch, eine ziemliche Strecke zu überblicken.

„Wir reiten hin!" schlug der Mixteka vor, nachdem er den Mann genauer betrachtet hatte. „Das ist ein Vaquero von der Hazienda del Eriña. Ich erkenne ihn wieder, obgleich er älter geworden ist."

„Ob er treu ist?"

„Emilio war dem Häuptling der Mixtekas stets freundlich gesinnt."

„So wollen wir sehen, ob er es noch ist!"

Sie setzten also ihren Weg, ohne sich im verborgenen zu halten, fort. Als der Mann sie erblickte, erhob er sich schnell, sprang auf sein Pferd und griff zur Büchse.

„Emilio braucht sich nicht zu fürchten", rief Büffelstirn ihm zu. „Oder ist er vielleicht ein Feind der Mixtekas geworden?"

Der Angeredete saß wie erstarrt auf seinem Pferd. „*O Dios!*" rief er endlich. „Büffelstirn! Stehen die Toten auf?"

„Nein. Aber die Lebenden kehren zurück. Kennst du diese Männer?"

Emilio ließ sein Auge von einem zum andern gehen. Sein Gesicht nahm den Ausdruck eines immer größeren, freudigen Erstaunens an.

„*Valgame Dios*, seh' ich recht? Das ist doch Señor Sternau?"

„Er ist es."

„Und Bärenherz, der Häuptling der Apatschen?"

„Ja, deine Augen sind noch gut."

„Mein Erlöser! Und wir glaubten euch tot. Wo sind die andern?"

„Sie leben auch und folgen uns baldigst nach."

„So werden sie es traurig auf der Hacienda finden. Feinde sind da."

„Wieviel Mann?"

„Gegen sechshundert."

„Wer ist der Anführer?"

„Pablo Cortejo. Aber er ist vor einiger Zeit fortgeritten, und nun befiehlt seine Tochter Josefa."

„Was tun diese Leute?"

„Sie essen, trinken, spielen und schlafen. Sie quälen die Vaqueros, während sie auf die Rückkehr Cortejos warten."

„Wo ist Señor Arbellez?"

„Gefangen. Man hat ihn in einen Keller geworfen, wo er langsam verhungern sollte. Señora Maria Hermoyes und Anselmo sind bei ihm."

„Anselmo? Uff! Der auf Fort Guadalupe war?"

„Ja."

„So komm mit uns!"

Emilio schloß sich ihnen mit Freuden an. Nun er diese Männer sah, glaubte er an eine baldige Verbesserung der Lage. Diese drei hatte er erkannt, Donnerpfeil aber noch nicht. Jetzt ritt er neben ihm.

„Verzeiht, Señor", sagte er. „Ich habe Euch jedenfalls früher gesehen, weiß aber doch nicht, wie ich Euch nennen soll."

„Habe ich mich denn so sehr verändert?" fragte Anton Unger lächelnd.

Infolge dieses Lächelns und dieser Stimme kehrte dem Vaquero die Erinnerung zurück.

„Alle Heiligen, wäre es wahr?" fragte er. „Ihr seid Don Antonio Unger? Gott, welch eine Freude! Aber lebt auch Señorita Emma noch?"

„Sie lebt noch und kehrt bald zur Hacienda zurück. Doch sag mir vor allen Dingen, wer den Befehl gegeben hat, daß Señor Arbellez verhungern sollte!"

„Ich glaube, die Señorita Josefa."

„War ihr Vater da noch auf der Hacienda?"

„Ja."

„Es ist genug. Sie werden ihre Strafe erhalten."

Unger knirschte mit den Zähnen, und die Augen Büffelstirns flammten auf. Die beiden glühten vor Rachgier. Wehe Cortejo und seiner Tochter, wenn sie in ihre Hände gerieten!

Der Ritt ging jetzt an der Seite des Berges empor. Sie langten am Alligatorenteich an, bevor das letzte Tageslicht verglommen war. Noch stand der Baum, der schräg über das Wasser ragte. Die Fläche des Wassers war eben. Da aber hielt Büffelstirn an und stieß jenen klagenden Ruf aus, mit dem man Krokodile anlockt. Sofort tauchten eine Menge knorriger Köpfe aus der Tiefe auf. Sie kamen dem Ufer zugeschossen und klappten die Kinnladen gegeneinander, daß es klang, als würden starke Pfosten aufeinandergeschlagen.

„Uff! Lange nichts gefressen!" meinte der Cibolero. „Sie werden bald ihren Hunger stillen können. Büffelstirn wird für die Krokodile der Mixtekas sorgen."

Sie umritten den Teich und stiegen im Wald ab, wo sie die Pferde unter Aufsicht Emilios stehenließen. Dann schritt Büffelstirn weiter. Mitten auf der Spitze des Berges befand sich eine pyramidenförmige Erhöhung, die man für ein Werk der Natur gehalten hätte. Dort blieb der Häuptling der Mixtekas stehen.

„Das ist das Feuermal meines Stammes", sagte er.

„Ah, ein verborgener Pechofen?" fragte Donnerpfeil.

„Ja. Er ist mit Pech, Harz, Schwefel und trocknem Gras gefüllt. Schon vor mehr als hundert Jahren wurde dieser Hügel errichtet, doch wird der Feuerschein noch seine Wirkung tun. Öffnen wir ihn!"

Der Indianer trat an eine Seite der Pyramide und nahm einen Stein fort, der mit Erde bedeckt und mit Gras überwachsen war.

„Hier ist das Zugloch."

Zu diesen Worten Sternaus nickte der Häuptling. Dann stieg er zur Spitze empor. Dort befand sich der Stamm eines nicht gar zu starken Baumes, der das Aussehen hatte, als habe er durch einen Blitzschlag seine gegenwärtige Gestalt erhalten. Büffelstirn zog ihn hin und her, bis der Stamm sich lockerte und fortnehmen ließ. Dadurch entstand ein Loch, das der Mixteka erweiterte, so daß es die Stärke eines Mannes erlangte.

„Es ist dunkel geworden", sagte er. „Wir wollen das Zeichen des Krieges anbrennen. Büffelstirn ist jahrelang nicht bei den Seinigen gewesen, aber seine Brüder werden bald erkennen, daß seine Anordnungen noch gelten."

Der Häuptling kniete nieder und schlug Feuer. Bald brannten einige trockne Splitter, die er aus dem Stamm losgeschält hatte. Er warf sie in das Loch und stieg dann von der Pyramide herab. Erst ließ sich ein Knistern und Prasseln hören, das bald in ein lautes Zischen überging. Eine Flamme von einem halben Meter Höhe stieg empor.

„Das ist zu niedrig", meinte Donnerpfeil.

„Mein Bruder warte ein wenig!" antwortete der Häuptling. „Die Mixtekas verstehen es, Kriegsflammen zu erzeugen."

Er hatte recht. Denn kaum eine Minute später begann die Flamme emporzusteigen. Nach kaum fünf Minuten hatte sie eine ungeheure Höhe erreicht. Sie hatte die Gestalt einer Säule, die oben in gewaltigen Strahlen auseinanderging, und besaß eine solche Leuchtkraft, daß es auf der Spitze des Berges taghell wurde.

„Ein Feuermal, wie ich noch keins gesehen habe!" erklärte Sternau.

„Wir werden bald Antwort haben", versicherte Büffelstirn.

„Gibt es mehrere Orte mit solchen Öfen?"

„Ja, soweit die Mixtekas wohnen. Es sind Männer angestellt, die die Flamme anzünden."

„Wenn diese nun gestorben oder nicht zugegen sind?"

„So haben sie ihr Amt andern übergeben. Mein Bruder sehe!"

Das Feuer hatte vielleicht eine Viertelstunde lang gebrannt. Der Häuptling zeigte nach Süden. Da erhob sich auch eine Flamme, und zwar in einer Entfernung, die man wegen der Nacht nicht genau schätzen konnte. Im Norden folgte eine zweite, und bald konnte man ringsum fünf gleiche Feuerzeichen erkennen. Da schritt Büffelstirn zu einem großen Stein, der in der Nähe lag. Er hob ihn weg, und nun wurde eine Öffnung sichtbar, in der einige Kugeln von der Größe eines Billardballs lagen. Er nahm drei davon, warf sie in die Flamme und deckte dann den Stein sorgfältig wieder auf das Loch.

„Warum diese Kugeln?" fragte Sternau.

„Mein Bruder wird es sogleich bemerken."

Er hatte das kaum gesagt, so schossen drei Flammen himmelhoch empor und bildeten dort drei große Feuerscheiben, die sich lange Zeit in gleicher Höhe hielten und dann langsam wieder niedersenkten. Kurze Zeit darauf erblickte man bei jedem der fünf andern Male das gleiche Zeichen.

„Was bedeutet das?"

„Jeder Ort hat sein Zeichen", erklärte Büffelstirn. „Ich habe das des Berges El Reparo gegeben, damit die Mixtekas wissen, wo sie sich versammeln sollen."

„Aber die Feinde werden diese Feuer auch bemerken."

„Sie werden nicht wissen, was sie zu bedeuten haben. Jetzt brennt die Flamme nieder. Meine Brüder mögen noch einige Augenblicke warten, dann können wir diesen Ort verlassen."

Das Feuermal sank mit der gleichen Schnelligkeit herab, mit der es gestiegen war. Nun war es dunkel wie zuvor. Büffelstirn legte den Stein wieder genau vor das Zugloch und brachte den Baum wieder an Ort und Stelle. Obgleich es in der Dunkelheit geschah, verstand er es, jede Spur sorgfältig zu entfernen.

„Wenn ein Feind auf den Berg kommt", sagte er, „um den Ort zu suchen, wo die Flamme war, so wird er ihn nicht finden."

„Wohin gehen wir jetzt?"

„Dahin, wo wir bis morgen abend verborgen bleiben können."

„Bis morgen abend?" fragte Unger. „Können wir am Tag nichts für die Hacienda und Arbellez tun?"

„Gar nichts. Aber am Abend wird die Hacienda unser sein."
Sie kehrten zu den Pferden zurück, stiegen auf und ritten den Berg hinab, wo sie links umbogen und nach einer halben Stunde in eine Schlucht gelangten, deren Eingang fast ganz von Büschen verdeckt war.
„Hier werden wir warten", sagte Büffelstirn.
Sie ritten bis in den rückwärtigen Teil der Schlucht, banden ihre Pferde an, lagerten sich ins Moos und suchten den Schlaf, nachdem sie die Wachen unter sich verteilt hatten.
Die Nacht verging und ebenso der Tag in tiefster Ruhe. Ungefähr um sechs Uhr wurde es dunkel. Doch wartete Büffelstirn noch zwei Stunden, bevor er zum Aufbruch mahnte. Sie bestiegen ihre Pferde und ritten fort. Als sie an die Stelle kamen, die emporführte, vernahmen sie erst vor sich und auch hinter sich Pferdegetrappel.
„Wer reitet da?" flüsterte Donnerpfeil.
„Mein Bruder sorge sich nicht", erwiderte Büffelstirn. „Es sind die Krieger der Mixtekas, die meinem Ruf folgen."
Als sie oben anlangten, herrschte dort Ruhe, aber um den Teich der Krokodile konnte man, zwar undeutlich nur, Menschen und Pferde Kopf an Kopf erkennen. Die Roten waren gekommen, um zu erfahren, was das Feuerzeichen bedeute. Sie gelangten zwischen den Indianern hindurch bis an das Ufer des Teichs. Dort hielt der Häuptling, ohne abzusteigen, an und rief mit lauter Stimme:
„*Naha nitaketza!*" Das heißt auf deutsch: „Ruhe, ich will sprechen!"
Ein leises Waffengeräusch ließ sich hören, dann fragte eine andre Stimme:
„*Taio taha* — wer bist du?"
„*Naha Mokaschi-tayiss* — ich bin Büffelstirn!"
„*Mokaschi-tayiss!*" so ging das Wort ringsum von Mund zu Mund. Es war trotz der Dunkelheit zu bemerken, welch ungeheures Aufsehen dieser Name machte. Die vorherige Stimme ließ sich hören:
„Dieser Häuptling der Mixtekas ist tot."
„Büffelstirn lebt. Er wurde von seinen Feinden gefangengehalten und ist jetzt zurückgekehrt, um sich zu rächen. Wer hat mit mir gesprochen?"
„Das Wiehernde Pferd", lautete die Antwort.
„Wieherndes Pferd ist ein großer Häuptling. Er ist der Erste nach Büffelstirn und wird bisher die verlassenen Kinder der Mixtekas befehligt haben. Er komme mit einer Fackel herbei, um mich anzuschauen!"
Einige Augenblicke später sah man den Schein einer Fackel aufleuchten, und mehrere Männer drängten sich durch die Menge mit ihr bis zum Häuptling hindurch. Einer von ihnen, in die Tracht eines

Büffeljägers gekleidet, gradso, wie sie Büffelstirn früher getragen hatte, hielt dem Häuptling die Fackel nah und blickte ihm ins Gesicht.

„*Mokaschi-tayiss!*" rief er dann laut. „Freut euch, ihr Krieger der Mixtekas! Euer Häuptling ist zurückgekehrt. Schwingt eure Messer und Tomahawks, um ihn zu ehren!"

„Uff!"

Nur dieses eine Wort wurde gehört, es brauste um den Teich herum, dann wurde es wieder still. Jetzt erhob Büffelstirn abermals die Stimme:

„Die Wächter mögen sagen, ob wir hier sicher sind."

„Es ist kein Fremder hier, außer acht Männern, die mit einem Mixteka gekommen sind!" rief es von weitem her.

„Ich selbst war es, mit dem sie kamen. Wieviel Krieger wurden gezählt?"

„Es mögen über elfhundert sein."

„Meine Brüder mögen hören!" begann der Häuptling. „Morgen sollen sie erfahren, wo Büffelstirn so lange Zeit gewesen ist. Jetzt aber sollen sie vernehmen, daß Juarez, der Zapoteke, aufgebrochen ist, um die Franza aus dem Land zu treiben. Büffelstirn wird ihm die Krieger zuführen, die mit ihm kämpfen wollen. Heut aber reiten wir zur Hacienda del Eriña, um die dort weilenden Männer des Cortejo zu besiegen. Meine Brüder mögen sich in zehn und zehn teilen und mir folgen. Da, wo ich in der Nähe der Hacienda halten werde, bleiben die Pferde zurück und fünfmal zehn Männer bei ihnen. Der Häuptling Wieherndes Pferd mag sie auswählen. Die andern gehen leise um die Hacienda herum, bis die Krieger einen Kreis bilden, und wenn der erste Schuß fällt, dringen sie auf die Feinde ein. Der Sieg ist unser, denn ich habe den Herrn des Felsens mitgebracht, ferner Bärenherz, den Häuptling der Apatschen, und Donnerpfeil, das tapfre Bleichgesicht."

„Uff!" ertönte es abermals rund um den Teich herum.

Dann begannen die Massen sich langsam in Bewegung zu setzen. Büffelstirn mit seinen Freunden voran, schlängelte sich der lange Reiterzug behutsam den Berg hinab, aber unten angekommen, wurden die Pferde in Galopp gesetzt. Als Berg und Wald hinter ihnen lagen, befanden sie sich in der weiten Ebene, kaum zwei Kilometer von der Hacienda entfernt. Alle stiegen von ihren Tieren, nur Sternau blieb sitzen.

„Warum steigt mein Bruder nicht ab?" fragte Büffelstirn.

„Ich reite zur Hacienda. Es könnte der Fall sein, daß die Angegriffenen, wenn sie sehen, daß es für sie keine Rettung gibt, Arbellez töten. Das werde ich verhindern."

„Mein Bruder hat recht."

„Und ich reite mit!" sagte Anton Unger.

"Gut, so sind wir zu zweien", meinte Sternau. "Aber wir werden warten, bis die Hacienda umzingelt ist. Ich will sehen, wie es in der Hacienda steht, und den Schuß abgeben, der das Zeichen zum Angriff ist."

Während fünfzig Mann bei den Pferden zurückblieben, rückten die andern lautlos vor. Sie hatten erwartet, Lagerfeuer zu sehen, aber die Mexikaner befanden sich alle im Hof und in den Zimmern der Hacienda. Deshalb war es den Mixtekas möglich, nah heranzuschleichen. Sobald das geschehen war, setzten Sternau und Unger ihre Pferde in lauten Trab, daß es den Anschein haben sollte, als kämen sie weit her. Sie hielten vor dem Tor an und klopften. Eine Stimme im Innern fragte:

"Wer ist da?"

"Ist das die Hacienda del Eriña?" fragte Sternau.

"Ja", antwortete es.

"Befinden sich da Leute von Señor Cortejo?"

"Ja."

"Wir sind Boten, die zu ihm wollen."

"Wieviel seid Ihr?"

"Zwei."

"Wer sendet euch?"

"Der Panther des Südens."

"Ah, dann dürft ihr herein."

Die Tür öffnete sich, und die beiden verwegenen Männer ritten in den Hof, wo sie von den Pferden sprangen. Dort war es dunkel, darum führte man sie in eins der Zimmer, das erleuchtet war. Es war voller Freischärler, alles wilde Gesichter. Einer, der eine Art Befehlshaberstelle einzunehmen schien, fragte den, der die beiden hereingebracht hatte:

"Was wollen diese Strolche?"

Für den Gefragten nahm Sternau schnell das Wort:

"Strolche? Ihr habt es hier mit Señores zu tun. Merkt Euch das! Wir kommen vom Panther des Südens und müssen dringend mit Señor Cortejo sprechen. Wo befindet er sich?"

Der Freischärler sah die mächtige Gestalt Sternaus, die einen großen Eindruck auf alle Umherstehenden machte. Dennoch hielt er es seiner Würde gemäß, so zu tun, als lasse er sich nicht einschüchtern. Er antwortete:

"Erst müßt Ihr Euch bei mir ausweisen!"

"So! Wer seid Ihr denn?"

"Ich bin der, der die Meldungen macht."

"Nun, so meldet mich bei Cortejo! Das übrige geht Euch nichts an."

Der Mann stieß ein höhnisches Lachen aus. "Ich werde euch beweisen, daß es mich gar wohl etwas angeht. Wir befinden uns hier auf Kriegsfuß. Ihr seid meine Gefangenen, bis ihr bewiesen habt, daß ihr wirklich vom Panther des Südens kommt."

„Was bildest du dir ein! Wirst du mich melden oder nicht?" donnerte Sternau ihm entgegen.

Der Mann aber fuhr trotzig fort: „Oho! Jetzt redet man mich mit du an! Nehmt euch in acht, daß ich euch nicht peitschen lasse!"

„Das wagst du mir zu sagen? Hier meine Antwort, Bube!"

Sternau faßte den Mexikaner bei der Kehle und schlug ihm die Faust an den Kopf, dann schleuderte er den Besinnungslosen über den Tisch hinüber in einen Winkel. Kein Mensch wagte ein Wort zu sagen. Sternau sah sich funkelnden Auges im Kreis um und drohte:

„So kann es einem jeden ergehen, der mich beleidigt! Wo ist Cortejo?"

Demonio! Das ist jedenfalls der Panther selber", flüsterte es im Hintergrund.

Das verdoppelte die Achtung, und einer erwiderte:

„Señor Cortejo ist nicht hier. Er hat die Hacienda für kurze Zeit verlassen. Wohin er ist, weiß ich nicht."

„Aber die Señorita ist da?"

„Ja. In dem Zimmer, das grad über diesem liegt."

„Das finde ich auch selber. Ihr braucht mich also gar nicht anzumelden."

Es getraute sich wirklich keiner, Sternau zu folgen, als er diese Stube verließ, um sich mit Unger hinauf zu begeben. Josefa Cortejo lag in einer Hängematte und langweilte sich. Doch der Gedanke an die Rückkehr ihres Vaters tröstete sie. Er kam jedenfalls als Sieger über seine Feinde und mit großen Reichtümern beladen. Da erschallten draußen rasche, kräftige Schritte. Kam er vielleicht schon? Sie richtete sich erwartungsvoll auf. Zwei Männer traten ein, ohne vorher zu klopfen und dann zu grüßen. Wer war es? Hatte sie nicht die athletische Gestalt des einen schon gesehen? Sein Bart machte, daß sie ihn nicht gleich erkannte.

„Wer seid Ihr? Was wollt Ihr?"

„Ah! Ihr kennt mich nicht mehr, Señorita?" fragte Sternau.

Ihre Augen wurden größer und ihre Wangen totenbleich. „Wer — o mein Gott, Sternau!"

„Ja", lächelte er. „Und hier steht Señor Unger, der Gatte von Emma Arbellez."

Josefa faßte sich rasch: „Was sagt Ihr? Was wollt Ihr?"

„Oh, ich will Euch nur dieses Papier zurückgeben."

Sternau griff in die Tasche und zog den Brief heraus, den er ihrem Boten abgenommen hatte. Er trat zu ihr hin und ließ sie einen Blick darauf werfen. Ihr eigner Brief! Sie knickte zusammen.

„Wie kommt Ihr zu diesem Schreiben?" hauchte sie.
„Wir haben es der Leiche Eures Boten abgenommen."
„Der — Leiche —?"
„Ja. Er fiel mit seiner Truppe in unsre Hände, wobei er erschossen wurde."

Josefa war geistesabwesend. Die Angst vor diesem Mann machte ihr Herz erzittern. Sie brachte kaum das Wort hervor: „Schrecklich!"

„Tröstet Euch! Es war nicht schade um ihn. Übrigens wäre er mit dem Brief doch nicht zurechtgekommen, denn wir haben auch Euren Vater überfallen, als er dem Lord auflauerte. Von seinen Leuten sind wenige entwischt. Ob er selber entkommen wird, läßt sich noch nicht sagen."

„O Gott, o Gott!" stöhnte sie.

„Pah! Ruft nicht den Namen Gottes an! Ihr seid eine Teufelin und könnt deshalb von Gott keine Hilfe erwarten."

Diese Worte gaben Josefa einen Teil ihrer Tatkraft zurück.

„Señor", sagte sie, „bedenkt, daß Ihr Euch im Hauptquartier meines Vaters befindet!"

„Ihr wollt mir bang machen?" lächelte Sternau.

„Es bedarf nur eines Wortes von mir, so seid Ihr mein Gefangener."

„Da irrt Ihr Euch. Ich will Euch mitteilen, daß Juarez im Anzug ist. Euer Possenspiel hat heut seinen Schluß erreicht. Glaubt Ihr etwa, ich komme zu Euch, ohne zu wissen, daß ich sicher bin? Die Hacienda ist von über tausend Mixtekas umzingelt. Jetzt seid Ihr in meinen Händen."

„Noch nicht!" rief sie.

Im Angesicht dieser großen Gefahr war sie die alte. Sie schnellte von der Hängematte herab, riß eine Pistole vom nahestehenden Tisch und drückte sie auf Sternau ab, dabei laut um Hilfe schreiend. Der Schuß ging fehl, denn Sternau hatte sich blitzschnell zur Seite gewendet. Im nächsten Augenblick lag sie unter Ungers Händen am Boden. Zu gleicher Zeit ertönte aber auch rund um die Hacienda ein fürchterliches Geheul. Die Mixtekas hatten den Schuß gehört und für das verabredete Zeichen gehalten. Sternau sprang zur Tür.

„Sie kommen", sagte er. „Haltet dieses Weib fest und schließt Euch lieber mit ihr ein! Ich muß hinunter zu Arbellez."

Sternau eilte hinaus. Das Innere des Hauses glich einem Ameisenhaufen. Von allen Seiten strömten die Mexikaner hinab. Sie waren so erschreckt, daß sie seine Gegenwart nicht beachteten. Er drängte sich durch und gelangte noch eine Treppe tiefer hinunter zum Keller. Dort brannte eine trübe Lampe. Ein Mann stand an der Tür Wache.

„Wer befindet sich darin?" herrschte Sternau ihn an.

„Arbellez und —"

„Wo ist der Schlüssel?" unterbrach ihn der Deutsche.

„Eigentlich oben bei der Señorita."

„Eigentlich —? Jetzt aber ist er hier, soll daß heißen? Gib ihn heraus!"

Der Mann machte ein erstauntes Gesicht und blickte Sternau forschend an.

„Wer seid Ihr? Was ist das für ein Lärm da oben?"

„Ich bin einer, dem du zu gehorchen hast und der Lärm da oben geht dich nichts an. Heraus mit dem Schlüssel!"

„Oho! So schnell geht das nicht. Euren Namen will ich wissen! Ich kenne Euch nicht!"

„Du sollst mich sogleich kennenlernen!"

Bei diesem Wort holte Sternau aus und versetzte dem Mann einen Faustschlag, unter dem er zusammenbrach. Er untersuchte die Taschen des am Boden Liegenden und fand einen Schlüssel, der paßte. In einer halben Minute war die Tür geöffnet. Sternau nahm die Lampe und leuchtete in den Raum. Es zeigte sich ihm ein erschütterndes Bild.

Auf den kalten, nassen Steinplatten lagen drei Personen. Anselmo nahm die Länge des Bodens ein. Auf seinem Oberleib ruhte der Haciendero, während sich zu dessen Füßen die alte, treue Maria Hermoyes hingekauert hatte. In einer Ecke lagen ein Lichtstummel und ein Stückchen trocknen Brotes.

„Ist Señor Arbellez hier?" fragte Sternau.

„Ja", antwortete der Vaquero, indem er sich vorsichtig emporrichtete, um den Frager anzusehen.

„Wo ist er? Welcher ist es?"

Bei diesen Worten leuchtete Sternau zu der Gruppe nieder. Dabei fiel der Schein der Lampe auf sein Gesicht. Der Vaquero erkannte ihn.

„O Gott! Das ist Señor Sternau! Wir sind gerettet!"

„Ja, mein braver Anselmo, ihr seid gerettet. Wie steht es mit Don Pedro?"

„Er lebt. Er kann aber vor Erschöpfung nur leise sprechen."

„Die Schuldigen werden ihre Strafe erhalten. Kann Señor Arbellez gehen?"

„Daran ist nicht zu denken."

„Nun, so mag euch noch für wenige Minuten das Bewußtsein genügen, daß ihr frei seid. Ich lasse die Tür offen, damit ihr frische Luft erhaltet. Ich muß wieder hinauf, werde euch aber in kurzer Zeit holen. Bleibt einstweilen bei dem Señor zurück!"

„O heilige Jungfrau, welch eine Gnade!" sagte jetzt auch Maria Hermoyes. „Seid Ihr es denn wirklich, mein lieber, guter Señor Sternau? Und wir sind frei, wirklich frei?"

„Hört ihr die Schüsse?"

„Ja", sagte der Vaquero. „Wer ist es? Ist vielleicht der Präsident Juarez mit seinen Leuten hier?"

„Nein. Büffelstirn hat seine Mixtekas zusammengerufen. Bis Juarez kommen konnte, hätte es zu lange gedauert."

Sternau leuchtete jetzt nieder zu dem Haciendero. Dieser lag mit offnen Augen da und hielt den Blick auf Sternau geheftet. Er bot einen fast totenähnlichen Anblick dar, aber ein glückliches Lachen lag über sein leichenblasses Gesicht gebreitet.

„Mein guter Señor Arbellez, kennt Ihr mich noch?"

Der Gefragte nickte leise.

„Hat Anselmo Euch erzählt, daß wir alle gerettet sind, daß wir alle noch leben und Eure Tochter Emma auch?"

Ein zweites Nicken war die Antwort.

„Nun, so tragt keine Sorge um sie! Sie befindet sich bei Juarez in völliger Sicherheit. Ihr werdet sie recht bald wiedersehen. Ich werde nachher nach Eurem Zustand sehen. Zuvor muß ich hinauf, um mich zu überzeugen, wie sich die Dinge entwickeln."

Sternau setzte den Gefangenen das Licht hin und stieg wieder empor. Einigen Mixtekas, auf die er zuerst traf, befahl er, sich zu den drei Personen hinabzubegeben, um sie gegen etwaige Gefahren in Schutz zu nehmen. Sie beeilten sich, seiner Weisung nachzukommen. Draußen im Hof und vor dem Haus war der Kampf im lebhaftesten Gang. Schüsse krachten, Rufe der Wut oder der Aufmunterung ließen sich hören, darunter Flüche, ausgestoßen von den verzweifelten Mexikanern, die ihr Heil in der Flucht suchten. Büffelstirn kämpfte an der Spitze seiner Krieger.

„Schenken wir ihnen das Leben!" rief Sternau ihm zu. „Es ist genug Blut geflossen. Wir wollen menschlich sein."

„Ist Señor Arbellez wohlauf?" fragte der Häuptling kalt.

„Er liegt noch im Keller. Man wird ihn heraufragen."

„Wenn mein Bruder noch lebt, dann sollen die andern Bleichgesichter auch leben."

Büffelstirn drehte sich wieder ab und eilte aus dem Hof.

Die Aufmerksamkeit des Deutschen wurde durch eine Gruppe in seiner unmittelbaren Nähe in Anspruch genommen. Am Boden lag ein verwundeter Freischärler. Dieser verteidigte sich mit Aufbietung aller seiner Kraft gegen einen Mixteka, der sich bemühte, ihm das Messer ins Herz zu stoßen.

„Gnade, Gnade!" bat der Mann.

„Keine Gnade! Du mußt sterben!" zischte der Rote grimmig, indem er den jetzt fast Wehrlosen mit der Linken fest packte, während er mit der Rechten die Waffe schwang.

„Ich bin ja kein Feind. Ich habe die Gefangenen gespeist. Sie hätten ohne mich verhungern und verdursten müssen!"

Auch diesen von der Todesangst eingegebenen Zuruf achtete der Mixteka nicht. Er stand im Begriff, dem Mexikaner den Todesstoß zu versetzen. Da wurde sein hoch erhobener Arm von Sternau ergriffen.

„Halt!" gebot dieser. „Wir müssen den Mann hören!"

Der Mixteka wandte sein von der Aufregung des Kampfes verzogenes Gesicht dem Störer zu.

„Was geht es dich an! Ich habe diesen Mann niedergeworfen und besiegt. Sein Leben ist mein Eigentum!"

„Wenn er wirklich getan hat, was er sagt, so verdient er Gnade."

„Ich habe ihn überwunden, und er soll sterben!"

Da zog Sternau seinen Revolver und ließ die Hand des Mixteka los:

„Stich zu, wenn du es wagst, ihn gegen meinen Willen zu töten!"

Dabei richtete er den Lauf seiner Waffe gegen ihn. Der Indianer konnte sich dem Eindruck von Sternaus Persönlichkeit nicht entziehen.

„Du drohst mir, deinem Verbündeten?" fragte er.

„Ja. Tötest du ihn, so bist auch du eine Leiche."

„Gut. Ich werde mit Büffelstirn sprechen!"

„Tu das, aber versuche nicht, gegen meinen Willen zu handeln!"

Der Mixteka ließ von dem Weißen ab und ging zu seinem Häuptling. Sternau beachtete das nicht, sondern wandte sich zu dem Mann, der noch immer blutend am Boden lag.

„Du sagst, du hättest die Gefangenen gespeist?"

„Ja, Señor", erwiderte der Gefragte. „Ich danke Euch, daß Ihr diesem Indianer Einhalt geboten habt. Ich wäre verloren gewesen."

„Welche Gefangenen meinst du?"

„Die drei, die unten im Keller liegen. Ich habe ihnen täglich durch ein Loch Brot, Wasser und Licht hinabgelassen. Einer meiner Kameraden, der mit Cortejo fort mußte, bat mich darum. Ich hoffe, daß Ihr das berücksichtigt, Señor."

Sternau ahnte, daß der genannte Kamerad jedenfalls der Freischärler sei, dem das Gesicht des Haciendero immer erschien und der, im Wald am Rio Grande sterbend, noch mit seinen letzten Worten gestanden hatte, daß er den Gefangenen Wasser und Brot gegeben habe.

„Gut", sagte er, „du sollst leben. Wie steht es mit deinen Wunden?" Sternau untersuchte ihn schnell. „Du bist nicht gefährlich verletzt, der Blutverlust hat dich geschwächt. Ich werde dich verbinden!"

Er verband ihn, so schnell es in der Eile gehen wollte, und vertraute ihn endlich der Obhut zweier Mixtekas an, die mit Fackeln im Hausflur standen.

Während sich dieser Vorgang abspielte, war auch der Kampf beendet. Nur draußen im freien Feld hörte man hier oder da noch einen vereinzelten Schuß fallen. Bärenherz trat zu Sternau, der beobachtend am Eingang stand.

„Der Sieg ist unser", meldete er in seiner einfachen, wortkargen Weise.

„Sind Feinde entkommen?" fragte Sternau.

„Zu viele", grollte der Apatsche unversöhnlich.

„Man mag sie immerhin entwischen lassen! Die Rache ist blutig genug ausgefallen."

„Lebt Señor Arbellez?"

„Ja. Wir wollen hinab zu ihm."

Auch Büffelstirn trat herzu. Die drei begaben sich in den Keller, wo sie die befreiten Gefangenen unter dem Schutz der Mixtekas fanden, die Sternau hinabgesandt hatte. Büffelstirn kniete neben Arbellez nieder.

„Kennt Ihr mich, Señor?" fragte er.

Der Haciendero nickte.

„Leidet Ihr große Schmerzen?"

Der Alte ließ ein leises Stöhnen hören, das mehr verriet als viele Worte. Er mußte fürchterlich gelitten haben.

„Es sind viele der braven Mixtekas im Kampf verletzt worden", sagte Sternau, „aber Señor Arbellez soll der erste sein, dem ärztliche Hilfe zuteil wird. Tragen wir ihn hinauf in ein ruhiges Zimmer!"

„Don Pedro wird nur von mir gepflegt werden", meinte Maria Hermoyes. „Ich werde nicht ruhen, bis er wieder völlig hergestellt ist."

Sternau eilte voraus, um ein passendes Zimmer auszusuchen, in das der Haciendero getragen wurde. Als Sternau den Greis untersuchte, sah man, wie abgemagert er war.

„Ich werde meinen Bruder Arbellez rächen", beteuerte Büffelstirn. „Niemand soll mich daran hindern. Wo ist die, auf deren Befehl er leiden mußte?"

Am besten konnte der Auskunft geben, der soeben eingetreten war, nämlich Anton Unger. Er hatte die Anwesenden gesucht und bei seinem Eintritt die Frage gehört.

„Josefa Cortejo liegt gefesselt in Emmas Zimmer", erklärte er. „Wir werden am Morgen Gericht über sie halten. Vorher aber muß ich den Vater begrüßen."

Unger bog sich über Arbellez und küßte ihn auf die bleiche Stirn

„Das ist der Augenblick, nach dem ich mich lange Jahre gesehnt habe", sagte er. „Jetzt ist mein Wunsch erfüllt, und nun kann die Rache beginnen."

Arbellez hatte jetzt so viel Kraft, daß er die Arme langsam erheben konnte. Er legte sie Unger um den Hals und erwiderte flüsternd:

„Gott segne dich, mein Sohn!"

Mehr zu tun oder zu sagen, war er zu schwach, aber auf seinem Gesicht sprach sich deutlich das Glück aus, den Schwiegersohn wiedergefunden zu haben und nun bald auch die Tochter wiedersehen zu können. Dieser Ausdruck des Glücks mit dem Zug des Leides, unter dem er niederlag, war so rührend, so ergreifend, daß keiner der Anwesenden die Tränen zurückhalten konnte. Nun trat auch Fernando zu Arbellez.

„Pedro Arbellez, kennt Ihr mich?"

Der Kranke blickte einige Augenblicke in die gütigen Züge des Fragenden, dann glitt es wie ein Sonnenstrahl über sein Gesicht.

„Don Fernando! Mein guter, lieber Herr! O Gott, ich danke dir, daß du mich diese Freude erleben läßt!"

Dann war es aber mit seiner Kraft zu Ende, und er schloß die Augen. Bärenherz erfaßte seine Rechte und sagte:

„Unser kranker Bruder soll wieder gesund werden und glücklich sein. Aber die ihn gepeinigt hat, soll unsre Rache fühlen. Morgen, beim ersten Strahl der Sonne, soll Gericht über sie gehalten werden!"

4. Der Jäger Grandeprise

Während Cortejo in seiner Einsamkeit nachsann, hörte er in französischer Sprache die Worte:

„Immer toll, Rappe? Laß doch den Braunen gehen!"

Ein Franzose. Ah, das ist gefährlich! Die Hoffnung Cortejos fiel wieder bis Null herab. Aber einige Zeit darauf erklang es abermals:

„Nur hinein ins Wasser! Drüben ist unsre Hütte und besseres Futter!"

Unsre Hütte? Der Mann wohnte also drüben am texanischen Ufer. Er war kein Feind, kein Franzose, kein Mexikaner. Cortejo beschloß, es zu wagen.

„Hallo!" rief er.

Es blieb alles ruhig, außer daß Cortejo es im Wasser plätschern hörte.

„Hallo!" wiederholte er diesmal lauter.

Und da ließ sich auch eine Antwort hören:

„Hallo! Wer ruft denn da am Land?"

„Ein Verunglückter, der Hilfe sucht!"

„Ein Verunglückter? Da darf man nicht zögern. Wo steckt Ihr?"

„Hier!"

„Ja, wo ist das ‚Hier'? Gebt mir den Baum oder Strauch an. Ich schwimme nämlich mit den Pferden im Wasser."

„Ich kann das nicht angeben, denn ich bin blind."

„Blind in dieser Wildnis? Das ist schlimm! Aber ich komme schon. Ruft noch einmal, damit ich mich nach Eurer Stimme richten kann!"

„Hallo! Hallo!"

„Gut, jetzt weiß ich es. Na, Rappe, nimm wieder Land! Wir schwimmen später."

Cortejo hörte ein Gestampfe von Hufen und die Tritte der Tiere, die sich ihm näherten. Dann sprang neben ihm ein Mann zu Boden.

„Mein Gott, Señor, wie seht Ihr aus?" rief dieser. „Wer seid Ihr?"

„Davon später. Sagt mir zunächst, wer Ihr seid!"

„Ich bin ein Jäger von drüben herüber."

„Ein Texaner?"

„Ja."

„Wohl ein Yankee?"

„Ja, aber französischer Abstammung."

„Woher kommt Ihr?"

„Von Monclova."

„Ah! Welcher Parteirichtung gehört Ihr an?"

„Gar keiner. Was kümmern mich die Parteihändel! Ich bin Mann für mich."

„Wie heißt Ihr?"

„Grandeprise."

„Grandeprise? Ah, das ist aber ein eigentümlicher Name."

„Wenigstens ist er selten."

„Und dennoch habe ich ihn schon an verschiedenen Orten gehört. Habt Ihr Verwandte?"

Das war dem Mann denn doch zuviel. „Hört, Señor", sagte er, „Ihr scheint wahrhaftig aus lauter Fragen zusammengesetzt zu sein. Ich denke aber, es würde besser sein, wir sähen nach Euren Augen, als daß wir uns mit solchen müßigen Erkundigungen beschäftigen."

„Verzeihung, Señor Grandeprise! Ihr habt recht. Seht mich an!"

Der Mann bog sich zu ihm herab.

„Sagt mir doch um Gottes willen, wie Ihr zu dieser schrecklichen Verwundung gekommen seid!"

„Man hat es aus politischer Mißgunst darauf abgesehen, mich des Augenlichts zu berauben. Habt Ihr den Namen Cortejo gehört?"

„Ja. Ihr meint doch den sonderbaren Kerl, der das Bild seiner Tochter in alle Welt verschickt, weil er gedenkt, dadurch Präsident von Mexiko zu werden."

„Ja, den meine ich. Was haltet Ihr von ihm?"

„Daß es der größte Esel ist, den es nur geben kann. Er wird überall ausgelacht."

Diese Worte gaben Cortejo einen Stich durch die Seele. Also hatte er so große Opfer gebracht, nur um sich unsterblich bloßzustellen.

„Wißt Ihr vielleicht, wo er sich befindet?" fragte er.

„Nein. Mir ist es ganz gleich, wo solche Helden stecken. Wäre ich nicht Juarez begegnet, so wüßte ich auch nicht, wo er ist."

„Ah, Ihr seid Juarez begegnet! Wann?"

„Vor kurzer Zeit hier im Wald."

Das war schlimme Kunde für Cortejo.

„Unmöglich!" sagte er. „Wie sollte Juarez hier in den Wald kommen?"

„Wie? Nun, sehr einfach: zu Pferd. Ich habe sogar mit ihm gesprochen."

„Aber er ist in El Paso del Norte."

„Wer sagt Euch das?" forschte Grandeprise.

„Einer, der es genau weiß. Ein Engländer, der zu ihm will."

„Ein Engländer, hm, wo habt Ihr den getroffen?"

„Gestern nachmittag, hier am Fluß."

„*Ascuas!* Es wird doch nicht — Beschreibt ihn!"

„Ein hagerer, langer Mann mit einer ungeheuren Nase, einem grauen Anzug, Regenschirm, Zylinderhut und außerdem mit einem Zwicker auf der Nase."

„Ah, das war ein Engländer? Da irrt Ihr Euch nun allerdings gewaltig. Das war Geierschnabel, der Jäger und Pfadfinder, aber kein Engländer."

„Geierschnabel? Ich dächte, von diesem Mann hätte ich schon sprechen hören."

„Er ist berühmt hier an der ganzen Grenze herum. Aber ich sage Euch noch einmal, wir wollen erst nach Euren Augen sehen, dann können wir weitersprechen. Es wird notwendig sein, Euch zu verbinden. Habt Ihr kein Tuch oder so etwas bei Euch?"

„Ich hatte eins, aber es ist mir verlorengegangen."

„Nun, so kann ich Euch das meinige geben. Wie ich sehe, ist Euer rechtes Auge völlig fort. Das linke ist vielleicht noch zu retten. Aber die Lider sind so dick geschwollen, daß man den eigentlichen Augapfel nicht sehen kann. Ich werde Euch verbinden."

Grandeprise ging ans Wasser, tauchte sein Tuch hinein und band es Cortejo um die Augen.

„So, das mag einstweilen genügen", sagte er. „Ich kenne das indianische Wundkraut. Wir werden es suchen und finden, und dann sollt Ihr sehen, wie schnell sich die Verletzung bessern wird. Ich werde Euch auf meinem Pferd über den Fluß bringen, und Ihr könnt die Heilung bei mir in Ruhe abwarten."

„Das geht nicht, Señor. Ich muß unbedingt zu den Meinen."

„Wo sind sie?"

„Ist Euch vielleicht die Hacienda del Eriña bekannt?"

„Die dem alten Pedro Arbellez gehört? Ja, ich bin einigemal dort eingekehrt."

„Nun, dort befinden sich die Leute, die mich erwarten."

„So seid Ihr wohl gar ein Verwandter von Pedro Arbellez?"

Cortejo getraute sich nicht, die Wahrheit einzugestehen. Er antwortete: „Ja, Arbellez ist ein naher Verwandter von mir. Seid Ihr vielleicht einmal droben auf Fort Guadalupe gewesen?"

„Ja, Señor."

„So kennt Ihr wohl den alten Wirt Pirnero dort?"

„Der nur von Schwiegersöhnen spricht? Oh, den kenne ich sehr gut."

„Er ist mein Verwandter, ebenso wie Arbellez. Auch ich heiße Pirnero. Ich komme von ihm, ich wollte nach Camargo hinab und dann zur Hacienda del Eriña. Nicht weit von hier aber wurde ich von einer Bande Apatschen aufgefangen und so zugerichtet, wie Ihr mich gefunden habt."

„Diese Hunde! Es wundert mich, daß sie Euch nicht getötet haben."

„Oh, sie hatten es mit mir noch schlimmer im Sinn. Ich sollte langsam verschmachten oder mit vollem Wissen dem elenden Tod des Ertrinkens entgegengehen. Darum setzten sie mich, nachdem sie mich blind gemacht hatten, auf ein Floß und übergaben es den Wogen. Wäre ich hier nicht ans Land getrieben worden und hätte Gott nicht Euch mir zugeführt, so wäre ich verloren gewesen."

„Ja, Gott schützt den Gerechten, Señor! Diese Erfahrung habe ich stets gemacht. Hat er mich zu Euch gesandt, so werde ich Euch auch nicht verlassen. Übrigens weiß ich gar nicht, was diese Apatschen hier am unteren Fluß wollen. Auch ich bin einem Trupp von ihnen begegnet, und da waren eben jener Geierschnabel und auch Juarez dabei."

„Es ist sehr zu verwundern, daß Juarez sich hierher wagen kann, so weit von seiner Zuflucht entfernt."

„Da irrt Ihr Euch sehr. Ihr wißt wohl noch gar nicht, daß Juarez Chihuahua genommen und vorher Fort Guadalupe besetzt hat?"

„Kein Wort weiß ich davon."

Das hatte Cortejo freilich nicht erwartet. Die Sorge um seine Sicherheit verdoppelte sich.

„Ihr wißt das genau, was Ihr da sagt?" fragte er.

„Ich habe ja Juarez gesehen."

„Mein Gott, wie schlimm!" entfuhr es Cortejo.

„Schlimm? Habt Ihr von Juarez zu fürchten?"

„Ja. Eh' ich zum Fort Guadalupe kam, war ich in El Paso del Norte, wo ich das Unglück hatte, mir Juarez zum Feind zu machen."

„Wie ich ihn kenne, ist er weder rachsüchtig noch grausam."

„Oh, es handelt sich hier nicht um Persönlichkeiten, sondern um politische Sachen."

„Hm. Seid Ihr Anhänger einer andern Partei?"

„Ja."

„Dann müßt Ihr Euch in acht nehmen. Am besten ist es, Ihr sucht einen Ort auf, der noch von den Franzosen besetzt ist."

„Auch diese sind meine Feinde!"

„Das ist doppeltes Unglück. Aber Ihr dauert mich. Was ich für Euch tun kann, werde ich gern tun."

„Oh, wenn Ihr mich zur Hacienda del Eriña bringen könntet!"

„Hm, das ist eine schlimme Geschichte. Ihr seid verwundet und blind. Auch dürft Ihr Euch, wie es scheint, vor niemand sehen lassen."

„Ich werde Euch reich belohnen."

„Seid Ihr vermögend?"

„Ja."

„Das läßt sich schon hören. Ich stehe zwar gern einem Hilfsbedürftigen bei, ohne zu fragen, was er ist. Aber Euch zur Hacienda del Eriña zu bringen, das ist doch etwas weit. Und wenn man dabei etwas verdienen kann, so soll man nicht so dumm sein, es zurückzuweisen."

„Gut! Wenn Ihr mich sicher und schnell zur Hacienda bringt, biete ich Euch tausend Dollar. Ist das genug?"

„Tausend Dollar? Hm, da müßt Ihr allerdings ein reicher Mann sein. Ich gehe darauf ein."

„Wie lange werden wir brauchen, um hinzukommen?"

„Das läßt sich jetzt noch nicht sagen. Es kommt darauf an, welche Hindernisse sich uns in den Weg legen."

„Ich kann es nicht voraussehen. Sind Eure Pferde gut?"

„Sie sind ganz leidlich, jetzt aber ermüdet. Aber wir können ja unterwegs tauschen. Wollen wir jedoch ehrlich sein, so kaufen wir. Ich habe so viel Geld bei mir, daß ich zwei Pferde bezahlen kann."

„Oh, auch ich bin mit Geld versehen. Diese Apatschen haben versäumt, es mir abzunehmen. Ich werde gradsoviel in Gold bei mir haben, wie ich Euch versprach. Ihr müßt wohl zu Eurer Wohnung hinüber?"

„Nein."

„Das ist gut. Ich bange nämlich, daß diese Apatschen das Ufer absuchen, um zu sehen, ob ihnen ihr Streich gelungen ist. Finden sie mich, so bin ich verloren."

„Und ich mit, weil sie mich bei Euch treffen. Also sofort aufbrechen?"

„Ja."

„Werdet Ihr aber bei Eurem Zustand einen solchen Ritt vertragen können?"

„Man muß es versuchen!" erklärte der Verwundete entschlossen.

„Gut, so wollen wir auch keine Zeit verlieren. Forschen die Apatschen nach, so finden sie sicher unsre Fährte. Sie werden uns dann verfolgen. Darum schlage ich vor, die ganze Nacht hindurch zu reiten, damit wir einen tüchtigen Vorsprung erhalten. Morgen früh nehmen wir frische Pferde."

Sie bestiegen die Tiere und ritten davon. Das Reiten fiel Cortejo überaus schwer. Er fühlte jeden Schritt des Tiers unter seinem verletzten Kopf, aber er wußte, daß in der Eile seine Rettung lag, und so biß er die Zähne zusammen und versuchte, die Schmerzen zu ertragen. Als sie den Urwald hinter sich und die offne Prärie vor sich hatten, sprach der Jäger, ihn mit besorgten Blicken musternd:

„Ihr leidet große Schmerzen, Señor Pirnero? Wollen wir ein wenig ausruhen?"

„Nein. Nur vorwärts!"

„Gut. Jetzt sind wir Trab geritten, das erschüttert Euer Gehirn. Da wir aber nun die freie Savanne vor uns haben, können wir galoppieren. Das wird Euch etwas weniger weh tun."

Grandeprise hatte recht. Cortejo konnte den Galopp besser vertragen. Zwar brannten ihm die Augenwunden gräßlich, und er fieberte, aber bei jedem Wasser, an das sie kamen, wurde das Tuch von neuem genäßt, und kurz vor Einbruch des Abends gelang es dem Jäger, das indianische Wundkraut zu finden. Er steckte einen Vorrat davon zu sich und kaute einige Stengel und Blätter, um sie Cortejo auf die Verletzungen zu legen. Es währte auch nicht lange, so fühlte dieser die lindernde Wirkung.

Sie ritten mit einigen Pausen die Nacht hindurch. Am Morgen waren auch die Pferde so ermüdet, daß sie anhalten mußten. Sie lagerten an einem kleinen Buschwerk. In der Ferne waren Gebäude zu sehen.

„Da drüben liegt eine Hacienda", sagte Grandeprise. „Soll ich hinübergehen und Pferde holen, während Ihr ausruht?"

„Ja. Aber Señor, werdet Ihr auch wiederkommen?"

Nur die äußerste Angst konnte ihm diese Frage auf die Lippen legen.

„Haltet Ihr mich für einen Schuft?" entgegnete Grandeprise. „Ich habe Euch mein Wort gegeben, und ich bin nicht gewohnt, es zu brechen."

„So geht! Werdet Ihr die Pferde einfangen, ohne zu fragen?"

„Man könnte es wagen, aber ich meine, daß es besser ist, ich spreche mit den Leuten. Ich nehme die unsrigen mit und vertausche sie. Auf diese Weise werde ich wenig darauf zu geben haben. Die Sättel und das Zaumzeug lasse ich Euch hier. Das mag Euch überzeugen, daß ich sicher wiederkomme."

Der Jäger nahm den Pferden das Lederzeug ab und ritt davon. Cortejo fühlte sich heut viel sicherer als gestern. War er ja doch der größten Gefahr entgangen. Auch schien es ihm, als könne er sich auf Grandeprise verlassen. Dieser Jäger hatte ein zwar rauhes, aber aufrichtiges Wesen. Der Kranke fiel, als der Hufschlag verklungen war und ringsum tiefe Stille herrschte, erschöpft in einen Schlummer, der lang gedauert haben mußte, denn als er erwachte, hörte er Hufgestampf neben sich. Grandeprise war also zurückgekehrt.

„Endlich wacht Ihr auf!" sagte der Jäger, als er bemerkte, daß Cortejo sich zu regen begann.

„Habe ich lang geschlafen?" fragte dieser.

„Eine Ewigkeit. Fast ist der Mittag nahe."

„*Aymé*, so müssen wir aufbrechen!"

„Nur Geduld! Selbst wenn man uns verfolgen sollte, ist unser Vorsprung groß genug, um uns zu beruhigen."

„Habt Ihr Pferde?"

„Ja, ein Paar Prachttiere. Wir werden fliegen wie die Falken. Leider aber sind wir zu einem großen Umweg gezwungen. Denkt Euch! Da ist in Reynosa eine Schar von über tausend Freiwilligen aus den Vereinigten Staaten gelandet. Sie wollen für Juarez kämpfen und schwärmen überall umher."

„Das ist schlimm. Haben wir diese Leute wirklich so zu scheuen?"

„Gewiß, Señor. Kennt man Euch hierzuland persönlich?"

„Ja."

„Nun, es ist anzunehmen, daß Juarez diesen Freischaren Truppen entgegensenden wird, um sie an sich zu ziehen. Unter diesen Truppen könnten Männer sein, die Euch schon gesehen haben. Übrigens bestehen die Freischaren aus geschulten Jägern, die besser aufzupassen gewohnt sind als die Mexikaner. Es geht wirklich nicht anders. Eure Sicherheit erfordert es, einen Umweg zu machen."

„Wieviel Zeit verlieren wir dadurch?"

„Zwei Tage."

„Das ist sehr viel! Wir müssen sofort aufbrechen."

„Halt, nicht sofort! Ich habe Mundvorrat mitgebracht. Wir wollen zunächst etwas essen. Sodann lege ich Euch neues Wundkraut auf, und dann können wir in den Sattel steigen. Wenn man im Begriff steht, zwei volle Tage zu verlieren, so kommt es auf eine weitere halbe Stunde nicht an."

Obgleich Cortejo sich sehr leidend fühlte, schmeckten ihm die mitgebrachten Tortillas[1] recht gut. Der leere Magen erhielt Nahrung und hatte kaum die Arbeit des Verdauens begonnen, so war es dem Kranken, als gehe neue Kraft durch seinen Körper. Dieses wohltuende Gefühl machte ihn zu einer kurzen Unterhaltung aufgelegt.

„Ihr nahmt es mir gestern übel, als ich nach Eurer Familie fragte?" begann er.

„Übelnehmen? O nein! In der Wildnis hat ein jeder das Recht, Auskunft zu verlangen. Nur schien mir diese Auskunft nicht so notwendig zu sein wie der Verband Eurer Wunden."

„So will ich heut auf meine Fragen zurückkommen. Erinnert Ihr

[1] Kleine Maiskuchen

Euch, daß ich Euch sagte, Euer Name sei mir bekannt? Habt Ihr vielleicht Verwandte, die noch leben?"

„Nein."

„Ah, so ist alles weitere Fragen nutzlos. Hättet Ihr einen Verwandten, der Seemann ist, so würdet Ihr mein —"

„Seemann?" unterbrach ihn der Jäger schnell. „Wie kommt Ihr darauf?"

„Weil ich einen Seemann kenne, der Grandeprise heißt."

„Lebt er noch?"

„Ja."

„So ist es der nicht, den ich meine. Ich habe nämlich in Wirklichkeit einen Verwandten gehabt, der Seemann war."

„Und auch Grandeprise hieß?"

„Nein. Er hieß anders, aber er legte sich diesen meinen Namen bei, um mich um meinen guten Ruf zu bringen. Er war Pirat — Seeräuber."

„*Caramba!*" staunte Cortejo. „Was Ihr sagt, Seeräuber?"

„Ja, Seeräuber, Sklavenhändler, alles mögliche."

„Diente er an Bord eines Schiffs, oder war er selbst Kapitän?"

„Er war Kapitän."

„Wie hieß das Schiff?"

„Der ‚Lion' war sein Name."

„Wirklich? Ah! So ist es doch der Mann, den ich meine."

„Ihr habt diesen Kapitän gekannt! Hattet Ihr vielleicht auch eine Rechnung mit ihm auszugleichen, gradeso wie ich?"

Diese Frage sagte, daß der Jäger seinem Verwandten nicht freundlich gesinnt war. Deshalb antwortete Cortejo frisch drauflos:

„Jawohl, und diese Rechnung ist heut noch nicht beglichen."

„Verzichtet darauf, sie ins gleiche zu bringen! Er lebt sicherlich nicht mehr. Ich habe ihm nachgeforscht, wie einer nur immer zu suchen vermag, Tag und Nacht, mit Haß und Rache im Herzen. Ich bin jahrelang auf seiner Fährte gewesen. Aber sobald ich ankam, war er schon wieder fort. Endlich hörte die Spur auf, das Schiff war untergegangen und der Kapitän jedenfalls mit."

Seine Stimme hatte einen ganz andern Klang angenommen. Die Worte wurden mehr zwischen den Zähnen herausgezischt als gesprochen.

„Ihr habt ihn gehaßt?" forschte Cortejo.

„Ja, ich habe ihn so gehaßt, wie nur ein Mensch den andern hassen kann."

„Und doch war er Euer Verwandter?"

„Oh, er war sogar mein — Bruder, das heißt, mein Stiefbruder."

Die Aufmerksamkeit Cortejos steigerte sich.

„So müßt Ihr Schreckliches mit ihm erlebt haben."

Der Jäger schwieg eine Weile. Dann fuhr er fort:

„Er war ein Teufel. Von dem Tag, an dem seine Mutter das Weib meines Vaters wurde, habe ich keinen glücklichen Augenblick mehr gehabt."

„Seine Mutter war Witfrau?"

„Ja, und mein Vater Witwer. Ihr müßt nämlich wissen, daß dieser Pflanzer war. Meine Mutter ist bei meiner Geburt gestorben. Ich war zwanzig Jahre alt und hatte eine Braut, schön und gut wie ein Engel. Da fiel es meinem Vater ein, wieder zu heiraten. Er hatte in New Orleans die Witwe eines Spaniers kennengelernt, und sie wurde meine zweite Mutter."

„Solche Sachen sind unangenehm!"

„Oh, es ging mich weiter nichts an. Mein Vater war sein eigner Herr und konnte tun, was ihm beliebte. Aber diese Spanierin hatte einen neunzehnjährigen Sohn, den sie mitbrachte. Was soll ich Euch das alles erzählen! Ich will Euch nur sagen, daß er mir die Braut nahm und meinen Vater erschoß, den Verdacht aber auf mich zu lenken wußte. Ich wurde verurteilt, entkam aber mit Hilfe einiger Freunde. Was er beabsichtigte, das hatte er erreicht: er war Besitzer der Pflanzung, die eigentlich mir gehörte. Aber das hielt nicht lange vor. Er verpraßte das Vermögen, und als der letzte Heller vergeudet war, sah er sich gezwungen, seinen früheren Beruf wiederaufzunehmen. Er war nämlich Seemann."

„Ihr versuchtet nicht, Euch zu rächen?"

„Konnte ich? Durfte ich es wagen, in die Heimat zu schleichen? Es mußten Jahre vergehen, ehe mir der Bart gewachsen war und mein Aussehen sich so verändert hatte, daß ich hoffen durfte, nicht erkannt zu werden. Und als ich dann kam, war es zu spät, denn er befand sich zur See. Ich war arm und mittellos, ich konnte es nicht machen wie ein Millionär, der sich hätte eine Jacht bauen lassen, um ihm nachzujagen. Aber ich ging in die Goldminen und hatte dort Glück. In vier Jahren war ich wohlhabend, und nun begann ich meine Jagd, um den Mörder meines Vaters, den Zerstörer meines Lebens, zu züchtigen. Ich war ihm immer auf der Ferse, aber ich erwischte ihn nicht. Mein Geld war alle, und ich war wieder arm, ohne mich gerächt zu haben. Aber der, dem meine Rache galt, war auch seit jenem Unglückstag verschwunden."

„Warum nannte er sich denn Grandeprise?"

„Weil das mein Name war. Alle Welt sollte denken, ich, der Entflohene, der Vatermörder, sei der Seeräuberkapitän."

Demonio! Dieser Grandeprise ist selbst in seinen Verbrechen geistreich!"

„Ihr nennt es geistreich? Ich nenne es teuflisch!"

„Wie war denn sein eigentlicher Name?"

„Henrico Landola."

„*Ascuas!* Ist Euch denn nicht einmal der Gedanke gekommen, daß er unter diesem seinem wirklichen Namen noch leben könnte? Ich kann Euch sagen, daß er noch nicht gestorben ist."

„Heiliger Gott! Ist es wahr, Señor? Ihr kennt ihn?"

„Oh, ich habe viele Geschäfte mit ihm gemacht und hoffe, ihn bald wiederzusehen, diesen ehrenwerten Henrico Landola!"

Die Augen des Jägers hingen an Cortejos Lippen, um die Worte gleichsam abzulesen, ehe ihr Klang noch das Ohr erreichen konnte. Er ergriff dessen Hände.

„Ihr hofft wirklich, diesen Menschen wieder zu treffen? Ihr seid nicht sein Freund, sondern sein Feind?"

„Ich war sein Freund, bin aber jetzt sein Feind. Er hat mich getäuscht und betrogen. Er hat eine Aufgabe, die ich ihm erteilte, nicht wörtlich gelöst, sondern er ist dabei mit eigner Willkür verfahren und hat mir großen Schaden gemacht."

„Ihr wollt Euch an ihm rächen?" fragte der Jäger. „Darf ich Euer Verbündeter sein?"

„Wenn ich wüßte, daß ich Euch trauen darf."

„Oh, Señor, gebt mir Gelegenheit, mit diesem Ungeheuer abzurechnen, und ich tue für Euch alles, was in menschlichen Kräften steht. Ich habe förmlich geschmachtet nach Rache und Vergeltung. Wo gedenkt Ihr, diesen Landola wieder zu treffen?"

„Das ist jetzt noch unbestimmt. Vor allen Dingen kommt es darauf an, daß ich die Hacienda glücklich erreiche. Bin ich in Sicherheit, so kommt gewiß die Stunde, in der ich Nachricht über ihn erhalte."

„So laßt uns aufbrechen! Die Pferde sind gesattelt. Vorher aber wollen wir nach Euren Augen sehen."

Der Jäger nahm Cortejo die Binde ab, und dieser bemerkte dabei zu seiner großen Freude, daß er, wenn auch jetzt noch spärlich, auf dem einen Auge sehen konnte. Er bekam abermals Wundkraut aufgelegt, und dann stiegen sie zu Pferd, um ihren Ritt fortzusetzen. —

Im Dunkel der Nacht kamen zwei Reiter von Süden her auf die Hacienda zu. In einem kleinen Tal zügelte der eine sein Pferd und sagte:

„Hier werden wir wohl warten müssen."

„Warum, Señor Pirnero?" fragte der andre.

„Weil wir doch nicht wissen, wie es auf der Hacienda aussieht. Juarez ist in Bewegung, und die Franzosen werden diesen Ort vielleicht wiedergewinnen wollen. Da weiß man nicht, ob man Freunde oder Feinde dort trifft. Wir müssen den Tag abwarten, um ein wenig zu erkunden, ehe wir uns blicken lassen können."

„So werden wir auch auf ein Feuer verzichten müssen. Wie steht es mit den Augen? Fühlt Ihr noch Schmerzen?"

„Nein. Euer Heilkraut hat gradezu Wunder getan, Señor Grandeprise. Das eine Auge ist zwar zerstört, mit dem andern aber kann ich fast so gut sehen wie vorher."

„Das freut mich. Steigen wir ab und warten wir auf den Morgen!"

Die Männer banden ihre Tiere an ein Gesträuch, um ihnen Gelegenheit zum Fressen zu geben, und lagerten dann in der Nähe im Gras. Da sie müde waren, verzichteten sie auf eine Unterhaltung.

Es war nach Mitternacht und so still rundum, daß sie nahe daran waren einzuschlafen, als sie durch das Erschallen eines nahenden Hufschlags wieder aufgemuntert wurden.

„Wer mag das sein?" sagte Cortejo, der sich noch immer Pirnero nennen ließ. „Horch! Da kommt noch einer."

Wirklich vernahm man jetzt die Hufschläge eines zweiten Pferdes. Sie griffen zu ihren Waffen und lauschten. Da bemerkten sie, daß der Reiter, der ihnen am nächsten war, sein Pferd anhielt.

„Wer kommt noch?" rief er zurück.

Sofort zügelte auch der zweite Reiter sein Pferd.

„Wer ruft da vorn?" fragte er.

„Einer, der losschießen wird, wenn nicht gleich Antwort erfolgt."

„Oho, ich habe auch eine Büchse."

Zu gleicher Zeit vernahm man das Knacken eines Hahns.

„Antwort!" rief der erste. „Was ist deine Losung?"

„Losung?" fragte der zweite. „Ah, du sprichst von einer Losung. Da bist du ein zivilisierter Kerl und keiner von den verdammten Indianern."

„Ich ein Indianer? Der Teufel hole die Rothäute! Du redest spanisch wie die Weißen. Gehörst du auf die Hacienda del Eriña?"

„Ja. Ich gehöre zu Señor Cortejo."

„*Ascuas*, da sind wir zwei Kameraden!"

„So bist du auch ausgerissen?"

„Ja. Es ist mir Gott sei Dank gelungen, durchzuschlüpfen."

„Da brauchen wir einander nicht die Hälse zu brechen, sondern können zusammenbleiben."

Cortejo war diesem kurzen Zwiegespräch mit der größten Spannung gefolgt. Jetzt trat er vor.

„Erschreckt nicht! Hier befinden sich auch noch Leute, aber Freunde von euch."

„*Caramba!*" flüsterte sein Kamerad warnend. „Was fällt Euch ein, Señor Pirnero? Die gehören ja zu diesem dummen Cortejo."

Die beiden Mexikaner waren im ersten Augenblick vor Überraschung wortlos geworden. Jetzt aber fragte der eine:

„Auch noch Leute hier? Wer seid ihr, auch Flüchtlinge?"

„Nein."

„So muß man vorsichtig sein. Wieviel Köpfe zählt ihr?"
„Nur zwei."
„Das glaube euch der Teufel! Woher kommt ihr?"
„Vom Rio Grande del Norte."
„Und wohin wollt ihr?"
„Zur Hacienda del Eriña, zu meiner Tochter und zu euch. Kennt ihr mich nicht an der Stimme? Ich bin Pablo Cortejo selber."
„Unsinn!" flüsterte sein Kamerad. „Wir spielen da ein gewagtes Spiel."
„Cortejo?" fragte der Freischärler. „Macht uns nichts weis! Cortejo käme nicht nur mit einem Mann zurück."
„Und doch ist es so. Ihr sollt es gleich sehen. Ich komme zu euch."
„Aber allein. Ich halte das Gewehr schußbereit."
Der zweite Reiter hatte sich unterdessen dem ersten zugesellt. Die Büchsen schußfertig in den Händen, lauschten sie auf die Schritte des Nahenden. Sie hörten, daß es einer war, und das beruhigte sie. Cortejo kam an sie heran, blieb stehen und fragte:
„Hat einer von euch ein Zündholz mit, damit ihr mich erkennen könnt?"
„Ja. Haltet das Gesicht nah!"
Der Sprecher griff in die Tasche. Im nächsten Augenblick flammte ein Zündholz auf, mit dem der Mann Cortejo ins Gesicht leuchtete.
„Demonio!" rief er. „Wahrhaftig, Ihr seid es, Señor Cortejo. Wo habt Ihr die andern gelassen?"
„Das werdet ihr später erfahren. Sagt zuvor, was auf der Hacienda vorgefallen ist, daß ihr fliehen mußtet!"
„So wollen wir zunächst absteigen. Wir sind weit genug entfernt, um sicher zu sein. Und vielleicht gelingt es uns, noch einige der Unsrigen heranzuziehen."
Die beiden Männer stiegen von ihren Pferden.
„Kommt mit in die Schlucht hinein!" gebot Cortejo. „Da können wir uns nötigenfalls verstecken. Und kommen noch Freunde von uns in dieser Richtung, so müssen sie an uns vorüber, und wir können sie anrufen."
Die Freischärler folgten Cortejo dorthin, wo Grandeprise stand. Dieser hatte ihren Fragen und Antworten schweigend zugehört. Jetzt aber legte er Cortejo die Hand auf den Arm und sagte entrüstet:
„Señor, ist's wirklich wahr, daß Ihr Pablo Cortejo seid? Ihr heißt nicht Pirnero und kommt nicht vom Fort Guadalupe?"
„Ereifert Euch nicht!" beruhigte ihn Cortejo. „Ich war gezwungen, Euch zu täuschen. Doch hatte ich dabei nicht die Absicht gehabt, Euch Schaden zuzufügen."
„Aber Ihr habt während unsres Ritts oftmals gehört, was ich von Cortejo halte."

„Das ist wahr, und grade deshalb zog ich es vor, Euch meinen Namen nicht zu nennen. Aber meinen Verpflichtungen gegen Euch werde ich trotzdem pünktlich nachkommen, denn ich habe Euch viel zu danken."

Grandeprise schwieg eine Weile, jedenfalls um seinen Ärger zu besiegen und das Für und Wider genau abzuwägen, dann sagte er:

„Ich pflege zwar dem, der mich belogen hat, niemals wieder Glauben zu schenken, dennoch aber ersuche ich Euch um Antwort darüber, ob es wirklich wahr ist, daß Ihr Henrico Landola kennt."

„Es ist wahr", beteuerte Cortejo.

„Und ebenso ist es wahr, daß Ihr mit ihm zusammentreffen werdet?"

„Ganz gewiß."

„Gut, so will ich Euch das andre verzeihen. Ihr brauchtet Hilfe, und ich habe sie Euch geleistet, weil Ihr ein Mensch wart, und ich bin auch einer. Eure Lage war so, daß Ihr vorsichtig sein mußtet, und so will ich es Euch nicht verübeln, daß Ihr mich getäuscht habt. Aber ich erwarte bestimmt von Euch, daß Ihr das Versprechen erfüllt, das Ihr mir gegeben habt."

„Ihr meint die Geldzahlung?"

„Die ist nicht die Hauptsache. Ich will Landola haben."

„Ihr sollt ihn bekommen. Hier meine Hand!" beteuerte Cortejo nachdrücklich.

Der Amerikaner schlug ein.

„Abgemacht also", sagte er. „Ich bin kein politischer Gesinnungsgenosse von Euch. Ihr dürft in dieser Beziehung nicht auf mich rechnen. Aber in persönlichen Angelegenheiten werde ich Euch zur Seite stehen, da ich nun bei Euch bleiben werde, bis Landola zu fassen ist."

„Señor Cortejo, wer ist dieser Mann?" fragte einer der beiden Mexikaner.

„Ein Jäger aus den Vereinigten Staaten", erwiderte Cortejo.

„Wie heißt er?"

„Grandeprise."

„Grandeprise, ah! Den kenne ich. Wie schade, daß es so dunkel ist!"

„Ihr kennt mich?" fragte der Jäger. „Woher?"

„Mein Oheim hat mir von Euch erzählt. Kennt Ihr den Doktor Hilario? Ich bin sein Neffe Manfredo."

„Hilario? Den Leiter des Krankenhauses im Kloster della Barbara zu Santa Jaga? Ob ich den kenne? Er hat mir ja das Leben gerettet."

„Ja. Ihr seid damals auf einer Reise oder auf einer Jagdfahrt gewesen und krank und hinfällig nach Santa Jaga gekommen."

„Das Fieber hatte mich ergriffen. Señor Hilario nahm sich meiner an, gab mir Medizin und pflegte mich. Ohne ihn wäre ich gestorben. Wenn Ihr sein Neffe seid, so müssen wir Freunde werden."

Die Pferde wurden angebunden, und die Männer traten in der Nähe von ihnen zusammen.

„Aber um Gottes willen, was ist denn auf der Hacienda vorgefallen?" fragte Cortejo.

„Sie ist von Indianern gestürmt worden", lautete Manfredos Antwort.

„Und ihr flieht. Ihr habt nicht gekämpft?"

„Nicht gekämpft, Señor? Oh, wir haben uns nach Kräften gewehrt. Aber sie waren uns ja an Zahl vielfach überlegen. Sie befinden sich im Besitz der Hacienda. Es müssen über tausend gewesen sein."

„Mein Gott, wo ist da meine Tochter?"

„Wer weiß das? Die Roten kamen so plötzlich über uns, daß sich der eine gar nicht um den andern kümmern konnte."

„Welch ein Unglück! Was für Indianer waren es? Apatschen vielleicht?"

„Nein. Ich hörte, daß einer von ihnen sich einen Mixteka nannte."

„Ich muß wissen, was mit meiner Tochter geschehen ist! Ich kann diese Gegend nicht eher verlassen!"

„Beruhigt Euch, Señor!" nahm nun Grandeprise das Wort. „Die Mixtekas sind nicht wie die Apatschen und Komantschen. Wie ich sie kenne, töten sie kein Frauenzimmer."

„Das ist eine Art von Trost. Aber ich muß erfahren, welches ihr Schicksal ist. Doch wie? Ich selber darf mich nicht erkundigen, und auch keiner dieser Leute darf es wagen, zur Hacienda zurückzukehren."

„Überlaßt das mir! Ich verstehe es, einen Ort auszuforschen. Nötigenfalls geh' ich morgen zur Hacienda. Vor allen Dingen muß man da wissen, weshalb die Mixtekas sie überfallen haben. Einen Grund haben sie auf alle Fälle. Ist nicht vielleicht vorher etwas Auffälliges vorgefallen?"

„O doch! Gestern um Mitternacht leuchtete auf einem nahen Berg eine riesige Flamme auf", berichtete Manfredo.

„Das kann auf einem Zufall beruhen."

„Nein. Es muß ein Zeichen gewesen sein, denn bald darauf waren rundum an verschiedenen Stellen ähnliche Feuer zu beobachten."

„So muß man darin allerdings ein Zeichen erblicken. Ich denke, die Mixtekas haben sich gerufen, um euch als Feinde des Juarez aus dem Land zu treiben. Das setzt eine einheitliche Leitung voraus. Wer war der Anführer dieser Leute?"

„Wir hatten keine Zeit, das zu bemerken."

„War kein Weißer dabei?"

„O doch, zwei sogar. Sie kamen und stiegen ab. Sie gingen zur Wachtstube und sagten da, daß sie mit Señorita Josefa reden wollten. Man verweigerte es ihnen. Der eine von ihnen aber schlug den Anführer nieder, und darauf gingen die beiden hinauf zur Señorita. Dann fiel oben bei dieser ein Schuß. Zu gleicher Zeit ertönte rund um die Hacienda ein schreckliches Geheul, und von allen Seiten drangen die Feinde auf uns ein."

„Wieviel Männer befanden sich in der Wachtstube?"

„Es mögen über zwanzig gewesen sein."

„Über zwanzig?" wiederholte Grandeprise halb erstaunt und halb spöttisch. „Und diese zwanzig ließen es sich gefallen, daß der Anführer niedergeschlagen wurde?"

„Was wollten wir dagegen machen? Ihr hättet den Fremden sehen sollen! Er sagte nicht, wer er war. Er trat so auf, als wäre er ein Bote oder ein Verbündeter von Señor Cortejo. Er stellte sich, als habe er zu befehlen."

„Wie ich nach allem, was ich erfahren habe, vermuten darf, hatte doch nur Señor Cortejo auf der Hacienda zu befehlen!"

„Das stimmt! Aber einige hielten den Eindringling für den Panther des Südens."

„Der ist allerdings ein Verbündeter von Señor Cortejo. Aber der Panther des Südens ist ja doch ein Indianer!"

„Wer denkt in einem solchen Augenblick an alles!"

„Beschreibt mir den Mann!"

Das geschah. Grandeprise hörte aufmerksam zu und schüttelte nachdenklich den Kopf.

„Einen solchen Mann", erwiderte er, „so riesenhaft gebaut, mit einem so langen Bart und genau so gekleidet und bewaffnet, habe ich neben Juarez am Sabinasfluß gesehen. Ob es der wohl ist?"

„Wer war es?" fragte Cortejo.

„Ich weiß es nicht. Aber Juarez schien sehr viel auf ihn zu halten."

„Sagtest du nicht, daß im Zimmer meiner Tochter ein Schuß gefallen sei?" wandte sich Cortejo an Manfredo.

„Ja."

„Heilige Jungfrau! Man hat sie erschossen!"

„Das glaube ich nicht", widersprach Grandeprise. „Nicht wahr, sobald der Schuß erschollen war, begann der Überfall? Nun, so ist der Schuß einfach das Zeichen des Angriffs gewesen, und Ihr braucht keine Angst zu haben, daß Eurer Tochter etwas geschehen ist."

„Aber dann ist sie jedenfalls doch Gefangene! Man muß sie befreien!"

„Nötigenfalls. Ich werde Euch dabei helfen, so gut und soviel ich kann."

„Wäre es da nicht geraten, gleich jetzt die nötigen Schritte zu tun?"

„Hm!" brummte der Jäger. „Das ist bedenklich. Welche Schritte meint Ihr denn dabei, Señor?"

„Ich weiß es nicht. Sagtet Ihr nicht, daß Ihr es verständet, einen Ort zu belauschen?"

„Das habe ich gesagt. Aber dieser Ort ist hier von tausend Indianern umgeben und bewacht."

„Morgen auch. Und jetzt bei Nacht ist das Lauschen leichter als am hellen Tag."

„Das denkt Ihr bloß. Jetzt suchen die Roten noch die Gegend nach Flüchtlingen ab. Erwischt man mich, so hält man mich für einen von Euren Leuten, und ich bin verloren. Morgen am Tag aber, wenn ich offen zur Hacienda reite, wird man glauben, daß ich ein Amerikaner bin."

„Aber was kann bis dahin Schlimmes geschehen! Señor Grandeprise, ich bitte Euch um Gottes willen, tut, was Ihr tun könnt, und tut es so bald wie möglich!"

„Es ist sehr gefährlich! In welcher Richtung liegt die Hacienda?"

„Grad dorthin", antwortete Manfredo, an den diese Frage gestellt war, und deutete mit der Hand die Richtung an.

„Und wie lange geht man, um sie zu erreichen?"

„Eine halbe Stunde ungefähr."

„So will ich es wagen. Ich reite hin."

„Ich danke Euch!" sagte Cortejo. „Ihr sollt es nicht bereuen, Euch für mich und meine Tochter in Gefahr begeben zu haben!"

„Haltet Wort, Señor! Ich erinnere Euch an Henrico Landola. Aber in der Dunkelheit kann man diese Schlucht leicht verfehlen. Kennt ihr den Ruf der großen mexikanischen Wasserunke?"

„Wir alle."

„Kann ihn jemand von euch nachmachen?"

„Ich", meldete sich Manfredo.

„Nun gut. Sollte ich die Schlucht nicht gleich wiederfinden, so werde ich diesen Ruf ausstoßen, und Ihr antwortet. Man hört ihn in stiller Nacht sehr weit. Ich werde also nicht lang irrezugehen brauchen. Bin ich zum Tagesgrauen noch nicht zurück, so braucht ihr euch nicht weiter um mich zu bekümmern und könnt dann eure eignen Schritte tun. Verhaltet euch ruhig, damit ihr von den jedenfalls herumstreifenden Mixtekas nicht entdeckt werdet! Jetzt lebt wohl!"

Der verwegene Jäger stieg auf sein Pferd und verschwand im Dunkel der Nacht. Er hatte erklärt, er sei kein politischer Gesinnungsgenosse von Cortejo. Und hätte er dessen Leben und Taten genauer gekannt, so wäre es ihm jedenfalls nicht eingefallen, einen Schritt für ihn oder zur Rettung seiner Tochter zu tun.

Als Grandeprise fort war, lagerten sich die andern auf dem Boden, teilten sich die erlebten Ereignisse des heutigen Abends mit und forderten Cortejo auf, sie auch seine eignen Erlebnisse wissen zu lassen.

Es lag nicht in seinem Bestreben, ihnen alles zu erzählen. Sie durften keinesfalls erfahren, daß sein Zug zum Rio Grande del Norte mißglückt sei. Er teilte ihnen darum nur so viel mit, wie er für vorteilhaft hielt. Er sagte, daß ihre Kameraden sich an dem genannten Fluß versteckt hätten, um die Beute zu erwarten, die leider später komme, als vorher berechnet worden sei. Er selber habe sich auf den Rückweg begeben, da er seine Anwesenheit auf der Hacienda für notwendig gehalten habe. Dabei sei er in die Hände von Apatschen gefallen und am Auge verletzt worden. Die Freischärler nahmen seine Darstellung für bare Münze auf.

„Aber was tun wir nun?" fragte einer. „Die Hacienda ist zum Teufel!"

„Noch nicht", antwortete Cortejo. „Es werden außer euch noch andre entkommen sein."

„Möglich."

„Wir werden ja sehen. Hoffen wir das Beste! Bei Beginn des Tages wird es sich finden, wer alles gerettet ist."

„Und dann? Die Hacienda bekommen wir doch nicht wieder, weil wir zu schwach sind."

„Es fragt sich sehr, ob diese tausend Mixtekas da liegenbleiben."

„Jedenfalls, wenn es so ist, wie dieser Amerikaner meinte, nämlich, daß sie es mit dem Präsidenten Juarez halten."

„So werden wir in kurzer Zeit auch wieder stärker sein. Meine Unterhändler werben unablässig und senden mir Leute aus den südlichen Gegenden herbei. Diese ziehen wir an uns."

„Ach, sie werden uns nicht finden."

„Ja, das denke ich auch", meinte Manfredo. „Sie werden meinen, daß wir uns noch auf der Hacienda befinden und dort den Mixtekas in die Hände laufen."

„Wir werden das dadurch verhüten, daß wir sie unterwegs an irgendeinem passenden Ort, den wir suchen müssen, auffangen."

„An einem bewohnten Ort?"

„Ihr meint, daß wir uns wie Banditen in den Wald legen sollten?"

„In den ersten Tagen bleibt uns nichts andres übrig. Sind wir dann wieder stark genug, so ist es ja leicht, uns irgendeines Städtchens zu bemächtigen oder die Mixtekas aus der Hacienda zu vertreiben."

„Ich weiß etwas viel Besseres", meinte da Manfredo. „Liegt nicht das alte Kloster della Barbara an unserm Weg?"

„Ja, grad an unserm Weg. Aber die Stadt Santa Jaga hält es mit dem Präsidenten. Man würde uns abweisen oder, was noch viel schlimmer ist, gefangennehmen und an Juarez ausliefern."

„Es ist wahr, daß wir das zu erwarten hätten, wenn wir uns auf die Stadt verlassen wollten. Doch das Kloster liegt außerhalb. Wir brauchen nicht in die Stadt, sondern nisten uns, ohne daß jemand etwas erfährt, im Kloster ein."

„Das ist unmöglich!"

„Wieso? Habt Ihr vorhin nicht gehört, daß mein Oheim Hilario sich dort befindet? Dieses ehemalige Kloster ist jetzt eine Kranken- und Irrenanstalt, deren Leiter mein Oheim ist. Er glüht vor Haß gegen Juarez und wird uns mit Freuden aufnehmen. Das einstige Kloster hat so viele geheime Gemächer und Gänge, daß wir um unsre Sicherheit und um gutes Unterkommen keine Sorge zu haben brauchen."

„Sind diese Gänge und Gemächer den andern Ärzten und Bewohnern des Klosters nicht bekannt?"

„Nein. Mein Oheim ist der einzige, der von ihnen weiß."

„Das wäre tatsächlich sehr vorteilhaft für uns. Ich werde mir diesen Plan überlegen. Jetzt aber wollen wir still sein und ruhen. Wir wissen nicht, welche Anstrengungen der nächste Tag bringen wird. Ihr könnt versuchen, ein wenig zu schlafen. Ich werde wachen."

Hierauf trat tiefe Stille ein. Nur Cortejo wanderte ruhelos auf und ab. Sein Unternehmen am Rio Grande, von dem er sich so viel versprochen hatte, war gescheitert und er selbst als halbblinder Mann zurückgekehrt. Anstatt hier eine Zuflucht zu finden, hatte er die Hacienda verloren, und auch seine Tochter war gefangen. Geächtet und des Landes verwiesen, wußte er nicht, wo aus noch ein. Er schmiedete jetzt rachsüchtige Entwürfe, wurde jedoch nach zwei Stunden in seinem Denken und Grübeln gestört, denn er hörte am Eingang der Schlucht ein Steinchen rollen. Sofort sprang er vor und fragte mit halblauter Stimme, indem er zugleich zur Waffe griff:

„Wer ist da?"

„Grandeprise!" antwortete es ebenso gedämpft.

„Gott sei Dank!"

Diese Worte sprach Cortejo mit einem so tiefen Seufzer, daß man deutlich hören konnte, welche Beklemmung ihn bisher beherrscht hatte. Die andern waren erwacht und erhoben sich. Grandeprise stand schon bei ihnen.

„Nun, wie ist es gegangen?" fragte Cortejo. „Habt ihr Nachricht?"

„Ich weiß, daß Eure Tochter noch lebt. Aber ich weiß noch viel Wichtigeres."

„Oh, das wichtigste ist, daß Josefa nicht tot ist. Sie muß frei werden. Ich werde mein Leben daransetzen. Und Ihr habt mir versprochen, auch Euer möglichstes zu tun."

„Hm, ja!" dehnte der Jäger. „Freilich habe ich nicht gewußt, welche Leute wir gegen uns haben."

„Doch nur die Mixtekas."

„Ja, wenn es nur diese wären! Aber wißt Ihr, unter wem die Indianer stehen? Habt Ihr noch nie von Büffelstirn gehört?"

„Büffelstirn? Der ist ja seit Jahren tot."

„So hat man allgemein gedacht, aber mit Unrecht. Er ist es, der gestern abend durch die Feuersäulen seine Mixtekas zusammenberufen hat, um die Hacienda zu entsetzen. Übrigens habt Ihr mir viel verheimlicht, Señor! Ihr habt mir Dinge verschwiegen, deren Kenntnis mich jedenfalls abgehalten hätte, Euer Verbündeter zu werden."

„Was meint Ihr?"

„Ihr habt Señor Arbellez gefangengenommen und ließt ihn in einen Keller stecken, wo er verhungern sollte."

„Man hat Euch belogen!"

„Man hat mich nicht belogen, denn man hat gar nicht gewußt, daß ich zugegen war und horchte. Warum habt Ihr überhaupt dem alten Señor Arbellez seine Hacienda genommen?"

„Weil sie mir gehört. Er hat eine Urkunde gefälscht, mit Hilfe deren er nachweisen will, der Graf de Rodriganda habe ihm diese Besitzung geschenkt oder als Erbe hinterlassen."

„Was geht Euch das an? Seid Ihr der Erbe des Grafen? Zeigt den Haciendero bei der Behörde an, wenn er ein Fälscher ist, aber nehmt Euch vor Gewalttaten in acht, die ungesetzlich und strafbar sind!"

Cortejo entgegnete ungeduldig:

„Es geht dem Lauscher oft wie Euch, nämlich, daß er Dinge, die er behorcht, nur halb vernimmt und daher eine falsche Vorstellung von ihnen bekommt. Ihr seid über die Angelegenheit ebenso falsch berichtet wie über die Anwesenheit des Häuptlings Büffelstirn."

„Pah! Ich erblickte ihn an der Seite eines Mannes, mit dem er damals verschwand."

Jetzt war es Cortejo doch nicht mehr geheuer.

„Wer wäre das?" fragte er.

„Bärenherz, der berühmte Häuptling der Apatschen."

„Unsinn! Ihr hättet Bärenherz gesehen? Habt Ihr ihn denn erkannt?"

„Sehr gut sogar. Ich habe ihn getroffen, als er mit Donnerpfeil, einem deutschen Jäger, der eigentlich Unger hieß, in den Bergen der Sierra Verde jagte."

„Donnerpfeil? Ah, den habt Ihr auch gekannt?"

„Ja, gekannt und heut wiedererkannt."

„Erkannt? Was wollt Ihr damit sagen?"

„Nichts weiter, als daß auch Donnerpfeil sich auf der Hacienda befindet."

„Wollt Ihr mich wirklich glauben machen, daß die Toten wieder auferstehen? Büffelstirn, Bärenherz und Donnerpfeil sind tot. Ich weiß es von einem Zeugen, der sie sterben sah."

„So gebt diesem Zeugen eine Ohrfeige, wenn Ihr ihn wieder treffen solltet. Leute, die ich einmal gesehen habe, vergesse ich nicht wieder. Und dieser Sternau, den sie den Herrn des Felsens nannten, ist gleich gar nicht zu verkennen."

Cortejo wurde aschfahl.

„Sternau?" flüsterte er tonlos. „Der ist ja tot!"

„Nein, auch er lebt. Er stand an der Tür der Hacienda und sprach mit einem alten Mann, den er Graf Fernando nannte."

„Graf Fernando!" Cortejo schrie dieses Wort fast in die Nacht hinaus. „Ihr träumt wohl, Señor, und habt Gespenster gesehen!"

„Nicht so laut, Señor Cortejo! Ich habe keine Lust, durch Euer Geschrei die Aufmerksamkeit der Leute auf der Hacienda auf mich zu lenken."

„Entschuldigt, Señor, aber es ist kein Wunder, daß man etwas laut wird, wenn man von Leuten, die man längst für gestorben hält, nun auf einmal vernimmt, daß sie noch am Leben sind. Bei Graf Fernando müßt Ihr Euch getäuscht haben, hört, Señor, Ihr müßt!"

„Ich kann nichts andres sagen, als was ich gehört und gesehen habe, und meine Augen und Ohren sind scharf! Ich glaube sogar zwischen ihm und einem andern jungen Mann eine große Ähnlichkeit der Züge bemerkt zu haben, soweit dies beim flackernden Schein der Lagerfeuer festgestellt werden konnte."

„Eine Ähnlichkeit? Wie hieß der junge Mann, den Ihr meint?"

„Ich habe seinen Namen zufällig erfahren. Er ging gerade an Sternau und dem, den ich Graf Fernando nennen hörte, vorbei. Da wurde er vom ersten hinzugerufen und dabei Mariano genannt."

Cortejo glaubte in den Boden versinken zu müssen. Also war auch Mariano entkommen, und mit ihm alle, alle, an deren Tod er felsenfest geglaubt hatte. Er war so bestürzt, daß er auf diese niederschmetternden Enthüllungen kein Wort der Erwiderung fand. Erschüttert forderte er den Jäger auf:

„Erzählt doch ausführlicher!"

„Nun, ich kam ungehindert in die Nähe der Hacienda an. Dort ließ ich mein Pferd zurück und schlich näher, obgleich einzelne Mixtekas noch draußen herumsuchten, um etwaige Flüchtlinge abzufangen. Es glückte mir, bis an die Umzäunung zu kommen, mitten durch die dort in Gruppen stehenden Feinde."

„Welches Wagnis!" rief Manfredo bewundernd.

„Nicht so schlimm. Sobald ich sah, daß jemand in meine Nähe kam, streckte ich mich lang hin und stellte mich tot, grad als wäre ich einer der Eurigen, der beim Überfall niedergestreckt wurde. So lag ich am Pfahlwerk und belauschte das Gespräch mehrerer Mixtekas. Dadurch erfuhr ich, daß alle diese Personen anwesend seien, die ich eben genannt habe. Ich sah sie auch, einen nach dem andern, durch eine Lücke in der Umzäunung. Drinnen im Hof brannte ein Feuer, das alles beleuchtete."

Unterdessen hatte sich Cortejo wieder gefaßt, so daß er an das Zunächstliegende denken konnte.

„Und Ihr sagt, meine Tochter lebe noch?"

„Ja. Man hat sie in den Keller eingeschlossen, in dem Señor Arbellez verschmachten sollte. Aber morgen in aller Frühe soll über sie Gericht gehalten werden."

„Himmel! So muß sie befreit werden! Ist jetzt nichts zu tun, Señor Grandeprise?"

„Ich dachte mir, daß Ihr diese Frage an mich richten würdet und daß Euch das Schicksal Eurer Tochter zunächst am Herzen liegen werde. Deshalb wagte ich noch ein weiteres. Ich schlich an die Rückseite der Hacienda, die von den Mixtekas weniger bewacht wird, und schwang mich über die Umzäunung. Dann wollte ich das Kellerloch ausfindig machen, in das Eure Tochter gesteckt worden war. Zunächst suchte ich die rückwärtige Seite ab. Ihr werdet wahrscheinlich wissen, daß die verschiedenen Kellerräumlichkeiten der Hacienda oder ein schmales Fensterloch haben."

„Ich weiß es. Aber nur weiter, weiter!"

„Ich las auf dem Weg einige kleine Steine auf und schlich auf Händen und Füßen an das nächstliegende Loch. Dort angekommen, ließ ich ein Steinchen hinunterfallen und horchte. Ich hatte Glück. Gleich beim erstenmal hörte ich eine weibliche Stimme, die halblaut sagte: ‚Dios! Ist jemand da? Dann bitte ich um Eure Hilfe. Ich bin Josefa Cortejo.' Ich gab keine Antwort, da ich nicht eine Hoffnung wecken wolle, die ich vielleicht nicht erfüllen konnte. Außerdem wußte ich einstweilen genug und wollte Euch nicht länger warten lassen. Ich schwang mich also wieder über die Umzäunung und machte mich auf den Weg hierher. Das ist alles."

Die Erzählung des Jägers rief keine geringe Aufregung hervor, die meiste bei Cortejo.

„Wir müssen meine Tochter noch heute nacht freibekommen. Morgen ist es zu spät, denn diese Männer werden sie nicht schonen, aus Gründen, die ich Euch jetzt nicht auseinandersetzen kann. Señor, wollt Ihr es unternehmen, meine Tochter aus der Gewalt dieser Menschen zu befreien?"

Grandeprise schaute ihn erstaunt an.

„Wißt Ihr denn auch, was Ihr von mir verlangt? Es kann sich um mein Leben handeln, und ich weiß nicht, ob Ihr es verdient, daß ich es für Euch und Eure Tochter aufs Spiel setze."

"Señor, ich bitte Euch um der Barmherzigkeit Gottes willen, helft mir und meiner Tochter nur das eine Mal noch, und ich will Euch königlich belohnen!"

"Bleibt mir mit Eurem Geld vom Leib! Ihr wißt, daß ich Euch nicht aus diesem Grund zu Diensten bin. Und selbst wenn ich wollte, könnte ich das Unternehmen nicht allein ausführen, ich brauche noch einen zweiten Mann, der mir hilft."

"Sagt, was ich tun soll! Ich will Euch gern beistehen."

"Ihr?" Es war ein nicht grad achtungsvoller Blick, mit dem der Jäger den Sprechenden maß. "Nein, Señor, nehmt es mir nicht übel, aber Ihr könnt mir in dieser Angelegenheit nichts nützen."

"Versucht es doch mit mir, Señor!" meinte Manfredo. "Ich bin in der Kunst des Anschleichens nicht so unerfahren und würde mich Euch zur Verfügung stellen, wenn sich die Geschichte lohnt."

Grandeprise blickte unentschlossen vor sich hin. Es widerstrebte seinem Wesen, seine Hand einer Sache zu leihen, von der ihm eine innere Stimme sagte, daß sie nicht so sauber sei, wie Cortejo ihn glauben machen wollte. Aber dieser drang so lang in ihn, bis er endlich nachgab.

"Nun gut, man kann es versuchen. Aber ich bitte mir aus, daß Ihr Euch ganz nach meinen Anordnungen richtet."

Cortejo atmete auf. Er hatte in den wenigen Tagen den Jäger kennen und schätzen gelernt und sagte sich, daß, wenn je einer, Grandeprise der Mann sei, dem das gewagte Unternehmen glücken könne. Und nun entwickelte der Jäger seinen Plan. Nachdem er gründlich durchbesprochen war, saß man auf und entfernte sich in der Richtung zur Hacienda. —

Unterdessen befand sich Josefa Cortejo in keiner beneidenswerten Lage. Man hatte sie, an Händen und Füßen gefesselt, in den Keller geschafft, der zuerst Arbellez als Gefängnis gedient hatte. Zwei Mixtekas mußten als Wache vor der verschlossenen Tür stehenbleiben und hatten den strengen Befehl, keinem Menschen den Eintritt zu gestatten. Aber die beiden Indianer waren keine Apatschen oder Komantschen, sondern Leute, die durch ein halb zivilisiertes Leben der Wildnis ziemlich entwöhnt waren. Darum wurde ihnen die Zeit bald zu lang, und sie sehnten sich nach der Gesellschaft ihrer Kameraden. Was hatte es auch für einen Zweck, die ohnehin verschlossene Tür zu bewachen! Es konnte ja kein Fremder den Gang vor dem Keller betreten. Er hätte zu diesem Zweck an allen Lagerfeuern vorbei und den hellerleuchteten Eingang der Hacienda hindurch schleichen müssen, und das war ein Ding der Unmöglichkeit. Sie glaubten die Gefangene in sicherer Hut und entfernten sich nach zwei Stunden. Draußen vor dem Tor bei den Kameraden gab es eine bessere Unterhaltung als hier unten in dem finstern Gang.

Es mochte wohl um die zweite Stunde nach Mitternacht sein, da lösten sich aus dem Schatten der Umzäunung zwei Gestalten und schlichen lautlos an das Fenster, das zum Gefängnis Josefas gehörte. Dort hielt der eine Mann, es war Grandeprise, den Mund an die Öffnung und flüsterte:

„Señorita Josefa!"

„Himmel! Wer seid Ihr? Und was wollt Ihr?"

„Sagt mir zuerst, ob Ihr allein seid!"

„Ja, ganz allein."

„Wir sind zu Eurer Befreiung gekommen."

„*O Dios!* Wenn das wahr wäre!"

„Es ist wahr. Ich bin ein Bekannter Eures Vaters, der außerhalb der Hacienda auf Euch wartet."

Josefa mußte an sich halten, um nicht einen lauten Jubelruf auszustoßen.

„Wie wollt Ihr mich aber freibekommen?"

„Laßt das unsre Sache sein! Sind Wächter vor der Tür?"

„Es waren zuerst wohl zwei da, sie scheinen sich aber inzwischen entfernt zu haben."

„Das genügt mir nicht. Ich muß Sicherheit haben. Seid so gut und klopft einigemal an die Tür!"

„Ich bin zwar gebunden, aber ich werde den Versuch machen."

Es vergingen einige Augenblicke, dann hörten die Lauschenden ein wiederholtes Klopfen.

„Ich höre nichts. Es scheint niemand draußen zu stehen."

„Wenn das wirklich der Fall ist, so können wir Gott danken. Wir müssen sofort beginnen. Ihr habt dabei nichts zu tun als zu horchen, ob sich von draußen etwas Verdächtiges hören läßt."

Und nun begannen die beiden Männer die Arbeit. Das Loch war zu schmal, um einen Menschen durchzulassen. Es mußten zuerst einige Steine mit dem Bowiemesser entfernt werden. Das war nicht leicht, weil die Arbeit vollkommen geräuschlos geschehen mußte. Aber nach einer halben Stunde war man so weit, daß Grandeprise an seinem Lasso, den Manfredo halten mußte, hinabturnen konnte.

Josefas hatte sich eine ungeheure Aufregung bemächtigt. Würde das Rettungswerk gelingen, oder würden die Kühnen vorzeitig bemerkt werden? Die Erwartung ließ sie die Schmerzen, die sie ausstehen mußte, beinahe vergessen, und sie zählte die Minuten, die ihr wie ebenso viele Stunden vorzukommen schienen. Endlich, endlich waren die Männer oben fertig. Das Loch verdunkelte sich für einen Augenblick, und dann ließ sich ein Schatten zu ihr nieder.

„Sparen wir unnütze Worte, Señorita! Jeder Augenblick ist kostbar. Werdet Ihr die Fahrt in die Höhe machen können?"

„Ich muß!"

„Ihr dürft keinen Laut von Euch geben. Und nun ans Werk!"
Der Jäger befestigte den Lasso unter den Armen Josefas und gab das verabredete Zeichen. Manfredo zog an und Grandeprise half von unten nach. Sie kam gut hinauf. Der Lasso wurde ein zweites Mal niedergelassen, und der Jäger turnte an ihm hinauf.

„Nun aber rasch fort! Wir haben ein so erstaunliches Glück gehabt, daß wir es nicht weiter versuchen dürfen."

Grandeprise faßte Josefa bei der Hand und eilte mit ihr auf die Umzäunung zu. Manfredo stieg voraus und Grandeprise reichte ihm das Mädchen hinauf. Dann schwang er sich hinüber, worauf er sich von Manfredo, der rittlings auf den Planken der Umzäunung saß, Josefa in die Arme gleiten ließ. Hierauf eilten sie mit großen Schritten der Gegend zu, wo Cortejo mit dem andern Mexikaner mit Schmerzen auf ihr Wiederkommen wartete. —

Man kann sich die Enttäuschung und den Ärger Sternaus und seiner Gefährten denken, als sie am Morgen den Kerker Josefas leer fanden. Am ärgerlichsten war Donnerpfeil, der vor Begierde brannte, die Mißhandlungen, die an seinem Schwiegervater begangen worden waren, an der Schuldigen zu rächen. Für solche Meister im Spurenlesen, wie Matava-se und Donnerpfeil, war es nicht schwer, die Richtung ausfindig zu machen, die die Entflohene eingeschlagen hatte. Aber wer hatte ihr zur Flucht verholfen? In dieser Beziehung standen alle vor einem Rätsel. Einige rieten auf Cortejo, aber der konnte infolge der Verwundung seiner Augen doch noch nicht hier sein, und außerdem wäre er auch nicht der Mann gewesen, der die Entführung fertiggebracht hätte. Die Enttäuschten gaben es schließlich auf, sich darüber den Kopf zu zerbrechen, die Zukunft würde Aufschluß geben. Denn es war klar, daß die Verfolgung sofort aufgenommen werden sollte, an der sich alle beteiligen wollten, die mit Sternau auf die Hacienda gekommen waren.

Zunächst wurden fünf zuverlässige Männer, die zugleich gute Reiter waren, ausgeschickt, um Juarez zu benachrichtigen. Dann suchte Büffelstirn Wieherndes Pferd, den zweiten Häuptling der Mixtekas, auf.

„Ich werde die Hacienda mit meinen Gefährten verlassen", sagte er zu ihm. „Mein Bruder ist also der einzige Anführer und Häuptling, der zurückbleibt. Er mag Arbellez gut beschützen und dem Häuptling Juarez die Kinder der Mixtekas zuführen, sobald er kommt."

„Wohin geht mein Bruder?" fragte der Häuptling.

„Ich weiß es nicht."

„Wann kommt er zurück?"

„Auch das weiß ich nicht."

„Sollen ihn keine Krieger begleiten?"

„Es mögen zehn Männer mitreiten, die es gut verstehen, eine Fährte zu lesen. Mehr brauche ich nicht."

Damit war alles abgemacht. Nach einer Stunde ritten die sieben Weißen mit den beiden Häuptlingen in Begleitung von zehn Mixtekas von der Hacienda fort.

5. Doktor Hilario

Nicht weit von der Nordgrenze der Provinz Zacatecas liegt das Städtchen Santa Jaga. An und für sich durch nichts erwähnenswert, wurde es doch oft genannt, weil sich auf dem Berg, an dessen Fuß es liegt, ein hoher, altertümlicher Doppelbau erhebt, der noch heut als Kloster della Barbara bezeichnet wird, obgleich das Kloster säkularisiert wurde und nun werktätigen anstatt religiösen Zwecken dient. Es ist eine Heilanstalt für Irre und allerlei körperlich Kranke.

In dem Städtchen gab es jetzt reges Leben. Vor einigen Tagen war nämlich eine Schar Franzosen hier eingezogen. Von Norden kommend, hatten diese Leute weder Waffen noch sonstige militärische Ausrüstungsgegenstände bei sich gehabt. Nach kurzer Zeit brachte man in Erfahrung, daß diese Truppe die Besatzung von Chihuahua[1] gebildet hatte und von Juarez gezwungen worden war, die Waffen zu strecken und das Versprechen abzulegen, nicht wieder gegen ihn zu kämpfen. Der Kommandant dieser in Ruhestand versetzten Truppen hatte einen Eilboten um Verhaltungsmaßregeln ins Hauptquartier abgeschickt und mußte bis zur dessen Rückkehr hier verweilen.

Was in der Stadt besondre Aufmerksamkeit hervorrief, war der Umstand, daß mit diesen Leuten eine Dame von solcher Schönheit gekommen war, daß sie den Neid der Frauen und die Bewunderung der Männer im Sturm erregt hatte, obwohl sie erst zweimal in der Kirche zu sehen gewesen war. Sonderbarerweise hatte sie sich nicht in der Stadt, sondern droben im alten Kloster eine Wohnung gesucht, und zwar bei dem jetzigen Leiter der Anstalt, der unter dem Namen Doktor Hilario allgemein bekannt, aber keineswegs beliebt war.

Es war Abend, und Hilario saß in seiner Klause, über medizinischen Schriften brütend. Seine Stube war einfach eingerichtet. Das einzige Auffällige hier waren die vielen Schlüssel, die an den Wänden hingen. Er war ein kleines, hageres Männchen mit Kahlkopf. Sein glattrasiertes Gesicht zeigte jene Verbissenheit, die an Bulldoggen erinnert. Er mochte im Anfang der Sechzigerjahre stehen, war aber noch rüstig. Da klopfte es leise an die Tür. Er hörte es dennoch sogleich, und es ging ein Lächeln über sein Gesicht, eine Art von Lächeln, die nur schwer zu beschreiben ist.

„Herein!" sagte er im freundlichsten Ton, der ihm möglich war.

[1] Sprich: tschiwáwa

Die Tür öffnete sich, und Señorita Emilia trat ein, die Spionin des Präsidenten Juarez aus Chihuahua.

„Guten Abend!" grüßte sie.

„Hochwillkommen, schöne Señorita!" antwortete er, indem er sein Buch zuklappte und sich von dem alten Stuhl erhob.

„Ich hoffe doch, daß ich nicht störe", lächelte sie.

„Stören, Señorita? Wo denkt Ihr hin! Ich stehe Euch zu jeder Zeit zur Verfügung. Darum habe ich mir auch erlaubt, bei Euch anfragen zu lassen, ob Ihr die Gewogenheit haben wollt, an meiner Abendschokolade teilzunehmen."

„Und ich bin Eurer Einladung gern gefolgt, weil ich dabei Gelegenheit finde, die Langeweile des Abends ein wenig zu verplaudern."

„Oh, an dieser Langeweile seid Ihr selber schuld. Warum habt Ihr Euch bei mir und nicht unten in der Stadt einquartiert? Da unten hätte es an Kurzweil nicht gefehlt."

„Ich danke für diese Kurzweil! Eine Unterhaltung mit einem Wesen, dem ein langes Leben Gelegenheit gegeben hat, sich zu kristallisieren, ist mir mehr wert als jene Zerstreuungen."

Emilia nahm auf dem Sofa Platz.

„Wollt Ihr etwa sagen, daß Ihr mich für einen kristallisierten Charakter haltet?" fragte er.

„Gewiß", entgegnete sie unter einem schmeichelnden Augenaufschlag ihrer Augen. „Ich hasse das Unfertige, Unvollendete. Nie würde ich einen Mann schätzen können, dessen Inneres und Äußeres sich noch zu entwickeln hat."

„Ihr vergeßt aber, daß beim Menschen in dem Augenblick, da das Wachstum aufhört, wieder der Niedergang beginnt."

„Oh, das nennt Ihr Niedergang, Señor Hilario? Wenn der Mensch von den Kräften seines Körpers und Geistes abgeben kann, so ist das nur ein Beweis, daß er eine überreiche Menge dieser Kräfte besitzt."

Hilario wollte etwas erwidern, kam aber nicht dazu, denn es trat eine alte Dienerin ein, die Schokolade brachte. Nachdem sie sich wieder entfernt hatte, goß er seinem Besuch eine Tasse voll.

„Trinkt, Señorita! Es ist das erstemal, daß Ihr mir diese Ehre erweist, ich würde viel darum geben, wenn ich dieses Glück täglich genießen könnte."

„Haltet Ihr es wirklich für ein Glück?"

„Ja, es ist das größte Glück, das es nur geben kann. Ich wollte, Ihr wärt nicht nur Gast, sondern Bewohner des Hauses. Wie schade, daß Ihr es verlassen müßt, sobald die Franzosen wieder aufbrechen!"

„Die Franzosen? Was gehen mich diese an?"

Hilario horchte auf. „Ich denke, Ihr gehört zu ihnen? Man meint hier allgemein, daß Ihr die Frau oder die Braut eines ihrer Offiziere seid."

Emilia ließ ein helles, schelmisches Lachen hören.

„Da irrt man sich sehr", entgegnete sie. „Habe ich denn etwa das Aussehen einer alten Frau?"

Sein Auge glühte auf ihre schöne Gestalt herüber. Er entgegnete: „Einer alten? Oh, Señorita, was denkt Ihr? Ihr würdet sicher selbst die Venus besiegen, wenn sie es wagen wollte, sich in einen Wettstreit mit Euch einzulassen!"

„Ein zu starkes Schmeicheln ist keins mehr, Señor Doktor!"

„Oh, ich sage die Wahrheit!" rief er begeistert. „Ihr gehört also nicht zu den Franzosen? Aber warum reist Ihr mit ihnen?"

„Weil sie den Auftrag haben, mich zu beschützen und sicher nach Mexiko zu bringen. Ich hatte die Absicht, Chihuahua, wo ich einsam wohnte, mit der Hauptstadt zu vertauschen, und bei den Wirren, unter denen unser Land jetzt leidet, war es mir willkommen, mich einer solchen Begleitung anschließen zu können."

„Ihr hattet keine Verwandten in Chihuahua?"

„Nein. Ich stehe allein im Leben."

„Aber was treibt Euch da nach Mexiko, Señorita?"

Emilia schlug die Augen nieder und errötete so natürlich, wie man es nur durch die größte Übung zustande bringen kann.

„Ihr bringt mich fast in Verlegenheit mit dieser Frage, Señor", flüsterte sie geschämig.

„So bitte ich um Verzeihung. Aber ich nehme einen solchen Anteil an Euch, daß ich glaubte, diese Frage aussprechen zu dürfen."

„Ich danke Euch und sehe ein, daß Euch gegenüber Zurückhaltung nicht am Platz wäre. Ich achte und schätze Euch und will Euch das beweisen, indem ich Eure Frage beantworte. Ein von der Natur nicht ganz vernachlässigtes Weib muß fühlen, daß es nicht für die Einsamkeit bestimmt ist. Gott hat uns die herrliche Aufgabe zugeteilt, zu lieben und durch die Liebe glücklich zu machen. Ich bin noch nicht an diese Aufgabe herangetreten, infolge meines einsamen Lebens."

„Ihr hättet noch nicht geliebt?"

„Nein, noch nie", flüsterte sie, als schäme sie sich dieser Antwort.

„Und doch besitzt Ihr alles, was einen Mann glücklich machen kann!"

„Leider habe ich das noch nicht erfahren, ich lernte noch keinen kennen, bei dessen Anblick ich mir gesagt hätte, daß ich sein eigen sein möchte. Doch Mexiko ist größer als Chihuahua, ich will nicht länger einsam sein. Das ist der Grund, daß ich in diese Stadt ziehe."

„Ah, Ihr wollt dort einen Mann suchen?"

„Euch gegenüber will ich das nicht leugnen, obgleich ich bei einem andern nicht so aufrichtig sein würde."

„Muß es in Mexiko sein, Señorita? Gibt es anderwärts nicht Männer, die Euren Wert zu schätzen wissen würden?"

„Ihr mögt recht haben. Aber wer einen Baum sucht, der soll in den Wald gehen, wo ihrer viele zu finden sind, und nicht auf das offne Feld, wo sie nur vereinzelt vorkommen."

„Ihr habt recht. Aber wenn man nun auf dem Weg zum Wald einen Baum trifft, der einem gefällt?"

Emilia machte eine überraschte Bewegung mit der Hand und stimmte einen neckisch heiteren Ton an:

„So bleibt man getrost bei ihm. Nicht, Señor Hilario?"

Auf seinem Gesicht glänzte das helle Entzücken.

„Gewiß, Señorita", antwortete er. „Nur fragt es sich, welche Eigenschaften und welches Alter dieser Baum haben müßte oder dürfte."

„Nun, er dürfte nicht zu jung und schwankend sein. Ehrwürdigkeit ziert einen Baum, und das Moos verleiht ihm poetische Reize."

„Señorita Emilia, darf ich einen solchen Baum für Euch suchen?"

„Tut es immerhin! Es bleibt mir ja doch frei, mich für ihn zu entscheiden oder nicht."

„Das bleibt Euch allerdings frei", sagte er tief aufatmend. Und er fügte hinzu: „Der Baum steht nämlich hier in Santa Jaga, in unserm Kloster della Barbara."

„Im Kloster, Señor Doktor? Ich habe da noch keinen Baum gesehen."

„O doch. Er steht ja vor Euch."

Der Greis stieß diese Worte hastig hervor.

Emilia blickte ihn groß an und fragte:

„Ihr? Meint Ihr Euch, Señor? Ah, das hätte ich nicht erwartet!"

Sie legte wie in mädchenhafter Verwunderung die Hände zusammen und blickte ihn mit einem Ausdruck an, der ein Meisterstück von Verstellungskunst genannt werden mußte.

„Nicht erwartet habt Ihr das? Warum? Ihr selber habt ja den Baum zum Vergleichsbild gewählt. Habt Ihr mich nicht verstanden?"

„Verstanden habe ich Euch, Doktor Hilario", lächelte sie. „Ihr meint mit dem Baum den Lebensgefährten, den ich suche. Und dieser Mann wolltet Ihr selber sein?"

„Oh, wie gern! Ich wollte alles aufbieten, um Euch glücklich zu machen."

Ein blitzschneller, stechender Blick fiel aus ihren Augen auf ihn. Ihr Gesicht wurde kalt und streng. „Was ist das, was Ihr aufbieten könnt, Señor?"

„Ah, Ihr haltet mich für den einfachen, armen Doktor Hilario? Sagt, was Ihr von dem Mann verlangt, dem Ihr angehören möchtet?"

„Zunächst Liebe, wahre treue Liebe!"

„Diese ist da. Oder zweifelt Ihr daran?"

„Ich will es glauben."

„So sprecht weiter!"

„Ich bin zwar nicht reich, Señor, habe aber auch nie mit Armut zu kämpfen gehabt. Ich würde eine Sicherheit verlangen, daß ich Mangel und Entbehrung niemals kennenlernen würde."

„Oh, ich bin sehr reich."

„Ihr?" fragte Emilia ungläubig. „Reich?"

Ihr Blick fiel dabei mit stolzem Ausdruck auf sein unscheinbares Äußeres.

„Urteilt nicht nach meinem Gewand, Señorita!" sagte er.

„Gut. Ihr versichert mir, daß Ihr reich seid. Könnt Ihr es mir auch beweisen?"

Hilario blickte nachdenklich und einigermaßen verlegen vor sich nieder.

„Ja, ich kann es beweisen", sagte er endlich entschlossen. „Ich müßte vorher jedoch die Überzeugung haben, daß Ihr mir auch wirklich Eure Hand reicht, falls ich reich bin."

„Diese Überzeugung kann Euch vielleicht werden, wenn ihr imstande seid, meine dritte und letzte Bedingung zu erfüllen. Ich verlange einen Mann mit einer Stellung, die mir Gelegenheit gibt, die mir verliehenen Geistesgaben zur Entfaltung zu bringen. Ich will nach Mexiko an den Hof des Kaisers. Bald werde ich Einfluß und Ansehen besitzen und unter den Männern von Bedeutung den wählen, der mir meiner wert erscheint. Lächelt meinetwegen! Aber wenn Ihr Menschenkenner seid, so muß Euch die ruhige Überzeugung, mit der ich spreche, genügende Gewähr bieten, daß ich mich genau kenne und nicht phantasiere."

Emilia stand vor Hilario und er vor ihr, er, der kleine, hagere Mann, vor diesem schönen Weib. Doch es war dem Arzt keine Mutlosigkeit anzusehen. Er entgegnete sogleich:

„Was denkt Ihr von mir, Señorita! Ich verkenne Euch nicht. Ja, Ihr werdet Eure Rolle spielen, wenn Ihr nach Mexiko kommt. Ihr werdet Ehren und Einfluß erlangen, denn Ihr seid schön und versteht zu berechnen. Aber selbst hierbei bedarf die begabteste Frau der männlichen Hilfe und Leitung. Ich sehe, daß wir geistig ebenbürtig sind. Wollt Ihr Euch meiner Leitung anvertrauen?"

Ihr Gesicht nahm den Ausdruck der Güte und Milde an, mit der man zu einem Kind spricht, als sie jetzt langsam fragte:

„Ah, Ihr seid auch geistig begabt, Señor? Aber wenn man diese Begabung nach der Stellung beurteilt, die Ihr Euch errungen habt, so — hm, vollendet Euch den begonnenen Satz selber!"

Jetzt spielte ein leichtes Lächeln um seine Lippen.

„Welche Stellung bekleidet denn Ihr, Señorita?" gab er zurück.

„Ah, Ihr werdet scharf und spitz", lachte sie. „Es gibt Stellungen und Einflüsse, von denen man nicht spricht, Señor."

„Da habt Ihr ein wahres Wort gesprochen. Also reden wir von

meiner Stellung und meinen Einflüssen ebensowenig, wie wir von den Eurigen reden wollen, wenigstens jetzt."

„Aber, wenn wir darüber schweigen, wie wollt Ihr mir beweisen, daß Ihr mir eine Lebensmöglichkeit bieten könntet, wie ich sie verlange?"

„Das ist nicht schwer. Ich bin bereit, Euch diesen Beweis zu liefern, wenn ich von Eurer Verschwiegenheit überzeugt sein darf."

„Ich verstehe zu schweigen, Señor."

„Gut, so kommt mit!"

Hilario nahm zwei Schlüssel von der Wand und brannte eine kleine Blendlaterne an. Emilia merkte sich die beiden Nägel, an denen die Schlüssel gehangen hatten. Nun verließ er mit ihr das Zimmer, stieg eine Treppe hinab und führte sie durch einen langen, niedrigen Keller. Dort öffnete er mit einem der Schlüssel eine starke, eichene Tür, die in einen zweiten Keller führte. Hier gab es abermals eine Tür, die von dem zweiten Schlüssel geöffnet wurde. Sie gelangten in einen langen, schmalen Gang, in dem rechts und links zahlreiche Türen angebracht waren. Er schob den Riegel von einer dieser Türen zurück und öffnete. Sie traten in eine dumpfe, kleine Zelle, die weder Licht noch Luft hatte. Diese schien in die feste Masse des Felsens eingehauen zu sein, der übrigens zahlreiche kleine Risse und Sprünge zeigte.

„Leer!" sagte Emilia. „Soll ich etwa hier den erwarteten Beweis finden?"

„Allerdings", erwiderte der Arzt.

Hilario bemerkte nicht, daß Emilia mit scharfem Auge jede seiner Bewegungen sorgsam beobachtete. Er leuchtete an einen der erwähnten Sprünge. Es war der bedeutendste, obgleich kaum so stark, daß man den kleinen Finger hineinzubringen vermochte. Nur an einer Stelle war es möglich, die flache Hand in den Riß zu stecken. Hilario tat es, und sogleich ließ sich ein leichtes Rollen vernehmen. Ein Teil der Felswand, der von dem Riß unauffällig umzeichnet wurde, wich zurück, und nun sah Señorita Emilia einen größeren, finsteren Raum vor sich, in den sie traten, ohne daß der Alte den Eingang wieder verschloß.

Doktor Hilario schritt voran, und Emilia folgte ihm. Bei dieser Gelegenheit legte sie ihre Finger an die Stelle des Risses, in den er seine Hand gesteckt hatte, und bemerkte nun einen dicken Stift, der vielleicht einen Finger breit aus dem Stein hervorragte. Sie hütete sich doch, daran zu drücken; die Wand hätte sich zurückbewegen und sie also selbst verraten können. In dem verborgenen Raum angekommen, erblickte Emilia auf Tischen und Gestellen eine Menge von Büchern, Flaschen, Kapseln, Instrumenten und Apparaten, für deren Zweck sie kein Verständnis hatte. Hilario schritt an diesen

Sachen vorüber. Vor einer leeren Stelle der Mauer blieb er stehen und klopfte.

„Dahinter steckt der Beweis, den Ihr verlangt."

Das Klopfen hatte dumpf und hohl geklungen. Auch jetzt blickte Emilia mit größter Spannung auf seine Hand, um sich keine ihrer Bewegungen entgehen zu lassen. Hilario hielt die Laterne näher an die Wand, so daß ihr Licht scharf auf die Mauer fiel. Da erblickte das Mädchen eine Linie, die ein viereckiges Stück Mauerwerk scharf von dem übrigen abgrenzte.

„Das ist eine Tür", erklärte er. „Sie hat kein Schloß. Sie dreht sich um eine Mittelachse, so daß man nur auf einer Seite stark zu schieben braucht, um sie zu öffnen."

Hilario stemmte sich kräftig gegen die Mauer, und sogleich gab das durch den Strich abgegrenzte Stück nach. Es entstand eine mannshohe und halb so breite Öffnung, hinter der ein dunkler Raum lag. Der Alte trat ein, und Emilia folgte ihm, von der größten Neugier erfüllt. Das Gemach hatte keine andre Öffnung als diese Tür. Es standen mehrere große Kisten darin, und an der einen Mauerseite war ein Schränkchen befestigt, an dem kein Schloß zu bemerken war. Der Verschluß schien sehr geheimnisvoll zu sein, und doch war er so einfach. Hilario zog nämlich die vordere Seite wie einen Schieber heraus, und nun zeigte es sich, daß der Inhalt aus allerlei Briefen und anderen Schriften bestand. Nun drehte der Doktor sich zu Emilia um.

„Señorita", begann er, „dieses verborgene Gemach enthält meine Geheimnisse. Niemand hat eine Ahnung davon. Sie sind so wertvoll, daß ich nur Euch hineinwerfen lasse."

Emilia brannte vor Erwartung. Als Juarez ihr in Chihuahua ihre Anweisungen gab, hatte er sie an Hilario gewiesen. Der Präsident wußte, was nur wenige ahnten, nämlich, daß in der Hand dieses Greises viele feindliche Fäden zusammenliefen, die kennenzulernen vom größten Vorteil sein mußte. Darum war Emilia hier.

„So!" meinte Hilario selbstbewußt, und er fuhr fort: „Nun werde ich Euch zunächst beweisen, daß die Zeit kommen wird, in der ich Euch eine solche Stellung bieten kann, wie Ihr sie wünscht."

Er griff in den Schrank und zog ein Paket Briefe hervor, öffnete einen nach dem andern und zeigte Emilia die verschiedenen Unterschriften.

„Das ist mein geheimer Briefwechsel", erläuterte er. „Sind Euch die Namen bekannt, die Ihr hier lest?"

Emilia kannte sie alle. Es waren die Namen der hervorragendsten Staatsmänner und Militärs von Mexiko. Auch die Namen hoher französischer Offiziere waren dabei. Dennoch erwiderte sie:

„Ich habe mich jetzt noch nicht in der Weise mit Politik beschäftigt, wie ich es für später beabsichtige. Darum kenne ich zwar einige dieser Herren, die meisten aber sind mir unbekannt."

„Ihr werdet sie kennenlernen, wenn Ihr Euch entschließt, meine Werbung anzunehmen. Mein Wissen und Eure Schönheit können sich ergänzen, so daß ich überzeugt bin, daß wir große Erfolge erringen werden."

Es kam Emilia alles darauf an, den Inhalt dieser Briefe kennenzulernen. Sie streckte die Hand aus.

„Darf ich sie lesen?"

Doktor Hilario machte eine schnelle, abwehrende Handbewegung. „Nein, das ist unmöglich."

„Warum? Ich denke, wir wollen Verbündete werden?"

„Ihr habt recht. Aber jetzt sind wir es noch nicht."

Emilia tat, als halte sie seine Weigerung für selbstverständlich, und sagte gleichgültig:

„Ich hoffe, daß wir es bald sein werden."

Über sein Gesicht ging ein freudiges Aufleuchten.

„Wirklich, Señorita?" fragte er rasch.

„Ja. Ich denke, wer mit solchen Männern verkehrt, besitzt Einfluß und hat eine hervorragende Zukunft vor sich."

„Zukunft sagt Ihr? Ich bin ja alt!" Sein Auge ruhte erwartungsvoll auf ihr.

„Alt? Ich habe Euch gesagt, daß ich das Alter nicht nach den Jahren zähle. Eine glänzende Zukunft von zehn Jahren hat bei mir mehr Anziehungskraft als ein gewöhnliches Leben von fünffacher Länge."

„Das ist klug von Euch, Señorita. Also Ihr seid jetzt überzeugt, daß ich imstande bin, Euch eine einflußreiche Stellung zu bieten?"

„Ja. Nur fragt es sich, in wessen Diensten."

Hilario zuckte die Achsel. „Ein guter Diplomat fragt nicht nach dem Herrn, dem er dient, sondern nur nach seinem eigenen Vorteil. Ich widme meine Kräfte dem, der sie am besten bezahlt. Nur Juarez mag ich nicht dienen. Er ist schuld, daß einer meiner Lebenspläne zunichte wurde. Solang ich lebe, soll es ihm nicht gelingen, sich wieder auf den Stuhl des Präsidenten zu setzen! Das habe ich geschworen, und ich werde es halten!"

Der Alte hatte in tiefer Erbitterung geredet. Seine Wangen hatten sich dunkel gefärbt, und seine Augen glühten vor Grimm. Man sah es ihm an, daß er, um sich zu rächen, zu allem fähig sei. Er legte die Briefe in das Schränkchen zurück.

„Also ich bekomme sie jetzt nicht zu lesen?" fragte sie.

„Nein! Ihr würdet sie erst als meine Frau lesen dürfen."

„Oder wenigstens als Eure Braut?" Emilia schlug dabei einen scherzenden Ton an, obgleich es ihr sehr ernst war.

„Nein", entgegnete er. „Eine Verlobung kann leicht wieder aufgelöst werden, und solche Dinge vertraut man nur einer Person an, die für immer mit einem verbunden ist. Jetzt werde ich Euch den Beweis liefern, daß ich reich bin."
Hilario trat zu den Kisten. Diese waren mit sogenannten Vexierschlössern versehen, zu denen man keine Schlüssel gebrauchte. Er öffnete sie. Sie enthielten die heiligen Gefäße, die kostbaren Meßgewänder des aufgelösten Klosters und andres Gerät, alles mit edlen Steinen besetzt und meist in reinem Gold gearbeitet.
„Nun?" fragte er stolz.
„Welch ein Reichtum! Das stellt ja ein geradezu fürstliches Vermögen dar."
„Mehr als das! Dieses Kloster war mehr wert als manches Fürstentum. Als die weltliche Macht Besitz von ihm ergriff, bin ich Herr dieser Schätze geworden."
„Wie konnte Euch das gelingen? Man mußte doch wissen, daß alle diese Kostbarkeiten vorhanden seien."
„Man wußte es freilich", sagte er mit einem höhnischen Lachen, „aber es gab mehrere Mittel, zum Ziel zu kommen. Doch davon später. Jetzt sagt mir, ob Ihr nun glaubt, daß ich reich bin!"
„Oh, Ihr seid doch nicht der Eigentümer dieser Sachen. Sie gehören dem Staat."
„Dem Staat? Laßt Euch doch nicht auslachen! Wem gehört denn der Staat? Dem Juarez, dem Panther des Südens, dem Max von Österreich und den Franzosen? Einem von ihnen, keinem von ihnen oder ihnen allen? Was ist überhaupt Staat! Ist Mexiko jetzt Staat? Mexiko ist herrenlos, ist der Anarchie preisgegeben, und jeder soll da nehmen, was ihm in die Hände kommt."
Emilia wußte, daß sich Hilario im Unrecht befand, aber sie durfte es mit ihm nicht verderben.
„Ich will Euch nicht widersprechen", sagte sie.
„Ihr betrachtet mich somit als Herrn dieser Schätze?" forschte der Alte befriedigt.
„Ja", entgegnete Emilia bedenkenlos.
„Nun, so frage ich Euch, ob Ihr deren Herrin werden wollt." Seine Augen ruhten gespannt auf ihr.
Sollte Emilia die Frau dieses Mannes werden? Lächerlich! Es kam ihr keinen Augenblick der Gedanke, ihr junges Leben an diesen Greis zu fesseln. Freilich wäre sie durch dieses Opfer in den Besitz seiner Geheimnisse und Schätze gekommen. Aber konnten diese nicht auch auf andre Weise in ihre Hände gelangen? Viele Möglichkeiten waren vorhanden. Diese Angelegenheit mußte reiflich überlegt werden! Sie hatte zunächst darauf bedacht zu sein, Zeit zu gewinnen.
„Muß ich mich denn sofort entscheiden? Der Schritt, den Ihr von

mir fordert, darf nicht leichtsinnig getan werden. Ihr könnt mir das nicht verübeln."

„Soll ich Euch, der ich keinen Tag meines Lebens zu verschenken habe, etwa vierzehn Jahre dienen, wie Jakob um Rahel geworben hat?"

„O nein", lachte Emilia. „Eine vierzehnjährige Werbung würde auch mir langweilig werden. Aber ist hier noch etwas zu zeigen?"

„Nein. Ihr habt alles gesehen."

„So wollen wir zurückkehren."

„Und wann werde ich erfahren, ob Ihr die Meine weraen wollt?"

„Ich werde Euch die Antwort in drei Tagen geben."

„Angenommen! Ich hoffe, daß Ihr nicht ‚nein' sagen werdet. Kommt zurück!"

Sie kehrten auf dem Weg zurück, den sie gekommen waren, wobei der Alte alles wieder verschloß. Auch hier entwickelte Emilia die größte Aufmerksamkeit, so daß ihr nichts entging. Sie begab sich nicht wieder mit Hilario in seine Wohnung, sondern in die ihr angewiesene. Als Hilario sich allein befand, schritt er in seinem Zimmer unruhig auf und ab.

„Vielleicht habe ich heut die größte Dummheit meines Lebens begangen", sagte er zu sich selber. „Ich habe meine Geheimnisse verraten. Wird es mir bei ihr Nutzen bringen?"

Da klopfte es von draußen leise ans Fenster. Hilario horchte auf, und als das Klopfen sich wiederholte, öffnete er und blickte hinaus. Er bemerkte die Gestalt eines Mannes, der draußen stand.

„Wer ist da?" forschte er leise.

„Ich, Oheim", antwortete es.

„Ah, Manfredo! Ich komme."

Hilario ging und öffnete, nicht den Haupteingang, sondern ein Nebenpförtchen des Klosters. Manfredo stand davor. Er schien auf diesem Wege öfters zu seinem Oheim gekommen zu sein.

„Dich hätte ich nicht vermutet", flüsterte dieser. „Bringst du Nachricht?"

„Ja. Sehr wichtige."

„So folge mir in meine Stube!"

Dort angelangt, betrachtete der Onkel seinen Neffen erwartungsvoll. „Woher kommst du?"

„Von der Hacienda del Eriña."

„Von dorther? Diese liegt ja in entgegengesetzter Richtung. Ich schickte dich in die Hauptstadt Mexiko, um einen der Werber Cortejos zu finden."

„Ich bin auch dort gewesen, Oheim. Es gelang mir, einen dieser Werber zu treffen. Ich erfuhr von ihm, daß Cortejo sich auf der Hacienda del Eriña befinde. Ich wurde mit noch andern angeworben und zur Hacienda geschafft."

„Wie kommst du aber jetzt nach Santa Jaga?"

„Du sollst Cortejo einen Dienst erweisen. Unter uns gesagt, doch nur dann, wenn es in deine Pläne paßt. Du sollst ihn nämlich bei dir aufnehmen: er kommt als Flüchtling."

Der Alte machte ein erstauntes Gesicht. In kurzen Worten berichtete ihm Manfredo von Cortejos Mißerfolgen, von der Einnahme der Hacienda durch die Mixtekas und dem Wiederauftauchen des Grafen Fernando und seiner Freunde.

„Ich kann dir nicht alles ausführlich erzählen", fuhr der junge Mann fort, „da meine Begleiter auf mich warten, aber ich will dir nur so viel sagen, daß wir Grausiges erlebt haben und jedenfalls verfolgt werden. Es gelang uns nur mit Mühe, die Tochter Cortejos zu befreien."

„So ist sie auch mit bei euch?"

„Ja. Cortejo, Señorita Josefa, Grandeprise, den du damals gesund gepflegt hast, und ein Mexikaner."

„Wo ist Cortejo?"

„Draußen in der Nähe des Klosters. Ich bin vorausgegangen, um zu erfahren, ob du geneigt bist, ihn bei dir aufzunehmen. Doch habe ich ihm versprochen, daß er dir willkommen sein werde."

Der Alte schritt nachdenklich hin und her.

„Welch ein Zufall! Ich nehme Cortejo bei mir auf. Bring ihn herauf!"

Manfredo ging und brachte bald Cortejo herein, erhielt aber von seinem Oheim einen Wink, sich einstweilen zu entfernen. Cortejo blieb an der Tür stehen, grüßte und betrachtete den Alten mißtrauisch. Dieser musterte ihn ebenso und fragte dabei:

„Euer Name ist Cortejo, Señor?"

„Ja", bestätigte der Gefragte.

„Ihr seid Pablo Cortejo, der im Dienst des Grafen Fernando de Rodriganda stand?"

„Jawohl."

„Seid mir willkommen und setzt Euch!"

Er deutete auf einen Stuhl, auf den Cortejo sich niederließ. Hilario selber aber zog es vor, stehenzubleiben, und fuhr, noch immer kein Auge von dem andern wendend, fort:

„Mein Neffe sagte mir, daß Ihr auf einige Zeit eine Unterkunft sucht. Ich bin bereit, Euch eine Zufluchtsstätte zu gewähren."

„Ich danke Euch! Aber wird die Zufluchtsstätte auch so beschaffen sein, daß meine Anwesenheit nicht verraten wird?"

„Habt Ihr Verrat zu fürchten?"

„Leider! Sind Euch meine Verhältnisse bekannt?"

„Nur so weit, daß ich weiß, daß Ihr als Bewerber um den Präsidentenstuhl aufgetreten seid."

„Nun, ich bin aus diesem Grund des Landes verwiesen worden."
„Von den Franzosen?"
„Eigentlich vom sogenannten Kaiser Maximilian, doch kann dieser ohne Erlaubnis der Franzosen nichts tun. Ich bin in den Norden des Landes gegangen, um da für meine Kandidatur zu wirken, wurde aber auf der Hacienda del Eriña überfallen. Man vertrieb meine Leute, und ich bin überzeugt, daß meine Verfolger mir auf den Fersen sind."

„Sie werden Euch nicht erreichen. Ihr seid bei mir völlig sicher. Dieses alte Kloster hat so viele verborgene Höhlen, Gänge und Gemächer, daß ich gut tausend Mann verstecken könnte."

„Das ist mir unendlich lieb, zumal ich erfahren habe, daß sich Franzosen hier befinden. Ich werde mich erkenntlich zeigen."

„Ihr habt nichts zu befürchten. Die Franzosen sind von Juarez entwaffnet worden und werden froh sein, wenn man sie entkommen läßt. Und was die Belohnung betrifft — ah, sagt, worin diese bestehen soll!"

Hilarios Gesicht hatte bei diesen Worten einen lauernden Ausdruck angenommen.

„Ich bin reich!" antwortete Cortejo.

„Worin besteht Euer Reichtum?"

Diese Frage wurde Cortejo doch unbequem. „Habt Ihr ein besonderes Bedürfnis, das zu erfahren?"

„Ja", meinte der Alte ruhig. „Ich hätte das Recht, mich zu überzeugen, ob Ihr auch imstande seid, mir meinen Schutz zu vergelten. Aber ich bemerke, daß ich von jeder Belohnung absehe. Meine Frage hatte nur den Zweck, Eure Verhältnisse zu erfahren, um zu wissen, in welcher Weise ich Euch nützlich werden kann."

„Ich danke Euch. Wie kommt es, daß Ihr solchen Anteil an mir nehmt?"

„Ihr werdet das wohl bald erfahren. Also sagt mir gefälligst, worin Euer Reichtum besteht!"

„Ich bin Verwalter der Besitzungen des Grafen Rodriganda."

Um die Lippen des Alten legte sich ein unbeschreibliches Lächeln.

„Das heißt mit andern Worten, Ihr beutet diese Besitzungen für Eure Zwecke aus?"

Man konnte sehen, daß Cortejo verlegen wurde. „Das habe ich nicht sagen wollen."

„Was oder wieviel Ihr sagen wolltet, ist mir gleich. Ich halte mich an die Tatsachen. Übrigens ist es mit Eurer Verwaltung aus, da Ihr des Landes verwiesen seid. Ihr könntet mich also schwerlich belohnen."

„Ich habe bares Geld, Señor!" versicherte Cortejo, dem es bang wurde, denn es kam ihm der Gedanke, daß der Alte ihn nicht behalten könnte. „Es ist gut versteckt. Ich mußte mich auf alle Fälle gefaßt machen."

„Damit wollt Ihr sagen, daß Ihr dieses Geld aus dem Vermögen der Rodriganda auf die Seite gebracht habt? Mit dieser Vermögensverwaltung wird es jetzt wohl bald zu Ende sein."

„Wie meint Ihr das?"

„Nun, Ihr könnt Euch doch denken, daß der Graf Fernando de Rodriganda einen Riegel vorschieben wird."

„Seid Ihr des Teufels?" rief Cortejo erschrocken. „Graf Fernando ist ja längst tot!"

Hilario lächelte überlegen.

„Das glaubt Ihr wohl selber nicht. Ihr wißt ebensogut wie ich, daß Don Fernando noch lebt."

Diese Worte des Alten trieben Cortejo das Blut in den Kopf.

„Ich verstehe Euch nicht. Wer hat Euch denn das weisgemacht?"

„Manfredo war lange genug bei Euch, um sich auf das, was er von Euch hörte, einen Reim zu machen."

„So muß ich Euch sagen, daß Euer Neffe Euch falsch berichtet hat."

„Pah, gebt Euch keine Mühe, mich zu täuschen! Ich weiß, woran ich bin. Ihr seid nicht aufrichtig gegen mich, und deshalb kann ich Euch nicht bei mir aufnehmen."

„Aber was geht Euch denn die Familie Rodriganda an?"

„Nichts, gar nichts. Aber Ihr könnt Euch doch denken, daß es mir nicht einfallen kann, einen Mann bei mir zu verbergen, an den sich eine ganze Schar von Verfolgern heftet, von denen ich nicht weiß, wie ich mich ihrer erwehren kann."

„Ihr braucht sie nicht zu fürchten."

„Das glaubt Ihr wohl selber nicht. Mein Neffe hat mir zwar nicht viel erzählt, aber das habe ich doch erkannt, daß es ganz verzweifelte Leute sein müssen, die Euch auf der Ferse sind. Was habt Ihr mit ihnen? Ihr könnt Euch mir ruhig anvertrauen."

Cortejo stand der Schweiß auf der Stirn. Er blickte schweigend und ungewiß vor sich nieder. Die Lage, in der er sich befand, war überaus peinlich. Er mußte auf einige Zeit verschwinden, und dazu konnte ihm nur der Arzt behilflich sein. Und was schadete es denn auch, ihn zum Mitwisser seiner Geheimnisse zu machen? Man konnte ihn ja später verschwinden lassen. Über die Wege machte er sich jetzt noch keine Sorge. Deshalb hob er mit einer raschen, entschiedenen Bewegung den Kopf:

„Nun gut, ich will mich entschließen, Euch in alles einzuweihen. Aber kann ich mich auf Eure Verschwiegenheit für alle Fälle und in jeder Beziehung verlassen?"

„Ich schwöre, daß ich über das, was ich von Euch erfahre, stumm sein werde."

„Ich will Euch vertrauen. Aber wehe Euch, wenn Ihr mich verratet! Ihr dürft überzeugt sein, daß ich Euch töte, wenn Ihr nur ein einziges Wort davon ausplaudert."

Und nun tat Cortejo etwas, was er vorher für unmöglich gehalten hätte, nämlich diesen Mann, der ihm bis vor kurzem völlig unbekannt war, in die Begebenheiten des Hauses Rodriganda einzuweihen. Er tat das aber nur insoweit, als es möglich war, ohne sich völlig bloßzustellen. Dennoch aber erfuhr der Alte so viel, daß er am Schluß des langen Berichts erstaunt ausrief:

„Aber Señor, ist das alles möglich? Habt Ihr mir keinen Roman aufgetischt?"

„Fällt mir nicht ein. Es ist mir schwer genug geworden, Euch meine Geheimnisse zu enthüllen."

„Und Ihr glaubt, daß wir die Verfolger bald hier haben werden?"

„Ich bin überzeugt davon. Sie sind jedenfalls sofort aufgebrochen, um uns zu verfolgen. Solchen Männern, wie sie sind, kann unsre Spur nicht entgehen."

„Nun gut. Man wird sie empfangen. Aber meint Ihr wirklich, daß ich den Freischärler, der mit Euch gekommen ist, im Kloster beherbergen soll? Ich kann ihn nicht brauchen."

„So schickt ihn fort! Er ist mir ohnehin jetzt lästig."

„Gut. Ich werde es tun. Mit Grandeprise ist es etwas andres. Er ist mir zu Dank verpflichtet, und von ihm haben wir daher keinen Verrat zu befürchten. — Geht jetzt, Señor Cortejo, und holt Eure Tochter! Ich werde Euch ein heimliches, unterirdisches Gemach anweisen." —

Während dieser Unterhaltung befand sich Señorita Emilia in ihrem Zimmer. Sie ging nicht zur Ruhe, sondern wurde von der Frage wach gehalten, ob es geratener sei, gleich heut oder erst später Einsicht in den geheimen Briefwechsel des Alten zu nehmen. Ihr Zimmer war nicht weit vom seinigen, und so bemerkte sie, daß Personen leise gingen und kamen. Das veranlaßte sie, ihr Licht zu verlöschen und die Tür ein wenig zu öffnen, um zu lauschen.

Kurze Zeit später hörte sie wieder Schritte. Die Zimmertür des Alten wurde geöffnet, und beim Schein seiner Lampe sah sie eine männliche und eine weibliche Person bei ihm eintreten. Noch ehe die Tür sich hinter ihnen schloß, bemerkte sie, daß dem Mann ein Auge fehlte. Dann wurde sie abermals durch ein Geräusch aufmerksam gemacht. Sie sah Hilario mit der Laterne in der Hand auf der Treppe verschwinden, die sie mit ihm in den Keller gegangen war. In seiner Begleitung befanden sich die beiden Personen, die vorhin zu ihm gekommen waren. Er führte sie an ihrer Tür vorüber, und dabei hörte sie ihn mit leiser Stimme einige Worte sagen, von denen sie nur einen Teil verstand.

„Señorita Josefa, Ihr seid da unten völlig —"

Mehr konnte sie nicht vernehmen. Aber kaum waren die drei vorüber, so kam ihr ein Gedanke, den sie auch sofort ausführte. Sie nahm einige Zündhölzchen zu sich und schlich sich in Hilarios Zimmer. Dort war es dunkel. Sie strich eins der Hölzer an und gewahrte nun bei seinem Schein die Schlüssel, auf die sie es abgesehen hatte. Sie nahm sie von der Wand und kehrte mit ihnen in ihre Stube zurück.

Erst nach längerer Zeit hörte sie den Alten wieder zurückkommen. Er war allein. Er hatte Cortejo und Josefa in ihren unterirdischen Schlupfwinkel gebracht. Er gewahrte nicht, daß während seiner Abwesenheit jemand zugegen gewesen war. Nachdem er die Laterne auf den Tisch gestellt hatte, schritt er im Zimmer auf und ab und sagte zu sich selbst:

„Welch ein Abend! Dieser Cortejo ahnt nicht, daß er mir soviel als nötig behilflich sein soll, meine Pläne auszuführen. Welche Unvorsichtigkeit! Mir diese Geschichte der Rodriganda mitzuteilen! Ich werde sie zu seinem Verderben und zu meinem Vorteil benutzen. *Caramba!* Wenn ich meinen Neffen Manfredo als Graf unterschieben könnte! Aber da wäre es notwendig, alle, die das Geheimnis wissen, aus dem Weg zu räumen. Ich werde abwarten und dann tun, was der Augenblick gebietet. Morgen werden vielleicht die Verfolger eintreffen. Da heißt es aufpassen. Ich werde mich jetzt niederlegen, damit ich morgen vollkommen ausgeruht bin!"

Emilia wartete noch eine Zeitlang, bis sie überzeugt sein konnte, daß alles zur Ruhe gegangen war. Dann steckte sie eine genügende Menge Papier und einen Bleistift zu sich, nahm eine Lampe und ein Fläschchen Brennöl, das ihr zur Verfügung stand, und ging an ihr Unternehmen. Sie verschloß ihre Stube und steckte den Schlüssel zu sich, damit niemand bemerken könne, daß sie abwesend sei. Dann stieg sie ohne Licht leise die Treppe hinab, die zu den Kellern führte. Erst dort brannte sie die Lampe an und öffnete mittels der Schlüssel die Türen. Auf diese Weise, und da sie sich die geheimen Handgriffe gemerkt hatte, die ihr gelangen, kam sie in die Felsenkammer, in der sich das Gesuchte befand.

Sie ging sofort an die Arbeit, indem sie das Schränkchen öffnete und eins der Schriftstücke nach dem andern entfaltete, um sie zu lesen. Sie waren für Juarez, ihren Auftraggeber, von der allergrößten Wichtigkeit. Darum nahm Emilia Papier und Bleistift zur Hand und schrieb die wertvollsten Stücke ab. Sie hatte im Schreiben eine nicht gewöhnliche Fertigkeit, und doch gab es der Notizen so viele, daß sie voraussichtlich kaum bis zum Anbruch des Morgens fertig zu werden vermochte.

Während dieser Arbeit drangen Laute wie von menschlichen Stimmen zu der Spionin. Sie lauschte. Die Töne kamen aus einer Ecke, und als Emilia mit der Lampe dorthin leuchtete, bemerkte sie ein Loch, das wie eine Gosse geformt war, dessen Zweck sie aber nicht zu begreifen vermochte. Soviel stand fest, daß dieses Loch ihren Raum mit einem andern verband, in dem jetzt gesprochen wurde. Emilia bückte sich zum Boden nieder und lauschte. Jetzt vernahm sie deutlich den Klang einer männlichen und einer weiblichen Stimme, und als sie ihr Ohr an die Öffnung brachte, konnte sie sogar die Worte verstehen, die drüben gesprochen wurden.

„Du traust diesem Hilario vollständig?" fragte die weibliche Stimme. „Ich glaube doch, daß es geraten ist, vorsichtig zu sein, Vater!"

„Habe keine Angst um mich, Josefa! Pablo Cortejo läßt sich nicht so leicht von irgend jemand betrügen. Das müßtest du doch wissen!"

„Oh, hast du nicht gerade in letzter Zeit den Beweis wiederholt erleben müssen, daß es doch Leute gibt, die uns überlegen sind?"

„Das war eine Reihe von ungewöhnlichen Unglücksfällen, die sich aber nicht wiederholen werden. Ich hatte erst die Absicht zu versuchen, ob ich mich mit Juarez verbinden könne. Wäre mir mein Streich auf diesen Engländer und seine Ladung geglückt, so hätte ich dem Präsidenten höchst willkommen sein müssen und ich hätte ihn gezwungen, zu einem Werkzeug meiner Pläne herabzusinken. Nun aber ist auch das vorüber."

„Wo mag Juarez jetzt sein?"

„Oh, da die Vereinigten Staaten und England ihn unterstützen, so wird er jedenfalls schnelle Fortschritte machen. Sind die Freischaren, denen ich ausweichen mußte, zu ihm gestoßen, so ist er stark genug, einen kräftigen und raschen Vorstoß zu wagen. Er wird dann bald auf der Hacienda del Eriña eintreffen."

„Warum gerade dort?"

„Ich denke es mir, weil diese verteufelten Mixtekas dort den Aufstand unternommen haben, der uns um all unsre Hoffnung gebracht hat."

Darauf wurde es still. Emilia lauschte noch eine Weile, bekam aber keine Silbe mehr zu hören.

„Sie sind zur Ruhe gegangen", sagte sie zu sich selber. „Wer aber sind sie? Pablo Cortejo und seine Tochter Josefa jedenfalls. Welch eine Entdeckung mache ich da! Sie sind hierher geflüchtet, und der Alte hat ihnen eine Unterkunft geboten. Was aber die Hauptsache ist, Juarez kommt zur Hacienda. Dort kann ich ihn treffen, um ihm die gefundenen Geheimnisse mitzuteilen. Zwar sollte ich eigentlich nach vollbrachter Arbeit schnell in die Hauptstadt gehen. Aber ich habe keinen zuverlässigen Boten, dem ich so Wichtiges anvertrauen dürfte. Ich bin also gezwungen, mich selber zur Hacienda zu begeben."

Emilia kehrte jetzt zu ihrer Arbeit zurück. Sie schrieb noch eine lange Zeit, bis endlich diese Aufgabe vollendet war. Sie brachte alles wieder in den frühern Stand und eilte in ihr Zimmer zurück Die Aufregung, die sich ihrer bemächtigt hatte, ließ sie nicht schlafen, und sie traf Vorbereitungen zur heimlichen Abreise.

Am frühen Morgen war Hilario wach. Er ging, um Cortejo und dessen Tochter den Morgenimbiß zu bringen. Er mußte dabei an Emilias Tür vorüber. Das Mädchen hatte die Schritte gehört und trat aus der Stube, um zu sehen, wer der Nahende sei.

„Ah! Schon munter, meine schöne Señorita?" fragte er. „Habt Ihr nicht gut geschlafen?"

„Sogar sehr gut, aber ich erwachte früh, weil ich mir einen Morgenspaziergang vorgenommen hatte."

„Daran tut Ihr recht wohl. Überlegt dabei die Antwort, die Ihr mir nach Ablauf der festgesetzten Frist geben werdet."

„Sie wird überraschend sein, Señor", lächelte sie freundlich.

„Sie wird günstig ausfallen, Señorita?"

„Wartet das ab! Man darf nicht zuviel auf einmal erfahren wollen!" Bei diesen Worten aber ließ Emilia ihn einen leisen Druck der Hand fühlen.

„Oh, Señorita, ich kenne die Antwort!"

Damit ging er. Kaum aber war er um die Ecke des Gangs verschwunden, so eilte sie zu seiner Tür. Der Schlüssel steckte. Emilia trat ein und brachte die gestern entwendeten Schlüssel wieder an ihre Stelle. Dann kehrte sie auf ihr Zimmer zurück. Einige Augenblicke später verließ sie dieses unbemerkt. Sie trug ein ansehnliches Paket in der Hand und begab sich nun in die Stadt hinab, und zwar zu einem Pferdebesitzer, den sie fragte:

„Ihr verleiht Pferde?"

„Ja, Señorita. Wollt Ihr spazierenreiten?"

„Nein, ich habe eine eilige Reise vor, will aber den Ort geheimhalten. Könnt Ihr schweigen?"

„Ich bin gewohnt, bezahlt zu werden und zu schweigen."

„Ich werde Euch im voraus bezahlen. Ist Euch die Hacienda del Eriña bekannt?"

„Ja. Das ist eine Reise von mehreren Tagen. Welche Begleitung habt Ihr?"

„Keine. Ich bin allein."

„Dann seid Ihr eine sehr mutige Dame. Soll ich für Begleitung sorgen?"

„Zwei Männer werden genügen."

„Ganz wie Ihr denkt. Ich gebe Euch zwei meiner Knechte mit. Es sind sichere Leute. In einer halben Stunde können sie fertig sein."

„Nun gut! Hier dieses Paket mögen die Knechte mitbringen. Ich gehe voraus und werde mich vor der Stadt von ihnen treffen lassen. Man soll nicht sehen, auf welche Weise und in welcher Richtung ich Santa Jaga verlasse."

Emilia besprach nun den Preis mit dem Pferdebesitzer und bezahlte ihn so, daß er überaus zufrieden war. Darauf begab sie sich in der Haltung einer Spaziergängerin hinaus. Zur angegebenen Zeit wurde sie von zwei Reitern eingeholt, die ein Pferd mit Damensattel bei sich führten. Sie hielten bei ihr an, sprangen ab und halfen ihr in den Sattel. Dann ging es nach mexikanischer Sitte im schnellsten Galopp fort.

6. Überlistet

Um die gleiche Zeit kam etwa eine halbe Tagereise weiter im Norden ein kleiner Trupp von neun Reitern über den ebenen Grasboden. Es war Sternau mit seinen Gefährten. Ihnen folgten in ehrerbietiger Entfernung die Mixtekas, die Büffelstirn zu seiner Begleitung aufgefordert hatte. Die Augen der Männer waren auf den Boden gerichtet, und keiner sprach ein Wort, als Sternau auf das Gras zeigte und dabei sagte:

„Hier haben Rosse den Boden gestampft. Ich glaube, daß wir die Fährte noch sicher haben. Die Verfolgten haben hier ausgeruht."

Sie stiegen von den Pferden, um den Platz zu untersuchen.

„Ja", bestätigte Büffelstirn, „sie waren es. Die Zahl der Pferde ist gleich, und auch die Größe der Hufe paßt genau.

„Wohin geht diese Richtung?"

„Nach Santa Jaga."

Die Männer stiegen wieder auf und setzten den Ritt fort, aber viel schneller als zuvor. Es mochte gegen Mittag sein, als sie eine Gruppe von drei Berittenen bemerkten, die ihnen entgegenkam. Sie hielten an.

„Drei Reiter", sagte Sternau. „Eine Dame mit zwei Männern. Ah, sie haben uns bemerkt. Sie biegen zur Seite, um uns auszuweichen. Das darf ihnen nicht gelingen."

„Reiten wir auf diese Seite!" versetzte Büffelstirn.

Wieder jagten die Pferde weiter. Die Dame mochte erkennen, daß es unmöglich sei, auszuweichen. Darum schlug sie ihre ursprüngliche Richtung wieder ein. Als die beiden Gruppen einander so nah gekommen waren, daß man sich zu erkennen vermochte, hielt Bärenherz sein Pferd an und rief:

„Uff! Das ist ja die schöne Squaw von Chihuahua."

„Von Chihuahua? Wen meint mein Bruder?"

„Die Dame, die bei den Häuptlingen der Franzosen war."

„Señorita Emilia? Ach, bei Gott, es ist wahr, sie ist es! Was tut sie hier? Das muß eine eigentümliche Bewandtnis haben."

Sie setzten ihre Pferde wieder in Bewegung. Einige Augenblicke später hielten sie vor der Reiterin.

„Doktor Sternau!" rief diese verwundert.

„Ja, ich bin es, Señorita", entgegnete er. „Aber sagt doch, wie Ihr hierherkommt! Ich glaubte Euch auf dem Weg nach Mexiko."

„Das war ich auch. Jetzt aber wollte ich zur Hacienda del Eriña. Ist Juarez dort?"

„Nein. Aber er kommt hin!"

„Ich muß ihm höchst wichtige Nachrichten bringen. Es stand mir kein zuverlässiger Bote zur Verfügung."

„Wir können Euch mit einem solchen jedenfalls dienen", meinte Sternau, indem er einen Blick auf die Mixtekas warf, die ihnen gefolgt waren. „Laßt uns absteigen und ausruhen!"

Das geschah, und als sie sich niedergelassen hatten, fuhr Sternau in seinen Erkundigungen fort:

„Also einen sicheren Boten könnt Ihr bei uns finden. Oder ist es notwendig, daß Ihr selbst mit Juarez sprecht?"

„Nein. Es handelt sich nur darum, Schriftstücke, die ich bei mir trage, sicher in seine Hände gelangen zu lassen."

„Übergebt diese Sachen zweien unsrer Mixtekas! Sie werden sie zur Hacienda del Eriña bringen und dem Präsidenten geben, sobald dieser dort angekommen ist."

„Ich nehme dieses Anerbieten dankend an, Señor. Ich müßte auf der Hacienda auf Juarez warten, und doch ist es sehr nötig, daß ich die Hauptstadt so bald wie möglich erreiche."

„Woher kommt Ihr jetzt?"

„Von Santa Jaga."

„Dahin wollen auch wir. Dort hoffen wir nämlich Personen zu finden, die wir seit einigen Tagen verfolgen."

Señorita Emilia machte eine Bewegung des Erstaunens.

„Etwa Cortejo?" fragte sie. „Und seine Tochter?"

„Señorita, habt Ihr etwa diese beiden in Santa Jaga gesehen?"

„Ja. Und zwar im Kloster. Sie sind gestern abend dort angekommen und werden in einem unterirdischen Gemach versteckt gehalten."

Emilia erzählte nun ihre Erlebnisse vom Tag zuvor so ausführlich, als sie es für gut befand. Am wunderbarsten erschien ihnen die Tatsache, daß es also doch Cortejo war, der mit fremder Hilfe seine Tochter befreit hatte. Als Emilia geendet hatte, fragte Sternau:

„Ihr möchtet wohl am liebsten so schnell wie möglich zur Hauptstadt reisen?"

„Das ist in der Tat mein Wunsch."

„Wie nun, wenn ich Euch die Mixtekas zur Begleitung gebe, die übrigbleiben, wenn zwei als Boten zur Hacienda zurückkehren?"

„Braucht Ihr diese nicht?"

„Da die Franzosen in Santa Jaga liegen, können wir mit Gewalt nichts tun. Wir sind auf List angewiesen, und da ist es sogar leicht möglich, daß uns diese Leute im Weg sein würden."
„Ihr wollt beide Cortejo in Eure Hand bekommen?"
„Gewiß."
„Nun, so braucht Ihr Euch nur an die Franzosen zu wenden. Wenn sie erfahren, daß sich der lächerliche Prätendent Cortejo im Kloster befindet, so werden sie nicht zögern, ihn sich ausliefern zu lassen."
„Daran liegt mir nicht. Ich muß Cortejo für mich haben, nicht für die Franzosen. Wollt Ihr so gut sein und mir den Weg genau beschreiben, der in den unterirdischen Raum führt, von dem Ihr vorhin erzähltet!"
„Recht gern!"
Emilia tat es so genau wie möglich und erklärte auch die geheimnisvolle Weise des Öffnens der verborgenen Türen.
„Das habe ich begriffen", meinte Sternau. „Aber die Schlüssel. Woran werde ich sie erkennen?"
„Daran, daß sie untereinander neben dem Vogelbauer hängen, der sich in der Nähe des Fensters befindet. Beide sind Hohlschlüssel."
„So weiß ich für jetzt genug, Señorita. Ihr zieht also vor, gleich von dieser Stelle aus nach Mexiko zu reiten?"
„Ja, wenn Ihr mir die versprochene Begleitung mitgebt."
„Aber Euer Gepäck?"
„Einiges habe ich bei mir, und das übrige werden mir die Franzosen sicher nachbringen, obgleich sie noch nicht wissen, wohin ich heut geritten bin."
„Ich würde Euch das gern besorgen, aber leider ist es mir unter den gegenwärtigen Umständen unmöglich. Diese Herren Franzosen haben mich in Chihuahua gesehen und würden mich erkennen. Der Empfang dürfte nicht zum Vorteil sein."
„Das ist wahr. Ihr dürft Euch nicht sehen lassen."
„Nein. Wann seid Ihr von Santa Jaga aufgebrochen?"
„Am Morgen gegen sieben Uhr."
„So werden wir voraussichtlich bei Nacht dort ankommen. Das paßt, da kann man uns nicht bemerken. Wollt Ihr mir die Wohnung Hilarios beschreiben, damit ich sie gleich finde?"
Emilia tat es und zog dann ihre Abschriften hervor, um sie Sternau zu übergeben. Dieser machte Büffelstirn mit deren Zweck und Bestimmung bekannt, und bald ritten auf Befehl dieses Häuptlings zwei der Mixtekas mit den wichtigen Schriften zur Hacienda zurück. Die andern machten sich bereit, die Señorita in die Hauptstadt zu begleiten. Die beiden Knechte waren mit dem Preis, den Emilia ihnen für das Pferd bot, sehr zufrieden und überließen es ihr. Als sie in den Sattel gestiegen war, sagte sie zu Sternau:

„Señor, nehmt Euch vor diesem Doktor Hilario in acht!"

„Keine Sorge, Señorita! Dieser Mann wird uns nicht gefährlich werden. Reist glücklich!"

„Lebt wohl!"

Emilia ritt mit den Mixtekas davon, und zwar rückwärts in einem spitzen Winkel zu der Richtung, aus der sie gekommen war. Auch die beiden Knechte kehrten zurück. Sie hatten von der Unterredung Sternaus mit Emilia kein Wort vernommen. Jetzt fragte Anton Unger:

„Hätten wir nicht die Mixtekas bei uns behalten sollen, Herr Doktor? Wir sind neun Mann, aber wir wissen nicht, was uns zustoßen kann. Es ist doch der Fall möglich, daß wir ihre Hilfe gebrauchen können."

„Ich glaube nicht. Dieser Hilario soll uns so leicht keinen Schaden bringen. Er wird uns Cortejo ausliefern müssen. Haben wir etwas unterlassen, so ist es, daß wir den beiden Mixtekas, die zur Hacienda zurückkehrten, hätten sagen sollen, wohin wir reiten."

„Das werden die Roten vorhin gehört haben", behauptete Anton Unger.

„Ich glaube das nicht, denn sie hielten zu weit von uns entfernt. Doch sehe ich nicht ein, weshalb wir grade heut so ängstlich sein wollen. Laßt uns aufbrechen, damit wir Santa Jaga nicht zu spät erreichen!"

Der Ritt wurde fortgesetzt, und zwar so schnell, daß sie Santa Jaga nach fünf Stunden erreichten. Es war Abend, aber das Kloster konnte man noch ohne Mühe erkennen.

„Wo stellen wir unsre Pferde ein?" fragte Unger.

„Einstellen?" antwortete Sternau. „Gar nicht. Im Kloster ist es nicht ratsam, und in der Stadt dürfen wir uns nicht sehen lassen. Es wird sich da oben am Berg schon ein Ort finden lassen, wo wir sie verstecken können, bis wir sie wieder brauchen."

Sie ritten den Berg hinan. In der Nähe des Klosters befand sich seitwärts vom Weg ein Gebüsch, in dem sie die Tiere unterbrachten.

„Wer soll hier bei den Tieren bleiben?" fragte Sternau.

„Ich nicht", erwiderte Büffelstirn.

„Bärenherz muß zu Cortejo", meinte der Apatsche.

„Und ich bleibe am allerwenigsten zurück, wenn es sich darum handelt, diese beiden Personen zu fangen", erklärte Donnerpfeil.

Auch keiner der andern wollte bei den Pferden warten.

„Aber ich kann gleichfalls nicht zurückbleiben", meinte Sternau „Wir müssen also die Pferde ohne Wache lassen."

„Ja. Es nimmt sie uns hier niemand weg."

„Wir wollen es hoffen. Also kommt!"

„Wie gelangen wir hinein? Durchs Tor?"

„Nein. Wir müssen vorsichtig sein. Laßt uns die Mauern betrachten! Es ist am allerbesten, wenn uns niemand außer Hilario zu sehen bekommt."

Als Sternau und seine Begleiter den Berg hinaufgekommen waren und zu den Büschen abbogen, hatte sich neben dem Weg die Gestalt eines Mannes vom Boden erhoben und war zum Kloster geeilt. Er trat durch ein Seitenpförtchen ein, verschloß dieses und begab sich schleunigst in die Wohnung Hilarios. Es war Manfredo, sein Neffe.

„Du bist ja ganz außer Atem", sagte der Alte. „Kommst du von deinem Posten?"

„Ja. Sie kommen, neun Männer. Einer davon ist so groß wie ein Riese."

„Das müßte dieser Sternau sein. Geh fort, damit sie dich jetzt nicht sehen! Auch Grandeprise darf sie nicht bemerken."

„Oh, sie kommen noch nicht sogleich. Sie ritten erst zu den Büschen. Jedenfalls verstecken sie dort ihre Pferde. Sie werden heimlich ins Kloster kommen."

„Das wäre auch mir lieber. Hast du dir alles genau gemerkt? Du hast nichts zu tun, als hinter uns zu leuchten, grad wie ich mit der Lampe vor ihnen gehe. Sobald wir aber in den betreffenden Raum eingetreten sind, nämlich ich und sie, bleibst du zurück, wirfst die Tür zu und schiebst den Riegel vor. Das ist alles. Jetzt geh!"

Der Neffe entfernte sich, der Oheim blieb zurück. Er saß an seinem Tisch, scheinbar in ein Buch vertieft, aber er lauschte angestrengt auf jedes Geräusch, das sich hören ließ. Doch er war kein Präriejäger. Während er sein Gehör vergebens anstrengte, um irgend etwas zu vernehmen, hatte sich die Tür leise geöffnet, und Sternau stand darunter, hinter ihm seine acht Gefährten. Der Deutsche betrachtete das Zimmer und den darin Sitzenden genau und fragte dann:

„Seid Ihr Señor Doktor Hilario?"

Der Gefragte fuhr empor und drehte sich um. Er war so erschrocken, daß er erst nach einiger Zeit antworten konnte:

„Ich bin es. Wer seid Ihr?"

„Das werdet Ihr bald erfahren."

Bei diesen Worten trat Sternau ein, und die andern acht folgten ihm. Die Augen des Alten waren mit sichtlicher Scheu auf die riesige Gestalt des Deutschen gerichtet. Sollte er es wirklich wagen, mit diesen Leuten, die bis unter die Zähne bewaffnet waren, den Kampf aufzunehmen?

Als die Tür sich hinter ihnen geschlossen hatte, fragte Sternau:
„Ihr seid allein, Señor?"
„Ja."
„Es kann niemand unser Gespräch belauschen?"
„Niemand."

111

„Nun gut, so will ich Euch sagen, daß ich eine Bitte an Euch habe."

Sternau hatte bisher freundlich gesprochen, so daß dem Alten der entsunkene Mut zu wachsen begann.

„Wollt Ihr mir nicht lieber erst sagen, wer Ihr seid?" forschte Hilario.

„Das werdet Ihr schon noch erfahren. Vorerst aber gebt uns gefälligst auf einige Fragen eine wahre Antwort!"

„Señor, ich weiß nicht, was ich denken soll! Wie es scheint, seid ihr nicht auf dem gewöhnlichen Weg ins Kloster gekommen?"

„Allerdings nicht. Wir hatten Gründe dazu, mein Lieber. Wenn Euch unser Kommen in Unruhe versetzt, so liegt es nur in Eurer Hand, Euch von uns so bald wie möglich zu befreien. Seid Ihr vielleicht von unserm Kommen unterrichtet?"

„Nein. Wer sollte mich unterrichtet haben?"

„Sind nicht gestern abend ein Herr und eine Dame zu Euch gekommen?"

„Nein."

„Namens Cortejo?"

„Nein. Ich kenne diese Leute nicht. Ich lebe übrigens nur der Heilkunde und der Krankenpflege und beschäftige mich nicht mit Politik."

„Ah, woher wißt Ihr denn, daß dieser Name mit der Politik in Verbindung steht? Ihr habt damit verraten, daß er Euch bekannt ist. Versucht nicht, mich zu täuschen! Ihr steht in Briefwechsel mit allen gegenwärtig politischen Persönlichkeiten!"

Hilario erschrak. Woher wußte Sternau das?

„Also Cortejo und seine Tochter sind nicht zu Euch gekommen?" erkundigte sich Sternau nochmals.

„Nein."

„Ihr habt sie nicht in einen unterirdischen Raum gebracht, um sie dort zu verstecken?"

„Nein."

„Und dieser Raum liegt nicht neben dem, worin sich das verborgene Schränkchen mit Euren geheimen Briefschaften befindet?"

Jetzt fuhr dem Alten der Schreck durch alle Glieder. Aber er ermannte sich doch und zürnte:

„Señor, ich weiß nicht, wie Ihr dazu kommt, heimlich bei mir einzudringen und mir Fragen vorzulegen, die ich nicht begreife. Ich werde Hilfe gegen Euch herbeirufen."

„Versucht das nicht, Señor! Es würde Euch schlecht bekommen."

„So erklärt Euch wenigstens deutlicher, damit ich erfahre, was Ihr eigentlich von mir wollt."

„Das ist kurz gesagt: Ihr sollt uns Cortejo und seine Tochter ausliefern."

„Aber ich weiß nichts von ihnen."
„Glaubt Ihr wirklich, mit dieser Lüge durchzukommen? Ich nehme Euch nämlich jetzt bei der Kehle — so — und wenn Ihr mir nicht sofort sagt, daß Ihr aufrichtig sein wollt, so drücke ich Euch den Hals so zusammen, daß Ihr im nächsten Augenblick eine Leiche seid. Wir werden dann die gesuchten zwei Personen schon zu finden wissen!"
Sternau hatte während dieser Worte Hilario so fest an der Kehle gefaßt, daß dieser nur noch lallen konnte. Jetzt überkam den Alten die Angst. Er sah ein, daß es unmöglich sei, ohne Gefahr für sein Leben länger beim Leugnen zu bleiben, und stammelte:
„Ich — will —!"
Sternau ließ ein wenig locker. „Cortejo und seine Tochter sind also bei Euch?"
„Ja!"
„Wo stecken die beiden?"
„In einem unterirdischen Loch."
„Loch? Pah! Ihr werdet Eure Schützlinge nicht in ein Loch gesteckt, sondern ihnen eine bessere Wohnung angewiesen haben."
„Nein, sie sind ja meine Gefangenen!" log der Alte.
Sternau sah ihm scharf ins Gesicht. „Ich warne Euch, mich abermals täuschen zu wollen!"
„Ich täusche Euch nicht, Señor! Ich weiß nicht, woher Ihr es erfahren habt. Aber nachdem Ihr es wißt, muß ich Euch sagen, daß Cortejo mein Feind war. Der Zufall hat ihn in meine Hand geführt, und so hat er zwar geglaubt, mein Schützling zu werden, ist aber mein Gefangener geworden. Ich wollte ihn ein wenig quälen und dann den Franzosen ausliefern."
„Das könnt Ihr bequemer haben, indem Ihr Cortejo uns ausliefert."
„Was gebt Ihr mir denn, wenn ich Euch zu Willen bin?"
„Ich glaube, Ihr wollt noch Bezahlung fordern. Hört, diese Bezahlung könnte leicht in etwas bestehen, was Euch nicht lieb wäre. Ich frage Euch kurz, ob Ihr uns Vater und Tochter ausliefern wollt oder nicht. Eine Minute gebe ich Euch Bedenkzeit!"
Hilario gab seinem Gesicht den Ausdruck der größten Angst und erwiderte:
„Mein Gott, ich bin ja bereit dazu. Erlaubt mir nur, meinen Neffen kommen zu lassen! Er ist Wärter der Gefangenen. Manfredo hat die Schlüssel."
„Wo befindet er sich?"
„Nebenan. Ich brauche nur zu klopfen "
„So tut es!"
Der Alte klopfte an die Wand, und gleich darauf trat Manfredo ein. Mit neugierigen und zugleich ängstlichen Blicken betrachtete er die neun Männer. Er hatte eine brennende Laterne bei sich.

„Die Señores sind gekommen, die Gefangenen ausgeliefert zu erhalten", sagte sein Oheim zu ihm.

„Wer sind sie?"

„Das geht dich nichts an. Ist der Weg frei?"

„Ich denke, daß uns jetzt niemand begegnen wird."

„Gut." Damit ergriff auch der Alte seine Laterne.

„Wozu zwei Lichter?" fragte Sternau.

„Weil eins für elf Personen in den dunklen Gängen zuwenig ist. Oder soll ich die Gefangenen hierher holen?"

„Nein, wir gehen mit. Aber versucht nicht, uns zu entfliehen! Einer von Euch geht vor und der andre hinter uns. Der vordere ist Geisel für beide. Geschieht etwas, so wird er niedergeschossen."

Man setzte sich in Bewegung, wie Sternau angegeben hatte, und wie es leider auch in der Absicht des Alten lag. Hilario schritt voran und führte sie durch einen Gang und dann eine tiefe Treppe hinab, wieder durch einen Gang und schließlich durch einen Keller. Vor einer starken, mit Eisenblech beschlagenen Tür blieb er stehen und schob zwei Riegel zurück.

„Hast du den Schlüssel?" fragte Hilario seinen Neffen.

„Ja", erklärte Manfredo.

„Sind sie hinter dieser Tür?" erkundigte sich Sternau.

„Nein, aber hinter der nächsten, Señor."

Jetzt hatte Manfredo aufgeschlossen und trat zurück, um die andern vorbeizulassen. Hilario schritt voran, und die neun folgten. Sie bemerkten nicht, daß die gegenüberliegende Eisentür nicht verschlossen war. Noch ehe sie die ihnen drohende Gefahr ahnten, tat der Alte einen blitzschnellen Sprung vorwärts zum Raum hinaus und warf die Tür hinter sich zu. Im gleichen Augenblick hörten sie hinter sich einen Krach. Auch die erste Tür war vom Neffen zugeworfen worden. Hinter und vor ihnen rasselten Riegel und Schlösser, sie selber aber befanden sich im Dunkeln.

„Gefangen!" schrie Anton Unger.

„Uff!" rief der Apatsche.

„Überlistet!" entfuhr es Sternau.

Die übrigen waren so erschrocken, daß sie stumm dastanden. Auch der Mixteka sagte nichts, aber ein Schuß aus seiner Büchse krachte gegen die Tür.

„Was will mein Bruder? Warum schießt er?" fragte Sternau.

„Das Schloß zerschießen", antwortete Büffelstirn.

„Das hilft uns nichts. Es sind ja auch Riegel an den Türen."

„Feuer machen! Leuchten!"

Sternau griff in seine Tasche und zog Zündhölzer hervor. Als eins davon aufflackerte, konnte man einen dunstigen Streifen sehen, der durch das Schlüsselloch hereindrang. Zu gleicher Zeit war ein überaus starker Geruch zu bemerken, der imstande war, den Atem zu benehmen.

„Man will uns vergiften oder ersticken!" rief Sternau. „Man bläst etwas Tötendes durchs Schlüsselloch!"

„Sprengt die Tür!" schrie Donnerpfeil.

Mit aller Kraft stemmten sich die Eingeschlossenen gegen die Eisenpforte. Es half ihnen nichts. Draußen stand der Alte und lauschte. Er hielt in der Linken die Laterne und in der Rechten eine leere, dünne Hülse, die den chemischen Stoff enthalten hatte, den er durchs Schlüsselloch geblasen hatte. Auf seinem Gesicht lag teuflische Schadenfreude.

„Gesiegt!" jauchzte er. „Sie sind gefangen! Horch, wie sie sich gegen die Tür stemmen. Jetzt schlagen sie mit den Gewehrkolben dagegen. Oh, das Eisen hält. Die Riegel geben nicht nach. In zwei Minuten werden sie still sein."

Er hatte recht. Das Stoßen und Klopfen wurde schwächer und hörte bald ganz auf.

„Soll ich aufmachen?" fragte sich der Alte. „Es ist eine böse Sache. Komme ich zu früh, so wachen sie noch, und ich bin verloren; komme ich zu spät, so sind sie tot. Sie sollen doch nur ohne Besinnung sein. Ich werde es wagen."

Er schob die Riegel zurück und öffnete vorsichtig. Der scharfe, durchdringende Geruch quoll ihm entgegen. Er riß die Tür schnell ganz auf und sprang weit zurück:

„Manfredo, mach auf!" rief er dabei.

Auf diesen Befehl öffnete der Neffe nun auch die jenseitige Tür, und das giftige Gas konnte abziehen. Es dauerte nicht lange, so konnte man ohne Gefahr zu den neun Überlisteten gelangen. Sie lagen bewegungslos am Boden. Der Doktor kniete nieder, öffnete ihnen die Brustbekleidung und untersuchte sie.

„Sie sind vielleicht gar tot?" fragte der Neffe.

„Nein", antwortete der Alte nach einiger Zeit. „Sie leben noch. Es ist so gegangen, wie ich gewünscht habe. Nimm ihnen alles ab, was sie bei sich führen, es soll deine Beute sein. Dann werden sie gefesselt, und du hältst Wache, bis ich zurückgekehrt bin. Ich will die Cortejos holen. Sie sollen sich über diese Leute freuen, wie ich mich nachher über sie selber freuen werde."

Hilario entfernte sich. Der Neffe aber plünderte die Bewußtlosen aus und schaffte seinen Raub in den Keller, durch den sie vorhin gekommen waren. Den Beraubten band er Arme und Beine so zusammen, daß es ihnen unmöglich war, sich zu befreien. Der Alte hatte einige dunkle Gänge durchschritten und kam an eine Tür, an die er klopfte.

„Darf ich eintreten?"

„Ah, Señor Hilario!" ließ sich eine Stimme hören. „Endlich laßt Ihr Euch blicken!"

Der Arzt machte die Tür auf und trat nun in einen wohnlich eingerichteten Felsenraum, in dem eine Lampe brannte. Cortejo und seine Tochter saßen darin auf einer Matte am Boden.

„Gut, daß Ihr kommt!" sagte Cortejo. „Ich leide noch immer große Schmerzen. Wollt Ihr mich von neuem verbinden?"

„Nein, Señor. Es wäre überflüssig. Eure Verletzung ist falsch behandelt worden. Jetzt ist es zu spät."

„Ihr scherzt", sagte der Verwundete. „Ihr wollt mir angst machen."

„Ich wünsche, Ihr hättet die richtige Angst, Señor."

Hilarios Auge ruhte dabei kalt und gefühllos auf seinen vor Schreck totenbleichen Zügen. Cortejo beachtete es nicht und sagte, wie um sich selbst zu ermutigen:

„Ich bin überzeugt, daß ich bald wieder genese. Wie steht es an der Oberwelt, Señor Hilario? Darf man sich bald sehen lassen? Sind die Franzosen noch da?"

„Sie werden sich nicht sogleich entfernen."

„Der Teufel hole sie! Auf diese Weise kann man sich ja nur des Nachts ins Freie wagen, um frische Luft zu haben. Könnt Ihr uns denn nicht wenigstens eine andre Wohnung anweisen?"

„Das werde ich mir erst überlegen müssen. Es paßt nicht jede für Euch."

„Hat sich noch kein Verfolger sehen lassen?"

„O sicher. Es waren neun da. Es schienen keine gewöhnlichen Leute zu sein. Der eine war ein Riese, ein wahrer Goliath."

„Sternau jedenfalls", warf Josefa ein.

„Zwei waren Indianer."

„Büffelstirn und Bärenherz! Was habt Ihr mit ihnen angefangen?"

„Ich? Nichts, gar nichts, Señorita. Ich war froh, daß sie nichts mit mir machten."

„Aber es war doch bestimmt, daß sie festgenommen werden sollten!"

„Wie hätte ich es machen können, Señorita?"

„Das fragt Ihr noch? Señor Doktor, Ihr seid ein Feigling!"

„Meint Ihr das wirklich? Das ist wohl der Dank für die Opferwilligkeit, mit der ich Euch bei mir aufgenommen habe? Soll ich Euch etwa den Franzosen ausliefern?"

„Unsinn!" rief Cortejo. „Meine Tochter meint es ja gar nicht so, wie Ihr es nehmt. Ich habe freilich auch geglaubt, daß Ihr diese Halunken gefangennehmen würdet. Es war auch so ausgemacht. Nun sind sie entkommen, und ich bin gezwungen, sie auf andre Weise unschädlich zu machen. Was sagten sie denn? Wie benahmen sie sich? Erzählt es doch!"

„Nachher, Señor. Jetzt denke ich daran, daß Ihr eine andre Wohnung wünscht. Wenn Ihr mir folgen wollt, werde ich Euch eine solche zeigen."

Cortejo verließ mit seiner Tochter den gegenwärtigen Aufenthalt und ließ sich von dem Alten durch die Gänge führen. Endlich schimmerte ihnen ein Licht entgegen, und als sie näher kamen, erkannte Cortejo Manfredo, der bei neun Männern saß, die gebunden am Boden lagen. Cortejo trat hinzu und stieß einen Ruf des Erstaunens aus.

„*Demonio!* Das ist ja Sternau!"

„Sternau?" fragte Josefa schnell. „Wo? Wo ist er?"

Sie eilte herbei und blieb bei Sternau stehen. Dieser war wieder zu sich gekommen und betrachtete mit kalten, ruhigen Blicken die vier Personen, in deren Hände er geraten war.

„Ja, es ist Sternau!" jubelte das Mädchen. „Und hier liegen Büffelstirn, Bärenherz und Donnerpfeil. Ich denke, sie sind entkommen?"

Die letzten Worte waren an den Alten gerichtet.

„Ich scherzte nur", erklärte dieser. „Mir entkommt niemand, dem ich eine Wohnung bei mir anweisen will."

Auch die andern hatten ihre Besinnung wiedererlangt. Sie hielten zwar die Augen offen, aber keiner von ihnen sprach ein Wort.

„Und hier ist Mariano", frohlockte Cortejo. „Bei allen Teufeln, das ist ein Tag der Freude, wie er uns schon lange nicht mehr zuteil wurde. Und da — und da — wahrhaftig — es kann nicht anders sein, wenn ich es auch bis jetzt fast nicht habe glauben können, da liegt Don Fernando de Rodriganda! Señor, wollt Ihr uns nicht sagen, wie es Euch gelungen ist, aus Eurem Kerker zu entwischen?"

In der Brust des alten Grafen wogte ein Vulkan. Wie hatte er gelechzt nach dem Wiedersehen mit diesem Schurken, dem er achtzehn Jahre unsäglichen Elends zu verdanken hatte, und wie ganz anders als erwartet, hatte sich dieses Wiedersehen gestaltet! Am liebsten wäre er losgebrochen und hätte dem Grimm seines Herzens Luft gemacht. Aber er sagte sich ganz richtig, daß er dadurch seinem Peiniger nur ein Vergnügen bereiten würde, und deshalb schwieg er. Es kostete ihn freilich seine ganze Selbstbeherrschung, ein gleichgültiges, ruhiges Gesicht zu zeigen.

„Ah, man ist stolz und spielt den Hoheitsvollen", höhnte Cortejo. „Mir auch recht. Der Stolz wird Euch schon vergehen! — Aber wie ist es Euch denn geglückt, sie festzunehmen?" wandte er sich an Hilario.

„Das werdet Ihr später erfahren. Jetzt fragt es sich vor allem, was wir mit diesen Leuten tun werden."

„Einsperren!" erklärte Josefa. „In Euern allerschlechtesten Verliesen, Señor! Es kann nicht schlimm genug für sie werden! Sie

werden täglich Prügel bekommen, aber allwöchentlich nur einmal zu essen."
„Ich möchte Euch aber doch bitten, ein wenig nachsichtiger zu sein, Señorita. Ihr wißt ja auch nicht, ob Ihr einmal in eine Lage kommt, in der Ihr Nachsicht gebrauchen könnt."
Josefa bemerkte den Blick nicht, den der Alte bei diesen Worten auf sie warf, und antwortete eifrig:
„Keine Nachsicht, keine Spur von Nachsicht sollen sie haben! Nicht, Vater?"
Cortejo neigte zustimmend den Kopf.
„Milde ist hier am unrechten Platz. Ich habe ein Auge verloren. Man hat mir meine Hacienda genommen und meine Leute verjagt. Es ist keine Strafe zu grausam für diese Menschen. Wo sind die Löcher, in die sie gesteckt werden?"
„Eine Treppe tiefer, Señor. Wollt Ihr sie sehen?"
„Ja. Wir wollen uns mit eigenen Augen überzeugen, welche Wonnen diese Schufte erwarten. Sollen wir sie nicht gleich mitnehmen? Wir machen ihnen die Beinfesseln weiter, damit sie gehen können."
„Fällt mir nicht ein. Mit diesen Leuten ist nicht zu spaßen. Ich will ihnen nicht den geringsten Vorteil gewähren, den sie zu ihrer Befreiung benützen könnten. Sie bleiben so liegen, wie sie sind, und werden dann einzeln hinuntergetragen. Auf diese Weise können sie sich nicht zur Wehr setzen. Folgt mir jetzt hinunter!"
Hilario ging ihnen voran, bis sie zu einer Treppe gelangten, die in ein tieferes, unterirdisches Stockwerk führte. Unten betraten sie einen langen, schmalen Gang, in dem rechts und links kleine Felsenzellen angebracht waren, kaum groß genug für einen Menschen. Diese Zellen waren jeweils durch eine Tür verschlossen, in der sich ein rundes Loch befand.
„Sind das die Gefängnisse?" fragte Josefa. „Zeigt uns eins!"
Hilario öffnete eine Tür und leuchtete hinein.
„Zwei Eisenringe!" meinte Cortejo. „Wozu sind sie?"
„Zum Festhalten des Häftlings."
„Wie wird das gemacht?"
„Es ist eigentlich ein Kunststück, Señor", sagte der Alte. „Ihr seid ungefesselt. Nehmt hier Platz! Ich kann Euch da am besten überzeugen, daß keiner dieser Gefangenen entkommen wird."
„Gut! Ich werde es versuchen. Es soll mir eine Freude sein, genau zu wissen, wie fest wir diese Menschen haben."
„Ja, Vater, auch ich muß das wissen!" meinte Josefa. „Wollt Ihr es auch mir zeigen, Señor?"
„Gern", erwiderte der Alte. „Ich habe da rechts ein Doppelloch, das zu einem solchen Versuch wie gemacht ist. Ich werde öffnen."
Hilario schob zwei Riegel zurück und öffnete eine Tür. Es wurde ein

Loch sichtbar, zwei Meter breit, ebenso tief und gerade so hoch, daß ein Mensch darin sitzen konnte. Der Boden bestand aus Stein. Es war kein Stroh, keine Matte, kein Krug oder Trinkgefäß zu sehen Aber an der Rückseite bemerkte man ungefähr in der Höhe des Halses und der Hüfte zweimal zwei eiserne Ringe, die sich öffnen ließen.

„An die Ringe werden die Gefangenen geschlossen?" fragte Josefa. „Doch sie sind ja offen, und ich sehe keine Hängeschlösser."

„Sie gehören nicht dazu. Es ist an den Ringen eine geheime Mechanik angebracht, mit deren Hilfe sie verschlossen werden. Also, wollen die Herrschaften sich überzeugen, daß hier kein Entkommen möglich ist?"

„Ja, ich versuche es", erwiderte Josefa. „Dann habe ich noch mehr das Gefühl der Sicherheit."

„Ich auch", fügte Cortejo hinzu.

„So kommt! Setzt euch nebeneinander hinein!"

Sie gehorchten diesem Gebot. Nach je zwei Griffen von seiten des Alten schlossen sich die eisernen Ringe um ihre Leiber.

„Herrlich!" frohlockte Josefa. „Wer hier sitzt, ist gut aufgehoben!"

„Also Ihr meint, daß dieses Loch eine sichere Wohnung ist?" feixte Hilario.

„Ja", lachte auch Cortejo vergnügt. „Die Gefangenen werden aus diesem Verlies nie entkommen können. Aber öffnet jetzt die Ringe wieder, wir haben die Annehmlichkeiten dieses Gelasses nunmehr zur Genüge gekostet."

„Aber, Señor, Ihr sagtet doch, daß Ihr mit dieser Behausung zufrieden wärt, und Eure Tochter meinte das gleiche."

„Ja, zufrieden damit, daß die Gefangenen solche Löcher erhalten sollten. Oder meint Ihr etwa, daß wir uns hereingesetzt haben, um hier sitzenzubleiben?"

„Ja, das meine ich allerdings."

Es entstand eine kleine Pause, hervorgebracht durch den Schreck, der Josefa und ihrem Vater die Sprache raubte. Erst jetzt kam ihnen die Ahnung der fürchterlichen Falle, in die sie sich selber begeben hatten.

„Seid Ihr verrückt!" rief endlich Cortejo.

„Ich? O nein! Aber Ihr seid geradezu verrückt gewesen, Euch auf eine so dumme Weise in meine Hände zu begeben. Ich sage Euch, daß Ihr dieses Loch niemals verlassen werdet."

Da hielt es Cortejo für angezeigt zu bitten:

„Treibt den Scherz nicht gar zu weit, Señor! Wir wissen nun, was wir wissen wollten, nämlich, wie es einem Menschen zumute ist, der verurteilt ist, in diesem Loch zu verschmachten."

„Nein, Ihr wißt es noch lange nicht. Das Verschmachten muß Euch ernstlich an die Seele treten, dann erst könnt Ihr es wissen."

Da stieß Josefa einen Schreckensruf aus. Es war ihr die volle Erkenntnis gekommen, was ihr bevorstand.

„Señor, Ihr seid ein Ungeheuer! Ihr dürft uns nicht verschmachten lassen! Ich kann es nicht aushalten!"

„Ganz richtig!" grinste Hilario. „Das Verschmachten hält niemand aus."

„Wir haben Euch doch nichts getan!"

„Das nicht. Aber ich will jetzt meinen Lohn dafür, daß ich Euch bei mir aufgenommen habe. Auch Eure Feinde habe ich Euch vom Hals geschafft. Sie können Euch nichts mehr tun. Glaubt Ihr denn, daß ich all das umsonst getan haben will?"

„So macht uns doch frei!" flehte Cortejo. „Und ich will Euch reich belohnen."

„Wartet noch ein wenig mit Eurem Angebot! Ihr wißt ja noch gar nicht, was ich von Euch verlange."

„Nun, was?" fragte Cortejo, indem er einen erwartungsvollen Blick auf den Alten richtete.

Dieser sagte mit einer Miene, als handle es sich um eine Kleinigkeit: „Ich verlange von Euch das Erbe der Grafen von Rodriganda."

„Das — Erbe — der — Rodriganda? Wie meint Ihr das? Ihr seid hunderttausendmal verrückt!"

„Nicht verrückter als Ihr, der Ihr Euch ja auch einbildetet, Rodriganda in Eure Tasche stecken zu können."

„Señor, Ihr seid ein niederträchtiger Halunke!"

„Ich rate Euch, in Euren Ausdrücken etwas vorsichtiger zu sein. Ihr seid selber der größte Halunke, der mir jemals unter die Augen gekommen ist, und ich tu ein gutes Werk, wenn ich Euch Euren Raub abnehme."

„Ihr habt mich schändlich betrogen! Fluch Euch, Ihr Schuft!"

„Ereifert Euch nicht weiter, es ist doch umsonst! Ich gedenke vom Reichtum der Rodriganda einen bessern Gebrauch zu machen als Ihr, der Ihr Euch eingebildet habt, Präsident werden zu können. So ein unheilbar dummer Mensch und Präsident! Hahahaha! Ich sage Euch ganz ehrlich, daß ich gewisse Pläne habe, zu deren Ausführung mir der Reichtum der Rodriganda ganz gelegen kommt. Ihr habt Eure Rollen ausgespielt. Mein Neffe Manfredo wird statt Eures Alfonso Graf, und ich werde von der fetten Milch für mich den Rahm abschöpfen."

Das klang für die Ohren der beiden Cortejo so ungeheuerlich, daß sie keines Wortes der Erwiderung fähig waren. Hilario schien auch eine solche nicht zu erwarten, denn er hob die Lampe vom Boden auf, verriegelte die Tür hinter sich und kehrte zu Manfredo zurück, der bei den andern Gefangenen zurückgeblieben war. Nachdem sie einen nach dem andern in den Gang hinuntergetragen und in einem gemeinsamen Kerker an die Wand gefesselt hatten, gab Hilario seinem Neffen den Befehl, die Gefesselten mit Brot und Wasser zu versorgen, und stieg dann zu seiner Wohnung empor, wo er auf die Rückkehr Manfredos wartete. Dieser stellte sich bald ein.

„Was sagten sie noch?" fragte Hilario.

„Die neun waren still. Die beiden andern aber heulten und jammerten, daß mich meine Ohren schmerzten. Sollen sie wirklich unten bleiben?"

„Gewiß."

„Um da zu sterben?"

„Das wird sich finden. Aber sagtest du nicht, daß die neun ihre Pferde in das Gebüsch geschafft hätten? Die Tiere könnten zu Verrätern werden."

„Sie müssen fortgeschafft werden. Aber wohin?"

„Geh erst hin, um ihnen alles abzunehmen! Dann schaffst du sie hinaus auf das freie Feld und läßt sie laufen."

„Es ist schade um sie. Man könnte sie ja verkaufen."

„Du könntest dadurch leicht unglücklich werden. Jetzt ist es Nacht. Du hast Zeit, meine Weisung auszuführen. Begnüge dich mit der Beute, die dir schon geworden ist!"

Der Neffe entfernte sich gehorsam. Bei den Tieren angekommen, nahm er ihnen das Sattelzeug, koppelte sie aneinander und führte sie den Berg hinab. Dort stieg er auf eins der Pferde und ritt, die andern neben sich am Halfter führend, in die Ebene hinaus. Als er weit genug gekommen zu sein glaubte, hielt er an und jagte die Tiere auseinander. Dann kehrte er zu Fuß in die Stadt zurück — die Fährte der neun Reiter, die vor einigen Stunden noch hoffnungsfreudig ihrem Ziel entgegengestrebt waren, war vernichtet. —

Am nächsten Morgen nahm Hilario die Schlüssel, die die unterirdischen Gänge erschlossen, rief seinen Neffen und stieg zu der Zelle hinunter, in der Pablo Cortejo und seine Tochter steckten. Als die Gefangenen ihn erkannten, fragte Cortejo zaghaft:

„Kommt Ihr, um uns freizugeben, Señor Doktor Hilario?"

„Freigeben? Je nachdem! Es steht ganz bei Euch, ob ich Euch verschmachten lasse oder ob Euch noch Hoffnung auf Rettung gelassen werden kann."

„Rettung?" keuchte Cortejo. „Was verlangt Ihr dafür?"

„Darüber wollen wir später sprechen. Jetzt handelt es sich einstweilen nur um Milderung Eurer augenblicklichen Lage. Ich bin bereit, Euch eine bessere Zelle und auch Nahrung zu geben, wenn Ihr mir eine aufrichtige und wahre Auskunft über Henrico Landola, den Seeräuber, erteilt."

„Ah, warum über ihn?"

„Das ist meine Sache. Ihr habt diesem Jäger Grandeprise versprochen, Landola in seine Hände zu geben?"

„Ja."

„Ihr wart also überzeugt, Landola irgendwo wieder zu treffen. Gebt Ihr mir darüber einen festen Anhaltspunkt, so werde ich Euch die gedachten Vergünstigungen gewähren!"

„Was wollt Ihr von Landola?"

„Ich habe auch mit ihm eine Rechnung wettzumachen."

„Ihr wollt ihn einstecken und quälen wie uns?"

„Ja, sogar noch ein wenig mehr, wenn ich ihn nämlich erwische."

„Das wäre auch mir eine Genugtuung. Leider weiß ich nicht, wo er sich jetzt befindet."

„Es gibt aber ein Mittel, es zu erfahren?"

Cortejo zögerte mit der Antwort. Darum meinte der Alte streng:

„Gut, behaltet es für Euch, wenn Ihr hier elend verschmachten wollt!"

Hilario stand im Begriff, die Tür zu schließen, da rief Josefa:

„Um Gottes willen, sag es ihm, Vater! Ich will nicht sterben, ich muß leben bleiben!"

„Wenn Ihr mir ehrlich antwortet, nehme ich euch aus diesem Verlies."

„Gut. Erst heraus, dann werde ich reden, eher aber nicht."

„Ah, Ihr traut mir nicht? Na, ich will Euch das nicht übel nehmen und Euch daher Euren Wunsch erfüllen. Ich werde euch aus den Eisenringen befreien, euch aber vorher auf andre Weise fesseln, so daß ihr keine Dummheiten machen könnt. Gebt Ihr dann aber keine Auskunft, so trifft euch doppelte Strafe."

Hilario fesselte nun Cortejo und Josefa mit Hilfe seines Neffen so, daß sie sich zwar erheben und auch langsam bewegen konnten, zu einem Widerstand aber unfähig waren. Dann machte er die Eisenhalter von ihren Hälsen und Leibern los

„Jetzt kommt und folgt mir!" sagte er darauf. „Ich weise euch nunmehr eine bessere Zelle an, mit der ihr zunächst zufrieden sein könnt."

Der Alte schritt voran, die Gefangenen und sein Neffe gingen hinterher. Am Ende des Gangs befand sich eine Tür, die in einen Raum führte, der eher einer kleinen Stube als einem Gefängnis glich. Diese Tür öffnete Hilario und sagte:

„Hier herein! Das wird eure jetzige Wohnung sein. Nun verlange ich nach Auskunft. Wie oder wo kann ich erfahren, wo sich Landola befindet?"

„Bei meinem Bruder", entgegnete Cortejo.

„Also in Rodriganda in Spanien? Das ist mir zu weitläufig, das kann mir nichts nützen. Gibt es nicht noch eine andre und bessere Auskunft?"

Cortejo blickte den Alten finster und grimmig an und forschte:
„Wir bleiben wirklich hier in diesem bessern Gewahrsam und bekommen hinreichende Nahrung?"

„Ja, wenn Ihr redet."

„Wenn Ihr mir noch zweierlei versprecht, werde ich Euch eine vollständige Auskunft erteilen."

„Sagt, was ich versprechen soll!"

„Daß wir hier nicht ermordet werden."

„Ich verspreche Euch das, wenn nämlich Eure Auskunft gut ist. Also redet!"

„Wir sind hilflos in Eure Hand gegeben. Und darum will ich Euch sagen, daß ich meinem Bruder Gasparino wegen des Landola geschrieben habe. Auch ich wollte wissen, wo dieser sich befindet."

„Und Ihr erwartet Antwort?"

„Ja. Sie muß schon angekommen sein, in Vera Cruz bei meinem Agenten."

„Weshalb nicht in Mexiko?"

„Ihr vergeßt, daß ich mich in der Hauptstadt nicht sehen lassen darf."

„Das ist wahr. Wer ist Euer Agent?"

„Das werde ich Euch erst dann sagen, wenn wir Essen und Trinken erhalten haben und Ihr meine Augen untersucht habt."

„Señor Cortejo, Ihr seid eigentlich gar nicht in der Lage, mir Bedingungen vorzuschreiben, aber ich befinde mich heut in guter Stimmung, und darum will ich auf Euer Verlangen eingehen. Manfredo, hole Wein, Brot und Käse, ich will nach den Verletzungen der Augen Señor Cortejos sehen."

Der Neffe entfernte sich. Als er nach längerer Zeit mit dem Verlangten zurückkehrte, war der Alte auch mit der Untersuchung fertig.

„Jetzt habe ich mein Wort erfüllt", sagte Hilario, „nun haltet auch das Eurige!"

„Mein Agent ist der Fischer Gonsalvo Verdillo", erklärte Cortejo.

„Wie kann man die Antwort von ihm erhalten?"

„Durch einen Boten."

„Wird er sie ihm aushändigen?"

„Nur dann, wenn dieser Bote einen Brief von mir bringt, durch den er sich auszuweisen vermag."

„Gut, so werdet Ihr diesen Brief schreiben."

„Unter der Bedingung, daß ich den Brief meines Bruders ebenfalls zu lesen bekomme."

„Das will ich Euch zugestehen. Ich werde alles, was zum Schreiben nötig ist, holen. Jetzt bleibt Ihr, bis ich wiederkehre, unter Manfredos Bewachung!"

Hilario ging. Als er zurückkehrte, hatte er außer den Schreibgegenständen auch einen hölzernen Schemel mit, den Cortejo als Pult benutzen sollte. Die Handfesseln wurden diesem, soweit zum Schreiben erforderlich, gelöst. In höchst unbequemer Lage und beim Schein der Laterne faßte er den Brief ab. Der Alte las ihn durch.

„Er scheint unverdächtig zu sein", meinte Hilario. „Es würde Euch nur schaden, mich betrügen zu wollen. Wenn die Antwort kommt, dürft Ihr sie lesen."

Nach diesen Worten schloß der abgefeimte Schurke den Kerker und entfernte sich mit dem Neffen.

„Wer wird den Brief nach Vera Cruz schaffen?" fragte dieser.

„Der amerikanische Jäger."

„Grandeprise? Aber wenn dieser nach Cortejo gefragt wird?"

„Das laß mich nur machen! Jetzt vor allen Dingen mußt du den Jäger zu mir schicken!"

Als dieser kam, sagte der betrügerische Arzt:

„Señor Grandeprise, ich will Euch einen Auftrag erteilen. Ihr seid doch wohl in Vera Cruz gewesen? Ich möchte Euch bitten, einen Brief dahin zu besorgen."

Grandeprise machte ein bedenkliches Gesicht.

„Señor, Ihr habt mich vom Tod gerettet", erwiderte er, „ich bin also gern bereit, Euch jeden Gefallen zu tun. Jetzt ist es mir nicht möglich, denn ich stehe in Señor Cortejos Diensten. Ich kann nicht fort."

„O doch, denn von Señor Cortejo ist dieser Brief."

Die Brauen Grandeprises zogen sich zusammen.

Ascuas, ich errate etwas. Dieser Mann will mich gern von hier fort haben, damit er mir ein Versprechen, das er mir gegeben hat, nicht zu erfüllen braucht."

„Ihr meint das Versprechen, Euch Landola zu verschaffen?"

„Ja. Aber woher wißt Ihr das?"

„Er selber hat es mir gesagt. Übrigens ist Eure Vermutung irrig. Señor Cortejo will Euch nicht betrügen, sondern er will sein Versprechen erfüllen, indem er Euch nach Vera Cruz schickt. Dort liegen bei seinem Agenten Nachrichten über Landola, die Ihr im bringen sollt."

„Das läßt sich eher hören. Aber warum schickt er Euch? Weshalb spricht er nicht selbst mit mir?"

„Weil er nicht kann. Er ist seit heut nacht nicht mehr da."

„Das kommt mir verdächtig vor, Señor Hilario."

„Oh, bei der jetzigen Lage der Dinge kann manches geschehen, was ungewöhnlich ist. Es kam ein Bote, der ihn sofort zum Panther des Südens abrief."

„Hole den der Teufel!"

„Cortejo hatte kaum noch Zeit, diesen Brief zu schreiben, den ich Euch übergeben soll."

„Hm, der Brief handelt wirklich von Landola? An wen ist er? Zeigt her!"

„An den Fischer Gonsalvo Verdillo, der Cortejos Agent ist. Cortejo hat um Auskunft geschrieben, wo Landola sich befindet. Die Antwort liegt bei dem Fischer. Ihr sollt sie holen."

„Wohin ist sie zu bringen, etwa zum Panther des Südens?"

„Nein, sondern zu mir. Cortejo wird zur Zeit Eurer Rückkehr sicherlich wieder hier sein."

„Dann bin ich eher einverstanden. Gebt den Brief her! Ich werde gleich aufbrechen."

„Darum wollte ich Euch bitten. Augenblicklich fort und sobald wie möglich wieder zurück! Aber seid vorsichtig, es ist heutzutage nichts Kleines, einen Brief von Cortejo bei sich zu haben!" —

Unterdessen hatte sich der Zustand des kranken Haciendero Pedro Arbellez wesentlich gebessert. Die alte, treue Maria Hermoyes gab sich alle mögliche Mühe, ihn völlig wiederherzustellen. Arbellez war so weit hergestellt, daß er das Bett versuchsweise verlassen hatte. Er saß, sorglich von Decken umhüllt, in einem Stuhl am Fenster. Ihm zur Seite saß Maria Hermoyes.

„Alles will ich gern gelitten haben, wenn ich sie nur wiedersehe", sagte er, ein begonnenes Gespräch fortsetzend.

„Oh, Señor, Ihr glaubt nicht, wie unendlich auch ich mich freue!"

„Emma hatte zu Anselmo gesagt, daß sie bald kommen werde. Aber sie kommt ja nicht. Ich warte vergebens!"

„Ihr dürft die Geduld nicht verlieren. Juarez wird sie bringen." Da trat Maria näher ans Fenster, beschattete ihre Augen mit der Hand und blickte angestrengt hinaus: „Señor, es sieht aus, als tauchten viele Reiter dort auf."

Santa Maria! Wenn Juarez endlich käme!"

Die beiden Leute blickten mit größter Spannung in die Ferne.

„Ja, es sind Reiter", sagte Maria.

„Es sind sehr viele", fügte der Haciendero hinzu. „Sie kommen näher. Gott, vielleicht ist mein Kind bei ihnen!"

Er legte den Kopf zurück und schloß die Augen. Aber sein Ohr blieb offen. Da hörte er nahendes Brausen und dann den Hufschlag vieler Pferde, der wie dumpfer Donner heranrollte.

Es war ein ganzes Heer, das herangaloppiert kam, Weiße und Apatschen. Die Mixtekas hatten sich auf ihre Pferde geworfen, um sie zu empfangen. Man hörte ein jubelndes Heulen, unterbrochen von durchdringendem Gewieher der feurigen Pferde. Dann kam ein schneller Männerschritt von der Treppe her auf die Tür zu, die geöffnet wurde. Arbellez richtete die Augen auf den Eintretenden.

„Juarez", flüsterte er, matt vor Erregung.

„Der Präsident", rief Maria Hermoyes.

„Ja, ich bin es", sagte der Zapoteke. *„Buenos dias,* Señor Arbellez! Wie ist es Euch ergangen?"

„Schlimm, sehr schlimm, Señor", antwortete Maria. „Josefa Cortejo hatte ihn in den Keller geworfen, wo er verhungern sollte. Unser guter Herr hat Fürchterliches ausgestanden."

Juarez zog die Brauen zusammen, er wollte fragen, wurde jedoch daran gehindert, denn von der Tür her erscholl ein jauchzender Schrei.

„Vater!"

„Emma, mein Kind."

Der alte, kranke Haciendero wollte diese Worte sprechen, aber sie erstarben ihm auf der Zunge. Er hielt die Augen noch geschlossen, aber er öffnete die Arme. Im nächsten Augenblick hielten sich die beiden wortlos umschlungen, desto reichlicher aber flossen die Tränen. Da nahm Juarez die Alte bei der Hand und zog sie aus dem Zimmer.

„Lassen wir sie allein", sagte er draußen zu Maria. „Dieser selige Augenblick ist ihr heiliges Eigentum, das wir ihnen nicht stehlen dürfen. Aber sagt mir doch, Señora, wo ist Señor Sternau?"

„Der ist fort", berichtete sie. „Ebenso Büffelstirn, Bärenherz und die andern. Wohin, weiß man nicht."

„Sie müssen es aber doch gesagt haben, wenn sie die Hacienda auf einige Zeit verlassen haben."

„Nein. Sie konnten es nicht sagen, denn sie wußten es selber noch nicht. Sie sind der Josefa Cortejo nachgejagt."

Maria erzählte in fliegender Eile, soviel sie wußte. Da kam auch Karja, die Indianerin. Sie ging mit Maria Hermoyes hinein zu Vater und Tochter, um Arbellez zu begrüßen, während Juarez sich seinen Pflichten widmen mußte.

Auch Lord Dryden war mitgekommen. Der Engländer stand eine halbe Stunde später mit Juarez im Zimmer, das dieser für sich ausgesucht hatte, als Wieherndes Pferd, der zweite Häuptling der Mixtekas, bei ihnen eintrat, mit Papieren in der Hand.

„Was bringt mein Bruder da?" fragte der Präsident.

„Briefe für dich, von Señor Sternau. Ein Mädchen hat sie ihm übergeben. Er ritt den Feinden nach und traf unterwegs dieses Mädchen. Bevor er weitereilte, sandte er mir die Briefe für dich."

Es waren eigentlich nicht Briefe, sondern Emilias Abschriften aus dem geheimen Briefwechsel des alten Hilario. Der Mixteka entfernte sich wieder. Juarez unterwarf die Schreiben einer Durchsicht, die zunächst nur schnell und oberflächlich werden sollte. Aber nach einigen Augenblicken bemerkte der Engländer die außerordentliche Spannung, die sich auf dem eisernen Gesicht des Zapoteken ausdrückte. Er hütete sich daher, ihn zu stören.

Endlich steckte Juarez die Papiere ein. „Verzeihung, Señor", bat er, „aber es war wirklich zu wichtig."

„Nachrichten von Sternau?"

„Nur durch ihn übersandt. Ich habe Euch schon von jener Señorita Emilia erzählt?"

„Eurer Spionin?"

„Eigentlich möchte ich sie lieber meine Verbündete nennen. Ich habe ihr viel zu verdanken, und nun hat sie von neuem einen Streich ausgeführt, der nur ihr gelingen konnte. Ich muß noch heute die Hacienda verlassen, um gradeswegs auf Durango loszugehen."

„Das ist gewagt."

„Nicht im mindesten. Ich habe hier Abschriften von Briefen aus allen Heerlagern, wo man mich erwartet, um mich glänzend zu empfangen. Man harrt bloß auf mein Erscheinen, um loszuschlagen. Hier, lest, Señor!"

Juarez gab dem Engländer die Papiere, und dieser flog sie durch. „Könnt Ihr Euch auf die Wahrheit dieser Abschriften und der ihnen zugrunde gelegenen Urschriften verlassen?"

„Vollständig!"

„So sind die Nachrichten wirklich sehr wichtig und erfreulich. Ja, Ihr dürft keine Zeit verlieren, Ihr müßt aufbrechen. Aber ich —"

„Ihr ruht aus und kommt mir nach, sobald Señor Sternau wieder eingetroffen ist."

„Ihr glaubt, daß er wieder zur Hacienda kommt?"

„Ganz gewiß. Er wird nicht ruhen, bis er Cortejo und dessen Tochter gefangen hat. Die Tragödie der Rodrigandas wird dann ausgespielt sein, und Ihr könnt überzeugt sein, daß ich die Schuldigen einem strengen Urteil unterwerfen werde."

Und wirklich verließ der Präsident am selben Nachmittag die Hacienda wieder. Er nahm seine Truppen mit, ließ aber eine kleine Besatzung zurück, da hier ein Stützpunkt sein sollte, um mit dem Nordosten des Landes in Verbindung zu bleiben.

7. *Eine Wette*

In einem der feinsten Weinhäuser Berlins, das nicht weit vom Tiergarten gelegen war und ausschließlich von Offizieren und hochgestellten Beamten besucht wurde, saß eines Sonntags eine Reihe junger Leute beisammen, die, nach ihren Uniformen zu schließen, den verschiedensten Truppengattungen angehörten. Sie hatten sich zu einem Frühstück zusammengefunden und wurden von dem genossenen

Wein in eine angeheiterte Stimmung versetzt. Dieses Frühstück war die Folge einer Wette.

Leutnant v. Ravenow, der bei den Gardehusaren stand, besaß ein ungeheures Vermögen, war als der hübscheste und flotteste Offizier bekannt und erfreute sich einer solchen Beliebtheit bei den Damen, daß er sich rühmte, niemals einen Korb bekommen zu haben. Nun hatte sich vor einiger Zeit ein russischer Knäs[1] in Berlin niedergelassen, dessen Tochter eine seltene Schönheit war und deshalb von der jungen Herrenwelt vielfach umworben wurde. Sie schien diese Bewerbungen gar nicht zu bemerken und wies jede Annäherung so stolz und nachdrücklich zurück, daß sie allgemein für eine Männerfeindin gehalten wurde. Auch Leutnant v. Golzen, der beim gleichen Regiment stand, hatte sich eine öffentliche und darum höchst unangenehme Zurückweisung geholt und war infolgedessen von seinen Kameraden ausgelacht worden. Der fleißigste Lacher war v. Ravenow gewesen, und um sich zu rächen, hatte Golzen ihm angeboten, um ein Frühstück zu wetten, daß auch er sich einen Korb holen werde. Ravenow hatte die Wette sofort angenommen — und gewonnen, denn er ging seit einigen Tagen in Gesellschaft der Russin aus, und es war erwiesen, daß sie ihm ihre Zuneigung widmete.

Heute nun hatte Golzen die Wette zu bezahlen, und die Kameraden sorgten in ausgelassener Weise dafür, daß zu dem Schaden auch der Spott nicht fehlte.

„Ja, Golzen, es geht dir grad wie mir!" schnarrte ein langer, spindeldürrer Leutnant, der die Schützenuniform trug. „Uns beiden bleibt Hymens Gunst versagt, aus welchem Grund, das mag der Teufel wissen!"

„Pah!" lachte der Angeredete. „Bei dir ist es leicht erklärlich, daß du kein Glück bei den Damen hast. Geh erst mal nach Haus und laß dich von Muttern gehörig herausfüttern, denn solch einen ausgesprochenen ‚Dürrländer' wie dich kann man wahrlich keiner Dame zumuten! Was aber mich betrifft, so fühle ich meinen Stolz nicht im mindesten verwundet. Ich habe zwar meine Wette verloren, doch nicht um eines Korbes willen, sondern weil Ravenow keinen erhalten hat. Ich bin überzeugt, daß auch er seine Meisterin finden wird, die ihn zum Rückzug zwingt."

„Ich?" fragte Ravenow. „Wo denkst du hin! Ich bin abermals bereit, jede Wette einzugehen, daß ich überall siege."

„Oho!" klang es im Kreis.

„Ja", wiederholte er. „Eine jede Wette und ein jedes Mädchen. Bitte!"

Dabei stellte er sich stramm vor Golzen hin, wie vor einen Vorgesetzten, von dem er einen Befehl erwartete, blickte aber dann

[1] Fürst

herausfordernd umher. Seine geröteten Wangen bewiesen, daß er dem Wein nicht mäßig zugesprochen hatte, und so mochte es kommen, daß er seine Erfahrungen höher anschlug, als er durfte. Golzen erhob warnend den Finger und sagte:

„Nimm dich in acht, mein Lieber, sonst halte ich dich beim Wort!"

„Tu es!" rief Ravenow. „Nimmst du mich nicht beim Wort, so erkläre ich, daß du dich scheust, ein zweites Frühstück zu bezahlen!"

In den Augen Golzens blitzte es auf. Er fuhr empor und fragte:

„Jede Wette gehst du ein?"

„Jede", lautete die schnelle, übermütige Antwort.

„Nun wohl! Ich setze meinen Fuchs gegen deinen Araber!"

„Donnerwetter!" rief da Ravenow. „Das ist verteufelt ungleich, aber ich darf nicht zurück. Angenommen also. Welches Mädchen?"

Ein spöttisches Lächeln breitete sich um die Lippen Golzens, und er erwiderte:

„Ein Mädchen, das da unten am Haus vorübergeht. Ich werde dir die Betreffende bezeichnen."

Ein lautes Gelächter erscholl, und einer der Anwesenden meinte:

„Bravo! Golzen will seinen Fuchs opfern, damit Ravenow sich den großen Ruhm erwirbt, irgendeine Nähmamsell oder ein Ladenmädchen erobert zu haben."

„Halt, ich lege mein Veto ein!" meinte Ravenow. „Ich habe zwar gesagt, jedes Mädchen, aber man wird mir wenigstens eine Beschränkung erlauben: muß es durchaus eine Fremde sein, so bedinge ich mir aus, daß nur unter denen gewählt werde, die vorüberfahren, nicht aber gehen."

„Angenommen!" stimmte Golzen bei. „Ich mache dir sogar das Zugeständnis, daß ich nicht einmal die Insassin einer Droschke bezeichnen werde."

„Ich danke dir!" nickte Ravenow befriedigt. „Wieviel Zeit gibst du mir zur Eroberung der Feste?"

„Fünf Tage von heut an."

„Einverstanden! Mag also der Angriff beginnen, Zeit habe ich!"

Ravenow erhob sich von seinem Platz und schnallte sich den Säbel um. Man bemerkte es kaum, daß die Geister des Weins in ihm spukten, und wer ihn so dastehn sah mit pfiffig selbstbewußtem Ausdruck seines hübschen Gesichts, der zweifelte nicht daran, daß es ihm nicht allzu schwer sein werde, seine Vorzüge zur Geltung zu bringen.

Von diesem Augenblick an herrschte große Spannung im Zimmer. Die Herren standen an den Fenstern und beobachteten die Insassen der vorüberfahrenden Wagen. Welche der Dame, die vorüberrollten, würde Golzen wählen? Eine solche Wette war noch nie dagewesen.

„Großartig! Schneidig! Unglaublich! Außerordentlich! Verwegen!" Das waren einzelne Ausrufe, mit denen man der Spannung Luft zu machen suchte, bis ein kleiner Füsilierleutnant ein andres Wort ausstieß, indem er näher an das Fenster trat und rief:

„Ah, herrlich! Eine wirkliche Schönheit!"

„Wo?" ertönte die Frage.

„Dort an der Ecke, das Gespann mit den Trakehnern", ereiferte er sich.

„Ah, wahrhaftig, du hast recht!" rief ein zweiter. „Wer mag das sein?"

Das bezeichnete Gespann kam im Schritt herangerollt. Im Hintergrund des Wagens saß neben einer ältlichen Dame ein junges Mädchen von soeben erst erblühter Schönheit. Ihr Gesichtchen war von der zarten Röte der Jugend überhaucht, ihr volles, schönes Haar fiel in zwei starken, langen Zöpfen auf den Sitz herab. Ihre Züge waren rein, kindlich und unbefangen.

„Herrlich! Unvergleichlich! Wer ist sie? Unbekannt! Ein prachtvolles Geschöpf!"

So rief es rundum. Leutnant von Golzen drehte sich um, zeigte auf den Wagen und rief:

„Ravenow, diese hier!"

„Ah, einverstanden, ganz und gar einverstanden!" rief dieser beinah jubelnd.

Dann zupfte er seine Uniform zurecht, warf einen Blick in den Spiegel und eilte hinaus.

„Ein Glückspilz, auf Ehre!" schnarrte der lange Gardeschütze, indem er ihm neidisch nachblickte. „Ich bin doch begierig, wie er es anfangen wird!"

„Pah, er wird ihnen in einer Droschke nachfahren, um zunächst ihre Wohnung zu ermitteln", meinte einer der Herren.

Golzen lachte kühl. „Und dabei einen Tag versäumen. Nein, er wird Sorge tragen, mit ihnen bereits heut in ein Gespräch zu kommen."

„Wie wird er dies anfangen?"

„Das laßt seine Sorge sein! Er hat in diesem Punkt Erfahrung genug, und um einen Araber zu retten, strengt man schon seine Erfindungsgabe an."

„Ah, er nimmt wirklich eine Droschke und fährt ihnen nach. Wer doch dabei sein könnte!" —

Ravenow gebot dem Kutscher, den Wagen, der von zwei Trakehnern gezogen wurde, zu verfolgen. Die beiden Fuhrwerke bogen in den Tiergarten ein, und es wurde ersichtlich, daß die Damen eine Spazierfahrt durch diesen beabsichtigten. Als man eine wenig belebte Allee erreichte, befahl der Leutnant dem Kutscher, das Gefährt zu überholen, griff aber in die Tasche, um ihn zu bezahlen. Als die Droschke an den Damen vorüberrollte, bog er sich seitwärts zu ihnen hin und machte ein überraschtes Gesicht. Er grüßte in einer Weise, als begegne er Bekannten, winkte dem Kutscher des Wagens zu halten, und sprang zu gleicher Zeit aus dem seinen, der sofort umlenkte und zurückkehrte. Der andre Wagen hielt.

„Weiter!" gebot der Leutnant, und während der Wagen sich wieder in Bewegung setzte, hatte er den Schlag geöffnet und stieg ohne Umstände ein, um sich hier mit einem vor Freude strahlenden Gesicht auf den Sitz niederzulassen und sich ganz so zu stellen, als ob er die erstaunten, ja entrüsteten Mienen der beiden Damen gar nicht bemerke. Dann streckte er dem Mädchen beide Hände entgegen und rief mit gut gespielter Begeisterung:

„Paula, ist's möglich? Welch ein Zusammentreffen! Sie sind in Berlin? Warum haben Sie mir nicht vorher geschrieben?"

„Mein Herr, Sie scheinen uns zu verkennen!" sagte die ältere Dame sehr ernst.

Ravenow machte ein Gesicht, das teils Überraschung ausdrückte, teils die Vermutung aussprach, daß man mit ihm scherzen wolle. „Ah, gnädige Frau, Verzeihung! Wie es scheint, habe ich allerdings noch nicht die Ehre, von Ihnen gekannt zu sein, Paula jedoch wird diesen Umstand gern beseitigen." Und sich zu der jungen Dame wendend, bat er: „Bitte, mein gnädiges Fräulein, haben Sie die Güte, mich dieser Dame vorzustellen!"

Aus den tiefen, ernsten Augen des Mädchens fiel ein forschender Blick auf ihn, und er hörte eine klangvolle Stimme: „Das ist mir unmöglich, denn ich kenne Sie nicht. Wer sind Sie?"

Da fuhr er mit dem Ausdruck der höchsten Befremdung zurück und sagte: „Wie, Sie verleugnen mich, Paula? Womit habe ich das verdient? Ah, ich vergesse, daß Sie immer gern ein wenig zu scherzen belieben!"

Wieder traf ihn ein forschender Blick, aber finstrer als vorher, und als sie antwortete, sprach sich eine so hoheitsvolle Zurückweisung in dem Ton aus, daß er sich höchst überrascht fühlte.

„Ich scherze nie mit Personen, die ich nicht kenne oder nicht zu kennen wünsche, mein Herr. Ich hoffe, daß es nichts andres ist als eine mir allerdings unangenehme Ähnlichkeit, die Sie veranlaßt, unsern Wagen so ohne alle weiteren Umstände zu überfallen, und bitte Sie, sich vorzustellen!"

Es gelang ihm gut, große Bestürzung zu heucheln, und mit ebenso gut gespielter Hastigkeit erwiderte er:

„Ah, wirklich? Mein Gott, sollte ich mich denn tatsächlich täuschen! Aber dann wäre ja diese Ähnlichkeit so verblüffend, wie ich sie nie für möglich gehalten hätte. Doch das Rätsel muß sich ja gleich lösen." Und mit doppelter Verbeugung gegen beide Damen, fügte er hinzu: „Mein Name ist Graf Hugo von Ravenow, Leutnant bei den Gardehusaren Seiner Majestät."

„So bestätigt es sich, daß wir Sie nicht kennen", sagte das Mädchen. „Mein Name ist Rosa Sternau, und diese Dame ist meine Großmama."

„Rosa Sternau?" fragte er scheinbar erschrocken. „Ist dies denn wirklich möglich? Sie sehen mich peinlich überrascht, meine Damen! Ich bin allerdings das Opfer einer ganz unglaublichen Ähnlichkeit und ersuche Sie höflichst, mir zu verzeihen!"

„Wenn es sich wirklich um eine solche Ähnlichkeit handelt, so müssen wir schon vergeben", entgegnete Rosa, aber in ihrem Blick sprachen sich deutliche Zweifel aus. „Darf ich Sie um die Mitteilung ersuchen, wer meine Doppelgängerin ist?"

„Gewiß, gewiß, Fräulein Sternau! Es ist meine Base Marsfelden."

„Marsfelden?" fragte Rosa, indem ein eigentümlicher Blick von ihr hinüber zu ihrer Großmutter glitt. „Wo befindet sich diese Base, die also Paula von Marsfelden heißt?"

Das Gesicht des Leutnants klärte sich auf. Er vermutete aus der an ihn gerichteten Frage, daß die Dame bereit sei, auf ein Gespräch mit ihm einzugehen, und das war es, was er beabsichtigt hatte. Er glaubte überhaupt, leichtes Spiel zu haben. Die Damen hießen einfach Sternau, waren also bürgerlich, und welches Mädchen aus gewöhnlichem Stand wäre nicht glücklich, einen Gardeleutnant kennenzulernen, der noch dazu ein Graf war. Er entgegnete darum unbefangen:

„Ja, Paula von Marsfelden. Sie wohnt in Darmstadt. Daher wunderte ich mich, sie hier in Berlin zu sehen. Ich muß ihr wirklich heut gleich schreiben, daß es in der Hauptstadt ein so schönes und bewundernswertes Ebenbild von ihr gibt."

Es lag ein höchst zurückweisendes Lächeln um den kleinen Mund des Mädchens, als es jetzt antwortete:

„Ich ersuche Sie, sich diese Mühe zu ersparen!"

„Warum, mein Fräulein?"

„Weil ich selber Fräulein von Marsfelden davon benachrichtigen werde."

„Sie selber? Aus welchem Grund?"

„Weil diese Dame meine Freundin ist."

„Ah!"

Diese Silbe klang fast wie ein Ruf des Schrecks. Dieses Mädchen kannte jene Dame, deren Namen er genannt hatte, nur weil ihm kein andrer eingefallen war. Paula von Marsfelden war mit ihm nicht im geringsten verwandt, er hatte sie nur seine Base genannt, um einen Grund für die unverfrorene Beschlagnahme des Wagens zu haben.

„Sie erschrecken?" sagte Rosa mit stolzer Kälte. „Ich habe mich also in Ihnen nicht getäuscht. Mein Herr, Sie sind zwar Graf und Offizier, aber kein Kavalier!"

„Fräulein!" brauste er auf.

„Herr Leutnant!" entgegnete das Mädchen mit tiefster Verachtung.

„Wären Sie ein Mann, so müßten Sie mir sofort Genugtuung geben! Kann ich für eine Ähnlichkeit, die der einzige Grund meines Irrtums ist?"

„Schweigen Sie! Wäre ich ein Mann, so würde ich mich nur mit einem ehrenhaften Gegner schlagen. Ob Sie aber wie ein Ehrenmann gehandelt haben, darüber befragen Sie, bitte, Ihr Gewissen. Und was die Ähnlichkeit betrifft, auf die Sie sich zu stützen suchen, so ist sie eine große Unwahrheit. Fräulein von Marsfelden sieht mir ebensowenig ähnlich, wie Sie sich mit einem Ehrenmann vergleichen lassen. Sie haben einfach ein wohlfeiles Abenteuer gesucht. Sie haben es gefunden, wenn auch in andrer Weise, als Sie es dachten. Sie sehen jedenfalls ein, daß Ihre mehr als zweifelhafte Rolle ausgespielt ist, und darum ersuche ich Sie, uns zu verlassen!"

Das war eine Abfertigung, wie der Leutnant noch keine erfahren hatte. Aber er war nicht gewillt, sich auf diese Weise den Laufpaß geben zu lassen. Sollte er gleich am Anfang des Abenteuers seine Wette verloren geben? Nein, dazu war ihm sein Pferd zu kostbar.

„Nun wohl, gnädiges Fräulein, ich muß Ihnen teilweise recht geben. Ich befinde mich in einer Lage, die mir keine Wahl läßt, und sehe mich gezwungen, Ihnen die Wahrheit zu bekennen, selbst auf die Gefahr hin, den größten Fehler zu begehen und Ihren gegenwärtigen Zorn noch zu vergrößern."

„Zorn", lächelte Rosa überlegen. „Nein, von Zorn ist keine Rede. Sie haben sich nicht meinen Zorn, sondern nur meine Verachtung erworben. Ich begreife nicht, was Sie mir noch zu sagen haben könnten, verzichte auf jede weitere Mitteilung und ersuche Sie abermals, den Wagen zu verlassen!"

„Nein und abermals nein!" widerstrebte er. „Sie müssen meine Verteidigung hören!"

„Müssen! Ah! Wir werden ja sehen, ob ich muß!"

Ihr Auge blickte suchend die Allee entlang, während der Leutnant weiterschwatzte:

„Die Wahrheit ist die, daß ich Ihnen schon wochenlang folge, seit ich Sie hier zum erstenmal erblickt habe. Ihr Anblick hat mein Herz mit Gefühlen —"

Da wurde er von einem silberhellen Lachen unterbrochen. „Sie folgen mir wochenlang?"

„Ja, meine Gnädigste!" beteuerte er.

„Hier in Berlin?"

„Ja", antwortete er etwas kleinlauter.

„Nun, so will ich Ihnen sagen", entgegnete Rosa, „daß Sie abermals lügen. Ich war noch nie in Berlin und befinde mich erst seit gestern hier. Ich bedaure die Männer, die gezwungen sind, Sie Kamerad nennen zu müssen, und befehle Ihnen nun wirklich zum letztenmal, unsern Wagen zu verlassen."

„Ich werde nicht eher gehen, als bis ich mich gerechtfertigt habe, und wollen Sie mich nicht hören, so werde ich bleiben, um Ihre Wohnung zu erfahren, und Sie dort aufsuchen, um mich zu verteidigen."

Da blitzte ihr Auge auf, und mit der höchsten Geringschätzung sagte sie:

„Ah, Sie denken, daß zwei Damen zu schwach sind, sich zu verteidigen? Ich werde Ihnen das Gegenteil beweisen. Johann, halte an!"

Der Kutscher gehorchte. Der Wagen hielt an der Stelle, wo sich der von Rosa erblickte Schutzmann befand, doch konnte der Leutnant, da er mit dem Rücken vorwärts saß, den Polizisten nicht sehen. Er lehnte sich nachlässig in den Sitz zurück und beschloß *va banque* zu spielen.

„Schutzmann, bitte, treten Sie näher!" rief Rosa.

Da drehte sich der Leutnant schnell um. Als er den Näherkommenden sah, erriet er die Absicht des Mädchens und konnte die Röte der Verlegenheit nicht verbergen, die sich über sein erschrockenes Gesicht breitete. Er öffnete schon den Mund, um durch irgendeine geistesgegenwärtige Bemerkung der Gefahr die Spitze zu nehmen, aber Rosa kam ihm zuvor.

„Schutzmann", sagte sie, „dieser Mensch hat uns im Wagen überfallen und ist nicht wieder hinwegzubringen. Helfen Sie uns!"

Der Polizist warf einen erstaunten Blick auf den Offizier. Dieser erkannte, daß er sich nur durch einen schleunigen Rückzug vor unangenehmen Weiterungen bewahren könne. Er stieg aus und sagte:

„Die Dame scherzt nur, aber ich werde dafür sorgen, daß sie ernster wird."

Damit schritt er drohenden Blicks davon.

„So sind wir befreit. Ich danke Ihnen!"

Mit diesen an den Schutzmann gerichteten Worten winkte Rosa dem Kutscher, die unterbrochene Fahrt fortzusetzen. Der Leutnant fühlte sich gedemütigt, wie noch nie in seinem Leben. Er knirschte vor Wut. Dieser Backfisch sollte ihm die Abfertigung entgelten! Da erblickte er einen leeren Wagen, der ihm entgegenkam. Er wandte sich sofort wieder um, ließ ihn heranrollen, stieg ein und befahl dem Rosselenker, dem Gespann zu folgen, das in der Ferne noch zu erkennen war. Er wollte um jeden Preis erfahren, wo die Damen wohnten. Die Fahrt ging durch einen großen Teil des Tiergartens und dann in die Stadt zurück. Der Wagen hielt in einer der belebtesten Straßen vor einem villenähnlichen Gebäude. Die Damen stiegen aus, empfangen von einem livrierten Lakaien, und der Wagen fuhr in den Torweg ein. Ravenow hatte genug gesehen. Er bemerkte dem Haus gegenüber eine Wirtschaft, wo er seine Erkundigungen einzuziehen beschloß.

Nun ließ er sich in seine Wohnung fahren. Dort vertauschte er seine Uniform mit einem einfachen Zivilanzug und suchte das Schanklokal auf, sicher, daß man ihn vom gegenüberliegenden Haus her nicht erkennen werde. Der Weinrausch war ihm schnell genug vergangen, so daß er es recht gut wagen konnte, einige Glas Bier zu trinken, um zu erfahren, was er gern wissen wollte. Leider aber befand sich der Wirt allein in dem Lokal, und dieser schien ein mürrischer, verschlossener und wortkarger Mann zu sein, so daß Ravenow es vorzog, auf eine bessere Gelegenheit zu warten.

Seine Geduld sollte auf eine nicht zu lange Probe gestellt werden, denn er sah einen Mann drüben aus dem Haus treten, der über die Straße herüber und ins Schanklokal kam. Er bestellte sich ein Glas Bier, nahm ein Zeitungsblatt, legte es aber bald wieder weg und blickte sich im Zimmer um, als suche er eine bessere Unterhaltung als die Zeitung. Diese Gelegenheit ergriff der Leutnant. Er vermutete aus der Haltung des Mannes, daß dieser Soldat gewesen war, und beschloß, ihn als Kameraden zu behandeln. So begann er also ein Gespräch mit ihm, und es dauerte nicht lange, so saßen die beiden beisammen und sprachen von Krieg und Frieden und allem, was am Biertisch Gesprächsstoff zu sein pflegt.

„Hören Sie", meinte endlich der Leutnant, „nach dem, wie Sie sich ausdrücken, scheinen Sie beim Militär gewesen zu sein."

„Das will ich meinen, ich war Unteroffizier", lautete die Antwort.

„Ah, ich bin auch Unteroffizier!"

„Sie?" fragte der andre, indem er die Hände und die ganze Gestalt seines Gegenüber erst jetzt sorgfältig musterte. „Hm! Warum tragen Sie keine Uniform?"

„Ich bin beurlaubt."

„So! Hm! Und was sind Sie denn sonst?"

Man hörte dem Ton seiner Stimme an, daß er nicht so recht an den Unteroffizier glaubte. Ravenow trug zwar Zivil, aber der Offizier war ihm dennoch auf hundert Schritt anzusehen.

„Kaufmann", antwortete er. „Wie heißen Sie?"

„Mein Name ist Ludwig, nämlich Ludwig Straubenberger dahier."

„Wohnen Sie in Berlin?"

„Das versteht sich. Ich hause da drüben in der Villa des Grafen von Rodriganda."

„Ah, diese Villa gehört einem Grafen?"

„Ja, einem spanischen, er hat sie erst vor kurzer Zeit gekauft."

„Hat er viel Dienerschaft?"

„Hm, nicht übermäßig."

„Heißt vielleicht einer seiner Beamten Sternau?"

Ludwig, der alte Jägerbursche, wurde aufmerksam. Er war ein einfacher Naturmensch, aber mit dem Scharfsinn dieser Art von Leuten erriet er sofort, daß er ausgehorcht werden solle. Dieser Mann, der sich für einen Unteroffizier ausgab, schien mehr zu sein, und da Ludwig soeben vom Kutscher erfahren hatte, was im Tiergarten geschehen war, so nahm er sich vor, sich nicht überlisten zu lassen.

„Sternau?" sagte er. „Ja."

„Was ist der Mann?"

„Kutscher."

„Alle Teufel, Kutscher! Hat er eine Frau und eine Tochter?"

„Das versteht sich dahier."

„Sind es die beiden Damen, die vorhin im Tiergarten spazierenfuhren? Aber die sahen doch wahrhaftig nicht wie die Frau und die Tochter eines Kutschers aus."

„Warum nicht? Der Graf bezahlt seine Leute so gut, daß ihre Weiber und Töchter schon Aufputz machen können. Übrigens sind sie nicht, was man so nennt, spazierengefahren dahier. Der Sternau sollte die neuen Trakehner einfahren, und da es gleich ist, ob der Wagen leer geht oder nicht, so hat er eben seine beiden Weibsen mitgenommen."

„Donnerwetter! Ja, grob wie Fuhrmannsweiber waren sie!" entfuhr es dem Leutnant.

„Ah, grob sind sie gewesen? Haben Sie das gehört dahier?"

Bei dieser Frage blickte Ludwig dem Leutnant mit einem unendlich pfiffigen Ausdruck ins Gesicht. Dieser sah ein, daß er eine große Unvorsichtigkeit begangen habe, und versuchte einzulenken:

„Ja, etwas habe ich gehört. Ich war im Tiergarten. Grad vor mir hielt eine Kutsche, ein Offizier mußte aussteigen und wurde von den beiden Frauen auf das boshafteste beschämt."

„So! Hm! Und woher wissen Sie, daß diese Frauen Sternau heißen, he?"

„Sie nannten dem Schutzmann, der dabeistand, ihren Namen."

„Und wie kommen Sie nun sogleich hierher und fragen mich nach ihnen?"

„Der reine Zufall!"

„Zufall, schön! Da nehmen Sie sich ja in acht, daß hier diese meine Hand nicht vielleicht an Ihre Backen klatscht, natürlich auch bloß aus Zufall!"

„Oho, was soll das heißen?"

„Das soll heißen, daß sich der Ludwig Straubenberger nicht für einen Narren halten läßt. Sie hätten mir ganz das Aussehen eines Unteroffiziers dahier! Sie sind jedenfalls der Leutnant selber, der

Luftikus, dem die ‚Fuhrmannsweiber' so hübsch heimgeleuchtet haben. Nun kommen Sie hierher, um zu spionieren und die Gelegenheit weiter zu verfolgen. Aber davon lassen Sie ab, denn Sie tragen doch weiter nichts davon als einen tüchtigen Buckel voll Prügel dahier. In Beziehung auf Keile bin ich gleich bei der Hand, das merken Sie sich! Jetzt geh' ich fort, in fünf Minuten komme ich wieder, ich bringe den Kutscher mit und noch einige andre, die sich gern ein Gaudium machen. Werden Sie vom Kutscher erkannt, so gerben wir Ihnen Ihr Leder, bis es Löcher kriegt. Damit Punktum und guten Tag dahier!"

Nach dieser kräftigen Rede erhob sich der biedere Straubenberger, bezahlte sein Bier und ging. Er war kaum drüben im Torweg verschwunden, so verließ auch Ravenow die Schenke. Er spürte keine Lust, sich mit dieser Art von Leuten in einen Faustkampf einzulassen, und fluchte ingrimmig in sich hinein, daß sich heut alles gegen ihn verschworen zu haben schien. Daß Ludwig ihn bezüglich der beiden Frauen falsch berichtet hatte, ahnte er nicht.

Mittlerweile war die Zeit gekommen, in der die unverheirateten Offiziere sich in ihren Kasinos versammeln, um zu Mittag zu speisen. Ravenow stellte sich ebenfalls ein. Unter den Anwesenden war von seiner Wette gesprochen worden, und so wurde er mit hundert Fragen begrüßt. Er suchte ihre Beantwortung zu umgehen. Als man ihm aber keine Ruhe ließ und ihn aufforderte, sein Abenteuer zu erzählen, meinte er:

„Was soll ich weiter darüber sagen? Ich habe zwar volle fünf Tage Zeit, aber die Wette ist gewonnen."

„Beweise es, so bezahle ich sie noch heut!" erklärte Golzen, der auch schon zugegen war.

„Beweisen?" lachte Ravenow zynisch. „Was gibt es hier zu beweisen? Man wird mir doch wohl zutrauen, die Tochter eines Kutschers zu erobern."

„Eines Kutschers?" fragte Golzen erstaunt.

„Pah! Ihr Vater heißt Sternau und ist der Kutscher des Grafen von Rodriganda."

„Das kann ich nicht glauben. Diese Dame kann unmöglich die Tochter eines Kutschers sein."

„So geh und überzeuge dich!" erklärte Graf Ravenow von oben herab.

„Jawohl, das werde ich tun. Eine solche Schönheit ist es wert, daß man sich nach ihr erkundigt. Übrigens mußt du Beweise bringen, daß du bei ihr Erfolg hast. Ich werde den Fuchs nicht ohne weiteres von mir geben."

„Pah, so schenke ich ihn dir! Man kann nicht von mir verlangen, daß ich mich mit einem solchen Mädchen öffentlich zeige, nur um zu beweisen, daß sie mich mit ihrer hohen Zuneigung beglückt."

„Es handelt sich um eine Wette, also um einen Gewinn oder Verlust, nicht aber um ein Geschenk. Ich muß dich wirklich bitten, den Beweis zu liefern. In welcher Weise du das tust, ist lediglich deine Sache. Eine bloße Versicherung kann keine Wette endgültig entscheiden. Was meinen Sie, Kapitän? Sie sind hier fremd und also über den Parteien."

Diese Frage war an einen langen, hagern Mann gerichtet, der mit am Tisch saß. Er trug zwar Zivil, war als Kapitän Shaw von der Vereinigten-Staaten-Marine in die Räume des Kasinos eingeführt worden. Er mochte über sechzig zählen, hatte ein echtes Yankeegesicht und ließ verlauten, daß er vom Kongreß gesandt sei, um Einsicht in die Marineverhältnisse Deutschlands zu nehmen. Er war dem Gespräch erst mit Gleichgültigkeit gefolgt, hatte aber gelauscht, als er die Namen Rodriganda und Sternau hörte. Eben wollte er antworten, als sich die Tür öffnete und ein Oberleutnant der Gardehusaren eintrat, der Adjutant v. Branden. Er hatte ein etwas erhitztes Aussehen und warf seine Kopfbedeckung mit einer Miene auf den Stuhl, die deutlich zeigte, daß er sich in einer höchst verdrießlichen Stimmung befinde.

„Holla, Branden, was ist's?" fragte einer der Anwesenden. „Hat es etwa beim Alten eine Nase gegeben?"

„Das und noch andres", entgegnete der Ankömmling ärgerlich.

„Alle Teufel! Weshalb?"

„Das Regiment reitet schlecht, hat überhaupt keine schneidigen Offiziere mehr — so meinte der Oberst. Ich soll das den Herren unter vier Augen mitteilen, damit es ihnen nicht später öffentlich vor der Front gesagt werden muß."

Damit warf er sich auf seinen Sitz, ergriff das erste beste Weinglas und stürzte es hinab.

„Keine schneidigen Offiziere mehr! Hölle und Teufel! Darf man uns so kommen! Das lassen wir nicht auf uns sitzen!"

So und ähnlich rief es rund im Kreis. Man fühlte sich allgemein empört über die Nase, die nächstens vor der Front verlängert werden sollte. Der Adjutant nickte, stieß abermals eine Verwünschung aus und fügte grollend hinzu:

„Wenn man da oben eine solche Meinung von uns hat, so ist es nicht zu verwundern, daß das Gardeoffizierskorps jetzt aus den dunkelsten Elementen zusammengesetzt wird. Ich habe einen neuen Kameraden anzumelden."

„Ah! Für die Gardehusaren? An des verstorbenen von Wiersbickys Stelle? Wer ist es?"

„Ein hessen-darmstädtischer Linienleutnant."

„Alle Teufel! Einer von der Linie unter die Husaren! Und sogar in die Gardekavallerie? Noch dazu aus Hessen! Der Henker hole die neuen Verhältnisse!"

„Und den Namen müßt ihr hören, den Namen!"
„Wie heißt er?"
„Unger."
„Unger?" fragte Ravenow. „Kenne keine Familie Unger, auf Ehre, von Unger, hm, kenne wahrhaftig keine!"

„Ja, wenn es noch ein ‚von Unger' wäre!" meinte der Adjutant erbost. „Der Kerl heißt eben einfach Unger."

Da fuhren alle von ihren Sitzen empor. „Ein Bürgerlicher? Nicht von Adel?" fragte es durcheinander.

Der Adjutant nickte. „Ja, es scheint weit zu kommen mit der Gardekavallerie. Wenn mir der Grimm in den Kopf steigt, so fordere ich meinen Abschied. Ich dachte, mich rührt der schönste Nervenschlag, als ich das Nationale dieses neuen sogenannten Kameraden eintragen mußte. Der Kerl heißt Unger, ist fünfundzwanzig Jahre alt, diente in der Darmstädter Linie und hat einen Vater, der Pächter eines kleinen Vorwerks bei Mainz ist und nebenbei auf irgendeinem alten Kahn als Kapitän dient. Vermögen gibt es nicht, aber eine Gönnerschaft seitens des Großherzogs von Hessen scheint vorhanden zu sein. Der Major flucht über diesen Streich, den man uns spielt, der Oberst flucht, er ist außer sich über die Versetzung, aber alles Fluchen hilft nichts, denn der neue Leutnant ist uns von hoher Seite her beschert worden. Man muß ihn nehmen und dulden."

„Nehmen, aber keineswegs dulden!" rief Graf Ravenow. „Wenigstens was mich betrifft, so dulde ich keinen Bauern- oder Schifferjungen neben mir. Der Kerl muß aus dem Regiment hinausgeekelt werden."

„Jawohl, hinausgeekelt, das sind wir einander schuldig", stimmte ein andrer bei, und alle gaben ihm recht.

Man glaubt nicht, wie entwickelt dieser falsche Korpsgeist bei der Kavallerie und besonders bei der Gardekavallerie war. Bedingung für die Zugehörigkeit zum Offizierskorps eines Garde-Kavallerieregiments war der Adel, und daraus erklärt sich, daß der Eintritt von Kurt Unger eine ebenso tiefe wie allgemeine Entrüstung hervorrief. Man einigte sich wirklich zu dem festen, ausgesprochenen Entschluß, ihn aus dem Regiment hinauszugraulen.

Dabei blieb es, ohne daß man beachtete, mit welcher Aufmerksamkeit der amerikanische Kapitän dem Lauf der Unterhaltung folgte Zwar gab er sich Mühe, die Teilnahme, die er hegte, zu verbergen, aber trotz seines verschleierten Auges hätte man doch die Blitze bemerken können, die er zuweilen unter den dichten, buschigen Brauen hervorschoß.

„Und wann wird man diesen Phönix von einem Gardehusarenleutnant zu sehen bekommen?" fragte einer der Herren.

„Heut" antwortete der Adjutant. „Er muß seine Antrittsbesuche machen, wird im Lauf des Nachmittags beim Oberst vorsprechen, und dann werde ich wohl die Ehre haben, ihn des Abends hier den Kameraden vorzustellen."

„So erscheinen wir heut nicht", meinte Ravenow.

„Warum nicht, lieber Ravenow? Es würde zu nichts führen, denn die Stunde kommt doch, in der wir gezwungen sind, Stellung gegen ihn zu nehmen. Besser ist es auf jeden Fall, wir versammeln uns hier vollzählig und zeigen ihm sofort offen, was er von uns zu erwarten hat."

Dieser Vorschlag wurde begeistert angenommen, und so zog gegen den jungen Ankömmling ein Gewitter herauf, von dem er keine Ahnung hatte.

8. *Der bürgerliche Leutnant*

Kurt befand sich in Berlin. Roseta Sternau hatte sich, um ihre Einsamkeit auf Rheinswalden zuweilen zu unterbrechen und durch Abwechslung von traurigen Gedanken abgezogen zu werden, in Berlin eine Villa gekauft und verbrachte hier in jedem Jahr mehrere Wochen. Gestern war Don Manuel mit der alten Frau Sternau und seiner Enkelin angekommen. Erst heut morgen war es Kurt Unger möglich gewesen, von Darmstadt in Berlin einzutreffen. Er war kurz vorher in der Villa abgestiegen, ehe Frau Sternau mit Röschen von ihrer Spazierfahrt zurückgekehrt war.

Kurt war schon öfters zu militärischen Reisen verwendet worden. Er war erst seit einigen Tagen von einer solchen zurückgekehrt und hatte, von dienstlichen Pflichten zurückgehalten, noch nicht Zeit gefunden, nach Rheinswalden zu kommen. Und als er dann die Mutter und seinen alten Hauptmann v. Rodenstein besuchte, hörte er, daß Röschen diesmal nach Berlin mitgereist sei.

Jetzt stand er in seinem Zimmer in der Villa und legte die Paradeuniform an, um seine dienstlichen Besuche zu beginnen. Der Husarenrock stand ihm ausgezeichnet. Aus dem vielversprechenden Knaben war ein prächtiger junger Mann geworden. Zwar besaß seine Gestalt keine allzu große Ausdehnung in die Länge oder Breite, aber man sah es den kraftvollen Formen an, daß seine Muskeln und Nerven sich in einer ungewöhnlichen Schulung befunden hatten. Von dem tiefgebräunten untern Teil seines Gesichts stach die hohe, breite Stirn in eigentümlicher, aber keineswegs unschöner Weise ab. Über seinen Zügen lag ein Ernst ausgebreitet, der geeignet war, vor dem jugendlichen Offizier Achtung einzuflößen. Wer in seine offnen Augen blickte, kam sicherlich zur Überzeugung, daß er keinen Durchschnittsmenschen vor sich habe.

Da rollte der Wagen vors Tor. Kurt trat schnell ans Fenster, um einen Blick hinabzuwerfen, aber er konnte nur noch den Schatten der im Eingang verschwindenden Damen erkennen.

„Röschen", sagte er, indem ein glückliches Lächeln sich über seine Züge breitete. „Ah, wie lange habe ich sie nicht gesehen! Sie steht in dem Alter, in dem man sich in Wochen mehr verändert als sonst in Jahren. Ich muß sogleich zu ihr!"

Er stieg die Treppe hinab in das Empfangszimmer, in dem sich Don Manuel befand, um die beiden Damen bei ihrer Rückkehr zu empfangen. Hier im freien Raum des Zimmers, wo Röschens Erscheinung noch viel mehr zur Geltung kommen konnte als im engen Wagen, machte sie wirklich einen bezaubernden Eindruck. Sternau, ihr Vater, hatte sich ja durch eine hohe, mächtige Gestalt ausgezeichnet, und Roseta de Rodriganda, ihre Mutter, hatte sich in bezug auf Schönheit getrost mit jeder andern messen können. So war es also zu erwarten gewesen, daß die Tochter dieser beiden die vorzüglichsten Eigenschaften ihrer Eltern in sich vereinigen werde. Kurt blieb entzückt am Eingang stehen. Röschen hatte sich zu ihm umgedreht.

„Das ist ja Kurt, unser guter Kurt!" rief sie, indem sie auf ihn zueilte und ihm beide Hände zur Begrüßung entgegenstreckte.

Er versuchte den Eindruck, unter dem sein Herz jetzt erbebte, zu bemeistern, verbeugte sich tief vor ihr, nahm ihr Händchen und führte es an seine Lippen. Zu sprechen vermochte er noch kein Wort. Das Zittern seiner Stimme hätte ihn verraten. Sie blickte erstaunt auf ihn und zog die feingezeichneten Brauen ein wenig in die Höhe:

„So fremd und förmlich! Kennt der Herr Leutnant mich nicht mehr?"

„Sie nicht mehr kennen, gnädiges Fräulein?" fragte er, indem er sich mächtig zusammennahm. „Eher würde ich mich selber nicht mehr kennen."

„Gnädiges Fräulein und ,Sie'!" rief die junge Dame, dann schlug sie die Händchen zusammen und stieß ihr silbernes Lachen aus. „Ah, du erinnerst dich wohl plötzlich des Umstands, daß Mama eine Gräfin de Rodriganda war?"

„So ist es", entgegnete er verlegen.

„Kurt, warum hast du früher nicht an diese Verhältnisse gedacht? Ich bin Röschen gewesen, und du warst Kurt, so war es, und so bleibt es hoffentlich! Oder ist der Herr Leutnant stolz geworden, seit man ihn zu den Gardehusaren versetzt hat, wie ich höre?"

Erst jetzt betrachtete sie ihn genauer. Das schelmische Lächeln, das bisher zwei allerliebste Grübchen in ihre Wangen gegraben hatte, verschwand und machte einer feinen Röte Platz. Kurt hatte seine Aufwallung bemeistert. Mit einem treuen, leuchtenden Blick ergriff er ihre Hände, und in seinen Augen glänzte es, als er sagte:

„Ich danke dir, Röschen! Ich bin noch ganz der alte, voller Be

reitwilligkeit, für dich durch tausend Feuer zu gehen, oder mich um deinetwillen mit einer ganzen Armee von Feinden zu schlagen."
„Ja. Du hast dich immer für das mutwillige, undankbare Röschen aufgeopfert. Ich werde dich wohl nicht durchs Feuer jagen und auch nicht einer ganzen Armee von Feinden gegenüberstellen, obgleich ich wohl grad heute Veranlassung hätte, dir als meinem treuen Ritter das Schwert in die Hand zu drücken."
„Ah, ist's möglich, Röschen? Hat man dich beleidigt?" fragte er mit blitzenden Augen.
„Ein wenig", antwortete sie.
Jetzt griff auch Don Manuel in das Gespräch ein, indem er sich rasch erkundigte.
„Beleidigt bist du worden? Von wem, mein Kind?"
„Von einem Leutnant von Ravenow. Er steht bei den Gardehusaren, grad wie unser Kurt. Ich habe diesen nichtswürdigen Angriff übrigens siegreich zurückgeschlagen! Nicht wahr, Großmama?"
„Ja, das tatest du", bestätigte Frau Sternau. „Ich habe wirklich kaum geglaubt, daß dieses Kind gleich bei seinem ersten Schritt in die Welt eine solche Schlagfertigkeit entwickelt."
„Ich bin höchst wißbegierig", meinte Don Manuel. „Erzählt doch!"
Man nahm Platz, und nun berichtete Frau Sternau den Hergang der Sache. Der Graf bewahrte seine Ruhe, aber Kurt wurde sehr erregt. Als die Berichterstatterin geendet hatte, rief er aufspringend:
„Bei Gott, das ist stark! Dieser Mensch muß vor meine Klinge!"
Don Manuel wehrte mit einer Handbewegung ab und mahnte ernst:
„Das nicht, lieber Kurt. Du würdest dir gleich bei deinem Eintritt ins Offizierskorps die Kameraden zu Feinden machen."
„Was die Kameraden betrifft, so bin ich schon gewarnt worden, daß man bei meinem Eintritt wahrscheinlich Front gegen mich machen werde. Es herrscht bei der Garde bekanntlich der Brauch, bürgerliche Offiziere kaltzustellen. Eine Forderung gegen diesen Ravenow wird mir also nicht mehr Feinde erwecken, als ich ohnehin finden würde."
„Darüber läßt sich später sprechen", meinte der Graf begütigend. „Deine letzten Worte aber erinnern mich daran, daß die Stunde fast da ist, in der du beim Kriegsminister erscheinen sollst. Du bist bei ihm gut angeschrieben, hast dich ja durch deine bisherigen Leistungen bestens empfohlen und wirst also einen freundlichen Empfang finden. Ich wünsche, daß es bei deinem heutigen Rundgang überall der Fall sein möge!"
Damit war die Angelegenheit einstweilen erledigt, und Kurt verabschiedete sich, um die vorgeschriebenen Besuche bei seinen Vorgesetzten zu machen. Im stillen gelobte er sich, keinem der Offiziere die leiseste Trübung seiner Ehre zu gestatten und insbesondere diesem Ravenow bei erster bester Gelegenheit auf die Finger zu klopfen.

Es wurde nun für ihn ein hübscher Einspännerwagen bereit gehalten, den er bestieg, um die anstrengende Arbeit des sich Vorstellens schneller zu vollenden. Kurt fuhr zunächst zum Kriegsminister, denn er hatte den Befehl erhalten, sich bei diesem zu melden, was sonst bei jungen Offizieren, die nur an ihren Regimentskommandeur gewiesen sind, nicht der Fall ist. Dieser Umstand bewies ihm, daß man Gründe habe, mit ihm eine ehrenvolle Ausnahme zu machen. Und eine ganz außerordentliche Bevorzugung war es, daß er sogleich vorgelassen wurde, obwohl im Vorzimmer zahlreiche Personen auf Empfang warteten.

Der Minister empfing ihn freundlich, überflog seine Erscheinung mit einem befriedigten Lächeln und sagte:

„Sie sind noch jung, Herr Leutnant, aber Sie wurden mir empfohlen, und ich bin geneigt, diese Empfehlung zu berücksichtigen. Sie haben trotz Ihrer Jugend die militärischen Einrichtungen mehrerer Teile des Auslands eingehend studiert und kennengelernt. Ich habe Ihre bezüglichen Arbeiten gelesen und kann Ihnen meinen Beifall nicht versagen. Ich meine, daß Ihr Talent zu guten Hoffnungen berechtigt, und ich würde mich freuen, es erleben zu dürfen, daß Sie in den Großen Generalstab eintreten. Nicht verhehlen kann ich Ihnen, daß Sie in Ihrem neuen Regiment auf Schwierigkeiten stoßen werden, die sich auf die Überlieferung der Garde stützen mögen. Ich ersuche Sie, diese Schwierigkeiten so weit unbeachtet zu lassen, als es Ihre Offiziersehre möglich macht. Man wird Ihnen kalt und zurückweisend begegnen, und darum habe ich einige Zeilen verfaßt, die Sie ihrem Obersten überreichen sollen. Es ist das eine Ausnahme, die den Zweck hat, Ihnen die ersten Schritte zu erleichtern. Gehen Sie mit Gott und lassen Sie mich bald erfahren, daß Sie in Ihrem neuen Kreis an der rechten Stelle sind!"

Er gab Kurt einen versiegelten und an den Obersten gerichteten Brief und machte mit wohlwollender Miene das Zeichen der Entlassung. Dieser Anfang war ermutigend, leider aber zeigte sich die Fortsetzung als weniger erfreulich.

Kurt fuhr nunmehr in die Kaserne, um sich bei dem Regimentskommandeur dienstlich vorzustellen. Eine Ordonnanz meldete ihn an. Oberst v. Winslow saß an seinem Schreibtisch, damit beschäftigt, allerlei Schriftstücke zu unterzeichnen, während der Adjutant v. Branden danebenstand und ihm die einzelnen Sachen zureichte, die unterschriebenen löschte und in eine Mappe legte.

Als Kurt eintrat, blickte der Oberst nur flüchtig auf, etwas Unverständliches brummend, während der Adjutant mit kalter, förmlicher Verbeugung seinen Namen nannte, ohne dem andern die Hand zu reichen. Als der Kommandeur mit seiner Arbeit fertig war, stand er auf und sah den Leutnant ungnädig durch sein Einglas an.

„Etwas ungewöhnlich, ein hessischer Infanterist bei den Gardehusaren! Sie hätten sich das überlegen müssen, wir sind hier anspruchsvoll bei der Garde. Kennen Sie die Offiziere des Regiments?"

„Nein, Herr Oberst!"

„Nun, da Sie Junggeselle sind, müssen Sie ja im Kasino essen. Oberleutnant v. Branden wird dort das Weitere veranlassen."

„Ich wohne bei Bekannten und wollte gehorsamst um die Erlaubnis bitten, bei ihnen essen zu dürfen!"

Der Oberst wollte aufbrausen, da kam ihm ein Gedanke.

„Sie wissen, daß es eigentlich gegen die Vorschrift ist, aber man wird sehen. Jedenfalls — viel Freude werden Sie bei uns nicht erleben. Melden Sie sich morgen Punkt neun Uhr vor der Front zum Dienst! Jetzt sind Sie entlassen."

Da zog Kurt das Schreiben hervor und überreichte es mit einer dienstlichen Abschiedsbewegung:

„Zu Befehl, Herr Oberst! Zuvor aber überreiche ich Ihnen im Auftrag Seiner Exzellenz des Kriegsministers diese Zeilen."

Er drehte sich um und verließ sporenklirrend das Zimmer. Der Oberst hielt den Brief in der Hand, doch sein Auge ruhte auf dem Adjutanten.

„Ein unangenehmer Kerl", meinte dieser zornig.

„Ich kann nicht begreifen, daß die Exzellenz ihm eine dienstliche Zufertigung anvertraut hat. Oder sollte der Inhalt privater Natur sein? Will sehen!"

Er öffnete und las:

„Herr Oberst!

Überbringer ist von maßgebender Seite warm empfohlen. Ich erwarte, daß er von seinen Kameraden ebenso berücksichtigt werde, wie ich bereit bin, seine Fähigkeiten nach Prüfung anzuerkennen! Ich wünsche nicht, daß seine bürgerliche Abstammung ihn um das freundliche Willkommen bringt."

Der Oberst stand mit geöffnetem Mund da.

„Alle Teufel!" rief er. „Das ist ja eine Empfehlung vom Minister selber, eigenhändig geschrieben! Aber es kann mir nicht einfallen, eine solche Bresche in unsern aristokratischen Zirkel sprengen zu lassen. Hier hört selbst die Macht eines Ministers auf. Und dieser Unger ist trotz seines selbstbewußten Auftretens nicht der Mann, dem zuliebe man unsre alten, wohlberechtigten Regeln umstürzen möchte." —

Kurt fuhr dann noch zu seinen beiden unmittelbaren Vorgesetzten, dem Major und dem Rittmeister seiner Schwadron. Die Aufnahme war beleidigend kühl, geradezu geringschätzig. Er ahnte, daß ihm Schweres bevorstehen, daß sich im Regiment eine geschlossene Front gegen ihn bilden würde. Nur der junge Leutnant v. Platen, ein Verwandter des Majors, hatte ihn mit offner Kameradschaft begrüßt und dadurch schnell seine Zuneigung erworben, obwohl sie nur wenige Worte wechseln konnten. Platen mußte sich eine Zurechtweisung der andern gefallen lassen.

„Ich hoffe, Ihr gutes Herz wird Ihnen keinen Streich spielen, bester Platen", warnte der Major, nachdem Unger sich entfernt hatte.

„Mein gutes Herz wird nie etwas von mir fordern, was sich nicht mit meiner Ehre verträgt", antwortete der Leutnant etwas zweideutig. Die Erscheinung und das ganze Auftreten Kurts hatten ihn angenehm berührt, und er fühlte, daß er diesem neuen Kameraden nicht in ungerechter Feindseligkeit gegenübertreten könne.

Kurt kehrte nach Hause zurück, wo er Don Manuel erzählen mußte, wie er von den Herren empfangen worden war. Als er seinen Bericht beendet hatte, zuckte der Graf die Achseln und meinte lächelnd:

„Ich habe es so ziemlich erwartet. Die Garde ist in jedem Land das stolzeste Korps, und in einem Garderegiment, noch dazu in einem berittenen, zu dienen, gilt auch heute überall als ein Vorrecht des Adels."

„Aber ich habe mich doch nicht in diesen Kreis gedrängt", warf der junge Leutnant ein. „Ich komme nur dem Befehl nach, der mir erteilt wurde."

„Gewiß! Zu dieser Anschauung werden sich schließlich auch die Kameraden durchringen müssen, und außerdem bist du der Mann dazu, dir trotz des fehlenden ‚von' auch bei einem Gardekavallerieregiment die nötige Achtung zu verschaffen."

„Ich werde mein möglichstes tun, um ihrer hohen Meinung von mir gerecht zu werden."

„Ich bin fest davon überzeugt. Und soviel weiß ich auch als Ausländer von der preußischen Geschichte und vom preußischen Heer, daß Vorzüge der Geburt allein ohne persönliche Tüchtigkeit einen Mann nicht weiterbringen, und die preußischen Könige haben es immer verstanden, junkerlichen Hochmut, hinter dem keine Verdienste standen, in Schranken zu halten. Laß dich also durch das abweisende Betragen der Offiziere nicht beunruhigen, mein lieber Kurt. Übrigens erhielt ich während deiner Abwesenheit einige Zeilen vom Großherzog von Hessen, der sich in Berlin befindet, und —"

„Der Großherzog in Berlin?" unterbrach ihn Kurt schnell. „Wie kommt er hierher? Ich habe ihn ja erst vorgestern in Darmstadt gesprochen."

„Er ist telegraphisch zum König von Preußen gebeten worden Ich ersehe aus den Zeilen, daß es sich um irgendeine diplomatische, sehr dringende Angelegenheit handelt. Vielleicht bezieht sie sich auf die Neustellung Hessens zu Preußen, dem es ja im beendeten Krieg feindlich gegenübergestanden hat; vielleicht aber handelt es sich auch um weitläufigere Dinge. Dieser Herr von Bismarck ist ein außerordentlicher Kopf und rechnet mit ungewöhnlichen, kühnen Zahlen. Daß die Gegenwart des Großherzogs so eilig gewünscht wird, läßt auf wichtige Dinge schließen. Man gibt ihm dadurch den Charakter eines bedeutenden Mannes, und darum wird sein Einfluß eine größere Tiefe erhalten. Dies freut mich auch um deinetwillen. Der Großherzog bittet mich, zu ihm zu kommen, und ich werde diese Gelegenheit benutzen, ihm zu erzählen, wie man dich, seinen Schützling, hier empfängt. Ich bin überzeugt, daß er dir zu einer glänzenden Genugtuung verhelfen wird."

Der Graf hielt in seiner Rede inne, horchte und trat ans Fenster. Es hielt unten am Tor ein Wagen, doch waren die Insassen schon ausgestiegen, so daß man sie nicht mehr sehen konnte. Dann ließen sich draußen im Vorzimmer Stimmen vernehmen, und ohne eine Anmeldung durch den Diener wurde die Tür geöffnet. In ihr erschien Roseta Sternau, die einstige Gräfin Roseta de Rodriganda y Sevilla. Hinter ihr erblickte man eine schöne, obgleich nicht mehr ganz junge Dame.

„Meine liebe Tochter!" jubelte der Graf voll freudiger Überraschung. „Wie ist es möglich, dich hier zu sehen, so bald nach unsrer Trennung?"

Roseta eilte auf ihn zu, umarmte und küßte ihn. „Ich komme, dir einen sehr lieben und hochwillkommenen Gast zuzuführen, lieber Papa. Sieh und rate!"

Sie deutete auf die Dame, die hinter ihr eingetreten war, und der Graf warf infolgedessen einen forschenden Blick auf diese. Auf ihrem schönen Angesicht lag ein Zug stillen, entsagungsvollen Leidens, der in ebendemselben Grad sich auch in den Zügen Roseta Sternaus bemerken ließ. Obgleich sie dem Grafen bekannt vorkam, schüttelte er doch den Kopf und sagte:

„Laß mich nicht raten, Roseta, rücke sofort mit der Überraschung heraus, durch die du mich erfreuen willst!"

„Nun wohl!" sagte sie. „Diese Dame ist Lady Amy Dryden."

„Deine Freundin, die so lange verschollen war?" fiel Don Manuel schnell ein.

Roseta bejahte. Da schritt der Graf auf Amy zu, streckte ihr die Hände entgegen und meinte mit vor Freude strahlendem Angesicht:

„Willkommen, von ganzem Herzen willkommen! Es hat sich unendlich viel Schweres ereignet, seit wir uns zum letztenmal sahen. Wie hocherfreut waren wir, als wir vor einem halben Jahr aus London unverhofft den ersten Brief Ihres Vaters bekamen! Wie schade, daß er nicht auch mit Ihnen nach Deutschland reisen konnte! Ich denke, daß Sie jetzt recht lang unser Gast sind!"

Amy Dryden nickte langsam und bedeutungsvoll:

„Mit Freuden habe ich Rosetas Anerbieten angenommen, sie zu besuchen, solange mein Vater in Mexiko politisch zu tun hat. Zuerst gedachte ich ihn zu begleiten, aber nach unsern traurigen Erfahrungen wollte er mich nicht wieder den Gefahren eines vom Krieg zerwühlten Landes aussetzen. Bevor ich Ihnen ausführlich unser Schicksal erzähle, will ich noch berichten, daß ich zunächst nach Rheinswalden fuhr, dort Roseta fand und mit ihr sofort nach Berlin aufgebrochen bin."

„Daran haben Sie wohlgetan, Lady Amy. Gestatten Sie mir, Ihnen meinen jungen Freund, den Leutnant Kurt Unger vorzustellen!"

„Unger? Diesen Namen kenne ich. So hieß ein Schiffskapitän, dessen Bruder ein berühmter Präriejäger war."

„Der Kapitän war mein Vater", fiel Kurt ein.

„Ah, Herr Leutnant, so bin ich imstande, Ihnen von Ihrem Vater zu erzählen", sagte die Engländerin. „Leider aber kenne ich seine Schicksale nur bis zu dem Augenblick, als er die Hacienda del Eriña verließ."

Man nahm Platz, um die Unterhaltung fortzusetzen. Amy vermeldete alles, was sie von Pedro Arbellez erfahren hatte, und was bei Kurt das höchste Erstaunen erregte. Soeben berichtete sie von dem Erlebnis Donnerpfeils in der Höhle des Königsschatzes, da unterbrach sie ihre Darstellung mit der Bemerkung:

„Ich habe von Roseta erfahren, daß sie meinen Brief, den ich ihr durch Juarez sandte, nicht erhielt. Dann ist vielleicht gar die Sendung des Haciendero ebenfalls nicht in Ihre Hände gekommen?"

„Eine Sendung? An mich?" fragte Kurt verwundert. „Ich habe nichts erhalten."

Diese Antwort setzte Amy in Bestürzung.

„Sie sind doch der Sohn des Seekapitäns Unger?" fragte sie.

„Gewiß", lautete die Antwort.

„Nun, Ihr Oheim hat von Büffelstirn einen Teil dieser Schätze, von denen ich soeben erzählte, erhalten, zwar einen kleinen Teil, der aber doch ein großes Vermögen darstellt. Es ist bestimmt worden, daß die Hälfte davon in die Heimat gesandt werde, um Ihnen die Mittel zu Ihrer Ausbildung zu bieten. Einige Jahre nach dem Verschwinden Sternaus kam der Haciendero Pedro Arbellez nach Mexiko und übergab die Wertsachen dem damaligen Oberrichter Benito Juarez, der sie nach Europa sandte."

„Ich habe nicht das mindeste erhalten", wiederholte Kurt. „Die Sendung ist entweder verlorengegangen oder an eine falsche Person gerichtet worden "

„Der Haciendero kannte Ihre Adresse gar nicht, er wußte nur, daß Sie auf einem Schloß in der Nähe von Mainz zu finden seien, daß Ihr Vater der Seemann Unger sei und daß das Schloß von einem

Hauptmann von Rodenstein bewohnt werde. Darum wurde die Sendung an ein Mainzer Bankhaus gerichtet, dessen Chef Sie ausfindig machen sollte."

„Er müßte mich gefunden haben. Die Sendung ist jedenfalls unterwegs verunglückt."

„Der Oberrichter hat sie versichert."

„So bliebe der Wert mir erhalten. Es gälte nur, zu erfahren, welches Bankhaus es gewesen ist."

„Ich habe den Namen aus dem Mund des Haciendero gehört, ihn aber im Lauf der später folgenden Ereignisse aus dem Gedächtnis verloren. Doch wird eine Nachforschung zur Klärung führen. Ich wurde mit meinem Vater vom Panther des Südens festgenommen und in den südlichsten Teil Mexikos geschafft. Dort waren wir gefangen, bis der Einfluß von Juarez sich so ausdehnte, daß er auch unsre Berge erreichte. Ich erhielt erst vor acht Monaten meine Freiheit wieder. Sie werden mir gewiß verzeihen, daß ich einen Namen vergessen habe, der mich wenig anging."

„Oh, Mylady, es kann Sie gar nicht der geringste Vorwurf treffen. Ich bin Ihnen im Gegenteil herzlich dankbar, daß ich durch Sie von dieser Angelegenheit erfahre. Sie sprechen von Wertsachen. Geld also war es wohl nicht?"

„Nein. Obgleich ich die Gegenstände nicht gesehen habe, weiß ich doch, daß sie in Geschmeide und Kostbarkeiten bestanden, Ketten, Nuggets, Armbändern, Ringen aus den Zeiten des alten Mexiko stammend, und mit kostbaren Steinen besetzt."

„Ich würde also ein Vermögen besitzen, wenn ich mein Eigentum erhalten hätte. Dieser Gedanke hat etwas Bestrickendes. Ich bin keineswegs geldgierig, werde aber dennoch in Mainz Nachforschungen anstellen. Ich bin dazu verpflichtet, schon um des Vaters und des Oheims willen, als deren Vermächtnis ich die Gegenstände betrachten muß. Erzählen Sie jetzt weiter, bitte!"

Und Amy fuhr mit ihren Berichten fort. Ihre Darstellung wurde von Minute zu Minute fesselnder, so daß es die Zuhörer nicht auf ihren Plätzen litt. Sie waren aufgestanden und umringten die Erzählerin, die in der Nähe des Fensters stand. Das, was sie eben berichtete, hatte sie nicht von andern erfahren, sondern persönlich erlebt, nämlich das Abenteuer an der Pedro-Bank mit Landola, dem Seeräuber Dabei fiel ihr Blick unwillkürlich auf die Straße. Im nächsten Augenblick stieß sie einen Ruf der Überraschung aus und trat eiligst vom Fenster zurück.

„Was ist's? Was überrascht dich?" fragte Roseta, indem sie hinzutrat.

„Mein Gott, seh' ich recht?" rief Amy, auf einen Mann deutend, der in einfacher, bürgerlicher Tracht langsamen Schritts auf dem jenseitigen Bürgersteig herbeigeschlendert kam, und dessen Augen mit einem neugierigen Blick die gräfliche Villa musterten.

Es war Kapitän Shaw. Er hatte in der Gesellschaft der Offiziere seine Überraschung bemeistert, als der Name Sternau genannt worden war, aber sich vorgenommen, auf Erkundung auszugehen. Jetzt kam er, und es war ihm sehr angenehm, gegenüber der Villa die kleine Kneipe zu bemerken, in der er sich leicht erkundigen konnte.

„Meinst du den Herrn, der da drüben geht?" fragte Roseta, die den Blicken ihrer Freundin gefolgt war.

„Ja, diesen!"

„Kennst du ihn? Es wäre fast wunderbar, wenn du hier in Berlin eine Person fändest, die du kennst."

„Ob ich ihn kenne? Diesen Menschen!" rief sie, bleich vor Erregung. „Ich habe dieses Gesicht in einem Augenblick gesehen, den ich nie vergessen werde!"

„Wer ist es?"

„Es ist kein andrer als Landola, der Seeräuber!"

Es ist nicht zu beschreiben, welchen gewaltigen Eindruck diese Worte machten. Die Zuhörer standen einen Augenblick erstaunt, dann aber brach es los.

„Landola, der Kapitän der Péndola!" rief Roseta.

„Kapitän Grandeprise, der Pirat?" fiel der Graf ein. „Irren Sie sich nicht?"

„Nein", entgegnete die Engländerin. „Wer dieses Gesicht ein einziges Mal gesehen hat, der kann sich nicht irren."

Kurt hatte nichts gesagt. Er war an das Fenster getreten und heftete sein Auge auf den Mann, wie der Adler das seinige auf seinen Raub richtet.

„Er beobachtet unser Haus", meinte der Graf.

„Landola weiß, daß Sie hier wohnen", fügte Amy hinzu.

„Der Zerstörer unsres Glücks sinnt auf neue Schandtaten", zürnte Roseta.

„Er tritt in jene Kneipe", bemerkte jetzt Kurt. „Jedenfalls wird er sich nach uns erkundigen wollen. Ah, er soll bedient werden."

Mit einigen raschen Schritten war er hinaus. Er eilte in sein Zimmer, legte dort die Uniform ab und seinen einfachsten Zivilanzug an. Dann begab er sich über die Straße in die Kneipe. Als er dort eintrat, machte er ein ernstes, enttäuschtes Gesicht, etwa wie ein Bittsteller, dem sein Gesuch abgeschlagen worden ist. Kapitän Landola saß als der einzige Gast, grad wie zuvor Leutnant Ravenow, an einem Tisch. Er hatte Kurt aus der gräflichen Villa treten sehen und beschloß sogleich, sich an ihn zu wenden. Als Kurt an einem andern Tisch Platz nehmen wollte, sagte er daher:

„Bitte, wollen Sie sich nicht zu mir setzen? Es ist so einsam hier, und beim Glas pflegt man Gesellschaft vorzuziehen."

„Ich habe ganz dieselbe Ansicht, mein Herr, und nehme also Ihr Anerbieten an", antwortete Kurt.

„Sie tun recht", nickte der Kapitän, indem er sein stechendes Auge forschend auf den jungen Mann richtete. „Mir scheint, daß Ihnen eine heitere Gesellschaft dienlicher ist als die Einsamkeit. Sie haben sich jedenfalls geärgert. Vermute ich richtig?"

„Hm, Sie mögen recht haben", murrte Kurt, indem er ein Glas Bier bestellte. „Große Herren lassen es sich gleich sein, ob sie uns gute oder schlechte Laune bereiten."

„Ah, so ist meine Ahnung richtig. Sie kamen da aus dem großen Haus? Vielleicht waren Sie Bittsteller?"

„Möglich", lautete die zurückhaltende Antwort.

„Wer wohnt denn eigentlich da drüben?"

„Es ist ein Graf de Rodriganda."

„Das ist doch ein spanischer Name!"

„Ja, er ist ein Spanier."

„Reich?"

„Sehr!"

„So kennen Sie seine Verhältnisse genau?"

„Glauben Sie, daß ein Graf einem Bittsteller seine Verhältnisse mitteilt?"

„Wer oder was sind Sie?"

Kurt machte ein mürrisches Gesicht und erwiderte:

„Das tut nichts zur Sache. Sie scheinen auch so ein vornehmer Herr zu sein, und da kümmert es Sie nicht, wie ich heiße und was ich bin."

Das Auge des Kapitäns blitzte befriedigt auf, und beruhigend meinte er:

„Abgewiesen! Das gefällt mir. Ich liebe die verschwiegenen Charaktere, denn man kann sich auf sie verlassen. Waren Sie oft in der Villa da drüben?"

„Nein", entgegnete Kurt, der Wahrheit gemäß.

„Werden Sie wieder hinüberkommen?"

„Ja, ich muß sogar."

Da rückte ihm der Kapitän näher und fragte mit halber Stimme:

„Hören Sie, junger Mann, Sie gefallen mir. Haben Sie Vermögen?"

„Nein. Ich bin arm."

„Wollen Sie sich eine gute Belohnung verdienen?"

„Hm! Womit?"

„Ich möchte die Verhältnisse dieses Grafen genau erkunden, und da Sie bei ihm wieder Zutritt nehmen, so ist es Ihnen leicht, Verschiedenes zu erfahren. Wollten Sie mir das mitteilen, so wäre ich Ihnen dankbar."

„Ich will es mir überlegen", sagte Kurt nach einigem Nachdenken

„Das genügt mir. Ich sehe, daß Sie vorsichtig sind, und das bestärkt mein Vertrauen zu Ihnen. Es ist möglich, daß ich Ihnen helfen kann!" Und indem sein Blick den Anzug Kurts überflog, fügte er hinzu: „Wenn Sie wollen, können Sie sich bei mir ein Sümmchen verdienen, das Ihnen von Nutzen sein wird. Und dann, nachdem Sie mich als einen Mann kennengelernt haben, der nicht knausert, werden Sie auch mitteilsamer werden. Ich bin hier fremd und brauche einen Menschen, auf den ich mich verlassen kann."

„Was soll dieser tun?" fragte Kurt, indem er sich den Anschein gab, als freue er sich über das versteckte Angebot seines Gegenübers.

Landola warf abermals einen stechenden Blick auf ihn. Kurt war einfach gekleidet und gab sich Mühe, ein unbefangenes Gesicht zu zeigen. Das beruhigte den Kapitän. Er gewann die Ansicht, daß dieser junge, jedenfalls noch unerfahrene Mensch, dessen Züge übrigens von Klugheit zeugten, sich ohne Gefahr benutzen lassen werde. Deshalb fuhr er fort:

„Sie verschweigen, wer Sie sind. Darf ich wenigstens wissen, wer Ihr Vater ist?"

„Mein Vater ist ein Schiffer."

„Ah, also gehören Sie nicht zu den vornehmen Leuten. Sie suchen vielleicht eine Stellung?"

„Ich habe sie zugesagt erhalten, aber man macht mir Schwierigkeiten."

Das war dem Kapitän willkommen. Er sagte mit gönnerhafter Miene:

„Lassen Sie sie fahren! Ich kann Ihnen ein jedenfalls besseres Unterkommen verschaffen, wenn ich sehe, daß Sie sich nützlich zu machen verstehen. Einen kleinen Teil Schlauheit müßten Sie wohl besitzen."

Kurt zwinkerte unternehmend mit den Augen. „Daran fehlt es mir wahrscheinlich nicht, wie Sie bald erkennen sollen."

„Aber ich müßte erfahren, wer Sie sind und wie Sie heißen."

„Gut. Sie sollen es erfahren, sobald ich Ihnen bewiesen habe, daß ich zu gebrauchen bin. Ich will Ihnen nämlich sagen, daß ich hier an gewissen Orten nicht gut angeschrieben stehe. Das veranlaßt mich, vorsichtig zu sein."

Landola nickte erfreut. Er gewann die Ansicht, es hier mit einem Menschen zu tun zu haben, der in irgendeiner Beziehung mit der bestehenden Ordnung zerfallen sei und sich also zu einem fügsamen Werkzeug ausbilden lassen werde. Er erwiderte:

„Das genügt einstweilen. Ich stelle Sie an und gebe Ihnen einen kleinen Vorschuß auf das Gehalt für die Dienste, die Sie mir leisten werden. Hier haben Sie fünf Taler."

Er zog die Börse und legte die erwähnte Summe auf den Tisch. Kurt jedoch schob das Geld zurück und entgegnete:

„Ich bin nicht so sehr abgebrannt, daß ich eines Vorschusses bedarf, mein Herr. Erst die Arbeit und dann der Lohn. So ist es richtig. Was soll ich tun?"

Das Gesicht des Kapitäns zeigte, daß er sehr zufriedengestellt sei.

„Ganz wie Sie wollen", sagte er. „Auch ich bin ein Anhänger Ihres Grundsatzes, den wir also befolgen wollen. Ihr Schaden wird es nicht sein. Was Sie tun sollen, fragen Sie? Zunächst müssen Sie sich erkundigen nach dem Grafen von Rodriganda, nach seinen häuslichen Verhältnissen, nach den Gliedern seiner Familie, und nach allem, was er treibt. Vor allem möchte ich erfahren, welche Personen seines Haushalts den Namen Sternau führen, und ob sich bei ihm jemand befindet, der Unger heißt."

„Das wird nicht schwer zu erfahren sein."

„Gewiß. Sodann werde ich Sie vielleicht nach Mainz schicken, um eine leichte Aufgabe zu lösen, die sich auf einen Oberförster bezieht, den ich beobachten lassen möchte. Sie scheinen mir dazu geeignet zu sein."

„Ah, Sie gehören wohl zur Polizei?"

„Vielleicht", versetzte Landola mit wichtiger, geheimnisvoller Miene. „Doch habe ich auch ein wenig mit der hohen Politik zu tun. Ich will Ihnen einiges anvertrauen. Ich hoffe, daß ich es ohne Gefahr tun kann."

„Richten Sie Ihre Mitteilungen so ein, daß Sie nicht Gefahr laufen können!" lachte Kurt.

„Hm, ich bemerke, daß Sie ein kleiner Schlaukopf sind, und das spricht zu Ihren Gunsten. Hören Sie! Österreich ist von Preußen besiegt und sucht einen Bundesgenossen, um die Scharte auszuwetzen. Diesen Verbündeten scheint es in Frankreich gefunden zu haben. Napoleon III. hat den Erzherzog Max zum Kaiser von Mexiko gemacht. Nun fragt es sich, ob diese Freundschaft von langer Dauer sein wird. England und Nordamerika wollen Max nicht anerkennen und zwingen Napoleon, seine Truppen zurückzuziehen. Max wird auf sich selber und Österreich angewiesen sein, und dieses ist durch den deutschen Krieg so geschwächt, daß es ihm unmöglich helfen kann. Das wird Mexiko benutzen, um den Kaiserthron umzustürzen. Dadurch werden und müssen in den gesamten politischen Kreisen Verwirrungen entstehen, die jeder Staat für sich ausnutzen will. Es gibt darum am Hof des Siegers hier in Berlin zahlreiche geheime Sendlinge, die das Gelände erkunden müssen, um ihre Regierung instand zu setzen, den geeigneten Augenblick zu benutzen."

„Und ein solcher Sendling sind auch Sie?" fiel Kurt ein.

„So ist es", nickte der Kapitän.

„Welche Regierung vertreten Sie?"

„Das bleibt für Sie zunächst noch Geheimnis. Ich machte Ihnen diese Mitteilung nur, um Ihnen zu zeigen, daß ich imstande bin, Ihnen eine Zukunft zu bieten, wenn ich Sie geschickt und treu finde. Ihre nächste Aufgabe ist, alles auszuforschen, was mit dem Namen Rodriganda in Verbindung steht."

„Und wenn ich es getan habe, wie und wo kann ich Ihnen das Ergebnis mitteilen?"

„Ich sehe, daß ich Ihnen aus meinem Namen kein Geheimnis machen darf. Mein Name ist Kapitän Shaw und ich wohne im ‚Magdeburger Hof'. In dieses Gasthaus kommen Sie, sobald Sie mir irgend etwas mitzuteilen haben!"

„Möglich, daß es sehr bald geschieht", sagte Kurt zweideutig.

„Ich hoffe es", meinte Shaw, sein Glas austrinkend. „Ich denke, daß es zu unserm beiderseitigen Vorteil sein wird, daß wir uns kennengelernt haben. Für den Fall, daß Sie bald etwas erfahren, muß ich Ihnen sagen, daß ich vor zwei Stunden nicht in meinem Gasthof zu finden bin. Auf Wiedersehen!"

Shaw ging, und Kurt blieb allein zurück. Er sah ein: er mußte schleunigst die zwei Stunden benutzen, um sich im ‚Magdeburger Hof' umzuhören. Hier handelte es sich nicht bloß um private, sondern auch politische Machenschaften.

9. Politische Sendlinge

Kurt erkundigte sich beim Wirt, wie der ‚Magdeburger Hof' zu finden sei, bezahlte und ging. Da er gesehen hatte, daß der Kapitän sich in der entgegengesetzten Richtung entfernte, so konnte er sicher sein, von ihm nicht überrascht zu werden. Er erreichte das Haus, trat in die Gaststube und verlangte zu trinken. Eine Kellnerin brachte ihm das Verlangte. Es fiel ihm auf, daß sie ihm mit einer erfreuten Miene zulächelte. Er sah ihr fragend ins hübsche Gesicht. Da sagte sie:

„Kennen Sie mich nicht mehr, Herr Leutnant?"

Er besann sich, und da kam ihm plötzlich eine heimatliche Erinnerung.

„Alle Wetter! Ist's wahr? Sind Sie nicht Uhlmanns Berta aus Bodenheim?"

„Ja, die bin ich", lachte sie fröhlich. „Ich bin oft in Rheinswalden gewesen und habe Sie da gesehen."

„Aber ich bin Sie seit mehreren Jahren nicht, und das ist der Grund, weshalb ich Sie nicht sogleich erkannt habe. Wie aber kommen Sie nach Berlin?"

„Bei uns sind der Geschwister zuviel, und da meinte der Vater, ich soll es mit einem Dienst versuchen. Ich ging in meine jetzige Stellung, weil der Wirt hier ein entfernter Verwandter von mir ist."

„Das ist mir sehr lieb. Ich möchte Sie um einen Gefallen bitten."

„Wenn ich Ihnen einen Wunsch erfüllen kann, so mache ich es herzlich gern."

„Vor allen Dingen ersuche ich Sie, es hier nicht hören zu lassen, daß ich Offizier bin. Wohnt ein Kapitän Shaw bei Ihnen?"

„Ja, seit kurzer Zeit. Er hat die Nummer elf."

„Mit wem verkehrt er?"

„Mit niemand. Er geht sehr viel aus. Nur ein einziger Herr war hier, der mit ihm sprechen wollte."

„Wer war es?"

„Er nannte keinen Namen, aber er wollte in einiger Zeit wiederkommen."

„Konnten Sie aus seinem Äußern nicht darauf schließen, was er sei?"

„Er kam mir vor wie ein Offizier in Zivil. Sein Gesicht war sehr von der Sonne verbrannt, und er sprach das Deutsch fast wie ein Franzose."

„Hm! Sie sagten, elf habe der Kapitän. Ist Nummer zwölf besetzt?"

„Ja, aber sie liegt in einem andern Flur. Nummer elf ist ein Eckzimmer."

„Und Nummer zehn?"

„Steht leer."

„Ist eine starke Wand zwischen den beiden Zimmern?"

„Nein. Sie sind sogar durch eine Tür verbunden, die jedoch verschlossen ist."

„So könnte man vielleicht in Nummer zehn verstehen, was in Nummer elf gesprochen wird?"

„Ja, wenn man nicht zu leise redet." Und mit einem schlauen Lächeln fuhr Berta fort. „Sie haben es wohl auf diesen Shaw abgesehen?"

„Allerdings. Es darf aber niemand wissen!"

„Oh, ich bin verschwiegen. Übrigens, dieser Mensch gefällt mir nicht, und einem so lieben Landsmann, wie Sie sind, kann man wohl gern einen Gefallen tun!"

„Darf ich Nummer zehn ansehen?"

„Das versteht sich."

„Aber möglichst, ohne daß es jemand bemerkt."

„Keine Sorge! Es befindet sich niemand von der Bedienung oben. Ich hole Ihnen den Schlüssel, und Sie gehen einfach die Treppe hinauf. Die vorletzte Tür ist Nummer zehn, die letzte führt in Nummer elf."

Berta entfernte sich und brachte bald den Schlüssel, den sie ihm heimlich zusteckte. Er verließ kurz darauf das Zimmer, stieg die Treppe empor und fand den Flur leer. Der Schlüssel öffnete Kurt die betreffende Tür, und er fand eine Schlafstube, in der sich ein Bett, ein Kleiderschrank, ein Waschtisch, ein Tisch nebst Sofa und zwei Stühlen befanden. Die Verbindungstür war von beiden Seiten verschlossen. Er öffnete den Schrank und fand ihn leer. Seine Tür ging auf, ohne das mindeste Geräusch zu verursachen.

Völlig zufriedengestellt kehrte er hinunter zurück, ohne von irgend jemand bemerkt worden zu sein. Als die Kellnerin wieder zu ihm trat, um den Schlüssel in Empfang zu nehmen, fragte sie:

„Gefunden?"

„Ja", nickte er.

„Wie es scheint, möchten Sie den Kapitän einmal belauschen?"

„Das ist mein Wunsch. Gibt er seinen Schlüssel ab, wenn er ausgeht?"

„Nein. Er tut sehr geheimnisvoll mit seinem Gepäck. Er bleibt sogar im Zimmer, wenn es aufgeräumt und gesäubert wird, und wenn er fortgeht, steckt er seinen Schlüssel ein, ohne daran zu denken, daß doch jeder Wirt einen Hauptschlüssel hat."

„Hm! Wollen Sie mich einmal in Nummer zehn einlassen, wenn Kapitän Shaw in seinem Zimmer Besuch hat?" forschte Kurt weiter.

„Gern. Aber ich habe vergessen, Ihnen zu sagen, daß er sich ausbedungen hat, daß Nummer zehn leer bleibe. Er bezahlt dieses Zimmer mit."

„Das dient mir zum Beweis, daß er sich mit Heimlichkeiten befaßt, die mir von Wert sein dürften. Ah, wer ist das?"

Es war nämlich in diesem Augenblick ein Mann ein, bei dessen Anblick der Leutnant seine Überraschung zu verbergen nicht imstande war.

„Das ist der Herr, der mal nach dem Kapitän gefragt hat. Ich sagte Ihnen vorhin, daß er in einiger Zeit wiederkommen wolle."

„Und er hat also seinen Namen nicht genannt?"

„Nein. Es scheint, Sie kennen ihn?"

„Menschen sehen sich zuweilen ähnlich", antwortete Kurt ausweichend. „Er nimmt die Weinkarte. Bedienen Sie ihn!"

Das Mädchen trat zu dem neu angekommenen Gast, der fragte, ob Kapitän Shaw zurückgekommen sei. Als er hörte, das wäre noch nicht der Fall, bat er um eine Flasche Bordeaux, die er mit der Miene eines Kenners kostete.

„Er ist es wahrhaftig!" dachte Kurt. „In dieser Weise trinkt nur ein Franzose den Wein seines Landes. Was aber will General Douai hier in Berlin? Sollten sich wirklich diplomatische Heimlichkeiten vorbereiten, von denen die preußische Regierung nichts wissen darf? Ich muß diese Unterredung belauschen. Es ist leicht möglich, daß ich etwas erfahre, was von Wichtigkeit ist."

Es war keine Zeit zu verlieren Kam der Kapitän zurück, so war es zu spät. Darum gab Kurt dem Mädchen einen Wink. Es nickte unbemerkt, tat, als müsse es die Tische abwischen, und kam dabei an den seinen.

„Ich muß hinauf", sagte er leise. „Die Unterredung scheint wichtig zu werden, und darum ist es möglich, daß der Kapitän sich vorher überzeugt, daß niemand in Nummer zehn weilt. Er kann den Schlüssel verlangen, darum darf ich ihn nicht behalten."

„So werde ich Sie einschließen. Aber er wird Sie sehen, sobald er in das Zimmer blickt!"

„Ich verstecke mich in den Kleiderschrank."

„Und wenn er diesen öffnet?"

„Ich ziehe den Schlüssel ab."

„Können Sie von innen die Tür so fest zuhalten, daß er sie nicht aufbringt?"

„Das wird schwierig sein. Gibt es hier vielleicht einen Bohrer?"

„Ich will nachsehen. Der Hausknecht hat einen Werkzeugkasten."

„Gut. Geben Sie mir einen Wink, wenn Sie fertig sind, dann gehen wir hinauf, und Sie lassen mich wieder heraus, sobald der Mann dort fortgegangen ist."

Nach kaum einigen Minuten gab das Mädchen, das beim Hausknecht gewesen war, Kurt das verabredete Zeichen. Er bezahlte seine Zeche und stellte sich, als gehe er. Er traf die Kellnerin draußen im Flur. Sie führte ihn in Nummer zehn, gab ihm den Bohrer und schloß ihn ein. Kurt öffnete den Schrank, zog den Schlüssel ab und steckte ihn zu sich. Nun setzte er sich in den leeren Schrank und schraubte den Bohrer in die Innenseite der Tür fest ein. Dadurch erhielt er einen Handgriff, mit dessen Hilfe es ihm leicht war, die Tür so fest anzuziehen, als wäre sie verschlossen. Der Schrank war breit und tief genug, um einen angenehmen Sitz zu gewähren.

Nun wartete Kurt auf die Dinge, die da kommen sollten. Es verging eine Viertel-, eine halbe Stunde, ohne daß jemand sich hören ließ. Es verstrich noch eine halbe Stunde, da endlich waren die Schritte zweier Personen zu vernehmen, die den Flur herankamen. Ein Schlüssel wurde in das Schloß der Nummer zehn gesteckt und die Tür geöffnet.

„Sie wohnen hier?" fragte eine Stimme auf französisch.

„Nein", entgegnete ein andrer, an dessen Ton Kurt sofort den Kapitän erkannte. „Ich wohne nebenan, habe aber dieses Zimmer gleichfalls gemietet, um sicher zu sein, daß ich nicht belauscht werde. Auch jetzt blicke ich hinein, nur um mich zu überzeugen, daß sich niemand hier befindet. Man kann nie vorsichtig genug sein."

Er trat in das Zimmer, blickte unters Bett, ebenso unters Sofa und kam an den Schrank.

„Der ist verschlossen", sagte er, indem er versuchte, die Tür aufzuziehen.

Kurt verhielt sich dabei bewegungslos und hielt den Bohrer fest, so daß der Kapitän nicht zu öffnen vermochte.

„Alles in Ordnung. Kommen Sie!" sagte dieser zum andern und verließ das Zimmer.

Kurt verhielt sich dabei bewegungslos und hielt den Bohrer fest, so setzten. Das Geräusch, das dabei durch die hin und her gerückten Stühle verursacht wurde, erlaubte es ihm, den Schrank ungehört zu verlassen. Er zog nun leise einen Stuhl an die Verbindungstür, nahm darauf Platz und begann zu horchen.

„Sputen wir uns!" hörte er den Kapitän sagen. „Ich habe nicht viel Zeit übrig, da ich anderswo erwartet werde. Man hat hier nicht die leiseste Ahnung, daß ich die Vorteile Spaniens verfolge. Man hält mich vielmehr für einen Amerikaner, der im Rücken des Gesandten für die Vereinigten Staaten tätig ist. Das gibt mir Gelegenheit, mehr zu hören, als man mich andernfalls wissen lassen würde. Ihre Mitteilung habe ich erhalten und Sie also heut erwartet —"

„— aber meine Geduld doch ungebührlich lang auf die Probe gestellt", meinte der Franzose in einem Ton, der erraten ließ, daß er nicht die Absicht hege, sich mit dem Kapitän auf die gleiche Stufe zu stellen. „Ich war schon einmal hier und habe auch jetzt eine volle Stunde versäumt."

„Wichtige Geschäfte, Exzellenz!" versuchte der Kapitän sich zu entschuldigen.

„Pah! Ihr wichtigstes Geschäft war, mich hier zu erwarten. Sie wissen, daß ich inkognito hier bin, daß niemand mich erkennen darf. Sie hatten dafür zu sorgen, mich nicht in die unangenehme Lage zu bringen, im Gastzimmer verweilen zu müssen. Man kennt mich, es sind viele Abbildungen von mir verbreitet. Wie nun, wenn sich jemand hier befunden hätte, der mich kennt, und dann ausgeplaudert hätte, daß General Douai in Berlin ist. Man weiß, daß ich in Mexiko gekämpft habe und vom Kaiser der Franzosen zurückgerufen wurde, um statt des Schwerts die Feder des Diplomaten in die Hand zu nehmen. Man weiß ferner, daß mein Bruder der Erzieher des französischen Kronprinzen ist, daß man mir also nur Angelegenheiten von Wichtigkeit anvertrauen wird. Werde ich hier erkannt, so ist meine Sendung verunglückt. Ich muß mit Ihnen, mit Rußland, Österreich und Italien verhandeln. Seine Exzellenz, der Minister des Auswärtigen, hat mich beauftragt, Ihnen eine Anweisung zu überreichen, deren Inhalt Sie darüber aufklärt, wie Sie sich infolge der zwischen mir und dem Leiter der Madrider Politik vereinbarten Abmachung hier verhalten sollen. Hier ist das Schriftstück. Nehmen Sie sofort gefälligst Einsicht und sagen Sie mir, was Ihnen vielleicht unklar erscheint."

„Ich danke, Exzellenz."

Es trat eine längere Stille ein, während der Kurt nur das Rascheln von Papier vernahm. Dann sagte der Kapitän:

„Diese Paragraphen sind so deutlich, daß an eine Unklarheit gar nicht zu denken ist."

„Gut. Fassen wir kurz zusammen. Der Kaiser hat diesen Schwächling Max zum Herrscher von Mexiko gemacht. Nordamerika, eifersüchtig darüber, verlangt, daß Frankreich seine Truppen aus Mexiko ziehe und Max seinem Schicksal überlasse —"

„Spanien schließt sich dieser Forderung an —"

„Jawohl. Es betrachtet sich ja als den alleinigen, rechtmäßigen Besitzer dieses schönen, aber von ihm verwahrlosten Landes. Der Kaiser ist erbötig, auf die Forderung Spaniens einzugehen, wenn dieses zu dem Gegendienst bereit ist, den er erwartet."

„Welcher ist es?"

„Preußen will sich zum Herrn von Deutschland, von Europa machen. Es muß gedemütigt werden, man muß Rache für Sadowa nehmen. Der Kaiser bereitet sich vor, Preußen den Fehdehandschuh hinzuwerfen. Im Fall dieses unabweisbaren Kriegs müssen wir sicher sein, daß unser Rücken gedeckt ist. Dieser Herr von Bismarck aber ist schlau und gewaltig, er wird, um uns zu schwächen, Spanien auffordern, die Grenze zu besetzen. Wir jedoch dürfen unsre Heere nur dann mit Vertrauen marschieren lassen, wenn wir überzeugt sind, jenseits der Pyrenäen keine Feinde zu haben. Darum ist Napoleon nur dann bereit, seine Truppen aus Mexiko zurückzuziehen, wenn Spanien sich bei einem Krieg zwischen Frankreich und Deutschland neutral erklärt. Die diesbezüglichen Verhandlungen sind abgeschlossen, und der Vertrag ist unterzeichnet. Sie haben eine Abschrift davon in Händen. Die Lage der Sache ist nun folgende: Frankreich marschiert gegen Deutschland oder vielmehr Preußen. Spanien bleibt neutral. Rußland unterstützt uns, indem es die Grenze Preußens besetzt und einen Aufstand Deutsch-Polens erregt, mit Österreich und Italien ist noch zu verhandeln. Ich reise von hier nach Petersburg, Sie aber suchen die hiesigen Verhältnisse kennenzulernen und geben Ihrem Minister genaue Nachricht. Jetzt geh' ich zum russischen Gesandten. Sie werden mich begleiten, um ihm zu beweisen, daß Frankreich von Spanien nichts zu befürchten hat."

„Ich stehe sofort zur Verfügung, da ich nur dieses Schriftstück verschließen will."

Kurt hörte einen Schlüssel klirren.

„Sind die Aufzeichnungen in dem Handköfferchen auch wirklich sicher aufgehoben?" fragte Douai.

„Ganz gewiß", behauptete Landola fest. „Übrigens nehme ich ja den Schlüssel meines Zimmers mit."

„So kommen Sie!'

Die beiden verließen darauf Nummer elf, und Kurt hörte, daß die Tür verschlossen wurde. Es war ihm eigentümlich zumute. Er hatte jetzt Kenntnis von heimlichen Abmachungen gegen Preußen. Welch einen ungeheuren Wert hatte das Schriftstück! Er mußte versuchen, in seinen Besitz zu gelangen. Aber wie?

Während er darüber nachdachte, wurde ein Schlüssel in das Schloß seines Zimmers gesteckt. Die Kellnerin kam, um ihn aus seiner freiwilligen Gefangenschaft zu befreien.

„Beide sind fort", sagte Berta. „Haben Sie etwas gehört?"

„Ja. Ist es nicht möglich, in Nummer elf zu kommen?"

„O ja, ich müßte den Hauptschlüssel holen. Aber wenn Shaw uns überrascht!"

„Keine Sorge! Er kommt nicht sogleich zurück!"

„So warten Sie!"

Das Mädchen entfernte sich. Nach kurzer Zeit kehrte es zurück und brachte den Hauptschlüssel.

„Ich weiß nicht, was Sie da drüben wollen, Herr Leutnant", lächelte Berta. „Aber ich habe auch keine Zeit mitzugehen, denn es sind mehrere Gäste eingetroffen, die ich bedienen muß. Hier ist der Schlüssel."

„Wie bekommen Sie ihn wieder? Ich kann unmöglich nochmals in die Gaststube kommen."

„Legen Sie ihn hier neben der Tür unter den Teppich! Sobald ich kann, hole ich ihn."

Als Berta hinuntergegangen war, öffnete er das Zimmer des Kapitäns und verschloß die Tür wieder, nachdem er eingetreten war. Der Raum war in gleicher Weise eingerichtet wie der nebenan liegende. Ein größerer Reisekoffer stand an der Wand, und darauf lag ein kleines Handköfferchen. Wie war es zu öffnen? Das Schriftstück mußte heraus! Kurt griff in die Tasche. Auch er besaß ein ähnliches Köfferchen und trug den Schlüssel dazu bei sich. Er probierte und siehe da: sein Schlüssel paßte! Die Schlösser zu diesen Koffern waren damals meist Fabrikware, und daher kam es, daß ein Schlüssel zuweilen viele Schlösser öffnete. Es war für Kurt ein günstiger Umstand.

Das Köfferchen enthielt nichts als Papiere. Oben darauf lag ein schmales Heft. Er öffnete es — es war die gesuchte Aufzeichnung, in französischer Sprache geschrieben und mit dem Siegel des Ministers der auswärtigen Angelegenheiten versehen. Sollte er sich seiner bemächtigen, oder nur eine Abschrift davon anfertigen? Hierzu stand ihm augenblicklich zwar kein Papier in Bogenform zur Verfügung, doch hatte er sein Notizbuch mit, und das genügte, die Paragraphen wörtlich festzuhalten. Besser war es jedenfalls, wenn er sich in den Besitz der Urkunde selbst setzte. Aber dann mußte der Kapitän dessen Verlust bemerken. Kurt ging einige Minuten lang mit sich zu Rat. Er war entschlossen, Bismarck schleunigst in den Besitz dieses hinterlistigen Vertrages zu setzen, und da das mit dem Ministersiegel versehene Original in den Händen des allmächtigen Mannes jedenfalls eine ganz andere Beweiskraft besaß, als eine doch immerhin noch der Bestätigung bedürfende Abschrift, so entschloß er sich endlich, das Heft an sich zu nehmen. Er tat es, verschloß sodann das Köfferchen wieder und verließ das Zimmer. Nachdem er den Hauptschlüssel unter den Teppich gelegt hatte, fügte er einige Banknoten zur Belohnung der gefälligen Kellnerin hinzu und verließ sodann unbemerkt das Haus.

In einer Droschke fuhr er sofort zur Wohnung Bismarcks, mit der frohen Hoffnung, daß dieser ihm behilflich sein werde, sich des Kapitäns zu bemächtigen. Sternau war mit seinen Gefährten ausgezogen um diesen Bösewicht zu fangen, und war verschollen. Nun lieferte sich der Seeräuber selbst ans Messer. Er konnte gezwungen werden alle Geheimnisse von Rodriganda zu enthüllen, und auch über das Schicksal Sternaus Auskunft geben, falls ihm dieses vielleicht bekannt war. Am Ziel seiner Droschkenfahrt angekommen, erfuhr Kurt, daß Bismarck nicht zu sprechen sei, da er sich gegenwärtig beim König befinde. Kurz entschlossen ließ er sich sofort zum königlichen Schloß fahren. Es wurde ihm hier zunächst bedeutet, daß keine Zeit zur Audienz sei. Doch er zuckte die Achsel und erklärte dem diensttuenden Adjutanten:

„Ich muß dennoch auf meiner Bitte bestehen, Herr Oberst!"

„Aber Sie sind nicht in Uniform, Herr Leutnant!"

„Ich hatte keine Zeit, sie anzulegen."

„Dazu ist unter allen Umständen Zeit. Seine Majestät trägt stets die Uniform. Ich werde einen fürchterlichen Verweis erhalten, wenn ich Sie so meldete, wie Sie dastehen. Übrigens ist seine Exzellenz von Bismarck bei der Majestät."

„Eben Seine Exzellenz suchte ich. Und daß ich erfuhr, daß sie bei Seiner Majestät zu treffen sei, ist mir lieb. Ich kann Ihnen, Herr Oberst, nur mitteilen, daß es sich um eine höchst wichtige Angelegenheit handelt, die keinen Aufschub erleiden darf. Diese Wichtigkeit gibt mir die Erlaubnis, selbst die bedeutungsvollste Unterredung der beiden hohen Herren zu unterbrechen. Es ist Gefahr im Verzug, da es sich um die sofortige Verhaftung eines Spions und Landesverräters handelt, und ich würde mich gezwungen sehen, die Verantwortung auf Sie zu wälzen, falls Sie sich weigern, mich zu melden."

Der Flügeladjutant blickte den jungen Mann, der so zwingend zu sprechen wußte, verwundert an.

„Sie behaupten also, Wichtiges und Unaufschiebbares zu bringen?"

„So ist es."

„Und wollen diese Angelegenheit dem Grafen von Bismarck in Gegenwart des Königs vortragen?" — „Ja."

„Nun, wenn Sie das sagen, so bin ich gezwungen, Sie anzumelden Aber, junger Mann, ich mache Sie darauf aufmerksam, daß Sie Ihrer Laufbahn sehr im Wege stehen, wenn Sie sich bei Seiner Majestät Zutritt erzwingen in einer Angelegenheit, die nicht so wichtig ist, als Sie denken. Die Verantwortung mögen Sie tragen!"

„Zu Befehl", erwiderte Kurt höflich, aber selbstbewußt.

Der Adjutant ging nun ins Gemach Seiner Majestät und erschien nach kurzer Zeit wieder. Auf seinen Wink trat Kurt ein. Er befand sich den beiden größten Männern Deutschlands gegenüber. König Wilhelm hatte damals erst vor einigen Wochen Österreich und Süddeutschland besiegt. Er hatte gezeigt, daß er ein würdiger Erbe des Großen Friedrich sei und daß er im stillen Männer herangebildet habe, die recht wohl die Kraft hatten, die Überlieferung seiner großen Ahnen mit Wort und Schwert kräftig zur Geltung zu bringen. Er war zwar noch nicht auf der Höhe seines Ruhms angelangt, die er einige Jahre später zu Versailles erstieg. Doch fühlte er sich den Gegnern recht wohl gewachsen, die jetzt, nachdem er seine Feinde niedergeworfen hatte, heimlich und öffentlich gegen ihn Ränke schmiedeten.

Er war mit einem Schlag ein gefürchteter, einflußreicher Monarch geworden, und zwar mit Hilfe des Mannes, der jetzt an seiner Seite stand. Der Eiserne Kanzler mit den ihm vom Kladderadatsch angedichteten drei Haaren war die Seele der preußischen Politik. Kein Diplomat wagte einen Schritt zu tun, ohne zuvor bei ihm Fühlung genommen zu haben. Er war der Beamte, aber auch der Freund seines erhabenen Monarchen, und sein Auge, das bisher alle Anschläge seiner Feinde durchschaut hatte, blickte jetzt mit Verwunderung auf den jungen Menschen, der es wagte, sich in so unscheinbarer Kleidung Vorlaß zu erzwingen. Auch des Königs Auge ruhte in ernster Erwartung auf Kurt, der nach einem ehrfurchtsvollen Gruß ruhig den Blick erhob, um zu warten, bis er angeredet wurde.

„Man hat mir den Leutnant Unger gemeldet?" sagte der König.

„Ich bin es, Majestät", antwortete Kurt bescheiden.

„Von welcher Truppe?"

„Bisher im Dienst Seiner Durchlaucht des Großherzogs von Hessen, jetzt aber versetzt zu den Gardehusaren Eurer Majestät."

„Mein Kriegsminister hat mit mir von Ihnen gesprochen. Sie sind warm empfohlen, dennoch aber mag man es in gewissen Kreisen sehr kühn von Ihnen halten, ins Gardekorps eingetreten zu sein."

„Man hat mich das schon merken lassen, Majestät."

Ein leises, bedauerndes Lächeln ging über das offene Gesicht des Herrschers.

„Ich hoffe, daß Sie trotzdem Ihre Pflicht erfüllen werden. Wie aber kommen Sie zu einer Kleidung, die hier an dieser Stelle unpassend erscheinen muß?"

„Hier, Majestät, meine Entschuldigung.

Kurt zog den geheimen Vertrag hervor und überreichte ihn mit einer ehrfurchtsvollen Verbeugung dem König. Dieser nahm das Schriftstück in Empfang, öffnete es und warf einen Blick darauf. Sofort nahm sein Gesicht den Ausdruck der größten Überraschung an. Er trat ans Fenster, las und las, bis er zu Ende war, und reichte dann die Blätter Bismarck hin:

„Lesen Sie, Exzellenz! Es ist eine bedeutungsvolle Mitteilung, die uns da von diesem Herrn gemacht wird."

Bismarck hatte bis jetzt unbeweglich dagestanden und den Leutnant kaum mit einem oberflächlichen Blick beachtet. Jetzt nahm er die Schrift zur Hand und durchflog sie. Kein Zug seines eisernen Gesichts verriet den Eindruck, den sie auf ihn machte. Als er geendet hatte, warf er den ersten vollen Blick auf Kurt.

„Herr Leutnant, wie kommen Sie zu dieser Urkunde?"

„Durch Diebstahl, Exzellenz", meldete Kurt stramm.

„Ah!" lächelte der Minister. „Was nennen Sie Diebstahl?"

„Die rechtswidrige Aneignung fremden Eigentums."

„So ist es sehr möglich, daß ich Sie vom Verbrechen des Diebstahls freispreche. Mir scheint, diese Papiere seien Eigentum Seiner Majestät, und ihre Aneignung ist vielleicht auf einem sehr gesetzmäßigen Weg geschehen. Wer war der bisherige Inhaber?"

„General Douai brachte sie einem Mann, der scheinbar ein Amerikaner, in Wirklichkeit aber ein Spion Spaniens ist."

„Wo befindet er sich?"

„Hier in Berlin, im Gasthaus zum ‚Magdeburger Hof'. Wenn Majestät und Exzellenz erlauben, bitte ich, den Vorgang, der mich in den Besitz des Schriftstücks brachte, berichten zu dürfen."

„Erzählen Sie!" gebot der König mit gespannter Miene.

Kurt begann seinen Bericht. Als er geendet hatte, trat der König mit raschen Schritten zu ihm, reichte ihm die Hand und sagte wohlwollend:

„Sie haben uns einen großen Dienst erwiesen, Leutnant, ich danke Ihnen. Ich lobe es, daß Sie uns die Urschrift gebracht haben und nicht eine Abschrift nahmen. Für jetzt will ich Sie entlassen, um die nötigen Vorkehrungen zu treffen, uns der Person Douais und dieses Shaw zu bemächtigen. Es freut mich, Sie in meiner Garde zu wissen. Sie haben sich gut bei mir eingeführt und sich so sehr empfohlen, daß Sie meiner Gewogenheit versichert sein dürfen. Glauben Sie, daß ich Sie nicht aus dem Auge lassen werde!"

Der König reichte Kurt abermals die Hand, die dieser an seine Lippen zog. Auch Bismarck trat heran und gab ihm die Rechte.

„Leutnant", sagte er, „ich liebe Leute, die so umsichtig und tatkräftig sind. Wir sehen uns vielleicht nicht zum letztenmal. Für heut aber ersuche ich Sie um Ihre vollste Verschwiegenheit Kein Mensch darf erfahren, was Sie zu Seiner Majestät führte. Wir wissen jetzt genau, daß der Franzmann den Krieg will, und können uns darauf vorbereiten, dem Feind gerüstet gegenüberzustehen. Das ist viel wert, und das haben wir Ihnen zu danken. Verlassen Sie sich darauf, daß ich Sie nicht vergessen werde! Jetzt gehen Sie mit Gott!"

Kurt verließ das Schloß. Er dachte nicht an eine Droschke; er war trunken vor Glück. Er war von diesen beiden mächtigen Männern mit solcher Auszeichnung verabschiedet worden: was kümmerte er sich nun um alle seine Widersacher, vom General an bis zum letzten Leutnant herab. So ging er, in Gedanken versunken, aufs Geratewohl die Straßen entlang, bis er endlich doch zur Einsicht kam, daß er eine falsche Richtung eingeschlagen habe. Er nahm also einen Wagen und ließ sich nach Hause fahren. Dort wurde er mit Ungeduld erwartet. Sie saßen alle im Empfangszimmer beisammen und begrüßten ihn mit liebreichen Vorwürfen wegen seines langen Fortbleibens, das sie sich nicht erklären konnten.

„Wir erwarten dich aus der Wirtschaft da drüben zurück", sagte der Graf, „und nun sehen wir, daß du mit einer Droschke angefahren kommst. Wo warst du eigentlich?"

„Das erraten Sie nicht!" lachte Kurt. Und einen Blick auf sich werfend, fuhr er fort: „Betrachten Sie dieses Gewand, ein Dorfschulmeister kleidet sich besser, und in diesem Anzug war ich beim König!"

„Beim König? Unmöglich!" rief es von allen Seiten.

„Allerdings! Beim König und bei Bismarck war ich!"

„Du scherzt!" meinte Don Manuel.

Aber Röschen warf einen forschenden Blick auf ihren Jugendgespielen. Sie kannte ihn genau; sie sah seine leuchtenden Augen, seine geröteten Wangen und hatte die Überzeugung, daß er nicht im Spaß gesprochen hatte.

„Es ist wahr, er ist beim König gewesen, ich seh' es ihm an", sagte sie.

Dabei glänzten auch ihre schönen Augen vor aufrichtiger Freude. Sie war stolz darauf, daß Kurt mit so hohen Herren gesprochen hatte.

„Also doch?" fragte ihre Mutter den jungen Mann.

„Ja", nickte er.

„Mein Gott, in diesem Anzug!" rief Don Manuel. „Aber wie kommst du zur Majestät und zur Exzellenz?"

„Das darf ich nicht sagen. Ich habe den beiden Herren die größte Verschwiegenheit versprechen müssen, und ich ersuche Sie deshalb, zu keinem Menschen von meinem Empfang zu sprechen. Zu Ihrer Beruhigung jedoch will ich Ihnen sagen, daß ich mit Auszeichnung entlassen worden bin. Es ist mir gelungen, den Herren einen nicht gewöhnlichen Dienst zu erweisen. Beide haben mir die Hände gedrückt und mir gesagt, daß sie mich nicht aus den Augen verlieren werden."

„Wie schön, wie herrlich!" rief Röschen jubelnd.

Dieser Jubel riß Kurt so hin, daß er hinzufügte: „Ich mußte viel erzählen, von Spanien, von Rodriganda, und nun will der König mit dem Großherzog sprechen. Jedenfalls werden Sie alle vorgestellt, und wir dürfen unter königlichem Schutz hoffen, daß unsre Nachforschungen endlich Erfolg haben werden."

„Das gebe Gott!" sagte Roseta de Rodriganda. „Aber du gingst, um mit dem Kapitän zu verhandeln. Wo ist er? Wo hast du ihn gelassen?"

„Er wird in diesem Augenblick gefangen sein", erklärte Kurt.

Mit dieser Annahme hatte er sich geirrt. Während er den Seinen über sein Gespräch mit Landola und sein Verweilen im ‚Magdeburger Hof' soviel erzählte, als sich mit der angelobten Verschwiegenheit vereinigen ließ, hatte der Kapitän das Gasthaus wieder betreten. Die Unterredung mit dem Gesandten Rußlands war nur von kurzer Dauer gewesen. Er kehrte zurück und dachte, als er sein Zimmer betrat, sofort an die wichtige Urkunde.

Er öffnete das Handköfferchen, um sie noch genauer durchzulesen, als es in Gegenwart des französischen Generals möglich war. Da fuhr er erschrocken zurück — das Schriftstück war verschwunden! Er suchte im Köfferchen mit fliegender Hast nach — es fand sich nicht mehr. Er suchte im Zimmer, obgleich er sich genau entsann, daß er die Schrift ins Köfferchen eingeschlossen hatte — vergebens. Nun klingelte er. Die Kellnerin erschien. Sie hatte den Hauptschlüssel wieder an seinen Ort gebracht und auch das reiche Geldgeschenk gefunden.

„War während meiner Abwesenheit jemand hier?" fragte er sie.

„Nein, es hat niemand nach Ihnen gefragt", erwiderte Berta.

„Ich meine, ob jemand hier in diesem Zimmer war?"

„Nein."

„Und doch muß irgendwer hier gewesen sein!"

„Sie verschließen doch Ihr Zimmer."

„Es wird wohl einen Hauptschlüssel geben, an den ich früher nicht gedacht habe. Ich bin bestohlen worden, schändlich bestohlen!"

„Bestohlen?" fragte sie, indem sie vor Schreck erbleichte.

Das mußte ein Versehen sein. Sie konnte Leutnant Unger unmöglich für einen Dieb halten.

„Sie erschrecken, Sie erbleichen!" rief der Kapitän. „Sie sind es selber gewesen! Sagen Sie, wo Sie das Schriftstück haben! Ich muß es wiedererlangen, sogleich, sogleich!"

Beim Wort „Schriftstück" faßte sich das Mädchen sofort. Es handelte sich also nicht um einen gewöhnlichen Diebstahl. Es war eine Schrift abhanden gekommen. Hatte der Leutnant diese an sich genommen, so war er jedenfalls dazu berechtigt gewesen.

„Ich?" sagte sie. „Was fällt Ihnen ein! Auf diese Art und Weise kommen Sie mir nicht, Herr Kapitän! Wo haben Sie das Schriftstück gehabt?"

„Hier in dem kleinen Koffer."

„War er denn nicht verschlossen?"

„Ja doch."

„Und Sie bilden sich ein, daß ein ehrliches Mädchen Ihren Koffer aufsprengt?"

„Aufgesprengt wurde er nicht, sondern aufgeschlossen", fiel er ein.

„Woher soll man den Schlüssel haben, der gerade zu Ihrem Koffer paßt!"

„Einen Dietrich —"

„Lassen Sie sich nicht auslachen! Ein Kellnermädchen wird einen Dietrich haben! Ich werde gleich zum Wirt gehen und ihm sagen, daß Sie mich, seine Verwandte, zur Diebin machen wollen!"

„Ja, gehen Sie! Rufen Sie den Wirt! Das Schriftstück muß auf alle Fälle wieder herbeigeschafft werden."

Berta ging, während Landola in höchster Erregung und Verlegenheit im Zimmer umherlief. Eben, als sie den Hausflur erreichte, kamen mehrere Herren herein, und ein Blick, den sie zufällig durchs Tor warf, zeigte ihr, daß sich einige Polizisten vor dieses gestellt hatten. Einer der Eintretenden wandte sich an das Mädchen.

„Sind Sie hier Kellnerin?"

„Ja", antwortete Berta.

„Wo ist der Wirt?"

„In der Küche."

„Führen Sie mich zu ihm!"

Sie führte den Herrn in die Küche und wies ihn an den Besitzer des Gasthofs. An ihn wandte sich nun der Beamte:

„Bei Ihnen wohnt ein Fremder, der sich als Kapitän Shaw eingetragen hat?"

„Ja, mein Herr."

„Gut, stimmt. Sie haben Ihre Meldung richtig eingereicht. Ich habe im Fremdenverzeichnis der Polizei nachgesehen. Hier ist eine Münze, die mich als Beamten der Polizei ausweist. Ist der Kapitän anwesend?"

Der Wirt nahm die vorgezeigte Münze in Augenschein, nickte und antwortete:

„Er ist eben nach Haus gekommen. In Nummer elf, eine Treppe, finden Sie ihn."

„Gut. Ich hole ihn ab. Aber befehlen Sie Ihrem Personal, nicht davon zu sprechen!"

Damit verließ der Beamte die Küche und stieg die Treppe hinauf. Seine beiden Begleiter stellten sich unten und oben an der Treppe auf, während die Schutzleute in den Flur traten. Die Nummer elf war leicht gefunden. Der Beamte klopfte und trat auf den von innen erfolgten Zuruf ein.

„Endlich!" rief Kapitän Landola ungeduldig. „Sind Sie der Wirt?"

„Nein, Herr Kapitän."

„Ah, wer sonst?" fragte Shaw erstaunt.

„Ich habe das Vergnügen, Beamter der hiesigen Polizei zu sein."

Der Spanier erschrak, faßte sich aber schnell und sagte:

„Ah, das ist mir recht, mein Herr. Ich bin nämlich bestohlen worden —"

„Bestohlen? Hm!" machte der Beamte lächelnd. „Was ist Ihnen abhanden gekommen?"

„Ein sehr wichtiges Schriftstück."

„Dann irren Sie sich. Dieses Schriftstück ist Ihnen nicht gestohlen worden, sondern es wurde beschlagnahmt."

Landola trat einen Schritt zurück. Es war ihm, als habe der Blitz vor ihm eingeschlagen.

„Beschlagnahmt?" stammelte er. „Von wem?"

„Das braucht nicht erörtert zu werden."

„Aber wer hat das Recht, während meiner Abwesenheit meine Behältnisse zu öffnen?"

„Jeder brave Bürger, dem daran liegt, sein Vaterland vor Verrat zu behüten. Kapitän Shaw, oder wie Sie sonst heißen mögen, folgen Sie mir, Sie sind mein Gefangener!"

War Landola vorhin erschrocken, so kehrte jetzt im Augenblick der offnen Gefahr seine Kaltblütigkeit zurück. Er sah ein, daß er verloren sei, falls man ihn gefangennahm. Er mußte fliehen. Aber wie? Der Flur war jedenfalls besetzt, die Straße vielleicht nicht. Dorthin, also durchs Fenster ging der einzige Rettungsweg. Der Beamte mußte übertölpelt werden. Es handelte sich darum, an ihn heranzukommen, ohne Verdacht zu erregen, denn der Pirat konnte sich wohl denken, daß er irgendeine Waffe bei sich trage. Er machte darum ein sehr erstauntes Gesicht, ergriff seinen Koffer, öffnete ihn und sagte:

„Herr Kommissar, das muß ein Irrtum sein. Blicken Sie in diesen Koffer! Die darin befindlichen Empfehlungen und Ausweise werden Ihnen —"

Weiter sprach er nicht. Er hatte sich dem Beamten langsam genähert und stand hart vor ihm, den Koffer hinhaltend. Bei dem Wort „Ihnen" aber ließ er diesen fallen und schlang die Hände mit solcher Gewalt plötzlich um den Hals des Beamten, daß diesem, der einen solchen Überfall nicht erwartet hatte, der Atem verging. Sein Gesicht wurde blau; seine Hände griffen krampfhaft in die Luft; seine Glieder zitterten; die Arme sanken nerab, und dann ließ ihn Landola zu Boden gleiten. Der Polizist war nahezu erwürgt. Er hatte die Besinnung verloren.

„Ah, bereits halb gerettet!" murmelte der Seeräuber. „Was ist so eine Landratte gegen Kapitän Grandeprise!"

Er verschloß das Köfferchen und trat mit ihm in der Hand ans Fenster, das er öffnete. Der Bürgersteig war im Augenblick menschenleer und ein Schutzmann nicht zu sehen. Eine einzige Droschke hielt vor dem Nachbarhaus. Der Kutscher stand daneben. Landola stieg auf das Fensterbrett. Der Sprung war hoch, aber nicht gefährlich Ein Schwung — Landola stand auf dem Bürgersteig, ohne daß jemand gesehen hatte, woher er so plötzlich gekommen war.

Noch immer das Köfferchen in der Hand, trat der Pirat ruhig an die Kutsche, stieg ein und befahl:

„Richtung Friedrichstraße, ich sage dann, wo ich aussteigen will."

Im nächsten Augenblick rollte der Wagen davon. Da es zunächst galt, die Spur zu verwischen, so ließ er die Droschke halten, noch ehe sie die genannte Straße erreicht hatte, bezahlte und schritt zu Fuß weiter. Dann, nachdem er einige Gassen und Gäßchen durcheilt hatte, nahm er eine zweite Droschke und gab dem Kutscher sein richtiges Ziel an. Dort ließ er ihn warten, stieg eine Treppe empor, klopfte an die Tür und trat ein, als er von innen ein lautes, gebieterisches *„Entrez!"* vernahm. Er stand vor General Douai.

„Sie, Kapitän?" fragte dieser. „Was wollen Sie so bald?"

„Sie warnen, Exzellenz", lautete die Antwort. „Sie müssen augenblicklich fliehen. Wir sind verraten."

„Unmöglich!"

„Wirklich! Ich bin der Polizei nur dadurch entkommen, daß ich den Kommissar niederschlug und dann durchs Fenster meines Zimmers auf die Straße sprang."

„Horrible! Wer hat uns verraten?"

„Ich weiß es nicht."

„Und Ihre Papiere?"

„Die Aufzeichnung ist beschlagnahmt."

Der General erbleichte. „So sind wir verloren, wenn man uns ergreift", sagte er. „Sie müssen eine fürchterliche Dummheit begangen haben. Unterwegs sollen Sie mir erzählen."

„Sie wollen mit mir reisen?"

„Es ist das beste. Ich komme nicht über die russische Grenze. Wir müssen nach Sachsen, doch nicht mit der Bahn, da würde man uns ergreifen."

„Ich habe einen Wagen unten."

„Gut. Wir fahren mit ihm ab, wechseln aber öfters, eh wir aus der Stadt kommen. Dann werden wir weiter sehen. Haben Sie Geld gerettet?"

„Ja."

„Mein Koffer muß zurückbleiben, doch ist meine Barschaft bedeutend genug, um mich das verschmerzen zu lassen. Vorwärts!"

Douai steckte seine Brieftasche zu sich, ergriff Hut und Überrock und verließ die Wohnung. Die Droschke trug die beiden Flüchtlinge davon.

10. Zwei Forderungen

Es war am Abend des gleichen Tages. Das altdeutsche Zimmer des Offizierskasinos der Gardehusaren war hell erleuchtet und voll besetzt. Man ahnte, daß Leutnant Unger erscheinen werde, und hatte sich deshalb in voller Zahl eingefunden, um ihm in der Gesamtheit zu zeigen, daß man mit ihm nichts zu tun haben wolle. Die älteren Offiziere hatten sich am letzten großen Tisch zusammengefunden, während die jüngeren die andern Plätze besetzt hatten und sich lebhaft unterhielten. Leutnant Ravenow, der Don Juan des Regiments, spielte mit Golzen und Platen eine Partie Karambolage. Er hatte soeben wieder einen leichten Ball verfehlt und stieß den Stock unmutig zur Erde.

„Alle Teufel, geht mir dieser Ball hinten weg!" meinte er. „Verfluchtes Pech im Spiel!"

„Desto größeres Glück in der Liebe", lachte Platen. „So viel ist aber gewiß, daß du heut mit dem Kapitän Shaw nicht spielen darfst. Du bist zerstreut, und er ist ein Meister. Schone deine Börse!"

„Shaw?" fragte Golzen halblaut. „Pah, der kommt nicht. Mit dem haben wir uns wunderbar lächerlich gemacht."

„Möchte wissen, inwiefern!"

„Hm! Man soll nicht davon reden", flüsterte Golzen wichtig.

„Auch nicht gegen Kameraden?"

„Nur gegen verschwiegene allenfalls."

„Zu denen wir jedenfalls gehören. Oder nicht? Erzähle!"

„Nun, ihr wißt, daß ich zuweilen bei Jankows bin —"

„Bei dem Polizeirat? Ja. Man sagt, daß du seiner Jüngsten den Hof machst."

„Oder sie mir. Kurz und gut, ich war auch heute dort, und da habe ich denn erfahren, daß dieser Kapitän Shaw ein politischer Schwindler ist, und nicht bloß das, sondern sogar ein abgefeimter, gefährlicher Verbrecher."

Ravenow hatte eben den Stock angelegt, um einen Stoß zu tun. Er hielt erstaunt inne und blickte den Sprecher an.

„Du scherzt, Golzen!"

„Scherzen? Fällt mir gar nicht ein! Oder verhaftet man vielleicht einen Menschen, den man für einen außergewöhnlichen, vornehmen

Mann gehalten hat, ohne vorher zwingende Beweise in der Hand zu haben?"

„Donnerwetter! Er ist festgenommen worden?"

„Man wollte ihn verhaften."

„Ah, man hat es aber nicht getan?"

„Weil er ausgerissen ist!"

„Ausgerissen? Shaw? Der bei uns Zutritt hatte? Weißt du das gewiß?"

„Ebenso genau, als daß er den Kommissar, der ihn holen sollte, bis zur Besinnungslosigkeit gewürgt hat und dann einen Stock hoch durchs Fenster gesprungen ist."

„Alle Teufel, das ist eine Schmach! Wer hätte das diesem so anständig scheinenden Kerl zugetraut! Wir haben ihm hier trotz seiner bürgerlichen Abstammung Zutritt gegeben, weil er ein Yankee war und die Nordamerikaner ja keinen Adel besitzen. Aber so ist es stets: gibt man sich mit Pack ab, so fällt man auf alle Fälle herein. Wir haben nun desto größere Verpflichtung, uns gegen diesen Kameraden Unger streng ablehnend zu verhalten."

„Mir scheint", meinte Platen, der schon beim Major für Kurt Partei genommen hatte, „daß zwischen einem flüchtigen Verbrecher und einem ehrenhaften Offizier denn doch ein kleiner Unterschied zu machen ist."

In diesem Augenblick trat v. Winslow, der Oberst seines Regiments, ein. Er wurde hier nicht oft als Gast gesehen. Er kam gewöhnlich nur dann, wenn er irgendeine dienstliche Angelegenheit in freundlich kameradschaftlicher Weise behandeln wollte. Daher ahnte man bei seinem Eintritt sogleich, daß es sich um irgendeine Mitteilung handle, die geeignet sei, die Aufmerksamkeit seiner Offiziere in Anspruch zu nehmen. Er setzte sich zu den ältern Herren am letzten Tisch, ließ sich ein Glas Wein geben und musterte die Anwesenden, die ihn in dienstlicher Haltung begrüßt hatten. Seine Untergebenen warteten auf seine Erlaubnis, ihre vorherige Beschäftigung fortsetzen zu dürfen. Sein Blick fiel auf Ravenow, der trotz seiner Leichtlebigkeit sein erklärter Günstling war.

„Ah, Ravenow", sagte er, „spielen Sie immerhin Ihre Partie aus, aber sodann keine weitere!"

„Herr Oberst, ich bin im Verlust, muß also um ein zweites Spiel ersuchen", erwiderte der Leutnant.

„Heute nicht. Schonen Sie Ihre Beine und Ihre Kräfte!"

„So gibt es morgen wohl Übung?"

„Ja, aber nicht zu Pferd, sondern zu Fuß, und zwar mit jungen Damen im Arm."

Bei diesen Worten hoben alle die Köpfe empor.

„Ja", lachte der Oberst, „da gucken die Herren! Ich will Ihre

Wißbegier auf keine allzu harte Probe stellen, sondern Ihnen sogleich den Sachverhalt mitteilen, damit ich dann ungestört meine Partie Whist spielen kann."

So abweisend sich Winslow gegen Kurt benommen hatte, so umgänglich konnte er sein, wenn er nur wollte, und wenn er sicher war, seiner Ehre keinen Schaden zu tun. Als jetzt die Herren sich näher um seinen Tisch zusammenzogen, meinte er:

„Ja, es wird morgen eine leidliche Fußübung geben; man nennt diese Art Bewegung gewöhnlich Ball."

„Ein Ball, wo, wo?" fragte es überall.

„An einem Ort, an den Sie am allerwenigsten denken werden, meine Herren. Hier habe ich einen großen Umschlag voll Einladungskarten, die ich an sämtliche Offiziere meines Regiments verteilen soll. Es sind im ganzen sechzig Karten. Die Damen sind auch mit geladen."

„Aber von wem?" fragte der Major, der neben dem Oberst saß.

„Ich wette zehn Monatsgehälter, Herr Major, daß Sie es nicht erraten. Denken Sie sich mein Erstaunen, als ich bei Anbruch des Abends diesen Umschlag erhielt, den Inhalt bemerkte und dabei folgendes Schreiben fand:

„Herrn Baron von Winslow, Oberst des ersten Gardehusarenregiments

Herr Oberst!
Seine Majestät der König sind so freundlich gewesen, mir die Wohn- und Gartenräume Seines königlichen Schlosses Monbijou zu einem Tanzabend, den ich morgen abzuhalten gedenke, zur Verfügung zu stellen. Ich sende Ihnen die beifolgenden Karten, um sie an die Offiziere Ihres Regiments zu verteilen, und bin überzeugt, Sie mit Ihrer Frau Gemahlin nebst Töchtern sowie auch die Damen der Herren Offiziere bei mir zu sehen.
Ihr wohlgeneigter
Ludwig III.
Großherzog von Hessen-Darmstadt."

Als der Oberst das großherzogliche Schreiben wieder zusammenfaltete und sein Auge über die Zuhörer schweifen ließ, begegnete er auf allen Gesichtern dem Ausdruck des Erstaunens.

„Was soll das bedeuten?" fragte der schon erwähnte Major.

„Diese Frage habe ich mir auch vorgelegt, aber ohne eine Antwort zu finden. Meine Frau — und die Herren wissen, daß die Frauen sich für äußerst scharfsinnig halten — meine Frau meinte, daß es von oben her im Werk sei, dem Großherzog unser Husarenregiment zu verleihen. Er hat im vergangenen Krieg Preußen feindlich gegenübergestanden, und nun will Seine Majestät ihn vielleicht durch eine solche Auszeichnung an sich ketten."

„Wie ich hörte, wurde er telegraphisch nach Berlin berufen", wagte Leutnant Golzen zu bemerken.

„Woher wissen Sie das?" fragte Winslow schnell.

„Sie verstehen, Herr Oberst, daß die Herren Burschen untereinander strenge Fühlung haben, und der meinige ist ein Schlaukopf, der voller Neuigkeiten steckt wie eine Zeitung."

„Diese telegraphische Einladung ließe, wenn sich ihre Wahrheit bewährte, auf wichtige diplomatische Begebnisse schließen. Man beginnt, sich huldvoll gegen die Südstaaten zu zeigen; man will sie also fesseln. Meine Herren, ich glaube, wir werden in einiger Zeit nach Frankreich reiten. Wenn das nur recht bald geschähe, wir sind grad jetzt im rechten Zug. Aber zerbrechen wir uns nicht den Kopf! Die Sache ist, daß wir eingeladen sind und einen vergnügten Abend haben werden. Die Räume von Monbijou haben uns noch nie zur Verfügung gestanden. Es wird uns da eine Auszeichnung zuteil, um die man uns beneiden wird. Wir werden dankbar sein, und ich bin überzeugt, daß die Herren, besonders die jüngeren, alle ihre Liebenswürdigkeit entfalten werden. Jetzt wollen wir zur Verteilung der Karten schreiten!"

„Darf ich mir die Frage gestatten, Herr Oberst, ob dieser Leutnant Unger auch eine erhalten wird?" fragte Ravenow.

Diese Wißbegier war eine Keckheit, dennoch entgegnete Winslow freundlich: „Weshalb erkundigen Sie sich, lieber Ravenow?"

„Weil ich niemals einen Ball besuchen würde, auf dem Menschen bürgerlicher Herkunft erscheinen."

„Dann brauchen Sie lieber gar nicht zu fragen, denn wir alle hegen gleiche Grundsätze und Ansichten wie Sie. Übrigens tritt dieser Unger erst morgen an. Heut aber werden die Karten verteilt, er geht uns also noch gar nichts an. Hier, lieber Branden, haben Sie die Karten. Besorgen Sie die Verteilung!"

Der Adjutant nahm den Umschlag in Empfang, gab jedem der Anwesenden eine der Einladungen und hob die übrigen für jene Kameraden auf, die nicht zugegen waren.

Kaum war er damit fertig, so ging die Tür auf, und Kurt trat ein. Aller Augen richteten sich auf ihn, glitten aber sogleich wieder von ihm fort, so daß er merken mußte, daß man nichts von ihm wissen wollte. Er ließ sich aber nicht dadurch beirren, behielt die Mütze auf und schritt sporenklirrend auf den Oberst Winslow zu. Vor ihm hielt er an, schlug die Fersen zusammen und sagte:

„Leutnant Unger, Herr Oberst. Ich bitte um die Freundlichkeit, mich den Herren Kameraden vorstellen zu lassen!"

Der Oberst hatte die Whistkarten in der Hand, drehte sich langsam um und tat, als habe er ihn nicht verstanden:

„Wie? Was wollen Sie?"

„Ich erlaube mir die Bitte, mich den Herren vorstellen zu lassen, Herr Oberst."

Winslow zog die Augenbrauen hoch empor und sah Kurt langsam vom Kopf bis zum Fuß an:

„Dort steht mein Adjutant von Branden. Er mag es übernehmen!"

Er glaubte, genug getan zu haben. Kurt jedoch blieb vor ihm halten und sagte mit lauter, sicherer Stimme:

„Halten zu Gnaden, Herr Oberst! Ich habe eine Bemerkung zu machen."

„Nun?" fragte der Oberst, indem er ihm das vor Zorn und Verlegenheit gerötete Gesicht zuwandte. „Fassen Sie sich kurz!"

„Das werde ich, denn Kürze ist meine Eigenheit. Ich bin nicht aus eigenem Antrieb aus meinen bisherigen Verhältnissen geschieden, sondern nur auf höhere Anregung zur preußischen Garde versetzt worden. Ich kenne die Überlieferungen des Gardekorps, doch meinte ich, die Herren Kameraden würden mich, der ich im letzten Feldzug als großherzoglich-hessischer Offizier meine Schuldigkeit getan habe, wenigstens ohne gewaltsame Herausforderungen meinen Weg gehen lassen. Heut aber habe ich bei den meisten Herren, denen ich mich dienstlich vorstellen mußte, eine geradezu empörende Aufnahme gefunden. Darum war ich allerdings darauf gefaßt, auch hier nicht willkommen geheißen zu werden. Ich bin kein Freund von Ungewißheiten. Ich muß wissen, ob man mich als Kamerad anerkennt oder nicht. Und so mag es sich gleich in diesem ersten Augenblick entscheiden, ob mir mein Weg gefälligst freigelassen wird, oder ob ich ihn mir erkämpfen muß. Herr Oberst, ich bin von Ihnen mit einer Nichtachtung behandelt worden, die einer schweren Beleidigung gleichkommt, wie sie sich ein Offizier auch von seinem Kommandeur nicht bieten lassen darf. Ich muß eine Erklärung von Ihnen verlangen."

Der Oberst war ein jähzorniger Mann und hatte stark getrunken. Er sprang auf und schrie ihn an:

„Sind Sie verrückt? Eine Erklärung von mir? Kommt da so ein hergelaufener —. Aber wenn Sie durchaus eine Erklärung wollen: Ich habe Sie absichtlich beleidigend behandelt."

„Ich danke Ihnen, Herr von Winslow. Ich will diese Angelegenheit nicht vor die dienstliche Behörde bringen, aber Genugtuung muß ich mir erbitten. Erlauben Sie, daß ich Ihnen morgen meinen Bevollmächtigten sende."

Kurt drehte sich scharf auf dem Absatz herum und schritt zur Wand, an der er Säbel und Mütze aufhängte, dann nahm er eine Zeitung vom Fenster weg und sah sich nach einem Platz um. Kein einziger hätte es nach dieser Probe von Mut und Tatkraft gewagt, ihm einen Sitz zu verweigern, aber man rückte zusammen, um ihn nicht zum Nachbarn zu bekommen. Nur einer blieb sitzen und hielt das Auge freundlich und einladend auf ihn gerichtet, nämlich Leutnant von Platen. Kurt bemerkte den wohlwollenden Blick und trat zu ihm.

„Erlauben Sie mir den Platz an Ihrer Seite, Herr Leutnant?" fragte er.

„Recht gern, Kamerad", antwortete Platen, ihm die Hand reichend. „Wir kennen uns ja schon. Seien Sie mir willkommen!"

Kurt sah in das offne, ehrliche Auge des Sprechers, dessen Blick ihm wohl tat, und sagte:

„Ich danke Ihnen herzlich. Man hat es zwar unterlassen, mich vorzustellen, aber mein Name ist doch genannt worden. Herr von Platen, darf ich Sie um die Namen dieser Herren bitten?"

Noch immer herrschte tiefe Stille im Raum, so daß man deutlich jeden Namen hörte, den Platen aussprach. Am letzten Tisch war Ruhe wie nach einem Donnerschlag. An den andern Plätzen hatte man alle möglichen Zeitungen und sonstige Hilfsmittel ergriffen, um über die peinliche Lage hinwegzukommen. Die Herren an Kurts Tisch, deren Namen genannt wurden, nickten verlegen, während dieser sie mit einer Verneigung begrüßte. Nur Ravenow blieb der alte, er griff zum Billardstock und meinte laut:

„Komm, Golzen, setzen wir unsre Partie fort! Wie steht es, Platen? Du bist ja der dritte."

„Danke, ich verzichte", entgegnete Platen.

Ravenow zuckte die Achsel und spottete:

„Pah! Das nenne ich den Champagner wegen eines Glases Essig verlassen!"

Kurt tat, als beziehe er diesen beleidigenden Vergleich nicht auf sich, und wurde darin von Platen unterstützt, denn dieser ergriff ein Schachbrett und fragte:

„Spielen Sie Schach, lieber Unger?"

„Unter Kameraden, gern."

„Nun, ich bin ja Ihr Kamerad. Legen Sie die Zeitung fort und versuchen Sie es einmal mit mir! Die Ehrlichkeit erfordert aber, Ihnen zu sagen, daß ich hier für unbesiegbar gehalten werde."

„So muß ich ebenso ehrlich sein", lachte Kurt. „Hauptmann von Rodenstein, mein Pflegevater, war ein Meister. Er gab mir so vortrefflichen Unterricht, daß er jetzt keine Partie mehr gewinnt."

„Ah, das ist recht, denn da dürfen wir endlich einmal einer fesselnden Partie entgegensehen. Kommen Sie!"

Durch diesen kleinen Streich hatte Platen den Bann gebrochen. Am letzten Tisch begann der Whist von neuem, vorn klapperten die Billardbälle, und dazwischen hatten die Züge auf dem Schachbrett in

Zeit von einer halbe Stunde einen so spannenden Verlauf genommen, daß sich die Offiziere einer nach dem andern erhoben, um dem Spiel zuzuschauen. Kurt gewann glanzvoll die erste Partie.

„Meine Hochachtung!" sagte Platen. „Das ist mir lange nicht widerfahren. Wenn es wahr ist, daß ein tüchtiger Stratege auch ein guter Schachspieler sei, so sind Sie jedenfalls ein höchst brauchbarer Offizier."

Kurt fühlte, daß der gute Platen diese freundlichen Worte sprach, um ihm Boden zu gewinnen und antwortete ablehnend:

„Man darf bekanntlich die Schlüsse nicht umkehren. Ist ein guter Stratege auch ein guter Schachspieler, so ist es doch noch nicht notwendig, daß ein feiner Schachspieler auch ein tüchtiger Offizier sein muß. Übrigens haben Sie in der ersten Partie wohl nur meine Kräfte kennenlernen wollen. Versuchen wir eine zweite! Ich ahne, daß ich sie verlieren werde."

„Sie dürften sich irren. Doch beiläufig, Sie nannten da einen Hauptmann von Rodenstein. Ist dieser Herr vielleicht Oberförster im Dienst des Großherzogs von Hessen?"

„Er ist es."

„Ah, so kenne ich ihn. Er ist ein alter, knorriger Haudegen, ebenso grob wie ehrlich, und soll bei seinem Landesherrn gut angeschrieben stehen."

„Diese Schilderung ist zutreffend."

„Ich lernte ihn bei meinem Onkel in Mainz kennen, der sein Bankier ist."

„Sein Bankier? Dieser heißt Wallner, soviel ich weiß."

„Das ist richtig. Ich muß Ihnen nämlich erklären, daß meine Tante, die Schwester meiner Mutter, diesen Wallner, also einen Bürgerlichen, geheiratet hat, der infolgedessen auch ein Verwandter Ihres und meines Majors geworden ist, denn dieser ist mein Vetter."

Die andern Herren warfen einander erstaunte Blicke zu. Was fiel dem Platen ein, mit solcher Offenheit diese Familienverhältnisse darzulegen und damit den Major bloßzustellen? Kurt aber verstand die Absicht. Platen wollte ihm Genugtuung geben für die Aufnahme, die er bei der Familie des Majors gefunden hatte, und zugleich den stolzen Offizieren gegenüber in Erwähnung bringen, daß in den hochadligen Kreisen denn doch nicht alles so sei, wie man dächte.

Die zweite Partie begann. Kurt gewann sie wieder. Während der dritten wurde die allgemeine Aufmerksamkeit auf Ravenow und Golzen gelenkt, die sich in freundschaftlich lustiger Weise zu foppen begannen.

„Wahrhaftig, du bist wieder um fünfzehn Punkte voraus", meinte Ravenow. „Unglück im Spiel!"

„Aber Glück in der Liebe, wie ich dir bereits erklärte", lächelte Golzen.

„Ja, meine Wette wirst du doch bezahlen müssen. Das Mädchen wird mein, es ist ja schon mein, genau genommen."

„Welche Wette? Welches Mädchen?" fragte der wiederholt erwähnte Major, der entweder von der Wette wirklich noch nichts wußte, oder sie noch einmal zur Sprache bringen wollte.

„Es handelt sich für Ravenow um eine Gelegenheit, zu beweisen, daß er unwiderstehlich ist", antwortete Golzen.

„Erklären Sie sich deutlicher!"

Golzen erzählte den Hergang, und alle hörten seinem Bericht zu. Auch die beiden Schachspieler unterbrachen ihre Partie, um der Darlegung ihre Aufmerksamkeit zu schenken.

„Ja, Ravenow ist der Don Juan des Regiments. Er behauptet, diese Schönheit bereits erobert zu haben", schloß Golzen.

„Ist dies wirklich wahr?" fragte der Oberst, der es für an der Zeit hielt, endlich auch ein Wort zu sagen, um seine peinliche Lage zu bemänteln.

„Das versteht sich", antwortete Ravenow. „Wer ist überhaupt unwiderstehlich? Nicht ich allein, sondern jeder Gardehusarenoffizier. Freilich, wenn sich niedrige Elemente in unsern Kreis drängen dürfen, wird diese Sonderstellung für uns sehr bald vorbei sein."

Bei diesem rücksichtslosen Ausfall richteten sich aller Augen wiederum auf Kurt, der jedoch abermals schwieg. Ravenow fuhr fort, nachdem er eine Entgegnung von dem neuen Kameraden vergebens erwartet hatte:

„Die Zeit, für die wir gewettet haben, ist noch nicht um, und ich brauche also noch keine Beweise zu bringen. Das Mädchen war eine Kutscherstochter, und der wird man wohl gewachsen sein. Ich kann einstweilen nur sagen, daß ich in ihrem Wagen Platz genommen und sie nach Hause begleitet habe."

„Eine Kutscherstochter?" lachte der Oberst. „Meinen Glückwunsch, Leutnant! Da ist es ja leicht, die Wette zu gewinnen!"

Da zog Kurt eine Zigarre hervor und sagte, während er gleichmütig ihre Spitze abschnitt und ein Zündhölzchen ergriff:

„Pah, Herr von Ravenow wird diese Wette verlieren!"

Nachdem sich Kurt zweimal ruhig von Ravenow hatte beleidigen lassen, hatte kein Mensch erwartet, daß er jetzt, in einer Angelegenheit, die er scheinbar nicht kannte, das Wort ergreifen würde. Alle horchten darum verwundert auf. Ravenow aber trat schnell einen Schritt vor und fragte:

„Wie beliebt, mein Herr?"

Kurt hielt die Flamme des Zündhölzchens an die Zigarre und tat gelassen einige Züge.

„Ich sagte, daß Herr von Ravenow die Wette verlieren werde. Graf Ravenow schneidet bloß auf!"

Der Genannte trat noch einen Schritt weiter vor.

„Wollen Sie dieses Wort gefälligst wiederholen?"

„Herzlich gern! Herr von Ravenow schneidet nicht bloß auf, sondern er lügt sogar ganz gewaltig."

„Herr", brauste da der Angegriffene auf. „Das wagen Sie mir zu sagen, hier an diesem Ort?"

„Warum nicht? Wir befinden uns ja beide an diesem Ort. Ich würde es übrigens sehr unter meiner Würde halten, Ihre Prahlereien zu beachten, wenn nicht die betreffende junge Dame eine sehr liebe Freundin von mir wäre, deren Ruf zu schützen meine Pflicht ist."

„Hört!" rief Ravenow. „Eine Kutscherstochter seine — Freundin! Und der drängt sich unter uns ein! Der will ein Gardeoffizier sein!"

Die Anwesenden hatten sich abermals erhoben. Sie bemerkten, daß es wieder zu einem Auftritt kommen müsse. Das war endlich einmal ein Abend, von dem man noch später erzählen konnte. Jetzt aber wollte keiner sprechen, das mußte man den beiden allein überlassen. Der fremde bürgerliche Eindringling hatte dem Oberst standgehalten, es war zu hoffen, daß Ravenow ihm Einsicht lehren werde. Kurt allein war sitzengeblieben. Er entgegnete kaltblütig:

„Ich habe schon bemerkt, daß ich mich nicht eingedrängt habe, sondern einem höhern Willen gefolgt bin. Übrigens muß ich fragen, wer ehrenwerter ist, der Freund einer Kutscherstochter oder deren Verführer. Freilich seh' ich mich veranlaßt, dieses letzte Wort einigermaßen zu begründen. Herr von Ravenow hatte sich zwar in den Wagen mit seltener Unverschämtheit eingedrängt, doch ist es ihm nicht geglückt, die Damen nach Haus zu begleiten, denn die Damen haben ihn mit Hilfe eines Schutzmanns an die Luft gesetzt."

Ein „Ah!" ging durchs Zimmer. Das war stark ausgedrückt. Jetzt mußte die Entscheidung eintreten. Ravenow war erbleicht. Es ließ sich nicht sagen, ob vor Wut oder vor Schreck, daß sein Gegner alles wußte. Aber die Wut gewann die Oberhand. Er trat bis auf zwei Schritte an den Stuhl, auf dem Kurt noch immer sorglos saß, heran und rief:

„Wovon sprechen Sie? Von Unverschämtheit? Von an die Luft setzen? Gar noch von einem Schutzmann? Wollen Sie das widerrufen? Sofort!"

„Fällt mir nicht ein!" klang es ihm kalt entgegen. „Ich sagte die volle Wahrheit, und die widerruft man nicht."

Da hob sich die Gestalt Ravenows drohend empor. Man sah, daß er sich im nächsten Augenblick auf seinen Gegner stürzen werde. Doch dieser blieb, scheinbar unvorsichtig, auf seinem Stuhl sitzen.

„Ich befehle Ihnen, augenblicklich zu widerrufen und mich um Verzeihung zu bitten!" keuchte es aus der Brust des aufgeregten Offiziers.

„Ah! Was hätten Sie, grade Sie, mir zu befehlen!" klang es vernichtend aus Kurts Mund.

„Oh, mehr als Sie denken!" rief der Wütende, der vor Zorn seiner kaum noch mächtig war. „Ich befehle Ihnen, sogar aus unserm Regiment wieder auszutreten, denn Sie sind unser nicht würdig. Und wenn Sie das nicht freiwillig tun, so werde ich Sie zwingen. Wissen Sie überhaupt, wie man jemand aus der Uniform treibt?"

Trotzdem Kurt die scheinbar verteidigungslose Stellung noch immer beibehielt, lächelte er überlegen, während er erwiderte:

„Das weiß jedes Kind. Man gibt ihm einfach eine Ohrfeige, dann kann er nicht weiter dienen."

„Nun gut! Wollen Sie widerrufen, um Verzeihung bitten und hier uns allen versprechen, auszutreten?"

„Lächerlich! Treiben Sie keine Faxen!"

„Nun, so nehmen Sie die Ohrfeige!"

Bei diesen Worten warf er sich auf Kurt und holte zum Schlag aus. Aber obgleich seine Bewegungen mit Blitzesschnelle ausgeführt waren, Kurt war doch noch rascher. Er wehrte den entehrenden Schlag mit dem linken Arm ab, faßte im nächsten Augenblick Ravenow hüben und drüben bei der Hüfte, hob ihn hoch empor und warf ihn so zu Boden, daß er mit einem lauten Krach besinnungslos liegenblieb.

Niemand hatte dem jungen Mann solche Stärke und Gewandtheit zugetraut. Einige Augenblicke lang herrschte eine unbeschreibliche Verwirrung im Zimmer. Einige standen bewegungslos vor Schreck und starrten auf den Sieger, der vorher eine solche geistige und nun auch diese körperliche Überlegenheit entwickelt hatte. Andre eilten zu Ravenow, der wie tot am Boden lag. Zum Glück war ein Militärarzt anwesend, der den Bewußtlosen sofort untersuchte.

„Herr von Ravenow hat nichts gebrochen und ist auch innerlich unverletzt, wie es scheint", sagte er dann. „Er wird bald erwachen und nur einige blaue Flecken davontragen."

Diese Besorgnis war also behoben, und nun wandte sich, nachdem man Ravenow auf ein Sofa gelegt hatte, die finstre, feindselige Aufmerksamkeit auf Kurt, der so gleichmütig dastand, als habe er mit dem Vorgang gar nichts zu schaffen. Der Oberst hielt jetzt die Zeit für gekommen, die Überlegenheit seines Ranges geltend zu machen. Er schritt langsam auf Kurt zu und sagte drohend:

„Mein Herr, Sie haben sich an dem Leutnant von Ravenow vergriffen —"

„Die anwesenden Herren können mir sämtlich bezeugen, daß es ein Akt der Gegenwehr war", fiel Unger schnell ein. „Er wagte es, einem Offizier eine Ohrfeige anzubieten, er warf sich auf mich, er holte zum Schlag aus. Dennoch habe ich ihn geschont, denn es lag in meiner

Macht, ihn durch eine Ohrfeige so dienstunfähig zu machen, wie er es mir angedroht hatte."

„Ich ersuche Sie, mir nicht ins Wort zu fallen, sondern mich aussprechen zu lassen! Ich bin Ihr Vorgesetzter, und Sie haben zu schweigen, wenn ich spreche. Verstehen Sie wohl! Sie verlassen augenblicklich das Zimmer und begeben sich bis auf weiteres in Ihre Wohnung auf Zimmerarrest."

Die Gesichter der Anwesenden heiterten sich auf. Das war ganz aus ihrem Herzen gesprochen. Aber sie hatten den Leutnant trotz allem noch nicht kennengelernt. Er verbeugte sich höflich und sagte gemessen:

„Ich bitte um Entschuldigung, Herr Oberst! Morgen würde ich Ihrem Befehl augenblicklich Gehorsam leisten. Da ich aber erst zu morgen früh zum Antritt befohlen bin, so hat dieser heut noch keine Kraft für mich."

„Herr Unger!" drohte der Oberst.

Kurt aber fuhr unbeirrt fort:

„Von einem Arrest kann also keine Rede sein, doch Ihrem Wunsch, das Zimmer zu verlassen, leiste ich gern Folge, da ich bisher nur an solchen Orten verkehrte, an denen man nicht Gefahr läuft, beschimpft oder wohl gar geohrfeigt zu werden. Gute Nacht, meine Herren!"

Diese Zurechtweisung rief zahlreiche Ausrufe des Grimms hervor. Kurt kehrte sich aber nicht daran, schnallte seinen Säbel um, setzte die Mütze auf, grüßte und schritt stolz zur Tür hinaus.

„Dieser Bursche ist ein wahrer Teufel!" meinte der Major.

„Pah!" schnauzte der Oberst. „Wir werden ihm seine Teufeleien austreiben! Er und mich fordern! Hat man so etwas gehört!"

Sie alle hatten gar nicht bemerkt, daß Leutnant von Platen dem Fortgehenden gefolgt war. Draußen unter der Tür holte er ihn ein, ergriff ihn am Arm und sagte leise:

„Leutnant Unger, warten Sie einen Augenblick! Es gab eine allgemeine Verschwörung gegen Sie. Wollen Sie mir glauben, wenn ich Ihnen versichere, daß wenigstens ich keinen Teil daran habe?"

„Ich glaube Ihnen, denn Sie haben es bewiesen", bejahte Kurt, indem er ihm die Hand entgegenstreckte. „Nehmen Sie meinen Herzensdank! Ich will gestehen, daß ich auf ein ablehnendes Verhalten, aber keineswegs auf solche Ungezogenheiten und Roheiten gefaßt war. Ich beklage die Ereignisse des Abends."

„Sie haben sich wacker gewehrt, fast zu tapfer. Ich fürchte, Sie haben sich unmöglich gemacht."

„Das wird man ja sehen. Ich achte die Vorrechte des Adels. Sie sind durch die Jahrhunderte geheiligt, aber ich trete der Anschauung entgegen, die den Adel als der Beschaffenheit nach über dem Bürgertum stehend erklärt. Der Wert des Menschen ist gleich seinem seelischen Gewicht."

"Ich gebe Ihnen recht, obgleich ich von Adel bin. Der Oberst hat Ihre Zurechtweisung verdient, freilich ahnte niemand, daß Sie es wagen würden, eine so unerhörte Freimütigkeit zu entwickeln. Was aber Ravenow betrifft, so muß ich Sie doch fragen, ob Sie dieses Mädchen kennen."

"Sehr genau. Diese Damen haben mir das Ereignis erzählt."

"Ob aber wahrheitsgetreu?"

"Beide lügen nicht. Ihnen allein will ich übrigens sagen, daß die Dame, der die Wette gilt, keineswegs eine Kutscherstochter ist. Wollen Sie mir einstweilen Verschwiegenheit versprechen?"

"Gewiß!"

"Nun, sie ist die Enkelin des Grafen von Rodriganda. Sie sehen also, daß ich mich keineswegs zu schämen brauche, wenn ich ihr Freund bin."

"Alle Teufel! Wie kommt aber dieser Ravenow —"

"Er ist ein Aufschneider und ein unvorsichtiger Mensch. Ein jeder andre hätte auf den ersten Blick gesehen, daß er eine Dame vor sich hat. Er hat sich auf die roheste Weise in ihren Wagen gedrängt und konnte nur mit Hilfe eines Schutzmanns entfernt werden."

"Mein Gott, wie albern und unvorsichtig!" gestand Platen. "Aber wie kommt Ravenow zur Ansicht, daß die hübsche Dame die Tochter eines Kutschers sei?"

"Er hat sich bei meinem Diener, den er in einer benachbarten Kneipe traf, erkundigt. Ich wohne nämlich beim Grafen und bin mit der jungen Dame erzogen worden. Mein alter Ludwig ist ein Schlaukopf und hat ihm weisgemacht, daß sie eine Kutscherstochter sei. Ich hoffe, Sie begreifen nun alles!"

"Alles, nur Ihre Körperstärke nicht. Sind Sie in Waffen ebenso geübt, wie in der Faust?"

"Ich fürchte keinen Gegner."

"Das werden Sie gebrauchen können. Eine Herausforderung Ravenows ist Ihnen gewiß. Und was beabsichtigen Sie mit dem Oberst?" — "Ich werde ihm morgen meinen Kartellträger senden."

"Wer wird es sein?"

"Hm, da befinde ich mich noch im unklaren. Die Meinen will ich von diesen Zerwürfnissen nichts wissen lassen, und Bekanntschaft habe ich hier noch keine."

"Darf ich mich Ihnen zur Verfügung stellen?"

"Sie bringen sich dadurch in eine schiefe Lage zu Ihren Kameraden und Vorgesetzten."

"Das fürchte ich nicht. Ich diene nicht auf Beförderung, sondern nur zum Vergnügen. Mein Vermögen macht mich unabhängig, und ich bitte Sie, Ihr Sekundant sein zu dürfen. Sie haben sich meine Hochachtung erworben, seien wir Freunde, lieber Unger!"

„Ich nehme Ihre Freundschaft von ganzem Herzen an. Bereits bei meinem heutigen Besuch beim Major las ich in Ihren Augen, daß ich Sie schätzen würde."

Sie drückten einander die Hände, und dann fragte Platen:
„Gehen Sie jetzt nach Haus?"
„Nein. Ich habe mich äußerlich zwar ruhig gezeigt, denn nur das führt zum Sieg, doch innerlich war ich es weniger. Ich mag daheim meine Erregung nicht merken lassen und gehe noch ein Glas Wein trinken."
„Ich schließe mich Ihnen an. Warten Sie!"

Platen eilte ins Zimmer zurück. Kurt wartete auf der Straße. Er ahnte nicht, welche Bedeutung Leutnant v. Platen und der von ihm erwähnte Bankier Wallner in Mainz später für ihn haben würden.

Die beiden jungen Männer besuchten ein Weinhaus, und dann begleitete Platen Kurt heim, um seine Wohnung kennenzulernen. Als sie am Tor voneinander Abschied nahmen, sahen sie die Fensterfront der Villa noch hell erleuchtet, und als Kurt ins Empfangszimmer trat, fand er alle um einen hohen Besuch versammelt. Der Großherzog hatte geruht, eine Abendstunde beim Grafen Rodriganda zuzubringen.

„Da kommt ja unser Gardehusar!" lächelte der Großherzog, als er den Leutnant erblickte. „Sie waren im Kasino?"
„Ja, Hoheit", berichtete Kurt.
„Trafen Sie vielleicht Ihren Oberst dort?"
„Er war anwesend."
„Haben auch Sie von ihm eine Karte erhalten?"
„Ich weiß von keiner Karte, Hoheit."
„Ah, der Brave wollte Sie also ausschließen, aber wir werden ihn doch überraschen. Ich erfuhr nämlich heut von unserm gräflichen Freund hier, welche Schwierigkeiten man Ihnen in den Weg legt, und faßte sofort den Entschluß, diesen Herren zu zeigen, daß sie stolz sein dürfen, den Leutnant Unger in ihren Reihen zu haben. Erröten Sie nicht, mein Lieber! Sie sind einer der Offiziere, deren Tapferkeit im letzten Krieg mich mit seinen unglücklichen Folgen auszusöhnen vermag. Sie haben die Auszeichnungen, die Sie tragen, mit Ihren Wunden bezahlt. Ich habe sämtliche Offiziere Ihres Regiments und auch deren Damen für morgen abend zu mir geladen, und der König, der mir von dem hohen Dienst, den Sie ihm heut erwiesen haben, erzählte, stellte mir sein Schloß Monbijou zu diesem Ball zur Verfügung. Ich vermute, daß der Oberst meine Karten im Kasino zur Verteilung brachte. Man will Sie ausschließen, aber man soll Sie dennoch sehen."

Kurt hatte während dieser langen Rede gerührt dagestanden. Sein Landesfürst veranstaltete seinetwegen, eines armen Schiffersohns wegen, einen glänzenden Ball, und der König von Preußen stellte zu diesem Zweck ein Schloß zur Verfügung. Die Tränen standen ihm im Auge. Er stammelte·

„Hoheit, ich weiß nicht, wie ich —"

„Gut, mein lieber Leutnant", unterbrach ihn der Fürst. „Ich kenne Ihre Gesinnungen, auch ohne daß Sie mich deren noch besonders versichern. Der Zweck meines Besuchs ist erfüllt, und so will ich mich verabschieden."

Als er sich entfernt hatte, erfuhr Kurt, daß auch Don Manuel mit all den Seinen, nebst Amy Dryden eingeladen seien, dann begab er sich auf sein Zimmer, um sich durch einen tüchtigen Schlaf auf die Anstrengungen des morgigen Tags vorzubereiten.

Kurt war noch nicht lange dort, so klopfte es leise an. Wer war das? Er hatte ja niemand mehr zu erwarten. Er erschrak freudig, als auf seinen Ruf — Röschen eintrat.

„Du wunderst dich?" fragte sie schüchtern. „Ich muß noch mit dir sprechen."

„Du, Röschen?" sagte er. „Komm, setz dich!"

„Ja, das werde ich tun, lieber Kurt. Wohl soll eine junge Dame keinen jungen Herrn so spät und so allein besuchen, aber wir sind ja ganz wie Geschwister, nicht wahr?"

„Freilich", sagte er, um alle ihre Zweifel zu zerstreuen. „Weiß Mama, daß du hier bist?"

„Natürlich weiß sie es!"

„Und sie hat dir erlaubt, zu mir zu gehen?"

„Ganz gern, ja, sie hat mich sogar darum gebeten. Es ist ja etwas sehr Wichtiges, um was ich dich fragen will."

Wie glücklich fühlte sich Kurt! Sie kam zu so später Abendstunde vertrauensvoll zu ihm. Er wußte, daß er sie liebte, liebte mit der ganzen Glut seines Herzens, mit jedem Gedanken seiner Seele. Jetzt saß er neben ihr auf dem kleinen Sofa und sah ihr erwartungsvoll ins schöne Angesicht.

„Nun, was willst du mich fragen, Röschen?"

„Gib mir erst deine Hand, Kurt. So! Weißt du denn, daß wir uns immer liebgehabt haben?"

Er erbebte bei dieser Frage im tiefsten Innern, es ergriff ihn ein unnennbares Etwas, so daß er nur zustimmend nicken konnte.

„Und daß wir uns noch jetzt liebhaben?"

„Ich dich, ja", stieß er hervor.

„Du mich! Ich weiß es! Aber meinst du, daß ich dich nicht auch noch immer so gern habe wie früher? Sieh, lieber Kurt, wen man liebhat, den kennt man genau, und wenn man auch nicht stets alles weiß, so ahnt man es doch. Ich ahne alle Gedanken, die du hast, wenn ich bei dir bin und wenn meinem Auge etwas verborgen bleiben sollte, mein Herz fühlt es doch. Willst du das glauben?"

Kurt mußte sich sehr zusammennehmen, um ein ruhiges „Ja" antworten zu können.

„Nun", fuhr sie herzlich fort, „als du aus dem Kasino kamst, da war dein Auge so tief und durchsichtig, und ganz, ganz unten da zitterte es auf dem dunklen Grund. Ich wußte sogleich, daß dir ein großes Weh widerfahren war. Du bist im Kasino bös bewillkommt worden, aber du bist nicht der Mann, es zu dulden. Da hat es ein schlimmes Zerwürfnis gegeben, und ihr Offiziere seid mit den Waffen sogleich zur Hand. Komm her, lieber Kurt, und blick mir in die Augen!"

Röschen legte Kurt die Hände auf beide Schultern und zog ihn näher zu sich heran, um ihm besser ins Auge sehen zu können. Ihr forschender Blick senkte sich in den seinigen eine volle Minute lang, dann ließ sie ihre Hände wieder sinken.

„Kurt, weißt du, was es gibt? Ein Duell!"

„Röschen!" rief er erschrocken.

„Kurt, ich seh' es deutlich. Tief da drunten in deinem Auge liegt etwas, was du hast verbergen wollen. Ich habe es aber entdeckt. Das sieht aus wie eine stolze, trotzige Entschlossenheit. Willst du mir etwa die Unwahrheit sagen, lieber Kurt?"

„Nein! Nie!" versicherte er.

„Nun, so sag, ob ich recht vermute!"

„Versprichst du mir, verschwiegen zu sein?"

„Das versteht sich!" beteuerte sie eifrig. „In solchen Ehrensachen dürfen wir einander nicht verraten."

Das Mädchen war hinreißend in dieser kindlichen Einfalt. Er zwang sich, ruhig zu antworten: „Du hast es erraten, Röschen."

„Also ein Duell, wirklich ein Duell! Kurt, ich habe es gewußt, ich habe es gefühlt und geahnt. Glaubst du nun, daß ich dich lieb habe?"

Röschen blickte ihm dabei so aufrichtig entgegen, daß er ihre Hand an seine Lippen zog und leise erwiderte:

„Es ist mein größtes Glück, daß ich dies glauben darf."

„Ja, es ist ein großes Glück, wenn man sich recht von Herzen gut ist, und wenn man ein wahres Vertrauen zueinander hat. Ein solches Vertrauen habe ich zu dir. Denkst du etwa, daß mich dein Duell beunruhigt?"

„Nicht?"

„Nein, nicht im geringsten. Du wirst deinen Gegner besiegen. Aber Mama hat Sorge, und weil sie denkt, daß du mir alles sagen wirst, und weil sie weiß, daß Duelle keine Zeitversäumnis vertragen, so bat sie mich, dich noch heut abend aufzusuchen."

Kurts Auge leuchtete stolz auf, als er von diesem Vertrauen hörte.

„Hast du auch zu andern von deiner Ahnung gesprochen?" fragte er.

„Nein, nur zu Mama. Die andern durften nichts wissen. Sie hätten dich vielleicht gehindert, deinen Feind zu züchtigen, und das mußt du tun!"
„Röschen, du bist eine Heldin!" rief er begeistert.
„Oh, nur wenn es sich um dich handelt, lieber Kurt. Für andre kann ich recht sehr zittern, von dir aber weiß ich, daß du allen überlegen bist. Ja, als du in den Krieg zogst, da habe ich gebebt, denn gegen diese Kugeln konntest du dich nicht wehren. Bei einem Duell kommt es aber nur auf die Geschicklichkeit und auf die Ruhe an, und da hast du keinen zu fürchten. Darf ich fragen, wer dein Gegner ist?"
„Es sind deren zwei!"
„Zwei Duelle?" staunte Röschen. „Gut, das ist doppelte Gelegenheit, dir Achtung zu verschaffen. Ich könnte mich darüber freuen, wenn du mir eine kleine Bitte erfüllen wolltest: züchtige die beiden Menschen, aber töte sie nicht! Willst du?"
„Gern, ich verspreche es dir."
„Das freut mich, Kurt. Zum Dank sollst du mir auch die Hand küssen, wie du vorhin tatest."
Sie hielt ihm das Händchen entgegen, lächelte und nickte ihm freundlich zu, als er es an seine Lippen zog.
„So haben es die Ritterfräulein früher gemacht, und darum darf ich dich auch so belohnen", scherzte sie. „Wenn Mama es sähe, würde sie darüber lachen. Nun aber mußt du mir noch sagen, wer deine Gegner sind."
„Der erste ist mein Oberst."
„Ah! Der könnte doch froh sein, daß er so einen Leutnant bekommt! Und der zweite?"
„Es ist Leutnant von Ravenow."
„Der! Der gegen uns so ungezogen war! Kurt, ich ahne, daß ihr euch meinetwegen schlagt. Sag mir die Wahrheit!"
„Du hast es erraten", bestätigte er.
Es war keine Prahlerei. Es kam ihm nicht in den Sinn, sie durch dieses Geständnis sich zu verpflichten. Er war ein lauterer Charakter und hätte ihr auf ihre offne, vertrauensvolle Frage um alles in der Welt nicht eine Lüge sagen können.
„Siehst du, wie ich dir alles an den Augen ablese!" lächelte sie glücklich. „Nun bist du endlich mein wahrer Ritter geworden. Du wirst dein Röschen rächen, und dafür wird sie dir voller Huld die Hand zum Kuß reichen und dir noch ein Andenken geben. Was, das muß ich mir erst überlegen. Jetzt weiß ich alles, und nun kann ich zu Mama zurückkehren."
„Was wirst du ihr sagen?"
„Alles. Du denkst doch nicht, daß ich meiner Mama etwas verschweigen soll?"

„Davor behüte mich Gott, du reine Seele!" rief er in überströmendem Gefühl. „Sag ihr alles, doch sag ihr auch, daß sie nicht Angst haben soll, daß die Forderung noch nicht geschehen sei, und daß ich um ihre Verschwiegenheit bitte."

„Das werde ich tun, und Mama wird deine Bitte erfüllen. Gute Nacht, mein lieber Kurt!"

„Gute Nacht, mein liebes Röschen!"

Sie streckte ihm beide Hände entgegen und schickte sich an, das Zimmer zu verlassen. Doch an der Tür blieb sie nachdenklich stehen, drehte sich noch einmal um und sagte mit einem kindlich schönen Lächeln:

„Fast hätte ich eine wichtige Sache vergessen! Wenn du mein Ritter bist, so muß ich es doch machen wie die Burgfräulein und dir eine Schleife mit in den Kampf geben. Ist die gut, die ich auf dem Kleid trage, Kurt?"

Diese holde Natürlichkeit jagte ihm das Blut durch die Adern. Er fühlte seine Schläfen klopfen, als er antwortete:

„Oh, sie ist schön! Willst du sie mir wirklich geben?"

„Sehr gern." Röschen nestelte die seidene Schleife von ihrem Kleid los und streckte sie ihm entgegen. „Wenn du in den Kampf gehst, so steckst du sie dir auf die Brust. Oder nein! Da sieht man sie! Aber wo willst du sie sonst befestigen?"

„Nicht auf dem Rock, sondern unter ihm, auf meinem Herzen!" Ein liebliches Rot flog über ihre Wangen. Sie senkte die langen Wimpern, hob aber dann das Auge schnell.

„Ja, so magst du es tun, denn das ist der beste Platz. Ich werde sie dann mit Stolz wieder tragen."

„Wie? Ich soll sie dir wiedergeben?" rief er.

„Etwa nicht?" fragte sie.

„Ja, wenn du willst", meinte er, und lächelnd fügte er hinzu: „Aber dann müßtest du sie einlösen, wie es die Ritterfräulein gemacht haben."

„Einlösen? Womit?"

„Mit einem Kuß."

Jetzt färbten sich ihre Wangen dunkler als vorher, doch sie überwand dieses ihr unerklärliche Gefühl und fragte:

„Haben das die Ritterfräulein wirklich getan? Das habe ich bisher nicht gewußt. Wenn ich dir aber die Schleife ganz schenke, so brauche ich sie auch nicht einzulösen?"

„Nein, dann nicht."

„Nun, so will ich es mir noch überlegen, ob ich sie wieder tragen werde oder nicht. Was von beiden ist dir lieber, Kurt?"

Er nahm sich ein Herz und bekannte mutig: „Am liebsten ist es mir, wenn ich den Kuß bekomme und die Schleife behalten darf."

„Geh! Damit würdest du mich übervorteilen! Diese Sache ist nicht so leicht, als man denken sollte. Es wird mich viel Nachdenken kosten, einen richtigen Entschluß zu fassen. Behalte die Schleife jetzt, ich werde dir mitteilen, was geschehen soll."

Sie ging, und er blieb mit übervollem Herzen zurück. Er preßte die Schleife an seine Lippen, von der noch der feine Resedaduft ausströmte, den Röschen so sehr liebte. Dann sank er aufs Sofa und dachte an sie lange, lange Zeit. Die Augen fielen ihm endlich zu, ohne daß er es merkte, und dann träumte er von ihr.

11. „Seine Majestät der König!"

Als Kurt erwachte, schien die Sonne hell zum Fenster herein. Er unternahm einen Morgenspaziergang in den Garten, und als er dann zum ersten Frühstück ins Speisezimmer kam, waren dort die anderen schon versammelt. Er warf einen schnellen, forschenden Blick auf Röschen. Sie sah blaß aus, als hätte sie wenig geschlafen, und senkte vor ihm die Augen.

Ihre Mutter ließ die schönen, ruhigen Augen forschend auf sein Gesicht fallen, und er glaubte in ihnen die stille Zusage zu lesen, daß sein Geheimnis nicht verraten werden solle.

Dann kam die Zeit, sich zur Schwadron zu begeben. Ludwig, der jetzt sein Diener war, hatte ihm das Pferd gesattelt. Es war ein prächtiger andalusischer Rapphengst, den ihm der Graf geschenkt hatte. Er stieg auf und ritt zur Kaserne. Als er in ihren geräumigen Hof einbog, waren die Schwadronen schon aufgeritten. Die Offiziere waren anwesend und warteten nur noch des Obersten, um das Exerzieren zu beginnen. Aller Augen fielen auf ihn. Auch Ravenow war da. Er hatte sich von seiner gestrigen Niederlage erholt und wandte sich ab, als er den Nahenden bemerkte.

„Alle Teufel, welch ein Pferd!" meinte Branden, der Adjutant.

„Womit der Schiffersohn dieses edle, kostbare Tier bezahlt! Und das will der Kerl im gewöhnlichen Dienst reiten?"

Kurt grüßte die Kameraden, die diesen Gruß kaum erwiderten. Nur Platen ritt zu ihm heran, reichte ihm freundlich die Hand und sagte so laut, daß alle es hören konnten:

„Guten Morgen, Unger! Ein feiner Hengst! Haben Sie mehrere von dieser Schönheit im Stall?"

„Es ist mein Dienstpferd", erwiderte der Gefragte. „Das andre muß ich schonen."

Da kam der Oberst geritten. Sein Gesicht war finster, als könne er eine stillverhaltene Wut kaum meistern. Der Adjutant ritt dem Kommandanten grüßend entgegen.

„Etwas außer dem Alltäglichen zu melden?" fragte der Chef.
„Zu Befehl, nein, Herr Oberst", lautete die Antwort. „Leutnant Unger zum Eintritt in die Schwadron bereit."
„Leutnant Unger, vor!" gebot Winslow mit scharfer Stimme.
Kurt ritt heran und hielt vor ihm still, als sei er nebst dem Pferd aus Erz gegossen. Der Vorgesetzte musterte seinen Anzug, sein Reitzeug, sein Pferd. Er hätte gern etwas Ordnungswidriges entdeckt, fand das zu seinem Bedauern unmöglich. Dann sagte er mit einem verächtlichen Augenzwinkern:
„Ich entbinde Sie bis auf weiteres vom Dienst. Das Nähere werden Sie erfahren."
Kurt grüßte, ohne eine Miene zu verziehen, zog sein Pferd empor und schoß in prächtigen Bogensprüngen seines edlen Tiers zum Tor hinaus.
Dann begann der Dienst. Die Übung dauerte fast drei Stunden. Der Oberst war kaum zurückgekehrt und wollte es sich eben bequem machen, als Platen bei ihm eintrat.
„Ah, recht, daß Sie kommen, Leutnant von Platen", meinte der Chef ungnädig. „Ich habe Ihnen über gestern abend die Bemerkung zu machen, daß ich Ihr Verhalten nicht begreife. Warum ließen Sie diesen Menschen neben sich Platz nehmen und spielten sogar Schach mit ihm?"
„Weil ich der Ansicht bin, daß Unhöflichkeit jeden Menschen schändet, einen Offizier am allermeisten. Und weil ich annahm, daß wenn der Kriegsminister uns einen Kameraden gibt, er von uns erwartet, daß wir ihn als solchen behandeln."
„Aber Sie kannten unsre Abmachung!"
„Ich habe mich daran nicht beteiligt."
„Sie sind sogar mit ihm fortgegangen, wie es mir scheint."
„Gewiß", entgegnete Platen furchtlos. „Ich finde in ihm einen Menschen, den ich achten muß. Wir sind Freunde geworden."
„Ah!" rief Winslow zornig. „Das ist mir freilich sonderbar zu hören. Wissen Sie, daß Sie sich damit Ihren Kameraden feindlich gegenüberstellen? Oder glauben Sie vielleicht, daß man es unbeachtet vorübergehen lassen wird, wenn Sie ein räudiges Schaf in Ihren Schutz nehmen?"
„Ich habe erwähnt, daß Leutnant Unger sich meine Achtung und Freundschaft erworben hat, und muß daher gehorsamst bitten, in meiner Gegenwart Vergleiche solcher Art gütigst zu vermeiden. Übrigens habe ich mir nur auf seine Veranlassung erlaubt, Herrn Oberst meinen Besuch zu machen."
„Ah, doch nicht etwa als Kartellträger?'
„Allerdings als solcher."
„Donnerwetter, er wagt es also wirklich, mich zu fordern?"

„Ich sollte in seinem Auftrag Genugtuung begehren."

„Das ist höchst unvorsichtig von Ihnen! Wissen Sie, daß ich Ihr Vorgesetzter bin?"

Platen entgegnete freimütig:

„In dienstlicher Beziehung bin ich Herrn Oberst untergeben, in Ehrensachen aber stehe ich einem jeden gleich. Mein Freund verlangt Genugtuung und hat mich gebeten, meine Vereinbarungen mit Herrn Oberst zu treffen."

Winslow schritt erregt im Zimmer auf und ab. Er sah sich in eine sehr unangenehme Lage gebracht, aus der es kaum einen Ausweg gab. Deshalb sagte er:

„Leutnant Unger wird doch nicht erwarten, daß sein Kommandeur sich bei ihm entschuldigt? Gehen Sie zu Major von Palm und machen Sie mit ihm ab, was Sie wollen. Aber merken Sie sich: Genugtuung mit der Waffe gebe ich nur der Uniform, in der der Mensch nun einmal steckt, aber nicht dem Herrn Unger! Im übrigen wissen Sie, daß das Ehrengericht das letzte Wort spricht!"

Damit wandte er sich ab.

Leutnant v. Platen schlug die Absätze zusammen und ging. Er suchte dann den Leutnant v. Ravenow auf. Dieser empfing ihn in gemessener Haltung und fragte:

„Was verschafft mir die Ehre deines Besuchs, Platen?"

„Die Ehre meines Besuchs? Hm, so fremd und förmlich!"

„Da du zum Feind übergegangen bist, kann ich mit dir nur mit kühlster Höflichkeit verkehren und bitte, dich dieser ebenfalls zu befleißigen."

Platen verbeugte sich. „Ganz wie du denkst. Wer einen Unschuldigen gegen das Vorurteil verteidigt, muß auf alles gefaßt sein. Ich werde dich übrigens nicht lange belästigen, da mich nur die Absicht herbeiführt, dir die Wohnung meines Freundes Unger mitzuteilen."

„Ah, wozu?"

„Ich denke, daß du sie wissen mußt, um ihm irgendeine dringende Mitteilung machen zu lassen."

„Du hast es erraten. Übrigens brauche ich seine Wohnung wohl nicht zu wissen, denn ich vermute mit Recht, daß du seine Vollmacht hast."

„Du hast recht. Er stellt sich dir durch mich zur Verfügung."

„Das genügt. Golzen wird mir sekundieren. Welche Waffe wählt dein sogenannter Freund?"

„Er überläßt die Wahl dir."

Das Auge Ravenows leuchtete grimmig auf.

„Ah", sagte er, „fühlt er sich so sicher? Hast du gesagt, daß ich der beste Fechter des Regiments bin? Nun, ich habe Golzen, mit dem du das übrige abmachen wirst, sowieso schon vorgeschlagen, auf schwere

Säbel zu dringen. Wenn der Kerl selbst so dämlich ist —. Über Zeit und Ort wirst du dich ja ebenfalls mit Golzen einigen. Hast du mir noch etwas zu sagen?"

„Nein. Ich darf also in ‚kalter Höflichkeit' von dir scheiden. Auf Wiedersehen!"

Platen ging zum Vorsitzenden des Ehrengerichts, einem älteren Major, der versprach, die Angelegenheit sogleich in die Hand zu nehmen. Als er zu Kurt kam und diesem die Mitteilung machte, daß Ravenow sich für schwere Säbel entschieden habe, zuckte Kurt höchst gleichmütig die Schultern:

„Dieser Ehrenmann will mich beseitigen. Er kennt keine Schonung, und so mag er zusehen, ob ich vielleicht so großmütig bin, Nachsicht zu üben. Der Oberst ist ein Feigling. Es ist unmöglich, daß das Ehrengericht sich gegen mich entscheidet. Er wird sich wahrscheinlich für Pistolen und eine weite Entfernung entschließen, und ich bin bereit, ihn zu schonen. Die Festung ist Strafe genug für ihn. Wann kann ich die Entscheidung erwarten?"

„Noch vor Anbruch des Abends."

„Sie werden mir die Nachricht bringen?"

„Ja, noch bevor ich mich zum Ball des Großherzogs nach Monbijou begebe. Das ist auch ein Streich, den man Ihnen gespielt hat. Sie waren berechtigt, eine Karte zu bekommen, man hat sie Ihnen vorenthalten."

„Lassen Sie das gut sein!" lächelte Kurt. „Ich bedarf dieser Karte nicht, denn ich habe eine Privateinladung des Großherzogs."

„Sie werden auch erscheinen?" staunte Platen.

„Jawohl. Ich will Ihnen sagen, daß ich das Wohlwollen des Großherzogs besitze. Er hat gehört, in welcher Weise man mir entgegenkommt, und mir noch gestern abend, als ich nach Haus kam, erklärt, daß er den Ball veranstaltet habe, um mir eine öffentliche Genugtuung zu geben."

Platen machte eine Bewegung des höchsten Erstaunens.

„Glückskind!" rief er. „Sie sind ein Günstling des Großherzogs?"

„Er war mir stets freundlich gesinnt", sagte Kurt einfach. „Übrigens ersuche ich Sie, keinen Menschen wissen zu lassen, daß ich kommen werde. Ich freue mich auf die Enttäuschung der Herrn Kameraden, die mich nur für einen unwillkommenen Eindringling halten. Sie können mir Ihre Nachricht also in Monbijou bringen, und ich werde Sie dafür dem Großherzog, dem Grafen Rodriganda und deren Damen vorstellen."

„Alle Himmel, welch ein Glück!" meinte der Leutnant. „Sie sind — bei Gott — ein Rätsel, aber ich gestehe, daß es gar nicht unvorteilhaft ist, Ihr Freund zu sein. Werden Sie mich auch der wundervollen Dame vorstellen, auf die sich jene unglückliche Wette bezieht?"

„Jawohl. Für jetzt aber wollen wir scheiden, mein lieber Platen, um uns zum Fest vorzubereiten." —

Im Lauf des Nachmittags trat das Ehrengericht zusammen. Die Mitglieder bestanden alle aus Angehörigen des hohen Adels, sie sahen Unger als ein „räudiges Schaf" an, wie sich Winslow ausgedrückt hatte. Übrigens waren sie von diesem beeinflußt worden, und so kam es, daß die Fassung des Urteils dahin ging: der Oberst habe den Leutnant schroff behandelt und Unger habe sich eine Achtungsverletzung zuschulden kommen lassen, das hebe sich gegenseitig auf. Unger habe somit kein Recht, Genugtuung zu fordern, und der Oberst sei nicht verpflichtet, solche zu geben. Von einem Duell könne also keine Rede sein. Daran schloß sich die Bemerkung, daß das Verhalten des Leutnants Unger rücksichtslos genannt werden müsse, das nicht geeignet sei, ihm die freundliche Gesinnung des Offizierkorps zu erringen. Es sei ihm nahezulegen, sich an einen andern Ort versetzen zu lassen, zumal weder seine Abstammung noch seine Gesinnung mit den gesellschaftlichen Verhältnissen des Gardekorps in Einklang ständen.

Dieses Urteil wurde zu Protokoll genommen, von dem Platen eine Abschrift bekam, um sie Unger zu überbringen. Er sah, daß man irgendeine Bemerkung von ihm erwartete, doch steckte er schweigend die Abschrift zu sich und entfernte sich. Er hegte die Überzeugung, daß mit dieser Sitzung die Angelegenheit noch nicht beendet sei.

Winslow aber fühlte sich als Sieger. Er hielt dafür, daß Kurt es nun nicht wagen werde, auf dem Eintritt ins Regiment zu beharren, und kehrte mit dem Gefühl der Genugtuung nach Haus zurück, um sich in seine Galauniform zu werfen und seine Damen abzuholen, da unterdessen der Abend hereingebrochen war und man den hohen Festgeber nicht warten lassen durfte.

Das Gartenschloß Monbijou befindet sich an der Spree im Spandauer Viertel, ist reizend gelegen und war heut besonders festlich geschmückt worden. Im Garten brannten zahllose Lampions, die Büsche und Blumengruppen mit einem Feenschimmer übergossen, in den Zimmern flutete ein Meer von Licht. Geschäftige Bedienstete eilten hin und her, und im Eingang stand der Hofmeister des Großherzogs, um die zahlreichen Gäste zu empfangen.

Nach dem Grundsatz, daß Verzögerung vornehm sei, hatten sich die Leutnants zuerst eingestellt, dann waren die andern nach und nach gekommen, je höher im Rang, um so später. Sie wurden im Vorzimmer vom Adjutanten des Großherzogs empfangen und an ihre Plätze geleitet. Zuletzt kamen die Brigadekommandeure und der Divisionsgeneral mit ihren Damen.

Im großen Saal erblickte man das Musikkorps, das zum Tanz auf spielen sollte. Jetzt herrschte noch jene Erwartung, in der man sich nur halblaut unterhält. Die Diener reichten kleine Erfrischungen herum, vom Speisesaal aber hörte man das Klirren von Glas und Porzellan, das dem Feinschmecker eine Verheißung ersehnter Genüsse bedeutet.

Da endlich wurde die Tür aufgerissen und die Ankunft des Großherzogs gemeldet. Er trat herein, am Arm Roseta de Rodriganda, die jetzige Frau Sternau. Ihm folgten Don Manuel mit Amy Dryden und Sternaus Mutter, und hinter dieser kam Kurt mit Röschen am Arm.

Bei seinem Anblick rissen die Herren Husaren die Augen weit auf. Kurt trug auf der Brust den österreichischen Orden der Eisernen Krone, ferner den hessischen Ludwigsorden, den Löwenorden und den Orden vom Eisernen Helm neben dem Kreuz für Militärverdienste. Die Augen aller Damen richteten sich auf den schmucken Leutnant, den wenige von ihnen kannten, die Augen der Herren aber auf seine Dame, die in bestrickender Lieblichkeit neben ihm ging und so vertraut an seinem Arm hing, als sei sie seine Schwester.

Die Anwesenden hatten sich erhoben. Der Großherzog schritt auf den Divisionsgeneral zu und ließ sich seine Damen vorstellen, worauf er die Namen seiner Begleitung nannte. Es läßt sich denken, welchen Eindruck das Erscheinen Kurts hinter dem Großherzog auf die Leutnants machte. Adjutant v. Branden riß die Augen auf und murmelte zu Golzen hinüber:

„Du, sehe ich recht! Ist das nicht Unger?"

„Bei Gott, er ist es! Du hast recht!" erwiderte dieser. „Wie kommt der Kerl in das Gefolge des Großherzogs?"

Das Staunen Brandens steigerte sich, als sein Auge auf die Brust des Leutnants fiel:

„Hol mich der Teufel! Vier Orden und ein Verdienstkreuz! Bin ich behext?"

„Und an seinem Arm die Kutscherstochter! Ich glaube, Branden, wir sind fürchterlich gefoppt worden!"

„Werden sehen, werden sehn! Seine Hoheit stellt sie soeben vor. Donnerwetter! Was sagt er jetzt zu unserm General *en chef*?" fragte Branden.

Platen, der in der Nähe stand, bemerkte lächelnd:

„Er übergab ihm den Leutnant Unger und dessen Dame und forderte ihn auf, beide den Offizieren des Gardekorps vorzustellen."

„Da soll mich gleich der Teufel holen, wenn ich schon so etwas erlebt habe!" rief Branden ziemlich laut. „Das scheint ja ganz, als wäre es auf eine großartige Genugtuung abgesehen, die dieser Leutnant erhalten soll!"

„Das ist es auch", bestätigte Platen. „Ich weiß aus sicherem Mund, daß dieser Tanzabend hauptsächlich Ungers wegen veranstaltet ist. Unger ist ein Liebling des Großherzogs, und dieser erteilt gegenwärtig den Herren Gardehusaren einen Verweis."

„Das ist noch nie dagewesen, das ist großartig, auf Ehre!" meinte Branden. „Nun geht der Leutnant aus einer Hand in die andere. Jetzt kommt er zum Oberst. Horcht! Der Kerl hat etwas vor. Ich seh' seine Augen blitzen."

Der General trat soeben mit Unger und Röschen zum Oberst.

„Herr Oberst", sagte er, „ich gebe mir die Ehre, Ihnen hiermit Fräulein Sternau und den Herrn Leutnant Unger vorzustellen. Er tritt in Ihr Regiment ein, und ich empfehle ihn Ihrer freundlichen Fürsorge."

Winslow würgte es im Hals. Er brachte kein einziges Wort hervor und konnte sich nur verbindlich zustimmend verbeugen. Da wandte Unger sich an den General:

„Exzellenz", sagte er, „wir haben Ihre Güte schon zu sehr in Anspruch genommen. Gestatten Sie, daß es der Herr Oberst an Ihrer Stelle unternimmt, mich mit den Herren weiter bekanntzumachen?"

„Ein Teufelskerl! Ich ahnte so etwas, es lag in seinem Auge", brummte Branden, der Adjutant. „Jetzt zwingt er von Winslow, den er gefordert hat und der ihn für nicht satisfaktionsfähig erklärt, sein gestriges Verhalten zu verleugnen und ihn in aller Form uns vorzustellen."

Der General nickte und meinte freundlich:

„Es wäre mir ein Vergnügen, Ihnen diesen Dienst zu erweisen. Da Sie es selber wünschen, so übergebe ich Sie dem Herrn Oberst."

Er ging, und nun mußte Winslow in den sauren Apfel beißen. Auf seinen Wink traten die Offiziere seines Regiments heran, und er sah sich zu der nicht angenehmen Arbeit gezwungen, dem von ihm so schwer Beleidigten die lange Reihe ihrer Namen zu nennen.

„Ich danke, Herr Oberst!" sagte Kurt kühl zu ihm, als das beendet war.

Dann trat er zu Platen, stellte ihn und Röschen einander vor und fügte hinzu:

„Er ist mein Freund. Willst du ihn nicht dem Großherzog empfehlen?"

Sie reichte Platen ihre Hand und fragte:

„Tanzen Sie, Herr Leutnant?"

„Leidenschaftlich, gnädiges Fräulein", antwortete er, indem ihm die Röte der Freude ins Gesicht stieg.

„So mag Ihnen Kurt nachher meine Karte bringen, damit Sie sich einschreiben. Seinem Freund gewähre ich nach ihm den ersten Tanz. Jetzt aber kommen Sie mit uns zum Großherzog, damit wir Sie den Herrschaften vorstellen."

Sie entfernten sich, und nun stand der Oberst allein bei seinen Offizieren. Er nahm das Taschentuch, wischte sich, tief aufatmend, den Schweiß von der Stirn und gestand:

„Ich glaube, ich werde ohnmächtig! Ich muß mich setzen."

Winslow ging zu seiner Frau, um sich bei ihr Trost zu holen. Es bildeten sich jetzt einzelne Gruppen, doch das Gespräch aller drehte sich um Unger und die Lehre, die dieser bürgerliche Leutnant dem Gardekorps gegeben hatte. Die Damen begeisterten sich für ihn. Er hatte bewiesen, daß er nicht nur ein schöner Mann, sondern überhaupt ein Mann im vollsten Sinn des Wortes sei. Die Herren begannen, ihn auch mit anderen Augen zu betrachten. Doch es sollte noch besser kommen. Die hohen Flügeltüren wurden aufgerissen, und es ertönte die laute Anmeldung:

„Seine Majestät der König!"

Sofort schritt der Großherzog auf die Tür zu, um den hohen Gast zu empfangen. Dieser trat ein an der Seite Bismarcks, der Kriegsminister und ein Kammerherr folgten. Der letzte trug einen Gegenstand in der Hand, den man bei näherem Hinblicken als eine Saffianhülle erkannte.

„Ich konnte mir nicht versagen, einige Minuten bei Euer Hoheit einzutreten", meinte der hohe Herr zum Großherzog. „Stellen Sie mir Ihre Gäste vor!"

Bald waren die höchsten Persönlichkeiten um die Majestät versammelt, während weiter weg die andern lauschend oder in leiser Unterredung standen.

Branden, der Adjutant, schien nicht schweigen zu können.

„Der König, Bismarck und der Kriegsminister hier?" sagte er. „Das ist eine große Auszeichnung für unser Regiment. Wir können stolz sein. Ah, seht ihr das Kästchen in der Hand des Kammerherrn? Ich lasse mich köpfen, wenn das nicht einen Orden gibt, jedenfalls erhält ihn der Großherzog in dieser öffentlichen, doppelt ehrenden Weise. Schaut, da zieht sich der Graf Rodriganda mit dem Kriegsminister in die Fensternische zurück! Sie sprechen leise, ihre Mienen sind sehr ernst, und ihre Blicke treffen Winslow. Meine Herren, ziehen wir uns ein wenig zum Oberst hin, es gibt etwas, ich kenne das! Man hat als Adjutant so seine Erfahrungen gemacht."

Er hatte recht, denn bereits nach kurzer Zeit kam der Kriegsminister langsam auf den Oberst zugeschritten. Dieser erhob sich ehrfurchtsvoll als er den Nahenden bemerkte, und ging ihm einige Schritte entgegen.

„Herr Oberst, haben Sie mein Schreiben betreffs des Leutnants Unger empfangen?" fragte die Exzellenz nicht sehr freundlich.

„Ich habe die Ehre gehabt", lautete die Antwort.

„Und es auch gelesen?"

„Sofort, wie alles, was aus der Hand Euer Exzellenz kommt."

„So ist es zu verwundern, daß diese Zeilen grade das Gegenteil des Erfolgs bewirkten, den ich beabsichtigte. Sie werden sich erinnern, daß ich Ihnen den Leutnant dringend empfahl?"

„Gewiß", antwortete Winslow.

„Und dennoch erfahre ich, daß man ihn allerorts mit Abweisungen empfangen hat. Gar mancher hochgeborene Kopf ist hohl und steht nur aus Rücksicht auf seine Geburt in Reih und Glied. Der Leiter der militärischen Angelegenheiten ist stets erfreut, wenn er einen Mann findet, der gut zu verwenden ist, und muß es um so schmerzlicher beklagen, wenn grade solche Männer auf ungerechtfertigte, oftmals vielleicht sogar böswillige Schwierigkeiten stoßen. Ich erwarte mit aller Bestimmtheit, daß ich baldigst das Gegenteil von dem höre, was ich zu meinem Erstaunen gewahren muß."

Er drehte sich scharf auf dem Absatz herum und schritt davon, während der Oberst einige Augenblicke wie geistesabwesend stehenblieb und dann auf seinen Sitz zurückkehrte. Selbst wer die Unterredung nicht vernommen hatte, mußte es ihm ansehen, daß er einen ungewöhnlichen Verweis erhalten habe.

„Der ist für heut moralisch tot und physisch zerschmettert", brummte der Adjutant. „Ich möchte nicht in seiner Haut stecken. Leutnant Unger ist in unser Stilleben wie eine Bombe hineingeplatzt, und nun fliegen einem die Stücke an den Kopf. Wo steckt er denn?"

„Dort am Spiegel. Bismarck spricht mit ihm", staunte Golzen.

„Bismarck? Bei Gott, es ist wahr. Welche Auszeichnung! Ich gäb' zwanzig Monatsgehälter, wenn Bismarck mir nur einmal zunicken wollte. Himmel, da geht, weiß Gott, sogar der König auf ihn los."

Die Anwesenden blickten mit Staunen auf die Stelle, an der der junge Mann stand, mit dem die beiden Gewaltigen so herablassend sprachen. Man stand zu fern, als daß man ein Wort hätte verstehen können, aber man sah an den wohlwollenden Zügen des Herrschers, daß es nur Ausdrücke der Güte waren.

Da winkte der König plötzlich dem Kammerherrn. Dieser trat in die Mitte des Saals und verkündete laut:

„Meine Herrschaften, ich gebe mir die Ehre, Ihnen im allerhöchsten Auftrag mitzuteilen, daß Seine Majestät geruhen, den Leutnant Unger zum Ritter der zweiten Klasse des Roten Adlerordens zu ernennen, und zwar in Anbetracht der höchst wichtigen Dienste, die er seit seiner so kurzen Anwesenheit bei uns dem Vaterland geleistet hat. Seine Majestät haben zugleich befohlen, dem genannten Herrn die Insignien des Ordens auszuhändigen, und behalten sich vor, das Weitere zu verfügen."

Er öffnete das Saffiankästchen, schritt auf Unger, der bleich auf seinem Platz stand, zu und heftete ihm den Stern zu den andern auf die Brust.

Im Saal herrschte eine Stille wie in der Kirche. Welche Dienste waren das? In so kurzer Zeit geleistet? Sie mußten bedeutend sein, denn der Rote Adlerorden hat vier Klassen. Dieser Leutnant wurde vom Glück ja förmlich überschüttet! Es bildete sich nun um den jungen Mann ein Kreis von Glückwünschenden, denen der König das Beispiel gab. Bismarck und der Kriegsminister schlossen sich an und alle verabschiedeten sich dann von den Herrschaften.

Nach dem Verschwinden der drei hohen Herren, denen der Kammerherr folgte, ließ man sich mehr gehen, und ein lautes, vielstimmiges Summen zeugte von dem Eifer, mit dem das Ereignis besprochen wurde. Schon hatten alle höheren Offiziere Kurt beglückwünscht, und er stand grad einige Augenblicke allein, da kam Röschen auf ihn zu.

„Lieber Kurt, welch freudige Überraschung!" sagte sie mit leuchtenden Augen. „Hättest du an solche Huld gedacht?"

„Nie! Ich bin noch immer starr vor Erstaunen", gestand er aufrichtig. „Ich befinde mich beinah wie in einem Traum."

„Höre, Kurt, der Dienst, von dem du gestern sprachst, scheint ganz bedeutend zu sein, aber ich darf deine Verschwiegenheit nicht auf die Probe stellen, ich will dir lieber von Herzen Glück wünschen. Deine Feinde sind sehr beschämt worden."

Damit drückte sie ihm die Hand und ging zu ihrer Mutter zurück.

Im Nebenzimmer stand der Oberst mit dem Major v. Palm, seinem Adjutanten und Leutnant v. Ravenow beisammen. Der Major sagte:

„Meine Herren, nach den Ereignissen dieses Abends ist es unmöglich, den Spruch des Ehrengerichts aufrechtzuerhalten. Wir würden alle zum Teufel gejagt werden und Sie, Herr Oberst, in erster Linie. Und es würde beim schlichten Abschied nicht sein Bewenden haben. Ich werde morgen in aller Eile die Mitglieder noch einmal zusammenrufen. Es wird sich ein Vorwand finden lassen, den Spruch umzustoßen!"

„Das ist auch meine Meinung", erklärte Winslow. „Nun ich mich überzeugt habe, daß ich meine Ehre nicht schädige, wenn ich mich diesem Unger stelle, werde ich mich nicht länger weigern, ihm zu Diensten zu sein. Ich gebe Ihnen mein Ehrenwort, daß ich mir alle Mühe geben werde, ihn zu töten."

„Das überlassen Sie mir, Herr Oberst", meinte Ravenow. „Ich habe ihn auf schwere Säbel gefordert, er kann mir nicht entgehen. Wir schlagen uns, bis einer von beiden tot oder wenigstens dienstunfähig ist."

„Wann und wo ist das Stelldichein?" fragte der Oberst.

„Das ist noch unbestimmt", antwortete Ravenow. „Ich erwarte Ihre Entscheidung, da es jedenfalls am besten ist, daß beide Angelegenheiten, wenn möglich, hintereinander ausgefochten werden."

„Ich stimme bei und werde sofort Platen sagen, daß ich die Forderung annehme. Welchen Ort würden Sie vorschlagen, Leutnant?"

„Was sagen Sie zu dem Park hinter der Brauerei auf dem Kreuzberg, Herr Oberst?"

„Ausgezeichnet passend. Und die Zeit?"

„Ich mag keine Minute verlieren, denn ich brenne vor Begierde, diesem Unger den Schädel zu spalten. Ich stimme für sofort. Man wird hier nicht sehr spät nach Mitternacht aufbrechen, eine Stunde genügt, um unsre persönlichen Angelegenheiten zu ordnen. Was sagen Sie zu vier Uhr früh?"

„Mir recht."

„Schön. Doch ich habe eine dringende Bitte, Herr Oberst. Sie sind Familienvater, ich aber nicht, auch ist Ihre dienstliche Stellung eine andre als die meine. Mag die Angelegenheit ausfallen wie sie will, so fallen die Folgen viel schwerer auf Sie als auf mich. Ich ersuche Sie daher, mir die Vorhand zu lassen."

In Berücksichtigung seines höheren Ranges hätte Winslow auf diesen Vorschlag nicht eingehen sollen. Aber er dachte an seine Familie, er dachte an die Strafen, die das Duell nach sich zieht, und er berechnete endlich, daß er vielleicht gar nicht zum Kampf kommen werde, da Ravenow den Gegner töten wollte. Und so erwiderte er:

„Sie sind ein braver Kerl, Leutnant, ich will Ihnen Ihre Bitte nicht abschlagen. Major von Palm, Sie müssen als Unparteiischer dabei sein. Branden, wollen Sie mir sekundieren?"

„Mit größtem Vergnügen, Herr Oberst", versicherte der Gefragte.

„So gehen Sie sogleich zu Platen, dem Sekundanten Ungers, und sagen Sie ihm, daß ich den Gegner morgen früh vier Uhr am angegebenen Ort erwarte. Ich werde Pistolen mitbringen. Wir nehmen zwanzig Schritt feste Entfernung und schießen, bis einer von beiden tot oder dienstunfähig ist. Für den Arzt werde ich sorgen."

„In welchen Zwischenräumen wird geschossen?"

„Auf Kommando und zu gleicher Zeit."

„Ihre Bedingungen sind ebenso streng wie die meinigen", sagte Ravenow. „Unger wird den Platz nicht verlassen. Ich werde sogleich mit Golzen sprechen. Er ist mein Sekundant und soll sofort zu Platen gehen, um ihm unsre Bedingungen mitzuteilen."

Nach einiger Zeit kamen v. Golzen, der Adjutant und Platen zu Kurt, der an der Seite Röschens auf einem Diwan saß.

„Herr Leutnant, wir müssen mit Ihnen sprechen", meinte Platen.

„Kommen Sie ins Nebenzimmer!" sagte Kurt. „Die Dame wird mich auf einige Augenblicke entschuldigen."

Die beiden Sekundanten teilten ihm nun ihre Aufträge mit. Als sie geendet hatten, lächelte Unger:

„Ich erkenne allerdings, daß es meine Gegner geradezu auf mein Leben abgesehen haben. Der Leutnant Ravenow hat für den Zweikampf eine Waffe vorgeschlagen, in der er erfahren ist, während er meint, daß ich sie nicht zu führen weiß. Meine Herren, ich habe mich im Fechten mit dem Säbel bereits als Knabe geübt, ich brauche

Ravenow daher nicht zu fürchten. Ich nehme die Bedingungen an, aber weil ich kein Raufbold bin, so erkläre ich mich bereit, mein Ohr dem Sühneversuch nicht zu verschließen, den der Major von Palm unternehmen wird. Eine aufrichtige Abbitte oder Ehrenerklärung hat für mich, der ich Mensch bin, gleichen Wert wie eine blutige Genugtuung."

Die Offiziere hatten diese Worte ruhig mit angehört, nun aber erklärte der Adjutant mit einem zweideutigen Lächeln:

„Herr Kamerad, von einer Abbitte wird nie die Rede sein, soweit ich die beiden Herren kenne. Und was Ihre Bereitwilligkeit betrifft, auf einen Sühneversuch einzugehen, so will ich meinem Auftraggeber lieber davon keine Mitteilung machen, da er jedenfalls annehmen würde, daß sie aus Mangel an Mut entspringe."

„O bitte, sprechen Sie immerhin davon! Was er vor dem Kampf von meinem Mut denkt, ist mir gleichgültig. Nach der Entscheidung erst wird er mich genau einschätzen können. Sie werden mich Punkt vier Uhr am Platz finden."

Man trennte sich mit gemessenen Verbeugungen.

Der Oberst trat mit Golzen, Ravenow und dem Adjutanten in eine Ecke, und ein aufmerksamer Beobachter konnte leicht sehen, daß sie eine lebhafte Unterhaltung führten über einen Gegenstand, über den sie sich nur schwer einigen zu können schienen.

Da öffneten sich die Türen des Speisesaals, und es wurde zu Tisch gerufen. Der Großherzog bot den Arm Sternaus Mutter, und hinter ihm bildeten sich die Paare zu einer langen Reihe, um sich in den Speisesaal zu begeben. Das Essen war köstlich und die Stimmung sehr lebhaft.

Nach der Tafel begann der Tanz. Röschen schwebte am Arm Kurts und dann mit Platen durch den Saal. Sie tanzte nur mit diesen beiden und einigen der höheren Offiziere, denen die Hofsitte gebot, den Damen, die der Großherzog eingeführt hatte, diesen Ehrendienst zu erweisen.

Kurz vor Mitternacht zog sich der Großherzog zurück. Auch der Graf von Rodriganda fuhr mit den Seinen nach Haus, und die Exzellenzen taten das gleiche. Nun wußten sich die andern vom Zwang frei, und die Geselligkeit nahm an Frohsinn und Ungezwungenheit bedeutend zu.

12. *Auge in Auge*

Die Herren, die beim Duell beteiligt waren, warteten das Ende des Vergnügens nicht ab, sondern begaben sich ebenfalls nach Haus, um sich vorzubereiten. Kurt saß beim Licht in seinem Zimmer und las in des Generals von Clausewitz berühmten Werken. Der Morgen brach an und begann das Licht seiner Lampe zu schwächen. Da klopfte es leise an seine Tür, und auf sein Herein!" trat Röschen ein.

„Guten Morgen, Kurt!" grüßte sie, ihm die Hand bietend. „Hast du geschlafen?"

„Nein", erwiderte er.

„Hast du dein Testament gemacht?" scherzte Röschen.

Er zog ein sehr erstes Gesicht, als er antwortete:

„Mein liebes Röschen, ein Duell ist selbst für den besten Fechter und den sichersten Schützen eine bedenkliche Sache. Ob man auch Meister in allen Waffen sein möge, man ist doch verwundbar. Und kommt man glücklich davon, so ist der Gedanke, einen Menschen verletzt oder gar getötet zu haben, auf jeden Fall niederdrückend."

„Du hast recht, lieber Kurt. Aber ich bringe es zu keiner Besorgnis um dich. Und was deine Gegner betrifft, so kommt es ja nur auf dich an, alle Gewissensbisse zu vermeiden. Du hast gehört, daß sie deinen Tod wollen."

„Aber ich werde sie nicht töten."

„Ich ersuche dich dringend, deine Nachsicht nicht so weit zu treiben, daß du dich selbst in Gefahr bringst. Man hat davon gesprochen, daß Ravenow ein tüchtiger Fechter und der Oberst ein ausgezeichneter Schütze sei."

„Trage keine Sorge! Ich fühle mich beiden überlegen."

„Und meine Schleife, lieber Kurt? Sie soll dein Talisman sein."

„Ich trage sie auf meinem Herzen", lächelte er. „Hast du dir überlegt, ob du sie zurückfordern wirst?"

„Das soll davon abhängen, ob ich mit deinem Betragen gegen deine Feinde zufrieden bin", sagte sie. „Aber, es ist halb vier Uhr."

„Gerade zu dieser Zeit habe ich Platen an die nächste Ecke bestellt."

„So mußt du gehen! — O Kurt, wenn dich aber dennoch eine Kugel träfe!" klagte sie leise. Ihre Augen zeigten einen feuchten Schimmer.

Er beruhigte sie. „Sorge dich nicht, Röschen! Komm, ich muß aufbrechen."

Noch einmal drückte sie seine Hand. „Geh mit Gott, mein Ritter!" Dann war sie verschwunden.

Am Ende der Straße wartete Platen, mit dem Kurt am Abend Brüderschaft geschlossen hatte, in einem zweispännigen Wagen. Kurt stieg ein. Aus einer Seitenstraße bogen jetzt hinter ihnen zwei andre Wagen ein.

„Oberst von Winslow und Ravenow", sagte Platen, der auf dem Rücksitz saß und die Insassen der beiden Wagen also sehen konnte. „Sie sind so pünktlich wie wir, aber wir werden doch die Ehre haben, zuerst anzukommen. Heinrich, laß dich von denen da hinten nicht ausstechen!"

Der Kutscher gab den Pferden die Peitsche als Zeichen, daß er seinen Herrn verstanden habe.

Bald darauf ging es zum Halleschen Tor hinaus und dem Berg zu. Als man an die Brauerei kam, fehlten noch zehn Minuten an vier. Der Park wurde erreicht. Die Kutsche bog in einen Seitenweg ein und hielt endlich an einem freien Platz, der von Buschwerk und Bäumen umgeben war. Man stieg aus. Bald kamen auch die andern Wagen an. Man begrüßte sich durch ernstes, stummes Kopfnicken. Die Diener wurden als Wachtposten aufgestellt, um jede Störung fernzuhalten, und der Arzt zog sein Besteck und die Verbandsmittel hervor, um sofort bereit zu sein.

Platen und Golzen untersuchten den Platz. Dann trat Golzen an Ravenows Wagen und brachte die Waffen hervor. Ravenow stand schon bei dem einen Säbel, die Golzen auf die Erde gelegt hatte. Kurt trat zum andern. Der Oberst und sein Adjutant schritten herbei, um in größerer Nähe Zeugen des Kampfes zu sein. Major von Palm war bei ihnen. Als Unparteiischer hatte er die Verpflichtung, eine Aussöhnung der Parteien zu versuchen, er näherte sich ihnen daher und fragte:

„Erlauben die Herren, ein Wort zu Ihnen zu sprechen?"

„Ich erlaube es", entgegnete Kurt.

„Aber ich nicht", rief Ravenow. „Ich bin tödlich beleidigt worden. Jeder Sühneversuch ist nutzlos."

„So habe ich nichts weiter zu sagen. Ich war bereit, den Herrn Major anzuhören, und ich bitte, es zu vermerken", erklärte Kurt.

„Wer sich bereit erklärt, zurückzutreten, ist ein Feigling", sagte Ravenow, indem er den Säbel vom Boden aufnahm. „Laßt es losgehen!"

Kurt nahm seine Waffe ebenfalls auf. Der Kampf konnte beginnen, sobald Major von Palm das Zeichen gab. Die beiden Gegner standen voreinander, Kurt ruhig und ernst, der andre aber mit fest zusammengekniffenen Lippen und bebenden Nasenflügeln. Es war ein ernster Augenblick.

Major von Palm erhob die Hand, als Zeichen, daß der Kampf beginnen könne. Ravenow fiel sofort mit einer Gewalt aus, als gelte es, einen Elefanten niederzuschlagen. Doch Kurt wehrte diesen Herkuleshieb mit Leichtigkeit ab. Mit Gedankenschnelligkeit folgte sein Hieb und in diesem Gegenhieb, der von der Seite kam, lag eine so außerordentliche Kraft, daß Ravenow der Säbel aus der Hand geschleudert wurde.

Die Sekundanten kreuzten ihre Degen zwischen die Gegner, damit Kurt den jetzt wehrlosen Ravenow nicht angreifen könne. Der Arzt hatte den Säbel geholt und gab ihn seinem Besitzer zurück, der nun sofort wieder auf Kurt eindrang. Die zwei schweren Klingen blitzten gegeneinander; ein scharfes Klirren, und ein lauter Schrei erscholl Er kam aus Ravenows Mund. Sein Säbel flog im hohen Bogen über die Lichtung, und mit Entsetzen sahen alle, daß eine abgehauene Hand den Griff der Waffe noch umfaßt hielt.

Kurt senkte den Säbel: „Herr Doktor, sehen Sie nach, ob einer von uns beiden dienstuntauglich geworden ist! Das war doch die Bedingung des Herrn von Ravenow."

Dieser stand mit starren Augen unbeweglich auf dem Fleck. Aus dem noch vom Hieb hoch erhobenen Armstumpf schoß ein dicker Strahl roten Bluts. Dann wankte er. Sein Sekundant trat zu ihm, um ihn zu stützen. Der Verwundete brachte keinen Laut hervor. Er ließ sich vom Arzt ins Gras niederziehen, betrachtete die Stelle, an der sich die Hand befunden hatte, und schloß die Augen.

„Nun, Doktor, wie steht es?" fragte Kurt.

„Die Hand ist unwiederbringlich fort", entgegnete dieser.

„Ich meine, ob meine Bedingung dieses Kampfes erfüllt ist?"

„Ja, der Herr Leutnant wird aus dem Dienst scheiden."

„So habe ich mein Wort gehalten und darf abtreten."

„Und ich ebenso", meinte Platen. Und zu Kurt sagte er dann leise: „Du kannst ja fechten wie ein Teufel! Du hast eine Gewandtheit entwickelt, die man kaum für möglich hält. Dieses Duell wird von sich reden machen. Bist du mit der Pistole ebenso vertraut?"

„Ich denke es."

„So brauche ich mich um dich nicht zu sorgen. Aber entschuldige, ich muß doch zu Ravenow!"

„Geh immerhin!"

Alle waren um Ravenow beschäftigt. Der Arzt arbeitete mit Sonde und Zange an dem glatt abgehauenen Stumpf, um die Ader zu suchen, und es dauerte lange Zeit, ehe die Blutung bewältigt und die Wunde verbunden war. Man hörte dabei das Knirschen von Ravenows Zähnen, es mochte vor Wut und auch vor Schmerz sein. Er hielt die jetzt offnen Augen auf die Hände des Arztes gerichtet und schoß nur zuweilen einen haßerfüllten Blick zu Kurt hinüber

„Ein Krüppel!" stöhnte er. „Ein elender Krüppel! Herr Oberst, versprechen Sie mir, ihn niederzuschießen?"

„Ich verspreche es!" erwiderte Winslow, überwältigt von dem Anblick des Verwundeten. „Ich weise jeden Sühneversuch zurück."

„Gut, das gibt mir meine Kräfte wieder. Doktor, ich muß den Kampf mit ansehen. Sie dürfen nicht widersprechen!"

Der Arzt machte ein bedenkliches Gesicht. „Bei einer Verwundung, wie die Ihrige ist, muß jede Aufregung schaden. Aber dennoch, ich will gestatten, daß Sie bleiben. Herr von Golzen mag Sie stützen. Eigentlich sollten Sie in Ihrem Wagen sofort nach Hause fahren."

„Das würde grade die größte Aufregung geben. Sie würde mich

töten. Nein, ich muß diesen Menschen fallen sehen. Dann will ich gern auf meine Hand verzichten und ein Krüppel sein. Lassen Sie mich nicht warten, sondern beginnen Sie sofort!"

Platen hatte dieses Gespräch mit angehört, ohne für Kurt das Wort zu ergreifen. Jetzt winkte er dem Adjutanten:

„Herr Kamerad, ich bin bereit, wenn es Ihnen gefällig ist."

Branden nickte, und die beiden begaben sich in die Mitte des Platzes. Die Entfernung wurde durch zwei in die Erde gesteckte Degen markiert, und dann holte der Adjutant den Pistolenkasten des Obersten. Als Kurt das bemerkte, ergriff er eine der Pistolen, betrachtete sie mit Kennermiene und sagte:

„Sehr gut! Da ich auf sie nicht eingeübt bin, ist es mir gestattet, einen Probeschuß zu tun?"

„Schießen Sie!" sagte der Sekundant seines Gegners kurz.

Über das Gesicht des Verwundeten glitt ein höhnisches Lächeln. Kurt lud die Pistole und blickte sich nach einem Ziel um. An dem weit hervorragenden Ast einer Fichte hing ein großer Zapfen. Er deutete auf diesen und sagte:

„Also diesen Zapfen treffen!"

Er zielte lange, um seines Schusses sicher zu sein, und drückte dann los. Ein vielstimmiges „Hm" und Räuspern ließ sich hören. Er hatte nicht den Zapfen getroffen, sondern in der Entfernung von einem Meter davon den Zweig, der herabfiel.

„Gott sei Dank, er schießt schlecht!" dachte Winslow.

Das glaubten die andern. Platen nahm Gelegenheit, Kurt zur Seite zu ziehen, und meinte in höchster Besorgnis:

„Aber um Gottes willen, lieber Unger, wenn du der Pistole nicht besser mächtig bist, so bist du verloren! Der Oberst hat Ravenow sein Ehrenwort gegeben, daß er dich ohne Gnade und Barmherzigkeit erschießen will."

„Er mag es versuchen", lächelte Kurt. „Übrigens habe ich gefunden, daß diese Pistolen ausgezeichnet gearbeitet sind."

„Wie? Du spaßt noch? Trotz der Güte der Pistole hast du dein Ziel nicht getroffen."

„Im Gegenteil, ich habe es genau getroffen. Den Zapfen gab ich nur zum Schein an, in Wirklichkeit aber zielte ich grade auf den Punkt des Zweigs, den ich getroffen habe. Du weißt wohl, wem es gelingt, seinen Gegner irrezuleiten, der hat bereits halb gesiegt."

„Ach, du bist, bei Gott, ein fürchterlicher Gegner!" gestand Platen. „Ich möchte mich nicht mit dir schlagen."

Die beiden Sekundanten luden die Pistolen. Es wurde ein Tuch darüber gedeckt, und nun zog sich jeder der Feinde eine der Waffen hervor, um sich dann an seinen Platz zu begeben. Jetzt war die Zeit wiederum für den Major gekommen.

„Meine Herren!" begann er. „Ich fühle die Verpflichtung —"
„Ruhig, Kamerad!" rief ihm Winslow zu. „Ich mag kein Wort hören!"

Er hatte gesehen, wie schlecht Kurt scheinbar schoß. Dies kräftigte sein Selbstbewußtsein und seine Sicherheit.

„Aber ich ersuche den Herrn Major, zu sprechen", meinte Kurt. „Man soll nicht morden, wenn es andre Wege zum Ausgleich gibt. Ich erkläre mich für völlig zufriedengestellt, wenn der Herr Oberst mich um Verzeihung bittet."

„Um Verzeihung?" rief dieser. „So kann nur ein Wahnsinniger reden! Ich halte unsre Vereinbarung fest, denn ich habe mein Ehrenwort gegeben, daß einer von uns beiden auf dem Platz bleibt. Beginnen wir endlich!"

Die übliche Aufstellung der Kämpfenden und Zeugen erfolgte. Die beiden Gegner erhoben ihre Waffen. Kurt zielte auf die Hand des Obersten. Ein Neigen seines Kopfes zu der Seite hin, auf der der Major stand, deutete an, daß er dessen Kommandoworten größte Aufmerksamkeit schenkte. Es galt, dem Gegner zuvorzukommen. Doch durfte es nicht einen so bemerkbaren Zwischenraum betragen, daß man es hätte unehrlich nennen können. Es handelte sich darum, nur einen kleinen Augenblick eher abzudrücken. Jetzt begann der Major zu zählen.

„Eins — zwei — drei!"
Die Schüsse krachten.

„Herrgott!" rief zu gleicher Zeit Winslow und fuhr einige Schritte zurück.

Seine abgeschossene Pistole fiel zur Erde, während er mit seiner linken Hand den rechten Arm ergriff.

„Sie sind getroffen?" fragte der Sekundant, indem er herbeisprang.
„Ja, in die Hand", seufzte der Verwundete.

Auch der Arzt eilte herbei und ergriff den Arm, um die Verwundung zu untersuchen. Er schüttelte den Kopf und blickte zu Kurt hinüber, der unbeweglich auf seinem Platz stand.

„Zerschmettert, völlig zerschmettert", erklärte er, indem er mit der Schere den Ärmel bis zum Ellbogen aufschnitt. „Die Kugel ist durch die Hand gegangen, hat sodann das Handgelenk zerrissen und ist in den Unterarm eingedrungen. Da hat sie die Röhre zerschmettert und ist hier durch den Rock wieder herausgegangen. Sie kann nicht weit von hier liegen."

„Kann die Hand gerettet werden?" fragte Winslow angstvoll.
„Nein, ganz unmöglich. Sie muß herunter!"
„Also dienstunfähig?" erkundigte sich Kurt.
„Völlig!" antwortete der Arzt.
„So kann ich meinen Posten hier verlassen", meinte Kurt.

Er warf die Pistole zur Erde und schritt davon. Platen war auf dem Kampfplatz stehengeblieben. Er sah dem Arzt zu, der sein Messer in einer Weise gebrauchte, daß der Oberst den Schmerz nicht verbeißen konnte.

„Auch ich ein Krüppel, auch ich!" knirschte dieser. „Ravenow, hören Sie es?"

„Ob ich es höre!" entgegnete Ravenow, trotz seiner Schwäche am Arm Golzens herbeitretend. „Mit diesem Menschen ist der Satan im Bund. Ich hoffe, daß er ihn bald zur Hölle holt!"

„Du irrst", meinte Platen ernst. „Was du Satan nennst, besteht nur in einer vollendeten Führung der Waffen. Leutnant Unger ist mein Freund, und ich darf nicht ruhig zuhören, wenn man nach solchen Beweisen von Ehrgefühl und Brauchbarkeit noch immer fortfährt, ihn zu lästern. Nicht er ist es gewesen, der beleidigt hat, und dennoch wollte er kein Blut. Ihr wolltet ihn zum mindesten dienstunfähig machen, nun seid ihr es selber geworden."

Nach dieser Zurechtweisung folgte Platen seinem Freund.

„Ich bin ganz starr vor Staunen", grollte Ravenow. „Wäre ich nicht verwundet, so forderte ich diesen Platen vor die Klinge!"

„Der Löwe ist verwundet, da bellen ihn die Schakale an", fügte der Oberst hinzu. „Aber es ist doch noch nicht zu Ende mit uns. Au, Doktor! Was schneiden Sie denn? Glauben Sie ein Kotelett vor sich zu haben?"

„Sie müssen es aushalten, Herr Oberst", erwiderte der Gescholtene.

„Daß es auch die Rechte ist!" stöhnte Ravenow vor Grimm. „Aber ich werde mich mit der Linken üben, und sobald ich die Übung habe, fordere ich ihn aufs neue. Dann soll er mir nicht zum zweitenmal entgehen!"

„Regen Sie sich nicht weiter auf", bat der Arzt. „Herr von Golzen, führen Sie den Herrn Leutnant zu seinem Wagen. Er mag nach Hause fahren, ich werde in einer Stunde bei ihm sein."

„Meinetwegen", zischte Ravenow. „Hier ist doch nichts mehr zu tun." Und mit höhnischem Lächeln setzte er hinzu: „Herr Oberst, ich bin unwohl, darf ich um einigen Urlaub bitten?"

„Gehen Sie!" brummte der Vorgesetzte. „Ich befinde mich in der gleichen Lage und bin neugierig, wie diese Krankheit sich nach oben hin entwickeln wird. Machen Sie, daß Sie zu Ende kommen, Doktor! Oder halten Sie es für Annehmlichkeit, an Ihr verdammtes Messer geliefert zu sein?"

In kurzer Zeit rollten die Wagen davon, und die Waldblöße lag im Morgenlicht wieder so still und einsam da wie vorher. An der Ecke, wo er ihn erwartet hatte, nahm Platen Abschied von Kurt.

„Was wirst du nun tun?" fragte er. „Dich freiwillig melden?"

„Ich weiß es noch nicht", antwortete Kurt. „Die freiwillige Mel dung wird wohl das beste sein. Zunächst bin ich müde und werde mich ausruhen, dann wird es sich ja finden, was zu beschließen ist."

„Bei mir ist von Schlaf keine Rede, denn der Dienst hält mich wach. Nun fehlen der Oberst und Ravenow. Ich ahne, daß ich heut einen sehr unruhigen Tag haben werde. Auf Wiedersehen, lieber Unger!"

Platen fuhr mit seinem Wagen davon, während Unger die kurze Strecke bis zur Villa zu Fuß zurücklegte. Dort war noch niemand wach, und er konnte eintreten, ohne bemerkt zu werden. Kaum hatte er sein Zimmer erreicht, da huschte Röschen herein.

„Du bist unverletzt!" jubelte sie und sank für einen Augenblick in seine Arme, während Tränen in ihren Augen standen.

Kurt erzählte ihr in schnellen Worten den Hergang der Zweikämpfe.

„Weißt du wirklich nicht, was du tun wirst?" fragte sie ihn.

„Nein. Eigentlich müßte ich meinem Oberst Mitteilung von der Sache machen, da dieser aber selbst beteiligt war, so verbietet sich das von selbst. Ich werde ausruhen, Röschen, und dann überlegen, was geschehen soll. Für jetzt danke ich Gott, daß ich dem Tod entgangen bin. Weißt du, unter welchem Schutz ich in dieser Gefahr gestanden bin? Unter dem deinigen! Ich hatte den Talisman bei mir, den du mir gegeben hast."

„Ah, meine Schleife! Ja, du warst ein tapferer Ritter und hast die Ehre deines Burgfräuleins wacker verteidigt."

„Was aber soll mit dem Talisman werden? Forderst du ihn zurück?"

Sie errötete. „Das wird sich auch finden, wenn du ausgeruht hast. Solch wichtige Dinge müssen genau überlegt sein."

„Jetzt bist du eine recht böse Roseta!" schmollte er. „Du versprachst mir die Entscheidung für jetzt. Sie sollte von dem Kampf abhängen."

„Hm, ja, es ist möglich, daß ich das gesagt habe. Aber ist es mit dieser Entscheidung denn gar so eilig?"

„Das versteht sich!" lachte er. „Ich muß wirklich wissen, ob der Talisman eingelöst werden soll oder nicht."

„Mit einem Kuß?"

„Ja, mit einem Kuß."

Sie stand vor ihm so hold und lieblich. Die Morgensonne blickte zum Fenster herein und umfing das schöne Mädchen mit warmen Strahlen. Da legte sie ihm die Hand auf den Arm und sagte:

„Lieber Kurt, weißt du, daß ich mit dir sehr zufrieden bin? Du hast um mich dein Leben gewagt, darum will ich den Talisman einlösen, wenn es dir recht ist."

Da griff er unter den Waffenrock, zog die Schleife hervor und reichte sie ihr hin.

„Hier ist sie, Roseta "

„Und hier ist der Kuß."

Sie legte ihm schnell die Händchen auf die Schultern, näherte ihr gespitztes Mündchen seinen Lippen und gab ihm einen Kuß, fein und vorsichtig.

„Ah, das ist ein Kuß?" fragte er, doch ein wenig enttäuscht.

„Ich denke", lachte sie schelmisch. „Oder war's etwas andres?"

„Es war ein Kuß, aber so einer, wie man zum Beispiel eine alte Tante küßt, die eine recht häßliche, lange Nase hat und einige Warzen drauf."

„Hast du schon viele Tanten geküßt, weil du das so genau weißt?"

„O nein, denn alte Tanten küßt man nicht gern."

„Wen sonst?"

„Junge, hübsche Röschen!"

„Geh, das sollst du mir nicht sagen! Dafür muß ich dich bestrafen. Ich mag nun deinen Talisman gar nicht. Hier, nimm ihn wieder!"

Er griff hastig zur Schleife, legte sie hinter sich auf den Tisch und meinte mit wichtiger Miene:

„Aber das geht nicht so schnell!"

„Was denn, lieber Kurt?"

„Die Rücklieferung eines Talismans. In so wichtigen Dingen muß man gerecht und uneigennützig handeln."

„Das bist du stets. Aber wie ist das hier gemeint?"

„Du hattest den Talisman bezahlt. Wenn du mir ihn wiedergibst, so bin ich verpflichtet, dir den Preis zurückzuerstatten."

Kurt sah sie an, daß ihr Herz klopfte. Es wurde ihr so warm auf der Stirn und an den Schläfen, so heiß auf den Wangen. Und plötzlich wurde es ihr rot vor den Augen, dann dunkler und immer dunkler. Sah sie nicht mehr, oder hatte sie die Augen zugemacht? Sie wußte es selbst nicht. Sie fühlte nur, daß sich ein Arm um ihre Schulter legte.

„Röschen, liebes Röschen, blicke mich doch an!"

„Nein!" hauchte sie, so daß er es kaum hören konnte.

„Bist du mir bös, meine Roseta?"

„O nein, lieber Kurt!" flüsterte sie.

„Oh, dann will ich dir die Augen heilen, die du nicht öffnen kannst!"

Und jetzt fühlte sie zwei warme Lippen erst auf dem rechten und dann auf dem linken Auge. Nun drückten sie sich auf die beiden neckischen Grübchen in den Wangen und berührten sogar ihren Mund, erst leise, dann fester und fester. Roseta war ganz benommen und konnte kaum einen klaren Gedanken fassen. Sollte sie sich wehren? O nein, sie war gefangen, sie konnte nicht! Und bös war sie auch nicht auf ihn, denn da jetzt seine leise Frage erklang: „Zürnst du mir, meine Roseta?" Da antwortete sie aus dem tiefsten Innern ihres Herzens: „Nein, Kurt!"

Da nahm er sie wieder fest in seine Arme, bis draußen auf dem Flur der schlurfende Schritt des Hausmeisters erklang, der sein Tagwerk beginnen wollte. Jetzt öffnete sie die Augen, denn Kurt hatte sie rasch freigegeben. Er stand vor ihr, so, wie sie ihn noch niemals gesehen hatte. Das waren seine Augen nicht mehr und auch sein Gesicht nicht, und dennoch war er es. Kam es vielleicht daher, daß ihre Seele zu ihm hinübergegangen war? Und jetzt nahm er sie bei den Händen, schaute ihr tief in die Augen und sagte sanft:

„Siehst du, meine liebe Roseta, das war ein Kuß!"

Da kehrte ihr voriges Wesen zurück, so daß sie neckisch fragen konnte: „Nicht wie bei einer Tante?"

„Bei einer alten!"

„Mit einer langen Nase!"

„Und mit vielen Warzen drauf!"

Nun lachten sie beide herzlich über ihre gelungene Vorstellung einer alten Tante, so daß Roseta völlig das Duell vergaß und nicht mehr daran dachte, daß sie die Enkelin eines Grafen war. Kurt hatte vergessen, daß sein Vater ein Schiffer war, und an allem war nur ihr vertrauliches Geplauder schuld. Röschen kehrte zuerst wieder in die Gegenwart zurück.

„Jetzt geh' ich", sagte sie, als müsse sie sich entschuldigen.

„Oh, wie schade!" bedauerte er, als habe er ein unbedingtes Recht auf ihre Gegenwart.

„Es muß sein: Guten Morgen, lieber Kurt!"

„Guten Morgen, meine liebe Roseta! Ich werde jetzt versuchen, etwas zu schlafen, und von dir träumen!"

„Du wirst es mir erzählen?"

„Sehr gern!"

Und als er nun allein war, stand er beglückt mitten im Zimmer, und in seinem Innern jubelte es:

„Oh, wie liebe ich sie!"

Roseta ging inzwischen gedankenverloren in ihre Räume.

„Was war das? Was hab' ich getan! O mein Gott, das darf ich Mama gar nicht sagen, nein, niemals!"

Sie schritt in ihrem Zimmer auf und ab, bis endlich geklopft wurde und sie das Mädchen einlassen mußte, das sie zu bedienen hatte. Dieses wunderte sich, die Herrin wach zu finden, aber ihr Erstaunen wuchs, als sie ins Schlafgemach trat und das unberührte Bett bemerkte.

„Mein Gott, Sie haben gar nicht geschlafen?" fragte sie.

„Nein", lautete die kurze Antwort. „Bring die Schokolade, und dann fahre ich aus."

Es war acht Uhr und noch gar keine Besuchszeit, als der Diener den Schlag öffnete, um Roseta in den Wagen steigen zu lassen.

„Zum Kriegsminister!" befahl sie dem Kutscher.

Der Wagen rollte fort, ohne daß Kurt ihn sah oder hörte, denn er lag jetzt in den schönsten Träumen, die er seiner Roseta erzählen wollte.

Seine Exzellenz waren noch nicht zu sprechen, und so mußte man warten, der Kutscher unten auf der Straße auf seinem Bock und Röschen oben im Empfangsraum, denn der Diener hatte es nicht gewagt, ihr zuzumuten, im Vorzimmer zu bleiben. Als der Minister sich erhob, hörte er, daß ein Fräulein Sternau ihn um eine Unterredung ersuche, die so dringlich sei, daß sie es gewagt habe, ihn in so früher Stunde zu belästigen. Er kannte diesen Namen gut und beeilte sich beim Ankleiden so, daß er bald vor ihr stand.

Der Diener im Vorraum hörte die Dame viel und zusammenhängend sprechen, sie schien etwas zu erzählen. Dann folgte ein lebhaftes Zwiegespräch, und als Fräulein Sternau das Empfangszimmer verließ, glänzte auf ihrem Gesicht die Freude eines errungenen Erfolgs. Seine Exzellenz aber gab den Befehl, sofort den Leutnant Platen von den Gardehusaren zum Vortrag zu beordern.

Als Röschen nach Haus zurückkehrte, fand sie die Ihrigen versammelt. Man hatte sich gewundert, daß sie ausgefahren war, und als sie erwähnte, daß sie vom Kriegsminister komme, richtete man eine solche Menge von Fragen an sie, daß sie es endlich am geratensten hielt, alles zu erzählen.

Unterdessen erschrak Platen nicht wenig, als er erfuhr, daß er zum Kriegsminister solle. Er befand sich auf dem Kasernenhof und eilte schleunigst in seine Wohnung, um die große Uniform anzulegen. Er war überzeugt, daß es sich lediglich um das Duell handle. Aber woher hatte der Minister Kenntnis davon erhalten?

Als er ins Vorzimmer trat, schien er von dem Diener erwartet worden zu sein, denn dieser fragte:

„Herr Leutnant v. Platen?"

„Ja."

„Exzellenz sind noch beschäftigt. Treten Sie einstweilen hier ein!"

Er führte ihn an mehreren Türen vorüber zu einem Eingang, den er öffnete. Platen fuhr beinah erschrocken zurück, denn er sah vor sich ein kleines, reich ausgestattetes Damenzimmer, in dem die — Frau Minister saß mit einem Buch in der Hand. Bei seinem Anblick erhob sie sich leicht und nickte ihm wohlwollend zu:

„Treten Sie nur näher, Herr v. Platen! Mein Mann hat noch eine Kleinigkeit zu ordnen, und so habe ich Sie zu mir führen lassen, um mich bei Ihnen unterdessen nach einem merkwürdigen Ereignis zu erkundigen, dessen Zeuge Sie gewesen sind, wie man mir berichtet hat."

Er nahm Platz und wartete gespannt des weitern. Eine Tür, die in ein Nebenzimmer führte, war um eine kleine Spalte geöffnet, und durch diese Spalte fiel ein Schatten herein, der nur von einem Menschen herrühren konnte. Diese Beobachtung ließ den Leutnant die ganze Lage begreifen. Der Minister hatte über das Duell Nachricht erhalten, er hatte Gründe, die Angelegenheit zunächst nicht auf dienstlichem Weg kennenzulernen, und so sollte Platen der Frau erzählen, während der Minister im Nebenzimmer Wort für Wort hörte und seine Entscheidungen treffen konnte. Daß man grad ihn, den Sekundanten Kurts, herbeigerufen habe, ließ ihn vermuten, daß man besonders um dessentwillen solche Rücksicht walten lasse.

„Man sagt, Sie kennen den Leutnant Unger von den Gardehusaren?" begann die hohe Frau.

„Ich habe die Ehre, sein Freund zu sein", antwortete Platen.

„So bin ich gut unterrichtet worden. Lassen Sie mich ohne Umschweife auf den Gegenstand eingehen! Dieser Leutnant hat sich heut früh geschlagen?"

„Allerdings. Ich habe keinen Auftrag, die Tatsache in Abrede zu stellen."

„Mit wem?"

„Mit seinem Oberst und dem Leutnant Ravenow von seiner Schwadron."

„Und der Ausgang dieser Angelegenheit?" forschte die Gattin des Kriegsministers gespannt.

„Unger hat Ravenow die rechte Hand abgehauen und dem Oberst die rechte Hand zerschmettert. Beide sind dadurch unfähig geworden, länger zu dienen."

„Mein Gott, welch ein Unglück! Erzählen Sie!"

Platen berichtete von der förmlichen Verschwörung, die sich gegen Ungers Eintritt in das Regiment entsponnen hatte, vom Empfang, der ihm bei den Vorgesetzten geworden war, von der empörenden Art und Weise, in der man ihn behandelt hatte, und von dem männlichen, besonnenen Benehmen des Angegriffenen. Er schilderte die Wahrheit, und zwar als Freund, so daß auf Unger nicht der leiseste Schatten eines Vorwurfs fiel. Und so kam es, daß, als er geendet hatte, die Dame im Ton der höchsten Teilnahme ausrief:

„Ich danke Ihnen, Herr Leutnant. Ihr Freund ist ja ein ausgezeichneter Mensch! Nach dem, was ich von Ihnen höre, hat er das Zeug, sich eine glänzende Zukunft zu schaffen. Was aber beabsichtigt er zu tun, um den Folgen dieses unglückseligen Duells zu entgehen?"

„Zu entgehen?" fragte Platen. „Exzellenz, Unger ist nicht der Mann, den Folgen eines Ereignisses, das er übrigens nicht einmal verschuldet hat, zu entgehen. Ich bin überzeugt, daß er sich der zuständigen Behörde stellen wird."

„Sie scheinen ihm Ihr ganzes Vertrauen zu widmen."

„Exzellenz, es gibt Menschen, die sich das Vertrauen im Sturm erobern. Unger gehört zu ihnen."

„Dennoch bleibt diese Angelegenheit höchst peinlich. Man spricht nicht gern davon, und auch ich ersuche Sie dringend, nicht erwähnen, daß sie Gegenstand unsres Gesprächs gewesen ist."

Platen bemerkte jetzt, daß der vorhin erwähnte Schatten verschwunden war, mit ihm jedenfalls auch der Minister. Die Dame machte ihm unter einem freundlichen Lächeln die Abschiedsverneigung, und er empfahl sich ihr durch eine tiefe Verbeugung. Kaum hatte er draußen die Tür zugedrückt, so bat ihn der Diener, ins Zimmer Seiner Exzellenz einzutreten, die jetzt zu sprechen sei. Er trat in den Arbeitsraum des Ministers und fand diesen scheinbar in ein Aktenheft vertieft, das vor ihm lag. Beim Erscheinen des Leutnants jedoch schlug er dieses Heft zusammen, erhob sich und nickte ihm mit mildem Lächeln zu. Nachdem er die Erscheinung des jungen Mannes mit prüfendem Blick überflogen hatte, begann er freundlich:

„Ich habe Sie rufen lassen, um Ihnen einen etwas ungewöhnlichen Auftrag zu geben, Herr v. Platen." Und nachdem er einige Augenblicke wie nach Worten gesucht hatte, fuhr er fort: „Ich höre, Sie sind heut morgen bei einem kleinen Jagdunternehmen beteiligt gewesen, Leutnant?"

Platen wußte sofort, woran er war. Der Minister wollte das Duell als Jagdpartie gelten lassen, bei der zufälligerweise zwei Offiziere verwundet worden seien. Darum versicherte er mit einer zustimmenden Verneigung:

„Zu Befehl, Exzellenz!"

„Leider vernehme ich", fuhr der Minister fort, „daß dieses Unternehmen nicht glücklich abgelaufen ist. Zwei der betreffenden Herren scheinen nicht beachtet zu haben, daß man mit gefährlichen Waffen stets vorsichtig umgehen soll: sie sind verletzt worden?"

„Leider, Exzellenz. Zwar nicht lebensgefährlich, aber unglücklicherweise doch so, daß nach dem Ausspruch des Arztes eine dauernde Dienstuntauglichkeit die Folge sein wird."

„Das ist sehr zu beklagen. Ich habe mir sagen lassen, daß die Schuld diese beiden Herren ganz allein trifft. Ist die Angelegenheit bereits in weitere Kreise gedrungen?"

„Ich bin vom Gegenteil überzeugt, Exzellenz."

„So wünsche ich, daß man das tiefste Schweigen beobachte. Sie begeben sich sofort zu den beteiligten Herren, um ihnen das streng anzudeuten. Die beiden Verwundeten werden wohl kaum die Absicht haben, ihr Zimmer zu verlassen, es soll aber auch niemand ihren Zustand sehen, und darum befehle ich ihnen durch Sie, keinen Besuch anzunehmen. Die Herren haben sich ganz so zu verhalten, als wären sie mit Zimmerarrest belegt. Ich habe eine Unterredung mit Majestät und werde diese Angelegenheit dabei zum Vortrag bringen. Punkt elf Uhr melden Sie sich dann abermals bei mir!"

Ein leichter Wink deutete dem Leutnant an, daß er entlassen sei. Er ging, und zwar zunächst zum Oberst, indem er sich vornahm, weder mit diesem noch mit Ravenow in zu großer Milde zu verhandeln. Er fand den Oberst im Bett liegen, umgeben von seinen Angehörigen. Die Hausfrau trat ihm mit vor Zorn gerötetem Angesicht entgegen und rief:

„Ah, Leutnant Platen, ich muß Ihnen sagen —"

„Bitte, gnädige Frau", unterbrach er sie schnell, „so kurzweg Leutnant Platen werde ich nur von Kameraden genannt, und zwar auch nur von solchen, denen die Freundschaft die Erlaubnis erteilt, sich in dieser sonst nicht gebräuchlichen Kürze auszudrücken."

Sie stockte, fuhr aber dann mit noch mehr erhöhter Stimme fort:

„Nun wohl, mein verehrtester Herr Leutnant von Platen, ich muß Ihnen sagen, daß es geradezu eine Schändlichkeit ist, meinen Mann in dieser Weise zuzurichten!"

Platen erwartete, daß Winslow diesen gewaltsamen Ausfall mit einer Zurechtweisung bedenken werde. Da dies aber nicht geschah, so entgegnete er:

„Wenn hier von einer Schändlichkeit die Rede sein kann, so ist sie wenigstens nicht dem Herrn Oberst widerfahren. Ich will über diesen starken Ausdruck hinwegsehen, weil Sie eine Dame sind und als Gattin die Angelegenheit nicht unparteiisch beurteilen."

„Oh, ich beurteile diese Angelegenheit sehr gerecht. Ich werde mich noch an diesem Vormittag zum General begeben und veranlassen, daß man diesen Menschen, der seinen Vorgesetzten verstümmelt, zur Rechenschaft ziehe."

„Ich bin in der Lage, Ihnen diesen Schritt zu ersparen, denn ich komme als Ordonnanz Seiner Exzellenz des Kriegsministers."

„Ah!" sagte sie erschrocken.

Der Verwundete erhob überrascht den Kopf.

„Von der Exzellenz?" fragte er. „Was werde ich hören?"

„Ich muß Ihnen den Befehl überbringen, daß kein Mensch über unsre Angelegenheit bis auf weiteres sprechen soll. Sie dürfen Ihr Zimmer nicht verlassen und auch keinen Besuch empfangen."

„Ah, so bin ich Gefangener?"

„Das eben meinte Exzellenz. Mit Rücksicht auf meinen Freund Unger hat der Minister die außerordentliche Gewogenheit, anzunehmen, daß Sie auf einer Jagdpartie zufälligerweise verwundet worden sind. Es steht also zu erwarten, daß der Einfluß Ihres verachteten Gegners Sie vor der Festungsstrafe bewahren wird. Auf Wiedersehen, Herr Oberst!"

Nach einer sehr förmlichen Verbeugung schritt er hinaus, ohne sich um den Eindruck zu bekümmern, den seine Worte hinterließen. Ravenow, zu dem er nun ging, nahm seine Worte mit grimmigem Schweigen entgegen. Nachdem auch die beiden Sekundanten, der Unparteiische und der Arzt benachrichtigt waren, begab sich Platen zu Unger. Da dieser noch schlief, wurde er einstweilen von Don Manuel empfangen, der den Schlafenden wecken ließ.

Kurt war erstaunt, zu hören, daß der Minister schon Kenntnis von der Sache habe. Als Platen äußerte, daß er sich diesen Umstand allerdings auch nicht erklären könne, erzählte der Graf, was er von Röschen erfahren. Er bat Platen, zum Frühstück zu bleiben, doch mußte dieser sich entschuldigen, da er vom Dienst gerufen wurde. Doch versprach er, wiederzukommen, sobald er vom Minister entlassen sei. Er empfahl sich, und die beiden andern begaben sich in das Gesellschaftszimmer, wo sich die Bewohner des Hauses befanden. Hier ergriff Kurt die Hand Röschens und sagte unter einem Lächeln des Dankes:

„Du also bist bereits für mich tätig gewesen! Aber weißt du, Röschen, daß du sehr viel gewagt hast?"

Sie lächelte schelmisch und meinte:

„Ich mußte ja handeln, da du es vorzogst, zu schlafen. Ob ich viel gewagt habe, das ist nicht so sicher. Die Entscheidung des Ministers scheint vielmehr das Gegenteil zu beweisen." —

Mittlerweile widmete sich Platen seinen dienstlichen Pflichten und fuhr sodann zum Minister, bei dem er sich melden ließ. Dieser empfing ihn freundlich. Er stand an einem Tisch, auf dem mehrere versiegelte Schreiben lagen.

„Sie sind pünktlich, Herr Leutnant, das ist mir lieb, da ich weiß, daß die Herren Ihres Regiments sich jetzt zum zweiten Frühstück versammeln werden. Sie nehmen jedenfalls daran teil?"

„Ich bin es so gewöhnt, Exzellenz", erwiderte Platen.

„Nun wohl, die Jagdpartie, von der wir heute sprachen, hat sich im Kasino angesponnen und soll dort ihr Ende finden. Das ist folgerichtig. Sie begeben sich zu Oberst v. Märzfeld und überreichen ihm diese Schriftstücke. Er soll sich mit deren Inhalt vertraut machen, um sie alsdann im Kasino vorzulesen, und zwar in Gegenwart Ihres Freundes Unger, den Sie benachrichtigen! Das ist alles. Ihr Verhalten in dieser Angelegenheit hat meinen Beifall."

Während dieser Worte hatte er die Schriftstücke in einen Umschlag geschlossen, den er Platen übergab. Dieser entfernte sich mit freudeerfülltem Herzen. Das Lob eines solchen Mannes ist eine Seltenheit. Platen fuhr zunächst bei Unger vor, um diesen zu benachrichtigen. Er wurde geladen, länger zu bleiben, mußte aber dem ihm gewordenen Befehl Folge leisten und Oberst v. Märzfeld aufsuchen. —

Kurt war begierig zu erfahren, was es im Kasino geben werde. Er machte sich daher sogleich auf den Weg. Als er den Saal betrat, war Platen noch nicht da, doch gab es fast keinen leeren Platz im Raum. Der Ball des Großherzogs mußte besprochen werden, und daher hatten sich alle eingefunden. Nur der Oberst und Ravenow fehlten. Man ahnte, weshalb, aber man fragte nicht, obgleich der Unparteiische und die beiden Sekundanten, die zugegen waren, Auskunft hätten erteilen können.

Als Kurt eintrat, machte sich eine sichtbare Verlegenheit geltend. Man hatte gegen ihn Front gemacht, aber auf dem Ball gesehen, unter welch mächtigem Schutz er stehe. Sich selbst verleugnen wollte man nicht, und so erwiderte man seinen Gruß in jener Art und Weise, die weder höflich noch beleidigend ist. Er kehrte sich nicht daran, sondern nahm Platz, ließ sich ein Glas Wein geben und beschäftigte sich mit einer Zeitung. Nach einiger Zeit kam Platen herein und setzte sich zu ihm.

„Nun?" fragte Kurt.

„Oberst v. Märzfeld war sehr erstaunt über den Befehl, den ich ihm überbrachte. Ich habe so meine Gedanken über das, was er hier soll."

„Das ist nicht schwer zu erraten. Er erhält unser Regiment."

„Aber die andern Schreiben? Was enthalten sie?"

„Wir werden es abwarten."

Es dauerte nicht lange, so erschien Oberst Märzfeld. Als er eintrat, wandten sich aller Augen mit Befremden nach ihm. Ein Oberst vom Train? Was wollte er hier? Warum kam er in großer Uniform, mit seinen Orden auf der Brust? Man erhob sich allgemein, um ihn seinem Rang gemäß zu begrüßen. Der Oberstleutnant und die Majore gingen ihm entgegen, um ihn zu bewillkommnen. Er drückte den dreien die Hand.

„Ich danke für den Willkommen, meine Herren! Es führt mich eine dienstliche Angelegenheit zu Ihnen, nicht der Wunsch, an Ihrem Frühstück teilzunehmen." Er zog das Schreiben, das er empfangen, hervor und fuhr fort: „Seine Exzellenz, der Herr Kriegsminister, schickte mir nämlich durch Herrn v. Platen den Befehl, Ihnen, meine Herren, Mitteilung von einigen Anordnungen zu machen, die an höchster Stelle für erforderlich gehalten werden."

Ein allgemeines „Ah!" der Verwunderung ließ sich hören. Eine ministerielle Bekanntmachung im Kasino? Kein Regimentsbefehl? Das war noch niemals dagewesen! Und diesen Befehl sollte der Oberst bekanntgeben? Platen hatte ihn überbracht? Wie kam er dazu?

Die Blicke der Anwesenden schweiften zwischen Märzfeld und Platen hin und her. Dieser tat, als bemerke er es nicht. Der Oberst öffnete den Umschlag und zog verschiedene Schreiben hervor. Die Reihenfolge der Bekanntgabe war durch Nummern bestimmt.

„Ich ersuche um Ihre Aufmerksamkeit, meine Herren. Nummer eins!"
Oberst Märzfeld las die kurzen Zeilen vor. Sie enthielten den Abschied des Regimentskommandeurs v. Winslow. Diese Bekanntmachung rief große Verblüffung hervor.

„Nummer zwei, meine Herren!" rief der Oberst in die Aufregung hinein. Der Lärm verstummte. Doch was man hörte, war ebenso erstaunlich wie das Vorherige. Leutnant Ravenow wurde verabschiedet, ohne Pension wie der Oberst. Es war von keinem Abschiedsgesuch die Rede.

„Nummer drei!"

Man lauschte mit erhöhter Spannung. Oberstleutnant v. Branden wurde seiner Adjutantur enthoben und mit Leutnant v. Golzen zum Train versetzt.

Die beiden Betreffenden waren anwesend. Auf ihren bleichen Zügen lagerte der Schreck. Gardehusaren zum Train versetzt, das war geradezu eine Demütigung! Man wollte ihnen Beileid sagen, aber man wagte es nicht. Aller Blicke richteten sich auf Kurt. Man begriff, daß dieser es sei, dem eine solche Genugtuung gegeben werden solle.

„Nummer vier!"

Also noch nicht zu Ende? Was sollte noch kommen? Man erfuhr es sogleich. Der Oberstleutnant, der Major, der Rittmeister von Kurts Schwadron wurden zur Linie versetzt — auf ihr eignes Verlangen, wie es hieß. Auf diese Weise überzuckerte man die Pille, die sie zu nehmen hatten.

Nummer fünf ernannte den Oberst v. Märzfeld zum Kommandeur des Gardehusarenregiments. Platen wurde zum Oberleutnant befördert und dem Oberst als Adjutant beigegeben. Zum Schluß wurde auch Kurts Name verlesen. Auch er erhielt seine Ernennung zum Oberleutnant der Gardehusaren, wurde jedoch zur Dienstleistung beim Generalstab abkommandiert.

Das war eine Auszeichnung, um die man den besten Freund beneiden konnte, wieviel mehr ihn, dem man so feindlich entgegengekommen war. Und dem setzte der Oberst die Krone auf, indem er zu Kurt trat, ihm die Hand kräftig schüttelte und laut sagte:

„Herr Oberleutnant, es freut mich, daß ich es bin, durch den Sie Ihre Beförderung erfahren. Es tut mir leid, Sie einstweilen nicht in den Reihen meines Regiments zu finden, doch bin ich überzeugt, daß Sie beim Großen Stab, wo man Sie zu schätzen scheint, Ihr Glück eher machen werden als in Reih und Glied, wo die Befähigung so leicht Gefahr läuft, verkannt oder übersehen zu werden. Ich habe Ihnen noch zu bemerken, daß Seine Exzellenz Punkt vier Uhr bereit sind, Ihren Dank persönlich entgegenzunehmen."

Jetzt mußte der Neid die höchste Spitze erreichen, aber Platen umarmte den Freund herzlich und flüsterte ihm zu:

„Wer hätte, als ich dir aus reinem Gerechtigkeitsgefühl nachliei gedacht, daß ich deinetwegen befördert würde! Schau, Kurt, wie die stolzen Herren von der Garde den alten Märzfeld beglückwünschen! Sie wünschen ihn zum Teufel, gehen aber teilweise selbst zu diesem, nämlich zum Train. Komm, laß uns aufbrechen, dir ist die glänzendste Genugtuung geworden! Wir haben hier nichts mehr zu suchen. Ich will mich nur von dem neuen Kommandeur verabschieden und um einen Urlaub bitten. Ich muß nach Mainz."

„Nach Mainz?" fragte Kurt. „Also in die Nähe meiner Heimat?"

„Ja. Onkel Wallner schreibt. Es handelt sich um eine Erbschaftsregelung, so daß er mich persönlich sprechen muß. Ich glaube, daß ich den Urlaub erhalte, der alte Märzfeld wird jedenfalls selber einige Zeit brauchen, um sich mit Brandens Hilfe zurechtzufinden. Von einem sofortigen Antritt meines Dienstes kann keine Rede sein."

„Ist nicht dein Oheim Bankier?"

„Ja, ich sagte es dir schon, daß er gradso wie ich mit unserm bisherigen Major verwandt ist."

Platen trat zum Oberst, um sich den Urlaub zu erbitten, und erhielt ihn. Dann verließen die beiden Freunde den Raum, nachdem sie sich vom neuen Vorgesetzten empfohlen hatten. Kurt lud Platen zu sich ein, und dieser sagte zu, heut abend zu kommen.

Daheim richtete Kurt mit der Nachricht, daß er zum Oberleutnant befördert und zum Großen Generalstab berufen sei, große Freude an. Zur befohlenen Zeit fuhr er dann zum Kriegsminister, von dem er mit Auszeichnung empfangen wurde. Nachdem er seinen Dankgefühlen Ausdruck gegeben hatte, sagte die Exzellenz:

„Sie wurden uns warm empfohlen, man stellte mir eine Abschrift der militärischen Berichte zu, die Sie für Ihren bisherigen Kriegsherrn ausarbeiteten, und so konnte ich mir die Ansicht bilden, daß Sie zu verwenden sind. Daher habe ich bestimmt, daß Sie dem Stab zugesellt werden, natürlich aber unter der Voraussetzung, daß Sie sich künftighin vor gewissen Jagdabenteuern hüten, durch die man sehr leicht dienstunfähig wird."

Er sprach diese Worte in scherzhaft drohendem Ton und fuhr dann fort:

„Einstweilen will ich noch unterlassen, Sie unserm Generalstabschef vorzustellen. Es ist möglich, daß man Sie zunächst mit einem Auftrag betrauen wird, der auch ein militärischer ist, jedoch einen mehr diplomatischen Charakter hat. Man bedarf dazu eines Mannes, der den Mut des Helden, die Schlauheit eines Detektivs und die Kaltblütigkeit des Alters besitzt und doch so unerfahren und ungefährlich erscheint, daß er nicht eine unbequeme Aufmerksamkeit auf sich zieht. Dazu scheinen Sie geeignet zu sein. Es wird sich dabei um eine längere Reise handeln. Ich gebe Ihnen eine Woche Zeit, sich darauf vorzubereiten, behalte mir aber die Kenntnis Ihres Aufenthalts vor, damit ich Sie benachrichtigen kann, falls man Ihrer eher bedürfen sollte."

Das waren Worte, die Kurt beglückten. Sie enthielten eine Auszeichnung, die einen hochgestellten Offizier stolz gemacht hätten. Er antwortete:

„Exzellenz, ich bin zu jung, um meiner in jeder Beziehung gewiß zu sein, aber ich werde alle Kraft anstrengen, um die Aufgabe, die man mir erteilt, zu lösen."

„Ihre Bescheidenheit ist eine Ehre für Sie. Ich entlasse Sie mit der Bitte, mich dem Grafen zu empfehlen."

Kurt verließ den Minister glücklicher noch, als er schon vorher gewesen war. Er beschloß, nach Rheinswalden zu gehen, um vor der langen Abwesenheit, die ihm angedeutet worden war, seine Mutter und den Hauptmann zu sehen. Er hatte sich von ihnen zu verabschieden, obgleich er nicht wußte, wohin diese Reise ihn führen werde.

Des Abends besuchte ihn Platen und blieb bis gegen Mitternacht. Weil er morgens ebenfalls nach Mainz wollte, so wurde beschlossen, daß die beiden Freunde miteinander fuhren. Ludwig war mit dem Nachtschnellzug vorausgefahren, um Kurts Ankunft zu melden.

13. Das Geheimnis der Schwarzwälder Uhr

Der Morgen brach an, als die beiden Husarenoberleutnante im Eisenbahnabteil saßen und ihrem Ziel entgegendampften. Während ihrer Unterhaltung zog Platen den Handschuh ab, um Kurt eine Zigarre anzubieten. Dabei fiel die Morgensonne auf einen Ring an seiner Hand, und der Widerschein zuckte blitzend in dem kleinen, behaglichen Raum erster Klasse umher.

„Welch schöner Ring!" sagte Kurt. „Er ist gewiß ein altes Erb- und Familienstück?"

„Allerdings", bejahte Platen. „Aus meiner eignen Familie stammt er freilich nicht, er ist vielmehr ein Geschenk meines Onkels."

„Des Bankiers, den du besuchst?"

„Ja, ich leistete ihm einst einen Dienst, der ihm wichtig genug erschien, mir eine kleine Belohnung zu erteilen. Er ist sehr geizig. Geld, was einem Offizier doch stets das allerliebste ist, rückte er nie heraus, und so gab er mir den Ring, der zwar höchst wertvoll ist, ihn aber jedenfalls nichts gekostet hat. Willst du ihn betrachten?"

„Ich bitte dich darum."

Platen zog den Ring vom Finger und gab ihn Kurt, der ihn einer genauen Untersuchung unterwarf und die Steine in alle Richtungen hin spielen ließ.

„Das ist keine neue Arbeit", sagte er endlich.

„Auch keine deutsche. Ich bin überhaupt sehr im Zweifel, wie ich diese Arbeit unterbringen soll."

„Ich halte sie für mexikanisch."

„Ich auch. Aber wie sollte Onkel Wallner zu diesem Stein kommen? Seine Familie hat niemals Verbindung mit Mexiko oder Spanien gehabt."

„Oh, was das betrifft, so kann ein Bankier leicht in den Besitz eines solchen Gegenstands gelangen", meinte Kurt, indem er dem Kameraden den Ring zurückgab. „Ich wäre neugierig, zu erfahren, ob es wirklich ein Erbstück, ein verfallenes Pfand oder so etwas Ähnliches ist."

„Diese Frage kann ich dir genau beantworten. Der Ring ist wirklich ein Familienstück. Der Onkel besitzt noch andre Sachen, mit denen er aber sehr besorgt tut. Er zeigt sie keinem Menschen. Einmal aber habe ich ihn doch überrascht, als ich unerwartet in sein Arbeitszimmer trat. Er hat nämlich außer dem Kontor noch ein Privatarbeitszimmer im Gartenhaus. Dort befindet er sich oft des Nachts und schläft auch dort. Ich trat unvermutet bei ihm ein und sah einige Schmuckgegenstände auf seinem Tisch liegen. Es waren kostbare Ketten, Stirnbänder, Armringe und andres Geschmeide von fremdartiger Arbeit. Er erschrak sehr, und ich mußte lachen, daß ich in sein Geheimnis eingedrungen war."

„In sein ‚Geheimnis'?"

„Ja", meinte Platen sorglos. „Es hängt nämlich in diesem Arbeitszimmer eine alte Schwarzwälder Uhr an der Wand. Diese hatte er abgenommen, und nun sah ich, daß sich hinter ihr ein Loch befand, das durch ein eisernes Türchen verschlossen werden konnte. In diesem Loch schien noch andres Geschmeide zu liegen, denn ich bemerkte da ein Kästchen, aus dem ein Halsband herabhing."

„Wie lang ist es her?"

„Schon drei Jahre."

„So wird er das Geschmeide seit dieser Zeit an einem andern Ort aufbewahrt haben. Das ist leicht zu denken", meinte Kurt, indem er sich den Anschein der Gleichgültigkeit zu geben suchte. Innerlich aber hegte er bereits die Vermutung, diese Wertsachen könnten mit den für ihn bestimmten mexikanischen Schätzen zusammenhängen, die auf bisher unaufgeklärte Weise verschwunden waren. Platen bemerkte nicht, welche Aufmerksamkeit Kurt dieser Unterhaltung zollte, und lachte:

„O nein. Der Onkel scheint keinen andern Ort zu wissen, denn ich mußte ihm versprechen, ihn nicht zu verraten. Dieses feierliche Gelöbnis kam mir spaßhaft vor. Ich glaube nicht, daß ich es gebrochen habe, indem ich zu dir davon spreche, denn bei dir ist das Geheimnis ja ebenso gut aufgehoben wie bei mir."

Kurt blickte ernst zum Fenster hinaus und erwiderte:

„Und wenn ich nun doch Lust hätte, einmal den Einbrecher zu machen?"

„Unsinn!"

„Wenigstens das Geschmeide zu betrachten?"

„Weshalb? Was sollte dir das nützen?"

„Viel oder wenig, je nachdem. Du weißt gar nicht, wie wertvoll mir deine Mitteilung ist."

„Du setzt mich in Erstaunen!" meinte Platen. „Was kümmert es dich, ob mein Onkel Goldschmuck besitzt oder nicht?"

„Lieber Platen, mein Vater ging seinerzeit nach Mexiko und traf dort seinen Bruder. Dieser war auf eine Weise, von der ich dir später erzählen werde, in den Besitz eines Schatzes gekommen, der aus alten, kostbaren mexikanischen Schmucksachen bestand."

„Alle Teufel, das beginnt spannend zu werden", meinte Platen.

„Die beiden Brüder befanden sich bei einem Haciendero, dessen Tochter die Braut meines Oheims war. Ein Kriegszug rief sie ab, und seitdem sind sie verschollen. Der Onkel hatte bestimmt, daß die Hälfte dieses Schatzes mir gehören solle. Die Gegenstände sollten mir geschickt werden, um sie hier zu verwerten, mit dem Ertrag die Kosten meiner Ausbildung zu bestreiten und mir mit dem übrigen einen festen, wirtschaftlichen Halt zu geben."

„Glückskind!" lächelte sein Freund.

„Daran dachte der alte Haciendero, als die beiden Brüder verschollen waren und nicht zurückkehrten", fuhr Kurt fort. „Als Jahre vergangen waren, ohne daß er etwas von ihnen vernommen hatte, nahm er meinen Anteil und trug ihn zur Hauptstadt, wo er ihn Benito Juarez übergab."

„Dem Präsidenten?"

„Ja. Dieser war aber damals noch Oberrichter. Juarez erbot sich, die Gegenstände sicher nach Deutschland zu schicken."

„Woher weißt du das alles?"

„Du hast bei uns Lady Dryden kennengelernt. Deren Vater befand sich damals als Vertreter Englands in Mexiko und war dem Haciendero bekannt. Zu ihm wollte der Haciendero das Geschmeide bringen. Da er aber vorher bei Juarez abstieg und mit diesem von der Sache redete, bot sich der Oberrichter selber an, die Sendung zu besorgen, weil sie, als von ihm ausgehend, sicherer die Küste erreichte als sonst. Er forderte den Haciendero auf, einen Brief beizulegen. Da diesem aber das Schreiben schwerfiel, so hat Lady Dryden den Brief geschrieben."

„Ist er auch abgegangen?"

„Ja! Mit dem Geschmeide", nickte Kurt. „Juarez hat die Sendung sogar versichert. Aber sie ist nie angekommen."

„Donnerwetter! Warum ist nicht nachgeforscht worden?"

„Weil ich nichts von der Sache wußte. Juarez hat geglaubt, es sei alles in Ordnung. Lord Dryden wurde kurz darauf mit Lady Amy von einem mexikanischen Bandenführer ausgehoben und gefangen in die Berge geschleppt. Es ist ihm nun vor einem Dreivierteljahr gelungen, seine Freiheit wiederzuerlangen, und so habe ich erst vorgestern durch seine Tochter von der Sache erfahren."

„Sonderbar!"

„Aber noch sonderbarer als du vielleicht denkst. Der Hacienderо wußte meinen Namen, aber nicht mehr meinen Wohnort. Er hatte sich nur gemerkt, daß ich bei Mainz auf einem Schloß zu finden sei, das einem Hauptmann v. Rodenstein gehöre. Daher sandte Juarez die Gegenstände an einen Mainzer Bankier mit dem Auftrag, mich ausfindig zu machen und mir die Gegenstände auszuhändigen."

Platen fuhr empor.

„Tausend Teufel! Jetzt scheint ein Zusammenhang hervorzutreten!"

„Das meine ich auch. Die Sendung ist nicht nach Rheinswalden gelangt. Eine Meldung, daß sie verlorengegangen sei, ist von keiner Seite aus erfolgt. Dein Oheim ist Bankier in Mainz. Du trägst einen mexikanischen Ring, der ein Geschenk von ihm ist. Er besitzt noch ähnliches Geschmeide — schließe weiter!"

Platen lehnte sich in das Kissen zurück. Er war bleich geworden, aber an seinen Schläfen traten die Adern hervor. Es war ihm anzusehen, daß er mit seinen Empfindungen kämpfte. Endlich sagte er:

„Kurt, du bist ein entsetzlicher Mensch! Doch wir wollen diese Angelegenheit ganz sachlich betrachten. Allerdings gesteh' ich dir: hätte ein andrer so zu mir gesprochen, so hätte ich ihm mit der Hand ins Gesicht geschlagen. Du aber bist mein Freund, du sprichst aufrichtig zu mir, obgleich du mir deinen Verdacht verschweigen konntest. Du zeigst mir damit dein volles Vertrauen, und du sollst dich nicht getäuscht haben, lieber Unger. Es scheint allerdings eine Kühnheit, zu behaupten, daß mein Oheim dich beraubt habe, doch er ist ja im Besitz ähnlicher Sachen, und — und —"

„Sprich weiter!"

„Es fällt mir schwer, auf Ehre. Aber zu dir darf ich es sagen, daß ich den Oheim nicht für einen Bankier halte, der jeder Versuchung gewachsen ist. Ich habe bemerkt, daß er zuweilen Geschäfte macht, die ein andrer vielleicht unsauber nennen würde."

„Vielleicht ist er erst durch zweite oder dritte Hand in den Besitz dieser Sachen gekommen. Vielleicht geh' ich in meiner Vermutung irre, und das Geschmeide, das er besitzt, ist gar kein mexikanisches."

„Beide Fälle sind möglich. Es gilt, uns zu überzeugen!"

„Uns? Du beteiligst dich also bei dieser Angelegenheit?"

„Gewiß. Du sollst zu deinem Eigentum kommen, und ich will wissen, ob mein Oheim ein Schurke oder ein ehrlicher Mann ist."

„Nun wohl, ich danke dir! Du wirst begreifen, daß es nicht meine Absicht war, dich zu beleidigen. Ich wünsche dringend, die Gegenstände sehen zu dürfen. Erst dann ist es mir möglich, ein Urteil zu fällen."

„Gut, du sollst sie sehen. Wir fordern den Oheim auf, sie uns zu zeigen. Das ist ebenso einfach wie offen."

„Vielleicht ebenso unklug. Ist er unschuldig, so beleidigen wir ihn tödlich, ist er aber schuldig, so erreichen wir nichts."

„Du magst recht haben. Was aber tun?"

„Ohne sein Wissen ins Gartenhaus gehen und die Sachen betrachten."

„Alle Wetter! Also einbrechen?" rief Platen.

„Eindringen, aber nicht stehlen. Die Gegenstände bleiben auf jeden Fall liegen."

„Hm! Wir wollen sehen, was sich machen läßt! Dir gehört dein Eigentum, und im andern Fall muß mir daran liegen, den Onkel von einem schlimmen Verdacht zu reinigen. Du wirst mit bei ihm absteigen; ich stelle dich ihm vor."

„Das geht nicht. Hat er die Sendung wirklich erhalten, so kennt er auch den Namen dessen, an den sie gerichtet war. Er hat sich sicherlich nach mir erkundigt, und wenn ich nun zu ihm komme, so ahnt er vielleicht meine Absicht."

„Auch hierin gebe ich dir recht. Aber was sollen wir tun?"

„Du stellst mich nicht vor, sondern erspähst eine Gelegenheit. Rheinswalden liegt nahe bei Mainz. Da wird es dir leicht sein, mich zu benachrichtigen, wann es paßt, unbemerkt ins Gartenhaus einzudringen."

„So soll ich verschweigen, daß ich dich kenne?"

„Das versteht sich. Er darf nicht einmal wissen, daß du nach Rheinswalden kommst."

„Gut, ich werde dir dienen, soweit es mir möglich ist. Aber was wirst du tun, falls der Onkel —"

Platen stockte. Es fiel dem braven Offizier schwer, das Wort auszusprechen. Kurt entgegnete:

„Trage keine Sorge, lieber Platen! Ich werde mich nach den Umständen richten müssen. Du kannst auf alle Fälle versichert sein, daß ich die äußerste Rücksicht auf dich nehmen werde."

„Ich ersuche dich herzlich darum, obgleich es schwer ist, ein Vermögen zu missen, das einem den Eintritt ins Leben so sehr erleichtern kann."

„Ich habe es nicht vermißt; ich hatte reiche und hohe Gönner, die mehr für mich taten, als ich durch ein Vermögen erreichen konnte. Ich bin auch jetzt noch keineswegs auf Reichtum und Genuß versessen, doch ist es begreiflich, daß ich auf das Erbteil, das mir gehört, nicht verzichte, nur um es in unrechten Händen zu wissen."

Platen antwortete nicht. Er lehnte sich zurück, um das soeben Gehörte in seinem Innern zu verarbeiten.

Sie erreichten Mainz. Auf dem Bahnhof trennten sie sich. Platen nahm einen Wagen, um zu dem Bankier zu fahren, und Kurt wurde von Ludwig erwartet, der zu Pferd war und für ihn den Fuchs des Hauptmanns am Zügel führte. Beide schlugen den Weg nach Rheinswalden ein. Dort stieg Kurt zunächst bei seiner Mutter ab, die den geliebten Sohn herzlich umarmte. Sodann eilte er zum bärbeißigen Oberförster. Dieser empfing ihn auf der Freitreppe.

„Willkommen, Herr Oberleutnant!" rief er ihm entgegen, indem er ihn umarmte und küßte und ihn dann wieder von sich abhielt, um ihn besser betrachten zu können. „Alle Wetter, ist das in diesen paar Tagen ein Kerl geworden! Oberleutnant und Hahn im Korb, nämlich im Generalstab! Junge, ich küsse dich noch einmal!"

Und abermals drückte er seinen Schnurrbart auf die Lippen seines Patenkindes.

„So hat Ludwig trotz meines Verbots geplaudert?" lächelte Kurt.

„Natürlich! Der Teufel mag den Mund halten, wenn das Herz überläuft. Ich hätte diesen Ludwig zwiebeln wollen, wenn er mir diese frohen Botschaften verschwiegen hätte. Na, komm herein! Heut soll's hoch hergehen auf Schloß Rheinswalden!"

„Verzeihung, Herr Hauptmann, meine Mutter —"

„Papperlapapp! Die wird geholt, die gehört mit zur Sippschaft. Ich werde doch meinen Paten, den Herrn Oberleutnant der Gardehusaren, Kurt Unger, bei mir haben dürfen! Heut ist ein Freudentag, und der wird gefeiert!"

Und er wurde gefeiert.

Am andern Nachmittag stellte sich Platen zu Pferd ein. Kurt führte ihn zum Hauptmann. Dieser empfing den Freund seines Lieblings mit seiner gewöhnlichen derben Liebenswürdigkeit. Man setzte sich zur vollen Flasche, aber erst, als der Oberförster sich in einer dienstlichen Angelegenheit entfernen mußte, fanden die beiden Offiziere Zeit, über ihre Angelegenheit zu sprechen.

„Hast du Umschau gehalten?" fragte Kurt.

„Es ist alles leichter, als ich dachte", erwiderte Platen. „Der Oheim ist geschäftlich abwesend. Er reiste heut morgen nach Köln und wird erst nach Mitternacht zurückkehren. So steht uns also der ganze Abend zur Verfügung, der Sache nachzuforschen."

„Ich begleite dich."

„Du kommst gleich mit zu mir. Es kann nicht auffallen, daß ein Kamerad mich besucht. Dann gehen wir in den Garten."

„Nein. Ich mag mich im Haus nicht sehen lassen. Wir reiten miteinander. Du zeigst mir den Garten, und dann bestimmen wir die Zeit, in der wir uns treffen."

„Gut, das mag vorsichtiger sein. Aber wie kommen wir ins Gartenhaus? Es ist stets verschlossen. Ein starkes Quereisen liegt schräg über der Tür, an dem sich ein großes Hängeschloß befindet, und außerdem ist diese Tür noch mit einem gewöhnlichen Schloß versehen. Das Häuschen besitzt drei Räume, die alle verschlossen sind. Woher die Schlüssel nehmen? Ich weiß nicht, an welchem Ort der Oheim seinen Schlüsselbund aufbewahrt."

„Da ist leicht geholfen. Wir haben hier im Dorf einen tüchtigen Schlosser, der alle Arten Dietriche besitzt. Er wird sie mir gern borgen. Bei mir weiß er ja, daß es sich nicht um ein Verbrechen handelt."

„Das wohl. Aber weißt du denn auch mit diesem Handwerkszeug umzugehen?"

„Hm! Man muß sehr geräuschlos verfahren, und ich habe doch keine Übung. Ich würde viel kostbare Zeit verlieren. Wenn man den Mann mitnehmen könnte! Das dürfte das beste und klügste sein."

„Ist er sicher und verschwiegen?"

„Ich stehe für ihn. Er war mein Schulfreund."

„Gut, so nehmen wir ihn mit!"

„Ich werde zu ihm gehen, während du Rodenstein unterhältst, denn dieser darf noch nichts erfahren."

Das geschah. Der Schlosser ging auf Kurts Vorschlag ein. Er wurde ersucht, sich sogleich auf den Weg zu machen und in einem bestimmten Gasthof in Mainz zu warten. Der Oberförster hielt es, als Platen sich später verabschiedete, für ganz in Ordnung, daß Kurt ihn begleitete. Beide erreichten Mainz, als der Abend hereinzubrechen begann. Die beiden Offiziere ritten durch einige Straßen der Stadt bogen in ein Seitengäßchen ein und gelangten an eine Gartenmauer, in der sich ein verschlossenes Pförtchen befand.

„Über diese Mauer müßt ihr steigen, wenn ihr es nicht vorzieht, die Pforte zu öffnen", sagte Platen.

„Das wäre zu auffällig, wir werden übersteigen", antwortete Kurt.

Nun trennten sie sich. Platen ritt zu seiner Wohnung, Kurt zum Gasthof, wo der Schlosser auf ihn wartete. Zur vereinbarten Zeit brachen beide auf. Es war ein dunkler Abend. Kurt und der Schlosser kamen unbeobachtet an die Mauer, und es gelang ihnen leicht, diese zu übersteigen. Jenseits trafen sie auf Platen.

„Kommt!" sagte dieser leise. „Wir sind sicher. Es kommt niemand mehr in den Garten, und von mir denkt man, daß ich ausgegangen bin."

Platen führte Kurt und den Schlosser durch gewundene Gänge bis zu einigen hohen Bäumen, die ihre Wipfel auf das Dach des Gartenhauses neigten, das sie suchten. Kurt betrachtete es, soweit es die Dunkelheit gestattete. Es war sehr fest gebaut und mit starken Fensterläden versehen. Auch die Tür bestand aus starker Eiche, und die

Eisenstange davor war wohl über einen Zoll dick. Der Schlosser befühlte den Verschluß sorgfältig, drehte ihn hin und her und meinte:
„Das wird rasch gehen. Ich merke schon, daß ich einen passenden Schlüssel habe."

Er hatte eine Ledertasche umhängen, in der sich die Dietriche befanden. Er griff hinein. Man hörte ein leises Klingen, dann ein ebenso leises Knirschen und Drehen, und darauf sagte der Mann:

„Die Eisenstange ist gelöst. Nun zur Haustür!"

Er brauchte kaum zwei Minuten, um diese zu öffnen. Sie traten ein und schlossen hinter sich zu. Platen zog ein Licht hervor und brannte es an. Man befand sich in einem kleinen Raum, der mit Gartenmöbeln ausgestattet war. Eine zweite Tür, die auch leicht geöffnet wurde, führte in ein Zimmer, das eingerichtet war, um hier, in der Luft des Gartens, ein Mahl einnehmen zu können. Jetzt wurde die dritte Tür aufgeschlossen, die ins letzte Gemach führte. Es enthielt die Ausstattung eines einfachen Arbeitszimmers, Schreibtisch, Tisch, ein Sofa, einige Stühle, sogar einen Ofen, Waschtisch und einen Spiegel. Der ganze Raum ließ vermuten, daß er oft in Gebrauch genommen werde.

„Dort ist das Versteck", sagte Platen, auf die Schwarzwälder Uhr deutend.

Sie wurde von der Wand genommen. Man erblickte ein kleines eisernes Türchen, an dessen beiden freien Ecken man ein Schlüsselloch bemerkte.

„Ah, zwei Schlösser!" meinte der Schlosser. „Wollen sehen, ob wir sie öffnen können!"

Es gelang. Und nun sah man eine tiefe Öffnung, in der ein Kästchen stand. Kurt nahm es heraus und bemerkte, daß hinter diesem noch mehrere Papiere lagen. Das Kästchen war verschlossen und hatte ein Gewicht, das auf einen metallenen Inhalt schließen ließ. Der Schlosser versuchte mehrere Schlüssel, bevor er den passenden fand. Als der Deckel zurückgeschlagen wurde, trat der einfache Handwerksmann zurück und rief:

„Herrgott, so eine Pracht und Herrlichkeit habe ich in meinem Leben noch nicht gesehen!"

Er hatte recht, denn im Schein des Lichts, das Platen hielt, funkelte ihnen ein Feuer von Diamanten und edlen Steinen entgegen. Das Kästchen schien von sprühenden Funken erfüllt zu sein, die in allen möglichen Farben schillerten.

Kurt langte hinein und zog die einzelnen Gegenstände heraus, um sie auf den Tisch zu legen. Fast ergriff ihn jenes Fieber, von dem Büffelstirn geredet hatte, eh er mit Donnerpfeil die Höhle des Königsschatzes betrat.

„Das ist ein Wert von vielen Millionen!" sagte er mit hörbar bebender Stimme. „Wenn das alles wirklich mir gehörte!"

„So einen Reichtum hatte ich allerdings nicht erwartet!" gestand Platen, die vor ihm liegende Pracht mit den Augen verschlingend. „Man kann es begreifen, daß ein sonst ehrlicher Mann hier zum Verbrecher werden mag. Ist es mexikanische Arbeit?"

„Ganz gewiß!" erwiderte Kurt. „Da, schau her!"

Sie betrachteten die Gegenstände näher und kamen zur Überzeugung, daß Kurt recht hatte. Platen holte schwer und tief Atem und flüsterte:

„Lieber Unger, jetzt bin ich überzeugt, daß dein Verdacht richtig war. Mein Oheim konnte einen Ring, ein einzelnes Armband erwerben, aber diesen Schatz hier konnte er unmöglich auf redliche Weise in seinen Besitz bringen!"

„Noch dürfen wir ihn nicht verurteilen", entgegnete Kurt, „denn wir können noch nicht sagen, wie er zu den Kostbarkeiten kam. Ah, was ist das?"

Während er beschäftigt war, das Kästchen bis auf den Boden zu leeren, erblickte er tief unten etwas Weißes: es waren zwei Briefe, die er hervorbrachte. Er öffnete den einen und blickte auf die Unterschrift.

„Benito Juarez!" rief er. „Es ist der Brief des Oberrichters!"

„So ist keine Täuschung mehr möglich", sagte Platen. „Bitte, lies das Schreiben vor!"

„Verstehst du Spanisch?"

„Nein."

„So werde ich dir die Zeilen übersetzen. Sie sind spanisch geschrieben."

Damit trat Kurt nah ans Licht heran und gab folgenden Inhalt wieder:

„Herrn Bankier Wallner,
in Firma Voigt & Wallner in Mainz.

Ich übersende Ihnen das beifolgende Kästchen, enthaltend Juwelen und sonstige Schmuckgegenstände nebst einem genauen Verzeichnis seines Inhalts. Dieser Inhalt gehört einem Knaben, dessen Vater Seemann ist und Unger heißt. Der Knabe wohnt in der Nähe von Mainz auf dem Schloß eines Hauptmanns v. Rodenstein. Vater und Oheim dieses Knaben sind leider in Mexiko verschollen. Darum ist er Erbe der Kostbarkeiten. Sie wollen die Güte haben, ihm diese nebst dem noch beifolgenden Brief zu übergeben, wenn Sie ihn ausfindig gemacht haben. Sollte Ihnen das nicht gelingen, so ersuche ich Sie, mich davon sofort zu benachrichtigen und Kästchen samt Inhalt bei Ihrer Regierungsbehörde in Verwahrung zu geben.

Der inliegende Brief ist an eine Frau Sternau, geborene Gräfin

de Rodriganda gerichtet, die auf dem gleichen Schloß wohnt. Ihre Auslagen werden Sie vom Empfänger vergütet erhalten. Ich bemerke zum Schluß noch, daß ich eine Abschrift des Inhaltsverzeichnisses besitze und den Wert der Gegenstände versichert habe.
Benito Juarez, Oberrichter, Mexiko."

„Nun ist kein Zweifel mehr, der Oheim ist ein Dieb!" sagte Platen, dessen Gesicht leichenblaß geworden war. „Nach diesen Angaben mußte er dich finden. Er hat das Kästchen der Behörde nicht abgegeben. — Lies den zweiten Brief!"

Kurt öffnete und durchflog ihn.

„Er ist von Lady Amy Dryden an Frau Sternau gerichtet", sagte er. „Sein Inhalt ist privater Natur! Er kann dir gleichgültig sein."

„Es ist gut, ich weiß genug! Die Sachen gehören dir. Was wirst du tun?" fragte Platen niedergedrückt.

„Ich werde sie wieder an ihren Ort stellen und bis morgen überlegen, was ich beginnen werde", bemerkte Kurt ruhig. „Dein Oheim soll geschont werden, und möglicherweise will ich die Sache in der Weise einfädeln, daß er nicht ahnt, wie ich durch dich aufmerksam geworden bin. Aber noch fehlt das Inhaltsverzeichnis. Da liegen noch Papiere. Erlaubst du mir, sie durchzumustern?"

„Tu, was du willst! Schrecklich! Ich mag nichts lesen und nichts sehen!"

Platen gab das Licht dem Schlosser, um zu leuchten, und setzte sich aufs Sofa. Kurt griff in den Hohlraum und zog die Papiere hervor. Sie waren in ein Paket zusammengebunden. Er löste die Schnur und öffnete das erste Schreiben. Kaum war sein Blick darauf gefallen, so wandte er sich ab, damit der Ausdruck seines Gesichts nicht von Platen bemerkt werden könne. Es waren zwölf einzelne Schriftstücke. Kurt las sie alle durch, legte dann die Schnur wieder um sie und sagte:

„Das ist Gleichgültiges. Das Verzeichnis fehlt."

Da warf er noch einen Blick in das Geheimfach und bemerkte ein Papier, das durch das Kästchen ganz nach hinten geschoben worden war. Als er es öffnete, sah er, daß es das gesuchte war. Jetzt verglich er die Gegenstände mit dem Verzeichnis und bemerkte, daß nichts fehlte als nur der Ring, den Platen trug.

„Ich mag ihn nicht haben", sagte dieser, „ich mag gestohlenes Gut nicht tragen, es brennt mir am Finger. Hier hast du ihn!"

„Behalte ihn!" bat Kurt. „Ich schenke ihn dir."

„Nachdem ich ihn unrechtmäßigerweise getragen habe? Nein, ich danke dir! Hier ist er."

Kurt jedoch wies den Ring zurück und erklärte:

„Wenn du ihn nicht annehmen willst, so behalte ihn wenigstens für einstweilen noch! Dein Onkel darf nicht wissen, daß du von der Sache auch nur eine Ahnung hast."

„Nun gut, ich will dir den Willen tun", meinte der Offizier, indem er den Ring wieder ansteckte. „Aber ich ersuche dich dringend, ihn mir möglichst bald wieder abzunehmen. Willst du dein Eigentum wirklich hier zurücklassen?"

„Ja. Morgen wird sich das Weitere finden."

Es wurde alles genau in seine vorige Ordnung und Lage gebracht. Dann verschloß der Schlosser das Türchen und hing die Uhr wieder davor. Die beiden Offiziere aber verließen das Gartenhaus, dessen Türen sorgfältig verschlossen wurden. Draußen sagte Platen:

„Verzeih mir, Kurt, ich kann ja nichts dafür!"

„Pah, gräme dich nicht!" lautete die Antwort. „Ich hoffe, daß sich alles glücklich lösen wird."

„Tu, was du für das richtige hältst. Jetzt verabschiede mich! Ich muß allein sein. Ihr findet den Weg aus dem Garten auch ohne mich."

Platen reichte dem Freund die Hand und entfernte sich leise. Kurt schlich mit dem Schlosser zur Mauer. Dort horchten beide, ob jenseits alles sicher sei. Da vernahmen sie Schritte, die sich näherten. Man konnte deutlich hören, daß zwei Personen sich Mühe gaben, so unhörbar als möglich das Pförtchen zu erreichen.

„Halt, man kommt!" flüsterte Kurt. „Warten wir!"

Es wurde ein Schlüssel in die Pforte gesteckt, sie öffnete sich, und zwei Männer traten ein. Während der eine den Eingang wieder verschloß, fragte der andre mit halblauter Stimme, die Kurt bekannt schien:

„Es wird doch niemand im Garten sein?"

„Kein Mensch", entgegnete der zweite.

„Man wird uns nicht belauschen?"

„Ganz sicher nicht. Man glaubt, daß ich bis Mitternacht in Köln bin. In meinem Gartenhaus sucht man mich nicht. Kommen Sie!"

Der Sprecher war auf jeden Fall der Bankier. Wer aber war der andre? Beide Männer schritten miteinander dem Gartenhäuschen zu, in dessen Innern sie verschwanden, nachdem man das leise Klirren der Eisenstange und der Schlösser vernommen hatte.

„Kehren Sie einstweilen in den Gasthof zurück! Ich komme nach", flüsterte Kurt dem Schlosser zu.

Dieser stieg behutsam über die Mauer. Kurt schlich unhörbar zum Häuschen, um womöglich das Gespräch der Männer zu belauschen. Es handelte sich hier auf jeden Fall um eine Heimlichkeit, um ein lichtscheues Unternehmen. Die Läden der Fenster schlossen so gut, daß nicht der feinste Lichtstrahl hindurchdringen konnte, und obgleich Kurt sein Ohr hart daran hielt, vernahm er doch nichts als ein leises

Geflüster, das fast gegen eine Stunde währte, von dem er aber kein einziges Wort verstehen konnte. Die beiden Männer befanden sich in dem hinteren Zimmer, in dem die Schwarzwälder Uhr hing.

Endlich hörte der Lauscher das Rücken von Stühlen. Daraus schloß er, daß die geheimnisvolle Person jetzt aufbrechen würde. Er eilte an die Mauer zurück, um vielleicht doch noch etwas zu vernehmen, denn es ist nicht selten, daß man beim Abschied den Inhalt eines Gesprächs unwillkürlich noch eimal kurz wiederholt. Hart an dem Pförtchen stand ein Holunderbusch. Kurt kroch unter seine Zweige und legte sich zur Erde nieder. Kaum war es geschehen, so kamen die beiden langsam herbei. An der Pforte blieben sie stehen, so daß Kurt sie hätte mit der Hand erreichen können.

„Und die Papiere liegen wirklich sicher bei Ihnen?" fragte der Fremde.

„Ja, keine Sorge!" antwortete der Bankier. „Es gibt in meinem Gartenhäuschen ein Versteck, das kein Mensch finden wird. Dort sind diese Papiere ganz sicher aufgehoben, bis der Bote kommt und sie abholt."

„Also sagen Sie ihm, daß er nach Berlin eilen solle! Ich weiß bestimmt, daß dort heut ein Sendling Rußlands eingetroffen ist, der ihn unter dem falschen Namen Helbitoff erwarten wird. Mir war es unmöglich, länger in Berlin zu bleiben. Ich mußte fliehen und habe seit gestern bemerkt, daß man mich scharf verfolgt. In welchem Gasthaus Helbitoff wohnen wird, weiß ich nicht. Die Fremdenliste wird es sagen. Er hat einen Paß als Pelzhändler und trägt die Papiere im Futter seines Huts bei sich. Was Sie mir zu sagen haben, schreiben Sie mir unter der Anschrift des Grafen Rodriganda nach Spanien. Bei ihm werde ich längere Zeit verweilen."

„Ich werde es tun, denn ich halte es mit unsrer alten Regierung und mag von Preußen nichts wissen. Aber wird man Wort halten?"

„Wird Preußen gestürzt, so erhebt sich ein neues Königreich Westfalen, dessen Finanzminister Sie werden. Man dürstet in Frankreich nach Rache für Sadowa. Napoleon sucht Österreich an sich zu ketten, indem er einen der Erzherzöge zum Kaiser von Mexiko machte. Und selbst, wenn es mißglückte, würde sich ein Grund finden lassen, mit dem übermütigen Preußen anzubinden. Wenn nötig, geben die spanischen Wirren einen Vorwand. Rußland wird so lange bearbeitet, bis es in ein Bündnis mit Frankreich gegen Preußen willigt. Vielleicht enthalten die geheimen Nachrichten, die Helbitoff bei sich führt, schon die Zustimmung. Ich hatte den Auftrag, die Stimmung der Mittelstaaten zu erkunden. Da jedoch die Polizei auf meinen Fersen ist, muß ich mich schleunigst über die Grenze retten. Jetzt wissen Sie alles. Gute Nacht!"

‚Gute Nacht!"

Mit diesen Worten schloß der Bankier das Pförtchen auf und ließ den andern hinaus. Dieser war kein andrer als der Seeräuber Landola, der falsche Kapitän Shaw. Welch ein Zusammentreffen! Sollte Kurt aufspringen und ihn festnehmen? Das Gelände war nicht zu einem Kampf geeignet. Landola befand sich schon außerhalb der Mauer. Wenn es Kurt auch gelang, hinauszuspringen und ihn zu überwältigen, so wurde der Bankier durch den Kampf gewarnt. Er hätte Zeit gefunden, die gefährlichen Papiere entweder zu vernichten oder in ein andres Versteck zu bringen. Aus diesen Gründen war es ratsam, ihn einstweilen laufen zu lassen. Der Bankier verschloß die Pforte wieder und begab sich ins Gartenhäuschen zurück. Dort blieb er längere Zeit, und Kurt nahm an, daß er die heut erhaltenen Papiere ebenfalls hinter die Uhr verstecken werde.

Endlich, es war gegen Mitternacht, trat Wallner aus dem Häuschen, verschloß es und verließ den Garten durch das Pförtchen. Jedenfalls wollte er sich so stellen, als komme er vom Bahnhof. Kurt sprang über die Mauer und folgte ihm. Der Bankier ging durch einige Gassen und blieb dann vor einem Gasthof dritten Ranges stehen, dessen Fenster er sorgfältig musterte.

„Sollte hier Landola wohnen?" fragte sich Kurt.

Warum hätte Wallner sonst die Fenster beobachtet! Übrigens war es nicht nötig, diesem länger zu folgen. Darum wartete Kurt, bis er sich entfernt hatte, und trat dann ins Gastzimmer, wo noch Gäste vorhanden waren. Er ließ sich ein Glas Bier geben und fragte die Wirtin, die den Trank brachte:

„Haben Sie heute viele Gäste?"

„Nein, nur zwei Frauen."

„Keine Herren?"

„Bis vor einer Viertelstunde hatten wir einen. Er entschloß sich aber unerwartet abzureisen."

„Mit der Bahn?"

„Nein. Wir mußten ihm den Lohnkutscher Feller besorgen."

„Wohin?"

„Nach Kreuznach."

Kurt ließ sich diesen Gast beschreiben und gelangte zur Überzeugung, daß es Landola gewesen sei. Er bezahlte, trank sein Bier aus und begab sich sofort auf die Polizei.

„Ich bin Oberleutnant Unger aus Rheinswalden", sagte er. „Sie wissen, daß von Berlin aus ein Mensch verfolgt wird, der dort unter dem Namen eines amerikanischen Kapitäns Shaw wohnte?"

„Allerdings. Wir erhielten den Steckbrief gestern", antwortete der Beamte.

„Er war heute hier."

„Ah, nicht möglich!" klang es erstaunt.

Kurt nannte den betreffenden Gasthof, erzählte, was er dort erfahren hatte, und beantragte eine sofortige Verfolgung des Flüchtlings Der Beamte versprach, sein möglichstes zu tun, und machte sich sogleich selber auf den Weg zum Gasthof. Nun begab sich Kurt zum Telegraphenamt. Der Telegraphist erstaunte nicht wenig, als er folgenden Wortlaut von Kurts Depesche las:

Herrn von Bismarck, Berlin!
Russischen Pelzhändler Helbitoff in irgendeinem Gasthof sofort verhaften. Geheimer Sendling. Papiere im Futter seines Huts.
Kurt Unger."

Jetzt konnte Kurt seinen Gasthof aufsuchen, um nach Haus zu reiten, während der Schlosser, reich belohnt und zur Verschwiegenheit ermahnt, seinen Weg zu Fuß zurücklegte.

Am andern Vormittag befand sich Oberleutnant Platen im Kontor bei seinem Oheim. Sie sprachen über die Erbschaftsangelegenheit, die den Neffen von Berlin herbeigeführt hatte, und der Bankier bemerkte dabei, daß sein Neffe heut anders als sonst sei. Da meldete der Diener:

„Herr Wallner, ein Offizier wünscht Sie zu sprechen. Hier ist seine Karte."

„Jedenfalls wieder ein Darlehn", meinte der Bankier zu Platen „Diese Herren brauchen stets mehr, als sie einnehmen. Hier handelt es sich vermutlich um einen adligen Herrn, der —"

Er hielt mitten in der Rede inne. Er hatte die Karte aus der Hand des Dieners genommen und einen Blick darauf geworfen. Sein Gesicht nahm für einen Augenblick lang den Ausdruck des Nachsinnens an, dann jedoch flog ein rasches Rot über seine bleichen Züge. Er schien sich fassen zu müssen und sagte unsicher:

„Ah, da irre ich mich! Ein Bürgerlicher! Kurt Unger, Oberleutnant! Kennst du vielleicht diesen Herrn?"

Platen war überrascht. Also so schnell hatte Kurt seinen Entschluß gefaßt?

„Ich kenne ihn sogar sehr gut: er ist mein Freund."

„Ah! Woher stammt er?"

„Aus Rheinswalden."

Bei dieser Antwort beobachtete Platen seinen Oheim scharf und bemerkte, daß ein leiser Schreck über dessen Gesicht zuckte. Doch der Bankier nahm sich zusammen und sagte in einem Ton, der unbefangen klingen sollte:

„So bin ich neugierig, was er bei mir will. Du stehst auf? Ich hoffe, du bleibst, denn es wird dir angenehm sein, einen Freund und Kameraden zu begrüßen. — Ich lasse bitten!"

Die letzten Worte waren zu dem Diener gesprochen. Dieser entfernte sich und ließ Kurt eintreten, der in Uniform erschien.

„Herr Bankier Wallner?" fragte er.

„Der bin ich, Herr Oberleutnant", antwortete der Geldmann, den Angekommenen mit scharfem Blick betrachtend, wie um zu sehen, was er von ihm zu erwarten habe.

Kurt war mit einer sehr ernsten Miene eingetreten, die sich jedoch sofort aufheiterte, als er den Freund erblickte.

„Ah, lieber Platen, du hier?" sagte er. „Ich wünsche dir einen guten Morgen."

„Ich danke dir", entgegnete Platen. „Ich vermute, daß du mit dem Onkel allein zu sprechen hast, und will nicht stören. Aber ich bitte dich, mich dann auf meinem Zimmer aufzusuchen."

„Ich werde es gern tun, wenn Herr Wallner mir die Erlaubnis dazu nicht vorenthält."

„Dieser Erlaubnis bedarf es wohl nicht", meinte der Bankier. Und sich an seinen Neffen wendend, fügte er hinzu: „Übrigens seh' ich nicht ein, weshalb du dich entfernen willst. Der Herr Oberleutnant wird kommen, um mich um einen Vorschuß zu ersuchen, den ich ihm auch gewähren werde, da er dein Freund ist."

Platens Stirn rötete sich in zorniger Verlegenheit, als er entgegnete: „Mein Freund Unger hat jedenfalls nicht nötig, dich um irgendeinen Vorschuß zu ersuchen. Es scheint mir nötiger zu sein, mich um deinet- als um seinetwillen zurückzuziehen."

„Ah, was soll das heißen?" fragte Wallner. „Jetzt verlange ich wirklich, daß du bleibst. Ich habe es wohl nicht nötig, deine Gegenwart zu scheuen."

Platen warf einen fragenden Blick auf Unger, und dieser meinte darauf unter einem gleichgültigen Achselzucken:

„Mir ist es gleich, ob du anwesend bist oder nicht. Ich komme, um eine sehr einfache Bitte auszusprechen, die aber keinen Vorschuß betrifft."

„So sprechen Sie!" sagte der Bankier, dem es bei den Worten Kurts leichter ums Herz wurde. Eine einfache Bitte konnte unmöglich die Auslieferung eines Werts von Millionen betreffen.

„Sie erlauben mir zuvor, Platz zu nehmen", erinnerte Kurt ihn an die verletzte Höflichkeit. Und nachdem er sich gesetzt hatte, fuhr er fort: „Ich komme nämlich, Sie um die Auslieferung einiger Aktenstücke zu ersuchen, Herr Wallner."

Der Bankier lächelte und schüttelte überlegen den Kopf:

„Da haben Sie jedenfalls den Ort verfehlt, Herr Oberleutnant. Ich bin kein Aktenschreiber und kein Jurist."

„Ich weiß das", erklärte Kurt kalt. „Da Sie mich in dieser Weise mißverstehen, so sehe ich mich gezwungen, mich Ihnen deutlicher zu erklären. Sie hatten gestern abend Besuch?"

„Besuch? Nein. Ich war im Gegenteil verreist."

„Verreist nach Köln etwa? Daran glaube ich nicht. Sie hatten den Besuch eines gewissen Kapitän Shaw."

Der Bankier entfärbte sich und fuhr zurück.

„Herr", stotterte er, „was fällt Ihnen ein?"

„Dieser Shaw brachte Ihnen geheime Urkunden, um deren Auslieferung ich Sie ersuche."

Platen hörte mit außerordentlicher Spannung zu. Das hatte er nicht erwartet. Er hatte geglaubt, Unger werde von den Juwelen anfangen, und nun sprach er von Urkunden und von jenem Kapitän Shaw. Wallner starrte den Sprecher mit offnen Augen an und rief:

„Aber ich verstehe Sie nicht! Ich weiß von keinem Shaw und von keinen Urkunden etwas."

„Sie werden sich noch besinnen", lächelte Kurt. „Zunächst will ich Ihnen sagen, daß dieser Shaw nicht nach Rodriganda kommen wird, denn man ist auf meine Veranlassung hart hinter ihm her. Und sodann mögen Sie erfahren, daß sich ein gewisser Pelzhändler Helbitoff jetzt jedenfalls hinter Schloß und Riegel befindet."

Da sprang der Bankier auf. Er hatte Mühe, das Zittern der Angst zu verbergen.

„Ich sagte schon, daß ich Sie gar nicht verstehe!" beteuerte er.

„Nun wohl, so geh' ich wieder", erklärte Kurt, indem er sich erhob. „Ich kam als Herrn von Platens Freund, um Sie zu schonen. Da Sie dies nicht anerkennen, so werden Sie an meiner Stelle die Polizei erscheinen sehen."

„Ah, Sie wollen mir drohen? Ich fürchte Sie nicht!"

„Man wird suchen!"

„Man wird nichts finden!"

„Pah! Fühlen Sie sich nicht zu sicher! Man wird nicht bloß hier im Haus suchen!"

„Wo noch, Herr Oberleutnant?" fragte Wallner mit einem höhnischen Lachen, dem aber die geheime Angst anzuhören war.

„Im Garten."

„Meinetwegen!"

„Sogar im Gartenhaus."

„Immerzu!"

„Hinter der Schwarzwälder Uhr."

„Ver —"

Die Verwünschung blieb dem Bankier im Mund stecken. Er machte ein Gesicht, als habe er einen Keulenschlag erhalten.

„Sie sehen, daß ich so ziemlich allwissend bin", fuhr Kurt fort. „Ich muß die bewußten Papiere an Herrn von Bismarck ausliefern. Wollen Sie mir diese freiwillig überlassen oder nicht?"

„Ich weiß von keinen Papieren!" stieß der Bankier hervor.

„Gut, so wird man hinter der Uhr suchen und nicht nur diese Papiere finden!"

„Was sonst noch?"

„Eine Sammlung von Juwelen, die unterschlagen wurden, und deren rechtmäßiger Besitzer vor Ihnen steht. Wollen Sie noch nicht bekennen?"

Da wankte Wallner. Er mußte sich an der Lehne seines Stuhls festhalten.

„Ich bin verloren!" stöhnte er.

„Noch nicht", mahnte Kurt. „Es gibt keinen Fehler, der nicht vergeben werden könnte, sobald er nur bereut und eingestanden wird. Daß Sie mir mein Eigentum vorenthalten haben, werde ich Ihnen verzeihen, sobald Sie es mir wieder zurückerstatten. Und das andre läßt sich vielleicht noch einrenken. Herr von Platen kann nicht weiterdienen als Neffe eines Mannes, der sich des Hochverrats schuldig macht. Ich werde aus Rücksicht auf den Freund einen Ausweg suchen."

„Des Hochverrats?" fragte Platen erstaunt.

„Leider, ja", erwiderte Kurt. „Sprich mit deinem Onkel! Ich werde mich einstweilen ins Nebenzimmer zurückziehen."

Unger schritt, ohne ein Wort abzuwarten, zur Tür hinaus. Im Vorzimmer nahm er auf einem Sessel Platz und wartete. Er hörte die Stimmen der beiden, bald leiser, bald lauter. Es verging eine lange Zeit, bis die Tür geöffnet wurde und Platen ihn bat, einzutreten. Man sah es ihm an, daß er einen schweren Kampf gekämpft habe. Wallner saß wie zerschlagen auf einem Stuhl und holte Atem wie ein Fiebernder. Beim Eintritt Kurts erhob er sich und sagte mechanisch, als hätte er es auswendig gelernt:

„Herr Oberleutnant, ich erhielt vor längerer Zeit eine Sendung aus Mexiko. Trotz aller Mühe, den Empfänger ausfindig zu machen, ist es mir erst heute gelungen. Sie sind es. Ich werde Ihnen die Sendung unbeschädigt übergeben."

„Ich danke Ihnen", meinte Unger einfach.

Nach einer Pause, während der Wallner Worte zu suchen schien, fuhr er fort:

„Vor einiger Zeit hinterlegte ein Unbekannter, der sich Shaw nannte, etliche Schriften bei mir. Ich kenne ihren Inhalt nicht, weiß aber, daß ein gewisser Helbitoff ihn erfahren soll. Die Schriften sollten abgeholt werden. Von wem, das weiß ich nicht. Da Sie mir versichern, daß ihr Inhalt für mich gefährlich sei, so bin ich froh, sie Ihnen überliefern zu dürfen, und gebe Ihnen mein Ehrenwort, daß ich niemals wieder so etwas aufbewahren werde. Wollen Sie sich mit zum Gartenhaus bemühen?"

„Gern, Herr Wallner."

Der Bankier schritt voran, und die andern folgten. Sie verließen das Zimmer und begaben sich zum Gartenhäuschen. Dort öffnete der Bankier und führte sie in die dritte Stube, nahm die Uhr von der Wand, schloß die kleine eiserne Tür auf und sagte:

„Hier, Herr Oberleutnant!"

Kurt griff zu. Er fand außer dem Kästchen und den gestern abend dabei befindlichen Urkunden noch einen Pack andrer Papiere, den er öffnete, um Einsicht zu nehmen. Es waren jedenfalls die Schriftstücke, die Shaw gebracht hatte.

„Ist der Inhalt wirklich so wichtig?" fragte Platen.

„Über alle Maßen!" Kurt bemerkte, daß Wallner sich entfernt hatte, und fuhr daher fort: „Es handelt sich um eine großartige Koalition gegen Preußen. Einer ihrer Hauptträger war jener Kapitän Shaw, den die Herren von der Garde so scharfsinnig in ihr Kasino eingeladen hatten. Ich jagte ihm seine geheimen Urkunden ab. Dies war das Verdienst, von dem gesprochen wurde, und das mir den Roten Adler einbrachte. Gestern abend, als du von mir gingst, war ich so glücklich, Shaw im Gespräch mit deinem Oheim zu belauschen. Der hat sich in diese Wühlarbeit eingelassen, weil man ihm versprach, daß er Finanzminister eines neuen Königreichs Westfalen werden solle."

„Der Unglückliche!"

„Nicht unglücklich, sondern kurzsichtig und leichtgläubig. Ich bin gezwungen, diese Schriftstücke abzuliefern, aber ich werde mein möglichstes tun, ihn zu retten."

„Tu es, Kurt! Ich habe hart mit ihm kämpfen müssen, aber er hat mir versprochen, daß er sich in Zukunft hüten werde. Nimm dein Eigentum und laß mir das Bewußtsein, daß ich dir für die Gnade danken darf, die du an meinem Verwandten übst!"

Platen ergriff das Kästchen, während Kurt die Urkunden nahm. Beide verließen das Gartenhaus, ohne den Bankier zu erblicken. Sie begaben sich in Platens Zimmer, wo Kurt die eroberten Schriftstücke in ein Paket vereinigte. Noch war er damit beschäftigt, als der Diener erschien.

„Herr von Platen, schnell, schnell, kommen Sie herab zu Herrn Wallner!" rief er.

„Was will er?" fragte Platen.

„Was er will? Oh, nichts, gar nichts will er. Ich denke nur, er ist — er ist —"

„Nun, was ist er?"

„Er ist — krank geworden, sehr krank."

„Was fehlt ihm? Holt den Arzt!"

„Oh, der Arzt kann ihm nicht mehr helfen."

Da fuhr Platen auf und sah den Diener starr an:

„Nicht mehr helfen? Ah, was ist geschehen? Wo ist der Oheim?"

„In seinem Zimmer. Ich sollte ihm einen Herrn melden, und als ich eintrat, da lag er im Stuhl und — und — war tot."

„Unmöglich! Wir haben ja soeben erst mit ihm gesprochen! Ich komme gleich hinab, sogleich!"

Er ging. Kurt blieb zurück. Nach einiger Zeit kam Platen bleichen Angesichts wieder, schritt einigemal auf und ab und sagte dann:

„Du hast recht, lieber Kurt, kurzsichtig war der Onkel. Das beweist auch diese letzte Handlung. Er hat nicht gewußt, wo aus, noch ein. Oder er hat den Verlust des unrechten Gutes nicht überleben mögen. Er ist in seinen Sünden hingegangen. Gott sei seiner Seele gnädig!"

Eine Viertelstunde später befand Kurt sich auf dem Heimweg. Er trug ein Vermögen bei sich. Mehr wert waren ihm aber die geheimen Urkunden, durch deren Überreichung er sich dankbar erweisen konnte für die Auszeichnungen, die ihm zuteil geworden. Er stieg zuerst bei seiner Mutter ab. Wie staunte die gute Frau, als er das Kästchen öffnete und sie die funkelnden Geschmeide erblickte. Bald aber stürzten Tränen aus ihren Augen. Sie umarmte ihren Sohn und rief aus:

„Das mag viel, sehr viel wert sein, tausendmal lieber aber wäre es mir, wenn dein Vater gekommen wäre. Tu mit diesen Dingen, was du willst, ich aber mag nichts davon sehen."

Kurt übergab ihr das Bündel mit den Schriften, von denen der Oberförster nichts erfahren sollte, aber das Kästchen trug er zu ihm. Er erzählte, welche Bewandtnis es damit hatte, und zeigte ihm dann den Inhalt.

„Donnerwetter, nun wird mir der Junge stolz werden!" brummte Rodenstein in den Bart. „Denn der Reichtum macht stolz und hart!"

„Mich nicht, lieber Pate", versicherte Kurt lächelnd.

„Nun, meinetwegen! Aber was willst du mit den Dingen anfangen, he?"

„Ich verschenke alles."

„Kerl, du bist verrückt!"

„Nein, und dennoch werde ich alles verschenken. Röschen bekommt den ganzen Kram."

„Röschen? Hm, dieser Gedanke ist nicht übel. Aber warum denn grad sie?"

„Weil nur sie allein schön und gut ist, solche Schätze zu tragen!"

Bei diesen Worten leuchteten seine Augen, daß der Alte, der sonst in solchen Dingen nicht sehr scharfsinnig war, doch aufmerksam wurde. Er drohte lächelnd mit dem Finger:

„Du, ich glaube gar, du bist verliebt, Mensch! Mach keine Dummheiten! Wenn du durchaus unglücklich werden willst, so suche dir meinetwegen ein Hauskreuz, das Waldröschen aber ist nichts für dich. Der Ort, auf dem es wächst, liegt zu hoch!"

„Lieber Pate, ich kann steigen."

„Ja", lachte der Alte, „so ein Oberleutnant kann es himmelhoch bringen. Ich seh' es an mir — zum Hauptmann und Oberförster. Gott sei's geklagt! Also mach mit diesem Krimskrams, was du denkst, aber bilde dir nur keine großen Rosinen ein, und laß uns das Waldröschen ungeschoren! Merk dir das!" —

Mit dem nächsten Zug saß Kurt wieder in der Bahn und dampfte der Hauptstadt entgegen. Ludwig begleitete ihn. Sie kamen am späten Abend in Berlin an. Dennoch eilte Kurt gleich vom Bahnhof weg zur Wohnung Bismarcks.

Deren Fenster waren hell erleuchtet. Der Minister hatte jedenfalls Gäste bei sich. Der Pförtner wollte den Leutnant nach seinem Begehr fragen, doch Kurt eilte an ihm vorüber und die Treppe empor. Lakaien liefen oben auf und ab, und im Vorzimmer stand der Leibdiener, der Kurt entgegenkam.

„Sie wünschen?" fragte er.

„Exzellenz zu sprechen."

„Geht nicht. Exzellenz befindet sich beim Souper, ist überhaupt nur für die Gäste da."

„Exzellenz wird aber doch sofort kommen, wenn Sie meinen Namen nennen!"

Der Diener betrachtete den Oberleutnant mit spöttischen Blicken und ließ ein hochmütiges „Ah!" hören. Deshalb griff Kurt in seine Brusttasche und erwiderte barsch:

„Hier meine Karte. Melden Sie mich sofort!"

„Ich bedaure, es nicht tun zu dürfen, denn —"

„Ich befehle Ihnen, mich zu melden!"

Der Mann fuhr zurück, als er sich in dieser Weise angedonnert hörte. Er wagte keinen Widerspruch mehr und verschwand im Saal. Bereits nach einigen Augenblicken kehrte er zurück.

„Folgen Sie mir!" bat er achtungsvoll und führte Kurt in ein Gemach, in dem Bismarck stand. Dieser trat dem Oberleutnant entgegen.

„Für Sie bin ich unter allen Umständen zu sprechen, Herr Oberleutnant. Sie haben dem Staat abermals einen wichtigen Dienst geleistet. Jener Russe wurde infolge Ihrer Drahtung festgenommen, und man fand in seinem Hut Papiere von solcher Wichtigkeit, daß Sie unsres Dankes versichert sein können. Wie aber bekamen Sie Wissen von diesem Geheimnis?"

„Bevor ich diese Frage beantworte, gestatte ich mir, Euer Exzellenz diese Urkunden zu überreichen."

Mit diesen Worten öffnete Kurt das Paket und reichte es dem Kanzler.

„Ich bin durch meine Gäste in Anspruch genommen und habe also jetzt keine Muße zum Lesen, aber die Aufschriften werde ich denn doch — ah!"

Er hatte die erste Schrift geöffnet und blieb nun nicht nur bei der Aufschrift, sondern las weiter. Dann griff er zur zweiten.

„Nehmen Sie Platz!" gebot er Kurt.

Dieser leistete Gehorsam, während Bismarck weiterlas. Seine Augen schienen die Zeilen zu verschlingen, und die Spitzen seines Schnurrbarts zeigten jenes verräterische Zucken, das bei ihm stets ein Zeichen innerer Spannung war. Endlich war er fertig, wandte sich zu Kurt, der sich erhob, und richtete sein Auge mit einem so erstaunten Blick auf ihn, daß der Oberleutnant beinahe verlegen wurde. Dann fragte er langsam und verwundert:

„Aber, Herr Oberleutnant, ich frage: Wie kommen Sie nun wieder zu diesen Urkunden?"

„Kapitän Shaw, der uns hier entwich, hat sie einem Bankier Wallner in Mainz in Verwahrung gegeben, und dieser lieferte sie mir aus, als ich die Überzeugung aussprach, daß der Inhalt für ihn einer Dynamitpatrone gleiche."

„Aber er kannte den Inhalt?"

Die Augen des großen Mannes waren so voll und scharf auf Kurt gerichtet, daß es ihm unmöglich war, zu lügen.

„Exzellenz, er ist tot", berichtete er.

„Freiwillig gestorben?" fragte der scharfsinnige Mann.

„Ja."

„Ah! Erzählen Sie kurz!"

„Ich hatte die Ehre, Euer Exzellenz in Gegenwart Seiner Majestät von meinen Verhältnissen und denen der Familie Rodriganda zu sprechen. Mein letztes Erlebnis steht in innigem Zusammenhang damit."

Kurt berichtete nun von dem verschwundenen Teil des Königsschatzes, und wie er bei seiner Auffindung zugleich hinter die Geheimnisse der Verräter gekommen war. Er schonte den Bankier, soviel es möglich war, und doch meinte Bismarck, als er geendet hatte:

„Die nachsichtige Fassung Ihres Berichts ist für Sie eine ebenso große Ehre als die Enthüllung des Geheimnisses selbst. Sie glauben Ursache zu haben, in irgendeiner Beziehung Milde walten zu lassen, aber ich versichere Ihnen, daß Sie gegen mich offen sein können, ohne daß Ihre freundliche Absicht in Gefahr gerät. Man wird, wenn es ohne Bedenken geschehen kann, Ihre Gründe gern berücksichtigen. Ich bitte also, aufrichtig zu sprechen."

Jetzt konnte von einer Verhehlung keine Rede mehr sein. Kurt erzählte alles. Bismarcks Gesicht nahm einen eigentümlich ergriffenen Ausdruck an. Als Kurt geendet hatte, reichte er ihm die Hand:

„Herr Oberleutnant, ich schätze Sie! Dieses Wort mag Ihnen ebensoviel bedeuten wie ein Orden. Auf Ihren Freund Platen soll nicht der leiseste Schatten fallen. Ihnen aber will ich die Rücksicht, die Sie für den Freund hatten, belohnen, indem ich Sie auffordere, morgen

früh zehn Uhr bei mir zu erscheinen. Wir werden miteinander zum König fahren, damit er aus Ihrem eigenen Mund hört, wie es Ihnen geglückt ist, uns diesen weiteren großen Dienst zu leisten. Jetzt aber muß ich mich zurückziehen. Ich erwarte Sie pünktlich."
Bismarck gab dem jungen Mann abermals die Hand und verschwand sodann im Saal. Wie trunken stieg Kurt die Treppe hinab. Er hatte seinen Diener Ludwig vom Bahnhof nach Hause geschickt, und als er nun zu den Seinigen trat, fand er sie um das geöffnete Kästchen versammelt. Sie kamen ihm alle entgegen, um ihn zu beglückwünschen, er aber wies das mit den Worten zurück:

„Oh, ich habe noch weit Besseres erlebt. Ich komme von Bismarck."

„Vom Bismarck?" tönte es verwundert im Kreis.

„Ja, und er gab mir mehr, als diese Juwelen wert sind. Er sagte zu mir: ‚Herr Oberleutnant, ich schätze Sie! Dieses Wort mag Ihnen ebensoviel bedeuten wie ein Orden.' Und dann lud er mich ein, morgen früh zehn Uhr zu ihm zu kommen, um mit ihm zum König zu fahren. Das ist mir lieber als Gold und Edelsteine."

Nun wurde er bestürmt, zu erzählen, wie alles gekommen sei. Er aber nahm eine komisch wichtige Miene an und antwortete:

„Es handelt sich um höchst wichtige Staatsgeheimnisse, die ich nicht verraten darf. Später vielleicht werde ich alles mitteilen dürfen."

„Seht den Diplomaten!" lachte Graf Manuel. „Er scheint die rechte Hand Bismarcks zu sein."

„Oh, was er noch nicht ist, das kann er ja noch werden", lächelte Röschen.

Aber kaum hatte sie diese Worte gesprochen, so merkte sie, daß sie zu mutig gewesen sei, und eine glühende Röte flog über ihr liebliches Gesichtchen. Ihre Mutter streichelte ihr die Wangen und stimmte bei:

„Ja, er hat das Zeug zu einem ganzen Mann und auch das Glück dazu. Ich bin überzeugt, daß er von sich reden machen wird. Aber, lieber Kurt, was beabsichtigst du nun mit diesem Geschmeide zu beginnen?"

„Das hat mich der Herr Hauptmann auch gefragt", schmunzelte Kurt.

„Und was hast du ihm geantwortet?"

„Ich sagte ihm, daß ich am liebsten alles unserm Waldröschen schenken möchte."

Alle lachten. Röschen erglühte abermals, und Roseta, ihre Mutter, fragte:

„Und was erwiderte der wackere Haudegen?"

„Hm, er meinte, ich solle mir nur keine Rosinen einbilden, denn ich sei nicht der Kerl dazu, Röschen etwas zu schenken."

„Er hat doch wohl nur gemeint, daß solche Kostbarkeiten einen

Schatz bilden, der nicht verschenkt werden darf, sondern gehütet werden muß. Wir wollen gemeinschaftlich über ihn wachen, daß er dir sicher bewahrt bleibe." —

Aber als Kurt sich später auf sein Zimmer zurückgezogen hatte, klopfte es leise an seine Tür. Waldröschen steckte das Köpfchen herein:

„Kurt, hat du es mir wirklich schenken wollen?"

„Ja, Röschen", antwortete er.

„Hebe es gut auf, denn später werde ich es annehmen dürfen."

„Keine andre als du soll es bekommen."

Bei diesen Worten hatte er das Köpfchen erfaßt und festgehalten, ihre Lippen fanden sich zu einem schnellen Kuß, und dann flüsterte Röschen eifrig:

„Der Onkel Rodenstein ist ein alter Bär! Ich erkläre dir feierlich, daß du schon der Kerl bist, mir etwas zu schenken! Nicht wahr, lieber Kurt?"

14. Der harmlose Wilddieb

Der Herbst war vergangen und der Winter ins Land gezogen. Es war frischer Schnee gefallen, wie ihn der Jäger so gern hat, weil sich da die Fährte des Wildes am leichtesten erkennen und ablesen läßt. Nur noch einzelne Flocken wirbelten träumerisch hernieder und setzten sich als glitzernde Sternchen an die Zweige der Tannen und Kiefern, die beide Seiten der Straße besäumten, die nach Rheinswalden führte.

Der Wintertag begann zu dämmern, aber trotz dieser frühen Morgenstunde gab es doch schon ein menschliches Wesen, das auf dieser Straße dahergeschritten kam. Es war ein Mann, dessen Erscheinung höchst eigentümlich genannt werden mußte. Die herrschende Kälte schien auf ihn keinen Eindruck zu machen, obgleich er nur leicht gekleidet war. Er trug Schuhe oder vielmehr Halbstiefel, von einer in dieser Gegend fremden Form und Arbeit, kurze, blaue und sehr weite Tuchhosen, die hier und da zerrissen waren, eine ebensolche Jacke, die ihm zu kurz und zu eng zu sein schien, und auf dem Kopf eine Mütze, die früher jedenfalls eine Blende gehabt, nun aber an allen Nähten aufgeplatzt war. Die Jacke war offen, so daß man ein Hemd sehen konnte, das sicher lang nicht gewaschen worden war, und vorn nicht geschlossen, eine nackte, dicht behaarte Brust sehen ließ.

Um den langen, magern Hals schlang sich ein altes Taschentuch. Zwischen Hose und Jacke wand sich als Gürtel ein Tuch um den Leib, das seit einem Jahrhundert zu allen möglichen gedient zu haben schien. Auf dem Rücken trug dieser Mann einen großen, gefüllten Leinwandsack, und über die linke Schulter hing ihm ein alter, langer Lederschlauch, dessen Bestimmung ein Uneingeweihter wohl schwerlich erraten haben würde. Das Sonderbarste aber an diesem Mann war sein Gesicht. Es war hager und von der Sonne und der Witterung hart und dunkel gegerbt. Sein breiter Mund hatte fast keine Lippen. Die kleinen Augen blickten scharf und sicher unter den Lidern hervor, und die Nase war fast ungeheuerlich zu nennen. Sie besaß eine Ausdehnung, zufolge deren man sie eher einen Schnabel als ein menschliches Riechorgan hätte nennen mögen.

Der Fremde folgte eben einer Krümmung der Straße, als er bemerkte, daß er nicht der einzige Wandersmann sei: eine kurze Strecke vor ihm schritt ein kleines, dürftiges Männchen des Wegs dahin.

„*Well*, ein Menschenkind", murmelte der Fremde englisch. „Das ist mir lieb, denn ich kalkuliere, daß es hier bekannt sein wird und mir Auskunft geben kann. Ich werde das Männlein einholen."

Seine Schritte wurden nach diesen Worten rascher. Der Schnee dämpfte sie indes so, daß der Vorangehende seine Anwesenheit nicht eher bemerkte, als bis er angerufen wurde.

„*Good morning, Sir*", rief der Fremde und fuhr in einem fremdklingenden Deutsch fort: „Wohin führt diese Straße, Freund?"

Der Angerufene drehte sich rasch um, fuhr aber bei dem Anblick des Sprechers erschrocken zurück, denn dieser glich eher einem Vagabunden als einem anständigen Mann.

„Nun, warum antworten Sie nicht?" fragte der Fremde barsch.

Diese Frage brachte das Männchen zu sich. Es schien einzusehen, daß es geraten sei, mit einem so abgerissenen Strolch möglichst höflich zu sein.

„Guten Morgen", sagte er. „Diese Straße geht nach Rheinswalden."
„Sind Sie dort bekannt?"
„Ja."
„Wohnen Sie vielleicht dort?"
„Nein."
„Was sind Sie eigentlich?" fragte der Fremde mit einem forschenden Blick auf den andern.
„Tierarzt", erklärte dieser.
„Tierarzt? Hm! Ein schönes Handwerk. Das Vieh ist leichter zu heilen als das Menschenpack. Da haben Sie wohl in Rheinswalden zu tun?"
„Ja, ich wurde vorhin einer kranken Kuh wegen geholt."
„Schießt sie tot, da ist sie geheilt, und Sie sind die Plage los!"
Der Kleine sah den Großen erschrocken an.
„Wo denken Sie hin! Eine Kuh totschießen!"
„Pah, ich habe Hunderte totgeschossen."
Der Kleine machte ein ungläubiges Gesicht.
„Na, schneiden Sie nur nicht so sehr auf!"
Da spitzte der Fremde den Mund.

„Pchtsichchchchch", klang es, und dabei spritzte er dem Kleinen einen Strahl dicken, dunklen Tabaksafts so nah am Gesicht vorüber, daß dieser erschrocken zurückwich.

„Donnerwetter! Nehmen Sie sich doch in acht!" warnte er. „Passen Sie auf, wo Sie hinspucken!"

„Weiß es genau", versicherte der Fremde ruhig.

Der Kleine betrachtete ihn mit scheuem Blick von oben bis unten.

„Sie kauen wohl Tabak?" fragte er dann. „Warum rauchen oder schnupfen Sie nicht lieber?"

„Zum Rauchen fehlt mir der Geschmack und zum Schnupfen ist mir meine Nase zu lieb."

„Na, der sieht man es auch an, daß Sie sie liebhaben. Aber das Tabakkauen ist fürchterlich ungesund."

„Meinen Sie?" fragte der Fremde im Ton der Überlegenheit. „Na, Sie als Tierarzt müssen das ja verstehen. Also eine Kuh wollen Sie heute behandeln?"

„Ja. Sie hat die Perlsucht."

„Wem gehört sie denn?"

„Frau Unger auf dem Vorwerk neben dem Schloß."

„Unger? Hm. Ist diese Frau Witwe?"

„Nein. Aber ihr Mann war jahrelang verschollen. Kürzlich hat sie jedoch aus Mexiko Nachricht über ihn bekommen."

„Hm", meinte der Yankee nachdenklich. „Rheinswalden ist ein Schloß?"

„Ja. Es gehört dem Herrn Hauptmann und Oberförster von Rodenstein. Warum erkundigen Sie sich so genau?"

„Das kann Ihnen gleichgültig sein."

„Möglich. Aber Sie sehen nicht so aus wie einer, der Veranlassung hat, sich nach vornehmen Leuten zu erkundigen."

„Nicht? Wieso denn, he?"

Der Kleine warf einen geringschätzigen Blick auf den Fremden.

„Na, das müssen Sie doch zugeben, daß Sie wie ein echter Landstreicher aussehen."

„Pchtsichchchchch", fuhr ihm ein dicker Strahl von Tabaksaft an den Hut.

„Heidenelement! Nehmen Sie sich in acht!" fuhr der Kleine zornig auf

„Pah, Landstreicher pflegen das nicht anders zu machen."

„Aber ich verbitte mir das."

„Wird Ihnen nicht viel helfen, wenn Sie grob bleiben."

„Soll ich Sie etwa mit Handschuhen angreifen? Sie wären mir der Mann dazu! Kommt da ein hergelaufener Mensch und spuckt mich so voll, daß ich mich in Rheinswalden nicht sehen lassen kann."

Das Männchen war grimmig geworden. Er hatte den Hut abgenommen und hielt ihn dem Fremden zornig entgegen.

„Wischen Sie es ab!" meinte dieser kaltblütig.

„Abwischen? Ich? Was fällt Ihnen ein? Wollen Sie es auf der Stelle selber abwischen? Wo nicht, so sollen Sie mich kennenlernen! Wollen Sie es abwischen, oder —." Er hob drohend den Stock.

„Was — oder?" fragte der Große.

„Oder ich haue Ihnen eins übers Gesicht herüber!"

„Hauen Sie! Pchtsichchchchchch!"

Ein abermaliger Strahl zischte dem Tierarzt auf den Rock.

„Nun habe ich es satt!" rief der kleine Doktor aufgebracht. „Da! Da!"

Er holte zum Schlag aus, kam aber nicht dazu, denn der Fremde riß ihm blitzschnell den Stock aus der Hand und warf diesen weit über die Wipfel der Bäume weg. Dann faßte er den kleinen Helden bei den Hüften, hob ihn empor und schüttelte ihn derart, daß ihm Hören und Sehen verging, worauf er ihn behutsam wieder zur Erde niedersetzte.

„So, mein Zwerg", sagte er, „das ist für den ‚Landstreicher'. Nun aber reiß aus und lauf, was die Beine herhalten! Denn wenn ich dich in einer Minute noch einmal erwische, so quetsche ich dir deine ganze Wissenschaft aus dem Leib!"

Der Tierarzt holte tief Atem. Er wollte reden, seine Augen funkelten vor Wut, aber er besann sich, wandte sich um und war im nächsten Augenblick zwischen den Bäumen verschwunden.

„Eine kleine Kröte! Aber mutig!" schmunzelte der Fremde. „Jedenfalls sehen wir uns in Rheinswalden wieder. Bin doch neugierig, was er da sagen wird! Hm! Geierschnabel und ein Landstreicher. Der Teufel hole diese verdammte Zivilisation, die jeden, der nicht einen schwarzen Frack um die Rippen hängen hat, für einen Landstreicher erklärt!"

Er setzte seinen Weg fort, blieb aber nach kurzer Zeit plötzlich stehen, sprang rasch über den Straßengraben hinüber und duckte sich hinter einen Busch nieder, der dicht genug war, ihn zu verbergen. Er hatte nämlich ein Geräusch gehört, das er als Präriejäger nur zu wohl kannte. Im nächsten Augenblick trat ihm gegenüber ein prächtiger Rehbock langsamen Schritts aus dem Wald hervor.

„Ein Bock!" flüsterte er. „Und was für ein Kapitalkerl! *Heighday!* Welch ein Glück, daß mein altes Schießeisen geladen ist!"

Ohne daran zu denken, daß er sich keineswegs mehr im wilden Westen von Amerika befand, riß er schnell den alten Lederschlauch von der Schulter und nahm die Büchse heraus. Der Hahn knackte laut. Der Bock hörte es und hob lauschend den Kopf. Da aber krachte auch schon der Schuß und das Tier brach im Feuer zusammen.

„Hallo!" rief der Schütze laut. „Das war ein Schuß! Jetzt heran zu ihm!"

Geierschnabel sprang hinter dem Busch hervor und zu dem Tier hin, warf Leinwandsack und Lederschlauch von sich, zog das Messer hervor und begann den Bock regelrecht auszuweiden. Während dieser Arbeit hörte er schnelle Schritte, aber das kümmerte ihn nicht weiter. Er fuhr in seiner Arbeit ruhig fort, bis der Nahende hinter ihm stand. Dieser ergriff zunächst das am Boden liegende Gewehr des Wildfrevlers, betrachtete es mit einem erstaunten Blick und sagte:
„Donnerwetter, was fällt denn diesem verfluchten Kerl ein dahier!"
Jetzt erst drehte Geierschnabel den Kopf herum.
„Was mir einfällt? Das sehen Sie ja!"
„Jawohl seh' ich es! Er hat den Bock geschossen!"
„Na, soll ich mir denn so einen Bock entkommen lassen?"
„Kerl, ist Er verrückt?"
Verrückt? Pah! Pchtsichchchchchch!"
Millionenschockschwerebrett! Was fällt Ihm ein? Hält Er mich etwa für einen holländischen Spucknapf?"
„Nein, aber für einen Erzgrobian! Ich sage ‚Sie' zu ihm, und Er nennt mich ‚Er'. Wenn das höflich ist, so lasse ich mich hängen."
„Höflich oder nicht. Aber gehangen oder so etwas wird Er doch!"
„Ah! Von wem?" grinste Geierschnabel.
„Das wird Er merken, ohne daß ich es Ihm zu sagen brauche. Weiß Er denn nicht dahier, daß die Wildschießerei bestraft wird?"
Da sperrte Geierschnabel den Mund so weit auf, daß man alle seine Zähne zu zählen vermochte.
„Donnerwetter! Daran habe ich weiß Gott nicht gedacht!"
„Ja, das glaube ich wohl. Diese Kerle denken erst dann an die Strafe, wenn sie in der Patsche stecken. Wer ist Er denn?"
„Ich? Hm! Wer sind denn Sie?"
„Ich bin der Ludwig Straubenberger."
Da ging ein heiterer Blitz über das Gesicht des Amerikaners.
„Ludwig Straubenberger?" sagte er. „Was geht das mich an!"
„Sehr viel sogar geht das Ihn an. Ich steh' im Dienst des Herrn Oberförsters von Rodenstein."
„Sie tragen doch keine Jägeruniform."
„Weil ich Diener des Herrn Oberleutnants Unger bin."
„Und dennoch stehen Sie im Dienst des Oberförsters? Wie paßt das zusammen? Dienen Sie etwa zwei Herren?"
„Zweien oder zwanzigen, das geht Ihn ganz und gar nichts an dahier. Er ist verhaftet und hat mir zu folgen!"
„Zum Herrn Oberförster?"
„Ja. Zu wem denn sonst, Er Schlingel?"
Da reckte sich Geierschnabel empor.
„So schnell geht das nun nicht. Sie tragen keine Uniform. Weisen Sie sich mir als Forstbeamter aus!"

Das war dem braven Ludwig noch niemals vorgekommen.

„Hölle und Teufel!" rief er. „Verlangt so ein Spitzbube gar noch einen Ausweis von mir! Ich werde Ihm beausweisen, daß Ihm der Buckel braun und blau anlaufen soll. Seine Flinte ist beschlagnahmt. Geht Er gutwillig mit oder nicht?"

„Ich habe es nicht nötig."

„So werde ich nachzuhelfen wissen." Ludwig faßte den Fremden beim Arm.

„Tun Sie die Hand von mir!" sagte dieser jedoch befehlend.

„Ah, Er wird ja immer widerspenstiger! Ich werde Ihn kuranzen!"

„Pchtsichchchchchch!"

Ein Strahl braunen Tabaksafts fuhr Ludwig an den Kopf. Da ließ er den Arm des Wilderers los und schrie im höchsten Zorn:

„Alle Teufel! Auch noch anspucken! Das soll Er teuer bezahlen!"

In diesem Augenblick rief eine Stimme hinter einem der nächsten Bäume hervor:

„So hat er auch mich angespuckt. Soll ich Ihnen helfen, mein lieber Herr Straubenberger?"

Ludwig drehte sich um.

„Ah, der Kuhdoktor!" sagte er. „Was machen denn Sie dahier?"

Der kleine Mann zeigte sich vorsichtig hinter dem Baum.

„Ich wollte nach Rheinswalden, und da traf ich diesen Menschen. Er fing ein Gespräch mit mir an, und dann kamen wir in Streit. Soll ich Ihnen helfen, ihn festzunehmen?"

„Na, ich habe Sie grade nicht nötig, denn ich bin selber Manns genug, um mit einem solchen Halunken fertig zu werden, aber besser ist besser. Er scheint nicht gutwillig mitzugehen. Wir wollen ihm die Hände ein wenig auf den Rücken binden!"

Da zuckte es eigentümlich um den Mund Geierschnabels.

„Das wäre allerdings lustig genug!" lachte er.

„Wieso?" fragte Ludwig. „Für Ihn finde ich gar nichts Lustiges dabei."

„O doch! Oder ist es nicht spaßhaft, wenn ein Wilddieb seinen Wildbrethändler festnimmt?"

„Wildbrethändler? Wie meint Er das?"

„Ich meine damit mich. Ich bin Wildbrethändler aus Frankfurt. Und dieser Kleine da ist der eigentliche Wilderer", fuhr Geierschnabel fort. „Er hat mir seit drei Jahren alles geliefert, was er in den Rheinswalder Forsten zusammengeschossen hat."

Der kleine Tierarzt traute seinen Ohren nicht, als er diese Worte hörte. Auch Ludwig machte ein verblüfftes Gesicht.

„Donner und Doria!" rief er. „Da muß doch gleich der helle, lichte Teufel drin sitzen! Ist das wahr, Doktor?"

Erst jetzt kam dem vom Erstaunen Übermannten die Sprache wie der. „Ich ein Wilddieb?" greinte er. Und alle zehn Finger wie zum Schwur in die Höhe streckend, fügte er hinzu: „Ich schwöre tausend Eide, daß ich noch keine Maus, viel weniger aber einen Rehbock geschossen habe!"

„Oho, jetzt will er sich weißbrennen!" feixte Geierschnabel. „Wem gehört denn dieser alte Schießprügel da?"

„Ja wem?" fragte Ludwig. „Etwa dem Doktor?"

„Sicherlich! — Und wer hat den Bock geschossen? Ich nicht, sondern der Doktor da. Ich habe ihn bloß aufgemacht."

„Herr Jesses, ist so etwas möglich!" zeterte der Kleine, die Hände über dem Kopf zusammenschlagend. „Glauben Sie das nicht, mein lieber, guter Herr Straubenberger!"

„Zum Teufel, ich weiß da allerdings nicht, was ich denken soll!" Bei diesen Worten blickte Ludwig den Fremden ratlos an.

„Denken Sie, was Sie wollen", meinte dieser. „Soviel aber ist gewiß, daß ich mich allein nicht verhaften lasse. Ich bin so dumm gewesen, mit meinem Lieferanten auf den Anstand zu gehen, aber ich werde nicht so dumm sein, die Strafe allein zu tragen."

„Heilige Mutter Gottes, wo will das hinaus!" rief der Kleine. „Ich habe in meinem ganzen Leben noch keine Flinte in der Hand gehabt."

„Aber an der Wange", schwindelte Geierschnabel. „Ich kann es beweisen, und die Untersuchung wird alles ans Licht bringen."

Da wandte Ludwig sich mit ernster Miene an ihn:

„Sagt Er wirklich die Wahrheit? Kann Er es beschwören?"

„Mit tausend Eiden."

„Da kann ich Ihm nicht helfen, Doktor. Ich bin gezwungen, auch Ihn als Wilderer festzunehmen."

Der Arzt tat vor Schreck einen Sprung zurück.

„Um Gottes willen, Sie machen nur Spaß!" rief er. „Ich bin ja unschuldig wie die liebe Sonne am Himmel!"

„Das wird die Untersuchung ergeben. Sie sind mein Gefangener!"

„Gefangener? Himmel, ich reiße aus!"

Der Kleine wandte sich um und wollte fliehen, aber Ludwig war schnell genug, ihn festzuhalten.

„Ah, schießen die Preußen so?" rief er. „Entfliehen will Er? Damit hat Er seine Schuld eingestanden. Ich werde diese beiden Kerle zusammenbinden, damit keiner mir entweichen kann."

„Das lasse ich mir gefallen", meinte Geierschnabel, „ich will nicht der einzige Schuldige sein. Wenn es gerecht zugeht, lasse ich mich ohne Gegenwehr fesseln."

„Gut, das ist verständig von Ihm. Gebt eure Hände her! Hier habe ich die Schnur."

„Aber ich schwöre bei allen Heiligen, daß ich unschuldig bin!" versicherte der Kleine. „Dieser Spitzbube will mich unglücklich machen!"

„Das wird sich ausweisen", brummte Ludwig.

„Sie werden mich doch nicht etwa gefesselt nach Rheinswalden schleppen. Das wäre ja fürchterlich. Meine Ehre, mein Ruf —"

„Mitgegangen, mitgefangen, mitgehangen! Auf das Ansehen eines Wilddiebs gibt kein Mensch einen Pfifferling. Wie wird es, gibt Er die Hand freiwillig her, oder soll ich Gewalt brauchen?"

Geierschnabel bückte sich zur Erde nieder, hob seinen Leinwandsack auf, warf ihn sich über den Rücken und sagte:

„Ich fügte mich freiwillig. Hier ist meine Hand."

„Und ich füge mich gezwungen", stöhnte der Tierarzt. „Hier ist meine Hand, aber ich werde Genugtuung verlangen."

„Das ist nicht meine Sache", meinte Ludwig. „Ich tue meine Pflicht, alles andre wird der Herr Oberförster untersuchen."

Er fesselte die rechte Hand Geierschnabels mit der linken des Arztes zusammen. Dann sagte er:

„So, das ist abgetan. Aber den Bock, den soll doch nicht etwa ich nach Haus schleppen. Das ist eure Sache."

„Ich habe schon mein Bündel", erklärte Geierschnabel.

„Was ist denn drin in dem Sack?"

„Fünf Hasen."

„Hasen? Donnerwetter! Woher sind sie?"

„Der Doktor hat gestern Schlingen gelegt und heut vor Tagesanbruch gingen wir, sie abzusuchen. Es hingen diese fünf drinnen."

Der Kleine war starr. Er brachte kein einziges Wort hervor. Ludwig aber machte ein grimmiges Gesicht und sagte:

„Also auch Schlingensteller! Das verschlimmert die Sache bedeutend. Fünf Hasen hat Er zu tragen, da mag der Doktor den Bock auf sich nehmen."

„Aber es ist ja Lüge, lauter gemeine Lüge!" stieß jetzt endlich der kleine Mann hervor. „Er hat die Hasen selber gefangen!"

„Das wird sich alles finden", meinte Ludwig, indem er sich niederbückte, um die Läufe des Bocks zusammenzubinden.

„Herr Straubenberger, ich verklage Sie! Ich lasse Sie bestrafen."

„Kümmert mich nicht. Ich tue meine Pflicht dahier."

„Aber mein ganzer Ruf ist zum Teufel!"

„Die Hasen und der Bock auch. Hier ist er, da!" Ludwig hing das Tier dem Kleinen über den Rücken.

„Heiliger Ignatius", jammerte dieser, „jetzt muß ich unschuldiges Menschenkind obendrein noch das schwere Viehzeug schleppen!"

„Der Bock ist noch lange nicht so schwer wie die andern alle, die du schon auf dem Gewissen hast", sagte Geierschnabel.

„Mensch! Ich vergifte dich, wenn ich erst wieder frei bin."

„Sapperlot, das wird immer schlimmer", zürnte Ludwig. „Also auch Giftmischer! Da wollen wir nur machen, daß wir nach Rheinswalden kommen. Der Herr Oberförster wird sich wundern, was für Galgenvögel ich ihm bringe!"

Er gab den beiden einen Stoß, und der Marsch begann. Der Tierarzt bat, drohte, jammerte und klagte umsonst. Ludwig war darauf erpicht, seine Pflicht zu tun, und so sehr sich der Kleine auch sträubte, der kräftige Amerikaner zog ihn ohne große Anstrengung mit sich fort. —

Zur gleichen Zeit befand sich der Oberförster in seinem Arbeitszimmer. Er war erst vor kurzem aufgestanden und trank seinen Morgenkaffee. Seine Laune war nicht gut. Weshalb, wußte er selber nicht. War doch erst vor wenigen Tagen der von Sternau am Rio Sabinas geschriebene Brief eingetroffen und hatte einen unendlichen Jubel hervorgerufen.

Da ertönten draußen rasche Schritte. Ludwig trat ein und blieb in strammer Haltung an der Tür stehen, um die Anrede des Oberförsters zu erwarten.

„Was bringst du?" fragte dieser mürrisch.

„Wilddiebe!" lautete die noch kürzere Antwort.

Da fuhr der Alte von seinem Stuhl auf.

„Wilddiebe?" fragte er. „Höre, ich recht?"

„Zu Befehl, Herr Hauptmann! Zwei Wilddiebe", bestätigte Ludwig.

„Heiliger Hubertus, endlich einmal zwei!" sagte der Alte. „Na, das ist Wasser auf meine Mühle! Die spanne ich auf die Folter und dehne sie so weit aus, daß ihre Beine von Breslau bis London reichen. Wo hast du sie?"

„Unten im Hundeschuppen. Sie sind gefesselt, und zwei Wächter stehen vor der Tür."

„Wer hat sie abgefaßt?"

„Ich selber dahier."

„Du selber? Ah! Wo denn?"

„An der Mainzer Straße."

„Erzähle!"

„Es war eine Frische gefallen, Herr Hauptmann, und da machte ich mich auf die Beine, um in aller Frühe die bekannten Wechsel zu begehen. Als ich nun so die Straße hinabtrollte, fällt plötzlich ein Schuß, ein Schuß aus einer fremden Büchse, wie ich sogleich hörte. Ich schleiche mich rasch näher und erblicke einen Kerl, der vor unserm schönsten Bock dahier kniet, um ihn aufzubrechen."

„Dem Kerl sollen neunundneunzig Donnerwetter in die Haut fahren. Kanntest du ihn?"

„Nein, es ist ein Wildbrethändler aus Frankfurt."

„Ah! Seit wann schießen die Kerle ihre Böcke selber?"

„Oh, er hat ihn gar nicht selber geschossen, sondern der andre."

„Kanntest du den?"

„Sehr gut sogar. Ich bemerkte ihn nicht sofort, bekam ihn aber doch bald zu Gesicht dahier. Ich traute meinen Augen nicht. Aber er hat in dieser Nacht bereits fünf Hasen in der Schlinge gefangen."

„In der Schlinge? Fünf Hasen in einer Nacht? Das Wild in dieser jämmerlichen Weise umzubringen! Ich lasse den Kerl mit glühenden Zangen zerreißen, so wahr ich Rodenstein heiße und Oberförster bin."

„Das hat er gut und ganz verdient, Herr Hauptmann. Er hat bereits seit Jahren für den Frankfurter Händler den Lieferanten gemacht."

„Schändlich! Und wir haben ihn nicht erwischt? Da sieht man wieder, wie man sich auf seine Leute verlassen kann. Augen haben sie wie die Ofenlöcher und Ohren wie die Borstenwische, aber sehen und hören tun sie nichts. Doch ich werde einmal gehörig unter sie fahren und ein neues Verfahren einführen, nämlich folgendes: Wer von jetzt an nicht jede Woche einen Wilddieb festnimmt, wird auf der Stelle fortgejagt. Auf diese Art und Weise werde ich die Wilderer sogleich los und auch euch, ihr Maulaffen. Mein Brot eßt ihr, und mein schönes Wild fressen andre. Wovon sollen denn ich nun leben und Seine Durchlaucht, unser Großherzog? Etwa von Eichenrinde, Tannenzapfen und gespickten Pelzfäustlingen? Ich werde euch den Brotkorb so hoch hängen, daß ihr, um danach zu schnappen, Hälse bekommen sollt wie die Giraffen. Aber wer war denn dieser Halunke?"

„Unser Viehdoktor!" berichtete Straubenberger.

„Unser Vieh —" Das Wort blieb dem Alten vor Schreck im Mund stecken.

„— doktor", ergänzte Ludwig mit Nachdruck.

„Kerl, bist du vielleicht übergeschnappt? Unser Viehdoktor, unser Tierarzt sollte ein Schlingensteller sein? Das ist rein unmöglich. Das kann nicht wahr sein."

„Es ist wahr, Herr Hauptmann. Er steckt ja mit unten im Hundestall."

„Na, so gnade ihm Gott! Hast du den Bock mitgebracht?"

„Ja. Der Doktor hat ihn selber schleppen müssen."

„Ihm ist ganz recht geschehen. Ich wollte, der Bock wäre ihm an den Hals gewachsen. Und wie steht es mit den Hasen?"

„Alle fünf sind da. Der Wildhändler hat sie im Sack."

„Gut, gut. Ich werde diese beiden Halunken sofort verhören. Ich werde sie ins Gebet nehmen, daß sie vor Angst Baumöl und Sirup schwitzen sollen. Alle Teufel, wo habe ich nur diese Engelsgeduld her! Geh und hol das ganze Volk zusammen! Sie sollen sofort alle in meine Amtsstube kommen! Wenn ich dir dann winke, bringst du die beiden Verbrecher herauf! Ich werde ihnen schon zeigen, was ein Bock und fünf Hasen zu bedeuten haben. Und wenn ich sie auch schließlich dem Kriminalrichter übergeben muß, so werde ich sie doch vorher so hernehmen, daß gegen meine Behandlung das Gefängnis noch ein Paradies sein soll!"

Ludwig entfernte sich. Als er in den Hof kam, hatte einer der Burschen grad ein gesatteltes Pferd aus dem Stall gezogen, denn der gestrenge Herr Oberförster hatte einen Ritt machen wollen.

"Laß das jetzt und hilf mir die Leute zusammentrommeln", meinte Ludwig. "Der Herr Hauptmann hält erst das Gericht dahier."

"Mit den Wilddieben?"

"Ja. Die Leute sollen alle dabei sein, in der Amtsstube droben."

Der dienstbeflissene Knecht ließ das angebundene Pferd stehen und eilte davon, um zu helfen, die Kameraden zu benachrichtigen. In fünf Minuten waren alle Bewohner von Rheinswalden versammelt. Der Oberförster ließ sie auf Stühlen einen Halbkreis bilden, in dessen Mitte er in eigner Person Platz nahm, nachdem er zuvor durchs Fenster hinab in den Hof gewinkt hatte. Dort stand Ludwig an der Tür des Hundestalls. Als er den Wink seines Herrn bemerkte, öffnete er den Stall und ließ die beiden Sünder heraus.

"Halt, Doktor", sagte er, "Sie müssen den Bock tragen."

"Auch ins Verhör?"

"Das versteht sich. Er ist ja der Korpus defektus, der Sie ins Kittchen bringt, nebst den Hasen, die auch solche Korpusse sind dahier."

"Aber ich bin ja unschuldig."

"Sagen Sie das dem Herrn Hauptmann selber! Ich versteh' von der Kriminalität nicht ganz soviel wie er."

Der Arzt mußte den Bock aufladen, und Geierschnabel trug seinen Sack. Sie waren noch immer an den Händen zusammengebunden. Als sie über den Hof geführt wurden, bemerkte der Amerikaner das Pferd, und ein lustiges Lächeln zuckte eine Sekunde lang um seine Lippen. Ludwig führte sie eine Treppe empor und öffnete eine Tür. Ein rascher Blick Geierschnabels fiel auf deren Schloß. Sie traten ein, und Ludwig zog die Tür hinter sich und ihnen zu.

"Hier sind sie, Herr Hauptmann", meldete er. "Soll ich dem Doktor den Bock herunternehmen?"

Der Alte saß mit der Miene und der Grandezza eines spanischen Oberinquisitors inmitten seiner Leute.

"Nein", entschied der alte Oberförster grimmig, "der Kerl mag es selber tun."

"Aber er ist ja angebunden."

"Das ist überflüssig. Binde sie auseinander! Ich habe einmal gehört, daß die Verbrecher während eines Verhörs nicht gefesselt sein dürfen, und so wollen wir es auch hier halten."

Ludwig band die beiden Häftlinge los. Abermals breitete sich ein befriedigtes Lächeln über Geierschnabels Gesicht. Der Tierarzt beeilte sich, seine Unschuld zu beteuern, noch ehe das Verhör begonnen hatte

„Herr Hauptmann", zeterte er, „es ist mir ein furchtbares Unrecht geschehen. Ich soll diesen Bock geschossen haben und bin doch —"

„Ruhig!" unterbrach ihn der Oberförster mit donnernder Stimme. „Hier habe nur ich zu reden. Wer von euch beiden ein Wort spricht, ohne daß er gefragt wird, wird krummgeschlossen. Verstanden?"

Der Kleine schwieg. Der Alte wandte sich an Geierschnabel.

„Den andern kenne ich. Wer aber bist du, he?"

„Ich bin Wildbrethändler in Frankfurt", erklärte der Gefragte.

„Wie ist dein Name?"

„Henrico Landola."

Da fuhr der Alte von seinem Stuhl empor. „Henrico Landola? Donnerwetter! Was bist du für ein Landsmann?"

„Ich bin ein Spanier", flunkerte der Trapper, getreu seiner Rolle. Der Forstmann blickte ihn mit stieren Augen an.

„Mensch, Kerl, Schuft, Halunke! Seit wann warst du Wildbrethändler?"

„Nur seit einigen Jahren."

„Was warst du vorher?"

„Seekapitän."

„Seeräuber, nicht wahr?"

„Ja", erwiderte Geierschnabel mit Seelenruhe.

„Dich soll der Teufel reiten, du Ausbund aller Schlechtigkeit! Henrico Landola! Ah, daß wir den Schurken doch endlich haben! Aber Mensch, wie kommst du mit diesem Tierarzt zusammen?"

„Er hat mir die Gifte gemacht, wenn ich irgendeinen vergiften wollte."

Der Kleine machte vor Entsetzen einen Luftsprung.

„Alle guten Geister, es ist nicht wahr. Kein Wort ist wahr!"

„Ruhe, Giftmischer!" donnerte ihn Rodenstein an. „Heut ist der Tag der Rache. Heut sitze ich selber zu Gericht. Heut werden alle entlarvt, die bisher kein andrer entlarven konnte. Henrico Landola, wieviel Menschen hast du vergiftet?"

„Zweihundertneunundsechzig."

Da erschrak selbst der alte Oberförster und Hauptmann. Es kam ihm ein Grauen an.

„Satanas!" erklang es gepreßt. „So viele, so viele! Warum denn?"

„Hier dieser Viehdoktor wollte es nicht anders. Ich mußte, sonst hätte er mich selbst umgebracht."

„Herr Jesses, Herr Jesses!" schrie der Kleine. „Es ist alles erlogen. Es kann kein einziger Mensch auftreten und sagen, daß ich ihn umgebracht habe."

Geierschnabel zuckte die Schultern.

„Er leugnet natürlich. Aber früher war er der blutgierigste von allen meinen Seeräubern. Ich kann es beweisen."

„Mensch, du bist ein Ungeheuer. Ich bin niemals etwas andres als Tierarzt gewesen."

„Ruhig, nicht mucksen", gebot der Oberförster. „Sie sind erst seit drei Jahren in dieser Gegend. Das könnte stimmen."

„Ich war aber vorher im Elberfeldschen."

„Das wird sich zeigen. Sie schweigen! Ich habe es jetzt mit diesem Landola zu tun. Mensch, Räuber, Schuft, kennst du einen Cortejo?"

„Ja", gestand Geierschnabel.

„Ah, wie hast du ihn kennengelernt?"

„Durch diesen Tierarzt. Er ist der Schwager des Cortejo."

„Nein, nein", rief der Kleine. „Ich kenne keinen Cortejo, ich habe diesen Namen noch niemals gehört."

„Ruhe, sonst lasse ich Sie hinauswerfen", brüllte ihn der Alte an. „Ich werde schon herauskriegen, wer Ihr Schwager ist." Darauf wandte er sich wieder an Geierschnabel: „Hast du mit diesem Cortejo Geschäfte gemacht? Ich verlange die Wahrheit."

„Ja, sehr viele sogar", kicherte der Gefragte. „Mein Seeräuberschiff war sein Eigentum."

„Der Kerl hat wenigstens den Mut, die Wahrheit zu sagen. Kennst du einen gewissen Sternau?"

„Ja."

„Hat er dich nicht einmal fangen wollen?"

„Ja."

„Was hast du da gemacht?"

„Das, was ich jetzt mache. Ich bin ausgerissen. Auf Wiedersehen, Herr Hauptmann!"

Geierschnabel hatte seinen Leinwandsack noch auf dem Rücken. Bei den letzten Worten drehte er sich blitzschnell um und sprang zum Ausgang. Im nächsten Augenblick war er draußen, warf die Tür hinter sich zu und drehte den Schlüssel um, so daß ihm niemand folgen konnte. Drei, vier Stufen nehmend, sprang er die Treppe hinab und hinaus in den Hof. Dort rannte er auf das Pferd zu, band es los, sprang in den Sattel und galoppierte davon.

Dieser unvorhergesehene Vorgang hatte oben die Versammlung so überrascht, daß keiner daran dachte, ein Glied zu bewegen. Rodenstein faßte sich zuerst.

„Er will fliehen", rief er. „Rasch, ihm nach!" Er sprang zur Tür, um sie zu öffnen. „Tausend Teufel, er hat den Schlüssel umgedreht!" Nun eilte er zum Fenster und blickte hinab. „Bomben und Granaten! Da saust er aufs Pferd. Da reitet er zum Tor hinaus. Wenn das so fortgeht, so entwischt er uns."

Niemand dachte daran, zum Fenster hinabzuspringen. Alles rannte zur Tür, um daran zu trommeln, bis eine alte Magd kam. Sie öffnete, und nun tobte alles hinaus und in den Hof hinab

„Zieht die Pferde heraus!" gebot der Alte. „Wir müssen ihm nach!"

So viele Pferde vorhanden waren, so viele Reiter stürmten eine Minute später zum Tor hinaus, Rodenstein allen voran. Ein Bauer kam ihnen entgegengeschritten.

„Thomas", rief ihm der Oberförster zu, „hast du nicht einen Kerl zu Pferd gesehen?"

„Ja, auf Ihrem Pferd", lautete die Antwort.

„Mit einem Sack auf dem Rücken?"

„Ja, mit einem Sack."

„Wohin ritt er?"

„Er schien große Eile zu haben, aber er hielt doch bei mir an und fragte mich nach der Villa Rodriganda."

„So ist der Mann zur Villa?"

„Ja, Herr Hauptmann."

„Gut, so holen wir ihn ein. Vorwärts, Jungens! Wer von euch mir diesen Verbrecher wiederbringt, bekommt ein ganzes Jahresgehalt!"

So alt er war, er blieb von allen Verfolgern doch der vorderste. Es schien, als werde er sich das Jahresgehalt selber verdienen. Das Unbegreifliche bei diesem Zwischenfall war, daß kein einziger daran gedacht hatte, sich des Tierarztes zu bemächtigen. Dieser stand allein im Zimmer und starrte auf die Tür, durch die alle fortgestürmt waren.

„Jesses Maria", sagte er. „Was soll ich tun? Auch ausreißen? Es ist das Beste. Ich, ein Wilddieb, ein Giftmischer und Seeräuber! Wenn ich jetzt glücklich zum Schloß hinauskomme, so verstecke ich mich acht Wochen lang, bis meine Unschuld an den Tag gekommen ist."

Er schlich die Treppe hinab. Auf dem Hof war kein einziger Mensch zu sehen, denn selbst jene, die kein Pferd erhalten hatten, waren den Reitern eine Strecke weit zu Fuß gefolgt. Daher gelang es dem vor Angst zitternden Männchen, unbemerkt zu entkommen. Draußen vor dem Schloß wich er sofort von der Straße ab und schlug sich in die Büsche. Frau Unger wartete vergeblich auf den Heiler ihrer perlsüchtigen Kuh. —

Nicht weit von Schloß Rheinswalden hatte Graf Manuel de Rodriganda y Sevilla ein hübsches Landhaus bauen lassen, das er mit seiner Tochter und Enkelin sowie mit Sternaus Mutter und Schwester bewohnte. Der alte Oberförster hatte sie nicht von sich ziehen lassen wollen und sich nur mit Brummen dreingeschickt. „Villa Rodriganda", wie das neue Landhaus genannt wurde, lag nicht weit ab von Schloß Rheinswalden.

Einige Zeit vor Geierschnabels Flucht war ein leichter Wagen die Straße dahergerollt gekommen. Wo diese sich teilte, um nach Rheinswalden und Rodriganda zu führen, war der Wagen in der letztern Richtung eingebogen. Der Insasse war Kurt, der seit drei Wochen von seiner Sendung, die ihn ins Ausland geführt hatte, zurückgekehrt war.

Nach kurzer Zeit tauchte das schmucke Gebäude der Villa Rodriganda vor ihm auf. Das Hoftor stand offen, so daß der Wagen einfahren konnte. Der junge Mann stieg aus, lohnte den Kutscher ab und eilte die Freitreppe empor. Dort wurde er von einem kleinen Mann empfangen, den das Rollen des Wagens auf seinen Posten getrieben hatte. Es war der Pförtner des Landhauses.

„Herr Oberleutnant! Willkommen, willkommen!" rief er.

„Guten Morgen, lieber Alimpo. Bereits munter?"

„Ja, Morgenstund' hat Gold im Mund. Das sagt meine Elvira auch. Wie könnte man schlafen, da man wußte, daß Sie eintreffen."

„So hat Ludwig meine Ankunft gemeldet?"

„Ja, er kam vorgestern an. Er ist in Rheinswalden. Er hängt zu sehr am Herrn Oberförster."

„Wo befinden sich die Herrschaften?"

„Im Wohnzimmer."

Nachdem Kurt vorher Überrock und Kopfbedeckung abgelegt hatte, trat er in den angegebenen Raum. Dort fand er Don Manuel, Roseta, Frau Sternau mit ihrer Tochter und Amy Dryden. Man begrüßte ihn herzlich.

„Ich komme nur für einige Stunden, um für längere Zeit Abschied zu nehmen", erklärte Kurt, als er allen die Hand gedrückt hatte. „Ich reise heut oder spätestens morgen wieder von hier ab."

„Das ist schade", sagte Roseta. „Du mußt dienstlich fort?"

„Ja. Und raten Sie, wohin. Es wird eine lange Reise werden in ein Land, aus dem wir erst vor einigen Tagen so glückliche Nachricht erhielten."

„Glückliche Nachricht? — Mein Gott, wenn ich recht riete! Meinst du Mexiko?"

Kurt nickte ihr lächelnd zu und schickte sich an, ihnen ausführliche Auskunft zu geben, wurde aber daran gehindert, denn es sprengte ein Reiter durchs Tor, dessen sonderbare Erscheinung die Augen aller Anwesenden auf sich zog. Es war Geierschnabel. Dieser sprang vom Pferd, ließ es stehen und stieg, seinen Sack auf dem Rücken, die Freitreppe empor.

Dort trat ihm Alimpo entgegen.

„Wer sind Sie?" forschte er.

„Wer sind denn Sie?" fragte der Amerikaner.

„Ich bin Alimpo, der Kastellan dieses Schlosses."

„Ah, das genügt. Sind dessen Bewohner zu sprechen?"

„Sagen Sie zunächst, wer Sie sind!"

„Das ist unnütz. Sie kennen mich doch nicht. Ich bringe den Herrschaften eine wichtige Botschaft."

„Man ist jetzt grad versammelt. Aber, lieber Freund, Sie sind eigentlich nicht in der Verfassung, bei Herrschaften zu erscheinen."

„Grade dazu bin ich in der Verfassung. Aber mich lang ausfragen zu lassen, dazu bin ich nicht in der Verfassung. Machen Sie Platz!"

„Oho. Ich muß doch erst fragen, ob Sie hinein dürfen."

„Unsinn. Ich darf allemal hinein."

Geierschnabel schob Alimpo ohne alle Umstände beiseite und trat ins Wohnzimmer. Der Graf kam ihm entgegen und fragte streng:

„Sie drängen sich hier ein. Zu wem wollen Sie?"

„Zu Ihnen allen."

„Wer sind Sie?"

„Man nennt mich Geierschnabel."

Ein leises Lächeln ging über das Gesicht des Grafen. Dieser zerlumpte Mensch hatte infolge seiner Nase ganz das Recht, diesen Namen zu tragen.

„Woher sind Sie?"

„Ich bin — ah, da kommen sie wahrhaftig schon! Ich hätte nicht gedacht, daß dieser alte Oberförster meine Fährte so bald finden werde."

Er war bei diesen Worten ans Fenster getreten, so ungezwungen, als sei er hier zu Hause. Die andern hatten unwillkürlich das gleiche getan. Sie sahen den alten Rodenstein von seinem dampfenden, ungesattelten Pferd springen. Alimpo hatte den Hufschlag vernommen und war hinausgetreten.

„Guten Morgen, Alimpo", hörte man den Oberförster rufen. „Sag schnell, ob hier ein Reiter angekommen ist!"

„Ja."

„Ganz zerlumpt und mit einem Sack auf dem Buckel?"

„Ja", versicherte der kleine Spanier eifrig.

„Gott sei Dank, ich habe ihn! Wo ist der Kerl?"

„Bei den Herrschaften im Wohnzimmer."

„Alle Teufel, das ist gefährlich! Ich muß gleich hinein, bevor ein Unglück geschieht."

Zwei Augenblicke später riß Rodenstein die Tür auf und trat ein. Den Flüchtling erblicken und auf ihn zustürzen war eins.

„Halunke, habe ich dich wieder!" rief er, ohne sich Zeit zu nehmen, die andern zu grüßen. „Du sollst mir nicht wieder entkommen! Ich lasse dich in Eisen schmieden, bis dir alle Rippen krachen!"

„Was, um Gottes willen, ist nur los?" fragte der Graf. „Wer ist denn dieser Mann, lieber Hauptmann?"

„Dieser Kerl, oh, er ist der größte Verbrecher, den es unter der Sonne gibt. Er hat über zweihundert Menschen vergiftet."

Die Anwesenden blickten den Alten erstaunt an.

„Ja, guckt mich immer an!" sagte er außer Atem. „Sperrt die Augen auf und glaubt es nicht, es ist aber dennoch wahr! Ludwig hat ihn gefangen. Er ist aber wieder entwichen, als ich Gericht über ihn halten wollte, und heißt Henrico Landola."

„Henrico Landola?" fragte Kurt, „der Seeräuber? O nein, der ist es nicht. Den kenne ich."

„Ah, pah! Er hat es ja selber gestanden."

„Daß er Landola sei? Das ist unmöglich."

„Frag ihn nur selber!"

Der Amerikaner hatte unterdessen die einzelnen Personen aufmerksam betrachtet.

„Wie hängt das zusammen? Sie haben sich für einen gewissen Landola ausgegeben?" fragte ihn Kurt. „Kennen Sie diesen Menschen?"

„Ich habe von ihm gehört."

„Aber wie kommen Sie dazu, sich für ihn auszugeben?"

Der Amerikaner zuckte lächelnd die Achseln.

„Ein Scherz", erwiderte er kurz.

„Ah, dieser Scherz könnte Ihnen teuer zu stehen kommen. Landola ist man hier nicht freundlich gesinnt."

„Ich weiß es."

„Er ist es dennoch", behauptete der Oberförster. „Der Halunke hat sogar meine fünf Hasen noch hier im Sack, die der Viehdoktor erwürgt hat."

„Sie sprechen für uns in Rätseln", meinte kopfschüttelnd Don Manuel. Und zu Geierschnabel gewendet forschte er: „Woher kommen Sie eigentlich?"

„Ich komme von Lord Dryden!" erwiderte der Yankee.

„So kommen Sie aus Mexiko?" fragte Roseta in größter Spannung

„Ja, unmittelbar. Auch Sie habe ich noch nie gesehen, aber der Beschreibung nach sind Sie Frau Roseta Sternau, oder Doña Roseta de Rodriganda?"

„Die bin ich allerdings."

„Dann habe ich auch für Sie etwas." Geierschnabel griff in den Sack und zog einen Brief hervor. „Von Sir Henry Dryden", fuhr er fort. „Ich war in Mexiko sein Führer und Begleiter. Wir haben vieles erlebt, und ich bin bereit, Ihnen alles zu erzählen."

„Welch eine Fügung, welch ein Glück! Haben Sie sonst noch etwas für uns?"

„Nein. Das andre sind Gegenstände, die mir gehören."

„So heißen wir Sie willkommen! Soll ich den Brief vorlesen, lieber Vater?"

Don Manuel wehrte ab:

„Verschieben wir das noch eine Weile! Wir müssen uns zunächst wohl noch ein wenig mit diesem braven Mann beschäftigen, der mir und euch allen ein Rätsel ist."

„Ja", meinte der Hauptmann, „ein verflucht dummes Rätsel. Kerl, wie kommen Sie dazu, sich für Landola auszugeben? Wer sind Sie denn in Wahrheit? Aber ich verbitte mir jetzt jede Flunkerei"

Da schob Geierschnabel sein gewaltiges Priemchen aus der einen Backe in die andre, spitzte den Mund und schoß einen Strahl braunen Tabaksafts dem Alten so nah am Gesicht vorüber, daß dieser erschrocken zurückfuhr.

„Millionendonnerwetter!" fluchte der Oberförster. „Was ist denn das für eine Schweinerei! Glaubt Er etwa, daß wir hier Spritzenprobe halten, he? Mich anspucken zu wollen! Ein Glück, daß Er mich nicht getroffen hat! Wofür hält Er mich denn eigentlich, he?"

Der Amerikaner entgegnete, indem ein lustiges Lächeln über sein hageres Gesicht glitt:

„Für den vortrefflichen Lord Oberrichter von Rheinswalden, Sir. Aber das ist gleichgültig, das tut nichts zur Sache. Wenn ich spucke, spucke ich, und ich will den sehen, der es mir verbietet. Wer nicht getroffen sein will, der mag mir aus dem Weg gehen."

Don Manuel machte eine begütigende Handbewegung und sagte:

„Laßt diese Kleinigkeiten! Der Herr Hauptmann meint es mit dem Wort ‚Flunkerei' nicht so bös. Er wollte gern etwas Näheres über Ihre Person und Ihre Verhältnisse wissen."

„Pah!" meinte Geierschnabel. „Von meiner Person braucht er nichts mehr zu wissen, sie steht ja vor ihm, und er braucht sie nur anzusehen. Er kann alles genau betrachten, sogar meine Nase, ohne etwas dafür bezahlen zu müssen. Und meine Verhältnisse? Was meinen Sie denn eigentlich damit? Seh' ich etwa aus wie einer, in den sich eine verlieben könnte? Ich mag von dem ganzen Weibervolk gar nichts wissen, ich habe noch niemals ein Verhältnis gehabt. Wie kann überhaupt der erste beste sich unterstehen, mich nach solchen Verhältnissen auszufragen! Ich habe den Herrn Hauptmann auch nicht nach seinen Liebschaften gefragt."

Der Graf schüttelte lächelnd den Kopf.

„Sie irren sich. Von solchen zarten Verhältnissen war ja gar keine Rede. Wir möchten nur gern erfahren, wer und was Sie sind. Das werden Sie leicht begreiflich finden."

„Wer und was? Hm! Daß ich Geierschnabel heiße, das versteht sich ja von selbst, ich habe die richtige, geeignete Nase dazu. Und daß ich Präriejäger bin, das geht eigentlich nur mich etwas an."

„Präriejäger?" brummte der Oberförster. „Ah, darum ist Er so auf das Wild erpicht."

„Ja. Deshalb konnte ich mich auch nicht halten, als ich vorhin den Bock sah. Ich nahm die Büchse und schoß ihn nieder."

„Donnerwetter, also Er hat ihn geschossen? Nicht der Viehdoktor?"

„Nein, ich."

„Da schlage das Wetter drein! Aber er hat Ihm doch mehrere Jahre lang das Wild geliefert?"

„Gott bewahre!" lachte Geierschnabel.

„Wirklich nicht?" fragte der Oberförster erstaunt. „So ist er also gar kein Wilddieb?"

„Ebensowenig wie ich ein Frankfurter Wildbrethändler bin."

„Donner und Doria! So hat Er mich an der Nase herumgeführt?"

„Ja", antwortete Geierschnabel gleichmütig.

Da fuhr der Alte im höchsten Grimm auf ihn zu und donnerte ihn an:

„Kreuzmillionenschwerebrett, wie kann Er das wagen!"

„Pchtsichchchchchch!" fuhr ihm der Tabaksaft entgegen, so daß Rodenstein kaum noch Zeit fand, zur Seite zu prallen, um nicht getroffen zu werden. Das erboste ihn noch mehr. Er brüllte weiter:

„Mich für einen Narren zu halten und dann auch noch anzuspucken, mich, den großherzoglich hessischen Oberförster und Hauptmann von Rodenstein! Er Himmelhund muß Keile kriegen, so gewaltig, daß Er auf der Erde liegenbleibt wie drei chloroformierte Nachtwächter! Kommt Er etwa aus Amerika oder Mexiko herüber, nur um sich über mich lustig zu machen, so hau' ich Ihm dieses Mexiko so lang um den Kopf herum, bis Er weder *Mexi* noch *ko* mehr singen kann. Und nun will ich wissen, welchen Grund Er gehabt hat, mich in so bösartiger Weise zu täuschen!"

„Grund?" lächelte der Amerikaner. „Hm! Gar keinen."

Der Alte öffnete den Mund soweit als möglich und blickte den Sprecher höchst betroffen an.

„Was? staunte er. „Keinen Grund? Gar keinen? So hat Er sich wohl nur einen Spaß mit uns machen wollen?"

„Ja", lachte Geierschnabel harmlos.

„Ah! Also wirklich nur einen Spaß! Da soll doch gleich das ganze Pulver platzen! Einen Spaß hat sich der Kerl mit mir gemacht! Mit mir! Hört ihr's alle? Mit mir! Was mich nur freut, ist, daß es ihm nicht geglückt ist, zu entkommen. Weiß Er, was Seiner wartet? Das Gefängnis!"

Geierschnabel lachte. „Gefängnis? Pah! Eines Bocks wegen? Unsinn!"

„Unsinn, Unsinn sagt Er? Er kennt wohl unsre Gesetze gar nicht?"

„Was gehen mich Ihre Gesetze an? Ich bin ein freier Amerikaner."

„Da irrt Er sich gewaltig! Er ist jetzt kein freier Amerikaner, sondern ein gefangener Spitzbube. Hierzulande wird der Wilddiebstahl mit Gefängnis bestraft."

Geierschnabel machte jetzt doch ein zweifelhaftes Gesicht. Er meinte: „Wir dürfen ja da drüben schießen, soviel uns beliebt."

„Da drüben ja. Aber nicht hier hüben. Versteht Er mich?"

„Donnerwetter, daran habe ich gar nicht gedacht! Der Bock trat aus dem Wald, und ich schoß; das ist alles. Brennt man mir dafür Gefängnis auf, so brenne ich auch, nämlich durch."

„Das soll Ihm nicht so leicht wieder gelingen. Wie aber kommt es daß Er hierher durchgebrannt ist?"

„Weil ich hier notwendig zu tun habe. Ich komme ja als Abgesandter in Angelegenheiten der Familie Rodriganda."

„Warum hat Er mir das nicht gleich gesagt? Ich werde jetzt hören, was für eine Botschaft Er uns bringt, und dann soll sich finden, wie weit ich Ihm wegen des Bocks aufs Leder knie."

Die andern Anwesenden hatten die beiden ungehindert sprechen lassen. Die Art der Unterhaltung bereitete ihnen innerlichen Spaß. Sie wußten jetzt, daß unter den obwaltenden Umständen der alte Oberförster nicht daran denken werde, den Jäger zur Anzeige zu bringen. Darum ließen sie die beiden ungestört sich aussprechen, bis der Graf wieder das Wort nahm.

„Also Ihren Namen und Ihr Gewerbe kennen wir jetzt", sagte er. „Wollen Sie uns sagen, wie Sie mit diesen Personen, an denen wir so großen Anteil nehmen, zusammengekommen sind?"

„Das können Sie hören", erwiderte Geierschnabel. „Wissen Sie, was ein Scout ist?"

„Nein", brummte der Oberförster verdrießlich.

„Pchtsichchchchchch!" spritzte Geierschnabel mit verächtlicher Miene seinen Tabaksaft ins Feuer des Kamins, so daß es aufzischte.

„Sie wissen es nicht?" fragte er. „Das weiß doch jedermann! Es gibt Westmänner, die einen so scharfen Ortssinn besitzen, daß sie nicht irregehen. Sie kennen jeden Weg, jeden Fluß, jeden Baum und Strauch und finden sich auch da, wo sie noch nie gewesen sind, mit Sicherheit zurecht. Solche Leute nennt man Scouts. Man kann sie bei wichtigen Angelegenheiten nicht entbehren. Jede Karawane, jede Jägergesellschaft muß einen oder mehrere Scouts bei sich haben, wenn sie nicht zugrunde gehen will. Ein solcher Scout bin ich."

„Donnerwetter", meinte der Hauptmann, „so kennt Er alle Wege und Stege der amerikanischen Wildnis? Man sieht es Ihm aber gar nicht an!"

„Ich habe wohl ein etwas dummes Gesicht?"

„Sehr dumm!"

„Pchtsichchchchch!" fuhr dem Alten der Saft mitsamt dem Priemchen gerade an seine Brust.

Da fuhr Rodenstein zurück, stieß einen Fluch aus, trat einen Schritt auf den Amerikaner zu:

„Halunke, was wagt Er gegenüber einem großherzoglichen Oberförster und Hauptmann? Meint Er, andre Leute können nicht auch spucken?" Und er spie zielsicher auf die Stirn Geierschnabels.

Der Yankee wischte sich die unerwartete Gabe vom Gesicht, zwar mit Gelassenheit, doch nicht ohne Mißbilligung.

„Anfänger —!" urteilte er. „Wie kann Er es wagen, einen amerikanischen Präriereläufer dumm zu nennen? Glaubt Er etwa, ein hiesiger Oberförster sei klüger als ein guter Präriejäger? Oder meint Er, ein Hauptmann der großherzoglichen Armee könne es mit einem Scout aufnehmen? Wenn Er mich nach dem Kleid einschätzt, das ich heut trage, so ist Er sehr auf dem Holzweg."

Geierschnabel sprach das Deutsch in fremder Färbung. Dennoch hatte er seine Rede so deutlich und nachdrucksvoll vorgetragen, daß sie auf den alten Hauptmann einen nicht geringen Eindruck machte. Er fühlte, daß er sich hier einem gegenüber befand, der ihm an Grobheit und Urwüchsigkeit gewachsen war, kratzte sich hinter den Ohren und sagte:

„Himmelelement, ist dieser Mensch höflich! Bei dem Kerl kommt es ja geschüttelt wie beim Speiteufel in einer Kleinmühle. Na, ich werde vorderhand den Mund halten. Das Weitere wird sich dann ergeben, wenn ich weiß, woran ich mit Ihm bin."

„Daran tun Sie ganz recht", meinte Geierschnabel, indem er jetzt einen höflicheren Ton annahm. Und zu den andern gewandt, fuhr er fort: „Also ein solcher Scout bin ich. Eines schönen Tags befand ich mich in El Refugio und wurde von einem Engländer gemietet, der den Rio Grande del Norte hinauffahren wollte."

„Ah, mein Vater?" fragte Lady Amy.

„Ja. Ich wurde nach El Paso del Norte geschickt, um dem Präsidenten Juarez zu melden, daß der Lord ihm Waffen und Geld bringe. Ich traf ihn in einem kleinen Fort, das Guadalupe genannt wird. Vorher aber begegnete ich daselbst noch andern Leuten. Zunächst war da ein Jäger, den man den Schwarzen Gerard nennt. Sodann gab es einen zweiten Jäger, einen kleinen, aber tüchtigen Mann, der bei Ihnen besondre Teilnahme erwecken wird."

„Wohl ein Bekannter? Wie hieß er?"

„Der Kleine André. Er hat einen Bruder in Rheinswalden."

„Wir haben in Rheinswalden keinen Menschen, der André heißt."

„Ist auch nicht so gemeint. André ist hier nicht der Familien-, sondern nur der Vorname, er heißt soviel wie Andreas."

Bei diesen Worten spitzte der brave Ludwig, der während der Besprechung leise eingetreten war, um bei der Festnahme des Flüchtlings mit Hand anlegen zu können, die Ohren.

„Andreas? Donnerwetter! Am Ende zielt das auf mich dahier. Ich habe einen Bruder, der Andreas heißt. Er ging in die weite Welt und hat niemals wieder von sich hören lassen."

„Was war er?"

„Brauer."

„Schön, das stimmt. Wie heißen Sie?"

„Ludwig Straubenberger."

„Und der Kleine André heißt eigentlich Andreas Straubenberger."

Da schlug Ludwig die Hände zusammen.

„Ist es möglich, ist es wahr? Mein Bruder? Wirklich mein Bruder?"

„Ja."

„Da sei dem Herrgott getrommelt und gepfiffen. Der Andreas lebt, mein Bruder lebt! Aber wo ist er jetzt?"

„Ja, das ist eben die Angelegenheit, in der ich komme. Wir wissen nicht, wo er steckt und müssen ihn suchen. Vorher aber muß ich noch andre Personen erwähnen, die ich im Fort Guadalupe getroffen habe."

Geierschnabel erzählte nun alles, was von seinem ersten Erscheinen im Fort Guadalupe bis zu dem Augenblick geschehen war, als er im Gefolge von Juarez auf der Hacienda del Eriña eintraf. Er kannte zwar den Zusammenhang der Tatsachen und Persönlichkeiten nicht genau, aber die Kenntnis der Personen und Ereignisse ließ ihn den Zuhörern als wichtigen Mann erscheinen. Sie hörten hier bedeutend mehr, als sie aus Sternaus Brief hatten entnehmen können. Rosetas Gesicht glühte vor Freude, zu wissen, daß ihr Mann noch am Leben sei. Plötzlich aber erblaßte sie jäh. Geierschnabel berichtete, wie Sternau und seine Begleiter abermals spurlos verschwunden seien.

„Ich habe Ihnen gesagt, daß Mister Sternau, Mister Anton Unger, die beiden Häuptlinge und die andern fünf sich von uns trennten, um mit Hilfe der Mixtekas die Hacienda den Anhängern Cortejos zu entreißen —"

„Das ist ihnen doch auch gelungen."

„Jawohl. Das Heer des Präsidenten verstärkte sich unerwartet, so daß wir übrigen schneller, als wir gedacht hatten, nachfolgen konnten. Aber als wir später ankamen, waren sie schon fort."

„Aber wohin?"

„Wer weiß es! Unsre Nachforschungen haben zu nichts geführt. Lord Dryden kam schließlich zur Überzeugung, daß es sich um einen neuen, großen Unfall handle. Doch war es leider zu spät. Der einzige, der wirklich etwas tun konnte, bin ich gewesen."

„Ah! Was haben Sie erreicht?"

Geierschnabel zuckte die Achseln.

„Wenig, sehr wenig! Juarez hatte anfänglich nur an einen kurzen Ausflug geglaubt, von dem die Vermißten bald zurückkehren würden. Leider irrte er sich. Als die Rückkehr gar so lang auf sich warten ließ, und der Präsident auch weiter nach Süden gegangen war, wurde es Lord Dryden angst. Er konnte sich jedoch nicht von Juarez trennen. Daraufhin begab ich mich auf die Suche. Ich verfolgte ihre Spur bis Santa Jaga, weiter ging sie nicht."

„Hat man keine Vermutungen über ihr Verbleiben?"

„Das wahrscheinlichste ist, daß Cortejo sie in eine Falle gelockt hat."

„Mein Gott! Wir müssen sie retten, wenn es noch möglich ist!"

„Deshalb komme ich. Als ich die Spur verloren hatte, kehrte ich zu dem Engländer zurück. Wir brachen sofort zu Juarez auf, und dieser war, nachdem er uns angehört hatte, der Meinung, daß Cortejo zum Panther des Südens geflüchtet sei, und daß die Verfolger jedenfalls in die Hände dieses Parteigängers gefallen sind. Er sandte sofort einen Boten an den Panther. Dieser ließ sagen, daß Cortejo nicht bei ihm wäre. Er solle es überhaupt nicht wagen, wieder in seine Nähe zu kommen. Darum brach ich selber zum Panther auf. Es war ein gefahrvolles Unternehmen. Ich wagte den Kopf und das Leben dabei. Doch kam ich glücklich durch."

„Und das Ergebnis?"

„War leider nicht befriedigend. Ich gewann die Überzeugung, daß weder Cortejo noch die Verschwundenen bei dem Panther zu finden seien. Ich nehme an, daß man sie irgendwo als Freunde des Juarez festhält, um sie einstweilen unschädlich zu machen."

„So wäre also Hoffnung vorhanden, Don Fernando, meinen Gatten und ihre Gefährten zu befreien?"

„Ja, wenn es gelänge, ihre Spur aufzufinden. Juarez und Lord Dryden haben nichts unversucht gelassen, jedoch vergeblich. Sie haben mich herübergeschickt, um Ihnen Nachricht zu bringen."

Die Anwesenden blickten sich betrübt an. Was sollten sie tun, wenn es Juarez und Dryden unmöglich gewesen war, eine Spur der Entschwundenen aufzufinden! Roseta und Amy weinten leise vor sich hin. Der Graf, Frau Sternau und ihre Tochter standen am Fenster und blickten trübe und nachdenklich hinaus. Der alte Oberförster aber konnte seinem Kummer nicht einen so stillen Ausdruck geben, er ballte die Faust und rief:

„Himmelelement, wäre ich doch nur dies einzige Mal noch jung! Ich ritte hinüber und haute das ganze Mexiko in die Pfanne. Nun aber geben meine alten Knochen das nicht mehr her. Es ist kein Mark und keine Bouillon mehr drin."

„Aber die meinigen sind noch jung, lieber Pate!" rief Kurt.

„Das ist wahr, mein Junge", meinte der Alte. „Aber was hast du mit Mexiko zu schaffen?"

Da wandte sich Roseta den beiden zu.

„Ah, wirklich, lieber Kurt! Du sollst ja grade jetzt nach Mexiko zu Präsident Juarez reisen."

„Ja", sagte er. „Ich habe eine Aufgabe da drüben zu lösen. Aber ich hoffe, daß diese Sendung mir Zeit läßt, auch nach den Unsrigen zu forschen."

Der Trapper betrachtete den Oberleutnant mit prüfenden Blicken.

„Sie? Sie wollen nach Mexiko? Junger Mann, bleiben Sie lieber zu Haus! Die Luft da drüben ist für solch feine Herren nicht gesund. Hm, es schwirren viele Kugeln drin herum."

„Grade das habe ich gern."

Geierschnabel lächelte ein wenig boshaft.

„Aber an einer solchen Kugel kann man sehr leicht zugrunde gehen."

„Ich weiß das. Wohin werden Sie sich wenden, wenn Ihre jetzige Sendung vollendet ist?"

„Wieder nach Mexiko. Ich habe ausgerichtet, was ich ausrichten sollte, bin also fertig und muß nur auf die Antwort warten, die ich dem Präsidenten und Lord Dryden überbringen soll. Ich kann schon heut fort."

„Wollen wir zusammen reisen?"

„Gern. Ich denke, daß ich Ihnen drüben nützlich sein kann. Aber, wann wollen Sie fort, Mr. Unger?"

„Es war für morgen festgesetzt. Doch erlauben Sie mir eine Frage! Wenn einer der preußischen Minister ehrliche Auskunft von Ihnen über die Verhältnisse in Mexiko verlangte, würden Sie ihm diese gewähren?"

„Wenn er es ebenso ehrlich mit uns meinte."

„Zweifeln Sie daran?"

„Hm. In solchen Fällen muß man vorsichtig sein. Preußen ist zwar kein Freund von Frankreich. Wie aber steht's mit Österreich?"

„Es wurde soeben von Preußen geschlagen."

„Das ist wahr. Ich denke also, daß Preußen sich aus dem guten Max von Mexiko nicht viel machen wird. Warum aber fragen Sie?"

„Weil ich einen Minister kenne, dem es angenehm sein würde, mit Ihnen über Mexiko zu reden."

„Wie heißt er?"

„Bismarck."

Geierschnabel machte ein erstauntes Gesicht.

„Bismarck selber, der Teufelskerl? Diesem Mann würde ich die aufrichtigste Auskunft geben. Aber ich denke, Sie müssen schon morgen abreisen?"

„Ich habe allerdings Befehl, morgen aufzubrechen. Ich bekam nur diesen heutigen Tag geschenkt, um mich hier in Rheinswalden zu verabschieden. Aber ich glaube, es wagen zu können, Sie zu Bismarck zu bringen."

„Wo steckt denn der jetzt?"

„In Berlin."

„Gut, so müssen wir hin!"

„Sie willigen also ein. Ich danke Ihnen. Aber — hm!" Bei diesen Worten warf Kurt einen bedeutungsvollen Blick auf die Kleidung des Präriejägers. „Ihre äußere Erscheinung ist keineswegs zu einem derartigen Besuch passend."

„So, so? Hm. Na, ich habe hier im Sack eine bessere. Einen echte mexikanischen Anzug."

„Ah, den dürfen Sie auf keinen Fall anlegen, weil man nicht einen Mexikaner in Ihnen vermuten darf. Sie müssen inkognito bei Bismarck erscheinen."

„Inkognito? Donnerwetter, klingt das vornehm! Wie aber soll ich das anfangen, he?"

„Sie legen einen gewöhnlichen Zivilanzug an. Ich werde Ihnen einen solchen besorgen."

„Besorgen? Das soll heißen bezahlen? Damit bleiben Sie mir vom Leib! Geierschnabel ist nicht der Mann, der sich einen Anzug bezahlen läßt. Ein Kerl, der eine Reise von Mexiko nach Europa unternimmt, der hat schon so viel Geld, daß er sich eine Jacke und Halsbinde selber bezahlen kann!"

„Na, ich wollte Sie nicht beleidigen."

„Das wollte ich Ihnen auch nicht geraten haben! Also, wann reisen wir?"

„Heut abend mit dem letzten Zug."

„Zusammen? Das paßt mir nicht, weil ich das nicht gewöhnt bin. Ich liebe es, nur auf mich selbst angewiesen zu sein. Geben Sie mir lieber einen Ort in Berlin an, wo wir uns treffen wollen!"

„Hm. Ich kann nicht in Sie dringen, und so sollen Sie Ihren Willen haben. Wir wollen uns also morgen mittags drei Uhr im ‚Magdeburger Hof' treffen. Diese Herrschaften werden Sie jetzt nach vielem noch fragen wollen. Ich muß meine Vorbereitungen treffen und suche darum mein Zimmer auf!"

Kurt ging. Aber noch befand er sich kaum eine halbe Stunde in seiner Stube, so klopfte es. Die Tür öffnete sich und Rodenstein trat ein.

„Ich kam nur", meinte er, „um dir zu sagen, daß der Amerikaner schon jetzt aufbrechen wird."

„Nach Berlin?" erwiderte Kurt überrascht.

„Vorher nach Mainz. Zuerst aber zu mir. Ich habe ja sein Gewehr noch. Ein verdammt dummer Schießknüppel! Der Kerl selber aber hat Haare auf den Zähnen."

„Da wird es wohl nichts aus dem Gefängnis?"

„Eigentlich sollte ich ihn einstecken. Aber der Kerl ist mir zu grob. Ich liebe die Höflichkeit und bin feinere Umgangsformen gewöhnt. Da mag ich lieber mit ihm nichts zu tun haben. Auf Wiedersehen!"

„Auf Wiedersehen!"

Während Rodenstein ging, polterte er vor sich hin:

„Ja, er hätte ins Kittchen gehört, aber — Zehnmillionendonnerwetter! — ich habe bisher gar nicht gewußt, daß ich ein solch weiches Gemüt habe."

15. Maskenscherz in Mainz

Einige Stunden später schlenderte Geierschnabel langsam durch die Gassen von Mainz und betrachtete die Ladenschilder mit neugierigen Blicken. Endlich blieb er vor einem Haus stehen.

„Kleiderladen von Levi Hirsch", brummte er. „Ich trete ein."

Sobald er die Tür öffnete, wurde er von einem Sohn Israels mit forschenden Blicken empfangen. Geierschnabels Äußeres versprach nicht viel.

„Was wünscht der Herr?" fragte der Händler.

„Einen Anzug."

„Einen Anzug? Einen ganzen? Au waih!"

„Natürlich einen ganzen!" meinte der Jäger. „Zerrissen darf er nicht sein."

„Zerrissen? Gott Abrahams! Soll ich haben zerrissene Kleider für die Herrschaften, die kommen, um zu kaufen schöne Sachen bei Levi Hirsch, der ist der beste Marschang tållor von Mainz! Was ist der Herr?"

„Das geht Ihn nichts an."

„Ist der Herr von hier?"

„Nein."

„So wird der Herr doch nicht etwa kommen, zu nehmen die Sachen auf Kredit, was man heißt Pump?"

„Ich bezahle gleich."

Levi Hirsch betrachtete Geierschnabel jetzt noch aufmerksamer, als es vorher geschehen war, und sagte:

„Das ist für meine Ohren zu hören lieblich und schön. Also hat der Herr bei sich Geld genug, um zu bezahlen einen vollständigen Anzug, der besteht aus Rock, Hose und einer feinen Weste?"

„Für jetzt hat Er sich den Teufel um meinen Beutel zu kümmern, versteht Er mich!"

„Gott der Gerechte! Darf ich doch fragen, um zu gehen sicher, wenn es sich darum handelt, zu machen ein Geschäft!"

„Sichergehen? Donnerwetter, hält Er mich etwa für einen Lump?"

Der Trödler streckte zur Abwehr alle zehn Finger gespreizt empor, fuhr einen Schritt zurück und rief:

„Was sagt der Herr? Wie könnt' ich denken das Wort, das er hat ausgesprochen zu klingen wie ein Lump! Aber der Herr mag doch werfen einen gütigen Blick auf sich selber! Trägt er doch im Winter Kleider, die sind sogar für den Sommer zu kalt und die getragen werden nur von sehr gewöhnlichen Leuten."

„Ich habe keine Zeit, lange Einleitungen zu machen. Sage Er mir, ob Er mir einen Anzug zeigen will oder nicht!"

„Natürlich will ich zeigen einen Anzug. Aber der Herr mag mir doch sagen, was er wünscht für einen zu sehen!"

„Hm!" meinte Geierschnabel nachdenklich. „Ich brauche einen Anzug, in dem man mich auf keinen Fall erkennt."

„So will der Herr sich verkleiden?"

„Ja. Man soll nicht merken, woher ich komme."

„So muß ich wissen, woher kommt der Herr?"

„Das geht Ihn nichts an. Es möge Ihm genügen, daß ich die Absicht habe, zu reisen so, was man inkognito nennt."

„Werde ich vorlegen einen Frack, wie ihn getragen hat der große Metternich zur Zeit des Kongresses, der gehalten wurde in der Hauptstadt Wien gegen den französischen Kaiser Napoleon."

„Wer war Metternich?"

„Ein Minister und Fürst, mächtig wie ein Kaiser und reich wie der große Mogul, der zweimal größer ist als ein Elefant."

Der Händler holte aus dem verborgensten Winkel seines Gewölbes das Kleidungsstück. Es hatte eine braunrote Farbe und war mit Puffen, Aufschlägen und tellergroßen Knöpfen versehen. Geierschnabel sah es an und fragte:

„Was kostet dieser Ministerfrack?"

„Kann ich ihn unmöglich geben unter zwölf Talern zehn Silbergroschen."

Geierschnabel war amerikanische Preise gewöhnt.

„Das ist billig", erklärte er. „Hier sind dreizehn Taler!" Er griff in seinen Leinwandsack und zog einen großen Beutel heraus, aus dem er dem Juden dreizehn blanke Taler vorzählte.

Hirsch war überrascht und sagte:

„Der Herr hat erhalten diesen Ministerrock um vier Taler zu billig, aber habe ich verlangt so wenig, weil der Herr will nehmen noch mehr, um zu ergänzen den ganzen Anzug. Darf ich bringen eine Weste und eine Hose?"

„Aber auch sie muß mich inkognito machen."

„Da muß ich vorher fragen, als was der Herr erscheinen will."

„Als was? Hm! Verdammt! Daran habe ich gar nicht gedacht. Als was kann man denn erscheinen, wenn man inkognito reist?"

„Hm. Will der Herr vielleicht gehen als Künstler?"

„Künstler? Donnerwetter, ja! Dazu passe ich. Dazu bin ich wie geschaffen. Aber wie viele Sorten von Künstlern gibt es?"

„Erst kommen die Dichter."

„Danke, die hungern zuviel."

„Die Bildhauer."

„Die hämmern zuviel."

„Die Komponisten und Musikusse."

„Hm! Das wäre nicht übel. Komponist und Musikus? Das gefällt mir eher. Was für eine Weste müßte ich da haben?"

„Werde ich geben dem Herrn eine grüne Weste mit so viel blauen

Blumen, daß man ihn soll halten für eine Wiese mit lauter Vergißnichtmein. Und werde ich bringen schwarzgraue Hosen, wie sie Mode gewesen sind bei Sebastian Bach, der gewaltig geschlagen hat alle Orgeln und dazu komponiert viele Tragkörbe voll Noten."

„So bringe Er mir beides und noch ein Paar Stiefel dazu."

„Schön. Auch werde ich Ihm geben einen Hut, so hoch und breit, wie ihn getragen hat Orpheus, bevor er stieg in den Orkus hinab."

„Gut. Auch der Hut wird gekauft."

Der Hut war fürchterlich. Die Krempe maß eine Spanne und der Kopf war dementsprechend hoch.

„Wenn der Herr will gehen als Musikus, muß er da nicht auch haben Noten, um zu zeigen, daß er ist ein großer Komponist?"

„Donnerwetter, ja, Noten, die hätte ich am Ende gar vergessen. Hat Er welche hier?"

„Warum sollte ich nicht haben Noten? Will der Herr geben einen Taler?"

„Ja. Her damit!"

Hirsch brachte Gitarrenoten und eine Übungsschule für Klavier. Dann meinte er nachdenklich:

„Aber wenn man ist ein Komponist, so muß man auch haben ein Instrument, um zu blasen hinein oder zu streichen hinauf oder hinab."

„Das ist wahr. Hat Er denn auch Instrumente?"

„Natürlich werde ich haben Instrumente! Habe ich doch eingelöst eine Violinbratsche und zwei Saiten und eine Posaune, worauf sind gestürzt drei Mauern von Jericho."

„Bringe Er sie her!"

„Was? Die Bratsche oder die Posaune?"

„Die Posaune ist mir lieber."

„Hier ist sie!"

Der Trödler zog das Instrument unter einem Haufen alten Eisens heraus.

„Alle Teufel!" meinte der Yankee. „Die hat aber Narben!"

„Kann es sein anders? Habe ich nicht gesagt, daß darauf gefallen sind drei Mauern von Jericho?"

„Hm! Wenn's so ist! Aber hier gibt es auch zwei Löcher!"

„Warum soll man sein unzufrieden mit die Löcher, da sie doch sind vorteilhaft für die Musik und die Lunge! Man braucht nicht zu blasen die Luft bis ganz hinten hinaus, da sie kommt bereits zu den Löchern heraus."

„Das ist vorteilhaft! Was kostet die Posaune?"

„Hat sie mich gekostet zehn Taler, so gebe ich sie um acht."

„Gut, hier ist das Geld! Oder kann ich nicht lieber mit Banknoten bezahlen? Ich brauche das Silbergeld später."

Geierschnabel griff in den Sack und zog eine Anzahl Zehntalerscheine hervor, wovon er einen auf den Tisch legte. Die andern steckte der Yankee in seine Hosentasche. Hirsch folgte dieser Bewegung mit Begierde. Welche Unvorsichtigkeit, so viele Zehntalerscheine in die Tasche zu stecken!

„Ich bekomme zwei Taler heraus", meinte Geierschnabel. „Gebe Er mir dafür eine Brille!"

„Was für eine wünscht der Herr? Soll ich geben Brille, Lorgnon oder Monokel?"

„Eine, die zum Inkognito paßt."

„So werde ich geben eine antiquarische Quetsche von der Nase des Meisters Gluck, der hat komponiert viele Stücke für das Theater. Hier ist sie. Kostet mich vier Taler, will ich sie aber geben um zwei, weil der Herr hat gekauft einen ganzen Anzug."

„Schön! Ich werde ihn gleich anlegen. Gibt es hier einen Raum, wo man sich umziehen kann?"

„Eben dieses Geschäft ist der Raum, in dem die Kunden werden an- und ausgezogen. Der Herr mag treten in die Ecke, und ich werde zu helfen bereit sein."

„Hätte Er nicht Lust, mir diesen alten Anzug abzukaufen?"

„Au waih! Was soll man geben für solche Sachen! Ich werde ihn ansehen und dann bieten soviel ich kann."

Trotz seines Wehrufs hatten seine Augen freudig aufgeleuchtet. Er verwandte kein Auge mehr von Geierschnabel, der die Kleider zu wechseln begann. Der Trödler wußte, daß die Zehntalerscheine in der Tasche steckten und wollte sich überzeugen, ob diese herausgenommen würden.

Als Geierschnabel den gekauften Anzug angelegt hatte, schob er den alten mit dem Fuß von sich und fragte:

„Nun, wie steht es? Kauft Er ihn?"

Der Händler hatte genau aufgepaßt. Er wußte, daß die Scheine nicht angerührt worden waren.

„Ich werde ansehen die Sachen", sagte er.

Levi Hirsch nahm die Hosen zur Hand, griff unbemerkt, wie er dachte, von außen an die Tasche und fühlte deutlich, daß die kostbaren Papiere unter seinem Druck knitterten. Sie waren mehr als zweihundert Taler wert. Es war deshalb nicht verwunderlich, wenn die Angst, daß der Gewinn ihm entgehen könne, des Trödlers Hände zittern machte.

„Was soll ich geben für dieses Zeug, das kaufen wird kein Mensch?" fragte Levi Hirsch. „Es ist nichts wert."

„Was bietet Er?" fragte Geierschnabel kurz.

„Ich werde geben für die ganze Geschichte einen Taler", machte der Trödler sein erstes Angebot.

„Wo denkt Er hin! Her damit! Ich packe sie in meinen Sack!"

Da trat der Händler schnell zurück und sagte:

„Werde ich geben zwei Taler."

„Fällt mir nicht ein", meinte der Yankee, der zum Gehen fertig war und die Hand nach den Sachen ausstreckte.

„Drei Taler", bot der Händler jetzt.

„Unsinn."

„Vier Taler."

„Nein!"

„Fünf Taler."

Der Trödler bebte vor Angst, als habe ihn ein Fieber ergriffen.

„Nein, der Anzug ist mir nicht unter vierzig Taler feil."

„Vierzig!" zeterte der Händler, indem er die Augen fast ebenso weit aufriß wie den Mund. „Wie ist das möglich!"

„Das Zeug zu diesen Sachen ist von Faultierhaaren gesponnen. Wer solche Wolle trägt, bekommt nie ein Fieber. Ich lasse diese Sachen einspinnen, wenn ich zu wenig bekomme."

„Faultierwolle? Vierzig Taler! O Gott Abrahams, Isaaks und Jakobs, warum ist es gerade Wolle vom Faultier! Ich werde geben zehn Taler, aber keinen Pfennig mehr."

„Vierzig! Ich sage es zum letztenmal. Ich muß mit dem Zug fort und habe keine Minute Zeit zu verlieren."

„Mit dem Zug fort?" dachte der Handelsmann. Da ging der Fremde weg, ohne wiederkommen zu können. Das steigerte den Wert des Papiergelds.

Geierschnabel faßte die Hosen an und zog sie zu sich hin. Der Händler ließ sie nicht los und zog her, indem er in höchster Bedrängnis rief:

„Dreißig."

„Vierzig!"

„Fünfunddreißig."

„Vierzig! Oder her mit den Sachen!"

„Gott Abrahams! Es sind nicht des Herrn Sachen, sondern es sind die meinigen, denn ich werde geben die vierzig Taler."

„Gut. Her damit!" meinte Geierschnabel.

Der Trödler griff zur Sicherheit noch einmal zu den Papieren, wickelte die Kleidungsstücke dann zusammen, legte sie fort und griff zum Geld. Er beeilte sich, den Fremden loszuwerden, damit diesem nicht noch einfallen möge, wo er sein Papiergeld gelassen habe.

„So, das sind vierzig Taler", sagte er endlich. „Ein Heidengeld für solche Lumpen. Wir sind fertig. Der Herr kann gehen."

Geierschnabel lachte ihm ins Gesicht.

„Ja, wir sind fertig, ich kann gehen. Er hat mir ganz gehörige Preise angesetzt, aber ich habe nichts abgehandelt, weil das ein Gentleman nie tut. Demnach sind wir quitt. Auf Wiedersehen."

„Auf Wiedersehen, der Herr."

Kaum war Geierschnabel zur Tür hinaus, so öffnete sich die Tür eines hinter dem Gewölbe liegenden kleinen Raums. Dort war das Wohnzimmer des Trödlers. Seine Frau trat ein.

„Levileben!" rief sie, die Hände zusammenschlagend. „Was hast du gemacht? Eine große, grausame Dummheit!"

Er verschloß den Laden rasch von innen und blickte seiner Frau überlegen ins runzlige Gesicht.

„Was soll ich gemacht haben? Eine Dummheit?"

„Ja, eine grausige. Haste gegeben für diese Lumpen vierzig Taler. Biste doch wohl verrückt gewesen in deinem Kopf."

„Nein, ich bin sehr klug gewesen. Habe ich doch soeben gemacht ein sehr gutes Geschäftchen."

Das Gesicht der Frau erheiterte sich.

„Habe ich gehört jedes Wort eures Handels. Wer war der Mann?"

„Weiß ich es? Habe ich ihn gefragt? Ein Dummkopf war er. Kauft mir die schlechtesten Sachen um einen wahnsinnigen Preis."

„Und du kaufst diese Lumpen, die nicht wert sind zehn Silbergroschen, für einen noch wahnsinnigeren Preis."

„Frau, was verstehst du davon? Diese Lumpen sind wert vielmal vierzig Taler."

„Wohl, weil sie sind aus Faultierwolle, he?"

„Faultierwolle? Laß dich auslachen! Faultierwolle gibt es nicht. Man hat es gemacht weis diesem Menschen."

„So ist es gewesen nur Schafwolle? Und du gibst vierzig Taler! Willst du dich einsperren lassen in das Haus, wo die Verrückten haben ihre Sommerwohnung?"

„Saraleben, du dauerst mich. Diese Sache sind wert hundertvierzig Taler. Ich werde es dir beweisen sofort. Greif in die Tasche!"

Er zog die Öffnung der Hosentasche auseinander und hielt sie ihr hin.

„Was ist darin?" fragte sie zögernd.

„Greif hinein! Sieh, was du findest!"

Die Frau steckte die Hand hinein und sagte darauf:

„Papier."

„Ja. Nimm es heraus!"

Er blickte mit überlegener und gespannter Erwartung auf ihre Hände, die einige Stückchen Papier hervorbrachten.

„Was ist es?" fragte er.

Sie untersuchte die Stückchen. „Zerschnittene Zeitung."

„O Manasse und Ephraim! Ich habe die falsche Tasche erwischt. Greif schnell hier hinein, Saraleben!"

Hirsch hielt die andre Tasche hin, und sie fuhr mit der Hand hinein.

„Nichts", sagte die Frau kurz.

Er erbleichte. „Nichts?" stammelte er. „Nichts, hast du gesagt? Es ist nichts darin?"

„Gar nichts."

„Und in der ersten Tasche?"

„Nur diese Papierfetzen."

Jetzt untersuchte der Trödler selbst schnell die Taschen. Es war nicht das mindeste darin zu finden. Er ließ vor Schreck die Hose aus der Hand fallen.

„Gott der Gerechte!" zeterte er. „Ich bin betrogen worden, ich bin kapores, ich bin pleite um vierzig Taler!"

Er fühlte sich so schwach, daß er sich auf einen Stuhl niedersetzen mußte. Sie aber stemmte die Arme in die Seite.

„Was bist du? Pleite und kapores bist du um vierzig Taler? Nein. Kapores ist dein Verstand, und pleite ist dein Gehirn."

„Saraleben!" jammerte er. „Er hatte doch über zwanzig Scheine in den Hosen stecken."

„Scheine? Was für Scheine?"

„Zehntalerscheine."

„Das hast du gesehen?"

„Ja."

„So hat er sie wieder herausgenommen!"

„Das habe ich nicht gesehen."

„Wer ist er?"

„Weiß ich es!"

„Wohin ist er?"

„Er sagte, er müsse gehen nach dem Bahnhof."

„So gehe, springe, laufe, eile, renne! Du mußt ihn finden."

„Aber wozu, Sara, wozu?"

„Er muß dir die Hose wieder abkaufen um vierzig Taler. Er hat dich betrogen."

„Nein, sondern ich habe ihn betrügen wollen."

„O Levileben, was bist du für ein Dummkopf! Ich schäme mich deiner bei jeder alten Hose, die ich zu sehen bekommen werde."

„Ich bin wie Hiob", antwortete er. „Erst reich und nun arm."

„Schweig, Hiob kaufte keine Faultierwolle!"

„Vielleicht hat es damals noch keine Faultiere gegeben. Saraleben, ich bin matt, ich bin krank, ich bin tot. Mich kann nichts mehr retten als das Grab allein. Oh, vierzig Taler! Oh, Faultierwolle! Oh, alte Hose! Mein Testament ist gemacht. Es liegt dort in der Hochzeitslade. Dir vermache ich alles, die Gläubiger aber bekommen nichts. Leb wohl! Gute Nacht, du schnöde Welt!" —

Geierschnabel war, als er das Geschäft verlassen hatte, ernsthaft weitergegangen. Sobald er aber hinter der nächsten Ecke in Sicherheit war, brach er in ein lautes Lachen aus.

„Oh, Levi", meinte er. „Wie dumm, wie dumm! Ich steckte die Banknoten ja nur hinein, um dich zu meiern. Und als ich dir die Hose anbot, waren sie schon längst wieder heraus. Es ist doch wahr, fünf gescheite Juden sind einem Yankee nicht gewachsen. Vierzig Taler für diese Lappen. Es ist ungeheuer. Ich habe meine ganze neue Kleidung umsonst und auch noch Geld übrig."

Mit dieser neuen Kleidung sah der Yankee nun freilich eigentümlich aus. Er hatte nicht das Äußere eines ehrsamen, ernsthaften Menschen, sondern erweckte den Eindruck einer Maske, wozu seine Nase nicht wenig beitrug. Sie gab dem wunderlichen Anzug erst das gehörige Gepräge. Er war nicht weit gekommen, so liefen ihm schon die Jungen nach. Sein Hut, sein Tellerknopffrack, die alte Lederhose, die Tanzschuhe, die Nasenquetsche und die Posaune waren geeignet, Zuschauer herbeizulocken. Er bemerkte es mit dem größten Vergnügen.

„Donnerwetter, muß mich der Anzug kleiden!" schmunzelte er. „Es wird nicht lange dauern, läuft die ganze Jugend hinter mir her."

So schritt er denn, Sack und Büchse auf dem Rücken, die Posaune aber liebreich auf den Armen tragend, von Straße zu Straße weiter Sein Gefolge wuchs und machte einen solchen Heidenlärm, daß rechts und links die Fenster aufgerissen wurden.

„O George Washington! Verursache ich hier ein Aufsehen! Mainz wird noch lang an Geierschnabel denken", brummte er. „Schade nur, daß sie nicht wissen, daß ich es bin, weil ich ja inkognito gehe."

Sein Inkognito sollte aber nicht lange dauern. Ein Schutzmann kam um die Ecke, erblickte die sonderbare Gestalt und die Menschen, die ihr folgten, und blieb stehen, um den Haufen herankommen zu lassen. Alsdann schritt er auf den Amerikaner zu und faßte ihn beim Arm.

„Heda! Wer ist Er?"

Geierschnabel blieb stehen und betrachtete den Mann.

„Pchtsichchchchch!" fuhr diesem der berühmte Tabakstrahl an der Nase vorüber.

„Ich?" fragte er dann. „Wer ist denn Er?"

„Ich bin Stadtwachtmeister."

„Schön. Da sind wir Kameraden. Ich bin Waldwachtmeister."

„Unsinn! Weiß Er, daß Er mir jede Frage beantworten muß?"

„Hat Er etwa auf Seine Frage keine Antwort erhalten?"

„Ja. Aber was für eine! Woher ist Er?"

„Von drüben."

„Von drüben? Was soll das heißen?"

„Na, daß ich nicht von hüben bin."

„Mann, zügle Er Sein Mundwerk, sonst muß ich Ihn festnehmen! Wie heißt Er?"

„Geierschnabel."

Jetzt wurde der Schutzmann ernstlich zornig. „Will Er mich foppen? Woher kommt Er?"

„Daher." Geierschnabel zeigte hinter sich.

„Und wohin will Er?"

„Dorthin." Er zeigte vor sich.

„Das ist mir zu bunt. Er ist mein Gefangener."

„Ah! Nicht übel. Wenn ich mich aber wehre?"

„So erhält er wegen Widerstands gegen die Staatsgewalt drei Jahre Gefängnis."

„*Zounds*, das macht dreizehn. Ich sollte heute schon zehn Jahre bekommen."

„Ah! Weshalb?"

„Das geht Ihn nichts an."

„Mensch, Er ist entweder verrückt oder ein Dummkopf, der sich einen Spaß machen will, was Ihn aber teuer zu stehen kommen wird."

„Na, soll einer von uns beiden ein Verrückter sein und der andere ein Dummkopf, so will ich gern der Verrückte sein."

„Mensch, geht das auf mich?"

„Nein, sondern auf mich, den Verrückten nämlich."

„Aber der Dummkopf bleibt für mich übrig."

„So bleibt er wirklich für Ihn übrig? Dafür kann ich leider nicht."

„Ich sehe, daß mit Ihm hier auf der Straße nichts zu machen ist. Folge Er mir! Vorwärts!"

„Wohin?"

„Das wird Er sehen. Was hat Er da im Sack?"

„Reisegegenstände."

„Und in diesem alten Schlauch?"

„Meine Jagdbüchse."

„Hat Er denn einen Waffenpaß?"

„Ja, den habe ich."

„Wer hat ihn ausgestellt?"

„Ich selber."

„Na, da mache Er sich nur immer auf die Wegnahme seines Gewehrs und zwei weitere Jahre Gefängnis gefaßt."

„Donnerwetter! Wieder zwei Jahre?"

„Ja. Wegen Urkundenfälschung."

„Das macht jetzt in summa schon fünfzehn Jahre."

„Ja. Wenn das so fortgeht, so kann etwas aus Ihm werden."

Sie waren während ihrer Unterhaltung schnell vorwärts gekommen, gefolgt von einer immer mehr wachsenden Menschenmenge. Jetzt war die Polizeiwache erreicht.

„Das ist der Ort, an dem Er erfahren wird, was eine Verhaftung bedeutet."

„Das weiß ich längst."

„Ah! Er ist schon öfters festgenommen worden?"

„Das geht Ihn wieder nichts an."

„Er ist ein Grobian, dem man das Maul stopfen wird. Trete Er ein!"

Sie traten in den Flur des Hauses und von da in ein Vorzimmer, worin einige Wachtleute saßen. Auf einer Bank hockten mehrere Personen, die auf die Erledigung ihrer Angelegenheit warteten. Auf diese Bank deutete der Schutzmann und gab Geierschnabel die Weisung:

„Setze Er sich hierher!"

Geierschnabel beachtete diese Worte nicht. Er legte seinen Leinwandsack und die Büchsenhülle auf die Erde und setzte sich auf einen Stuhl, der bestimmt war, Beamten als Sitz zu dienen.

„Halt! So ist es nicht gemeint!" mahnte der Schutzmann aufgebracht. „Dieser Stuhl ist nicht für Seinesgleichen da."

Geierschnabel zuckte die Achseln.

„Hm. Was für Leute versteht Er denn eigentlich unter meinesgleichen?"

„Solche, die dorthin auf die Bank gehören."

„Na, so setze Er sich gefälligst nur selber hin! Er versteht sich jedenfalls mehr auf Seines- als auf meinesgleichen. Ich muß am besten wissen, auf welchen Platz ich gehöre."

Da nahmen die andern Schutzleute den Sprecher erstaunt in Augenschein, und einer von ihnen fragte:

„Ein widerspenstiger Kerl! Was ist er denn?"

„Weiß es selber nicht", meinte der Begleiter Geierschnabels.

„Der Mensch geht ja wie eine Maske. Ist er verrückt?"

„Ich traf ihn auf der Straße, wo ihm das Volk massenhaft nachlief. Er wollte sich nicht ausweisen. Darum nahm ich ihn mit."

„Er wird hier schon reden lernen!"

„Kann es schon, alter Junge", meinte Geierschnabel. „Fand es nur nicht für notwendig, auf der Straße mich in eine große Sprecherei einzulassen. Hatte keine Zeit dazu."

„Hier wird sich die Zeit schon finden."

„Viel nicht. Ich muß mit dem nächsten Zug weiter."

„Das geht uns nichts an. Wohin will Er eigentlich?"

„Hm! Will Er vielleicht mitgehen?"

„Mit Ihm? Fällt mir nicht ein", lachte der Beamte.

„Nun, so braucht Er auch nicht zu wissen, wohin ich will."

„Oho! Er ist ja der größte Grobian, der mir vorgekommen ist. Man wird Ihn aber hier die nötige Höflichkeit zu lehren wissen!"

„Pchtsichchchchchch", spuckte Geierschnabel ihm am Gesicht vorüber. „Soll ich sie etwa von Ihm lernen?" feixte er. „Er scheint mir dazu nicht geeignet zu sein."

„Donnerwetter!" fluchte der Wachtmann. „Was fällt Ihm ein, gegen mich auszuspucken und hier mit solchen Beleidigungen um sich zu werfen! Wenn Er das noch einmal wagt, so wird Er hintergesteckt und krummgeschlossen. Jetzt aber stehe Er sofort vom Stuhl auf und mache sich zur Bank hinüber, auf die Er gehört!"

Geierschnabel machte es sich nun erst recht auf dem Stuhl bequem und kreuzte behaglich die Beine übereinander.

„Sachte, sachte, alter Junge! Jeder, der auf diesem Stuhl gesessen hat, darf es sich zur Ehre schätzen, daß ich nun darauf sitze."

„Also Widerspenstigkeit! Da werde ich Ihm jetzt eine Wohnung anweisen, in der Er es sich bequem machen kann, ohne andre Leute zu belästigen und zu beleidigen. Komme Er mit ins Loch!"

„Ins Loch? Habe verdammt wenig Lust dazu. Das will ich Ihm sagen."

„Wir fragen den Teufel danach, ob Er Lust hat oder nicht. Vorwärts also!"

Der Wachtmann legte seine Hände auf Geierschnabels Arm. Der Präriejäger aber schüttelte ihn von sich ab, erhob sich und sagte:

„Mann, höre Er einmal, was ich Ihm jetzt sagen werde! Ich habe nichts Unrechtes getan und kann mich kleiden, wie es mir beliebt. Wenn mir das Volk nachläuft, so ist es dumm genug. Ich werde mich auszuweisen wissen, gebe aber nur dann Antwort und Auskunft, wenn man mich so behandelt, wie es ein Gentleman verlangen kann."

Geierschnabels Haltung und seine Worte machten Eindruck. Der Beamte blickte ihn befremdet an.

„Gentleman?" fragte er verwundert. „Er will doch nicht etwa sagen, daß Er ein Ausländer sei? Denke Er nur nicht etwa, daß man Ihm das glauben wird!"

„Pah. Was Er glaubt oder nicht glaubt, das ist mir gleichgültig. Aber es scheint mir, daß Er mit Gentlemen nicht umzugehen versteht, denn diese pflegt man nicht mit ‚Er' anzureden."

Das brachte den andern wieder in Zorn. „Kerl, was fällt Ihm ein", rief er mit lauterer Stimme, als man hier im Vorzimmer gewöhnlich sprach. „Ich will Ihn nur darauf aufmerksam machen, daß wir hier die Mittel haben, widerhaarige Vagabunden zur Vernunft zu bringen!"

Da wurde eine Tür aufgerissen, ein bebrillter Herr steckte den Kopf herein und fragte verweisend:

„Was geht hier vor? Ich verbitte mir diesen Lärm."

Die anwesenden Polizisten warfen sich augenblicklich in Diensthaltung.

„Verzeihung, Herr Kommissar", entschuldigte sich der eine. „Wir haben hier einen Verhafteten, der im höchsten Grad widerspenstig ist."

Der Kommissar betrachtete Geierschnabel.

„Alle Teufel, was ist das für ein Kerl?"

„Wir wissen es nicht. Er verweigert uns jede Auskunft."

„Haben Sie seine Papiere angesehen?"

„Es würde vergeblich sein. Ich wollte ihn Ihnen zum Verhör anmelden, da er uns nicht als voll zu betrachten scheint."

„Weshalb wurde er verhaftet?"

„Sein sonderbares Äußere zog eine Menge Volks hinter ihm her. Ich forderte daher Auskunft über seine Person, erhielt aber keine genügende Antwort. Darum nahm ich ihn fest."

„Folgte er gutwillig?"

„Ja. Aber hier wurde er grob und wagte es sogar, Drohungen auszustoßen, weil — hahahaha! — weil wir ihn nicht als Gentleman behandelten, wie er lächerlicherweise verlangte."

„Jawohl, und weil man mir mit Einsperrung drohte", fiel Geierschnabel ein.

Der Kommissar warf ihm einen warnenden Blick zu.

„Er hat nur zu antworten, wenn Er gefragt wird!"

„Ich kann nicht warten, bis es irgendwen beliebt, mich zu fragen", gab Geierschnabel zurück. „Meine Zeit ist mir kurz bemessen, ich muß mit dem nächsten Zug fort."

„Wohin?"

„Ich habe keine Veranlassung, das jedermann mitzuteilen."

„Ah! So, so! Und ich werde es wohl auch nicht erfahren?"

„Wenn Sie die dazu gehörige Zuständigkeit besitzen und mich höflich befragen, werde ich die Auskunft nicht verweigern."

Der Kommissar lachte höhnisch: „Nun, die nötige Zuständigkeit besitze ich, und mit Höflichkeit werde ich Ihn soweit bedienen, als es mir angemessen scheint. Was hat Er da in dem Lederschlauch?"

„Eine Büchse."

„Ein Gewehr? Ah! Hat Er einen Waffenpaß?"

„Ja."

„Was hat Er da in dem Sack?"

„Verschiedenes!"

„Das genügt nicht. Zähle Er das einzeln auf!"

„Das ist nicht meine Sache. Wer hier wissen will, was drin ist, der mag nachsehen! Übrigens erlaube ich mir die Frage, ob das hier das Zimmer ist, in dem Sie mit mir verhandeln wollen. Ich habe schon gesagt, daß ich zur Auskunft bereit bin, aber nicht vor jedermanns Ohren. Es ist kein Wunder, wenn man dann widerspenstig genannt wird!"

„So trete Er ein!"

Der Kommissar zog sich bei diesen Worten in sein Zimmer zurück und gab dem Schutzmann dabei einen Wink, den Sack und das Gewehr hineinzubringen.

Geierschnabel trat ein und bemerkte, daß sich noch ein zweiter

Herr in dem Zimmer befand, der dem andern so ähnlich sah, daß man sofort erriet, daß beide Brüder seien. Er trug einen langen, gutgepflegten Schnurrbart und hatte, trotzdem er in Zivil gekleidet war, ein entschieden militärisches Aussehen. Was am meisten an ihm auffiel, das war sein rechter Arm. Aus dem Ärmel ragte nämlich ein Lederhandschuh hervor, dem man es ansah, daß er keine lebendige Hand bedecke. Es war der ehemalige Gardehusarenleutnant v. Ravenow, der vor vier Monaten zusammen mit Oberst v. Winslow im Doppelzweikampf gegen Kurt Unger die rechte Hand verloren hatte. Dieser Herr betrachtete den Eintretenden mit halb erstaunten und halb belustigten Blicken.

„Alle Wetter, was für eine Vogelscheuche bringst du da herein?" fragte er lächelnd den Kommissar.

„Ein lebendiges Rätsel, dessen Lösung wir gleich finden werden", erwiderte der Gefragte. Dann wandte er sich an Geierschnabel: „Sage Er mir also zunächst, wer Er eigentlich ist!"

Der Jäger zuckte die Schultern. „Vorher muß ich doch wissen, ob Sie auch wirklich der Mann sind, dem ich Auskunft geben muß."

„Donnerwetter, hat Er nicht gehört, daß ich Kommissar bin?"

„Ja, aber ich glaube es nicht."

„Das ist lustig. Warum zweifelt Er daran?"

„Weil ich denke, daß man das Polizeikommissariat nur einem Mann anvertraut, der gelernt hat, mit den Leuten höflich zu verkehren."

„So! Ich bin also unhöflich mit Ihm?"

„Hm! Ich will nur bemerken, daß ich gewöhnt bin, einen jeden Menschen so zu behandeln, wie er mich behandelt. Von jetzt an werde ich Sie auch ganz so nennen, wie Sie mich. Sie haben also die Wahl zwischen Sie und Er."

Der militärisch Aussehende strich sich den Schnurrbart.

„Verteufelter Bengel", meinte er. „Er hat eine Posaune! Jedenfalls ein Bettelmusikant."

Der Kommissar entgegnete lachend: „Also ein Künstler! Nun, so werde ich dieser Stellung Rechnung tragen und mich einstweilen des ehrwürdigen ‚Sie' bedienen." Und sich zu Geierschnabel wendend, fuhr er fort: „Ich gebe mir die Ehre, mich Ihnen als der Polizeikommissar v. Ravenow vorzustellen."

„Danke!" antwortete Geierschnabel kaltblütig auf diese mit sichtlichem Hohn ausgesprochenen Worte.

„Und Sie, mein Herr?" fragte der Kommissar.

„Bevor ich darauf Antwort geben kann, muß ich vorher wissen, wer dieser andre Herr ist."

„Ah, Sie sind verteufelt neugierig. Dieser Herr ist mein Bruder, Leutnant außer Dienst v. Ravenow."

„Er ist nicht hier bei der Polizei angestellt?"

„Nein."

„So muß ich bitten, ihn zu entfernen."

„Donnerwetter!" rief da der Leutnant, vom Stuhl auffahrend. „Welch eine Frechheit von diesem Menschen!"

Auch der Kommissar zog die Brauen finster zusammen und sagte streng verweisend zu Geierschnabel:

„Gehen Sie nicht zu weit! Wer hierbleiben kann oder sich entfernen muß, darüber habe ich allein zu entscheiden."

„Gut, so bitte ich, mich zu entlassen! Ich lasse mich nicht in Gegenwart eines Fremden, der nicht hierher gehört, vernehmen."

„Schön. Entlassen werde ich Sie wohl, aber nicht in die Freiheit, sondern in die Zelle, wo Sie Zeit haben werden, sich anders zu besinnen."

„Ich verlange in diesem Fall vorher dem Polizeidirektor gemeldet zu werden. Unbedingt aber werde ich mich erkundigen, ob es wahr ist, daß ich eingesperrt werden kann nur aus dem Grund, daß ich mich nicht in Gegenwart eines Unberufenen vernehmen lassen will."

Der Leutnant räusperte sich und fauchte:

„Sperre ihn doch ein und gib ihm die Karbatsche!"

Da trat Geierschnabel auf ihn zu und drohte, indem er den rechten Arm wie zum Schlag erhob:

„Sag noch so ein Wort, Bursche, so bekommst du eine Maulschelle, daß du deine Nase für einen Luftballon halten sollst! Wenn du denkst, du kannst hier gebieten, weil du Offizier und Bruder dessen bist, der mich vernehmen soll, so irrst du dich gewaltig. Ich bin ganz und gar nicht der Mann, der sich einschüchtern läßt."

Der Leutnant trat schnell einen Schritt zurück und warf einen auffordernden Blick auf seinen Bruder.

„Was nun? Ich hoffe, daß du diesen unversch—"

„Halt!" unterbrach ihn der Kommissar. „Kein neues Wort, was dich in Gefahr bringen könnte, mit den Fäusten eines — na, dieses Mannes in Berührung zu kommen! Es wäre doch wohl ungewöhnlich, das Verhör in deiner Gegenwart vorzunehmen. Ich ersuche dich daher, dich für einige Augenblicke zurückzuziehen. Ich werde mich kurz fassen."

„Ah! Ich soll also diesem Mann weichen?" fragte der Leutnant ärgerlich.

Sein Bruder zuckte die Achseln.

„Amtsangelegenheiten", meinte er.

„Nun, so darfst du dich nicht wundern, wenn ich mich lieber endgültig, anstatt nur einstweilen zurückziehe. Unsre Angelegenheiten sind, denke ich, genugsam besprochen?"

„Ich habe nichts mehr hinzuzufügen."

„So erlaube, daß ich mich verabschiede."

Damit schritt der Leutnant, ohne ein Wort seines Bruders abzuwarten, stolz erhobenen Hauptes zur Tür hinaus. Es war dem eingefleischten Aristokraten unbegreiflich, daß er einem solchen Vagabunden hatte weichen müssen, und es lag in seinem hochmütigen Charakter, das seinen Bruder dadurch fühlen zu lassen, daß er sich sofort aus dem Haus entfernte. Dem Kommissar war es anzumerken, daß er sich darüber grimmig ärgerte, doch suchte er dies soviel wie möglich zu verbergen, als er sich an Geierschnabel wandte:

„Ihre Büchse!" gebot er.

Der Angeredete zog die Büchse aus dem Futteral und reichte sie ihm.

„Hier ist sie."

„Der Waffenpaß."

„Hier!"

Geierschnabel griff in die Tasche und zog ein Papier hervor, das er dem Beamten reichte. Die Urkunde war richtig. Sie lautete auf den Inhaber, so daß also der Name Geierschnabel nicht angegeben war.

„Öffnen Sie den Sack!" befahl der Kommissar dem Schutzmann, indem er den Waffenpaß seinem Besitzer zurückgab.

Der Schutzmann kam dieser Aufforderung nach und zog zunächst einen Beutel heraus, der sehr schwer zu sein schien. Als er ihn öffnete, zeigte es sich, daß der Inhalt aus lauter Goldstücken bestand.

„Woher haben Sie dieses Geld?" fragte der Beamte streng.

„Verdient", erklärte der Jäger kurz.

„Womit? Ich muß das wissen, denn dieses Gold läßt sich mit Ihrer Persönlichkeit keineswegs in Einklang bringen."

„Soll meine Person des Einklangs wegen etwa auch golden sein?"

„Treiben Sie keinen Scherz, er könnte Sie teuer zu stehen kommen! Was ist noch in dem Sack?"

„Hier! Zwei Revolver!" meldete der Schutzmann.

„Ah! Abermals Waffen!"

„Ja. Und hier ein großes Messer."

„Zeigen Sie es her!"

Der Kommissar untersuchte das Messer. Dann fragte er Geierschnabel:

„Was sind das für Flecke hier an der Klinge? Etwa gar Blutflecke?"

„Menschenblut."

„Donnerwetter! Sie haben einen Menschen damit erstochen?"

„Ja. Mehrere."

„Wo?"

„An verschiedenen Orten."

„Wer oder was waren sie?"

„Habe mir das nicht sonderlich gemerkt. Der letzte war Offizier."

Ravenow blickte den Sprecher starr an.

„Mensch!" rief er. „Das wagen Sie, mir so ruhig zu gestehen? Ich werde Sie in Eisen legen lassen! — Schutzmann, suchen Sie schleunigst weiter nach!"

Der Unterbeamte griff abermals in den Sack und zog allerlei Kleidungsstücke hervor. Sie waren aus den feinsten Stoffen gearbeitet und mit goldnen und silbernen Schnüren und Tressen besetzt.

„Was ist das?" fragte der Kommissar.

„Ein Anzug!" erwiderte Geierschnabel.

„Woher haben Sie ihn?"

„Gekauft!"

„Diese Schnüre und Tressen sind echt: sie kosten viel Geld. Ein Musikant hat nicht die Mittel, sich einen solchen Maskenanzug zu kaufen."

„Wer sagt, daß es ein Maskenanzug ist?"

„Das sieht ein jeder."

„Pah! Dieser Jeder müßte sehr albern sein. Und wer sagt Ihnen denn, daß ich ein Musikant bin?"

„Diese Ihre Posaune."

„Oh, diese Posaune hat nichts gesagt, sie hat noch keinen einzigen Ton von sich gegeben. Ich habe sie mir erst vor einer halben Stunde hier in Mainz bei Levi Hirsch gekauft. Auch der Anzug, den ich trage, ist von ihm."

„Aber Mensch, wie kommen Sie dazu, sich mit einer so auffälligen Kleidung zu behängen?"

„Es gefällt mir so, das ist genug."

„Wie heißen Sie?"

„William Saunders."

„Woher?"

„Aus Saint Louis in den Vereinigten Staaten."

„Was sind Sie?"

„Gewöhnlich Präriejäger. Zu Kriegszeiten aber bin ich Kapitän oder vielmehr Rittmeister der Vereinigten-Staaten-Dragoner."

„Das glaube Ihnen der Teufel! Können Sie Ihre Angaben beweisen. Haben Sie einen Paß?"

„Hier!"

Geierschnabel zog aus seinem Sack eine alte Ledertasche hervor, nahm eins der darin befindlichen Papiere heraus und reichte es dem Beamten. Dieser blickte hinein, prüfte es und sagte dann erstaunt:

„Wirklich ein gültiger Paß, lautend auf Kapitän William Saunders, der sich von New Orleans nach Mexiko begeben will."

„Hoffentlich stimmen auch die Personalkennzeichen."

„Jawohl. In dieser Nase kann man sich nicht irren. Aber wie kommen Sie nach Deutschland anstatt nach Mexiko?"

„In Mexiko war ich inzwischen."

„Können Sie das beweisen?"

„Ich denke. Haben Sie vielleicht einmal von einem gewissen Sir Henry Dryden, Graf von Nottingham, gehört?"

„Ich glaube. War es nicht jener englische Bevollmächtigte, der den Auftrag hatte, Juarez Waffen zu bringen?"

„Ja. Hier ist ein Zeugnis von ihm."

Geierschnabel gab ein zweites Papier hin. Der Beamte las es durch und sagte dann, mehr enttäuscht als erstaunt:

„Sie sind der Führer und Begleiter dieses Juarez gewesen?"

„Jawohl: der Scout des Präsidenten Juarez von Mexiko!"

„Das ist mir bekannt."

„Nun, hier haben Sie noch so ein Papier!"

Geierschnabel reichte eine dritte Urkunde hin. Darauf wurde der Kommissar verlegen und rief aus:

„Mann, das ist ja eine sehr warme Empfehlung des Präsidenten, geschrieben in englischer und französischer Sprache."

„Stimmt. Aber kennen Sie vielleicht auch einen gewissen Baron Magnus?"

„Meinen Sie etwa den preußischen Geschäftsträger in Mexiko? Was ist mit ihm?"

„Hier!"

Geierschnabel reichte ein viertes Schriftstück hin. Als der Beamte es durchgelesen hatte, betrachtete er den Trapper noch einmal und staunte:

„Das ist ja ein Paß dieses königlichen Beamten. Wie kommen Sie zu Baron Magnus?"

„Ich habe bei ihm gespeist."

„Als eingeladener Gast? Aber, Herr Kapitän, das muß ich sagen, Sie haben mich da förmlich an der Nase herumgeführt. Dieser Anzug ist doch eine mexikanische Kleidung, die Sie drüben getragen haben?"

„Ja, ich gehe gewöhnlich mehr als einfach, aber wenn man beim preußischen Geschäftsträger erscheinen muß, so legt man etwas Besseres an. Das werden Sie begreifen."

„Erlauben Sie mir die Frage, was Sie nach Deutschland führt?"

„Familien- und politische Angelegenheiten."

„Familiensachen? Haben Sie denn Verwandte hier?"

„Nicht Verwandte, sondern Bekannte."

„Wo?"

„In Rheinswalden."

„Ah, ich kenne die dortigen Bewohner. Wen meinen Sie?"

„Na, den Grafen von Rodriganda nebst allen seinen Verwandten"

„Wetter! Wie kommen Sie zu dieser Bekanntschaft?"

„Ich? Gradeso, wie Sie dazu gekommen sind

„Ah, Verzeihung! Es mag sein, daß ich nicht die Berechtigung habe, nach diesen Privatsachen zu fragen. Aber Sie sprachen da auch noch von politischen Angelegenheiten. Was habe ich darunter zu verstehen?"

„Besorgungen, von denen ich hier nicht spreche."

„Gut. Aber darf ich nicht erfahren, wohin Sie von hier aus reisen werden?"

„Nach Berlin."

„Ah! Mit geheimen Aufträgen?"

„Möglich! Sie sehen also ein, daß ich mich nicht in Gegenwart Ihres Bruders vernehmen lassen konnte."

„Allerdings. Ich bitte um Entschuldigung."

Der Beamte war jetzt davon überzeugt, daß Geierschnabel wirklich das sei, wofür er sich ausgab. Die Papiere waren unzweifelhaft echt. Er sagte sich, daß eine Beschwerde dieses merkwürdigen Mannes ihn selbst und seine Untergebenen in Ungelegenheiten bringen könne. Daher bequemte er sich zu einer Bitte um Entschuldigung. Aber vieles war ihm an dem Fremden unbegreiflich. Darum erkundigte er sich:

„Sie waren in Rheinswalden und haben mit den Herrschaften gesprochen?"

„Ja. Mit allen."

„Mein Gott! Etwa auch in dieser Kleidung?"

„Fällt mir nicht ein. Ich habe mir diese Sachen erst vorhin hier in Mainz gekauft."

„Aber Sie haben ja Geld genug, sich andre Kleidung zu kaufen! Ich kann Ihnen nicht dafür haften, daß Sie nicht noch einmal festgenommen werden und rate Ihnen, den Anzug zu wechseln."

„Er bleibt. Ich tue nichts Böses. Hat der Deutsche nicht die Freiheit, sich zu kleiden, wie es ihm beliebt, Herr Kommissar?"

„Soweit kein öffentliches Ärgernis entsteht: ja."

„Nun, so will ich auch von dieser Freiheit Gebrauch machen. Wie steht es, werde ich noch in die Zelle gesteckt?"

„Nun, da Sie sich ausgewiesen haben, keineswegs. Sie sind entlassen."

Schön. Da will ich Ihnen für angenehme Unterhaltung meinen Dank sagen. Wissen Sie nun, warum ich mich nicht anders kleide? Nur der Unterhaltung wegen. Ich bin so eine Art Spaßvogel, und nichts macht mir mehr Vergnügen, als wenn ich zuletzt über andre Leute lachen kann. *Adios, Señor Commissario!*"

Während der letzten Worte hatte Geierschnabel alles wieder in seinen Sack zurückgesteckt und diesen nebst der Büchse über die Schulter geworfen. Dann schritt er zur Tür hinaus.

„Welch ein Mensch", meinte der Kommissar zu dem erstaunten Schutzmann. „Ein so wunderlicher Heiliger ist mir in meinem ganzen Leben noch nicht vorgekommen."

„Die Menschen werden wieder hinter ihm herlaufen."

„Leider! Aber ihm macht das Spaß."

„Wäre es nicht besser, einen Kollegen in Zivil nachzusenden, um wenigstens einen allzu großen Auflauf zu verhüten?"

„Das können wir tun. Man muß ihm bis zum Bahnhof nachgehen."

16. Schelmenstreiche in der Eisenbahn

Geierschnabel wanderte, angestaunt und verfolgt von neugierigen Menschen, zum Bahnhof. Dort betrachtete er die Inschriften über den Türen, löste eine Fahrkarte erster Klasse, wartete aber bis zum Abgang des Zugs im Wartezimmer dritter Klasse. Als der Zug bereitstand, wurde er von einem Beamten darauf aufmerksam gemacht, daß er einsteigen müsse, wenn er noch mitkommen wolle. Er ging hinaus und bemerkte mit einem raschen Blick, daß nur ein einziges Abteil erster Klasse vorhanden sei. Der Schaffner, an den er sich wandte, blickte ihn erstaunt an.

„Erster Klasse wollen Sie fahren?" fragte der Mann, der nicht begreifen konnte, daß ein so gekleideter Mensch sich der besten Klasse bedienen wolle. „Zeigen Sie mal Ihre Fahrkarte!"

Geierschnabel gab ihm diese. Der Schaffner überzeugte sich, schüttelte den Kopf und meinte dann:

„Na, da steigen Sie schnell hier ein, es geht sofort ab!"

Der sonderbare Fahrgast wurde samt Büchsenfutteral und Leinwandsack in das Abteil geschoben. Im gleichen Augenblick pfiff die Maschine, die Tür wurde zugeschlagen und der Zug setzte sich in Bewegung.

„Kreuzmillion!" tönte es dem Jäger entgegen. „Was fällt Ihm ein?"

Der diese Worte ausrief, war der einzige Reisende, der schon in dem Abteil saß, und zwar kein andrer als Leutnant von Ravenow.

„Geht Ihn nichts an", brummte Geierschnabel kurz, indem er seine Sachen ablegte und sich behaglich auf das Polster streckte. Damit war der einstige Offizier keineswegs einverstanden.

„Hat er denn eine Fahrkarte erster Klasse?" fragte er.

„Geht Ihn abermals nichts an!" lautete die Antwort.

„Das geht mich wohl etwas an. Ich muß mich überzeugen, ob Er wirklich berechtigt ist, hier einzusteigen."

„Sei Er doch froh, daß ich Ihn nicht darnach frage. Es ist sogar eine Ehre für Ihn, daß ich mich herablasse, mit Ihm zu fahren."

„Kerl, nenne Er mich nicht ‚Er'. Wenn Er erster Klasse fahren will, so hat Er sich nach den in dieser gebräuchlichen Umgangsformen zu richten, sonst lasse ich Ihn hinausschaffen."

„Ah, so hat Er eine Karte vierter Klasse genommen, weil Er sich der in dieser gebräuchlichen Umgangsformen befleißigt. Wer hat mit dem ‚Er' begonnen, Er oder ich? Wenn Er mich herausfordern will, so werde nicht ich hinausgeschafft, sondern Er selber ist es, den ich an die Luft setzen lasse."

„Himmeldonnerwetter!" fauchte der vormalige Gardehusar den vermeintlichen Strolch an. „Will Er eine Ohrfeige haben, Er Lump, Er?"

„Oh, ich kann auch mit dieser Ware dienen. Hier hat Er eine Probe davon. Sie wird wohl gut geraten."

Damit holte Geierschnabel mit der Schnelligkeit eines Blitzes aus und gab dem Leutnant eine so kräftige Ohrfeige, daß der Getroffene mit dem Kopf an die Wand flog.

„So", lachte der Trapper. „Dies ist für den ‚Lump'. Hat Er noch mehr solche Worte in Bereitschaft, so bin ich zu einer gleichen Antwort bereit."

Ravenow raffte sich auf. Seine Wange brannte, und seine Augen waren vor Grimm mit Blut unterlaufen. Er drang wieder auf Geierschnabel ein, ohne zu bedenken, daß er sich nur einer Hand zu bedienen vermochte. Nun erhob sich auch Geierschnabel, der bisher sitzengeblieben war, faßte ihn mit der Linken bei der Brust, drängte ihn in die Ecke, ohrfeigte ihn mit der Rechten und ließ ihn dann in den Sitz fallen.

„So", sagte er. „In Deutschland scheint man sich in den Abteilen erster Klasse ganz angenehm zu unterhalten. Ich bin zur Fortsetzung bereit."

Nach diesen Worten setzte er sich mit größter Seelenruhe wieder nieder. Der Leutnant aber kochte vor Wut. Seine Brust arbeitete mit aller Macht, seine Linke hatte sich krampfhaft geballt, und aus seiner Nase floß Blut. Er fand vor Aufregung keine Worte und brachte es nur zu einem Stöhnen. Es war ihm unmöglich, sich zu bewegen. Erst nach geraumer Zeit, als er Sprache und Beweglichkeit wiedergefunden hatte, gab die Lokomotive das Zeichen, daß der Zug sich einer Haltestelle nähere. Ravenow sprang ans Fenster und riß es auf.

„Schaffner! Hierher, hierher!" brüllte er, obwohl der Zug noch lang nicht im Stehen war.

Die Bremsen kreischten und der Zug hielt.

„Schaffner, hierher!" brüllte der Offizier abermals.

Der Gerufene hörte der Stimme an, daß hier Eile gewünscht werde Er kam rasch herbei und fragte:

„Mein Herr, was wünschen Sie?"

„Machen Sie auf, und bringen Sie den Zugführer und den Bahnhofsvorstand!"

Der Angeredete öffnete, und Ravenow sprang hinaus. Die beiden Beamten kamen schleunigst herbei.

„Meine Herren, ich muß Ihre Hilfe in Anspruch nehmen", sagte

Ravenow. „Hier zunächst meine Karte. Ich bin Graf Ravenow, Leutnant. Man hat mich hier in diesem Abteil überfallen."

„Ah! Wer?" fragte der Bahnhofsvorsteher.

„Dieser Mensch!"

Der Leutnant deutete bei diesen Worten auf Geierschnabel, der behaglich in dem offnen Abteil saß und den Auftritt mit größter Ruhe betrachtete.

„Dieser Mann? Wie kommt er in ein Abteil erster Klasse?"

Die beiden Bahnbeamten traten näher, um sich den Amerikaner zu betrachten.

„Wie kommen Sie hier herein?" fragte der Bahnhofsvorsteher streng.

„Hm! Eingestiegen bin ich", lachte der Trapper.

„Haben Sie eine Karte erster Klasse?"

„Die hat er", bestätigte der Schaffner des betreffenden Wagens.

„Auch nicht übel", meinte der Vorsteher. „Solche Leute und erster Klasse! Herr Graf von Ravenow, darf ich Sie fragen, was Sie unter dem Wort ‚überfallen' verstehen?"

„Er ist über mich hergefallen und hat mich geschlagen."

„Ist das wahr?" fragte der Vorsteher den Amerikaner.

„Ja", nickte dieser sehr freundlich. „Er nannte mich einen Lump. Für dieses Wort habe ich ihm eine Ohrfeige gegeben. Haben Sie etwas dawider?"

Der Vorsteher beachtete die Frage nicht, sondern wandte sich an den vormaligen Leutnant:

„Ist es wahr, daß Sie sich dieses Ausdrucks bedienten?"

„Es fällt mir nicht ein, es zu leugnen. Sehen Sie den Menschen an! Soll ich mir etwa gefallen lassen, mit dergleichen Gelichter zusammenzutreffen, wenn ich erste Klasse bezahle?"

„Hm! Ich kann Ihnen nicht widersprechen, denn —"

„Oho", unterbrach ihn Geierschnabel. „Habe ich nicht dasselbe bezahlt?"

„Das mag sein", meinte der Vorstand achselzuckend.

„Gehe ich zerrissen oder zerlumpt?"

„Das gerade nicht, aber ich meine —"

In diesem Augenblick gab der Maschinist das Zeichen, daß die Zeit verflossen sei.

„Meine Herren", meinte Ravenow, „ich höre, daß man fertig zum Abfahren ist. Ich verlange die Bestrafung dieses frechen Menschen."

„Frech?" rief Geierschnabel. „Willst du eine weitere Ohrfeige haben?"

„Ruhe!" gebot ihm der Bahnhofsvorsteher. „Wenn Sie seine Bestrafung verlangen, so muß ich Sie ersuchen, die Reise zu unterbrechen, um Ihre Aussage zu Protokoll zu geben."

„Dazu habe ich keine Zeit. Ich muß zur bestimmten Zeit in Berlin sein."

„Das tut mir leid", widersprach der Beamte. „Ich brauche aber Ihre Gegenwart."

„Soll ich einem frechen Menschen meine Zeit opfern? Ich halte es übrigens gar nicht für notwendig, hier ein Protokoll abzufassen. Verhaften Sie den Kerl einfach, lassen Sie ihn verhören, und dann mögen die Akten nach Berlin geschickt werden, um meine Aussage aufzunehmen. Meine Adresse haben Sie ja auf dieser Karte."

„Ich stehe zu Diensten, gnädiger Herr."

Mit diesen Worten trat der Beamte an die Tür des Abteils.

„Steigen Sie aus!" gebot er Geierschnabel. „Sie sind verhaftet!"

„Alle Wetter! Ich muß nach Berlin, ganz ebenso wie dieser Graf."

„Geht mich nichts an."

„Er ist schuld an dem ganzen Vorgang."

„Das wird sich finden. Steigen Sie aus!"

„Fällt mir nicht ein."

„So werde ich Sie zu zwingen wissen."

„Machen Sie keine Umstände mit ihm", meinte Ravenow. „Ich war dabei, als er in Mainz festgenommen wurde. Er ist ein Vagabund, der aus übertriebener Frechheit erster Klasse fährt."

„So, so! Also schon einmal festgenommen. Steigen Sie aus!"

„Wenn ich zum Aussteigen gezwungen werde, verlange ich das auch für den Grafen", erklärte Geierschnabel.

„Halten Sie den Mund! Sie haben sich an ihm vergriffen."

„Er hat gestanden, daß er mich vorher beleidigt hat."

„Sie gehören nicht in die erste Klasse."

„Das zu beweisen dürfte Ihnen große Mühe machen. Ich betone, daß ich die gleichen Rechte beanspruche, da ich das gleiche Geld gezahlt habe."

„Ihr Recht wird Ihnen werden. Aussteigen!"

„Ich bin bereit, mich auszuweisen."

„Dazu ist nachher Zeit."

„Donnerwetter, ich will es aber jetzt."

„Zügeln Sie Ihr Mundwerk! Wollen Sie endlich aussteigen, oder soll ich meine Hilfsarbeiter herbeirufen?"

„Gut. Lassen Sie mich nicht weiterfahren, so mache ich Sie darauf aufmerksam, daß Sie den Schaden zu tragen haben werden."

„Wollen Sie mir noch drohen?"

„Ich komme schon, lieber Freund."

Bei diesen Worten stieg Geierschnabel aus, warf Leinwandsack und Gewehr über, ergriff seine Posaune und wartete, was nun mit ihm geschehen werde. Die Blicke der sämtlichen Anwesenden waren auf ihn gerichtet. Der Graf aber stieg mit triumphierender Miene ein und verabschiedete sich mit einem gnädigen Kopfnicken von dem Beamten Der Stationsvorsteher gab das Zeichen, daß der Zug abgehen könne, ein kurzer Pfiff des Zugführers, und die Räder setzten sich in Bewegung.

„Kommen Sie!" gebot der Beamte seinem Gefangenen.

Sie begaben sich ins Geschäftszimmer des Vorstehers, der zur Polizei schickte. Die betreffende Haltestelle war ein kleiner Ort, an dem nur ein Landjäger angestellt war. Es dauerte einige Zeit, bis er herbeigeholt werden konnte. Geierschnabel hatte sich bis dahin ruhig verhalten, zumal auch der Vorstand sich nicht die Mühe gab, ein Gespräch mit ihm anzuknüpfen. Jetzt aber teilte er dem Landjäger das Geschehene mit. Dieser betrachtete sich den Gefangenen mit hochmütigen Blicken.

„Sie haben den Grafen von Ravenow geohrfeigt?"

„Ja", nickte der Trapper. „Weil er mich beleidigte."

„Er hat Sie nur darauf aufmerksam gemacht, daß Sie nicht in ein Abteil erster Klasse gehören."

„Donnerwetter! Mit gleichem Recht könnte ich sagen, daß der Graf nicht in die erste Klasse gehört. Er hat mich Lump genannt, obwohl ich ihm nicht das geringste zuleid getan hatte. Wer ist da der Schuldige?"

„Sie durften ihn nicht schlagen und hätten ihn anzeigen können."

„Habe keine Zeit dazu. Ebenso konnte er mich anzeigen, anstatt mich zu beschimpfen, wenn er wirklich meinte, daß ich nicht in sein Abteil gehörte."

„Sie scheinen viel eher in die vierte Klasse zu gehören."

„Himmeldonnerwetter! Wissen Sie, wer und was ich bin?"

„Das werde ich schon erfahren", meinte der Landjäger. „Haben Sie einen Ausweis bei sich?"

„Das versteht sich. Ich habe mich dem Stationsvorsteher ausweisen wollen. Er aber hat es mir nicht erlaubt. Den Schaden wird er zu tragen haben."

„So zeigen Sie her!"

Geierschnabel zog alle die Urkunden hervor, die er dem Polizeikommissar in Mainz gezeigt hatte. Der Landjäger las sie durch, und sein Gesicht wurde dabei immer länger. Als er fertig war, sagte er:

„Ist das eine verdammte Geschichte! Dieser Frack und dieser schreckliche Anzug können einen irremachen. Wissen Sie, Herr Vorsteher, was dieser Herr ist? Zunächst Präriejäger und dabei amerikanischer Offizier, nämlich Kapitän."

„Unmöglich!"

„Nein, wirklich! Mein bißchen Schulfranzösisch reicht gerade zu, um diese andern Papiere zu entziffern. Der Herr Kapitän ist Gesandter des Präsidenten Juarez von Mexiko."

Der Bahnbeamte erbleichte.

„Und da ist noch eine Empfehlung des Baron Magnus, der preußischer Geschäftsträger in Mexiko ist."

„Wer hätte das gedacht!"

Die beiden Männer blickten einander fassungslos an.

„Na, wie steht es nun?" fragte Geierschnabel höflich.

„Aber, mein Herr, warum kleiden Sie sich in dieser Weise!" rief der Stationsvorsteher. „Ihr Gewand ist schuld, daß wir Sie für etwas andres gehalten haben, als Sie sind."

„Mein Gewand? Pah! Suchen Sie keine Entschuldigung! Ich habe Ihnen angeboten, mich auszuweisen. Sie haben mir das nicht erlaubt. Das ist Ihre Schuld. Was wird nun geschehen?"

„Sie sind frei", sagte der Landjäger.

„Trotzdem ich den Leutnant geohrfeigt habe?"

„Ja. Es ist das eine gegenseitige Beleidigung, die nur auf Antrag bestraft wird. Der Graf mag den Antrag stellen. Mich geht das nichts an."

„So, hm! Das ist seltsam! Weil ich Offizier bin, läßt man mich laufen. Wäre ich das nicht, so hätte man mich eingesperrt, weil der hochgnädige Graf es haben wollte. Der Teufel hole diese liebenswürdige Art von Gerechtigkeit!"

„Entschuldigung, Herr Kapitän", meinte der Bahnbeamte. „Der Graf sagte, Sie hätten ihn angefallen."

„Unsinn! Er hat zugegeben, daß meine Ohrfeigen nur die Antworten auf seine Beleidigung waren. Wissen Sie überhaupt, ob der Mensch, den ich geohrfeigt habe, wirklich Graf von Ravenow ist, für den er sich ausgab?"

„Natürlich. Er gab mir seine Karte."

„Donnerwetter! Mein Ausweis wurde nicht angesehen, aber die Karte dieses Menschen hatte Geltung. Eine solche Karte kann sich jeder Schwindler anfertigen lassen. Ihre Unvorsichtigkeit wird Ihnen noch zu schaffen machen!"

Der Bahnbeamte erschrak. „Der Herr Kapitän werden sich doch mit meiner Bitte um Verzeihung zufriedengeben!"

„Zufrieden? Ich? Na, meinetwegen! Ich bin einmal eine gute Seele. Wie aber andre die Sache aufnehmen werden, das weiß ich nicht."

„Andre? Darf ich fragen, wer da gemeint ist?"

„Hm. Eigentlich nicht. Aber unter dem Siegel des Dienstgeheimnisses will ich es Ihnen anvertrauen. Ich gehe zu Herrn von Bismarck."

Der Bahnhofsvorstand trat einen Schritt zurück.

„Zu Bismarck? Ich hoffe, daß da das unangenehme Vorkommnis keine Erwähnung findet."

„Nicht? Im Gegenteil! Ich muß es sehr ausführlich erwähnen. Ich muß doch erklären, warum ich zu der anberaumten Sitzung nicht erscheinen konnte."

Jetzt war es dem Beamten, als hätte er selbst eine fürchterliche Ohrfeige erhalten. Er blickte den Amerikaner erstarrt an.

„Ja, eine wichtige diplomatische Sitzung, die ich nun versäumen werde. Hätten Sie meine Papiere gelesen, als ich Sie darum bat!"

„Mein Gott, ich bin verloren! Kommen denn der Herr Kapitän nicht noch zur rechten Zeit, wenn Sie den nächsten Zug benützen?"

„Nein. Es war genau auf die Viertelstunde ausgerechnet."

„Welch ein Unglück! Was ist zu tun?"

„Nichts! Oder meinen Sie etwa, daß ich, um Ihre Ungeschicklichkeit gutzumachen, einen Sonderzug nehmen werde?"

Da atmete der geängstigte Mann tief auf.

„Einen Sonderzug? Ah, das ginge! Das wäre das einzige Mittel, die verlorene Zeit wieder einzubringen."

„Das ist wahr. Aber ich werde mich nicht dazu verstehen. Ihr ganzes Verhalten war eine einzige große Beleidigung gegen mich. Soll ich diese Beleidigung noch belohnen? Soll ich sie etwa noch mit dem Preis für einen Sonderzug bezahlen?"

„Herr Kapitän, das verlange ich ja gar nicht. Ich stelle Ihnen eine Maschine mit Wagen kostenfrei zur Verfügung. Die Maschine bringt Sie, wenn Sie den Zug nicht eher erreichen, bis Magdeburg, wo Sie ihn dann sicherlich noch treffen."

„Hm. Wann könnte es hier fortgehen?"

„Augenblicklich noch nicht. Ich muß nach Mainz um die Maschine und den Wagen telegraphieren. Ich bitte dringend, auf meinen Vorschlag einzugehen. Ich bedaure, einen Fehler begangen zu haben, aber Sie werden mir die Gelegenheit nicht versagen, ihn wieder gutzumachen."

Geierschnabel blickte dem Beamten nachdenklich ins Gesicht. In seinen Zügen zuckte es eigentümlich. Er rieb sich die Nase, machte ein höchst vergnügtes Gesicht und fragte:

„Sagte dieser Graf nicht, daß er nach Berlin will?"

„Ja."

„Fährt er über Magdeburg?"

„Bebra und Magdeburg. Dort ist ein längerer Aufenthalt."

„Kann ich den Zug vor Magdeburg einholen?"

„Es kann eingerichtet werden, daß Sie ihn auf einer Nebenstelle überholen."

„So daß ich also eher in Magdeburg bin als der Graf? Gut. Ich gehe auf Ihren Vorschlag ein."

„Sie erlauben also, daß ich telegraphiere?" fragte der Mann erfreut. „Und werden die Güte haben, meinen Irrtum nicht zu erwähnen?"

„Na, ärgerlich war die Geschichte, doch ich will sie hingehen lassen. Aber sagen Sie, haben Sie ein hohes Einkommen?"

„Nein."

„Und der Sonderzug ist teuer?"

„Ich werde sehr lange Zeit an den Folgen dieser Ausgabe leiden."

„Hm. Es geschieht Ihnen eigentlich recht, aber Sie tun mir leid. Wie wäre es, wenn wir die Kosten untereinander teilten?"

Da klärte sich das Gesicht des Beamten blitzschnell auf.

„Herr, ist das wahr?" fragte er.

„Ja, was will ich denn weiter tun, wenn ich Sie nicht unglücklich machen will!"

„Ich danke. Sie zeigen hier, daß Sie in Wahrheit Amerikaner und Gentleman sind."

Der Trapper fühlte sich geschmeichelt. Er machte abermals ein höchst pfiffiges Gesicht und sagte:

„Besser wäre es wohl, wenn ich sämtliche Kosten trüge?"

„Das wäre mir am allerliebsten, Herr Kapitän", strahlte der Eisenbahner.

„Na, da mag es sein. Ich zahle alles. Ich mache aber die Bedingung, daß ich vor dem Grafen in Magdeburg bin. Sodann verlange ich von Ihnen einige Zeilen, daß ich mich ausgewiesen habe und daß Sie infolge der Angaben des Grafen in Unannehmlichkeiten geraten sind."

„Darf ich erfahren, welchen Gebrauch Sie von diesen Zeilen machen wollen?"

„Der Graf wird mich in Magdeburg sehen und wohl von neuem Händel suchen. Ihre Zeilen sollen mir als Ausweis dienen, daß ich Ihnen nicht etwa entflohen bin."

„Ich werde sie Ihnen schreiben, sobald ich die Depesche nach Mainz besorgt habe."

„Tun Sie das! Nun Sie, Herr Landjäger! Ich bin also entlassen?"

„Ganz und gar, Herr Kapitän", antwortete der Hüter des Gesetzes.

„So sind Sie unnütz bemüht worden. Hier, nehmen Sie."

Geierschnabel griff in die Tasche, langte zwei Talerstücke hervor und reichte sie ihm hin. Der also Beschenkte bedankte sich höflichst und verließ dann mit dem Bahnhofsvorstand, der die Depesche besorgen wollte, das Zimmer.

Eine halbe Stunde später kam die verlangte Maschine an. Geierschnabel stieg ein, und dann rasselte der kurze Zug zum Bahnhof hinaus. —

Es war schon längst Nacht, als der Zug, mit dem Ravenow fuhr, Börßum erreichte. Hier gab es einige Minuten Aufenthalt. Ravenow hatte es sich bequem gemacht und sich sogar eine Zigarre angebrannt. Da ertönte draußen der Ruf:

„Magdeburg, erster Klasse!"

„Verdammt!" murmelte Ravenow. „Nun ist es aus mit dem Rauchen."

Er stand bereits im Begriff, die Zigarre aus dem Fenster zu werfen, als das Abteil geöffnet wurde und sein Blick auf den Einsteigenden fiel. Er behielt die Zigarre in der Hand.

„Guten Abend", grüßte der neue Fahrgast.

„Alle Wetter! Guten Abend, Herr Oberst", dankte Ravenow.

Der Neuangekommene blickte den Sprecher schärfer an.

„Sie kennen mich, mein Herr? Mit wem habe ich die Ehre?"

Ravenow wußte gar nicht, was er denken sollte.

„Was, Sie kennen mich nicht? Und dabei sind doch erst vier Monate seit dem ‚Glückstag' unsres letzten Beisammenseins verstrichen! Muß ich Ihnen wirklich meinen Namen sagen?"

„Ich ersuche Sie um die Gefälligkeit."

Das Abteil war geschlossen worden, der Zug hatte sich in Bewegung gesetzt.

„Sollte ich mich wirklich so verändert haben?" fragte Ravenow.

„Möglich", lächelte Oberst Winslow. „Also bitte, Ihr Name."

„Pah, der ist gar nicht notwendig. Hier ist das Erkennungszeichen!"

Dabei reckte Ravenow den rechten Arm empor, so daß man die künstliche Hand deutlich bemerken konnte. Der Oberst fuhr zurück.

„Was?" rief er. „Sie wären Leutnant Ravenow? Mensch, wie sehen Sie aus?"

Der Leutnant blickte Winslow erstaunt an.

„Dort ist der Spiegel", fuhr dieser fort. „Haben Sie noch nicht hineingesehen?"

Ravenow war bis jetzt so mit seinem Zorn beschäftigt gewesen, daß er merkwürdigerweise keinen Blick in den Spiegel geworfen hatte. Er stand auf, trat vor das Glas, fuhr aber sofort erschrocken zurück.

„Hölle und Teufel!" rief er. „So, so also bin ich zugerichtet! Na, warte, mein Bursche, ich werde dir den Satan auf den Leib schicken! Ich kann mich weiß Gott vor keinem Menschen sehen lassen."

„Das scheint mir auch so. Was haben Sie denn gehabt? Man müßte meinen, daß Sie aus einer recht heftigen Schlägerei kommen."

„Ich werde Ihnen die Sache erzählen, Herr Oberst. Vorher aber eine Erklärung. Woher kommen Sie?"

„Aus Wolfenbüttel. Und Sie?"

„Aus Mainz. Will nach Berlin."

„Ich ebenso. Es handelt sich um eine Angelegenheit, um deretwillen es mir ganz lieb ist, Sie unterwegs zu treffen."

„Ganz dasselbe habe ich auch Ihnen zu sagen. Leutnant von Golzen hat mir gestern telegraphiert."

„Wirklich?" fragte Oberst Winslow überrascht. „Mir auch. Ich vermute jetzt, daß der Inhalt der beiden Depeschen gleich ist. Sie meinen doch diesen — diesen Schurken?"

„Diesen Unger? Ja."

„Golzen telegraphierte mir, daß der Bursche wieder in Berlin sei Er hat ihn vorgestern gesehen. Ich brach gleich auf."

„Um Ihren damaligen Schwur zu halten?"

„Ja. Rache für dieses hier!" Der Oberst erhob nun seinerseits den rechten Arm. Auch er trug eine künstliche Hand, die in einem Handschuh steckte.

Ravenow stampfte den Boden mit dem Fuß.

„Wenn ich an jene Zeit denke, könnte ich rasend werden", knirschte er. „Jung, reich und eine große Zukunft vor sich! Da kam dieser verfluchte Mensch, und — ach!"

„Ist's mit mir nicht ebenso?" fragte der Oberst finster. „Ich stand im Begriff, General zu werden. Donnerwetter, Sie sind noch zu beneiden gegen mich. Sie haben keine Frau."

„Freilich. Ich begreife." Ravenow stieß ein spöttisches Lachen aus.

„Diese Vorwürfe! Keine Pension! Wenig Vermögen! Muße habe ich freilich genug."

„Ich ebenso. Ich habe sie gut benutzt."

„Ich nicht weniger. Ich habe mich täglich mehrere Stunden im Schießen mit der linken Hand geübt und behaupte, jetzt besser zu treffen, als früher mit der rechten."

„Und ich führe den Degen jetzt mit der Linken ausgezeichnet. Ich gehe nach Berlin, um Unger zu fordern", zischte Ravenow.

„Und ich gehe dorthin, um ihn kaltzumachen", versicherte der Oberst wütend. „Ich stelle den Kerl und schieße ihn dann nieder."

„Haben Sie bereits daran gedacht, wen Sie als Sekundanten nehmen werden? Ich denke, daß wir da auf Schwierigkeiten stoßen."

„So?" Winslow wurde ein wenig verlegen. „Man wird vorsichtig sein", meinte er. „Man wird sofort ahnen, daß es sich um Leben und Tod handelt."

„Pah", lachte Ravenow. „Sie können immerhin deutlich sprechen, ohne daß ich es Ihnen übelnehme. Sie vermuten, daß unsre Ehre nicht mehr so glänzend erscheint wie früher."

„Leider", seufzte der Oberst. „Jene Tage haben uns auch in dieser Beziehung viel Schaden gemacht."

„Ich gebe keinen Heller darauf. Was ist Ehre? Wie kommt es, daß die Ehre eines Offiziers zum Teufel ist, sobald er von einem Stock berührt wird oder eine Ohrfeige bekommt? Überlieferung von alten Urtanten her!"

Ravenow schnippste mit den Fingern verächtlich in die Luft, aber seine Augen funkelten doch wie unter einer zornigen Erregung. Die Schläge des Amerikaners waren sehr kräftig gewesen. Das ganze Gesicht des Leutnants war geschwollen. Nase und Lippen hatten eine dunkle, blauschwarze Färbung angenommen. Es war wirklich kein Wunder, daß Oberst von Winslow ihn nicht erkannt hatte.

„Hm", meinte dieser. „Eine Ohrfeige ist doch etwas höchst Heikles, man mag es betrachten, wie man es will."

„Aber auch der größte Ehrenmann ist nicht sicher vor einer solchen."

„Das klingt ja gerade, als hätten Sie die eigentümliche Färbung Ihres Gesichts einer Anzahl von Ohrfeigen zuzuschreiben."

„Nun, und wenn es in Wirklichkeit so wäre?"

„Man hat Ihnen eine Ohrfeige zu geben gewagt?"

„Eine? Viel mehr!" lachte der Leutnant, aber sein Lachen war ein Lachen der Wut und des Grimms.

„Wer wäre das gewesen? Hoffentlich ein — ein Mensch, dessen Berührung nicht ganz und gar vernichtend auf das wirkt, was man Ehre nennt?"

„Gerade das Gegenteil. Der Kerl war ein ganz gewöhnlicher Vagabund, ein herumziehender Musikant. Hören Sie!"

Ravenow erzählte nun den Vorgang.

„Ich staune. Ich hätte ihn ermordet. Sie bemächtigten sich doch des Burschen?" rief endlich der Oberst.

„Das versteht sich. Er befindet sich jetzt hinter Schloß und Riegel und sieht seiner Bestrafung entgegen."

„Ravenow, Ravenow! Diese Angelegenheit ist nicht etwa sehr ehrenhaft für Sie."

„Ich weiß das selbst. Sie wundern sich, daß ich überhaupt davon erzähle. Aber wie sollte ich Ihnen die Geschwulst erklären? Der Teufel weiß, wie lang die anhalten wird."

„Ich rate Ihnen, rohes Fleisch aufzulegen, und zwar sofort."

„Woher es bekommen?"

„In Magdeburg. Wir werden sogleich Niederndodeleben, die letzte Haltestelle vor dieser Stadt, erreichen. Am Schanktisch oder in der Küche gibt es auf jeden Fall rohes Fleisch. Sie können es gut auflegen, da wir uns allein im Abteil befinden. Wir fahren mehrere Stunden bis Berlin, bis dahin kann die größte Hitze bereits gewichen sein."

Sie fuhren jetzt eben in den kleinen Bahnhof ein, wo sie längere Zeit halten blieben. Dies fiel dem Obersten so auf, daß er das Fenster öffnete, um sich nach der Ursache dieser Verzögerung zu erkundigen.

„Schaffner", fragte er, „warum wartet man so lange?"

„Es ist ein Sonderzug angekündigt, den wir vorüberlassen müssen", lautete die Antwort.

Es dauerte auch nicht lange, so kam dieser herangerollt. Er bestand aus der Maschine und nur einem Wagen. Aus einem seiner Fenster blickte ein Kopf, dessen Augen den hier haltenden Zug lebhaft musterten. Der Oberst erblickte den Kopf, trotzdem der Sonderzug mit großer Geschwindigkeit vorüberfuhr.

„Himmelbataillon!" rief er. „Aus dem Fenster guckte ein Kerl, der hatte eine Nase, fast so groß wie eine Pflugschar."

„Ha! Größer kann sie unmöglich gewesen sein als die Nase des Landstreichers, mit dem ich es heute zu tun hatte."

Jetzt setzte sich nun auch ihr Zug wieder in Bewegung. Als sie Magdeburg erreichten, war von dem Sonderzug nichts mehr zu sehen. Da Ravenow es vermeiden wollte, sich erblicken zu lassen, so ging Winslow an das Büfett und ließ sich rohgewiegtes Fleisch geben, das er seinem Reisegefährten brachte. Dieser legte es, als sie wieder im Abteil saßen, in sein Taschentuch und band sich dieses aufs Gesicht, grade als der Zug sich wieder in Bewegung setzte. Der Leutnant hatte das geschwulststillende Mittel kaum eine Minute aufliegen, so ließ er ein Stöhnen hören.

„Was gibt's? Was haben Sie?"

„Wissen Sie genau, daß rohes Fleisch hilft?"

„Ja, es zieht in kürzester Zeit die Geschwulst zusammen."

„Aber es brennt furchtbar."

„Das muß es auch."

Ravenow schwieg, begann aber bald wieder zu stöhnen und riß endlich das Tuch herunter.

„Ich halte es nicht mehr aus", knurrte er.

„So schlimm kann es doch unmöglich sein", sagte der Oberst verwundert.

Da hielt Ravenow das Fleisch an die Nase.

„Haben Sie gesagt, wozu Sie das Fleisch wollen?"

„Nein. Ich fragte nach rohem Rindfleisch und erhielt zur Antwort, daß solches in Stücken nicht mehr zu haben, sondern nur noch gewiegt vorrätig sei. Deshalb ließ ich mir davon geben."

„Ohne zu fragen, ob es auch rein sei?"

„Unsinn. Womit sollte man es verunreinigt haben?"

„Verunreinigt nicht. Aber es ist eine ganz unverschämte Menge Salz und Pfeffer daran. Und das soll eine Geschwulst mildern?"

„Hm! Das tun Salz und Pfeffer freilich nicht. Wie dumm von diesen Leuten! Werfen Sie das Zeug zum Fenster hinaus!"

Gleich nachdem Ravenow dem Ruf des Obersten Folge leistete, rollte der Zug in Magdeburg-Neustadt ein und hielt. Da erklang in der Nähe des Abteils die Frage:

„Nach Berlin, Schaffner?"

„Ja, weiter hinten."

„Hinten ist ja die dritte Klasse. Ich will die erste."

„Sie? Wirklich erste? Zeigen Sie Ihre Karte!"

„Hier."

„Richtig! Steigen Sie schnell hier ein! Es geht augenblicklich fort."

Der Beamte öffnete die Tür, und der Fahrgast stieg ein.

„Guten Morgen!" grüßte er höflich.

Er erhielt keine Antwort, denn Ravenow konnte vor Staunen nicht sprechen, und der Oberst antwortete aus Entrüstung nicht, da der Eingetretene nicht ein Mann zu sein schien, dessen Gruß man zu beantworten brauchte.

Der Fremde setzte sich, und sofort brauste der Zug weiter.

„Beim Satan!" stieß da Ravenow hervor.

„Was ist?" fragte Winslow.

Der Gefragte deutete wortlos auf den Fremden, der es sich mit seinem Sack, seiner Flinte und Posaune so bequem wie möglich zu machen suchte. Der Oberst betrachtete ihn ein Weilchen und richtete dann den Blick auf Ravenow. Dieser hatte sich inzwischen von seiner Bestürzung erholt.

„Oberst, wissen Sie, wer dieser Mensch ist?" flüsterte er hastig.

Winslow entgegnete halblaut: „Ganz sicher jener Kerl, dessen fürchterliche Nase mit dem Sonderzug angerasselt kam."

„Es ist mein Mann! Der Vagabund, der — ach, die Ohrfeigen."

„Donnerwetter! Ich denke, er ist gefangen?"

„Ja, er wird abermals entflohen sein."

„Mit einem Sonderzug?"

„Wer kann wissen, wie es zugegangen ist. Wann kommen wir zur nächsten Haltestelle?"

„In sechs Minuten treffen wir in Biederitz ein."

„Dort lassen wir ihn festnehmen."

„Irren Sie sich nicht? Wissen Sie genau, daß er es ist?"

„Wie wäre bei dieser Nase und der Posaune ein Irrtum möglich!"

„Werde gleich sehen."

Der Oberst warf sich in eine höchst unternehmende Haltung, wandte sich an Geierschnabel und fragte:

„Wer sind Sie?"

Geierschnabel antwortete nicht.

„Wer sind Sie?" wiederholte Winslow.

Abermals keine Antwort.

„Hören Sie! Ich habe gefragt, wer Sie sind!"

Da nickte Geierschnabel ihm äußerst freundlich zu.

„Wer ich bin? Ein Reisender."

„Das weiß ich! Ihren Namen will ich wissen!"

„O weh! Ich habe ihn gerade nicht bei der Hand."

„Treiben Sie keinen Blödsinn! Woher kommen Sie?"

„Von Mainz."

„Ah, Sie waren beim Polizeikommissar v. Ravenow, und unterwegs wurden Sie abermals verhaftet?" — „Leider."

„Wie kommen Sie nach Magdeburg?"

„Mittels Sonderzugs."

„In den Sie sich eingeschmuggelt haben? Man wird dafür sorgen, daß Sie nicht wieder entkommen, Sie Lumpazivagabundus!"

„Lumpazi! Vagabundus? Hören Sie, gutes Männchen, sprechen Sie in meiner Gegenwart diese beiden Worte nicht wieder aus!"

Der Oberst bog sich herausfordernd zu ihm herüber.

„Weshalb?" fragte er.

„Die Antwort könnte Ihnen nicht gefallen."

„Soll dies etwa eine Drohung sein?"

„Nein, sondern eine Warnung."

Endlich hatte Ravenow einen Entschluß gefaßt. Er sah in dem Oberst einen Verbündeten, auf den er rechnen konnte. Beide vereint waren dem Fremden jedenfalls gewachsen.

„Bitte, sprechen Sie nicht mit diesem flegelhaften Geschöpf", sagte Ravenow daher zu dem Oberst. „Ich werde ihn der Polizei übergeben, die am besten weiß, was mit einem solchen Lump anzufangen ist."

Ravenow hatte das letzte Wort noch nicht ausgesprochen, so hatte ihm Geierschnabel eine so fürchterliche Ohrfeige versetzt, daß er von seinem Sitz herunterflog. Da sprang der Oberst empor und faßte Geierschnabel bei der Brust.

„Halunke!" rief er. „Das sollst du büßen!"

„Hand weg!" gebot der Trapper, und seine Augen funkelten.

„Was?" brauste der Oberst auf. „Befehlen willst du mir? Da nimm hin, was dir gehört!"

Winslow holte zu einer Ohrfeige aus, brach aber im selben Augenblick mit einem lauten Schmerzensschrei zusammen. Geierschnabel hatte den Hieb abgewehrt und ihm die Faust boxgerecht in die Magengrube gestoßen, daß er sofort kampfunfähig war. Ravenow konnte seinem Verbündeten nicht zu Hilfe kommen. Die letzte Ohrfeige war derartig gewesen, daß er genug hatte. Und der Oberst hockte mit zusammengeklapptem Leib auf dem Sitz und stieß ein angstvolles Wimmern aus.

„Das habt Ihr von dem Lumpazivagabundus!" rief Geierschnabel. „Ich werde Euch lehren, höflicher zu sein."

„Mensch, was hast du gewagt?" stöhnte der Oberst.

„Gar nichts. Was wäre bei Euch zu wagen!"

„Ich lasse dich festnehmen!" — „Das wird sich sogleich zeigen."

Die Maschine gab in diesem Augenblick das Zeichen, daß man an einer Haltestelle ankomme. Als der Zug hielt, öffnete Geierschnabel das Fenster und rief den Schaffner an. Dieser kam herbeigeeilt.

„Was befehlen Sie?" fragte er diensteifrig.

„Schnell den Zugführer und Bahnhofsvorsteher her! Ich bin im Abteil überfallen worden."

Das half sofort. Der Schaffner sprang davon, und zwei Sekunden später kamen die beiden Gewünschten herbei. Geierschnabel hatte die ganze Fensteröffnung eingenommen, so daß seine beiden Mitreisenden nicht gehört werden konnten.

„Was ist's? Was wünschen Sie?" fragte der Zugführer von weitem.
„Wie lang halten Sie hier?"
„Nur eine Minute. Sie ist schon verflossen. Wir müssen fort."
„Gedulden Sie sich nur noch eine! Ich werde Sie nicht länger aufhalten. Herr Bahnhofsvorsteher, ich bin heute im Abteil zum zweitenmal überfallen worden. Ich bitte, meine beiden Mitreisenden zu verhaften. Hier, mein Paß!"

Geierschnabel hatte ihn bereitgehalten. Es war noch nicht Tag. Der Vorsteher prüfte den Paß beim Schein der Laterne und sagte dann:

„Ich stelle mich zur Verfügung, Herr Kapitän. Wer sind die beiden Männer?"

„Der eine gibt sich für einen Grafen aus, der andre ist sein Spießgeselle. Glücklicherweise ist es mir gelungen, sie einstweilen unschädlich zu machen. Darf ich aussteigen?"

„Ich bitte Sie darum. Leute her!"

Es war kein Schutzmann zugegen, aber infolge des letzten Rufes kamen einige Bahnarbeiter herbei, die genügend erschienen, zwei Männer zu überwältigen. Der Oberst und Ravenow hatten jedes Wort gehört, das gesprochen wurde, und beide waren über das unerwartete Vorgehen Geierschnabels so verwirrt, daß sie sprachlos sitzenblieben, selbst als der Schaffner die Tür öffnete und der Amerikaner hinaussprang.

„Wo sind sie?" fragte der Vorsteher.
„Da sitzen sie", erwiderte Geierschnabel.
Da bog sich der Vorsteher ins Abteil hinein und befahl:
„Bitte aussteigen! Aber schnell!"
„Das geht nicht", weigerte sich der Oberst. „Wir sind —"
„Weiß schon", unterbrach ihn der Beamte. „Heraus! Heraus!"
„Donner und Doria!" rief jetzt Ravenow. „Wissen Sie, daß ich Leutnant Graf v. Ravenow bin!"

Der Beamte leuchtete ihm mit einer Laterne ins Gesicht und entgegnete mit einem überlegenen Achselzucken:

„Schön! Sie sehen ganz wie ein Graf aus. Steigen Sie endlich aus, sonst werde ich Gewalt anwenden müssen!"

„Unser Gepäck —", wandte der Oberst ein.
„Wird alles besorgt. Heraus damit, ihr Leute!"

Die beiden frühern Offiziere mußten folgen. Sie wurden einstweilen in einem sichern Zimmer bewacht. Geierschnabel blieb bei dem Vorsteher, der die Wegnahme des Gepäcks überwachte.

„Schöne Sachen!" lachte einer der Arbeiter. „Das ist wahrhaftig eine alte Posaune! Hurrjesses, diese Knillen und Löcher! Welch ein Elend muß es sein, diese alte Karline brummen zu hören."

„Und hier ein Sack!" meinte der andre. „Das ist der richtige Beweis, daß diese Kerle Spitzbuben sind. Gehören eine Posaune und so ein Sack in die erste Klasse? Na, der Trödel, der drin stecken wird!"

Sie hielten Geierschnabels Gepäck für das Eigentum der beiden andern, und er gab sich keine Mühe, sie über den richtigen Sachverhalt aufzuklären. Als das Abteil geleert war, rollte der Zug von dannen. Das Gepäck der beiden Offiziere führte er mit sich, da es sich nicht im Abteil, sondern unter dem Reisegut befunden hatte.

„Bitte, wollen Sie mir folgen, Herr Kapitän!" bat der Vorstand und geleitete ihn in sein Geschäftszimmer, wo er ihn einlud, sich niederzusetzen.

Der Trapper tat es und zog seine übrigen Schriftstücke hervor.

„Ich will meinen Ausweis vervollständigen", betonte er. „Haben Sie die Güte, Einsicht zu nehmen!"

Der Beamte las die Urkunden durch. Er fühlte sich von Achtung durchdrungen. Ein Bekannter des berühmten Juarez! Nur eins kam ihm sonderbar vor: die Kleidung dieses berühmten Mannes. Daher sagte er:

„Hier Ihre Papiere zurück, Herr Kapitän. Es genügte der zuerst gelesene Paß. Ich sehe nun aber, mit welch einem Herrn ich zu tun habe. Würden Sie mir eine Frage gestatten?"

„Sprechen Sie!"

„Selbst wenn diese Frage zudringlich erscheint? Weshalb kleiden Sie sich nicht Ihrem Stand gemäß?"

Da machte Geierschnabel eine geheimnisvolle Miene, legte die Hand an den Mund und flüsterte: „Inkognito."

„Ah, so! Man soll nicht wissen, wer Sie sind?"

„Nein. Darum der Sack, das Futteral und die Posaune."

„Ah, diese sind Ihr Eigentum?"

„Ja; ich reise als Musikus. Ich hoffe, daß mein Inkognito bei Ihnen nicht Gefahr läuft."

„Ich habe gelernt zu schweigen. Darf ich nun vielleicht um Ihren Bericht bitten?"

„Ich komme von Mainz. Als ich dort ins Abteil erster Klasse stieg, saß der Mensch drin. Er war der jüngere der beiden. Er gab sich für einen Grafen aus und fing Händel mit mir an. Ich vermute, daß er ein französischer Spion ist, der mir folgt, um mich auf alle Weise zu verhindern, bei Herrn v. Bismarck zu erscheinen, zu dem ich als Vertreter des Präsidenten Juarez geschickt wurde."

„Wir werden dafür sorgen, daß diesem Herrn Franzosen alle weitere Lust zu Bosheiten vergeht."

„Ich hoffe es. Also, er fing Händel mit mir an, und ich verabreichte ihm einige Ohrfeigen. Den Aufenthalt auf dem nächsten Bahnhof benutzte der Herr ‚Graf', mich als Landstreicher verhaften zu lassen. Der dortige Bahnhofsvorsteher besaß nicht Ihren Scharfblick und Ihre Menschenkenntnis. Ich wurde festgehalten, den andern aber ließ man weiterfahren."

„Welch eine ungeheure Albernheit!" rief der geschmeichelte Beamte. „Man sieht doch schon beim ersten Blick, daß Sie ein einflußreicher Mann inkognito sind. Weiter!"

„Der sogenannte Graf hatte sich nur durch eine Visitenkarte ausgewiesen. Mich hörte man gar nicht an. Aber als ich später meine Urkunden vorlegte und erklärte, daß ich eine Zusammenkunft versäume, zu der Bismarck mich erwarte, fühlte sich dieser gute Vorsteher geradezu niedergeschmettert. Eigentlich beabsichtigte ich, ihn bestrafen zu lassen, aber er gab so gute Worte, daß ich davon absah. Ich nahm bis Magdeburg einen Sonderzug, um meinem Zug nachzukommen, ließ mir aber vom Vorstand erst diese Zeilen geben. Ich ahnte nämlich, daß der sogenannte Graf, sobald er mich wieder erblickte, mir neue Hindernisse in den Weg legen werde."

Der Beamte las die Bescheinigung durch und sagte dann:

„Das ist mir von hohem Wert. Mein Kollege dahinten erklärt, daß er durch die falschen Angaben des Grafen irregeleitet worden sei Mich soll der Bursche nicht täuschen! Bitte, fahren Sie fort!"

„Ich kam nach Magdeburg-Neustadt, und als ich in das Abteil stieg, erblickte ich meinen Widersacher. Ein zweiter war bei ihm. Sie fingen wieder Streit an. Der andre wollte mich prügeln. Ich gab dem sogenannten Grafen eine neue Ohrfeige und dem zweiten einen Stoß in die Magengrube. Glücklicherweise langten wir dann gleich hier an. Hätten sich die beiden wieder erholen können, so wäre es wohl um mich geschehen gewesen."

„Ich werde sie bei den Haaren nehmen. Aber beiläufig, halten Sie den andern auch für einen Franzosen?"

„Nein, sondern für einen Russen. Sie wissen doch, daß Rußland grade die westlichen Grenzen besetzt. Der Teufel weiß, was dieser Mann hier machen soll."

„Wir wollen ihm das Handwerk legen. Genehmigen Sie, daß ich sie verhöre?" — „Gern."

„Sie sind dabei. Ich bitte, mir zu folgen."

Der Beamte führte Geierschnabel in das Zimmer, worin die beiden Verhafteten untergebracht waren. Sie befanden sich da unter der Aufsicht von zwei Bahnarbeitern, die ihnen sorgsamste Aufmerksamkeit widmeten. Gleich als die beiden eintraten, brauste Ravenow auf.

„Wie können Sie sich unterstehen, uns als Gefangene zu behandeln!"

„Ruhe!" rief ihm der Beamte entgegen. „Sie haben nur dann zu antworten, wenn ich frage!"

Geierschnabel bekam einen Stuhl, und nun fragte der Stationsvorsteher zunächst den Oberst v. Winslow nach seinem Namen. Dieser nannte ihn.

„Haben Sie einen Ausweis bei sich?"

„Wozu? Ich werde doch nicht ein Dutzend Pässe einstecken, wenn ich von Wolfenbüttel nach Berlin fahre."

„Hm, hm. Sind Sie in Rußland bekannt?"

„Ich war einmal auf Urlaub dort. Ich habe Verwandte da. Aber wie kommen Sie auf Rußland zu sprechen?"

„Das werden Sie besser wissen als ich."

„Donnerwetter! Sie wollen mich wohl gar als im Einvernehmen mit Rußland herausspielen? Das wäre denn doch spaßhaft!"

„Was Sie für spaßhaft halten, ist mir gleichgültig. Einstweilen zu dem andern! Wie heißen Sie, und was sind Sie?"

„Ich bin Leutnant Graf v. Ravenow."

„Sie haben einen Ausweis?"

„Ja, hier."

Ravenow griff in die Tasche und brachte eine Visitenkarte hervor.

„Haben Sie nichts andres? Die Karte gilt nichts. Jeder kann sich auf irgendeinen beliebigen Namen Karten drucken lassen."

„Alle Teufel, ich gebe aber mein Wort, daß ich der bin, für den ich mich ausgebe!"

„Was geht mich Ihr Wort an! Kennen Sie Frankreich?"

„Sehr gut. Warum?"

„Sie geben zu, daß Sie Frankreich kennen, das genügt", fuhr der Beamte fort. „Sie haben mir nun zu sagen, woher Sie kommen!"

„Aus Mainz."

„Dort stieg dieser Herr mit ein?"

„Ja. Aber ein Herr soll er sein? Ein Lump ist er!"

„Bemühen Sie sich nicht, ihn anzuschwärzen. Ich kenne ihn genau. Sie haben ihn an einem Halteplatz hinter Mainz verhaften lassen?"

„Ja."

„Das kann Ihnen teuer zu stehen kommen. Der dortige Vorstand schreibt mir, daß Sie ihn irregeleitet haben."

„Wie könnte sein Brief bereits hier sein?"

„Das ist meine Sache. Wo trafen Sie mit dem andern hier zusammen, der sich für einen Oberst ausgibt?"

„Unterwegs, es war zufällig."

„Sie kannten sich?"

„Ja, schon sehr lange." — „Woher?"

„Dumme Frage! Wir haben im gleichen Regiment gedient."

„Wenn Sie noch einmal den Ausdruck gebrauchen, dessen Sie sich bedienten, werde ich mein Verhalten gegen Sie verschärfen."

„Richtig. So muß es sein", meinte der eine der Arbeiter, indem er Ravenow einen Stoß in die Seite versetzte.

„Kerl!" brauste der Leutnant auf. „Rühre mich nicht noch einmal an, sonst schlage ich dich zu Boden!"

„Das werden wir zu verhindern wissen", sagte der Vorstand. „Herr Kapitän, wünschen Sie, daß wir sie binden lassen?"

„Ja, ich beantrage, sie zu fesseln", erklärte Geierschnabel.

„Was?" fragte Ravenow. „Kapitän will dieser Mensch sein? Was denn für einer, he?"

Der Arbeiter war zur Seite getreten, um eine Rolle starke Packschnur hervorzusuchen. Jetzt kam er damit herbei und sagte:

„Her mit den Händen!"

Ravenow blickte den Obersten fragend an. Dieser erwiderte:

„Keine Gegenwehr! Diese Leute sind der Beachtung gar nicht wert. Man wird uns glänzende Genugtuung geben müssen."

„Davon bin ich überzeugt. Aber wehe dann diesen Kerlen! Da, bindet mich, doch sage ich euch, daß es euch teuer zu stehen kommen wird!"

„Ein Graf, der sich Ohrfeigen geben läßt, wird uns nicht sehr gefährlich werden können", meinte der Vorstand. „Aber was ist denn das? Es fehlt Ihnen beiden ja die rechte Hand."

Der Beamte erhielt keine Antwort. Über Geierschnabels Gesicht ging ein lustiges Wetterleuchten; er sagte rasch:

„Donner, da fällt mir etwas ein. Das ist außerordentlich wichtig. Vor zwei Jahren wurden in Konstantinopel zwei Spione ertappt. Der eine war ein Russe, gab sich aber für einen preußischen Oberst aus, und der andre war ein Franzose, der als deutscher Graf und Leutnant auftrat. Der Sultan milderte das Todesurteil, er schenkte ihnen das Leben, ließ aber beiden die rechte Hand abhacken."

„Unsinn!" rief der Oberst.

„Verdammte Lüge!" knirschte der Leutnant.

„Ruhe!" gebot der Bahnhofsvorsteher. „Ich weiß jetzt genau, woran ich mit euch bin. Herr Kapitän, wünschen Sie, daß eine Niederschrift aufgenommen werde?"

„Das ist nicht nötig. Der Prozeß wird in Berlin gemacht werden. Die Hauptsache ist, daß man sie hier nicht entkommen läßt."

„Dafür werde ich sorgen. Ich werde sie den Gendarmen übergeben, bis dahin aber sollten sie gefesselt und hinten im Gewölbe bewacht werden. Schafft sie fort!"

Die beiden verunglückten Offiziere verzichteten auf jede weiteren Einsprüche. Es wurden ihnen die gesunden Arme an den Leib gebunden, und darauf brachte man sie in das Gewölbe.

„Da haben wir einen wichtigen Fang gemacht", sagte der Bahnhofsvorsteher erfreut zu Geierschnabel.

„Einen höchst wichtigen", stimmte dieser bei. „Wann geht der nächste Zug nach Berlin ab?"

„In einer halben Stunde kommt ein Schnellzug von Hannover."

„Mit diesem fahre ich. Ich werde unsern Fang dort gleich zur

Meldung bringen, und dann empfangen Sie telegraphische Anweisung."

So geschah es. Mit dem nächsten Zug dampfte Geierschnabel nach Berlin, während die beiden Gegner des listigen und übermütigen Jägers in ihrem Gewölbe auf Rache sannen.

17. Wie Geierschnabel zu Bismarck kam

Beim Aussteigen in der Residenz erregte Geierschnabels ungewöhnliche Erscheinung kein geringes Aufsehen, wenngleich sie doch immerhin weniger beachtet wurde als in Mainz. Er setzte sich in eine Droschke, deren Kutscher er als Ziel das Gasthaus ‚Magdeburger Hof' angab. Als er dort den Wagen verließ, wurde er nicht weniger angestaunt. Schon sein Gesicht war auffällig, und seine Kleidung glich ganz der eines Mannes, der auf einem Volksmaskenball als altmodischer Dorfmusikus erscheint.

Er lächelte bei den erstaunt auf ihn gerichteten Blicken wohlgefällig in sich hinein und fragte den herbeigetretenen Oberkellner:

„Kann ich ein Zimmer bekommen?"

Der Kellner betrachtete sich den Mann forschend und meinte dann: „Hm. Haben Sie einen Ausweis?"

„Selbstverständlich."

„So kommen Sie!" Damit führte der Kellner den sonderbaren Gast durch den Flur auf den Hof, wo er eine Tür öffnete. „Hier herein!" sagte er.

Geierschnabel trat ein und blickte sich um. Es war ein dunkles rauchiges Gewölbe. Auf dem Fenster standen verschiedene Wichs- und Schmiergegenstände. In einer Ecke lag ein Werkzeugkasten. An den Wänden hingen zahlreiche Kleidungsstücke, die auf Reinigung harrten. An einer Tafel saßen bei Schnapsgläsern mehrere Personen, die sich mit einem schmutzigen Kartenspiel beschäftigten.

„Donnerwetter! Was ist denn das für ein Loch?" fragte der Trapper.

„Die Hausknechtstube."

„Was habe ich bestellt, die Hausknechtstube oder ein Zimmer?"

Der Oberkellner lächelte vornehm. „Allerdings ein Zimmer. Aber sagen Sie, was Sie darunter verstehen?"

„Nun, diese Höhle jedenfalls nicht."

„Sie sind es wohl feiner gewöhnt?"

„Allerdings", nickte Geierschnabel.

„Das sieht man Ihnen nicht an."

„So etwas kommt öfters vor. Sie halten mich nicht für fein, und ich bin es doch. Bei Ihnen aber findet wohl das Gegenteil statt?"

„Wie meinen Sie das?"

„Sie sehen fein aus, sind es aber nicht. Aber nun bitte ich nochmals um ein anständiges Zimmer. Der Preis ist Nebensache."
Da machte der Kellner eine tiefe, höhnische Verbeugung.
„Ganz wie Sie befehlen. Kommen Sie!"
Er führte Geierschnabel nun zurück und eine Treppe empor. Droben auf dem ersten Flur stand eine Tür offen. Sie führte in ein fein ausgestattetes Vorzimmer, an das sich ein noch vornehmeres Wohnzimmer anschloß. Durch eine zweite Tür konnte man in ein daranstoßendes Schlafgemach blicken.
„Genügt Ihnen das?" fragte der Oberkellner, in der Erwartung, daß der Gast erschrocken zurücktreten werde.
Dieser warf einen gleichmütigen Blick um sich.
„Hm. Vornehm noch lange nicht, aber nicht übel!"
Es ärgerte den Kellner, sich in seiner Erwartung getäuscht zu sehen, und er meinte:
„Seine Erlaucht Graf Waldstätten haben zwei Tage hier gewohnt."
„Das wundert mich. So ein Graf stellt doch Ansprüche."
„Sie doch nicht etwa auch?"
„Warum nicht? Ist der Titel etwas so Besonderes? Sind zum Beispiel Sie etwa ein geringerer Orang-Utan als so ein Graf? Ich werde diese Wohnung behalten."
Der Kellner hatte sich einen Scherz machen wollen. Jetzt erschrak er. Wie nun, wenn der Landstreicher wirklich hierblieb und dann nicht bezahlen konnte. Diese vornehme Ausstattung und dieser Mensch, der aus Großmutters Rumpelkammer zu kommen schien!
„Die Wohnung kostet acht Taler den Tag", rief er eilig.
„Mir gleich."
„Ohne Verpflegung und ohne Bedienung."
„Ist mir sehr gleichgültig."
Da erschien die Gestalt eines Mädchens, das bisher im Schlafzimmer zu schaffen gehabt hatte. Es war die Kellnerin, die eine Jugendbekannte von Kurt Unger war und diesen damals unterstützt hatte, das Geheimnis des Kapitäns Landola zu erforschen. Berta hatte den kurzen Wortwechsel gehört und war nun neugierig, den Mann zu sehen, der dem Oberkellner in dieser Weise zu schaffen machte.
„Ihren Ausweis?" sagte dieser jetzt.
„Donnerwetter, ist das hier so eilig?" forschte Geierschnabel.
Der Gefragte zuckte die Schultern.
„Wir sind polizeilich darauf angewiesen, kein Zimmer zu vergeben, ohne zu wissen, mit wem wir es zu tun haben."
„So ist Ihr Haus wohl eine gewöhnliche Kneipe, in der man nicht weiß, was ein Fremdenbuch ist?"
Geierschnabel sprach das in einem Ton, der auf den Kellner Eindruck machte.

"Sie können das Fremdenbuch haben."

"So bringen Sie es! Aber sagen Sie vorher, ob Sie den Husarenleutnant Kurt Unger kennen!"

"Nein."

"Ist also nicht eingetroffen?"

"Weiß nichts von ihm."

Da trat das Mädchen näher und sagte:

"Ich kenne den Herrn Leutnant sehr gut."

"Ah! Hat er hier gewohnt?" fragte Geierschnabel.

"Nein. Ich kenne ihn, weil ich aus der Nähe von Rheinswalden stamme."

"Ich komme von Rheinswalden. Ich traf ihn beim Grafen von Rodriganda, und wir versprachen einander, uns heute hier wiederzusehen."

"So kommt er sicher", meinte das Mädchen freundlich. "Sollen Sie auch für ihn ein Zimmer bestellen?"

"Davon sagte er mir nichts. Aber", wandte Geierschnabel sich an den Oberkellner, "was stehen Sie denn noch hier? Habe ich Ihnen nicht befohlen, mir das Fremdenbuch zu bringen?"

"Sofort, mein Herr", meinte der Kellner, jetzt in einem ganz andern Ton. "Befehlen Sie noch etwas?"

"Etwas zu essen!"

"Ein Frühstück? Ich werde die Karte holen."

"Nicht nötig, es ist mir gleichgültig, was ich bekomme. Bringen Sie mir schnell ein kräftiges Frühstück!"

Der Kellner eilte fort. Geierschnabel warf seinen Sack, sein Futteral und seine Posaune auf das blauseidene Liegesofa und wandte sich abermals an das Mädchen.

"Also bei Rheinswalden sind Sie her? So sind Sie hier wohl nicht sehr bekannt?"

"Oh, doch. Ich bin schon einige Zeit in Berlin."

"Haben Sie Bismarck schon gesehen?" — "Ja."

"Wissen Sie, wo er wohnt, und wie man von hier aus gehen muß, um zu ihm zu kommen?"

"Ja."

"So beschreiben Sie mir den Weg!"

Die Kellnerin blickte den Gast erstaunt an.

"Sie wollen wohl gar zu ihm?"

"Ja, mein Kind."

"Oh, das ist schwer. Sie müssen sich im Ministerium melden, oder so ähnlich. Ich weiß das nicht genau."

"Unsinn. Da wird nicht viel Federlesens gemacht."

Berta erklärte Geierschnabel nun den Weg, den er einzuschlagen habe. Da kam der Kellner und brachte das Fremdenbuch. Geierschnabel schrieb sich ein und mahnte dann wegen des Frühstücks zur Eile Die beiden Bediensteten entfernten sich, und der wunderliche Gast machte sich an das Auspacken seiner Habseligkeiten, wobei er vom Kellner überrascht wurde, der das Essen brachte. Dieser machte sehr erstaunte Augen, als er den Inhalt des Sacks und des Futterals erblickte. Er eilte ins Geschäftszimmer, um seinem Herrn Meldung zu machen. Der wußte noch nichts, da er eben von einem Ausgang zurückgekommen war. Er war sehr bestürzt, als er hörte, was für einen Gast er bei sich habe.

„Und diesem Menschen haben Sie Nummer eins, unser bestes Zimmer, gegeben?" rief er aus.

„Ich führte ihn hinauf, um ihn zu foppen", entschuldigte sich der Kellner. „Er aber behielt es gleich."

„Wie hat er sich eingetragen?"

„Als William Saunders, Kapitän der Vereinigten Staaten."

„Herrgott, das ist doch nicht abermals ein solcher Schwindler und Verräter wie damals jener Shaw, der sich auch für einen Vereinigte-Staaten-Kapitän ausgab?"

„Das Aussehen hat er freilich dazu. Er hat eine Nase wie der Griff eines alten Regenschirms!"

„Und was hat er alles bei sich?"

„Ein Gewehr."

„Alle Wetter!" stöhnte der Wirt.

„Zwei Revolver, ein großes Messer mit scharfer, gebogener Klinge und eine alte Posaune."

„Eine alte Posaune? Das glaube ich nicht. Haben Sie genau gesehen, daß es wirklich eine Posaune ist? War sie aus Messing?"

„Das ist schwer zu sagen", bemerkte der Kellner nachdenklich. „Sie ist gelb, so ähnlich wie Messing, aber nicht hellgelb, sondern dunkler wie verrostet."

„Dunkler? Es wird doch nicht etwa Kanonenmetall gewesen sein."

„Ja, das wäre möglich."

„Mein Gott, dann ist es vielleicht eine Art Gewehr, eine Höllenmaschine! Haben Sie nicht einen Hahn daran gesehen, einen Drücker, einen Zeiger oder irgendein Räderwerk?" — „Nein."

„Man muß sich überzeugen!"

„Aber wie? Der Gast scheint nicht der Mann zu sein, der sich in seine Sachen blicken läßt."

„So sieht er also kriegerisch aus, herausfordernd?"

„Im höchsten Grad. Und boshaft dazu."

„Was ist da zu tun?"

Der Kellner sagte sich, daß er unvorsichtig gewesen sei, diesen Mann aufzunehmen. Er versuchte diesen Fehler jetzt durch Eifer gutzumachen.

„Etwas muß geschehen, sagte er. „Ich traue dem Kerl irgendein Attentat zu."

Da ergriff auch die Kellnerin, die bisher schweigend zugehört hatte, das Wort, indem sie rasch einfiel: „Ein Attentat? Jesus Maria! Er hat nach Bismarck gefragt."

Der Wirt erbleichte.

„Nach Bismarck? O Gott! Was wollte er?"

„Ich mußte ihm beschreiben, wo Bismarck wohnt und ihm den genauen Weg dorthin angeben. Er will mit ihm reden."

„Himmel! Da hat man das Attentat!"

„Ich sagte ihm, daß es nicht leicht sei, bei Bismarck vorzukommen Er aber meinte, daß er da kein Federlesens machen werde."

„So ist es zweifellos, daß er ein Attentat beabsichtigt. Er will den Minister erschießen. Was ist da nur gleich zu tun?"

„Schleunige Anzeige bei der Polizei."

„Ja. Ich laufe gleich selber hin."

Der Wirt eilte davon. Auf dem Polizeibezirk, der in ziemlicher Entfernung von seiner Wohnung lag, konnte er vor Aufregung kaum die notwendigen Worte finden. Er schnappte nach Atem.

„Beruhigen Sie sich, mein Lieber", meinte der Beamte. „Sie müssen vermutlich in einer sehr eiligen Sache kommen. Aber es ist besser, Sie warten, bevor Sie sprechen, erst ab, bis Sie die Luft dazu haben."

„Luft? Oh, die findet sich schon. Ich — ich — bringe ein Attentat."

Der Polizeibeamte stutzte. „Ein Attentat?" wiederholte er.

„Ja, ich bringe es hierher", keuchte der Wirt, noch ganz außer Atem. „Das heißt, ich bringe es hierher zur Anzeige."

„Ah so. Das ist in der Tat etwas sehr Ernstes. Haben Sie es sich auch reiflich überlegt, daß es sich dabei zwar um ein Verbrechen, eine große Gefahr, aber auch um eine ebenso große Verantwortung handelt, die Sie auf sich zu nehmen hätten?"

„Ich nehme alles auf mich, das Verbrechen, die Gefahr und auch die Verantwortung", antwortete der Mann, der gar nicht bemerkte, wie verwirrt er sprach.

Der Beamte konnte ein Lächeln kaum unterdrücken. „So sprechen Sie! Gegen wen soll das Attentat gerichtet sein?"

„Gegen den Herrn v. Bismarck."

„Alle Teufel! Wirklich? In welcher Weise soll es ausgeführt werden?"

„Mit Büchse, Revolver, Messer und Höllenmaschine."

Jetzt machte der Beamte ein sehr ernstes Gesicht.

„Wer ist der Attentäter, und wer sind seine Helfershelfer?"

„Da gestatte ich mir zunächst eine Frage. Erinnern Sie sich jenes Kapitän Shaw, der bei mir gesucht wurde, dem es aber gelang, zu entkommen?"

„Ja. Er gab sich für einen Kapitän der Vereinigten Staaten aus."

„Nun, bei mir wohnt ein Mensch, der sich ebenso für einen Kapitän dieses Landes ausgibt."

„Das ist doch kein Grund, ihn für verdächtig zu halten."

„Er hat sich geweigert, seinen Ausweis vorzuzeigen und darauf bestanden, ihm das Fremdenbuch vorzulegen, in das er sich eingetragen hat."

„Das ist ungewöhnlich. Wie nennt er sich?"

„William Saunders."

„Ein englischer oder amerikanischer Name. Wann ist er angekommen?"

„Vor einer halben Stunde."

„Wie ist er gekleidet?"

„Ganz ungewöhnlich, fast wie eine Maske. Er trägt alte Lederhosen, Tanzschuhe, einen Frack mit Puffen, Aufschlägen und Tellerknöpfen und einen regenschirmähnlichen Hut."

„Hm. Der Mann scheint eher ein Sonderling als ein Verbrecher zu sein. Wer ein Verbrechen beabsichtigt, der kleidet sich so unauffällig wie nur möglich."

„Aber seine Waffen! Er führt ein Gewehr, zwei Revolver und ein Messer bei sich. Die Hauptwaffe aber besteht in einer posaunenartigen Vorrichtung aus Kanonenmetall. Wer kann wissen, womit dieses Mordwerkzeug geladen ist?"

„Haben Sie es gesehen?"

„Nicht ich selbst, sondern mein Oberkellner."

„Warum haben Sie sich nicht selbst überzeugt?"

„Das wäre dem Fremden vielleicht aufgefallen. Ich wollte keinen Verdacht in ihm erwecken, damit wir ihn sicher haben."

„Wie aber wissen Sie, daß er gegen Herrn v. Bismarck ein Attentat beabsichtigt?"

„Er hat sich nach dessen Wohnung erkundigt und sich den Weg dorthin von einer meiner Kellnerinnen, die eine Verwandte von mir ist, genau beschreiben lassen."

„Das dürfte allerdings ins Gewicht fallen, ist aber nicht überzeugend."

„Oh, er hat sogar behauptet, daß er mit Bismarck wenig Federlesens machen werde."

„Hat er gesagt, wann er zum Minister gehen will?"

„Nein."

„Wo befindet er sich jetzt?"

„Er frühstückt auf seinem Zimmer."

„Gut. Vielleicht irren Sie sich, auf alle Fälle aber ist es meine Pflicht, dem Mann auf den Zahn zu fühlen. Das kann ich aber nicht auf mich allein nehmen. Ich muß es vorher noch anderweit melden, werde aber innerhalb eines halben Stündchens bei Ihnen sein. Sie haben dafür zu sorgen, daß der Mann bis dahin das Haus nicht verläßt."

„Darf ich, wenn es nötig ist, ihn mit Gewalt zurückhalten?"

„Nur im äußersten Fall. Ihre Klugheit wird schon einen Grund finden, der ihn zum Bleiben veranlaßt."

„Ich werde das Meinige tun." Damit entfernte sich der Wirt. —

Unterdessen hatte Geierschnabel ahnungslos sein Frühstück beendet.

„Soll ich etwa auf diesen Leutnant warten?" fragte er sich. „Oho, Geierschnabel ist schon der Kerl, ohne Empfehlung mit Bismarck zu sprechen. Ich werde mir mit ihm keinen Spaß machen dürfen wie mit den andern. Meine Sachen bleiben also hier. Aber neugierig bin ich doch, was er für Augen machen wird, wenn ein so närrisch gekleideter Kerl Zutritt bei ihm verlangt."

Geierschnabel schaffte seine Habseligkeiten ins Schlafzimmer. Dieses verschloß er und zog den Schlüssel ab, den er zu sich steckte.

„Dieses Volk braucht während meiner Abwesenheit nicht zu erfahren, was in meinem Sack steckt", brummte er. „Der Kellner hat genug gesehen. Und haben sie hier einen Hauptschlüssel, so habe ich meine Schraube."

Damit zog er aus der Tasche eine jener amerikanischen Sicherheitsschrauben, mit denen man das Schlüsselloch verschließen kann, ohne daß es einem zweiten gelingt, sie wieder zu entfernen. Er drehte die Schraube in das Loch, bis auf einen Druck die Feder vorsprang. Dann verließ er das Zimmer und stieg die Treppe hinab. Es war eigentümlich, daß er nicht bemerkt wurde, aber das ganze Personal war in der Küche versammelt, um das hochwichtige Ereignis zu besprechen. Sie glaubten ihn sicher beim Frühstück und hatten keine Ahnung von der Schnelligkeit, mit der ein Präriejäger die größten Mengen eines Mahls verschwinden läßt.

So kam er ungesehn aus dem Haus und schlug den Weg ein, den ihm die Kellnerin beschrieben hatte. Es wurde zwar einigemal notwendig, sich zu erkundigen, aber er erreichte doch unbelästigt sein Ziel. Der Großstädter, selbst der großstädtische Schulbube, hat keine Lust, dem ersten besten Menschen, der sich auffallend kleidet, nachzulaufen.

Als er den Pförtner sah, der am Tor stand, trat er vertraulich zu ihm heran: „Nicht wahr, hier ist Bismarcks Wohnung?"

„Ja", bestätigte der Wächter, indem er den Frager mit lustigem Lächeln musterte.

„Eine Treppe hoch?"

„Ja."

„Ist der Master zu Hause?"

„Master? Wer?"

„Na, Bismarck!"

„Sie meinen Seine Gnaden, den Grafen v. Bismarck, Exzellenz?"

„Ja, ich meine den Grafen, Seine Gnaden, die Exzellenz und auch Bismarck selbst."

„Ja, er ist zu Hause."

„Na, da treffe ich es also gut."

Geierschnabel eilte am Pförtner vorüber. Dieser aber faßte ihn am Arm:

„Halt! Wohin wollen Sie denn?"

„Na, zu ihm!"

„Zu Seiner Exzellenz? Das geht nicht!"

„So? Warum denn nicht?"

„Werden Sie erwartet?"

„Ich weiß nichts davon."

„So müssen Sie den gewöhnlichen, vorgeschriebenen Dienstweg einschlagen."

„Dienstweg, was ist das?"

„Da muß ich erst wissen, in welcher Angelegenheit Sie kommen. Ist es eine Privatsache, eine diplomatische oder sonstwie?"

„Es wird wohl eine ‚sonstwie' sein."

„Na", meinte der Pförtner jetzt ernster, „wenn Sie denken, daß ich nur vorhanden bin, damit Sie sich mit mir einen Scherz machen können, da irren Sie sich. Wenn Sie ‚sonstwie' kommen, da gehen Sie nur immerhin auch ‚sonstwie' hin!"

Der Trapper nickte ihm vertraulich zu. „Das denke ich auch", lächelte er freundlich. „Ich hätte keine Zeit gehabt, Sie weiter zu belästigen. Guten Tag!"

Aber anstatt fortzugehen, wandte er sich dem Innern des Gebäudes zu.

„Halt!" rief der Pförtner abermals. „So war das nicht gemeint. Sie dürfen nicht vorbei."

„Ich werde Ihnen das Gegenteil beweisen."

Bei diesen Worten hob Geierschnabel den Mann auf und stellte ihn zur Seite. Er hatte aber noch nicht fünf Schritte getan, so hielt ihn der Pförtner abermals fest und rief:

„Ich habe Ihnen gesagt, daß Sie sich entfernen sollen!"

„Das tue ich ja auch", meinte der Yankee.

„Gehen Sie nicht gutwillig, so werden Sie wegen Hausfriedensbruchs festgenommen!"

„Möchte den sehen, der das fertigbrächte!"

Geschmeidig entwand sich Geierschnabel dem Griff und erreichte die Treppe, bevor es dem Bediensteten gelang, ihn abermals zu fassen. Es hätte sich jetzt ein viel heftigerer Wortwechsel entsponnen, wenn nicht ein Herr erschienen wäre, der die Treppe herabkam und die kleine Balgerei bemerkte. Er trug einen einfachen Uniformrock und eine Mütze auf dem Haupt. Sein Gang war fest und sicher, seine Haltung militärisch stramm, aber in seinem Gesicht lag ein Zug herablassenden Wohlwollens, und sein Auge blickte mit einer Art freundlicher Mißbilligung auf die beiden Männer, die sich hin und her zogen und schoben.

Der Pförtner ließ beim Anblick des Mannes seinen Gegner sofort los und stellte sich in Achtung. Geierschnabel aber benutzte diesen Augenblick der Freiheit zu zwei raschen Schritten, mit denen er gleich drei und vier Stufen auf einmal nahm, so daß er nun auf die gleiche Stufe mit dem herabsteigenden Herrn zu stehen kam. Dann rückte er mit der Hand am Hut und grüßte:

„*Good morning*, alter Herr! Können Sie mir wohl sagen, in welcher Stube ich die Exzellenz von dem Minister Bismarck finde?"

Der ‚alte Herr' besah sich den Frager. Sein Schnurrbart zuckte ein wenig.

„Sie wollen mit Exzellenz sprechen? Wer sind Sie?"

„Hm. Das darf ich nur der Hoheit dieses Ministers sagen."

„So. Sie sind bestellt worden?"

„Nein, *my old master!*"

„Dann werden Sie sich wohl unverrichteter Sache entfernen müssen."

„Das geht nicht. Meine Sache ist sehr wichtig!" betonte Geierschnabel.

„So, so. Eine Privatsache?"

Der „*old master*" machte einen nicht gewöhnlichen Eindruck auf den Präriemann. Einem andern hätte dieser keine Antwort gegeben, hier aber meinte er:

„Eigentlich brauchte ich Ihnen das nicht zu sagen, aber Sie haben so ein Stück von einem Gentleman an sich, und da will ich nachsichtig sein. Nein, es ist keine Privatangelegenheit. Weiter kann ich jedoch wirklich nichts verraten."

„Kennen Sie keinen Herrn, der Sie bei Seiner Exzellenz einführen könnte?"

„Das schon. Aber er ist nicht hier. Er kommt erst später, und ich wollte nicht länger warten."

„Wer ist diese Person?"

„Eine Person ist es nicht, sondern ein Gardehusarenoberleutnant. Er heißt Kurt Unger."

Über das milde Gesicht des ‚alten Herrn' ging ein rasches Zucken.

„Den kenne ich. Er will nach Berlin kommen, um Sie dem Grafen v. Bismarck zu melden?"

„Ja."

„Aber ich denke, er befindet sich auf der Reise."

„Er wollte fort. Da traf ich ihn in Rheinswalden, und er erfuhr dabei einiges, was ihm wert erschien, daß es der Minister erfahre."

„Ist das so, so werde ich an Stelle des Oberleutnants treten und Sie einführen, wenn Sie mir sagen, wer Sie sind."

„Hier nicht. Hier hört es dieser Torhüter."

„So kommen Sie", lächelte der Mann, indem er voranschritt.

Sie erreichten ein Vorzimmer.

„Nun, hier sind wir unter uns. Jetzt können Sie sprechen."

„Aber hier steht doch wieder so eine Salzsäule."

Dabei deutete Geierschnabel auf den Diener. Der Herr gab diesem einen Wink, worauf er sich zurückzog.

„Also jetzt", sagte der Führer in einem Ton, in dem sich einige Ungeduld aussprach.

„Ich bin Präriejäger und Dragonerkapitän der Vereinigten Staaten, mein alter Freund."

„So, so. Ist das, was Sie da tragen, die Uniform der Vereinigten-Staaten-Armee?"

„Nein. Wenn Sie das für eine Uniform halten, so müssen Sie verteufelt wenig militärische Aussichten haben. Na, Alter, das ist ja auch gar nicht notwendig. Ich bin nämlich ein etwas wunderlicher Heiliger, ich mache mir gern einen Spaß, und da habe ich mir diesen Anzug über das Fell gehängt, um meine Lust an den Maulaffen zu haben, die mich anstaunen."

„Das ist ein eigentümlicher Sport! Wenn ich Sie hier einführen soll, so möchte ich aber doch vorher wissen, welcher Gegenstand es ist, den Sie mit Exzellenz verhandeln wollen."

„Das ist ja eben das Ding, das ich nicht verraten darf."

„Dann werden Sie auch keinen Zutritt finden. Übrigens hat der Graf kein Geheimnis vor mir."

„Wirklich? So sind Sie wohl so etwas wie ein vertrauter Adjutant bei ihm?"

„Man könnte es beinahe so nennen."

„Na, so will ich es wagen. Ich komme aus Mexiko."

Das Gesicht des alten Herrn nahm sofort den Ausdruck großer Spannung an.

„Aus Mexiko? Haben Sie dort mitgekämpft?"

„Gewiß, mein alter Freund. Zunächst war ich Führer eines Englishman, der Waffen und Geld zu Juarez brachte —"

„Lord Dryden? Sie sind mit ihm gereist?"

„Den Rio Grande del Norte hinauf, bis wir Juarez fanden."

„So haben Sie Juarez gesehen?"

Man merkte es dem Sprecher an, daß er dem Gespräch jetzt mit der größten Teilnahme folgte.

„Oh, vielfach: gesehen und gesprochen!"

"Wie steht es mit seinem Gegner Maximilian?"

"Nicht gut. Sein Reich wackelt, sein Thron wackelt, sein Kopf wackelt. Für seinen Thron habe ich, als Amerikaner und als Anhänger des Juarez, nichts übrig. Aber um den Kopf des mißgeleiteten Mannes tut es mir leid. — Nun habe ich Ihnen jedoch so viel verraten, daß ich Ihnen auch meine Papiere zeigen kann."

Geierschnabel zog seine Pässe hervor und reichte sie dem alten Herrn. Dieser überflog sie rasch, musterte den Mann noch einmal und sagte:

"Es muß eigentümliche Leute da drüben geben —!"

"Hier auch", unterbrach ihn der Jäger.

"Davon später. Ich werde Sie jetzt dem Grafen vorstellen weil —"

Der Sprecher wurde abermals unterbrochen, denn die Tür öffnete sich, und in ihr erschien Bismarck in eigener Person. Er hatte die Stimmen der Sprechenden vernommen, und da er sich durch diese gestört fühlen mochte, so hatte er nachsehen wollen, wer sich da unterhalte. Als er die beiden erblickte, zeigte sein Gesicht ein rasch unterdrücktes Staunen.

"Wie, Majestät befinden sich wieder hier?" fragte er, indem er sich mit einer tiefen Verbeugung an den alten Herrn wandte.

"Majestät!" rief da Geierschnabel schnell. *"The devil!"*

Bismarck blickte ihn beinahe erschrocken an. Der "Majestät" Genannte aber nickte dem Yankee freundlich zu.

"Sie brauchen nicht zu erschrecken!"

"Das fällt mir auch gar nicht ein", betonte der Trapper, "aber wenn dieser Gentleman Sie Majestät nennt, so sind Sie wohl gar der König von Preußen?"

"Ja, der bin ich."

"Heigh-day!" Was bin ich da für ein Esel gewesen! Aber wer hätte das auch denken können! Kommt dieser alte, brave Herr so still und gemächlich die Treppe herab, fragte mich nach hier und dort und ist der König von Preußen in eigner Person! Na, Geierschnabel, für was für einen Dummkopf wird dich dieser König halten?"

"Geierschnabel? Wer ist das?" fragte der König.

"Das bin ich selber. In der Prärie hat nämlich jeder seinen Beinamen, durch den er am besten kenntlich wird. Dem Kerl, der mir den meinigen gegeben, hat es eben meine Nase angetan. Aber Majestät, wer ist denn dieser Herr hier?"

"Es ist Graf Bismarck, zu dem Sie wollten."

Da sperrte der Yankee den Mund auf und trat einen Schritt zurück.

"Was? Das ist Bismarck? Na, den habe ich mir ganz anders vorgestellt!"

"Wie denn?"

„Klein, dürr und dürftig, wie einen echten, rechten, pfiffigen Federfuchser. Aber eine größere Gestalt schadet auch nichts, im Gegenteil, sie macht Eindruck. Ich bitte Eure Majestät, dem Mister Minister zu sagen, wer ich bin."

Der König reichte dem Grafen lächelnd die Papiere Geierschnabels. Bismarck überflog sie, und dann sagte er:

„Kommen Sie, Kapitän!"

Damit trat er unter Vorantritt des Königs in sein Kabinett zurück, und der Amerikaner folgte. Der Diener, der einige Augenblicke später ins Vorzimmer trat, merkte an den lauten, oft wechselnden Stimmen, daß da drinnen ein sehr lebhaftes Gespräch im Gang war. —

Als der Wirt des Gasthauses von der Polizei kam, erkundigte er sich sofort nach seinem Gast.

„Er ist doch noch da?"

„Ja", erwiderte der Oberkellner. „Er frühstückt noch."

„Er darf das Haus nicht eher verlassen, bis die Polizei erscheint."

„So werde ich mich oben im Flur aufstellen."

„Nein, das übernehme ich selber", meinte der Wirt. „In solchen wichtigen Dingen kann man nicht gewissenhaft genug sein."

Dabei stieg er schon die Treppe hinauf und ließ sich auf einem Stuhl nieder, der im Flur stand.

Nicht viel über eine Viertelstunde war verstrichen, als die Polizei erschien. Es wurden sorgsame Sicherheitsmaßregeln getroffen. Hüben am Haus und gegenüber auf dem Bürgersteig wandelten Geheimpolizisten scheinbar harmlos auf und ab, ließen aber die Fenster und die Tür des Gasthauses keinen Augenblick aus dem Auge. Der Flur des Hauses und der Hof wurden besetzt, und eine Droschke hielt an der nächsten Ecke, bereit, den Verhafteten aufzunehmen. Einer der Kriminalbeamten ging in Begleitung zweier Kollegen hinauf, um sich des Gesuchten zu bemächtigen.

„Ist er noch da?" fragte er leise den Wirt.

„Ja. Er hat sich nicht sehen lassen", lautete die Antwort.

„Wo wohnt er?"

„Nummer eins, dort."

Der Kriminalbeamte schritt mit seinen Begleitern auf die bezeichnete Tür zu. Der Oberkellner wurde durch die Neugier herbeigetrieben, aber sein Herr warnte ihn:

„Wagen Sie sich nicht zu weit hinein!"

„So gefährlich wird es doch wohl nicht sein."

„Was verstehen Sie von der Gefährlichkeit so einer Höllenmaschine, zumal in Posaunenform! So etwas ist ja noch gar nicht dagewesen."

Da kehrte der Kriminalbeamte noch zum Wirt zurück.

„Sie haben erzählt, daß der Mann mit der Kellnerin gesprochen habe? Ich halte es für geratener, daß diese zunächst einmal hineingeht."

„Aber wenn er Berta erschießt!"

„Wird ihm nicht einfallen. Uns könnte es eher zustoßen, sofort eine Kugel zu bekommen. Das Mädchen hat aber Grund genug, bei ihm einzutreten, ohne seinen Verdacht zu erwecken. Es kann uns dann sagen, wie es ihn getroffen hat."

Der Wirt fügte sich und ließ die Kellnerin Berta holen, die unterrichtet wurde und sich alsdann der Türe näherte.

Auf wiederholtes Klopfen erfolgte keine Antwort. Deshalb trat Berta ein. Die Zurückbleibenden mußten eine ziemliche Zeit auf ihr Erscheinen warten. Als sie endlich zurückkam, drückten ihre Gesichtszüge eine gewisse Besorgnis aus.

„Nun?" flüsterte der Beamte. „Was tut er?"

„Ich weiß es nicht. Er war nicht im Wohnzimmer und nicht im Vorzimmer. Anscheinend hält er sich im Schlafzimmer auf. Dieses hat er verschlossen."

„Vielleicht schläft er. Haben Sie nicht geklopft?"

„Doch. Aber ich erhielt keine Antwort."

„Er ist gewiß sehr ermüdet gewesen und schläft infolgedessen so fest, daß er nicht erwacht ist."

„Ich habe so stark gepocht, daß ein Schlafender erwachen müßte."

„Wo hat er seine Sachen?"

„Die hat er mit ins Schlafzimmer genommen."

„Vielleicht arbeitet er an seinem Apparat und tut nur so, als schlafe er. Kommen Sie mit, Fräulein, Sie sollen ihm Antwort geben, wenn ich klopfe!"

Die Schutzleute traten leise ein und die Kellnerin mit ihnen. Auf dem Tisch stand noch das Geschirr mit den Speiseresten.

„Klopfen Sie!" befahl der Kriminalist leise.

Berta gehorchte, aber es ließ sich kein Geräusch vernehmen. Das Mädchen pochte stärker, doch mit dem gleichen Mißerfolg.

„Ich will es selbst versuchen", sagte der Beamte.

Er trat zur Tür, donnerte mit beiden Fäusten an diese. Keine Antwort. Jetzt überzeugte er sich zunächst durch einen Blick auf die Straße, daß das Haus stark bewacht sei. Dann klopfte er abermals und rief mit lauter Stimme:

„Im Namen des Gesetzes! Öffnen Sie!"

Abermals keine Antwort.

„So müssen wir selbst öffnen! Geben Sie den Dietrich her!"

Ein Untergebener des Beamten zog das verlangte Werkzeug hervor. Dieser selbst bog sich zum Schlüsselloch herab, um es zu untersuchen

„Donnerwetter!" rief der Kriminalist ärgerlich aus. „Es ist ja verstopft!"

„Er hat den Schlüssel stecken?" fragte der eine.

„Nein. Er hat von hier aus etwas hineingesteckt."

„So wär der Mann gar nicht drin."

„Wie es scheint, nicht."

Es untersuchte jetzt einer nach dem andern das Schloß, und es fand sich bald, daß darin ein stählerner Gegenstand steckte, der nicht entfernt werden konnte.

„Er ist fort", meinte einer der Polizisten.

„Entwichen, entkommen", fügte der andre hinzu.

„O nein, die Sache ist noch schlimmer", behauptete ihr Vorgesetzter. Und sich an das Mädchen wendend, fragte er:

„Er hat zu Ihnen gesagt, daß er zu Bismarck wolle?"

„Ja."

„So ist er fortgeschlichen, und es ist Gefahr im Verzug. Folgen Sie mir, meine Herren! Wir müssen sofort zu Bismarck. Dieses Haus bleibt aber unter Bewachung."

Die Beamten winkten die Droschke herbei, stiegen ein und fuhren so schnell als möglich davon. Kaum waren sie fort, so hielt ein andrer Wagen vor der Tür. Der junge Mann, der aus ihm stieg, war kein andrer als Kurt Unger. Er hatte keine Ahnung von dem, was geschehen war und konnte auch nicht wissen, daß viele der Fußgänger, die die Straße auf und ab schritten, verkleidete Polizisten seien, die den Gasthof bewachten. Er trat in die Gaststube, sich von dem anwesenden Kellner ein Glas Wein geben zu lassen. Einige Minuten später trat die Kellnerin Berta Uhlmann herein. Sie erkannte Kurt sogleich und trat zu ihm an den Tisch. In ihren Zügen drückte sich teils Erstaunen und teils Besorgnis aus.

„Sie hier, Herr Oberleutnant? So ist es also doch wahr, daß Sie hierher kommen wollten!"

„Jawohl. Aber woher wissen Sie das?"

„Ein Fremder sagte es, der jetzt verhaftet werden soll."

„Verhaftet? Weshalb?"

„Er beabsichtigt ein Attentat mit einer Höllenmaschine."

„Um Gottes willen!" sagte Kurt, der nicht ahnte, daß hier von Geierschnabel die Rede sei.

„Ja, das ganze Haus ist bewacht, und die Polizei ist zu Bismarck geeilt."

„Zu Bismarck? Warum zu diesem?"

„Weil der Anschlag gegen ihn gerichtet sein soll."

„Das wäre ja gräßlich! Wer ist der Kerl?"

„Der amerikanische Kapitän, der Sie hier erwartet. Er behauptete aber doch, daß Sie hier mit ihm zusammentreffen wollten."

„Hatte der Mann in seinem Äußeren nichts, woran er sehr leicht zu erkennen wäre?"

„Ja, eine fürchterlich lange Nase."

„Und die Polizei sucht ihn wirklich?"

„Ja. Der Wirt hat ihn angezeigt. Er will Bismarck ermorden. Er hat vielerlei Waffen und auch eine Höllenmaschine bei sich."

„Unsinn! Also ist er zu Bismarck?"

„Ja."

„Und die Polizei ist hinter ihm her?"

„Ja."

„So gilt es, keinen Augenblick zu verlieren. Ich muß ihm nach."

Kurt sprang auf und eilte zur Tür hinaus. Sein Wagen war fort. Aber er fand einen zweiten, der in größter Geschwindigkeit mit ihm davonrasselte. —

Inzwischen war Geierschnabels Unterredung mit den beiden hohen Herren beendet. Er hatte die Weisung erhalten, Kurt sofort nach dessen Eintreffen zu Bismarck zu schicken und dann weitere Mitteilungen abzuwarten.

Jetzt schlenderte der Trapper seelenvergnügt durch die Straßen dahin. Er hatte zwar einen andern Weg als den Herweg eingeschlagen, aber bei seinem ausgebildeten Ortssinn war ein Verirren eine Unmöglichkeit. So erreichte er die Straße, in der sein Gasthof lag. Er trat ins Gastzimmer. Hinter ihm schritten die Geheimpolizisten, die er für gewöhnliche Gäste hielt. Einer der Detektive kam an seinen Tisch und fragte:

„Sie erlauben? Haben wir uns nicht schon gesehen?"

„Scheren Sie sich zum Teufel!" brummte Geierschnabel.

„Das werde ich bleiben lassen. Wenn einer von uns zum Teufel gehen soll, so werde ich es nicht sein."

Der Yankee blickte den Sprecher erstaunt an.

„Heda, Bursche, willst du dich etwa an mir reiben?"

„Vielleicht", lachte der andre überlegen. „Kennen Sie dieses Ding?"

Der Polizist zog eine Münze heraus, die er Geierschnabel vor die Augen hielt.

„Pack dich fort mit deinem Geld!" rief der Jäger. „Und bringst du mir deine Pranke noch einmal so nah unter die Nase, so sorge ich dafür, daß es nicht abermals geschieht!"

„Ah, Sie kennen also die Marke nicht? Diese Münze ist mein Ausweis. Ich bin Wachtmeister der hiesigen Polizei!"

Jetzt wurde der Trapper aufmerksam. Er blickte sich im Zimmer um und ahnte nun, daß er es hier mit lauter Geheimschutzleuten zu tun habe.

„So! Polizist sind Sie? Schön Aber warum sagen Sie das grad mir?"

"Weil ich für Sie große Teilnahme hege. Ich fordere Sie auf, mir auf die Fragen, die ich Ihnen jetzt vorlegen werde, wahrheitsgetreu zu antworten!"

Geierschnabel ließ seinen Blick abermals im Kreis umherschweifen, dann meinte er gleichgültig:

"Ihr Deutschen seid doch ein sonderbares Volk! Niemand ist so aufs Verhaften erpicht wie ihr."

"So? Finden Sie das?"

"Donnerwetter, ja, ich finde das sehr, und zwar zu meinem eignen Schaden. Seit gestern früh ist es nun das drittemal, daß ich festgenommen werden soll!"

"Sie waren also gestern zweimal verhaftet? Und sind wieder entkommen?"

"Mit heiler Haut."

"Nun, so werden Sie uns nicht abermals entwischen!"

"Ich hoffe es dennoch."

"Ich werde sorgen, Sie recht fest zu behalten. Haben Sie die Güte, mir Ihre Hände zu reichen."

Der Wachtmeister griff in die Tasche und brachte eiserne Handschellen hervor. Das war dem Amerikaner denn doch zu bunt. Er schnellte empor.

"Was? Fesseln wollen Sie mich? Hölle, Tod und Teufel! Ich will den sehen, der es wagt, Hand an mich zu legen! Was habe ich euch Kerlen getan, daß ihr mich umstellt, wie die Hunde ein Wild?"

Die andern Polizisten hatten sich Geierschnabel nämlich genähert und einen Kreis um ihn geschlossen. In sicherer Entfernung aber stand der Wirt mit seinem ganzen Gesinde, um dem seltsamen Vorgang zuzuschauen.

"Was Sie uns getan haben?" fragte der Polizist. "Uns nichts. Aber Sie werden am besten wissen, was Sie sonst verübt und beabsichtigt haben. Sie heißen William Saunders?"

"Schon solang ich lebe."

"Sind Kapitän der Vereinigten Staaten?"

"Ja."

"Wo waren Sie jetzt, während Ihres Ausgangs?"

"Spazieren." — "Wo?"

"Ich bin hier fremd und kenne die Straßennamen nicht."

"Haben Sie sich nicht vielleicht die Wohnung des Herrn v. Bismarck angesehen?"

"Das ist möglich."

"Sie sind ein hartgesottener Sünder! Ein andrer wäre bei diesem Beweis, daß sein Spiel aus ist, erbleicht, die Knie hätten ihm geschlottert. Sie aber bleiben ruhig."

"Schlottern Sie gefälligst ein wenig für mich!"

„Ihr Spott wird bald aufhören. Sie leugneten, noch weitere Waffen zu haben. Und doch führen Sie eine Donnerbüchse, eine Höllenmaschine oder so etwas Ähnliches bei sich. Gestehen Sie es ein?"

Der Westmann blickte dem Beamten erstaunt ins Gesicht.

„Donnerbüchse? Höllenmaschine?"

„Ja, aus Messing oder Kanonenmetall!"

Endlich wurde es in Geierschnabel klar. Er hätte am liebsten grade hinauslachen mögen, aber er zwang sich, ernst zu bleiben.

„Ich weiß nichts davon."

„Wir werden Sie überführen."

„Tun Sie das!"

„Warum haben Sie Ihr Schlafzimmer verschlossen?"

„Wollen Sie mir das verbieten?"

„Nein, aber ich werde Sie ersuchen, es uns zu öffnen. Wir haben das Verlangen, eine kleine Bekanntschaft mit Ihrem Gepäck anzuknüpfen."

„Meinetwegen. Ich bin in Ihrer Gewalt. Aber ich warne Sie! Mit meinen Waffen versteht nicht jeder umzugehen!"

„Keine Sorge! Wir werden vorsichtig sein. Also her mit den Händen!"

Diese Worte wurden in einem Ton gesprochen, der keinen Widerspruch zuließ. Er hielt dem Trapper die Handschellen entgegen. Geierschnabel gehorchte. Er ließ sich gelassen die Fesseln anlegen und wurde unter allgemeiner Begleitung in Nummer eins geführt. Vor der Tür zum Schlafzimmer blieb man mit ihm halten.

„Sie haben diese Tür hier verschlossen", sagte der Wachtmeister. „Weshalb?"

„Weil ich nicht wünsche, daß man mir im Gepäck herumstibitzt. Finden Sie das nicht begreiflich?"

„Aber Sie haben nicht nur den Schlüssel abgezogen, sondern auch das Schlüsselloch verstopft. Sind die Geheimnisse, die Sie zu verbergen haben, denn so — gefährlich?"

„Überzeugen Sie sich doch!"

„Da müssen Sie erst öffnen. Was steckt in dem Loch?"

„Eine Patentschraube."

„Nehmen Sie diese heraus!"

Geierschnabel griff, trotzdem er gefesselt war, in seine Westentasche und zog ein dünnes Häkchen hervor, mit dem er ins Schlüsselloch fuhr. Er zog damit die Geheimfeder an und konnte dadurch die Schraube abnehmen.

„So, mein Lieber! Ziehen Sie den Schlüssel hier aus meiner Tasche und schließen Sie auf!"

Es geschah. Die Tür konnte jetzt geöffnet werden. Aber der Wachtmeister machte eine abwehrende Bewegung.

„Halt, nicht vorwärts drängen!" gebot er. „Es steht zu vermuten, daß sich hier geheimnisvolle Maschinen und gefährliche Sprengstoffe befinden. Der Häftling mag vorangehen. Er würde der erste sein, der getroffen wird."

Geierschnabel wurde von vier Händen gefaßt und vorsichtig ins Zimmer geschoben. Erst dann folgten die andern nach. Der Wachtmeister ließ den Blick umherschweifen. Dieser fiel zuerst auf die Büchse. Er nahm sie vorsichtig in die Hand.

„Was ist das für ein Gewehr?"

„Eine Kentuckybüchse."

„Geladen?" — „Nein."

„Aber das ist doch keine Büchse, kein Schießgewehr? Das ist ja der reine Prügel. Wie kann man mit einem solchen Ding schießen wollen?"

„Ja, ein Polizist würde schwerlich etwas damit treffen."

Der Beamte überhörte diesen Spott, legte das Gewehr weg und nahm das Messer.

„Was ist das für ein Dolch?"

„Dolch? Donnerwetter! Es wird wohl ein Bowiemesser von einem Dolch zu unterscheiden sein!"

„Ah, ein Bowiemesser! Haben Sie damit Menschen erstochen?"

„Ja."

„Schrecklich! Und hier diese Revolver! Haben Sie damit ebenfalls Menschen umgebracht?"

„Gewiß! Sind gute belgische Ware, diese Schießhölzer, treffen wunderbar. Übrigens bin ich doch nicht etwa festgenommen worden, um Ihnen hier Unterricht in der Waffenkunde zu geben!"

„Geduld! Jetzt kommt die Hauptsache. Sagen Sie, was dort so gelb unter dem Sack hervorschimmert!"

„Die Höllenmaschine."

„Donnerwetter! Sie gestehen das zu? Ist sie geladen?"

„Zum Zerplatzen."

„Zum Zerplatzen? Meine Herren, also die größte Vorsicht! Halten Sie den Mann ganz fest, damit er sich nicht bewegen kann. Häftling, ich frage Sie, womit diese Maschine geladen ist?"

„Mit Luft."

„Ah, jedenfalls mit Knallgasen! Darf man die Maschine berühren, ohne daß sie losgeht?"

„Ja", entgegnete Geierschnabel sehr ernsthaft. „Es ist gar keine Gefahr vorhanden."

„Wir können auch die Kleidungs- und Wäschestücke entfernen, unter denen diese Maschine verborgen ist?"

„Tun Sie es ohne Sorge!"

„Aber wie wird dieses Ungeheuer zur Entladung gebracht?"

„Einfach dadurch, daß man hineinbläst."

„Gut, so wollen wir es wagen! Meine Herren, ich selber werde die Höllenmaschine zuerst berühren, auf die Gefahr hin, die ersten Kugeln zu empfangen."

Damit ergriff der Sprecher ein Hemd, eine Hose, eine Bluse und einige Strümpfe, die auf dem Instrument lagen. Alle diese Gegenstände faßte er mit den Spitzen zweier Finger an und zog sie mit der denkbarsten Behutsamkeit fort. Endlich lag das Ungetüm bloß und unverhüllt vor ihm.

Mit der Vorsicht, mit der er vielleicht eine am Zünder qualmende Bombe angegriffen hätte, hob er die Posaune empor.

„Leicht, wie eine gewöhnliche Posaune. Ja, Knallgase pflegen leichter zu sein als andre Luftarten."

Der Wachtmeister faßte die Posaune bei dem einen Ende an und hielt sie hoch empor, um sie auf ihre geheimnisvolle Bauart zu untersuchen. Da plötzlich glitten die Züge auseinander, und der schwere Teil mit der Stürze fiel zu Boden.

Der gute Mann glaubte nicht anders, als daß jetzt die Höllenmaschine losgehen werde. Er stieß einen Schrei aus und stand da, als ob er den Tod erwarte. Dem Fall der einen Posaunenhälfte folgte allerdings eine Entladung, aber eine ganz andre, als der Polizist erwartet hatte. Als er nämlich seinen Todesschrei ausstieß, konnte Geierschnabel nicht mehr an sich halten: er platzte mit einem so fürchterlichen Lachen heraus, daß die Wände zu beben schienen. Und dieses Lachen war so ansteckend, daß alle mit einstimmten, da sie gar wohl sahen, daß es sich wirklich nur um eine alte Posaune handelte. Der Beamte war im ersten Augenblick verdutzt. Dann aber warf er auch den zweiten Zug, den er in der Hand behalten hatte, zu Boden und donnerte Geierschnabel an:

„Mensch, ich glaube gar, Sie lachen über mich!"

„Über wen sonst?" feixte der Jäger.

„Ich verbiete es Ihnen aber, sich über mich lustig zu machen. Haben Sie nicht eingestanden, daß Sie Waffen bei sich führen?"

„Hab' ich etwa keine?"

„Und eine Höllenmaschine?"

„Das ist sie auch. Lassen Sie sich nur monatelang vorblasen."

„Sie sollte geladen sein."

„Mit Luft. Ist das nicht wahr?"

„Sie sollte explodieren."

„Wenn man hineinbläst. Wollen Sie das bestreiten?"

„Mensch, glauben Sie, daß ich Ihr Narr bin? Dieser Witz wird Ihnen schlecht bekommen. Wenn auch von einer Höllenmaschine keine Rede mehr ist, so gibt es doch genugsamen Grund, sich Ihrer Person zu bemächtigen. Sie führen Waffen. Haben Sie einen Waffenpaß?"

„Ja. Hier in der äußern Tasche meines Fracks."

„Ah! Geben Sie her!"

„Nehmen Sie ihn doch selbst heraus! Sie sehen ja, daß ich durch Ihre Güte gefesselt bin."

Der Beamte langte in die bezeichnete Tasche und zog das Papier heraus, das er entfaltete und las. Er reichte es seinen Gefährten zur Durchsicht, indem er sagte:

„Diese Urkunde ist zwar gültig, doch kann dieser Umstand nichts ändern, wie wir sogleich sehen werden."

Und zu Geierschnabel gewendet fuhr er fort:

„Sie haben zu der Kellnerin gesagt, daß Sie zu Herrn v. Bismarck gehen wollen?" — „Ja."

„Und daß Sie mit ihm wenig Federlesens machen werden?"

„Nein. Ich habe nur gesagt, daß ich *bei* Herrn v. Bismarck kein Federlesens machen werde, im Fall man mir nämlich Schwierigkeiten bereite, vor den Minister zu kommen."

„Das ist eine Ausrede!"

„Fragen Sie die Kellnerin!"

Der Wachtmeister tat es, und Berta gab zu, daß der Gefangene tatsächlich so gesagt habe, wie er jetzt angebe. Der Untersuchende sah sich abermals einer Waffe entrissen. Daher wehrte er sich:

„Es bleibt trotz allem eine leere Ausrede. Gehen Sie doch mal zum Minister! Versuchen Sie, ob Sie so vorgelassen werden, wie Sie da vor mir stehen!"

„Pah! Jedenfalls werde ich eher vorgelassen als einer, der eine alte Posaune für eine Höllenmaschine hält. Übrigens will ich Ihnen gestehen, daß ich schon bei Bismarck war."

„Wann denn?" fragte der Mann höhnisch.

„Kurz vor meiner Rückkehr."

„Sie wurden vorgelassen?"

„Ja. Seine Majestät der König hatte sogar selber die Gnade, mich bei seinem Minister einzuführen."

„Verrückter Kerl!"

Da ertönte es vom Eingang her:

„Kein verrückter Kerl! Er sagt die Wahrheit!"

Alle wandten sich um. Da stand Kurt Unger, und hinter ihm erblickte man die Kriminalbeamten, die fortgeeilt waren, den Minister vor der ihm drohenden Gefahr zu warnen. Der Anführer, ein Oberwachtmeister, trat vor und befahl:

„Nehmen Sie diesem Herrn augenblicklich die Handschellen ab!"

Dieser Befehl wurde sofort ausgeführt. Dann fuhr der Kriminalbeamte, zu Geierschnabel gewendet, fort:

„Mein Herr, es ist Ihnen ein schweres Unrecht geschehen. Die eigentliche Schuld liegt an denen, die Sie zur Anzeige brachten, nämlich an dem Wirt und dem Oberkellner dieses Hauses. Es steht Ihnen frei, diese Leute zu belangen, wobei Sie unsrer Hilfe sicher sein können. Aber auch ich habe hohen Befehl erhalten, Ihnen Abbitte zu leisten und Genugtuung zu geben. Ich bin dazu bereit und frage Sie, welche Sühne Sie fordern."

Geierschnabel blickte sich im Kreis um. Es ging ein Blinzeln über sein Gesicht. Dann erwiderte er:

„Gut. Eine Genugtuung muß ich haben. Dieser Herr hat meine alte Posaune für eine Höllenmaschine angesehen. Ich verlange, daß er sie als Geschenk von mir nimmt und sie als Andenken aufbewahrt an den wichtigen Tag, an dem er Herrn v. Bismarck beinahe das Leben gerettet hätte."

Alle lachten. Auch der so großmütig Beschenkte stimmte mit ein.

„Weiter verlangen Sie wirklich nichts?" fragte der Oberwachtmeister.

„Nein, ich bin zufriedengestellt, wünsche aber, nun wieder mein eigner Herr sein zu können."

Dieser Wunsch wurde ihm sofort erfüllt, indem sich alle entfernten. Nur Kurt blieb zurück. Er betrachtete den Amerikaner jetzt erst genauer, brach dann in ein Lachen aus und rief:

„Aber Mann, wie können Sie eine solche Maskerade treiben!"

„Das liegt so in meiner Gemütsverfassung", lachte Geierschnabel mit.

„Unterwegs haben Sie solche Scherze gemacht. In Mainz sind Sie verhaftet worden."

„Das stimmt."

„Später dann wurden Sie aus dem Abteil geholt —"

„— aber ich bin mit Sonderzug nachgeritten."

„Ja. Und was das beste ist, Sie haben sich ausgezeichnet gerächt, indem Sie jenen Oberst und Leutnant einsperren ließen."

„Auch das wissen Sie?"

„Man erzählte sich Ihre Abenteuer in der Bahn, und aus der Beschreibung Ihres Äußern ersah ich, daß nur Sie der Held sein konnten. Übrigens waren die beiden Offiziere meine persönlichen Feinde. Sie hatten es auf mich abgesehen. Ich rächte mich dadurch, daß ich ausstieg und ihre Persönlichkeit feststellte, so daß sie auf freien Fuß gesetzt wurden. Sie wollten mich zum Zweikampf zwingen, ich aber sagte ihnen, wer von einem reisenden Musikanten Ohrfeigen erhalten habe, sei nie wieder satisfaktionsfähig. Damit bin ich sie los."

„Hm! Was aber tun wir nun?"

„Wir brechen noch heut über Le Havre de Grace nach Mexiko auf. Auf Grund Ihrer Mitteilungen über Juarez und Maximilian wurden meine Anweisungen erneuert und erweitert. Größte Eile ist geboten. — Jetzt aber wollen wir vor allen Dingen den Anforderungen des Augenblicks genügen."

KLASSISCHE JUGENDBÜCHER

Harriet Beecher-Stowe, **Onkel Toms Hütte**
Der Negersklave Onkel Tom wird von seinem Herrn verkauft und der Willkür und Gewinnsucht niederträchtiger Sklavenhändler ausgeliefert. Sein Leidensweg steht für alle jene, die das unmenschliche Schicksal der Sklaverei erlitten.

Gottfried A. Bürger, **Münchhausen**
Die aufregenden Abenteuer des Freiherrn von Münchhausen. Seine Geschichten sind die herrlichsten Lügengeschichten, die sich je ein Schalk und Abenteurer ausgedacht hat.

Frances Burnett, **Der kleine Lord**
Wie ein aufgeweckter kleiner Junge die Zuneigung eines verbitterten alten Mannes gewinnen kann, weil weder Reichtum noch Macht seinen liebenswerten Charakter beeinflussen, erzählt diese reizende Geschichte.

C. Collodi, **Pinocchio**
Der Kasperle des unvergänglichen italienischen Kinderbuches ist aus Zauberholz geschnitzt und daher springlebendig. Er muß viele Gefahren bestehen und erlebt die unglaublichsten Abenteuer, bis er schließlich von einer gütigen Fee in ein wirkliches Kind verwandelt wird.

UEBERREUTER

KLASSISCHE JUGEND BÜCHER

Daniel Defoe, **Robinson Crusoe**
Das Leben und die ungewöhnlichen Abenteuer des weltberühmten Robinson Crusoe, der 28 Jahre auf einer Insel lebte.

Charles Dickens, **David Copperfield**
Nach einer glücklichen Kindheit erlebt der junge David bittere Jahre in einer berüchtigten Schule und eine freudlose Epoche in London. In der Geborgenheit bei seiner Tante findet er aber in Agnes eine treue Gefährtin und die Erfüllung seines weiteren Lebens.

Charles Dickens, **Oliver Twist**
Diese spannende Erzählung liest sich wie ein Kriminalroman. Das Schicksal des Waisenknaben Oliver ist aber auch abenteuerlich genug. Dickens schildert die verschiedenartigsten Menschen und ihre Umgebung so trefflich, daß man meinen könnte, selbst dabei zu sein.

Herman Melville, **Moby Dick**
Die spannende Geschichte von der Jagd nach dem sagenhaften weißen Wal.

UEBERREUTER

KLASSISCHE JUGENDBÜCHER

Howard Pyle, **Robin Hood**
Robin Hood ist der ritterliche Held der englischen Sage. Mit seinen Gesellen, den »Räubern von Sherwood«, kämpft er für das Recht der Unterdrückten in jener unruhigen Zeit, da König Richard Löwenherz auf Burg Dürnstein gefangen lag, während sein treuloser Bruder in England ein Schreckensregiment führte.

Gustav Schalk, **Klaus Störtebeker**
Der berühmte Roman vom heldenhaften Kampf der deutschen Handelsflotte gegen den Seeräuber Klaus Störtebeker.

Robert Louis Stevenson, **Die Schatzinsel**
Ein vergilbtes Stück Papier ist der Schlüssel zur Schatzinsel und somit auch zum großen Abenteuer der Männer der »Hispaniola« und des Kajütenjungen Jim Hawkins.

Jonathan Swift, **Gullivers Reisen**
Die Geschichte des Schiffsarztes Gulliver, dessen unbezähmbare Abenteuerlust ihn ein aufregendes Schicksal erleben läßt.

UEBERREUTER

Die vorliegende Erzählung

TRAPPER GEIERSCHNABEL

ist als Band 54 in Karl Mays Gesammelten Werken erschienen

KARL MAYS GESAMMELTE WERKE

Jeder Band in grünem Ganzleinen mit Goldprägung und farbigem Deckelbild

Bd. 1	Durch die Wüste	Bd. 38	Halbblut
Bd. 2	Durchs wilde Kurdistan	Bd. 39	Das Vermächtnis des Inka
Bd. 3	Von Bagdad nach Stambul	Bd. 40	Der blaurote Methusalem
Bd. 4	In den Schluchten des Balkan	Bd. 41	Die Sklavenkarawane
Bd. 5	Durch das Land der Skipetaren	Bd. 42	Der alte Dessauer
Bd. 6	Der Schut	Bd. 43	Aus dunklem Tann
Bd. 7	Winnetou I	Bd. 44	Der Waldschwarze
Bd. 8	Winnetou II	Bd. 45	Zepter und Hammer
Bd. 9	Winnetou III	Bd. 46	Die Juweleninsel
Bd. 10	Sand des Verderbens	Bd. 47	Professor Vitzliputzli
Bd. 11	Am Stillen Ozean	Bd. 48	Das Zauberwasser
Bd. 12	Am Rio de la Plata	Bd. 49	Lichte Höhen
Bd. 13	In den Kordilleren	Bd. 50	In Mekka
Bd. 14	Old Surehand I	Bd. 51	Schloß Rodriganda
Bd. 15	Old Surehand II	Bd. 52	Die Pyramide des Sonnengottes
Bd. 16	Menschenjäger	Bd. 53	Benito Juarez
Bd. 17	Der Mahdi	Bd. 54	Trapper Geierschnabel
Bd. 18	Im Sudan	Bd. 55	Der sterbende Kaiser
Bd. 19	Kapitän Kaiman	Bd. 56	Der Weg nach Waterloo
Bd. 20	Die Felsenburg	Bd. 57	Das Geheimnis des Marabut
Bd. 21	Krüger Bei	Bd. 58	Der Spion von Ortry
Bd. 22	Satan und Ischariot	Bd. 59	Die Herren von Greifenklau
Bd. 23	Auf fremden Pfaden	Bd. 60	Allah il Allah!
Bd. 24	Weihnacht im Wilden Westen	Bd. 61	Der Derwisch
Bd. 25	Am Jenseits	Bd. 62	Im Tal des Todes
Bd. 26	Der Löwe der Blutrache	Bd. 63	Zobeljäger und Kosak
Bd. 27	Bei den Trümmern von Babylon	Bd. 64	Das Buschgespenst
Bd. 28	Im Reiche des silbernen Löwen	Bd. 65	Der Fremde aus Indien
Bd. 29	Das versteinerte Gebet	Bd. 66	Der Peitschenmüller
Bd. 30	Und Friede auf Erden	Bd. 67	Der Silberbauer
Bd. 31	Ardistan	Bd. 68	Der Wurzelsepp
Bd. 32	Der Mir von Dschinnistan	Bd. 69	Ritter und Rebellen
Bd. 33	Winnetous Erben	Bd. 70	Der Waldläufer
Bd. 34	„ICH"	Bd. 71	Old Firehand
Bd. 35	Unter Geiern	Bd. 72	Schacht und Hütte
Bd. 36	Der Schatz im Silbersee	Bd. 73	Der Habicht
Bd. 37	Der Ölprinz	Bd. 74	Der verlorene Sohn

KARL-MAY-VERLAG, Bamberg